あ･は行
付録

か･ま行

さ･や行

た･ら行

な･わ行

ホトトギス俳句季題辞典

稲畑汀子＝編

三省堂

[編者]

稲畑汀子〈いなはた ていこ〉

昭和六年、父高浜年尾の次女として横浜に生まれる。
祖父虚子と父に俳句を学ぶ。
五十四年、父の死後にホトトギス主宰となる。
五十七年、朝日俳壇選者。
六十二年、日本伝統俳句協会を設立し会長に就任。
句集に『汀子句集』『汀子第二句集』『汀子第三句集』
『障子明り』『定本汀子句集』、
評論集に『舞ひやまざるは』『俳句入門』などがある。

●

[装丁]＝間村俊一

[装画]＝四季花鳥図 下巻（酒井抱一画）部分
東京国立博物館蔵
Image: TNM Inage Archives
Source: http://Tnm Archives.jp/

【まえがき】

本書の元となっている『ホトトギス季寄せ　改訂版』は、吟行や句会のときに身近に携帯できるコンパクトな作句の手引きとして愛用されている。

本書は、『季寄せ』のすべての季題を五十音順に配列して、季題辞典として仕立て直したものである。確かめたい季題を容易に引くことができる便利さがある。「藍植う」（春）のとなりに「藍刈」（夏）を見いだす楽しみもある。

このような試みを行うのも、作句や鑑賞の際に、『季寄せ』とはまた、おのずから違った使い方ができるものと思うからである。

辞典形式としたため、季節ごとのまとまりは望みえないので、それが一望できるよう、付録として「月別季題一覧」を添えることとした。

稲畑汀子

本書は一九九九年八月二〇日発行の『三省堂ホトトギス俳句季題便覧』を新装改題したものである。

二〇〇八年五月

三省堂編修所

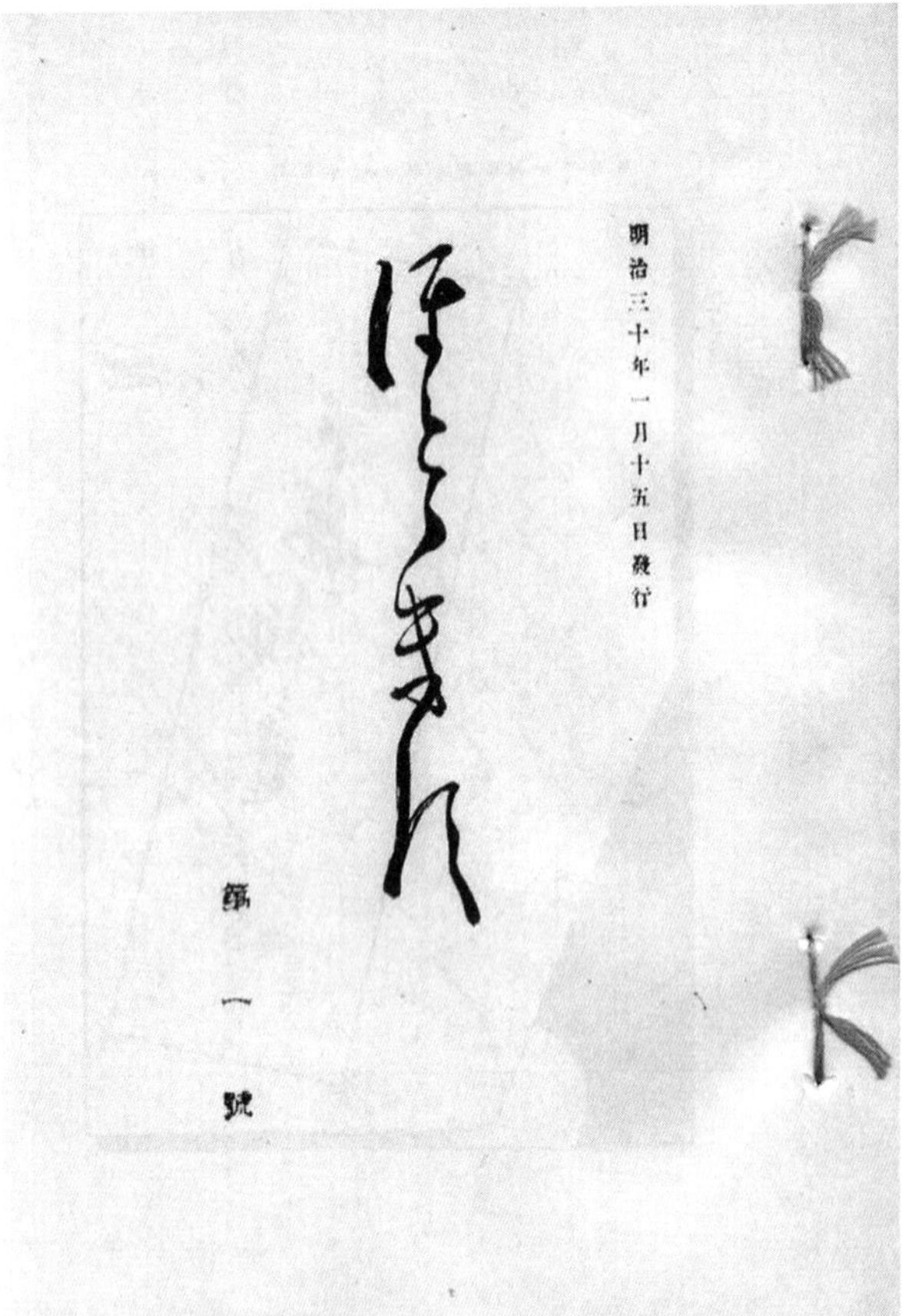

「ホトトギス」創刊号表紙（1897 年 1 月）

「ホトトギス」第2巻第1号表紙（1898年10月）

「ホトトギス」100 号表紙＝橋口五葉画（1905 年 4 月）

「ホトトギス」500 号表紙＝小川芋銭画（1938 年 4 月）

「ホトトギス」700号表紙＝川端龍子画（1955年4月）

「ホトトギス」1000号表紙＝小倉遊亀画（1980年4月）

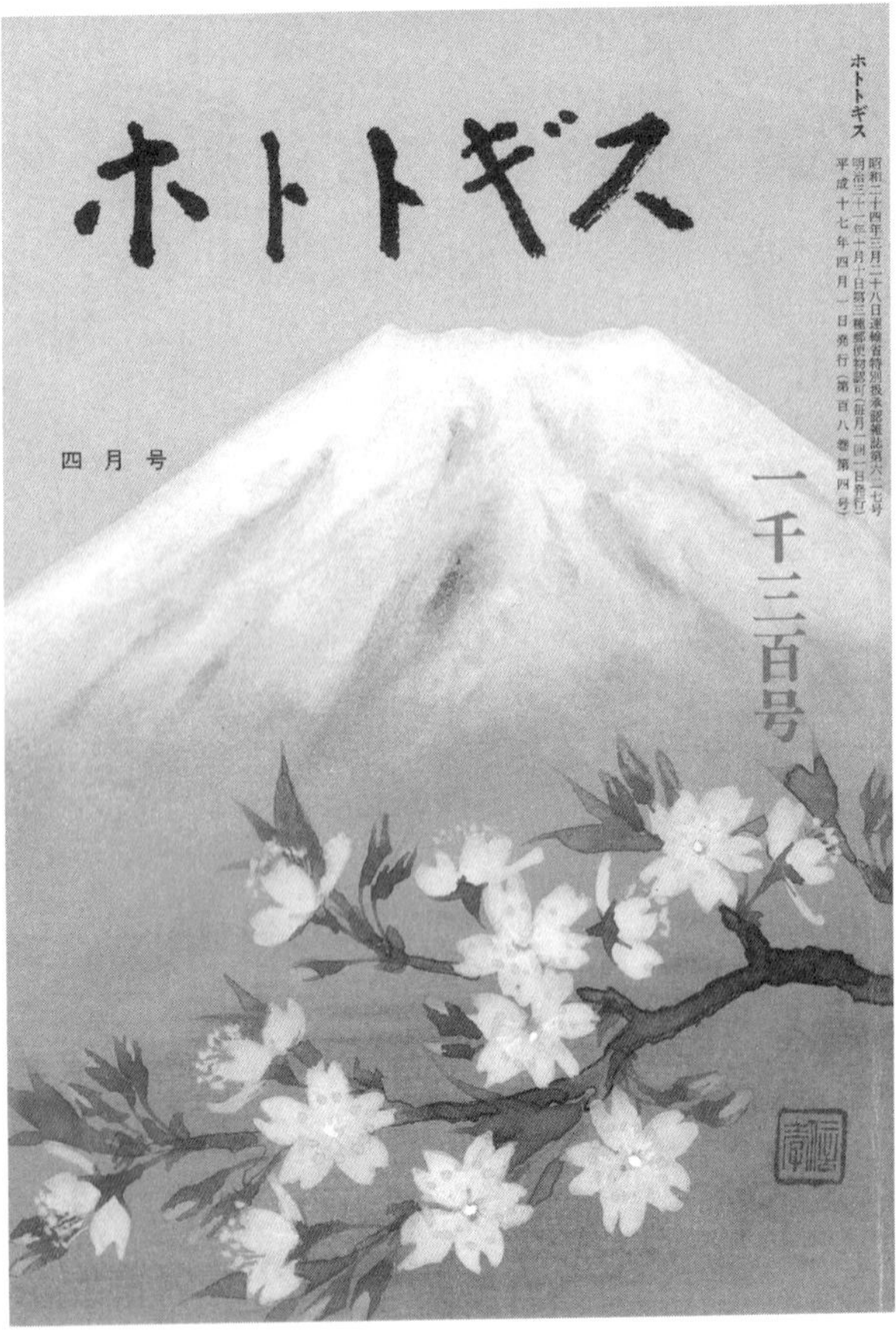

「ホトトギス」1300号表紙＝岡　信孝画（2005年4月）

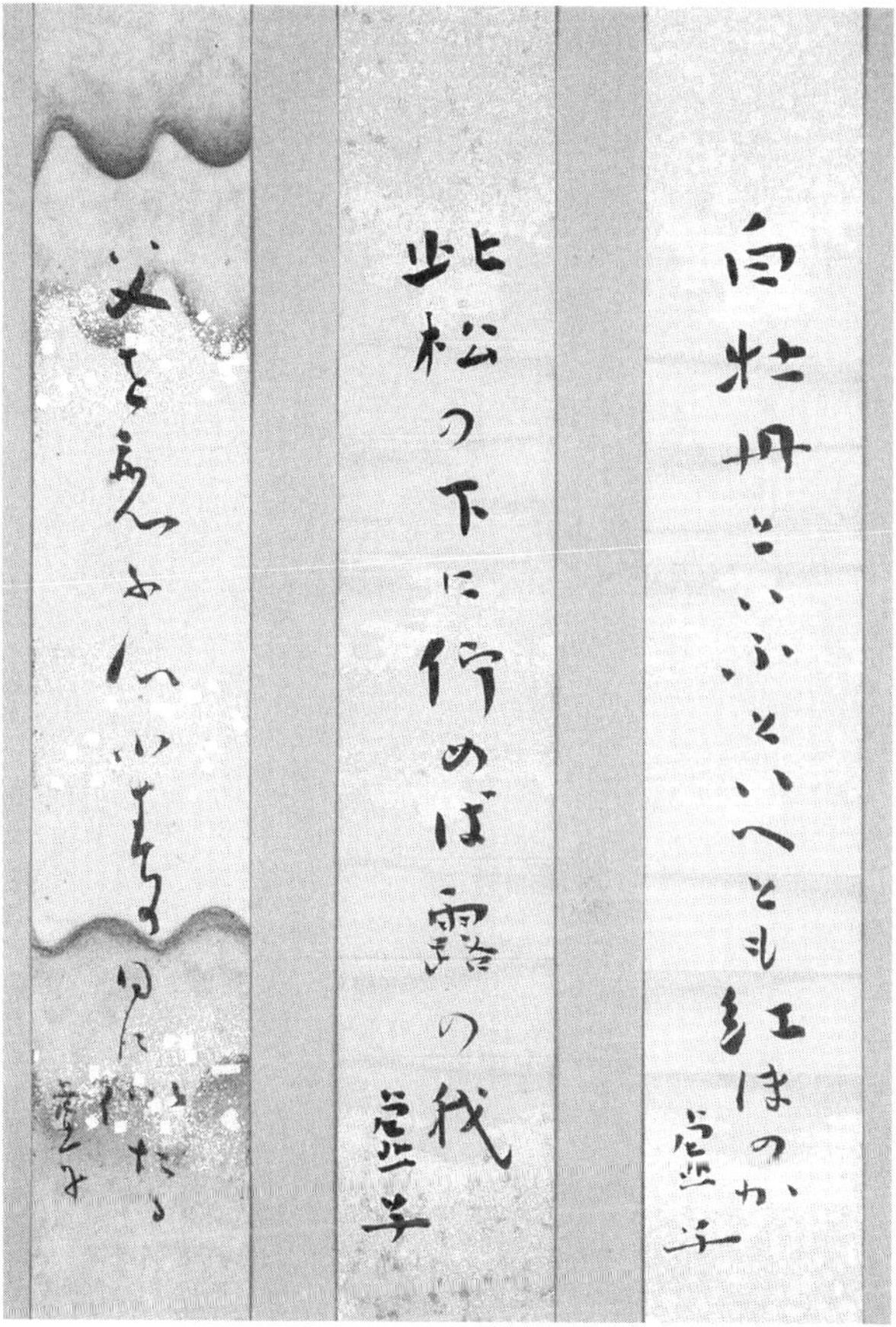
白牡丹といふといへとも紅ほのか
虚子
此松の下に佇めば露の我
虚子

高浜虚子句軸・短冊

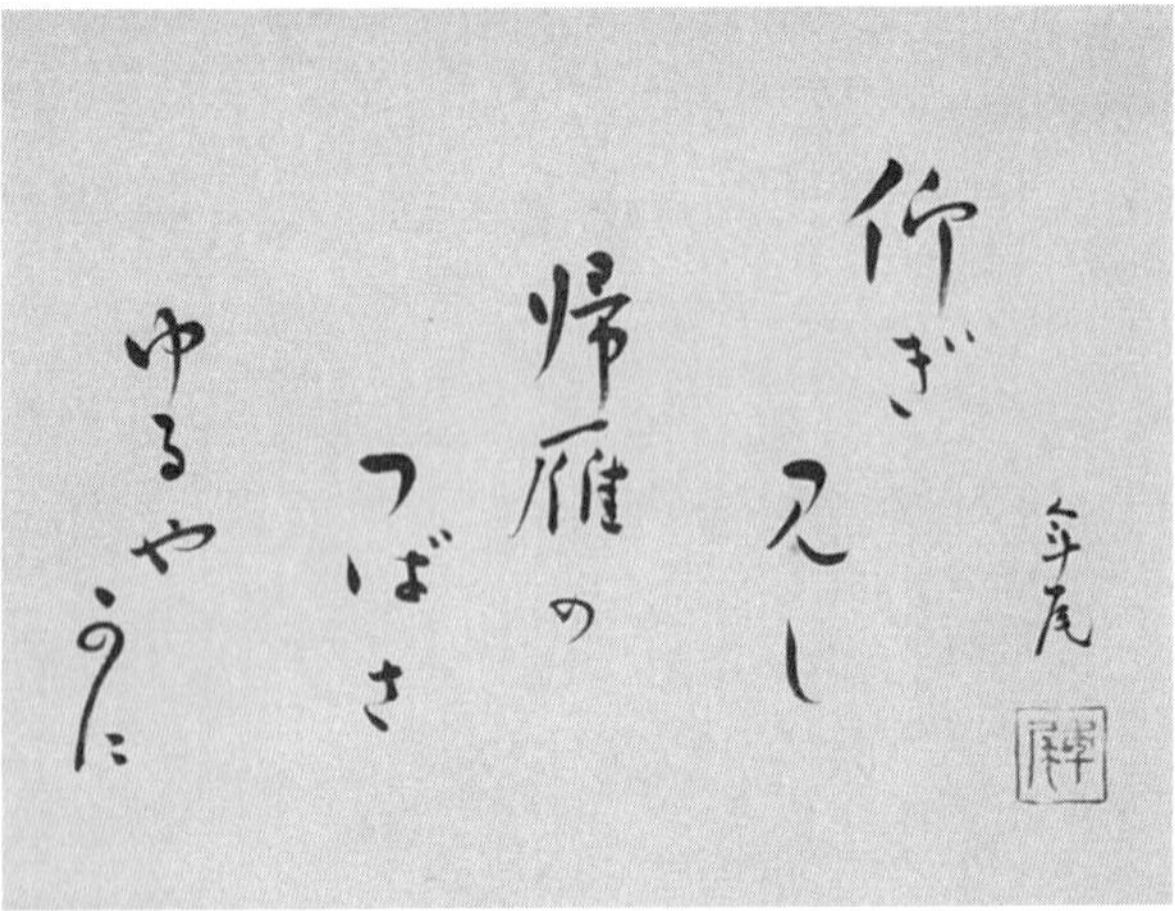

高浜年尾句軸

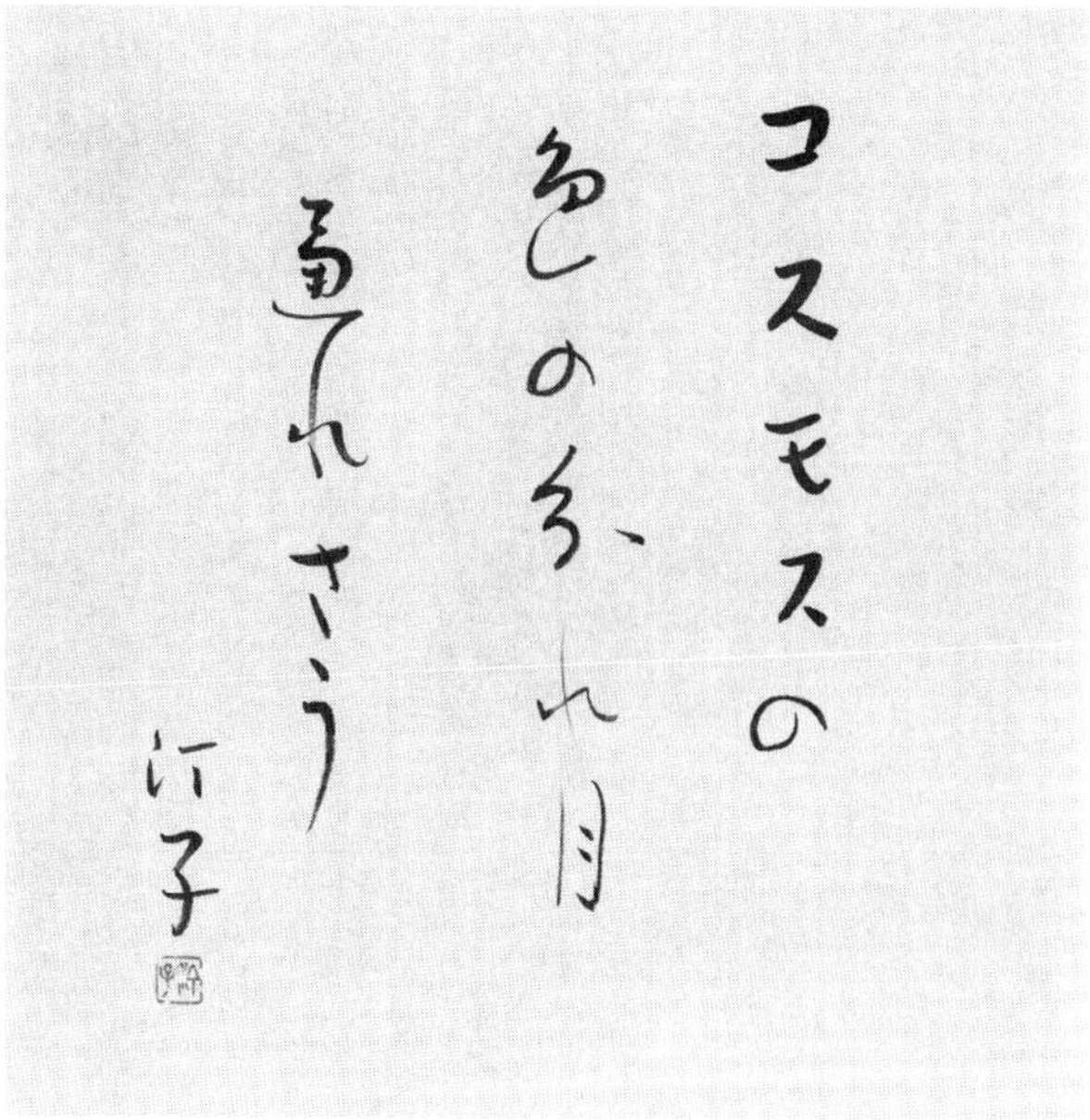

稲畑汀子色紙

[写真提供] ホトトギス社、虚子記念文学館

【凡例】

一―本書は『ホトトギス季寄せ　改訂版』（稲畑汀子編、三省堂）に掲載されている季題と、季題の解説中に記載されている、季題の異称、季題の活用語、季題の傍題等のすべてを取り上げ、現代仮名遣いによって五十音順に配列したものである。

二―見出しは、漢字仮名交じりで示し、右側に現代仮名遣いによる振り仮名を付した。なお、季題には左側に歴史的仮名遣いによる振り仮名を付した。

三―四季の区別は次のように示した。

春二月　春三月　春四月
夏五月　夏六月　夏七月
秋八月　秋九月　秋十月
冬十一月　冬十二月　冬一月

季題の解説の冒頭に〔三〕とあるのは、その月にかぎらず、同季の三月《みつき》全体にわたることを示している。実際には二月《ふたつき》程度にしかわたらないものをも含んでいる。その月には限らないという程度である。

稲妻《いなずま》《いなづま》　〔三〕秋八月。…秋で、八・九・十月にわたる。

四―例句はおよその時代順に並べた。作者は姓および俳号を示したが、古句についてはその限りではない。

五―付録に「月別季題一覧」を添えた。

◎あ◎

藍植う《あいうう》《あゐうう》　春四月。種を蒔いて育てた藍の苗を、本畠に移植することである。

塵取にはこびて藍を植ゑにけり　岡安迷子
百年の老舗を守り藍植うる　稲畑汀子

藍刈《あいかり》《あゐかり》　夏六月。藍は六月ごろ刈り取り、藍染の原料とする。**藍玉**《あゐだま》。**藍搗**《あゐつき》。

阿波の国藍園村は藍を刈る　美馬風史
藍と言ふ静かな色を干しにけり　後藤立夫

アイスクリーム　［三］夏七月。**氷菓子**《こほりぐわし》。**氷菓**《ひようくわ》。

楽はいまセロの主奏や氷菓子　松尾いはほ
きれいに手洗ひし子より氷菓やる　谷口まち子

アイスコーヒー　夏→冷し珈琲《ひやしコーヒー》
アイスティー　夏→冷し珈琲《ひやしコーヒー》
藍玉《あいだま》　夏→藍刈《あいかり》
藍搗《あいつき》　夏→藍刈《あいかり》

アイリス　夏六月。渓蓀《あやめ》に似た西洋種の球根花で、渓蓀などと比べると花弁がやや狭い。色は白、紫などさまざま。

アイリスの朝市に出す蕾かな　川口しげ子

青蘆《あおあし》《あをあし》　［三］夏六月。水辺の蘆が生長して青々と茂っているのをいう。**蘆茂る**《あししげる》。**青葭**《あをよし》。

青蘆の中に径あり筊を沈む　山田碧水
青葭にかくれ家見えずなりにけり　高浜虚子

青嵐《あおあらし》《あをあらし》　［三］夏六月。青葉のころ、森や草原などを吹き渡るやや強い風をいう。

ブロンズの裸婦佇てる森青嵐　梅田実三郎
青嵐より抜きん出し天守かな　草地　勉

葵《あおい》《あふひ》　夏六月。ふつう葵といえば**立葵**《たちあふひ》のことである。六月ごろ、ハート形の葉のつけ根に、紅、淡紅、白、紫などの五弁の花をつけ、順に咲きのぼる。**はなあふひ**。**ぜにあふひ**。

花終る高さとなりし立葵　古川能二
正面を四方にもちて立葵　藤　丹青

葵鬘《あおいかずら》　夏→葵祭《あおいまつり》

葵祭《あおいまつり》《あふひまつり》　夏五月。五月十五日、京都上賀茂の賀茂別雷《わけいかずち》神社および下鴨の賀茂御祖《みおや》神社両社の大祭である。**賀茂祭**《かもまつり》。**北祭**《きたまつり》。**葵鬘**《あふひかづら》。**諸鬘**《もろかづら》。

花傘の過ぎてしまひや北祭　田中王城

御所の門出てくる葵祭かな　村田橙重

あをうきくさ《あおうきくさ》　夏→萍《うきくさ》

青梅《あおうめ》　夏→実梅《みうめ》

青蛙《あおがえる》　夏→雨蛙《あまがえる》

青柿《あおがき》《あをがき》　夏七月。まだ熟さない青い柿である。渋くて食べられないが、葉の間にだんだん大きくなっていく。

青柿の落ちしより早かびそめし　高浜虚子

青柿のまだ小さければしきり落つ　高浜年尾

青萱《あおがや》　夏→青芒《あおすすき》

青木の実《あおきのみ》《あをきのみ》　冬一月。棗《なつめ》に似た実で紅い。まれに白い実もある。

つやゝかにかたまりうれて青木の実　岡崎莉花女

あをきふむ《あおきふむ》　春→踏青《とうせい》

青桐《あおぎり》《あをぎり》　〔三〕 夏六月。漢名は梧桐《ごとう》。落葉高木で、「桐の花」の桐とは別種。幹は直立して一五メートルにも達する。**梧桐**《あをぎり》。

青桐の向ふの家の煙出し　高野素十

青桐や雨降ることも潔し　高田一大

梧桐《あおぎり》　夏→青桐《あおぎり》

青きを踏む《あおきをふむ》　春→踏青《とうせい》

青胡桃《あおくるみ》《あをくるみ》　夏七月。胡桃が実になったばかりで、まだ青く三、四個ずつかたまって生《な》っているのをいう。

青胡桃垂るゝ窓辺に又泊つる　山口青邨

石蓴《あおさ》《あをさ》　冬一月。浅海の岩礁につく鮮緑色の薄い葉状の海藻である。味噌汁や三杯酢にしたりする。**あをさ汁**《あをさじる》。

積丹に住みて悔なし石蓴汁　水見悠々子

バスが行く漁村石蓴も少し干し　高浜虚子

青鷺《あおさぎ》《あをさぎ》　〔三〕 夏六月。鷺の中で最も大形のもので水辺に棲む。夏来て繁殖し、冬、大陸に去るというが、留鳥、漂鳥でもある。青田や水辺に立つ青い容姿の涼しさから夏季。

青鷺のきらりと杭に向き変へし　石井とし夫
夕嵐青鷺吹き去つて高楼に灯　高浜虚子

あをさ汁《あおさじる》　冬→石蓴《あおさ》

青山椒《あおざんしょう》《あをざんせう》　夏七月。秋に色づく山椒の実の、まだ未熟で青く小さい粒のうちをいう。香り高くぴりりと辛いのは変りない。

夏に籠る僧に届きし青山椒　岡安迷子
青山椒つませて貰ふ女客　藤崎美枝子

蒿雀《あおじ》《あをじ》　[三]　秋十月。頬白くらいの大きさで、秋、群をなして山から里へ移動する。背は濃い緑褐色で黒褐色の斑があり、胸は黄色である。**鵐**《しとど》。

山冷に嚏飛ばせば蒿雀たつ　田村萱山
青鵐来て頬白去るや庭の面　高浜虚子

青紫蘇《あおじそ》　夏→紫蘇《しそ》

青芝《あおしば》《あをしば》　[三]　夏六月。夏になって青々と伸び育ってきた芝のことをいう。手入のためにくり返し**芝刈**《しばかり》を行う。

青芝にわが寝そべれば犬もまた　左右木韋城
芝刈機押す要領のわかるまで　千原叡子

青写真《あおじゃしん》《あをじやしん》　[三]　冬十一月。昔あった子供の冬の遊びの玩具の一種。別名、日光写真ともいわれた。

現れて邪魔をせぬ雲青写真　依田秋葭
青写真は映りをり水はこぼれをり　高浜虚子

青芒《あおすすき》《あをすすき》　[三]　夏六月。まだ穂の出ない青々とした芒をいう。萱とは茅萱《ちがや》、芒、菅などの総称である。**芒茂る**《すすきしげる》。**青萱**《あをがや》。**萱茂る**《かやしげる》。

海よりの風這ひのぼる青すすき　草地　勉
まだ風の棲まぬ静けさ青芒　稲畑汀子

青簾《あおすだれ》《あをすだれ》　[三]　夏六月。夏期用いる簾の総称である。**葭簾**《よしすだれ》。**伊予簾**《いよすだれ》。**絵簾**《ゑすだれ》。**玉簾**《たますだれ》。**簾売**《すだれうり》。**簾**《すだれ》。**古簾**《ふるすだれ》。

世の中を美しと見し簾かな　上野　泰
一枚のすだれに籠る女人堂　松田空如

青田《あおた》《あをた》　夏七月。田植をした苗が伸びて、一面青々となった田である。

津軽より色のあがりし羽の青田　三浦文朗
青田見て佇つ百姓の心はも　高浜年尾

青蔦《あおつた》《あをつた》　[三]　夏六月。夏の日ざしに葉面《はづら》を輝かせて青々と這ひ茂る蔦。**蔦茂《つたしげ》る。**

青づたや露台支へて丸柱　杉田久女

青蔦にほの〴〵赤き杉の幹　高浜虚子

青唐辛《あおとうがらし》《あをたうがらし》　夏七月。秋、赤く熟する唐辛の実が、まだ未熟で若々しく緑色のものをいう。**青蕃椒**《あをたうがらし》。

青蕃椒二つ並んで皿の中　加賀谷凡秋

添へ干して青唐辛子ありにけり　高浜虚子

青蕃椒《あおとうがらし》　夏→青唐辛《あおとうがらし》

青梨《あおなし》　秋→梨《なし》

青饅《あおぬた》《あをぬた》　春三月。芥菜《からしな》や胡葱《あさつき》などを、茹でて酢味噌で和《あ》えたものである。

青ぬたや仏へ日供の一とつまみ　麻田椎花

草深く青ぬた食《め》すや中納言　高浜虚子

青海苔《あおのり》《あをのり》　[三]　春二月。内海や河口などに繁殖する海苔で、みどり鮮やかな色で香りがよい。

青海苔や石の窪みのわすれ汐　几董

青海苔をかぶらぬ岩はなかりけり　野村泊月

青葉《あおば》《あをば》　[三]　夏六月。新緑の「若葉」に対して、やや生い茂り、色も濃くなり、生々の気の漲るさかんな感じのものをいう。

漸に墨を交へし青葉かな　高浜虚子

たたずめば青葉明りに写さるゝ　稲畑汀子

青葉木菟《あおばずく》《あをばづく》　[三]　夏六月。青葉のころ渡って来て秋南方に帰る鳩くらいの大きさの木菟で、夜間ホーホーと二声ずつ鳴く。

青葉木菟鳴く峡の温泉の更けやすし　波多野弘秋

青葉木菟ゐる枝を知れり禰宜の妻　田中由子

青瓢《あおふくべ》　秋→瓢《ふくべ》

青葡萄《あおぶどう》《あをぶだう》　夏七月。青くてまだかたい未熟の葡萄のことである。

綾なして洩れる日のあり青葡萄　矢崎春星

青鬼灯《あおほおずき》《あをほほづき》　夏七月。まだ色づかない夏の鬼灯である。青い葉のかげに垂れて目立たないが、しずかなあわれがある。**青酸漿**《あをほほづき》。

青鬼灯形づくりてひそかなる　大橋越央子

うかゞへば青鬼灯の太りかな　高浜虚子

青酸漿《あおほおずき》 夏→青鬼灯《あおほおずき》
青松かさ《あおまつかさ》 秋→新松子《しんちぢり》
青蜜柑《あおみかん》 秋→蜜柑《みかん》
青麦《あおむぎ》《あをむぎ》 ［三］ 春四月。麦が葉をすくすくと伸ばし、やがて青い穂を出す、その間の青々とした春の麦をいう。**麦青む**《むぎあをむ》。
青麦はつん〴〵としてよそ〴〵し　蒲池蓮葉
風早は風強き地よ麦青む　稲畑汀子
青柳《あおやぎ》《あをやぎ》 春→柳《やなぎ》
青柚《あおゆ》《あをゆ》 夏六月。柚子の実のまだ熟さないで青いもの。六月ごろ花をおえると間もなく、葉陰に濃緑の丸い実が見える。
葉ごもりて円かに鬱らき青柚かな　中田みづほ
存問の尼が手にある青柚かな　河村宰秀
青葭《あおよし》 夏→青蘆《あおあし》
青林檎《あおりんご》《あをりんご》 夏七月。早生種の林檎で夏のうちに出荷されるものをいう。剝くと変色が早いが、新鮮な酸味は捨て難い。
青林檎旅情慰むべくもなく　深見けん二
朝夕の青林檎すりみとり妻　梶尾黙魚

赤い羽根《あかいはね》 秋十月。十月一日から一か月間、社会福祉運動として街頭で募金し、応じた人に赤い羽根をつけてくれる。
赤い羽根袈裟につけたるお僧かな　獅子谷如是
うらぶれし日も赤い羽根かく附けし　三星山彦
赤鱏《あかえい》《あかえひ》 ［三］ 夏六月。海底の砂に菱形の平たい体を広げて伏せている。大きいものは体長一メートルを超える。**鱝**《えひ》。
赤鱏の広鰭裏の黄を翻《かへ》す　山口誓子
雑魚と置く赤鱏の眼の憤り　皿井旭川
あかがり 冬→皸《あかぎれ》
あかぎしぎし 春→酸葉《すいば》
皸《あかぎれ》 ［三］ 冬一月。**あかがり**。**胼**《ひび》。**胼薬**《ひびくすり》。
皸の手入れがすめば寝るばかり　児玉葭生
胼の手に祝賀の指輪贈らるゝ　塩田育代
藜《あかざ》 ［三］ 夏五月。アカザ科の一年草で、初夏に若葉を採って食べる。やはり夏、黄緑色の細かい花が穂をなして咲く。**藜の杖**《あかざのつゑ》。
隠栖に露いっぱいの藜かな　阿波野青畝

　鎌とげば藜悲しむけしきかな　高浜虚子

藜の杖《あかざのつえ》　夏→藜《あかざ》

赤潮《あかしお》《あかしほ》　夏七月。珪藻類や水中のプランクトンが異常発生して、水の色が赤褐色に変ることである。**苦潮**《にがしほ》。

　赤潮の帯の礁にかゝりそむ　湯浅桃邑

　赤潮の迫れる真珠筏かな　山田不染

アカシヤの花《あかしやのはな》　夏五月。わが国でアカシヤというのは、多くは**はりゑんじゆ**、別名「ニセアカシヤ」のことである。初夏に白い蝶形の花を総状に咲き垂れる。

　降るほどの花アカシヤの馬車に乗る　砂田美津子

　アカシヤの花の盛りがさそふ旅　稲畑汀子

赤蜻蛉《あかとんぼ》　秋→蜻蛉《とんぼ》

蕃茄《あかなす》　夏→トマト

茜掘る《あかねほる》　［三］　秋十月。山野の茜の根を掘ることで、根は茜染の原料となり、または薬用に用いられる。

　前掛を染める茜といひて掘る　前内木耳

赤のまま《あかのまま》　秋→赤のまんま《あかのまんま》

赤のまんま《あかのまんま》　秋八月。**犬蓼の花**《いぬたでのはな》のことである。**赤のまま**《あかのまま》。

　山寺の咲くだけふえて赤のまま　高浜きみ子

　主なき書屋に赤のまま活けて　川口咲子

赤裸《あかはだか》　夏→裸《はだか》

赤腹《あかはら》　夏→蠑螈《いもり》

赤富士《あかふじ》　夏七月。夏の暁方、朝日に照らし出されて山肌が赤く染まって見える富士をいう。北斎の版画にもなっている。

　赤富士に滴る軒の露雫　深見けん二

贖物《あがもの》　夏→形代《かたしろ》

上蔟《あがり》　夏→上蔟《じょうぞく》

上蔟団子《あがりだんご》　夏→上蔟《じょうぞく》

秋《あき》　［三］　秋八月。三暑が過ぎると秋が来る。立秋（八月七、八日）から立冬（十一月七、八日）の前日まで三か月。**三秋**《さんしう》とは初秋、仲秋、晩秋をいい、秋九十日間を**九秋**《きうしう》と称する。**ホ句の秋**《ほくのあき》、**島の秋**《しまのあき》、**野路の秋**《のぢのあき》、**窓の秋**《まどのあき》、**秋の宿**《あきのやど》、**秋の人**《あきのひと》など。

　秋の航一大紺円盤の中　中村草田男

よその子にかこまれて秋何話そ　高田風人子
降る火山灰に馴れねばならぬ人の秋　藤崎久を
選集を選みしよりの山の秋　高浜虚子
みちのくの短き秋と出逢ふ旅　稲畑汀子

秋暑し《あきあつし》　秋→残暑《ざんしょ》

秋袷《あきあわせ》《あきあはせ》　秋九月。秋になって着る袷である。単に「袷」といえば初夏の季題である。**秋の袷**《あきのあはせ》。**後の袷**《のちのあはせ》。

ひとり身に似てこの頃の秋袷　田畑美穂女
襟合すとき背を正し秋袷　原田一郎

秋鰯《あきいわし》　秋→鰯《いわし》

秋団扇《あきうちわ》《あきうちは》　〔三〕秋九月。秋になって、ときおりは使われるが大方はかえりみられぬまま身のまわりにある団扇のこと。**捨団扇**《すてうちは》。

看とり女の疲れてをりし秋団扇　石川星水女
まだ置いてある秋団扇あれば手に　稲畑汀子

秋扇《あきおうぎ》《あきあふぎ》　〔三〕秋九月。秋になっても使われている扇か、もしくは不用になっても手近にある扇。**扇置く**《あふぎおく》。**捨扇**《すてあふぎ》。**忘れ扇**《わすれあふぎ》。

芸に身をたてる気はなし秋扇　吉田小幸
秋扇を遣ひつゝ僧上堂す　高浜年尾

秋惜む《あきおしむ》《あきをしむ》　秋十月。去り行く秋を惜しむのである。

好晴の秋を惜めば曇り来し　鈴木花蓑
よべ星と語りし秋を惜み発つ　稲畑汀子

秋風《あきかぜ》　〔三〕秋十月。東風が春、南風が夏の風であるように、秋は西、西南の風が多い。**秋の風**《あきのかぜ》。**金風**《きんぷう》。

人は門訪ひ秋風は草を訪ふ　蔦　三郎
秋風や眼中のもの皆俳句　高浜虚子
秋風や竹林一幹より動く　高浜年尾

秋草《あきくさ》　〔三〕秋九月。秋の庭園や野原を彩るいろいろな**秋の草**《あきのくさ》をいう。**色草**《いろくさ》。**千草**《ちくさ》。

風そよぐとき秋草となりにけり　西村　数
秋草の野にある心活けられし　稲畑汀子

あきぐみ　秋→茱萸《ぐみ》

秋来る《あきくる》　秋→立秋《りっしゅう》

秋蚕《あきご》　秋九月。秋に飼う蚕である。「春蚕」「夏蚕」に対していう。上蔟《あがり》までの日数が短いので手数はかからない。

貰ひ桑あての秋蚕を少し飼ふ　鈴木秋翠
横山を下りれば秋蚕飼へる家　高浜虚子

秋桜《あきざくら》　秋→コスモス

秋鯖《あきさば》　〔三〕　秋九月。秋になって脂がのってくる鯖は、本鯖という種類で「秋鯖は嫁に食わすな」といわれるくらいうまい。

秋鯖がうまし〳〵と朝市女　山下静居

秋さぶ《あきさぶ》　秋→秋深し《あきふかし》

秋寒《あきさむ》　秋→やや寒《ややさむ》

秋雨《あきさめ》　秋→秋の雨《あきのあめ》

秋時雨《あきしぐれ》　秋十月。冬近く、しかしまだ秋のうちに降る時雨である。

待つ間にも秋の時雨の二度三度　佐土井智津子
日矢こぼしゆける迅さに秋時雨　稲畑汀子

秋涼し《あきすずし》　秋→新涼《しんりょう》

秋簾《あきすだれ》　〔三〕　秋九月。秋に入ってもなお掛け続けている簾である。すでに色あせ、疲れた感じに垂れ下がっている。

やゝ暗きことに落ちつき秋簾　今井つる女
妻もまた世事にはうとく秋簾　松岡ひでたか

秋空《あきぞら》　秋→秋の空《あきのそら》

秋高し《あきたかし》　〔三〕　秋十月。秋は空気も澄み、ことに晴れ渡った空は高く感じられる。これを秋高しといい、**天高し**《てんたかし》とも用いられる。

高原の秋高しとも深しとも　品川光子
天高しシャガールの絵の青よりも　稲畑汀子

秋闌《あきたけなわ》　秋→秋深し《あきふかし》

秋立つ《あきたつ》　秋→立秋《りっしゅう》

秋近し《あきちかし》　夏七月。まだ衰えない暑さの中にも、ふと秋の足音を聞いたと思うことがある。

秋を待つ《あきをまつ》

椅子の向くまゝに湖見て秋近し　大久保橙青
佳き話聞くより秋の待たれたる　桑田詠子

あきつ　秋→蜻蛉《とんぼ》

秋黴雨《あきついり》　秋→秋の雨《あきのあめ》

秋燕《あきつばめ》　秋→燕帰る《つばめかえる》

秋出水《あきでみず》《あきでみづ》　秋九月。颱風季の豪雨によって、秋も出水が多い。単に「出水」といえば夏季、五月雨《さみだれ》ごろの出水をさす。

刻なしに寺の鐘鳴る秋出水　成嶋瓢雨

鏡板に秋の出水のあとありぬ　高浜虚子

秋茄子《あきなす》　〔三〕　秋九月。秋になってまだ生る茄子である。**秋茄子**《あきなすび》。

味うすき京の朝餉の秋茄子　今井つる女

秋茄子の日に籠にあふれみつるかな　高浜虚子

秋茄子《あきなすび》　秋→秋茄子《あきなす》

秋の雨《あきのあめ》　〔三〕　秋十月。**秋雨**《あきさめ》は蕭条《しょうじょう》と降る。長く続くと**秋霖**《しゅうりん》、**秋黴雨**《あきついり》などと呼ばれる。

秋雨や駅にはいつも別れあり　山田弘子

港の灯ともり秋霖けぶらしぬ　稲畑汀子

秋の鮎《あきのあゆ》　秋→落鮎《おちあゆ》

秋の袷《あきのあわせ》　秋→秋袷《あきあわせ》

秋の入日《あきのいりひ》　秋→秋の日《あきのひ》

秋の海《あきのうみ》　〔三〕　秋九月。秋天の下に広がる秋の海には、海水浴などで賑わった夏の海の明るさはない。**秋の浪**《あきのなみ》。**秋の浜**《あきのはま》。

引揚ぐる船を追ひうつ秋の浪　高浜虚子

海女のその物語いま秋の海　稲畑汀子

秋の蚊《あきのか》　〔三〕　秋九月。秋なお残って人を刺す蚊は執念深く憎くもあるが、どこか哀れでもある。

秋の蚊のよろめきながら止りけり　坂井　建

秋の蚊の灯より下り来し軽さかな　高浜年尾

秋の風《あきのかぜ》　秋→秋風《あきかぜ》

秋の幮《あきのかや》　秋→秋の蚊帳《あきのかや》

秋の蚊帳《あきのかや》　〔三〕　秋九月。秋に入っても、しばらくは吊ったり、しまわないで手近に出しておく蚊帳のこと。**秋の幮**《あきのかや》。**九月蚊帳**《くぐわつがや》。

秋蚊帳の白きところは白き継　村尾梅風

秋の蚊帳半分吊ってわづらへる　林　克己

秋の川《あきのかわ》《あきのかは》　〔三〕　秋十月。水澄むころの川の風情はよい。山村の川、町中の川、河原に立てば、行く水は快い音を立てる。

秋の川堰き止められしまゝ涸れて　田了鴨汀

物浸けて即ち水尾や秋の川　高浜虚子

秋の草《あきのくさ》　秋→秋草《あきくさ》

秋の雲《あきのくも》　〔三〕　秋十月。澄みきった秋空に湧いては消える雲である。縞模様となったり、流れたり、変化に富む。

灰色をふくみ大塊秋の雲　上野　泰

とどまるもとどまらざるも秋の雲　稲畑汀子

秋の暮《あきのくれ》　〔三〕　秋十月。秋の夕暮のことで、詩歌に多く詠まれてきた。**秋の夕《あきのゆふべ》**。

独りとはつくづく秋の暮るゝかな　竹腰八柏
駅弁を食ひたくなりぬ秋の暮　高浜年尾

秋の声《あきのこえ》《あきのこゑ》　〔三〕　秋十月。耳に聞こえるというのではない。心に感ずる音、すなわち秋の気配といったものである。**秋声《しゅうせい》**。

静寂や果してありし秋の声　高浜年尾
松籟を秋声と聞きとめて住む　稲畑汀子

秋の潮《あきのしお》《あきのしほ》　〔三〕　秋九月。秋の海の潮である。潮の色も夏の明るさから、紺碧の深い色に変わっていく。干満の差が激しい。

天草の見ゆる秋潮くみ連れて　坊城菫子
ゆるやかに帆船はひりぬ秋の汐　高浜虚子

秋の霜《あきのしも》　秋十月。霜はふつう冬に降りるのであるが、晩秋に霜を見ることがある。

冬瓜のいたゞき初むる秋の霜　李　由

秋の蟬《あきのせみ》　〔三〕　秋八月。単に蟬といえば夏の季題であるから、秋になってから鳴く蟬をとくに秋の蟬と呼ぶのである。

秋蟬に渦潮迅し壇の浦　赤堀五百里
木洩日に鳴きつまづきて秋の蟬　稲畑汀子

秋の空《あきのそら》　〔三〕　秋十月。青く澄みきった秋の空は、一年中でもっとも美しく感じられる。**秋空《あきぞら》**。**秋天《しゅうてん》**。

口笛を吹く顔来り秋天下　奥田智久
秋天の下に浪あり墳墓あり　高浜虚子

秋の田《あきのた》　秋十月。秋の黄金色に稔った稲田をいう。

千枚の秋の田山に張り付きし　須藤常央
島裏にしていくばくの秋の田も　本井　英

秋の蝶《あきのちょう》《あきのてふ》　〔三〕　秋九月。秋に飛んでいる蝶のことをいう。

秋蝶のもつれてとけてよそよそし　高槻青柚子
秋蝶を見しより風の美しく　岩垣子鹿

秋の月《あきのつき》　秋→月《つき》
秋の七草《あきのななくさ》　秋→七草《ななくさ》
秋の浪《あきのなみ》　秋→秋の海《あきのうみ》

秋の野《あきのの》　［三］　秋十月。秋草が咲き乱れ、虫の音が聞こえ、秋風の吹く野原である。
秋郊《しゅうこう》。

嵯峨こゝに来て秋郊と云へる景　中川信子
赤道を越えて帰りて秋の野に　堀口俊一

秋の蠅《あきのはえ》《あきのはへ》　［三］　秋九月。夏はうるさい蠅も、秋になるとだんだん気力が衰え、動きも鈍くなる。

夜の客に翅ひゞかせて秋の蠅　飯田蛇笏
秋の蠅生れしばかりの牛の子に　粟津松彩子

秋の浜《あきのはま》　秋→秋の海《あきのうみ》

秋の日《あきのひ》　［三］　秋十月。あわただしく暮れる秋の一日をいい、また秋の太陽、秋の日差しをもいう。**秋の入日**《あきのいりひ》。

秋の日の落つる陽明門は鎖さず　山口青邨
橋くゞる一瞬秋の日のかげり　稲畑汀子

秋の灯《あきのひ》　［三］　秋九月。「灯火親しむべし」といわれる秋の夜のともしびである。**秋灯**《しゅうとう》。**秋燈**《しゅうとう》。**灯火親し**《とうくわしたし》。**灯下親し**《とうかしたし》。

贅沢な一人の時間灯下親し　塙　告冬
秋灯や夫婦互に無き如く　高浜虚子

秋の人《あきのひと》　秋→秋《あき》
秋の蛇《あきのへび》　秋→蛇穴に入る《へびあなにいる》

秋の水《あきのみず》《あきのみづ》　［三］　秋九月。秋の冷やかに澄んでいる水である。「三尺の秋水」といって、古人は名刀の感じにたとえた。**秋水**《しうすゐ》。

雲流れ運河は秋の水湛へ　池内友次郎
走り来る秋水そこに沢の家　高浜虚子

秋の峰《あきのみね》　秋→秋の山《あきのやま》
秋の宿《あきのやど》　秋→秋《あき》

秋の山《あきのやま》　［三］　秋十月。紅葉のころ、その彩りで山々が自らを粧うという感じになるのを**山粧ふ**《やまよそふ》という。**秋山**《あきやま》。**秋の峰**《あきのみね》。

馬放つ牧の中にも秋の山　左右木韋城
山粧ふ日毎峰より袈裟がけに　井口天心

秋の夕《あきのゆうべ》　秋→秋の暮《あきのくれ》

秋の夜《あきのよ》　［三］　秋九月。日が暮れて夜のまだ浅い間は**秋の宵**《あきのよひ》という。

秋の夜や隠岐の地酒をすゝめらる　山内二三子
秋の夜のこころが紙に文字となる　綿谷吉男

秋の宵《あきのよい》　秋→秋の夜《あきのよ》

秋晴《あきばれ》　［三］　秋十月。秋の快晴の日は空気が澄んでまことに気持がよい。**秋日和**《あきびより》。

影といふものにもありし秋日和　広瀬ひろし

出かけねばならぬかに秋晴れてをり　浅利恵子

秋日傘《あきひがさ》　［三］　秋九月。秋になっても暑い日は多い。婦人たちは耐えがたい秋の日差しを避けるために日傘をさして外出する。

前を行く一つまぶしき秋日傘　千原草之

秋日傘汚れしほどに持ち馴れし　稲畑汀子

秋彼岸《あきひがん》　秋九月。秋分を中日として前後合わせての七日間。**後の彼岸**《のちのひがん》。**秋彼岸会**《あきひがんゑ》。単に「彼岸」といえば春の彼岸をさす。

病む妻にふるさと遠き秋彼岸　川口利夫

秋彼岸にも忌日にも遅れしが　高浜虚子

秋彼岸会《あきひがんえ》　秋→秋彼岸《あきひがん》

秋日和《あきびより》　秋→秋晴《あきばれ》

秋深し《あきふかし》　秋十月。秋もまことに深まって山川草木ことごとく静けさを湛えた感じをいうのである。**秋さぶ**《あきさぶ》。**深秋**《しんしう》。**秋闌**《あきたけなは》。

深秋の師の忌へ参ず一人旅　安原　葉

思川まで歩をのばし秋深む　千原草之

秋遍路《あきへんろ》　［三］　秋九月。「遍路」は春の季題となっているが、秋にもまたよく見かける。

堂守を頼りに病める秋遍路　細川憲也

予の国の大入日かな秋遍路　浅井青陽子

秋祭《あきまつり》　［三］　秋十月。秋季に行われる神社の祭礼をいう。**里祭**《さとまつり》、**浦祭**《うらまつり》、**村祭**《むらまつり》、**在祭**《ざいまつり》などとも呼ばれる。

奥能登は七浦かけて秋祭　升谷一灯

老人と子供と多し秋祭　高浜虚子

秋繭《あきまゆ》　秋九月。秋にできあがる繭である。糸の性質は春蚕のものよりいくらか劣る。単に「繭」といえば夏季となる。

秋繭に煮えたちし湯や高はじき　飯田蛇笏

秋めく《あきめく》　秋八月。山や川などのたたずまいがどことなく秋らしくなっていくのをいう。

日射し落ちそめて秋めく潮かな　田坂紫苑

翻りやすきものより秋めける　竹中弘明

秋山《あきやま》　秋→秋の山《あきのやま》

秋を待つ《あきをまつ》　夏→秋近し《あきちかし》

揚提灯《あげぢょうちん》　秋→灯籠《とうろう》

明の春《あけのはる》　冬→新年《しんねん》

揚羽蝶《あげはちょう》　春→蝶《ちょう》

揚花火《あげはなび》　秋→花火《はなび》

揚羽子《あげはね》　冬→追羽子《おいばね》

通草《あけび》　秋十月。実は一〇センチ近い楕円形で、数個が固まってつく。熟れると黒褐色になって厚い皮が縦に割れ、中に白い果肉が見え、真黒な種子が一杯つまっている。

山荘に通草成る頃閉ざす頃　星野　椿

通草実のはじけてゐるに日当れり　高浜年尾

通草の花《あけびのはな》　春四月。蔓性の落葉低木で、山野に自生し、また垣根などを這いまわる。三弁の淡い紫色の花を咲かせる。

花あけびうち仰ぎゐて湯ざめかな　宮野小提灯

花通草崖はそこより谿に落つ　五十嵐播水

揚雲雀《あげひばり》　春→雲雀《ひばり》

明易し《あけやすし》　夏→短夜《みじかよ》

麻《あさ》　〔三〕夏七月。晩夏刈りとり、皮を剝いで繊維とする。**大麻**《おほあさ》。**麻の葉**《あさのは》。**麻の花**《あさのはな》。**麻刈**《あさかり》。

戸隠の社家の軒にも麻の束　二宅まさる

麻の中雨すい〳〵と見ゆるかな　高浜虚子

浅瓜《あさうり》　夏→瓜《うり》

朝顔《あさがお》《あさがほ》　秋八月。その名のとおり朝開く。赤、白、紺、絞りなど。漢名**牽牛花**《けんぎうしわ》。

朝顔のしづかにひらく折目かな　片岡片々子

朝顔に旅の疲れをもちこさず　豊田いし子

朝顔市《あさがおいち》《あさがほいち》　夏七月。七月六日、七日、八日の三日間、東京入谷の鬼子母神の縁日に、早朝から朝顔市が立つ。

買はでもの朝顔市も欠かされず　篠塚しげる

朝顔の模様の法被市の者　高浜年尾

朝顔苗《あさがおなえ》《あさがほなへ》　夏六月。光沢のある揚巻貝を開いたような独特の形をした双葉の間から、うぶ毛のある蔓と本葉が伸び始める。

朝顔の双葉のどこか濡れゐたる　高野素十

朝顔の二葉より又はじまりし　高浜虚子

朝顔の実《あさがおのみ》《あさがほのみ》　秋十月。花の終わった蔓にうす茶色の実が育ち、やがて薄皮がはじけて黒褐色の小粒の種子がこぼれる。

構はれずなりし鉢朝顔が実に　藤松遊子

朝顔蒔く《あさがおまく》《あさがほまく》　春四月。四月上旬から五月にかけて蒔くが、八十八夜前後が最もよいとされている。

朝顔を蒔きたる土に日爛干　山口青邨
生えずともよき朝顔を蒔きにけり　高浜虚子

朝霞《あさがすみ》　春→霞《かすみ》
麻刈《あさかり》　夏→麻《あさ》
浅き春《あさきはる》　春→春浅し《はるあさし》
朝霧《あさぎり》　秋→霧《きり》
朝草刈《あさくさがり》　夏→草刈《くさかり》
浅草祭《あさくさまつり》　夏→三社祭《さんじゃまつり》

朝曇《あさぐもり》　夏七月。「旱《ひでり》の朝曇り」という諺があるように、炎暑がとくにきびしくなる日の朝は曇っていることが多い。

前向ける雀は白し朝ぐもり　中村草田男
今日といふ日が動き出す朝ぐもり　刀根双矢

朝東風《あさごち》　春→東風《こち》

莕菜《あさざ》　夏六月。**浅沙の花**《あさざのはな》は浅い流れに咲く花という意であるという。夏、水面に黄色い五弁花を咲かせる。**花蓴菜**《はなじゅんさい》。

朝桜《あさざくら》　春→桜《さくら》

舞ひ落つる蝶ありあさゞかしげ咲き　星野立子

浅沙の花《あさざのはな》　夏→莕菜《あさざ》
麻座布団《あさざぶとん》　夏→夏座布団《なつざぶとん》

朝寒《あささむ》　秋十月。露霜など置くころとなり、朝の間だけ寒さを覚えることをいう。

ただでさへ苦手な朝の寒さかな　今橋真理子
朝寒に起きねばならぬ力あり　稲畑汀子

朝時雨《あさしぐれ》　冬→時雨《しぐれ》
朝霜《あさしも》　冬→霜《しも》
朝涼《あさすず》　夏→涼し《すずし》

胡葱《あさつき》　春三月。山野に自生し、また野菜として栽培される。**糸葱**《いとねぎ》。**千本分葱**《せんぼんわけぎ》。

あさつきの葉を吹き鳴らし奉公す　高野素十

浅漬《あさづけ》　冬十一月。生乾きの大根を麹、糠などで薄塩にあっさり漬けたもので長もちはしない。

浅漬の茶飯よろこぶ老医かな　吉田孤羊

浅漬や人清福に住まひゐし　三浦　俊

浅漬市《あさづけいち》　秋→べったら市《べったらいち》

朝露《あさつゆ》　秋→露《つゆ》

朝凪《あさなぎ》　夏→夕凪《ゆうなぎ》

朝虹《あさにじ》　夏→虹《にじ》

朝寝《あさね》　［三］　春四月。春は寝心地のよいものである。朝掃除の物音を聞きながら、うつらうつらするのも心地よい。

もの音の我家とまがふ旅朝寝　翁長恭子

フィアンセが来るてふ朝寝してをれず　藤　丹青

麻の葉《あさのは》　夏→麻《あさ》

麻の花《あさのはな》　夏→麻《あさ》

朝の雪《あさのゆき》　冬→雪《ゆき》

麻暖簾《あさのれん》　夏→夏暖簾《なつのれん》

麻羽織《あさばおり》　夏→夏羽織《なつばおり》

麻袴《あさばかま》　夏→夏袴《なつばかま》

麻蒲団《あさぶとん》　夏→夏蒲団《なつぶとん》

麻蒔く《あさまく》　春三月。麻の種は三、四月ごろ畝を切り、筋蒔とする。古くから栽培されている。

麻まくや湖へ傾く四五ケ村　永田青嵐

薊《あざみ》　春→薊の花《あざみのはな》

薊の花《あざみのはな》　春四月。春咲く薊は野薊で山野に自生する。花は紅紫色で種類が多い。**花薊**《はなあざみ》。**薊**《あざみ》。

水かへて薊やいのち長かりし　久保より江

あざみ濃し芭蕉もゆきしこの道を　星野立子

浅蜊《あさり》　［三］　春四月。湾内や内海に多い二枚貝で、殻の表面はざらざらしており、淡倉色に白色および淡黒色の斑点がある。

潮先に掘りし浅蜊を洗ひては　藤木呂九艸

蛤に劣る浅蜊や笊の中　高浜虚子

蘆《あし》　［三］　秋十月。蘆は各地の池や沼、川辺に群がって生える。姿は芒に似て二メートルにもなり、茎は中空で秋に花穂をつける。葉や花穂が風になびきさわぐのは、秋の一点景である。春に「蘆の角」、夏に「青蘆」、秋に「蘆の花」、冬に「枯蘆」とあるが、単に「蘆」というと秋季になる。**蘆原**《あしはら》。**よし**。

蘆いきれ水いきれ釣倦みて来し　田上波浪

沼舟の棹高々と蘆がくれ　高浜虚子

鰺《あじ》《あぢ》　[三] 夏六月。最も一般的な真鰺は体側に一条の菱形鱗がある。かつては夏の夕方、とれたばかりの鰺を売りに来た。**夕鰺**《ゆふあぢ》。**鰺売**《あぢうり》。

黒海のかもめに釣れし鰺投げる　坊城中子

そのかみの和蘭陀埠頭鰺を干す　高浜年尾

足焙《あしあぶり》　冬→足温め《あしぬくめ》

鰺売《あじうり》　夏→鰺《あじ》

蘆刈《あしかり》　秋十月。蘆は晩秋から冬にかけて刈り取る。**刈蘆**《かりあし》。

上げ潮の見え来し蘆を刈りはげむ　黒沢北江

丁寧に刈らねば蘆の折れ易く　高橋野火

紫陽花《あじさい》《あぢさゐ》　夏六月。梅雨のころ小花が多数集まった毬のような花をつける。**七変化**《しちへんげ》。**四葩**《よひら》。

七変化はじまる白は毬なさず　吉年虹二

あぢさゐの色にはじまる子の日誌　稲畑汀子

蘆茂る《あししげる》　夏→青蘆《あおあし》

足揃へ《あしぞろえ》　夏→競馬《けいば》

足長蜂《あしながばち》　春→蜂《はち》

足温め《あしぬくめ》　[三] 冬十二月。椅子の下に置いて、脚部の冷えを暖めるものである。**足焙**《あしあぶり》。**足炉**《あしろ》。

足あぶりしづかに足を踏みかゆる　田村木国

足焙わが学問をつゞかしむ　三村純也

蘆の角《あしのつの》　春三月。蘆は細く鋭い芽を、つんと空に突き出す。角という呼び方も、俳句古来のもの。**蘆の芽**《あしのめ》。**角組む蘆**《つのぐむあし》。

蘆芽ぐむ水を叩いて家鴨追ふ　波多野弘秋

大方は泥をかぶりて蘆の角　高浜虚子

蘆の花《あしのはな》　秋十月。水辺の蘆は紫がかった大きな花穂をつける。芒に似ているが、もっと逞しい。**葭の花**《よしのはな》。**蘆の穂**《あしのほ》。

夕日今芦の花より低きかな　高田風人子

芦の花ここにも沼の暮しあり　深見けん二

蘆の穂《あしのほ》　秋→蘆の花《あしのはな》

蘆の穂絮《あしのほわた》　秋十月。晩秋、蘆の花穂が熟して紫褐色の実となり、やがて白い穂絮が風に誘われて遠く飛び散る。

蘆の穂や水にふれんとして飛べる　大森積翠
蘆の絮風の速さに吹かれ来し　成嶋瓢雨

蘆の芽《あしのめ》　春→蘆の角《あしのつの》

蘆原《あしはら》　秋→蘆《あし》

蘆火《あしび》　秋十月。蘆の焚火である。多くは、蘆を刈る人が蘆で焚火をして、濡れた手足を乾かしたり暖をとったりする。

蘆火中淀の一水光りけり　井桁蒼水
菅の火は蘆の火よりも尚弱し　高浜虚子

あしびの花《あしびのはな》　春→馬酔木の花《あせびのはな》

蘆辺踊《あしべおどり／あしべをどり》　春四月。大阪南地、五花街の芸妓が総出演した春の踊。現在は北、新町、堀江、南の四花街合同で大阪踊として四月一日から十日間、道頓堀中座で開催されている。

かんばせに蘆辺踊のはねの雨　後藤夜半
誘ひたる蘆辺踊に誘はるゝ　高浜虚子

足炉《あしろ》　冬→足温め《あしぬくめ》

網代《あじろ》　〔三〕冬十一月。水中に小柴、竹などを立て連ねて魚を導き、筌《ど》などを仕掛けて魚を捕るのである。**網代木**《あじろぎ》。**網代守**《あじろもり》。

朝夕の伊賀の山あり網代守る　橋本鶏二
網代木にさゝ波見ゆる月夜かな　高浜虚子

網代笠《あじろがさ》　夏→編笠《あみがさ》

網代木《あじろぎ》　冬→網代《あじろ》

網代守《あじろもり》　冬→網代《あじろ》

蘆若葉《あしわかば》　春→若蘆《わかあし》

小豆《あずき／あづき》　秋八月。大豆とともに昔から栽培され、莢は細長く、六、七粒の赤い豆が入っている。

躊躇へば踏み入れと云ふ干小豆　牧野素山
葛城の神々の村小豆干す　松下風草子

あづきあらひ《あずきあらい》　秋→茶立虫《ちゃたてむし》

小豆粥《あずきがゆ／あづきがゆ》　冬一月。一月十五日に小豆を入れて炊いた粥のことで、餅も入れる。邪気、疫病を祓うという。**十五日粥**《じふごにちがゆ》。

山の温泉に泊りなじみて小豆粥　森　白象
明日死ぬる命めでたし小豆粥　高浜虚子

アスパラガス　春三月。ヨーロッパ原産で主に北海道で栽培される。**松葉独活**《まつばうど》。

伽羅蕗もグリーンアスパラガスも好き　新谷氷照

羊蹄へ続く青アスパラの畝　広中白骨

東踊《あずまおどり》《あづまをどり》　春四月。新橋芸妓が、新橋演舞場で演ずる春の踊である。四月末の四日間ほど行われる。

灯《あかり》つく東踊のみちしるべ　中村秀好

遅き妓は東をどりの出番とや　高浜虚子

東菊《あずまぎく》《あづまぎく》　春四月。四、五月ごろ、茎の頂に一輪、菊に似た淡紅紫色の花をつける。**吾妻菊**《あづまぎく》。

湯がへりを東菊買うて行く妓かな　長谷川かな女

吾妻菊《あずまぎく》　春→東菊《あずまぎく》

東コート《あずまこーと》　冬→コート

汗《あせ》　[三] 夏七月。日本の夏は気温も湿度も高いのでじっとしていても汗が流れる。**汗の玉**《あせのたま》。**玉の汗**《たまのあせ》。**汗みどろ**《あせみどろ》。**汗の香**《あせのか》。**汗水**《あせみづ》。**汗ばむ**《あせばむ》。

汗のもの山と洗うて看取妻　山田不染

隣席の汗の男をうとみみる　坊城としあつ

汗手貫《あせてぬき》　夏七月。籐または馬の毛、鯨のひげ、生糸の撚糸《よりいと》などで粗く編んだ筒状のもの。汗のため袖口の汚れるのを防ぐ。

汗手貫僧は威容を崩さざる　高見冬花

たくましき僧の腕や汗手貫　高浜年尾

汗衫《あせとり》　夏七月。上衣に汗のつくのを防ぐための肌着で、ガーゼ襦袢や**網襦袢**《あみじゅばん》などがある。古くは**紙捻襦袢**《こよりじゅばん》もあった。

舞ひ終へし娘の汗衫の重きかな　川口咲子

汗衫を取りて我家に勝るなし　河野美奇

汗拭《あせぬぐい》　夏→ハンカチーフ

畦塗《あぜぬり》　春四月。打ち終わった田の畦から水が漏れるのを防ぐために、鍬を使って畦土の表面を塗り固めること。**塗畦**《ぬりあぜ》。

不機嫌に昨日の畦をぬりかへし　田島耕人

畦を塗る鍬の光をかへしつゝ　高浜虚子

汗の香《あせのか》　夏→汗《あせ》

汗の玉《あせのたま》　夏→汗《あせ》

汗ばむ《あせばむ》　夏→汗《あせ》

馬酔木の花《あせびのはな》　春四月。枝先から長い花穂を垂らし、多数の鈴蘭に似た小花をつける。**あしびの花**《あしびのはな》。**あせぼの花**《あせぼのはな》。

参籠の一夜は明けぬ花馬酔木　森定南楽

花馬酔木ばかり目につく島に著く　稲畑汀子

汗巾《あせふき》　夏→ハンカチーフ

あせぼ　夏→汗疹《あせも》

あせぼの花《あせぼのはな》　春→馬酔木の花《あせびのはな》

汗水《あせみず》　夏→汗《あせ》

汗みどろ《あせみどろ》　夏→汗《あせ》

汗疹《あせも》　〔三〕夏七月。汗のためにできる発疹で、赤くなり痒い。額、頸、胸などにできやすく乳幼児に多い。**あせぼ**。**汗疣**《あせも》。

休まずに働くゆゑの汗疹とも　田崎令人

なく声の大いなるかな汗疹の児　高浜虚子

汗疣《あせも》　夏→汗疹《あせも》

畦焼く《あぜやく》　春→野焼く《のやく》

暖か《あたたか》　〔三〕春三月。**ぬくし**。

笑みと云ふ無言の会釈暖かし　田中暖流

今日よりの暖かさとはなりにけり　高浜年尾

温め酒《あたためざけ》　〔三〕秋十月。陰暦九月九日から酒を温めて用いれば病なしという言い伝えがあった。**温め酒**《ぬくめざけ》。

能登衆と一夜の酒を温めむ　桑田青虎

些事といふ勿れ自祝の温め酒　川田長邦

熱燗《あつかん》　〔三〕冬十二月。酒の燗をことに熱くすること。寒さ凌ぎに、熱燗で一杯というのはまた格別である。

熱燗やふるさと遠き人と酌み　西沢破風

熱燗もほど〳〵にしてさて飯と　高浜年尾

厚岸草《あっけしそう》　秋→珊瑚草《さんごそう》

厚氷《あつごおり》　冬→氷《こおり》

暑さ《あつさ》　〔三〕夏六月。秋は冷ややかに冬は寒く、春は暖かに夏は暑い。梅雨の晴間や梅雨明けからはことに暑熱の感が強い。

熱き茶をふくみつゝ暑に堪へてをり　高浜虚子

本当の暑さの待つてゐる暑さ　稲畑汀子

暑さあたり《あつさあたり》　夏→暑気中り《しょきあたり》

厚司《あつし》　〔三〕　冬十二月。太糸で織った厚手の綿織物、またはそれで作った着物をいう。「厚子《あつし》」とも書く。あつしはアイヌ語。

厚司著て元艦長が荷宰領　吉井莫生

厚司著て世にのこされしアイヌかな　小島海王

あとすざり　夏↓蟻地獄《ありじごく》

穴子《あなご》　〔三〕　夏五月。波の静かな内海の砂泥の中にいて、鰻《うなぎ》や鱧《はも》と似ているが、小さく、色も淡い。**海鰻《あなご》**。

夕河岸を穴子釣舟出るところ　滝本除夜子

帰り来る舟に出てゆくあなご舟　五十嵐播水

海鰻《あなご》　夏↓穴子《あなご》

穴施行《あなせぎょう》　冬↓寒施行《かんせぎょう》

鳳梨《あななす》　夏↓パイナップル

穴蜂《あなばち》　春↓蜂《はち》

穴まどひ《あなまどい》《あなまどひ》　秋九月。彼岸を過ぎても穴に入らない蛇を穴まどいという。

穴惑ふあたりの草の深さかな　山岡三重史

穴惑よけて通りし足使ひ　高浜年尾

アネモネ　春四月。葉はにんじんに似て、花は紅、白、紫など罌粟に似て一重または八重に咲く。芯は黒い。

アネモネはしほれ鞄は打重ね　高浜虚子

虻《あぶ》　〔三〕　春四月。全体として蠅に似ているが、蠅より大きく色も明るい。唸り澄む羽音には春昼の感が深い。

虻澄みてつゝと移りて又澄みぬ　高浜虚子

虻宙にとどまるときの羽音かな　稲畑汀子

油菊《あぶらぎく》　秋↓野菊《のぎく》

油蟬《あぶらぜみ》　夏↓蟬《せみ》

油照《あぶらでり》　夏↓炎天《えんてん》

油虫《あぶらむし》　〔三〕　夏六月。一般に**ごきぶり**と呼ばれ種類は多いが、三センチほどの褐色のちゃばねごきぶりがよく目につく。

ごきぶりも同じ驚きなりしこと　下田実花

ごきぶりの棲み古る家に吾も住み　田中暖流

海女《あま》　〔三〕　夏七月。海にもぐって鮑《あわび》などの貝や海藻類を採る女性で、春から秋にかけて仕事をするが、夏が最盛期である。

時化あとの海が暗しと海女嘆き　中村聖鳥
桶抱いて浮いてばかりの稽古海女　土屋仙之

雨蛙《あまがえる》《あまがへる》 ［三］ 夏六月。夏、木の枝や葉の表に留まっている体長四センチくらいの小さな緑色の蛙である。**枝蛙**《えだかはづ》。**青蛙**《あをがへる》。

青蛙おのれもペンキぬりたてか　芥川我鬼
野の草の色にまもられ青蛙　工藤いはほ

甘柿《あまがき》 秋↓柿《かき》

雨乞《あまごい》《あまごひ》 夏七月。旱魃になると農村では神や仏に祈って雨を呼ぶ。**雨の祈**《あめのいのり》ともいわれ、**祈雨経**《きうきやう》はそのときに誦する経。

雨乞の踊に笑ひとりもどす　宮中千秋
よひ〳〵の雨乞の火も減りにけり　高浜虚子

甘酒《あまざけ》 ［三］ 夏七月。一夜のうちに熟すので**一夜酒**《ひとよざけ》とも呼ぶ。暑いときに熱い甘酒をふうふう吹きながら飲むのはかえって暑さを忘れさせるとして親しまれた。**醴**《あまざけ》。**甘酒売**《あまざけうり》。

腰かけし牀几斜めであま酒屋　星野立子

醴《あまざけ》 夏↓甘酒《あまざけ》

甘酒売《あまざけうり》 夏↓甘酒《あまざけ》

甘茶《あまちゃ》 春四月。木甘茶の葉と甘草の根を、お茶のように煮出したもの。花御堂に安置してある誕生仏に灌《そそ》ぎかける。

数珠揉んで甘茶の杓を取りにけり　北垣宵一
合掌の片手は甘茶かけ申し　大森保子

甘茶の花《あまちゃのはな》 夏六月。甘茶は落葉低木で紫陽花の変種である。鋸歯の対生した葉をもち、枝先に淡青色または白色の紫陽花に似た花をつける。

草庵の甘茶の花を誰か知る　尾崎政治

天の川《あまのがわ》《あまのがは》 ［三］ 秋八月。澄みわたった秋の夜空を仰ぎ見ると、雲のように伸び横たわった天の川が眺められる。**銀河**《ぎんが》。**銀漢**《ぎんかん》。

天の川頭上に重し祈るのみ　長谷川ふみ子
島に住むことも定めや天の川　古藤一杏子

甘干《あまほし》 秋↓吊し柿《つるしがき》

余り苗《あまりなえ》 夏↓早苗《さなえ》

アマリリス 夏六月。南アメリカ原産の園芸品種。葉は光沢があり細長く、太い花茎の頂に百合に似た花をつける。

愁なき夫婦の生活アマリリス　力富山葉

網打《あみうち》　夏→川狩《かわがり》

編笠《あみがさ》　[三] 夏七月。夏、日光の直射を避けるためにかぶるもので、菅《すげ》、藺、檜皮《ひわだ》、竹の皮などを編んで作る。**台笠**《だいがさ》。**藺笠**《ゐがさ》。**籜笠**《たけのかはがさ》。**檜笠**《ひのきがさ》。**市女笠**《いちめがさ》。**熊谷笠**《くまがやがさ》。**饅頭笠**《まんぢゆうがさ》。**網代笠**《あじろがさ》。

檜笠用ひぬ日とてなき暮し　宮城きよなみ

丈高き深編笠や人の中　高浜虚子

網襦袢《あみじゅばん》　夏→汗衫《あせとり》

網戸《あみど》　[三] 夏六月。風を通しながら、蚊、蠅、蛾などが室内に入るのを防ぐため、戸に金網、サランなどを張ったもの。

網戸より変はらぬ山河見てゐたり　星野高士

網戸より夕風心地よき時間　稲畑汀子

飴粽《あめちまき》　夏→粽《ちまき》

雨の祈《あめのいのり》　夏→雨乞《あまごい》

飴湯《あめゆ》　[三] 夏七月。水飴を湯にとかし、少量の肉桂を加えた飲みもので、暑気払いによいとされた。**飴湯売**《あめゆうり》。

坑出でて並びいたゞく飴湯かな　小川よしを

老いたりな飴湯つくれと夫の云ふ　新川智恵子

飴湯売《あめゆうり》　夏→飴湯《あめゆ》

あめんぼう　[三] 夏六月。六本の細く長い脚で水面をすいすいと走る虫。地方によって**水馬**《みずすまし》ともいい、「まひまひ（水澄《みずすまし》）」と混同されやすい。**水黽**《かはぐも》ともいう。

あめんぼをはじくばかりの水の張り　国弘賢治

水馬雲が映れば雲に乗り　家中波雲児

渓蓀《あやめ》　夏六月。六月ごろ花菖蒲に似た美しい紫または白の花を咲かせる。**花あやめ**《はなあやめ》。

あやめ咲く細江にありし舟溜　中井富佐女

なつかしきあやめの水の行方かな　高浜虚子

あやめぐさ　夏→菖蒲《しょうぶ》

あやめ葺く《あやめふく》　夏→菖蒲葺く《しょうぶふく》

鮎《あゆ》　[三] 夏六月。姿といい気品といい、また味といい、川魚の王。鮎漁の解禁は六月一日が多い。**鮎釣**《あゆつり》。**鮎狩**《あゆがり》。**鮎掛**《あゆかけ》。**鮎の宿**《あゆのやど》。

鮎の瀬の水音ばかり暮れてをり　津村典見

囮より小さき鮎のかゝりけり　坊城としあつ

鮎掛《あゆかけ》　夏→鮎《あゆ》

鮎狩《あゆがり》　夏→鮎《あゆ》

鮎汲《あゆくみ》　春三月。若鮎汲である。群をなして川をさかのぼってくるところを杓で汲み取るのである。現在、一般に禁じられている。

鮎汲の擶網の長柄のよくしなふ　木全篝火

蓑つけて主出かけぬ鮎汲みに　高浜虚子

鮎刺《あゆさし》　夏→鮎鷹《あゆたか》

鮎鮓《あゆずし》　夏→鮓《すし》

鮎鷹《あゆたか》　[三]　夏六月。かもめの種類で、小鰺刺《こあじさし》のことである。空中から狙いすまして降下し鮎その他の魚を捕る。**鮎刺**《あゆさし》。

鮎鷹に黛ひく〳〵多摩の山　上林白草居

鮎刺や五月は沼の禁漁期　荒川あつし

鮎釣《あゆつり》　夏→鮎《あゆ》

鮎の子《あゆのこ》　春→若鮎《わかあゆ》

鮎の宿《あゆのやど》　夏→鮎《あゆ》

あらひ《あらい》　[三]　夏七月。魚の生身を薄くそぎ、冷水で洗って肉を締め縮ませた刺身。**洗鯉**《あらひごひ》。**洗鯛**《あらひだひ》。**洗鱸**《あらひすずき》。**洗膾**《あらひ》。

滝水で百人前の鯉洗ふ　中川飛梅

今あげし鯉が洗ひとなりて来し　稲畑汀子

洗膾《あらい》　夏→あらひ《あらい》

洗ひ髪《あらいがみ》　夏→髪洗ふ《かみあらう》

洗鯉《あらいごい》　夏→あらひ《あらい》

洗鱸《あらいすずき》　夏→あらひ《あらい》

洗鯛《あらいだい》　夏→あらひ《あらい》

洗飯《あらいめし》　夏→水飯《すいはん》

荒鵜《あらう》　夏→鵜飼《うかい》

あらせいとう　春→ストック

新玉の年《あらたまのとし》　冬→新年《しんねん》

荒和の祓《あらにこのはらえ》　夏→御祓《みそぎ》

新走《あらばしり》　秋→新酒《しんしゅ》

あらまき　冬→塩鮭《しおざけ》

荒布《あらめ》　[三]　夏七月。海底の岩礁に叢生する若布よりは粗大な海藻。海中にあるときは褐色であるが、干すと黒く変わる。**黒菜**《くろめ》。**荒布舟**《あらめぶね》。**荒布刈る**《あらめかる》。**黒菜刈る**《くろめかる》。**荒布干す**《あらめほす》。

荒布焚く日覆の下の大竈　森本嘯天

荒布干す岩は地の果えりも岬　岩田汀霞

荒布刈る《あらめかる》　夏→荒布《あらめ》

荒布舟《あらめぶね》　夏→荒布《あらめ》

荒布干す《あらめほす》　夏→荒布《あらめ》

霰《あられ》　[三]　冬一月。大気中の水蒸気が急に冷えて氷結して降って来るのが霰である。**玉霰**《たまあられ》。

吾も走り霰も走り橋長し　城谷文城

忽ちに小粒になりし霰かな　高浜虚子

霰魚《あられうお》　冬→杜父魚《かくぶつ》

霰餅《あられもち》　冬→餅《もち》

蟻《あり》　[三]　夏六月。ふつう見かけるのは多く働き蟻だけで、女王蟻や雄蟻は巣の中にいて人の眼に触れない。**蟻の道**《ありのみち》。**蟻の塔**《ありのたふ》。

蟻の道まことしやかに曲りたる　阿波野青畝

手を抜きし家事を知られて蟻の道　水田むつみ

蟻穴を出づ《ありあなをいず》　春→啓蟄《けいちつ》

蟻地獄《ありじごく》《ありぢごく》　[三]　夏六月。「うすばかげろう」の幼虫。縁の下や海辺の乾いた砂に、擂鉢形の穴を作って中にひそみ、すべり落ちた蟻や蜘蛛などを素早く捕えて食べる。**あとすざり**。

高野にもある殺生や蟻地獄　乾　一枝

蟻地獄見つけし吾子の知恵走り　稲畑汀子

蟻の塔《ありのとう》　夏→蟻《あり》

ありのみ　秋→梨《なし》

蟻の道《ありのみち》　夏→蟻《あり》

粟《あわ》《あは》　秋九月。神話時代から粟は食用として重要であった。五穀の一つで、葉は玉蜀黍に似、茎の先に無数の小花が穂となり、黄色い実を結ぶ。**粟の穂**《あはのほ》。**粟畑**《あはばたけ》。**粟引く**《あはひく》。**粟刈る**《あはかる》。**粟飯**《あはめし》。

粟を搗く笠をかぶれる女かな　京極杞陽

粟干して津軽乙女は仕事好き　長内万吟子

粟刈る《あわかる》　秋→粟《あわ》

袷《あわせ》《あはせ》　夏五月。袷は裏地のついた着物で、単衣《ひとえ》、綿入に対していう。襦袢なしで素肌に着るのが**素袷**《すあはせ》。**初袷**《はつあはせ》。**古袷**《ふるあはせ》。**絹袷**《きぬあはせ》。**袷時**《あはせどき》。

芸ごとに身のほそりたる袷かな　下田実花

亡き母の袷の似合ふ歳となり　川口咲子

袷時《あわせどき》　夏→袷《あわせ》

粟の穂《あわのほ》　秋→粟《あわ》

粟畑《あわばたけ》　秋→粟《あわ》

鮑《あわび》《あはび》　[三]　春四月。潮の流れのある沿岸の岩に吸いついている。海女が潜って捕る場合が多い。**鮑取**《あはびとり》。

泡一つより生れきし鮑海女　小原菁々子

海女の子が海女となる日の鮑桶　高田道女

粟引く《あわひく》　秋→粟《あわ》

鮑取《あわびとり》　春→鮑《あわび》

粟蒔《あわまき》《あはまき》　夏六月。粟はわが国の五穀の一つであり、六月ごろに種を蒔いて、九、十月ごろ刈り取る。**粟蒔く**《あはまく》。

藪添に雀が粟も蒔きにけり　一茶

粟蒔く《あわまく》　夏→粟蒔《あわまき》

粟飯《あわめし》　秋→粟《あわ》

泡盛《あわもり》　夏→焼酎《しょうちゅう》

淡雪《あわゆき》　春→春の雪《はるのゆき》

行火《あんか》《あんくわ》　〔三〕冬十二月。炬燵のやや小さいもので、上部が丸くなった箱形の土器。近年では電熱を利用した電気行火が多い。

屏風絵にかゞまりて船の行火かな　長谷川零余子

行火して出島めぐりの潮来舟　三星山彦

安居《あんご》　〔三〕夏五月。陰暦四月十六日から七月十五日まで、**一夏**《いちげ》九旬の間、僧侶が一室に籠り、また集会して経論を講じ、あるいは行法を修することで、**夏籠**《げごもり》とも**夏行**《げぎやう》ともいう。**前安居**《ぜんあんご》。**中安居**《ちゆうあんご》。**後安居**《ごあんご》。**結夏**《けつげ》。**結制**《けつせい》。**夏断**《げだち》。**夏勤**《げづとめ》。**夏入**《げいり》。**雨安居**《うあんご》。「解夏《げげ》」は秋季。

百礼の行にはじまる安居かな　森　白象

海底のごとく静かや安居寺　辻本青塔

安居寺木洩日一つ揺れざりし　稲畑汀子

鮟鱇《あんこう》《あんかう》　〔三〕冬十二月。海底深く棲み、頭が非常に大きく扁平で、口も大きい。縣け吊して庖丁を入れる。**鮟鱇鍋**《あんかうなべ》。

鮟鱇の吊られ大愚の口開けて　日置草崖

鮟鱇の口ばかりなり流しもと　高浜虚子

鮟鱇鍋《あんこうなべ》　冬→鮟鱇《あんこう》

杏《あんず》　夏→杏子《あんず》

杏子《あんず》　夏六月。花も実も梅に似て梅よりやや大きい。梅雨のころ熟し、甘酸っぱい。**杏**《あんず》。**からもも**。

見上げたる目でかぞへ行く杏の実　武原はん女

杏の花《あんずのはな》　春四月。淡紅色の五弁花で梅の花に似ているがやや大きく、梅よりも遅れて咲く。

羽の国の日は眠りがち花杏　大橋一郎
峡の村ふところ深く花杏　瀬在苹果

◎い◎

藺《い》《ゐ》　〔三〕　夏六月。原野の湿地に自生もするが、畳表にするために多くは水田に栽培する。**藺草**《ゐぐさ》。**灯心草**《とうしんぐさ》。

水際まで蜘はひ下る細藺かな　高浜虚子

イースター　春→復活祭《ふっかつさい》

飯蛸《いいだこ》《いひだこ》　〔三〕　春三月。足を加えても二〇～二五センチほどの小形の蛸である。その卵が白色小粒で飯粒に似ている。

飯蛸を歯あらはにぞ召されける　清原枴童
飯蛸の墨にまみれて力なし　竹添魚林

藺植う《いうう》《ゐうう》　〔三〕　冬十二月。藺は藺代から苗をとり、田植と同じように水田に植えるが、寒い時期なので、厳しい労働である。

藺を植うるみんな不機嫌さうな貌　林　大馬
藺を植ゑしばかりのみどり見渡され　高浜年尾

庵の月《いおのつき》　秋→月《つき》

いか　春→凧《たこ》

烏賊《いか》　〔三〕　夏五月。烏賊の漁期は地方によってさまざまであるが、夏期の地方が多い。集魚灯を使い漁獲する。**烏賊釣**《いかつり》。

啄木の泣きたる浜に烏賊を干す　広中白骨
部屋の灯を消して烏賊火へつづく闇　千原叡子

毬栗《いがぐり》　秋→栗《くり》

藺笠《いがさ》　夏→編笠《あみがさ》

いかづち《いかずち》　夏→雷《かみなり》

筏かづら《いかだかずら》　夏→ブーゲンビレア

烏賊釣《いかつり》　夏→烏賊《いか》

鮊子《いかなご》　春三月。銀白色の細長い魚で、三月ごろ多くとれ、佃煮または干して食べることも多い。**かますご**。

こぼれたる波止の鮊子掃き捨てる　桑田青虎
旗立てゝ鮊子舟は又沖へ　高浜年尾

いかのぼり　春→凧《たこ》

藺刈《いかり》《ゐかり》　夏七月。藺は七月中〜下旬ごろ刈る。刈りとった藺はよく干して、畳表、莫蓙に用いる。**藺刈る**《ゐかる》。**藺干す**《ゐほす》。

藺刈賃もらひ土産の莫蓙もらひ　三木朱城
一握りづつふりかぶり藺草刈る　岡田一峰

藺刈る《いかる》　夏→藺刈《いかり》

息白し《いきしろし》　[三]　冬十二月。寒くなると大気が冷え人の吐く息が白く見える。走ったり、大声をあげると一層白い。

言葉はや息の白さとなりて消ゆ　山下しげ人
家を出る門を一歩の息白し　高浜年尾

生盆《いきぼん》　秋→生身魂《いきみたま》

生身魂《いきみたま》　秋八月。盆は先祖の霊をまつる行事だが、生きている霊にも仕えるという考えから盆の間に父母、目上の人などの長命を祈ってその生御霊をもてなし、祝い物を贈ったりする風習があり、**生盆**《いきぼん》ともいった。**蓮の飯**《はすのいひ》。

今年また祝はれてゐる生身魂　岡安仁義
三人の娘かしづく生身魂　稲畑汀子

藺草《いぐさ》　夏→藺《い》

羊肚菜《いくち》　秋→菌《きのこ》

生簀船《いけすぶね》　夏→船料理《ふなりょうり》

池普請《いけぶしん》　[三]　冬十二月。冬期、水の少ないときに、池の水を涸らして修理をすること。**川普請**《かはぶしん》。

加はりて算盤方や川普請　白須賀虚公
杭を打つほかに大ぜい池普請　木下洛水

いさき　[三]　夏六月。本州中部以南の海に棲み、体長は四〇センチにおよぶ夜行性の魚で、背に茶色の縞がある。**いさき釣**《いさきつり》。

磯の香を放ちていさき焼き上がる　坊城としあつ
フランスのシェフ気に入りしいさきとや　稲畑広太郎

いさき釣《いさきつり》　夏→いさき

魦《いさざ》　[三]　冬十二月。体長五〜八センチくらいで頭や口が大きく尾は細く、大きな胸鰭がある。琵琶湖の特産で、魦船を出し、網で捕る。

雪比良に来る頃湖に魦漁　竹端佳子

若狭には魦曇といふ日あり　永谷春水

藺座布団《いざぶとん》　夏→夏座布団《なつざぶとん》

十六夜《いさよい》《いさよひ》　秋九月。陰暦八月十六日の夜、またはその夜の月である。**十六夜《いざよひ》**。**既望《きばう》**。

十六夜の月のゆらりと上りたる　後藤比奈夫

此行やいざよふ月を見て終る　高浜虚子

十六夜《いざよい》　秋→十六夜《いさよい》

石狩鍋《いしかりなべ》　[三]　冬十二月。鮭を使った北海道の郷土料理。生鮭を厚めに切って白菜、葱、春菊、椎茸、豆腐などを入れ、昆布だしの利いた汁で味噌または醬油仕立てに煮込む。

鮭鍋や開拓の味つゞきをり　新田充穂

石たたき《いしたたき》　秋→鶺鴒《せきれい》

蚊母樹の実《いすのきのみ》　秋→瓢の実《ひょんのみ》

柞の実《いすのみ》　秋→瓢の実《ひょんのみ》

泉《いずみ》《いづみ》　[三]　夏七月。地下から自然に湧き出てくる水である。清水とほとんど同義であるが、泉には量的に湛えられた水の感じがある。

刻々と天日くらき泉かな　川端茅舎

湧き止まぬ泉なりけり橡のもと　高浜年尾

泉殿《いずみどの》《いづみどの》　[三]　夏七月。涼をとるために、泉水のほとりまたはその上に突き出して建てた離れ家である。

御簾垂れて人ありやなし泉殿　柳沢白川

水亭の細き柱の立ち並び　高浜虚子

伊勢御遷宮《いせごせんぐう》　秋→御遷宮《ごせんぐう》

伊勢の御田植《いせのおたうえ》　夏→御田植《おたうえ》

伊勢参《いせまいり》《いせまゐり》　[三]　春三月。伊勢の両大神宮に参詣することで、伊勢講をつくって行うところが多く、昔から時候のよい春が多かった。**おかげまゐり**。**脱参《ぬけまゐり》**。

三河よりおかげ参の船のつく　沖田酥舫

伊勢参翁の伊賀も訪ひたくて　三溝沙美

磯遊《いそあそび》　春四月。春の大潮の時分に、遠く潮の退いた岩などの多い磯辺へ出て遊ぶことをいう。**磯菜摘《いそなつみ》**。

自転車を一家乗り捨て磯遊　上野　泰

磯遊び二つの島のつゞきをり　高浜虚子

磯竈《いそかまど》　春二月。三重県志摩の漁村の風習で、旧正月を過ぎたころから始まる若布刈の海女のあたる焚火の囲いのことで、磯焚火ともいう。

海女の来て直ぐに燃えたつ磯竈　石田ゆき緒
舟あぐる海女の総立磯かまど　菊池大修

いそぎんちゃく《いそぎんちゃく》　〔三〕　春四月。体は円筒形で柔らかく、口のまわりにさまざまな色をした触手を持つ。

忘れ汐いそぎんちゃくの花咲かせ　小坂蛍泉
口締めし磯ぎんちゃくのいま緑　田中憲二郎

磯涼み《いそすずみ》　夏→納涼《すずみ》

磯千鳥《いそちどり》　冬→千鳥《ちどり》

磯菜摘《いそなつみ》　春→磯遊《いそあそび》

磯開《いそびらき》　春三月。海藻や貝類などを採集する解禁の日。大方は三月から四月で、磯開、口開、浦明などという。

海女たちにうち交りゆく磯開　元吉孝三郎
磯開ちかき明るさ海にあり　村元子潮

射初《いぞめ》　冬→弓始《ゆみはじめ》

鼬罠《いたちわな》　〔三〕　冬十二月。鼬は穴の中に棲み、夜出て来て池の魚をとったり、鶏小屋を襲ったりするので罠をかけて捕る。

鼬罠匂ひ残さず仕掛置く　楠　昭雄
大雑把なる仕掛けとはいたち罠　坊城中子

虎杖《いたどり》　春三月。山野に多く自生し、若い葉や茎は紅褐色で、摘んで食用にする。

虎杖や狩勝峠汽車徐行　星野立子
虎杖を嚙みつゝ島の道遠し　山田不染

虎杖の花《いたどりのはな》　夏七月。夏、穂を出し小さな白い花をたくさんつける。赤いのもある。山野のどこにでも自生している。

虎杖の火山灰には強き花として　中村稲雲

一位の実《いちいのみ》《いちゐのみ》　秋十月。別名「あららぎ」ともいう。実は紅熟して甘く、日に透きとおって美しい。北国に多い。

山去るにつけて一位の実ぞ赤き　木村蕪城
一位の実含みて旅の汝と我　矢津羨魚

一月《いちがつ》《いちぐわつ》　冬一月。一年の最初の月である。陰暦では一月を正月といっていたが、現在では正月といえば新年の意が濃い。

一月や去年の日記なほ机辺　高浜虚子

一月の旅に親しき筑紫の温泉　稲畑汀子

一月場所《いちがつばしょ》　冬↓初場所《はつばしょ》

一夏《いちげ》　夏↓安居《あんご》

苺《いちご》　夏六月。野生のものもあるが、いまでは栽培された洋種のものが一般的である。**覆盆子**《いちご》。**草苺**《くさいちご》。**苗代苺**《なはしろいちご》。

朝苺一つふふみて畑に買ふ　田中祥子

汝先づ覆盆子《いちご》を食ひてすゝめけり　高浜虚子

覆盆子《いちご》　夏↓苺《いちご》

苺の花《いちごのはな》　春四月。山苺、野苺、畑に栽培される苺など、すべての苺類の花をいう。白い五弁の花。

花苺ひとこと妻と立話　池内友次郎

敷藁のま新しさよ花いちご　星野立子

無花果《いちじく》　秋十月。実の外側は赤みを帯び、やがて暗紫色に変わって甘く熟れる。葉は掌状で薬用になる。

舟の上に立ちて無花果もいでをり　長谷川素逝

いちじくをもぐ手に伝ふ雨雫　高浜虚子

一の午《いちのうま》　春↓初午《はつうま》

一の酉《いちのとり》　冬↓酉の市《とりのいち》

一八《いちはつ》　夏六月。杜若《かきつばた》に似た紫やまれに白い花を開く。葉は幅広い剣状で淡緑色、冬には枯れる。**鳶尾草**《いちはつ》。

一八や庭先に茶をもてなされ　遠入土詩子

鳶尾草《いちはつ》　夏↓一八《いちはつ》

一番草《いちばんぐさ》　夏↓田草取《たぐさとり》

市女笠《いちめがさ》　夏↓編笠《あみがさ》

銀杏落葉《いちょうおちば》《いてふおちば》　冬十一月。高々と聳える銀杏の大樹から降る落葉は壮観である。また一面に散り敷いた銀杏落葉は、明るい。

銀杏散るまつたゞ中に法科あり　山口青邨

道幅の銀杏落葉でありにけり　稲畑汀子

銀杏の実《いちょうのみ》　秋↓銀杏《ぎんなん》

銀杏黄葉《いちょうもみじ》《いてふもみぢ》　秋十月。扇形の葉が緑からしだいに黄色となり、黄一色となったものは黄葉の中でも際立って美しい。

そののちは銀杏黄葉の散るのみに　千原草之

大銀杏黄葉に空の退ける　原田一郎

一茶忌《いっさき》　冬十一月。十一月十九日、文化文政期の俳人小林一茶の忌日。文政十年（一八二七）、六十五歳で没した。

一茶忌の句会すませて楽屋入　中村吉右衛門

旅半ば地酒あたゝめ一茶の忌　升谷一灯

凍返る《いてかえる》　春→冱返る《いてかえる》

冱返る《いてかえる》《いてかへる》　春二月。暖かくなりかけたかと思うと、急にまた寒くなり、一旦ゆるんだ地上の凍がふたたび元に戻ることをいう。**凍返る**《いてかへる》。

冱返る冱ゆるみたるまゝの土　村上　正

昨日より今日の青空凍返る　山本晃裕

凍雲《いてぐも》　冬→冬の雲《ふゆのくも》

凍蝶《いてちょう》《いててふ》　冬一月。死んでいるのかと思って触れてみるとほろほろと舞い上がってみたり、生きているとばかり思って触れてみると凍って死んでいたりするのを凍蝶という。

凍蝶の己が魂追うて飛ぶ　高浜虚子

凍蝶の果して翅の欠けゐたる　高浜年尾

凍土《いてつち》　冬→凍る《こおる》

凍鶴《いてづる》　［三］冬一月。頸をまげて頭を翼深く隠し、一本足で立って身じろぎもしない寒中の鶴を凍鶴という。

凍鶴が羽ひろげたるめでたさよ　阿波野青畝

凍鶴の首を伸して丈高き　高浜虚子

凍解くる《いてとくる》　春→凍解《いてどけ》

凍解《いてどけ》　春二月。凍っていた大地が、春になって解けゆるむのをいう。**凍ゆるむ**《いてゆるむ》。**凍解くる**《いてとくる》。

一瞬に大凍滝のゆるみ落つ　松住清文

凍解の日の明るさの漲りぬ　稲畑汀子

凍星《いてぼし》　冬→冬の星《ふゆのほし》

凍ゆるむ《いてゆるむ》　春→凍解《いてどけ》

冱てる《いてる》　冬→凍る《こおる》

井戸替《いどがえ》　夏→晒井《さらしい》

糸繰草《いとくりそう》　春→苧環《おだまき》

糸桜《いとざくら》　春→彼岸桜《ひがんざくら》

井戸浚《いどさらえ》　夏→晒井《さらしい》

糸芒《いとすすき》　秋→芒《すすき》

竈馬《いとど》　［三］秋九月。黄褐色で蝦のように曲がり、長い触角を持ち、長大な後肢でよく跳躍する。翅がないので鳴かない。

海士の屋は小海老にまじるいとどかな　　芭　蕉

糸屑を引いて機場の夜のいとど　　村松かず枝

糸取《いとどり》　夏五月。繭を煮て生糸を取ること。**糸引**《いとひき》ともいう。**糸取女**《いとどりめ》。**糸引女**《いとひきめ》。**糸取鍋**《いとどりなべ》。**繭煮る**《まゆにる》。**糸取歌**《いとどりうた》。

糸引の眼よりも聡き指もてる　　広瀬ひろし

生涯に絹も着ざりし糸取女　　恩地れい子

糸取歌《いとどりうた》　夏→糸取《いとどり》

糸取鍋《いとどりなべ》　夏→糸取《いとどり》

糸取女《いとどりめ》　夏→糸取《いとどり》

糸蜻蛉《いととんぼ》　［三］夏六月。体が糸のように細いのでこの名がある。大きさも三センチくらいで暗紫色、弱々しい。**灯心蜻蛉**《とうしんとんぼ》。

糸蜻蛉止りし軽さ草にあり　　北川一深

青曳いて水にまぎれず糸蜻蛉　　稲岡　長

糸葱《いとねぎ》　春→胡葱《あさつき》

糸引《いとひき》　夏→糸取《いとどり》

糸引女《いとひきめ》　夏→糸取《いとどり》

糸柳《いとやなぎ》　春→柳《やなぎ》

糸遊《いとゆう》　春→陽炎《かげろう》

蝗《いなご》　［三］秋十月。ばったより小さい稲の害虫で、黄緑色のものと、褐色のものといる。**螽**《いなご》。**蝗捕り**《いなごとり》。**蝗串**《いなごぐし》。

蓋を蹴る音をさまりぬ蝗炒る　　村山一棹

ふみ外づす蝗の顔の見ゆるかな　　高浜虚子

螽《いなご》　秋→蝗《いなご》

蝗串《いなごぐし》　秋→蝗《いなご》

蝗捕り《いなごとり》　秋→蝗《いなご》

稲雀《いなすずめ》　［三］秋十月。豊かに稔った稲田に群がる雀。この時期の雀は、一日に自分の身体大の稲をついばむ害鳥となる。

稲雀にも親しみて一人旅　　中川秋太

稲雀追ふ人もなく喧しき　　高浜虚子

稲妻《いなずま》《いなづま》　［三］秋八月。秋の夜、遠い空に音もなく走る**稲光**《いなびかり》をいう。稲妻に対して**稲の殿**《いねのとの》ともいう。

地震ありし海のしきりに稲妻す　　原田杉花

稲妻の中稲妻の走りけり　　稲畑汀子

稲田《いなだ》 秋→稲《いね》

稲光《いなびかり》 秋→稲妻《いなずま》

稲舟《いなぶね》 秋→稲刈《いねかり》

稲穂《いなほ》 秋→稲《いね》

稲筵《いなむしろ》 秋→稲《いね》

犬蓼の花《いぬたでのはな》 秋→赤のまんま《あかのまんま》

去ぬ燕《いぬつばめ》 秋→燕帰る《つばめかえる》

いぬふぐり 春二月。早春、野原や道端など至るところに瑠璃色の可憐なこまかい花が、地に低く群がり咲く。

道とひてこゝろもとなや犬ふぐり　下田実花
ガリバーの足が来てをり犬ふぐり　蔦　三郎

稲《いね》 [三] 秋十月。**初穂**《はつほ》。**稲穂**《いなほ》。**稲の秋**《いねのあき》。**稲田**《いなだ》。松永貞徳の俳諧式目「御傘《ごさん》」によれば、**稲筵**《いなむしろ》とは稲田の遠く連なっているさまをいう。

道問ひし少年稲の香をもてり　町田美知子
風禍とは稲のみならず杉山も　吉持鶴城

稲馬《いねうま》 秋→稲刈《いねかり》

稲掛《いねかけ》 秋→稲架《はざ》

稲刈《いねかり》 秋十月。**田刈**《たかり》。**収穫**《とりいれ》。**刈稲**《かりいね》。**稲車**《いねぐるま》。**稲舟**《いなぶね》。**稲馬**《いねうま》。

子を乗せてこれがしまひの稲車　飯田楽童
稲刈りて地に擲つが如く置き　高浜虚子

稲車《いねぐるま》 秋→稲刈《いねかり》

稲扱《いねこき》 秋十月。刈って乾かした稲を扱いて籾にする、すなわち脱穀である。

風向きを見て稲扱機据ゑにけり　古野四方白
から〳〵と鳴りをる小夜の稲扱機　高浜虚子

稲塚《いねづか》 秋→稲架《はざ》

稲の秋《いねのあき》 秋→稲《いね》

稲の殿《いねのとの》 秋→稲妻《いなずま》

稲の花《いねのはな》 秋八月。稲の穂をよく見ると穎《えい》からこぼれるように白い糸のようなものが垂れている。それが花である。

一枚に見ゆる百枚稲の花　石井とし夫
まづ山に日のかたむきて稲の花　坊城としあつ

亥の子《いのこ》《ゐのこ》 冬十一月。収穫祭の一つで主に関西以西の行事である。陰暦十月の初亥の日に、**亥の子餅**《ゐのこもち》といって新穀の餅を搗き田の神に供える。**猪の子**《ゐのこ》。**玄猪**《げんちよ》。

唄ひもす亥の子の唄をなつかしみ　山川喜八

亥の子餅搗く神苑の大かゞり　吉村城乾

猪の子《いのこ》　冬→亥の子《いのこ》

ゐのこづち《いのこずち》　秋十月。至るところに野生する。秋になると棘状になった花苞が花茎に逆にならんでついていて、衣服などにくっつく。**駒の爪**《こまのつめ》。

ひそかにも人に狎れそめゐのこづち　田畑美穂女

ゐのこづち払ひ終へたる手を払ふ　稲畑汀子

亥の子餅《いのこもち》　冬→亥の子《いのこ》

猪《いのしし》《ゐのしし》　[三]　秋十月。猪は、晩秋、稲、豆、藷などの農作物を食い荒らす。山がかった田などには猪垣を作り被害を防ぐ。**野猪**《やちよ》。**猪**《しし》。

過疎村の乏しき畑に猪の害　河野美奇

猪を飼ひ猪鍋を商へり　川口咲子

藺の花《いのはな》《ゐのはな》　夏六月。まっすぐな緑色の茎の上部に、淡褐色の細かい花がかたまって咲く。

舟べりに藺の花抜いてかけにけり　星野立子

藺の花や吹きとんで居る蜘の糸　高浜虚子

射場始《いばはじめ》　冬→弓始《ゆみはじめ》

茨の花《いばらのはな》　夏五月。山野に自生し、鋭い棘がある。初夏、香りのある白い五弁の花をつける。**野茨の花**《のいばらのはな》。**茨の花**《ばらのはな》。**花茨**《はないばら》。

せゝらぎの音いさぎよし花茨　左右木韋城

寂として残る土階や花茨　高浜虚子

茨の実《いばらのみ》　秋十月。野茨は秋に小粒の赤い実をつける。落葉したのちも、枝にたくさん残って人々の目を楽しませる。

歩き見る国分寺址茨の実　栗賀風因

落日の華やぎ少し茨の実　藤松遊子

茨の芽《いばらのめ》　春→薔薇の芽《ばらのめ》

燻炭《いぶりずみ》　冬→炭火《すみび》

藺干す《いほす》　夏→藺刈《いかり》

いぼむしり　秋→蟷螂《とうろう》

居待月《いまちづき》《ゐまちづき》　秋九月。陰暦八月十八日の夜の月である。立待月より少し遅れ、家の中でゆっくり座って待っている心持。

来るなとは来よといふこと居待月　小坂田規子

妻も酒少したしなみ居待月　川田長邦

芋《いも》　[三]　秋九月。古来、芋といえば**里芋**《さといも》のこと。**八頭**《やつがしら》。**親芋**《おやいも》。**子芋**《こいも》。**芋の秋**《いものあき》。**芋の露**《いものつゆ》。**芋畑**《いもばたけ》。**芋掘る**《いもほる》。

芋の露連山影を正しうす　飯田蛇笏

芋畑に鍬をかついで現れし　高浜虚子

芋植う《いもうう》　春三月。里芋、八つ頭、唐の芋、馬鈴薯などの植付。

土地愛し子孫を愛し芋植うる　斎藤俳小星

芋植ゑて円かなる月を掛けにけり　高浜虚子

甘藷植う《いもうう》　夏→甘藷植う《かんしょうう》

芋幹《いもがら》　秋→芋茎《ずいき》

藷挿す《いもさす》　夏→甘藷植う《かんしょうう》

甘藷焼酎《いもしょうちゅう》　夏→焼酎《しょうちゅう》

芋水車《いもずいしゃ》《いもずゐしや》　[三]　秋九月。渓流の多い農山村で里芋を洗うための生活用具である。一般には「芋洗い」という。

芋水車廻れるさまも去年のごと　笹原耕春

水痩せてしぶ〳〵廻る芋水車　穴井子竜

芋の秋《いものあき》　秋→芋《いも》

芋の露《いものつゆ》　秋→芋《いも》

芋の芽《いものめ》　春→種芋《たねいも》

芋畑《いもばたけ》　秋→芋《いも》

芋掘る《いもほる》　秋→芋《いも》

芋虫《いもむし》　[三]　秋九月。蛾の幼虫で、芋の葉にいる丸々と太った虫。たいがい青いが、黒、褐色のもいる。

芋虫も悲鳴も大きかりしかな　河野美奇

命かけて芋虫憎む女かな　高浜虚子

芋名月《いもめいげつ》　秋→名月《めいげつ》

蠑螈《いもり》《ゐもり》　[三]　夏六月。守宮《やもり》や蜥蜴《とかげ》に似た動物で、池や沼、井にも棲むので井守といわれる。**赤腹**《あかはら》。

たゆたへる蠑螈も聖高野山　松本巨草

浮み出て底に影あるゐもりかな　高浜虚子

伊予簾《いよすだれ》　夏→青簾《あおすだれ》

色草《いろくさ》　秋→秋草《あきくさ》

色鳥《いろどり》　[三]　秋十月。古くから、翼の色の美しい小鳥を賛美する意も込めて詠まれて来ている。

主留守色鳥遊びやがて去る　　高浜虚子
色鳥の山荘人の稀に来る　　高浜年尾

囲炉裏《いろり》　冬→炉《ろ》

岩鏡《いわかがみ》《いはかがみ》　夏七月。山の岩場や高山に生える常緑多年草である。なめらかで光沢のある葉からこの名がついた。淡紅色の筒状五弁の可憐な花を総状につける。

右左岩間々々の岩かゞみ　　岸　麦水
旅心ひろげてくれし岩かがみ　　井尾望東

巌苔《いわごけ》　夏→巌松《いわまつ》

鰯《いわし》　[三]　秋九月。だいたい秋に漁獲が多く、旬にあたる。**裂鱠**《さきなます》、たたきなどにするとうまい。**鰮**《いわし》。**真鰯**《まいわし》。**秋鰯**《あきいわし》。**鰯売**《いわしうり》。

見えて来る鰯の群れに村総出　　石田ゆき緒
戻りくる波より低き鰯舟　　堀本婦美

鰮《いわし》　秋→鰯《いわし》

鰯網《いわしあみ》　秋→鰯引《いわしひき》

鰯売《いわしうり》　秋→鰯《いわし》

鰯雲《いわしぐも》　[三]　秋九月。真青に澄んだ空に、小さな白い雲のかたまりが鱗のように群れ広がっているのをいう。

駅を出て旅の終りし鰯雲　　岩田公次
鰯雲日和いよ〱定まりぬ　　高浜虚子

鰯引《いわしひき》　[三]　秋九月。網を引いて鰯を捕えることをいうので、地方によってその時期や方法も違う。**鰯網**《いわしあみ》。**鰯船**《いわしぶね》。

よそ者とうとまれながら鰯引く　　足立堂村
佐渡見ゆる日は能登も見え鰯汲む　　小林樹巴

鰯船《いわしぶね》　秋→鰯引《いわしひき》

岩清水《いわしみず》　夏→清水《しみず》

石清水祭《いわしみずまつり》　秋→放生会《ほうじょうえ》

岩煙草《いわたばこ》《いはたばこ》　夏七月。山野の、日の当たらない湿った岩壁に生える。葉は煙草の葉に似ている。夏、花茎の頂に紫色の小さな花を十くらいつける。白色もある。**岩菜**《いはな》。**岩萵苣**《いはちしゃ》。

はりつける岩萵苣採の命綱　　杉田久女
日の洩れのほとんどなしや岩たばこ　　浜田波川

岩萵苣《いわぢしゃ》　夏→岩煙草《いわたばこ》

岩燕《いわつばめ》《いはつばめ》　[三]　夏六月。燕よりやや小さく、短い尾は角ばって、翼の切れ込みは浅い。脚は指先まで白い。ふつう山地の渓流や海岸の絶壁、洞窟などに巣を作る。秋に南へ帰る。

岩燕沼の夜明けを知ってをり　山田弘子
岩燕明日なきごとく翔ぶ山湖　谷口和子

岩魚《いわな》《いはな》　［三］夏七月。山間の渓流に棲む鱒《ます》の類の魚。鱒よりも小形で背は青黒く腹は灰白色に淡黄の斑点がある。

何もなきもてなしにとて岩魚焼く　福田杜仙
頼みおきし岩魚も膳に山の宿　目黒寿子

岩菜《いわな》　夏→岩煙草《いわたばこ》

巌檜葉《いわひば》　夏→巌松《いわまつ》

巌松《いわまつ》《いはまつ》　［三］夏七月。高山の湿り気をもった巌などに生える歯朶の一種で、枝葉が檜に似ているので**巌檜葉**《いはひば》ともいう。**巌苔**《いはごけ》。

巌松や屋敷構へて沼住ひ　深見けん二
巌檜葉の最も水を欲しげなり　藤松遊子

いんげん　秋→隠元豆《いんげんまめ》

隠元豆《いんげんまめ》　秋八月。隠元禅師が中国からもたらしたというのでその名がある。**莢隠元**《さやいんげん》。**いんげん**。

摘み〳〵て隠元いまは竹の先　杉田久女

◎う◎

雨安居《うあんご》　夏→安居《あんご》

茴香の花《ういきょうのはな》《うゐきやうのはな》　夏六月。庭園や畑に栽培される草で芳香がある。葉は糸状に細かく裂け、六月ごろ、黄色い小さな花が群がり咲く。

茴香のありとしもなく咲きにけり　増田手古奈
茴香の花がくれゆく警備艦　小島静居

浮《う》**い**《い》**て**《て》**来**《こ》**い**《い》　夏→浮人形《うきにんぎょう》

植田《うえた》《うゑた》　夏六月。田植の終ったばかりの田。苗が揺れないように水をいっぱいに張ってある。

植田はや正しき波を刻みつゝ　若林いち子
植田まだ空を映してゐるばかり　高浜年尾

植疱瘡《うえぼうそう》　春→種痘《しゅとう》

魚島《うおじま》《うをじま》　春四月。八十八夜前後になると、外海にいた鯛などが産卵のために、内海に入りこんで豊漁期となる。その時期をいったり、その場所をいったり、またそのころ鯛、鰤、海豚《いるか》などが群がり水面が盛りあがって見えるさまをいったりする。

魚島に挑む一本釣の竿　前内木耳

魚島の耀果て海の白み来し　村上青史

鵜飼《うかい》《うかひ》　［三］夏六月。鵜を遣って主に鮎を捕るのをいう。**鵜舟**《うぶね》。**鵜飼火**《うかひび》。**鵜篝**《うかがり》。**鵜匠**《うしやう》。**荒鵜**《あらう》。**疲鵜**《つかれう》。**鵜遣**《うづかひ》。**鵜籠**《うかご》。**鵜縄**《うなは》。**鵜松明**《うたいまつ》。**鵜川**《うがは》。

たぐらゝ荒鵜は右往左往かな　埜村成行

疲れ鵜のまたふなべりを踏みはづし　杉原史耕

鵜飼火《うかいび》　夏→鵜飼《うかい》

鵜篝《うかがり》　夏→鵜飼《うかい》

鵜籠《うかご》　夏→鵜飼《うかい》

うかれ猫《うかれねこ》　春→猫の恋《ねこのこい》

鵜川《うがわ》　夏→鵜飼《うかい》

萍《うきくさ》　［三］夏六月。池沼や水田に浮いている水草で、盛夏のころ目だたぬ花をつける。**あをうきくさ**。**ひんじも**。**浮草**《うきくさ》。**根無草**《ねなしぐさ》。**萍の花**《うきくさのはな》。

池遠見萍の座の光り見ゆ　高浜年尾

波消ゆる岸辺に寄りて根無草　稲畑汀子

浮草《うきくさ》　夏→萍《うきくさ》

萍生ふ《うきくさおう》　春→水草生ふ《みずくさおう》

萍の花《うきくさのはな》　夏→萍《うきくさ》

萍紅葉《うきくさもみじ》《うきくさもみぢ》　秋十月。秋が深まるにつれて、萍、菱などの水草も水の面に漂いながら色づいてくる。**水草紅葉**《みづくさもみぢ》。

内湖は浮草紅葉しそめしと　乗光博三

浮氷《うきごおり》　春→氷解《こおりどけ》

浮巣《うきす》　夏六月。鳰《にお》などが湖沼の水の上に浮いている水草や蘆、蒲《がま》などの間に懸けた巣のこと。**鳰の浮巣**《にほのうきす》。**鳰の巣**《にほのす》。

増水におぼつかなくも浮巣かな　水本祥壱

水に浮くものうたかたと浮巣かな　稲畑汀子

浮人形《うきにんぎょう》《うきにんぎやう》　［三］夏七月。子供たちが、水に浮かべて遊ぶ玩具。**浮いて来い**《ういてこい》も浮人形の一種。

螺子巻いて水を得たるや浮人形　窪田日草男

右肩を聳かしつゝ浮いて来る　高浜虚子

浮寝鳥《うきねどり》　〔三〕　冬十二月。水鳥が、水に浮かんだまま首を翼の間にさし入れ、身じろぎもせず眠りながら漂っている姿である。

鴨浮寝ときに覚めては向きかふる　高浜年尾

波あらば波に従ひ浮寝鳥　稲畑汀子

浮袋《うきぶくろ》　夏→泳《およ》ぎ

浮輪《うきわ》　夏→泳《およ》ぎ

鶯《うぐいす》《うぐひす》　〔三〕　春二月。**春告鳥**《はるつげどり》の名があり、**初音**《はつね》といえばその年に初めて聞く鶯の初音のことになっている。**鶯の谷渡**《うぐひすのたにわたり》。**鶯笛**《うぐひすぶえ》。**黄鳥**《うぐひす》。

鶯や島の夕日は海に落つ　宮田蕪春

鶯の来鳴く庵に住み古りし　高浜年尾

黄鳥《うぐいす》　春→鶯《うぐいす》

鶯老を鳴く《うぐいすおいをなく》　夏→老鶯《おいうぐいす》

鶯菜《うぐいすな》《うぐひすな》　春四月。小松菜の若菜で、葉の二、三枚出たばかりの一〇センチくらいのつまみ菜をいう。

鶯菜放ちひとりのお味噌汁　副島いみ子

客ありて摘む菜園の鶯菜　深見けん二

鶯の子《うぐいすのこ》　冬→笹鳴《ささなき》

鶯の谷渡《うぐいすのたにわたり》　春→鶯《うぐいす》

鶯笛《うぐいすぶえ》　春→鶯《うぐいす》

鶯餅《うぐいすもち》《うぐひすもち》　〔三〕　春四月。青黄粉《あおきなこ》のかけてある鶯色の餡入りの餅菓子である。左右が尖った形も鶯に似ている。

手にはたくうぐひす餅のみどりの粉　高浜年尾

懐紙白鶯餅の色残る　稲畑汀子

雨月《うげつ》　秋九月。名月が雨で見えないことをいう。

早々と書斎に籠る雨月かな　片桐孝明

寝るまでは明るかりしが月の雨　高浜虚子

海髪《うご》　〔三〕　春四月。文字どおり乱髪に似た三〇、四〇センチくらいの海藻。春の海辺の岩場で採れる。**おご**。

海髪干して島の生活のほそ〴〵と　泊　喜雨

退き汐や採りためし海髪岩窪に　岩原玖々

五加木《うこぎ》　春三月。山野に自生する低木。棘があるので生垣にもされる。若葉を摘んで食用にする。**五加木摘む**《うこぎつむ》。**五加木飯**《うこぎめし》。

五加木摘む枝をつまんで離してけ　島田紅帆

白粉をつければ湯女や五加木つむ　高浜虚子

五加木摘む《うこぎつむ》　春→五加木《うこぎ》

五加木飯《うこぎめし》　春→五加木《うこぎ》

鬱金の花《うこんのはな》　秋八月。熱帯アジア原産。わが国でも暖地では栽培されている。長さ五〇センチくらいの細長い葉をつけていて、その間から淡黄色の花が咲き出る。

朝露や鬱金畠の秋の風　凡　兆

兎《うさぎ》　［三］冬十二月。兎は挙動が敏捷で繁殖力も強い。野兎は年中灰褐色であるが、雪国などに棲むものは冬季に白色となる。**兎汁**《うさぎじる》。

湯治客炉辺に加はり兎汁　松尾緑富

追うてゐる兎との距離ちぢまらず　戸沢寒子房

兎狩《うさぎがり》　［三］冬十二月。兎は各地に棲息し、畑の作物や植林を荒らすので兎狩をする。**兎罠**《うさぎわな》。

兎と眼合はさぬやうに罠はづす　佐藤五秀

一本の針金で足る野兎の罠　山口白露

兎汁《うさぎじる》　冬→兎《うさぎ》

兎罠《うさぎわな》　冬→兎狩《うさぎがり》

蛆《うじ》　［三］夏六月。蠅の幼虫で、腐ったものに湧きうごめいているさまはいかにもきたならしい。

蛆虫のちむま〱と急ぐかな　松藤夏山

牛洗ふ《うしあらう》　夏→牛冷す《うしひやす》

牛冷す《うしひやす》　夏七月。真夏の太陽の下で働いて汗埃《あせぼこり》にまみれた牛を、川や沼の水で洗い、疲れを癒やしてやる。**牛洗ふ**《うしあらふ》。

冷し牛廐のごとく昏るゝなり　山本孕江

自らも胸まで浸り牛冷す　中村　豊

丑紅《うしべに》　冬→寒紅《かんべに》

牛祭《うしまつり》　秋十月。十月十二日（現在は十日）の夜、京都嵯峨太秦《うずまさ》の広隆寺で行われる摩吒羅神をまつる奇祭。**太秦牛祭**《うづまさうしまつり》。

膝に面ゝおいて牛待つ摩吒羅神　加藤華都

軒並の煤け行灯牛祭　内貴白羊

鵜匠《うしょう》　夏→鵜飼《うかい》

臼飾る《うすかざる》　冬→飾臼《かざりうす》

薄霞《うすがすみ》　春→霞《かすみ》

うすばかげろふ《うすばかげろう》

[三]　秋九月。蟻地獄の成虫で、蜉蝣《かげろう》の一種。体は暗褐色で翅はすきとおり、頼りなげに飛ぶ。

とぶときのうすばかげろふ翅見えず　五十嵐播水

稿汚す灯下にうすばかげろふも　稲畑汀子

太秦牛祭《うずまさうしまつり》　秋→牛祭《うしまつり》

埋火《うずみび》《うづみび》　[三]　冬十二月。炉や火鉢の灰に埋めた炭火のことである。火種を絶やさぬことが昔の主婦の重要な役目であった。

埋火の灰もてあそび片寄せて　高木石子

埋火やあきらめてより不和もなく　高木つばな

羅《うすもの》　夏七月。盛夏に用いる絽、紗などの薄絹を用いて作った単衣《ひとえ》をいう。男も用いるが、婦人が外出に着る場合が多い。

著痩とはかなしき言葉うすごろも　篠塚しげる

羅にちらりと肌の動きたる　伊藤柏翠

薄紅葉《うすもみじ》《うすもみぢ》　秋十月。紅葉し始めてなお薄いのをいう。薄く色づいた紅葉にもそれなりの風情がある。

一景のこゝにはじまる薄紅葉　沢村芳翠

薄紅葉して静かなる大樹かな　高浜虚子

鶉《うずら》《うづら》　[三]　秋十月。枯草色のころころした中形の鳥で、グワックルルルと大きな声で鳴く。

桐の木に鶉鳴なる塀の内　芭　蕉

つちくれを踏まへて逃ぐる鶉かな　高浜虚子

薄氷《うすらい》《うすらひ》　春二月。春先、薄々と張る氷をいう。また解け残った薄い氷をもいうのである。**残る氷《のこるこほり》**。**春の氷《はるのこほり》**。

泡のびて一動きしぬ薄氷　高野素十

薄氷の解けんとしつゝ日をはじく　高浜年尾

鷽《うそ》　[三]　春三月。雀より大きく文鳥に似ている。口笛に似た良い声で囀る。

黒鷽の嫌はれつゝも飼はれをり　岡田耿陽

鷽のはみこぼす花芽と知らざりし　桑田青虎

鷽替《うそかえ》《うそかへ》　冬一月。一月七日、福岡県太宰府の天満宮で行われる神事。東京の亀戸天満宮では二十四日、二十五日、大阪藤井寺の道明寺天満宮では二十五日に行われる。

茶屋に待つはゝそはに鷽替へて来し

竹末春野人

鷽替へて眉目おもしろき鷽にあふ　仁井一路

うそ寒《うそさむ》　秋十月。やや寒、そぞろ寒などと同じ程度の寒さであるが、その寒さを感じる心持に違いがある。うそは薄《うす》の訛りで、うすら寒く心の落ちつかない感じである。

庭下駄になじめぬ日なりうそ寒し　田中祥子

心地よき夜風のやがてうそ寒し　稲畑汀子

謡初《うたいぞめ》《うたひぞめ》　冬一月。新年に初めて謡をうたうこと。

勝修羅のシテが当りし謡初　近藤いぬゐ

老いてなほ稽古大事や謡初　高浜虚子

鵜松明《うたいまつ》　夏→鵜飼《うかい》

歌がるた《うたがるた》　冬→歌留多《かるた》

内幟《うちのぼり》　夏→幟《のぼり》

打水《うちみず》《うちみづ》　〔三〕夏七月。暑い夏の真昼や夕べ、埃を鎮め涼風を呼ぶために、庭や路地、店先などに**水を打つ**《みづをうつ》。**水撒き**《みづまき》。

火の入りし窯場打水絶やすなく　岸川鼓虫子

水打つて雲水の吾子迎へけり　辻　美弥子

うちむらさき　秋→朱欒《ざぼん》

団扇《うちわ》《うちは》　〔三〕夏七月。**絵団扇**《ゑうちは》。**絹団扇**《きぬうちは》。**水団扇**《みづうちは》。**渋団扇**《しぶうちは》。**古団扇**《ふるうちは》。**団扇掛**《うちはかけ》。

もの言はず団扇の風を送るのみ　千原叡子

客揃ひ団扇二本の余りけり　高田風人子

団扇掛《うちわかけ》　夏→団扇《うちわ》

卯杖《うづえ》　冬→初卯《はつう》

鵜遣《うづかい》　夏→鵜飼《うかい》

卯月《うづき》　夏五月。陰暦四月の異名。卯の花月の略称である。

横川まで卯月曇の尾根づたひ　中井余花朗

島近し卯月ぐもりの日は殊に　稲畑汀子

鬱金香《うっこんこう》　春→チューリップ

空蟬《うつせみ》　〔三〕夏七月。**蟬の脱殼**《せみのぬけがら》のこと。色は透明な褐色で、いつまでも樹木にしがみついている。**蟬の殼**《せみのから》。

草のぼりつめ空蟬となりゐたり　藤崎久を

手に置けば空蟬風にとびにけり　高浜虚子

卯槌《うづち》　冬→初卯《はつう》

独活《うど》 春三月。独活の若芽は柔らかく、食用とされる。**芽独活**《めうど》。**山独活**《やまうど》。

山独活の土つくまゝに逞しき　坊城としあつ

荒れし手と笑はれ老の独活作り　西野知変

独活の花《うどのはな》 夏七月。独活は山野に自生するウコギ科の多年草。花は淡緑色で小さく、球形に集まってひそやかに咲く。

山淋し萱を抽んづ独活の花　島村はじめ

鵜捕部《うとりべ》 冬→鵜祭《うまつり》

優曇華《うどんげ》 夏六月。草蜉蝣《くさかげろう》の卵で、草木の枝葉のほか、電灯の笠、天井の隅、壁、障子などにも産みつける。二センチほどの白い糸状の柄の先に楕円形の卵のついたのがゆらゆらとかたまっていて、一見、黴の花のように見える。

優曇華や狐色なる障子紙　斎藤俳小星

優曇華や使はぬまゝにある鏽　藤木紫風

鰻《うなぎ》 [三] 夏六月。日本へ来る鰻は、赤道直下の深海で生まれ、細いしらすとなって、日本近海へ来、川を上るといわれている。天然鰻の漁獲期は夏であり、一般の養殖ものも夏がおいしい。

カンテラを灯し出て行く鰻舟　市川久子

鰻筌を揚ぐる加減のありにけり　大木葉末

鰻の日《うなぎのひ》 夏→土用鰻《どよううなぎ》

卯浪《うなみ》 夏五月。陰暦四月（卯月）のころ、波頭白く海面に立つ浪をいう。

岬より折れ曲り来る卯浪かな　高浜虚子

卯浪寄す礁だたみの外れかな　高浜年尾

鵜馴らし《うならし》 [三] 春三月。鵜飼の時期の来る前に鵜を馴らし調整することである。

錦帯橋映れる水に鵜を馴らす　上符秀翠

鵜馴らしややがて鵜川となる水に　高浜年尾

鵜縄《うなわ》 夏→鵜飼《うかい》

海胆《うに》 [三] 春四月。海底の岩間や砂地に棲み、殻の外側は栗の毬《いが》に似た黒い棘でおおわれた球状の動物である。**雲丹**《うに》。

海胆突にをり〱礁かくす潮　浅田桃生

海胆焼けて棘ほろ〱とこぼれけり　水見悠々子

雲丹《うに》 春→海胆《うに》

卯の花《うのはな》　夏五月。初夏、五弁の白い小花を、しだれた小枝に群がりつけ、ひそかに咲いている。**花卯木**《はなうつぎ》。**山うつぎ**《やまうつぎ》。**卯の花垣**《うのはながき》。

卯の花のいぶせき門と答へけり　高浜虚子

紅卯木見つゝ辿りぬ蔵王の温泉　高浜年尾

卯の花垣《うのはながき》　夏→卯の花《うのはな》

卯の花腐し《うのはなくだし》　夏五月。卯の花の咲く陰暦四月（卯の花月）のころ長く降り続く雨である。

書を読むに卯の花腐しよろしけれ　河合正子

降りくらむときの卯の花腐しかな　高浜年尾

卯の札《うのふだ》　冬→初卯《はつう》

雨氷《うひょう》　冬十二月。落ちた雨が樹の枝や枯草など地上のものにあたってガラス細工のようにそのままの形で凍ること。

落葉松に雨氷名残の綺羅雫　吉村ひさ志

雨氷とて草の高さに光るもの　稲畑汀子

鵜舟《うぶね》　夏→鵜飼《うかい》

うべ　秋→郁子《むべ》

馬洗ふ《うまあらう》　夏→馬冷す《うまひやす》

馬追《うまおい》《うまおひ》　〔三〕　秋九月。うす緑色でかなり大きな虫である。**すいつちよ**ともいい、ジースイッチョンとも聞こえる。

馬追が機の縦糸切るといふ　有本銘仙

スイッチョと鳴くはたしかに蓮の中　高浜虚子

苜蓿《うまごやし》　〔三〕　春三月。春、野原などに青い絨毯を敷いたようになる。**クローバ**（白詰草《しろつめくさ》）も、一般には苜蓿と呼んでいる。

クローバに寝ころべば子が馬乗りに　伊藤彩雪

少しの間クローバ見えてゐる離陸　稲畑汀子

馬肥ゆる《うまこゆる》　〔三〕　秋十月。いわゆる高天肥馬の季節といい、秋になると馬もよく肥える。

牧の果太平洋や馬肥ゆる　嶋田一歩

汗血馬絶えし沃土に馬肥ゆる　稲畑汀子

鵜祭《うまつり》　冬十二月。十二月十六日、石川県羽咋《はくい》市気多《けた》神社で行われる神事。**神の鵜**《かみのう》。**鵜捕部**《うとりべ》。

贄の鵜へ目覚の神楽さや〳〵と　大森積翠

鵜と禊ぐ水とて幣を立てし桶　辻口静夫

うまのあしがた　春→金鳳華《きんぽうげ》

馬冷す《うまひやす》　夏七月。炎暑の中を喘ぎながら働いた馬を、仕事のあと川や沼などで汗を流し蹄を冷やしてやる。**馬洗ふ**《うまあらふ》。

冷し馬耳だけ動きをりにけり　河野美奇
馬冷すための流れでありしとか　川口咲子

馬蛭《うまびる》　夏→蛭《ひる》

午祭《うままつり》　春→初午《はつうま》

廏出し《うまやだし》　春三月。雪深い地方では春、雪も解けて来たころ、牛や馬を廏から出して野に放つ。**まやだし**。

廏出しや馬柵にはだかる岩木富士　片岡奈王
廏出しの馬に水飼ふ童かな　岡和田天河水

海亀《うみがめ》　〔三〕夏五月。海に棲む亀を総称して海亀という。徳島県日和佐町大浜海岸には、海亀が多い年には百匹以上産卵に来ることもあり、天然記念物とされている。

海亀の消えしあたりの波やさし　美馬風史
海亀の波盛り上げて現はれし　稲畑広太郎

海開《うみびらき》　夏七月。海水浴場開きである。海水浴客のための設備が整えられ、一夏の海の安全を祈っての行事も行われる。

売店はペンキ塗りたて海開　前川千花
まだ水の四肢に重たく海開　豊田淳応

海酸漿《うみほおずき》《うみほほづき》　〔三〕夏五月。天狗螺《てんぐにし》、長螺《ながにし》、赤螺《あかにし》などの貝類の卵嚢である。女の子などが口にふくんで鳴らして遊ぶ。

一聯の泡酸漿の林より　長谷川素逝
妹が口海酸漿の赤きかな　高浜虚子

梅《うめ》　春二月。**野梅**《やばい》。**梅林**《ばいりん》。**梅の花**《うめのはな》。**白梅**《はくばい》。**臥竜梅**《ぐわりゆうばい》。**梅園**《ばいゑん》。

散りながら咲きながら梅口和かな　今井千鶴子
風とゞけくれる梅が香風が消す　稲畑汀子

梅酒《うめしゅ》　夏七月。青梅の実を焼酎につけ、氷砂糖を加えて密封貯蔵して造った酒で、**梅焼酎**《うめせうちう》ともいう。**梅酒**《ばいしゅ》。

古梅酒をたふとみ嘗むる主かな　松本たかし
医師吾に妻がつくりし梅酒あり　川田長邦

梅焼酎《うめしょうちゅう》　夏→梅酒《うめしゅ》

梅漬《うめづけ》　夏→梅干《うめぼし》

梅の花《うめのはな》　春→梅《うめ》

うめばち　夏→梅鉢草《うめばちそう》

梅鉢草《うめばちそう》《うめばちさう》

夏七月。山地や高原の日当りのよいところに自生する草で、茎の頂に、梅の花に似た白い花をつける。**うめばち**。

梅鉢草とけばこぼるゝ阿蘇の土　井手藤枝
梅鉢草掘る手を火山灰に汚しもし　水上美代子

梅干《うめぼし》

夏七月。梅を干すのは天気の定まった土用中がいちばん適当である。**梅漬《うめづけ》**。**梅筵《うめむしろ》**。**梅干《うめほ》す**。**干梅《ほしうめ》**。

暮し向きさして変らず梅漬ける　松尾緑富
庇影這ひゆく方に梅蓆　高浜虚子

梅干《うめほ》す　夏→梅干《うめぼし》

梅見《うめみ》

春二月。春の花見のさきがけが観梅である。探梅といえば冬季になる。

梅見茶屋俄か仕立であることも　藤木呂九艸
早まりし梅見の案内梅まれて　浅井青陽子

梅筵《うめむしろ》　夏→梅干《うめぼし》

梅擬《うめもどき》

秋十月。山地に自生する落葉低木であるが、赤い実が美しいので庭木にも用いられる。**梅嫌《うめもどき》**。**落霜紅《うめもどき》**。

梅嫌植ゑたる土にこぼれたる　西山泊雲
兄のこと話せば泣くや梅嫌　高浜虚子

梅嫌《うめもどき》　秋→梅擬《うめもどき》

落霜紅《うめもどき》　秋→梅擬《うめもどき》

梅若忌《うめわかき》

春四月。謡曲「隅田川」にある哀れな物語の主、梅若丸の忌日である。陽暦四月十五日に、梅若塚のある隅田川畔の木母寺で修される。**木母寺大念仏《もくぼじだいねんぶつ》**。

墨堤にある今昔梅若忌　松本浮木
語り伝へ謡ひ伝へて梅若忌　高浜虚子

末枯《うらがれ》

秋十月。晩秋、野山の草が葉の先の方から枯れ始めるのをいう。末《うら》は根元に対して葉末のこと。

末枯やふざけゐし子も今本気　星野立子
末枯の野に落日の力なく　浅野右橘

裏白《うらじろ》　冬→歯朶《しだ》

盂蘭盆《うらぼん》　秋八月。七月十三日の夕方、迎火を焚いて祖先の霊を迎え、十六日の夕方送火を焚いて霊送するまでの仏事。**盆**《ぼん》。**盂蘭盆会**《うらぼんゑ》。**盆会**《ぼんゑ》。**盆祭**《ぼんまつり》。**新盆**《にひぼん》。**初盆**《はつぼん》。

盆僧に吠立つ犬を叱りけり　小畑一天

旧盆の島への臨時寄航かな　高浜年尾

盂蘭盆会《うらぼんえ》　秋→盂蘭盆《うらぼん》

浦祭《うらまつり》　秋→秋祭《あきまつり》

うらら　春→麗か《うららか》

麗か《うららか》　［三］春四月。春の光がうるわしくゆきわたり、すべてのものが明るく朗らかに見えるありさまをいう。**うらら**。

園丁もうらゝかなれば愛想よし　池内たけし

再会の言葉探して駅うらら　湯川雅

瓜《うり》　夏七月。瓜といえば瓜類の総称である。甜瓜《まくわうり》は芳香があり甘い。その他**越瓜**《しろうり》（**白瓜**《しろうり》、**浅瓜**《あさうり》ともいう）、青瓜というのもある。**瓜畑**《うりばたけ》。

わが命見つめて今日の瓜きざむ　河合正子

あだ花の瓜の蔓の手あまたあり　高浜虚子

瓜小屋《うりごや》　夏→瓜番《うりばん》

売初《うりぞめ》　冬一月。新年初めて商店が、店を開き物を売ることである。**初商**《はつあきなひ》。**初売**《はつうり》。

売初やよゝと盛りたる枡の酒　西山泊雲

売初や町内一の古暖簾　高浜虚子

瓜提灯《うりちょうちん》　秋→西瓜提灯《すいかぢょうちん》

瓜漬《うりづけ》　夏七月。瓜にはいろいろの種類があるが、主に胡瓜、越瓜《しろうり》、青瓜などを塩漬や糠《ぬか》漬にする。**胡瓜漬**《きうりづけ》。

瓜漬もつましく食ぶるべかりけり　行方南魚

平凡を願ふくらしや胡瓜漬　三沢久子

瓜苗《うりなえ》《うりなへ》　夏五月。胡瓜、甜瓜《まくわうり》、越瓜《しろうり》などの苗の総称である。

瓜苗にもれなく杓をかたむくる　岩木躑躅

瓜苗を買つてくれろと庭に来る　多田香也子

瓜の馬《うりのうま》　秋→真菰の馬《まこものうま》

瓜の花《うりのはな》　夏六月。瓜類の花の総称であるが、一般には甜瓜《まくわうり》を指すことが多い。大方は白か黄色の単純な花である。

雷に小屋は焼れて瓜の花　蕪村

小さき蠅我へ移りぬ瓜の花　岩木躑躅

瓜畑《うりばたけ》　夏→瓜《うり》

瓜番《うりばん》　夏七月。とかく行きずりなどに盗まれやすい西瓜や甜瓜《まくわうり》の見張りに、夜中畑の番をする者。**瓜小屋**《うりごや》。

瓜番にゆく貸本をふところに　平松荻雨
瓜番といへど寝に行くだけのこと　渡辺芋城

瓜もみ《うりもみ》　夏→胡瓜もみ《きゅうりもみ》

漆掻《うるしかき》　夏七月。漆の木から漆液を採取するのは七月ごろが最も盛んである。これを採取し水分を除いたものが黒目漆。

縄帯の漆よごれや漆かき　笹谷羊多楼
篦挟む指胝も古り漆掻　畠山若水

漆紅葉《うるしもみじ》《うるしもみぢ》　秋十月。紅葉を賞されるのは、自生の山漆や蔦漆の類で、葉の表は鮮やかな紅に、裏は黄に紅葉する。

妹と行けば漆の紅葉径に斜《なゝめ》　山口誓子
あたりまであかるき漆紅葉かな　高浜虚子

うるめ　冬→潤目鰯《うるめいわし》

潤目鰯《うるめいわし》　〔三〕　冬十二月。真鰯に似ているが、体に丸みがあり、目が大きく赤く潤んでいる。冬が美味、干物にされる。単に「鰯」といえば秋季。**うるめ**。

うるめ焼くわれも市井の一詩人　柴原保佳
尾の焦げてうるめ鰯の痩せたる眼　稲畑汀子

うはばみさう　春→みづ菜《みずな》

浮塵子《うんか》　〔三〕　秋十月。大きいものでも五ミリに満たない小虫であるが、稲、麦の大害虫である。**ぬかばへ**。

浮塵子出て一枚の田を早刈す　粟賀風因
一日の猶予もならず浮塵子駆除　城　萍花

雲海《うんかい》　夏七月。夏、高山に登ったときなど、脚下に広々と果てしない白雲の連なりが見られる。これが雲海である。

雲海や阿蘇の噴煙高からず　松本圭二
雲海の今水色を置く夕べ　稲畑汀子

運動会《うんどうかい》《うんどうくわい》　〔三〕　秋十月。九月、十月の爽やかな時候になると学校をはじめ、会社、各団体で盛んに運動会が行われる。

吾子が駈け我が心駈け運動会　秋沢　稔
運動会少年少女脚長く　副島いみ子

◎え◎

鱏《えい》　夏→赤鱏《あかえい》

絵団扇《えうちわ》　夏→団扇《うちわ》

エープリルフール　春→四月馬鹿《しかつばか》

絵扇《えおうぎ》　夏→扇《おうぎ》

えごの花《えごのはな》　夏六月。葉は卵形で尖り、五、六月ごろ白色五弁の小さい花が下向きにひしめき咲く。**山苣の花**《やまちさのはな》。

えご落花流るゝ水に絶え間なく　大淵青柴

峡深く岐るゝ流れえごの花　森　土秋

絵双六《えすごろく》　冬→双六《すごろく》

絵簾《えすだれ》　夏→青　簾《あおすだれ》

蝦夷菊《えぞぎく》　夏七月。夏、枝わかれした頂に彩り美しい菊に似た花を咲かせ、アスターの名で親しまれる。**翠菊**《えぞぎく》。

蝦夷菊に日向ながらの雨涼し　内藤鳴雪

翠菊《えぞぎく》　夏→蝦夷菊《えぞぎく》

えぞにう《えぞにゅう》　夏七月。東北、北海道の山地に自生する。茎は直立して太く、七月ごろ上部に白い小さな五弁の花が傘のように群がって咲く。

えぞにうの花咲き沼は名をもたず　山口青邨

えぞにうの花のバックは海がよし　星野立子

枝蛙《えだかわず》　夏→雨　蛙《あまがえる》

枝豆《えだまめ》　秋九月。熟さない青い大豆を、莢《さや》ごと塩茹《ゆ》でにしたもの。**月見豆**《つきみまめ》。

朝市の走り枝豆すぐ売れて　柿島貫之

枝豆を喰へば雨月の情あり　高浜虚子

越後上布《えちごじょうふ》　夏→上布《じょうふ》

越前蟹《えちぜんがに》　冬→ずわい蟹《ずわいがに》

鱊《えつ》　〔三〕夏六月。鰯《いわし》の一種で銀色の斑点があり、日本では有明海にのみ棲み、六月ごろ産卵のため筑後川をさかのぼる。

濁流にひらひらとあり網の鱊　寺田映峰

待つといふこと鱊網を流しては　稲畑汀子

絵灯籠《えどうろう》　秋→灯籠《とうろう》

江戸相撲《えどずもう》　秋→相撲《すもう》

金雀枝《えにしだ》　夏五月。五月ごろになると、葉のつけ根に短い柄のある黄色の蝶形の小花を一、二個咲かせる。これが枝全体に群がって咲きしだれる。

金雀枝の咲きあふれ色あふれけり　藤松遊子
金雀枝の黄もやうやくにうつろひぬ　長尾　修

ゑのこ草《えのこぐさ》　秋→狗尾草《えのころぐさ》

狗尾草《えのころぐさ》《ゑのころぐさ》　［三］　秋九月。**ねこじやらし**の名で親しまれる雑草で、道ばた、空地など、どこにでも生えている。**ゑのこ草**《ゑのこぐさ》。

らしく枯れらしく乱れてゑのこ草　工藤乃里子
ゑのころの川原は風の棲むところ　稲畑汀子

榎の実《えのみ》　秋十月。大木の榎《えのき》にして、実は小さく小豆粒くらい。秋になると色づいて黄赤色になる。

榎実熟すもう鵯の来る時分　赤星水竹居

絵日傘《えひがさ》　夏→日傘《ひがさ》
戎籠《えびすかご》　冬→宝恵籠《ほえかご》
夷布《えびすぎれ》　秋→誓文払《せいもんばらい》

夷講《えびすこう》《えびすかう》　秋十月。十月二十日（もとは陰暦）商家で商売繁盛を祈って行う恵比須神の祭である。

そのかみは武より出でたる恵比須講　真下喜太郎
夷講に大福餅もまゐりけり　高浜虚子

戎笹《えびすざさ》　冬→十日戎《とおかえびす》
夷廻し《えびすまわし》　冬→傀儡師《かいらいし》

蘡薁《えびづる》　秋十月。山野に自生し巻鬚で他の樹木にからみつく。秋、葡萄状の実が黒く熟し、食べられる。紅葉も美しい。

どの蔓となく蘡薁でありしかな　須藤常央
蘡薁と確かめてみる葉裏かな　稲畑汀子

絵屏風《えびょうぶ》　冬→屏風《びょうぶ》

絵踏《えぶみ》《ゑぶみ》　春二月。徳川時代、キリスト教の信仰を禁じたとき、信者でない証《あかし》を立てさせるため、**踏絵**《ふみゑ》を人々に踏ませた。長崎奉行所などで正月四日〜八日に行なった。歴史的な季題であるが、今も感慨をこめて詠まれている。

絵踏なき世の片隅に神恐れ　副島いみ子

絵踏して生きのこりたる女かな　高浜虚子

恵方《えほう》　冬→恵方詣《えほうまいり》

恵方棚《えほうだな》　冬→歳徳神《としとくじん》

恵方詣《えほうまいり》《ゑはうまゐり》　冬一月。新年、**恵方**《ゑはう》（その年の吉兆を示す方向）にあたる神社や仏閣に参詣すること。

大富士を恵方としたる道太し　加藤晴子

恵方とはこの路をたゞ進むこと　高浜虚子

絵筵《えむしろ》　夏→花茣蓙《はなござ》

衣紋竿《えもんざお》　夏→衣紋竹《えもんだけ》

衣紋竹《えもんだけ》　〔三〕夏七月。夏、汗になった衣類を掛けて乾かすために多く用いられるものである。**衣紋竿**《えもんざを》。

衣紋竿夕べの著物かけにけり　酒井小蔦

抜衣紋して衣かゝる衣紋竹　高浜虚子

会陽《えよう》《ゑやう》　春二月。陰暦一月十四日、岡山市の西大寺観音院で行われる修正会結願《しゅしょうえけちがん》の行事で、最近では二月第三土曜日の夜行なっている。**裸押**《はだかおし》。

暮るゝより会陽の裸衆ゆきゝ　桑田青虎

庭炉焚きつぎて会陽の世話方衆　上田土筆坊

魞挿す《えりさす》　春二月。河川、湖沼の魞場と定めた水中に何本かの青竹を立てて骨組とし、そこに魞簀を突きさしつつ張りめぐらして囲いをつくる。その中にはいった魚を網で捕る仕組である。琵琶湖で最も盛んに行われている。

比叡山今日しまきをる魞を挿す　中井余花朗

両袖へ魞挿す舟の漕ぎわかれ　久米幸叢

襟巻《えりまき》　〔三〕冬十二月。防寒のために襟もとを包むもの。アクセサリーも兼ねて種類は豊富である。**マフラー**。**首巻**《くびまき》。

襟巻の狐の顔は別に在り　高浜虚子

襟巻を贈りくれたる四人の名　高浜年尾

遠泳《えんえい》　夏→泳ぎ《およぎ》

閻王《えんおう》　夏→閻魔詣《えんままいり》

円座《えんざ》《ゑんざ》　〔三〕夏七月。藁、蒲《がま》、菅《すげ》、藺《い》などで渦のように円く平たく編んだ敷物。夏、座布団に替えて用いる。

一枚の円座に托す老後かな　竹末春野人

積まれたる円座一つをとりて敷く　森信坤者

延寿祭《えんじゅさい》　冬一月。一月一日、奈良県橿原神宮で行われた神事。皇室の弥栄《いやさか》と国民の延寿幸福を祈願した。

神の琴べろん〳〵と延寿祭　鳩　十

並べ置く控への琴や延寿祭　中山万沙美

縁涼み《えんすずみ》　夏→納涼《すずみ》

遠足《えんそく》《ゑんそく》　[三]　春四月。遠く郊外にまたは野山に出て一日の行楽をすることをいうのである。秋にも多いが俳句では春季。

遠足の埃くささに乗り合はす　上西左兌子

遠足の列とゞまりてかたまりて　高浜虚子

炎帝《えんてい》　夏→盛夏《せいか》

炎天《えんてん》　夏七月。酷熱の日中の空をいう。またじりじりと照りつけ、蒸し暑いのを**油照**《あぶらでり》という。

炎天が校庭広くしてをりぬ　前内木耳

炎天を来し人に何もてなさん　稲畑汀子

豌豆《えんどう》《ゑんどう》　夏五月。七、八センチほどの莢《さや》の中に四、五粒の豆を持つ、いわゆるグリーンピースである。**豌豆引**《ゑんどうひき》。**莢豌豆**《さやゑんどう》。

朝もぎの莢豌豆にある重さ　山口昌子

豌豆を摘むは手当り次第かな　小川修平

豌豆の花《えんどうのはな》　春→豆の花《まめのはな》

豌豆引《えんどうひき》　夏→豌豆《えんどう》

閻魔詣《えんままいり》《えんままゐり》　夏七月。七月十六日は閻魔王の賽日《さいにち》である。昔は商家など使用人に骨休めの日として休暇を与えた。**閻王**《えんわう》。

閻王の広き肩巾膝の巾　小畑一天

閻王の眉は発止と逆立てり　高浜虚子

遠雷《えんらい》　夏→雷《かみなり》

◎お◎

老鶯《おいうぐいす》《おいうぐひす》　[三]　夏六月。夏の鶯を**老鶯**《らうあう》という。**夏鶯**《なつうぐひす》。**乱鶯**《らんあう》。**残鶯**《ざんあう》。**鶯老を鳴く**《うぐひすおいをなく》。

老鶯を足元に聞く風の尾根　竹屋睦子

乱鶯と瀬音に峡の温泉の夜明け　高浜年尾

老の春《おいのはる》　冬→新年《しんねん》

追羽子《おいばね》《おひばね》　冬一月。正月の女の子の遊びで、二人で羽子《はね》をつき合う。**羽子つき**《はねつき》。**遣羽子**《やりはね》。**揚羽子**《あげはね》。**逸羽子**《それはね》。**懸羽子**《かかりはね》。羽子は「はご」ともいう。**つくばね**。**胡鬼の子**《こぎのこ》。

今し方聞えてをりし羽子の音　池内たけし

東山静かに羽子の舞ひ落ちぬ　高浜虚子

負真綿《おいまわた》《おひまわた》　〔三〕冬十二月。もともと上着や羽織の下の背中のところに真綿を挟んで保温したものであるが、後には真綿でつくった袖無のものが一般的となった。**背蒲団**《せなぶとん》。**腰蒲団**《こしぶとん》。

気の折れし人のかなしや負真綿　田畑美穂女

九十は重たき齢負真綿　速水真一郎

追山笠《おいやま》　夏→博多山笠《はかたやまがさ》

花魁草《おいらんそう》《おいらんさう》　夏七月。直立した茎の頂に、紅紫色五弁の筒状花が群がり咲く。「くさきょうちくとう」が正名である。

揚羽蝶おいらん草にぶら下る　高野素十

黒揚羽花魁草にかけり来る　高浜虚子

扇《おうぎ》《あふぎ》　〔三〕夏七月。**扇子**《せんす》ともいう。白地のものは**白扇**《はくせん》、絵の描いてあるものは**絵扇**《ゑあふぎ》、使い古した去年のものは**古扇**《ふるあふぎ》という。

扇持つ異国に住めど日本人　左右木韋城

手にとりて心軽しや初扇　高浜年尾

扇置く《おうぎおく》　秋→秋扇《あきおうぎ》

黄蜀葵《おうしょっき》《わうしょくき》　夏七月。茎の高さは一メートル以上、掌状に深く裂けた葉が互生し、黄色い大輪の一日花を横向きに開く。**とろろあふひ**。

昼と夜とまじり合ふとき黄蜀葵　千原草之

楝の花《おうちのはな》《あふちのはな》　夏六月。葉は南天の葉に似て羽状複葉。六月ごろ、淡紫色の小さい五弁花が群がり咲く。**樗の花**《あふちのはな》。**栴檀の花**《せんだんのはな》。

日当りていよ〳〵淡し花樗　中川秋太

吉備の空淡し楝の咲きてより　河野美奇

樗の花《おうちのはな》　夏→楝の花《おうちのはな》

あふちの実《おうちのみ》　秋→栴檀の実《せんだんのみ》

楝葺く《おうちふく》　夏→菖蒲葺く《しょうぶふく》

桜桃《おうとう》《あうたう》　夏→さくらんぼ

黄梅《おうばい》《わうばい》　春二月。黄梅といっても梅ではなく、ジャスミンの仲間であるが芳香はない。**迎春花**《げいしゅんくわ》。

迎春花故郷恋しくありし日々　三木朱城
黄梅の盛りとてなく咲きつゞけ　開田華羽

お会式《おえしき》　秋→御命講《おめいこう》

大麻《おおあさ》　夏→麻《あさ》

大石忌《おおいしき》《おほいしき》　春三月。三月二十日、京都祇園の一力亭《いちりき》（万亭）で行う大石良雄の法要である。

手をひかれ来たる老妓や大石忌　田畑比古
いつしかに老妓といはれ大石忌　佐々木紅春

狼《おおかみ》《おほかみ》　〔三〕冬十二月。狼は深山に棲み、冬、雪が深くなると人家近くまで食を求めて現れ、人畜を襲ったりしたが、現在はほとんど絶滅した。

樵夫らの狼怖れ火絶やさず　松元桃村

大菊《おおぎく》　秋→菊《きく》

大霜《おおしも》　冬→霜《しも》

大掃除《おおそうじ》《おほさうじ》　春三月。かつては市役所などが清掃日を決めて大掃除を行わせたが、現在は一斉に行うことは少なくなった。

夫婦して二日がかりの大掃除　河津巌華
女手に負へぬ数々大掃除　岩井小よし

大年《おおどし》《おほどし》　冬十二月。大晦日のことを大年ともいう。

大年の母港にかへり泊つる船　林　大馬
大年の星の配置のすみし空　藤崎久を

オーバー　冬→外套《がいとう》

車前草の花《おおばこのはな》《おほばこのはな》　夏五月。葉の間に二〇センチくらいの茎が出て緑がかった白の細い小さい花を穂状につける。

草のなか車前草鞭をあげにけり　伊藤無門
車前草のつん〱のびて畦昼餉　高田瑠璃子

大鷭《おおばん》　夏→鷭《ばん》

大蒜《おおびる》　春→蒜《にんにく》

大服《おおぶく》《おほぶく》　冬一月。元日、若水をもって茶を点《た》て、梅干、山椒、結昆布などを入れ、一家揃って飲む。年賀客にも茶に代えてこれをもてなす。大福《おほぶく》。福茶《ふくちゃ》。

大服を心得顔に服したる　京極昭子
大服をたゞたぶ〱と召されしか　高浜虚子

大福《おおぶく》　冬→大服《おおぶく》

大晦日《おおみそか》《おほみそか》　冬十二月。十二月三十一日、一年の最後の日をいう。「大つごもり」ともいう。

吹き晴れし大つごもりの空の紺　星野立子

大晦日こゝに生きとし生けるもの　高浜虚子

大南風《おおみなみ》　夏→南風《みなみ》

大麦《おおむぎ》　夏→麦《むぎ》

大山蓮華《おおやまれんげ》《おほやまれんげ》　夏五月。深山に自生する落葉低木で庭にも植える。初夏、枝の先に香りのある白い花をやや下向きに開く。**天女花**《おほやまれんげ》。

夏館大山蓮華活けてあり　片岡奈王

天女花《おおやまれんげ》　夏→大山蓮華《おおやまれんげ》

大雪《おおゆき》　冬→雪《ゆき》

大綿《おおわた》《おほわた》　冬十一月。蚜虫《ありまき》（あぶら虫）の一種で、初冬のころ、風もない静かな日に、小さな綿のように飛んでいる。**綿虫**《わたむし》。

大綿のちぎれつきたる掌　高浜年尾

大綿の消えて消えざる虚空かな　稲畑汀子

御鏡《おかがみ》　冬→鏡餅《かがみもち》

おかげまゐり《おかげまいり》　春→伊勢参《いせまいり》

お飾《おかざり》　冬→飾《かざり》

陸稲《おかぼ》《をかぼ》　〔三〕秋十月。畑に栽培する稲で、水稲より茎や葉が粗大で、粘りが少なく味も落ちる。

慈雨到る君の陸稲に及びしや　川端竜子

夕べはや露の上りし陸稲かな　白石天留翁

苧殻《おがら》《をがら》　秋八月。皮を剥いだあとの麻の茎を干したもので、盆の供え物の箸に使い、また門火にはこれを焚く。

苧殻箸子に供ふるは短うす　伊藤糸織

人散りて売れ残りたる苧殻かな　高浜虚子

荻《おぎ》《をぎ》　〔三〕秋十月。水辺や湿地に多い。葉も花穂も芒に似ているが、もっと白々と見え、大きく豊かである。**荻の風**《をぎのかぜ》。**荻の声**《をぎのこゑ》。**荻原**《をぎはら》。

荻吹くや葉山通ひの仕舞馬車　高浜虚子

置炬燵《おきごたつ》　冬→炬燵《こたつ》

翁忌《おきなき》　冬→芭蕉忌《ばしょうき》

沖膾《おきなます》　〔三〕夏七月。沖釣、船遊の船上、釣れたばかりの鯵、鰯、鱵《さより》の類を、形かまわず切り刻んで食べる料理。

舟板の返し俎沖膾　井川泊水

胴の間に膝寄せ合うて沖膾　山川喜八

荻の風《おぎのかぜ》　秋→荻《おぎ》

荻の声《おぎのこえ》　秋→荻《おぎ》

荻の角《おぎのつの》《をぎのつの》　春三月。水辺や原野に芽生える荻の芽が、角のように鋭いところから荻の角とか**角組む荻**《つのぐむをぎ》などという。**荻の芽**《をぎのめ》。

水はねて突と角組む荻なりし　星野　椿

荻の角かたむき合うて一とところ　坊城としあつ

荻の芽《おぎのめ》　春→荻の角《おぎのつの》

荻原《おぎはら》　秋→荻《おぎ》

おきまつり　春→釈奠《せきてん》

荻若葉《おぎわかば》《をぎわかば》　春四月。荻は川岸や池辺などの湿地に多く、春になると芽ばえて茎の中央から青々と若葉を伸ばし水に映る。

ばせを植てまづにくむ荻の二ば哉　芭　蕉

晩稲《おくて》　秋十月。晩秋成熟する稲である。霜の降りる前、あたりの景色も、ものさびしくなってから取り入れる。

こゝよりや備中にして晩稲刈る　青戸暁天

蝗飛んで日に〳〵稔る晩稲かな　高浜虚子

送火《おくりび》　秋八月。盆の十六日の夜、精霊を送るため門辺で苧殻などを焚くこと。**霊送**《たまおくり》。

送火のしぶしぶ燃ゆるあはれなり　小畑一天

送火や母が心に幾仏　高浜虚子

白朮火《おけらび》　冬→白朮詣《おけらまいり》

白朮詣《おけらまいり》《をけらまゐり》　冬一月。元日、京都祇園の八坂神社で行われる。**白朮祭**《をけらまつり》に大晦日の深夜から元旦にかけてお詣りすることをいう。**削掛**《けづりかけ》。**白朮火**《をけらび》。**火縄売**《ひなはうり》。

婢をつれてをけら詣や宵の口　田畑三千女

万亭の塀に並びて火縄売　佐々木紅春

白朮祭《おけらまつり》　冬→白朮詣《おけらまいり》

をけらやく《おけらやく》　夏→蒼朮を焼く《そうじゅつをやく》

おご　春→海髪《うご》

御講《おこう》　冬→報恩講《ほうおんこう》

御講凪《おこうなぎ》　冬→報恩講《ほうおんこう》

起し絵《おこしえ》《おこしゑ》　〔三〕夏七月。芝居絵や風景画から人物や樹木などを切り抜いて、厚紙で裏うちし、芝居の舞台のような枠組の中に立て、灯火を点ずるしくみにしたもの。**組上《くみあげ》**。**立版古《たてばんこ》**。

さし覗く舞子の顔や立版古　後藤夜半

表情の生れ起し絵立ち上る　稲畑汀子

虎魚《おこぜ》《をこぜ》　〔三〕夏六月。関東以南の沿岸に棲み、体長約二〇センチで鱗がない。頭部は醜い形にゆがみ、背鰭の棘に毒がある。

中学の教師の渾名虎魚釣る　藤松遊子

釣られたる虎魚の怒り全身に　今井千鶴子

おこり　夏→瘧《ぎゃく》

御降《おさがり》　冬一月。元日に降る雨で、雪にもいう。また三が日の間に降る場合にも使う。

御降や灯りあひゐて神仏　宮崎草餅

お降に草の庵の朝寝かな　高浜虚子

を《お》し《し》　冬→鴛鴦《おしどり》

男鹿《おじか》　秋→鹿《しか》

含羞草《おじぎそう》《おじぎさう》　夏七月。葉に触れると、うなずくように垂れる。淡い紅色の小さな花が、毬のように集まって咲く。**ねむりぐさ**。

ねむり草叩き走りて山雨急　七木田北思

含羞草ねむらせ眠りたくない子　河野美奇

圧鮓《おしずし》　夏→鮓《すし》

唖蟬《おしぜみ》　夏→蟬《せみ》

御七夜《おしちや》　冬→報恩講《ほうおんこう》

鴛鴦《おしどり》《をしどり》　〔三〕冬十二月。鴨の仲間で、夏は山間の湖や渓流に棲み、寒くなると池や沼に下りて来て越冬する。**をし**。**思羽《おもひば》**。

鴛鴦の木にとまるてふことも見し　村上杏史

彩となり五六羽ならず鴛鴦飛来　田畑美穂女

おしろい　秋→白粉の花《おしろいのはな》

白粉の花《おしろいのはな》　秋八月。よく庭先などに植えられる。高さ七、八〇センチ。節のある緑の茎をもち、茂った葉の間に香りのよいラッパ状の小花をたくさんつける。**おしろい**。

白粉の花の匂ひとたしかめぬ　今井つる女

白粉の花落ち横に縦にかな　高浜虚子

遅桜《おそざくら》　春→桜《さくら》

遅月《おそづき》　秋→月《つき》

獺の祭《おそのまつり》《をそのまつり》　春二月。「礼記」月令篇に「孟春の月（陰暦正月）獺魚を祭る」とある。獺《かわおそ》は巧みに魚を捕える肉食の獣であるが、この時季にはすぐに食べないで岸に並べておくという。これを獺魚を祭る《かはをそうをまつる》といい、略して獺の祭という。陽暦の二月二十日ごろにあたる。

獺の祭見て来よ瀬田のおく　芭蕉
言ひ伝へさま〴〵なりし獺祭　高浜年尾

御松明《おたいまつ》　春三月。三月十五日の夜、京都、嵯峨の清凉寺（釈迦堂）で行われる涅槃会の行事。

お松明燃えて人垣あとすざり　田畑三千女
お松明燃えて星空なかりけり　開田華羽

御田植《おたうえ》《おたうゑ》　夏六月。**伊勢の御田植**《いせのおたうゑ》。古くは陰暦五月二十八日、今は五月下旬、伊勢市楠部町にある伊勢神宮の御神田で行われる田植初《たうえはじめ》の神事である。**御田扇**《おたあふぎ》。**山田の御田植**《やまだのおたうゑ》。**お御田祭**《おみたまつり》。**住吉の御田植**《すみよしのおたうゑ》。六月十四日（もとは陰暦五月二十八日）大阪市住吉区の住吉大社で行われる御田植の神事である。**御田**《おんだ》。**神植**《かみうゑ》。**八乙女の田舞**《やをとめのたまひ》。**棒打合戦**《ぼううちがつせん》。
この二つのほか、全国の他の神社でも行われる。

神官の細脛白し御田植　高久田瑞子
八乙女の遠くの一人より会釈　小畑一天

御田扇《おたおうぎ》　夏→御田植《おたうゑ》

御旅所《おたびしよ》　夏→祭《まつり》

苧環《おだまき》《をだまき》　春四月。白色をおびた掌状の複葉の間から伸びた花茎に青紫色または白色の花が下向きに咲く。花の形が糸巻の一種の苧環に似ているのでこの名がある。**糸繰草**《いとくりさう》。

苧環や歌そらんずる御墓守　福田蓼汀
をだまき草咲いてゐる筈なほも行く　稲畑汀子

お玉杓子《おたまじやくし》　春→蝌蚪《かと》

落鮎《おちあゆ》　〔三〕　秋十月。産卵のため鮎は流されるように川を下る。「下り簗」などで捕る。**下り鮎**《くだりあゆ》。**秋の鮎**《あきのあゆ》。**錆鮎**《さびあゆ》。**渋鮎**《しぶあゆ》。

錆鮎の蓼酢のみどり濃かりけり　粟津松彩子
噂ほど大きな鮎も落ちて来ず　近藤竹窓

落鰻《おちうなぎ》　〔三〕　秋十月。産卵のため川を下る鰻を落鰻とか下り鰻とかいい、鰻簗を仕掛けて捕る。

一と夜さに落ちし鰻と思はれず　梶原転石

簗を越すほどの水出て落鰻　　服部圭佑

落栗《おちぐり》　秋→栗《くり》

落椎《おちしい》　秋→椎《しい》の実《み》

落　椿《おちつばき》　春→椿《つばき》

落葉《おちば》

［三］　冬十一月。秋、美しく紅葉していた木々も、やがてはらはらと落葉し始める。**落葉掻**《おちばかき》。**落葉籠**《おちばかご》。**落葉焚**《おちばたき》。

落葉掃く音の日向にうつりけり　高瀬竟二

こつそりと絵馬掛けてきし落葉径　今橋真理子

火の好きな女と言はれ落葉焚く　高田風人子

焚き残りゐるまゝ落葉風にとぶ　高浜年尾

落葉掻《おちばかき》　冬→落葉《おちば》

落葉籠《おちばかご》　冬→落葉《おちば》

落葉焚《おちばたき》　冬→落葉《おちば》

落雲雀《おちひばり》　春→雲雀《ひばり》

落穂《おちぼ》

秋十月。稲の穂の落ちたものである。一本の落穂でも農家の人々は丹念に拾い大事にする。**落穂拾**《おちぼひろひ》。

村人の鶴にのこせし落穂とも　亀井糸游

落穂をも踏みかためつゝ道となる　高浜虚子

落穂拾《おちぼひろい》　秋→落穂《おちぼ》

お頂上《おちょうじょう》　夏→富士詣《ふじもうで》

おでん

［三］　冬十二月。もとは田楽からきている。寒い日など家庭の夕餉にも喜ばれる。**おでん屋**《おでんや》。

おでん屋に数珠はづしたる僧と居て　菅原独去

おでん屋の隅にをらざるごとくをり　下村非文

おでん屋《おでんや》　冬→おでん

男郎花《おとこえし》《をとこへし》

秋九月。女郎花によく似ているが、やや丈が高く、茎も太く花は白い。咲いた感じもいくらか豊かである。

女郎花少しはなれて男郎花　星野立子

相逢うて相別るゝも男郎花　高浜虚子

男山祭《おとこやままつり》　秋→放生会《ほうじょうえ》

威銃《おどしじゅう》　秋→鳥威《とりおどし》

お年玉《おとしだま》　冬→年玉《としだま》

威銃《おどしづつ》　秋→鳥威《とりおどし》

落し角《おとしづの》

春四月。鹿の角は四月ごろになると根もとから自然に落ちる。初夏になるとまた新しい角が生えてくる。

山裾や草の中なる落し角　高浜虚子

落し文《おとしぶみ》　夏七月。栗や桜などの葉が、筒状に巻き込まれていたり、またそれらが落ちていることがある。これは「おとしぶみ」という昆虫が卵を産みつけているのである。

落し文拾ひて渡る思川　松尾ふみを
落し文開く一人をうち囲み　京極昭子

落し水《おとしみず》《おとしみづ》　秋十月。稲が黄熟すると、水田の水は要らなくなるので、稲刈をする前に水を落とし、田を乾かす。

落し水忽ち音をたてにけり　楠瀬薑村
一と鍬に畦を欠きたり落し水　高浜年尾

乙女椿《おとめつばき》　春→椿《つばき》

踊《おどり》《をどり》　秋八月。**盆踊**《ぼんをどり》をいう。**踊場**《をどりば》。**踊の輪**《をどりのわ》。**音頭取**《おんどとり》。**踊子**《をどりこ》。**踊手**《をどりて》。**踊笠**《をどりがさ》。**踊浴衣**《をどりゆかた》。**踊唄**《をどりうた》。**踊太鼓**《をどりだいこ》。**踊見**《をどりみ》。

暗きより出でて踊に加はりぬ　今井千鶴子
若者の帰つてきたる踊かな　須藤常央
踊れよと呼びかけられて旅の我　高浜年尾
阿波踊らしく踊れてをらずとも　稲畑汀子

囮《おとり》《をとり》　秋十月。霞網や高擌《たかはご》で小鳥を捕えるとき、誘い寄せるために利用する籠の鳥のことである。**囮守**《をとりもり》。

口笛に口笛応へ囮守　辺田東苑
さりげなく囮籠提げ出てゆけり　川崎　克

踊唄《おどりうた》　秋→踊《おどり》

踊笠《おどりがさ》　秋→踊《おどり》

踊子《おどりこ》　秋→踊《おどり》

御取越《おとりこし》　冬十一月。京都の本山で行う親鸞聖人の正忌の「報恩講」と差し合わぬように各地の末寺や信徒が、日を繰り上げて法会を営むことをいう。

お取越新発意いまだあどけなく　岡田蕉風
御取越泊り耶馬より筑後より　松本圭二

踊子草《おどりこそう》《をどりこさう》　夏五月。山野や路傍の日陰に生え、茎は角ばっており、葉は紫蘇に似て対生する。初夏、葉のつけ根に淡紅色あるいは白色の唇形の花が輪になって幾つもつく。**踊草**《をどりさう》。**踊花**《をどりばな》。

きりもなくふえて踊子草となる　後藤比奈夫
摘みし手に踊子草をどらせて　稲畑汀子

踊草《おどりそう》　夏→踊子草《おどりこそう》
踊太鼓《おどりだいこ》　秋→踊《おどり》
踊手《おどりて》　秋→踊《おどり》
踊の輪《おどりのわ》　秋→踊《おどり》
踊場《おどりば》　秋→踊《おどり》
踊花《おどりばな》　夏→踊子草《おどりこそう》
踊見《おどりみ》　秋→踊《おどり》
囮守《おとりもり》　秋→囮《おとり》
踊浴衣《おどりゆかた》　秋→踊《おどり》
鬼芒《おにすすき》　秋→芒《すすき》
鬼やらひ《おにやらい》　冬→追儺《ついな》
鬼百合《おにゆり》　夏→百合《ゆり》
斧始《おのはじめ》　冬→仕事始《しごとはじめ》
鉄漿蜻蛉《おはぐろとんぼ》　夏→川蜻蛉《かわとんぼ》

飯櫃入《おはちいれ》　〔三〕　冬十二月。炊いた御飯が冷えないように、飯櫃をすっぽり入れて蓋をし、保温するもの。

飯櫃入渋光りとも煤光りとも　高浜虚子

お鉢廻り《おはちまわり》　夏→富士詣《ふじもうで》
尾花《おばな》　秋→芒《すすき》
尾花散る《おばなちる》　秋→芒《すすき》

お花畠《おはなばたけ》　夏七月。高山植物は雪の解けるのを待って、いっせいに花をつける。その花が美しく咲き乱れた一帯をお花畠という。「お」がつかないと季題にはならない。

ちらばりてお花畑を行きにけり　野村泊月
湖ひとつ奈落にひかりお花畠　岩松草泊

帯解《おびとき》　冬→七五三《しちごさん》

お火焚《おほたき》　冬十一月。十一月にそれぞれ日を定めて、京都の各神社で庭燎《にわび》を焚く神事。伏見稲荷大社のお火焚はもっとも盛大。

御火焼のもりものとるな村がらす　智月
御火焼や霜うつくしき京の町　蕪村

朧《おぼろ》　〔三〕　春四月。春の夜の、もののみな朦朧《もうろう》とした感じである。**朧夜**《おぼろよ》は**朧月夜**《おぼろづきよ》のことを略していう。**草朧**《くさおぼろ》、**鐘朧**《かねおぼろ》、**朧影**《おぼろかげ》などは、物の形や音の茫とした感じに用いるのである。

聖堂は夜のミサ終り庭朧　奥田智久
朧夜の水より覚めて来たる町　稲畑汀子

朧影《おぼろかげ》　春→朧《おぼろ》

朧月《おぼろづき》 ［三］ 春四月。おぼろな春の月をいう。ぼんやりとかすんだ月はまことに春らしい。**月朧**《つきおぼろ》。

くもりたる古鏡の如し朧月　高浜虚子

温泉の町や海に上りし朧月　高浜年尾

朧月夜《おぼろづきよ》 春→朧《おぼろ》

朧夜《おぼろよ》 春→朧《おぼろ》

お水送り《おみずおくり》《おみづおくり》 春三月。奈良東大寺のお水取に先だつ三月二日、若狭小浜の神宮寺ではお水送りの行事が行われる。

若狭なるお水送りの神事恋ふ　京極昭子

御水取《おみずとり》《おみづとり》 春三月。三月十三日、奈良東大寺二月堂で行われる「修二会《しゅにえ》」の中の行事。**水取**《みづとり》。

水取や格子の外の女人講　大橋桜坡子

飛ぶ如き走りの行もお水取　粟津松彩子

お御田祭《おみたまつり》 夏→御田植《おたうえ》

女郎花《おみなえし》《をみなへし》 秋九月。**をみなめし**ともいう。高さは一メートルくらいで、小さな黄色い花が傘のようにかたまって咲く。

淡けれど黄は遠くより女郎花　大久保橙青

黄色とは野にありてこそ女郎花　池田一歩

をみなめし《おみなめし》 秋→女郎花《おみなえし》

御身拭《おみぬぐい》《おみぬぐひ》 春四月。四月十九日、京都嵯峨の清凉寺（釈迦堂）で行われる行事で、本尊の栴檀瑞像釈迦如来の御扉を開き、寺僧が白布をもって仏身を拭き奉る儀式である。

御身拭すみて明るきお蠟燭　村田橙重

御臍に梯子参らせお身拭　藤村うらら

御命講《おめいこう》《おめいかう》 秋十月。十月十三日は日蓮の示寂した日である。日蓮終焉の地、東京池上本門寺の御命講は**万灯**《まんどう》という造花で飾り立てた行灯を押し立て、団扇太鼓を叩き、南無妙法蓮華経を唱えながら参詣する。**お会式**《おえしき》。**日蓮忌**《にちれんき》。

万灯の花ふるへつゝ山門へ　山口青邨

旅鞄いだき会式の青比丘尼　江口竹亭

御目見得《おめみえ》 春→出代《でがわり》

思羽《おもいば》《おもひば》 冬→鴛鴦《おしどり》

沢瀉《おもだか》 夏六月。水田や湿地に自生するが、水盤にも活けられ、白色三弁の小さな花をつける。**花慈姑**《はなくわゐ》。

沢瀉や舟は裏戸をはなれたり　松尾いはほ

沢瀉の濁りに映る十二橋　新荘桜涯

万年青の実《おもとのみ》　秋十月。葉に囲まれた短い花茎の先にかたまって生る。実が真赤に色づいて珊瑚玉のように美しい。

真上よりのぞけばありぬ万年青の実　真城蘭郷

親芋《おやいも》　秋→芋《いも》

親鹿《おやじか》　夏→鹿の子《かのこ》

親雀《おやすずめ》　春→雀の子《すずめのこ》

親燕《おやつばめ》　夏→燕の子《つばめのこ》

親猫《おやねこ》　春→子猫《こねこ》

お山焼《おやまやき》　冬→奈良の山焼《ならのやまやき》

泳ぎ《およぎ》　夏七月。暑くなると海や川やプールで泳ぐ。**水練**《すゐれん》。**競泳**《きやうえい》。**遠泳**《ゑんえい》。**泳ぎ船**《およぎぶね》。**水泳**《すゐえい》。**遊泳**《いうえい》。**浮袋**《うきぶくろ》。**浮輪**《うきわ》。

泳ぎより上りし母の子を抱く　粟津松彩子

長男と競ひ泳ぎて負けまじく　稲畑汀子

泳ぎ船《およぎぶね》　夏→泳ぎ《およぎ》

オリーブの花《おりーぶのはな》　夏六月。オリーブの葉は厚く細長く濃い緑色、梅雨のころ木犀に似た淡緑色か白色の四弁の花を総状にたくさんつける。香りもよい。

オリーブの花に潮の香とゞきもす　堀本婦美

オリーブの花屑移す風生れ　米倉明司

折掛灯籠《おりかけどうろう》　秋→灯籠《とうろう》

織初《おりぞめ》　冬一月。新年初めて機織りを始めること。**機始**《はたはじめ》。**初機**《はつはた》。

甲斐絹を世に絶やさじと機始　勝俣泰享

筬走る音重なりて織始　森信坤者

織姫《おりひめ》　秋→星祭《ほしまつり》

オレンジの花《おれんじのはな》　夏→橙の花《だいだいのはな》

温石《おんじゃく》《をんじやく》　〔三〕冬十二月。昔、手ごろのなめらかな石や蠟石などを、火で暖め、布ぎれに包んで体に当て暖をとった、その石。

草庵に温石の暖唯一つ　高浜虚子

温床《おんしょう》　冬→フレーム

御田《おんだ》　夏→御田植《おたうえ》

音頭取《おんどとり》　秋→踊《おどり》

女礼者《おんなれいじゃ》《をんなれいじや》　冬一月。女性は一般に家庭で年賀客を迎え忙しいので、回礼は三が日を過ぎてから行われるのが常である。

日暮れたる女賀客に灯しけり　池内たけし

よく笑ふ女礼者や草の庵　高浜虚子

◎か◎

蚊《か》　〔三〕夏六月。小さな蚊ではあるが、これを防ぐのに蚊帳を張り、蚊遣火を焚いたりした。**蚊の声**《かのこゑ》。**蚊柱**《かばしら》。**鳴く蚊**《なくか》。**蚊を焼く**《かをやく》。

藪蚊吐き古墳の暗さよどみをり　山田弘子

昨夜執しをりし蚊ならむ骸あり　稲岡　長

摩周湖の神秘なる蚊に喰はれけり　稲畑汀子

カーネーション　夏五月。撫子《なでしこ》の一種で和蘭石竹《おらんだせきちく》ともいい、花壇や鉢などに植えられ、初夏、花を開く。「母の日」の花として使われる。

花売女カーネーションを抱き歌ふ　山口青邨

カーネーション届いてをりし旅帰り　稲畑汀子

ガーベラ　夏六月。葉は蒲公英《たんぽぽ》に似て、四、五〇センチの花茎の先に、真紅、朱、黄、白の菊に似た花を開く。

陶房に挿すガーベラを下絵にし　沖津をさむ

海芋《かいう》　夏五月。三角形の大きな葉の間から伸びた茎の頂に、白色の漏斗状の花をつける。**カラー**。

海芋咲き日射し俄かに濃き日なり　藤松遊子

新しき白を選びて海芋剪る　石井とし夫

蚕《かいこ》《かひこ》　春四月。蚕といえば**春蚕**《はるご》をいうので、夏、秋の蚕はとくに「夏蚕《なつご》」「秋蚕《あきご》」と呼ぶ。**蚕卵紙**《さんらんし》。**蚕飼**《こがひ》。**蚕飼ふ**《かひこかふ》。**たねがみ**。**掃立**《はきたて》。**飼屋**《かひや》。**蚕棚**《こだな》。**蚕室**《こしつ》。**捨蚕**《すてご》。**蚕時**《かひこどき》。

蚕時雨の食ひ足りてきし音となる　村山一棹

蚕の匂ひ桑の匂ひと入り交り　高浜年尾

海紅豆《かいこうず》《かいこうづ》　夏七月。インド原産、高さ一〇メートル以上にもなる落葉高木。幹は太くこぶがあって灰白色、枝には棘があり、枝先に真紅の大形の花房をつける。**デイゴの花**《でいごのはな》。
暑に向ふ勢ひを秘めし海紅豆　林加寸美
海紅豆咲いて南極近き国　内藤芳子

蚕飼ふ《かいこかふ》　春→蚕《かいこ》

蚕時《かいこどき》　春→蚕《かいこ》

蚕の蝶《かいこのちょう》　夏→蚕蛾《さんが》

海市《かいし》　春→蜃気楼《しんきろう》

海水著《かいすいぎ》《かいすゐぎ》　夏七月。泳ぐために着る**水著**《みづぎ》。女性向けはファッション性が強く、色、デザインもとりどりである。**海水帽**《かいすゐばう》。
水著の娘いつまで沖を見てをるや　藤松遊子
泳げても泳げなくても水著著て　稲畑汀子

海水帽《かいすいぼう》　夏→海水著《かいすいぎ》

海水浴《かいすいよく》《かいすゐよく》　夏七月。**潮浴**《しほあび》のことである。夏の暑さをしのぎ、また健康のため盛んに行われる。
潮浴びて他国を知らぬ子供等よ　星野立子
潮浴の貧しき一家屯せる　上野　泰

買初《かいぞめ》《かひぞめ》　冬一月。新年初めて買物をすることである。**初買**《はつがひ》。
買初と言はれ気がつくほどのもの　浅野右橋
買初の弾み心につかまりぬ　稲畑汀子

開帳《かいちょう》《かいちやう》　春三月。寺院で厨子を開いて秘仏を信徒に拝ませること。秘仏を他地に移し、拝観させるのを**出開帳**《でがいちやう》という。
炎上をまぬがれたまひ出開帳　清原枴童
本尊へえにしの綱や御開帳　高浜年尾

鳰《かいつぶり》　[三]　冬十二月。鴨よりもだいぶ小さく、各地の湖沼や川など至るところに見られる。鳴き声も可愛らしい。**にほ**。**にはどり**。
かいつぶり潜り居る間も照り昃り　清水忠彦
鳰鳴いて鳰鳴いて湖暮れんとす　大橋敦子

海棠《かいどう》《かいだう》　春四月。長い花柄に薄紅色の花を総状に垂れる風情は艶である。鎌倉光則寺の海棠は大木で有名。
海棠の長き盛りを留守勝ちに　五十嵐哲也
散り際も海棠らしさ失はず　岩垣子鹿

外套《がいとう》《ぐわいたう》　[三]　冬十二月。洋服の上に着る防寒具である。**オーバー**。
父の死の間に合はざりしオーバ脱ぐ　片桐孝明

外套と帽子と掛けて我のごと　高浜虚子

海棠木瓜《かいどうぼけ》　秋→榠樝《かりん》

解氷《かいひょう》　春→氷解《こおりどけ》

飼屋《かいや》　春→蚕《かいこ》

貝寄《かいよせ》　春→貝寄風《かいよせ》

貝寄風《かいよせ》《かひよせ》　春三月。大阪四天王寺の聖霊会（陰暦二月二十二日）の舞台に立てる筒花は、難波の浦辺に吹き寄せた貝殻で作るというところから、この前後に吹く西風を**貝寄**《かひよせ》という。

貝寄風に乗りて帰郷の船疾し　中村草田男

貝寄風の描きし浜の砂の紋　堤　靭彦

傀儡師《かいらいし》《くわいらいし》　冬一月。古くからあった人形遣いで、新年の巷に現れ、首から吊った人形箱で、木偶《でく》人形を操って門付をして歩いた。**くぐつ廻し**《くぐつまはし》。**でく廻し**《でくまはし》。**夷廻し**《えびすまはし》。**傀儡女**《くぐつめ》。

傀儡の頭がくりと一休　阿波野青畝

人形まだ生きて動かず傀儡師　高浜虚子

廻礼《かいれい》　冬→年賀《ねんが》

懐炉《かいろ》《くわいろ》　［三］冬十二月。以前は**懐炉灰**《くわいろばい》を用いたが、その後は白金懐炉、現在は使い捨て懐炉が多く用いられている。

懐炉すら坑内の掟と許されず　佐藤秋月

明けくれの身をいたはれる懐炉かな　高浜虚子

懐炉灰《かいろばい》　冬→懐炉《かいろ》

貝割菜《かいわりな》《かひわりな》　秋九月。大根や蕪などの種を蒔くと、やがていっせいに萌え出して、双葉を開く。**二葉菜**《ふたばな》。

大根の風味やすでに貝割菜　加藤しんじゅ

一と笊の軽しと思ふ貝割菜　高浜年尾

楓《かえで》　秋→紅葉《もみじ》

楓の花《かえでのはな》《かへでのはな》　春四月。楓は、若葉の少し開きかかった葉陰に暗紅色の小さい花をつける。この花はすぐ翅のような実になる。

けふ島を去るにつけても花楓　深川正一郎

花楓一と枝そへて祝のもの　坊城としあつ

楓の芽《かえでのめ》《かへでのめ》　春三月。楓の芽は真紅で、やわらかく小さく、吹き出たように付く。

繋がれて鼻擦る牛や楓の芽　野村泊月

芽楓の明るさに歩を揃へけり　稲畑汀子

帰り咲《かえりざき》　冬→帰り花《かえりばな》

帰り花《かえりばな》《かへりばな》　冬十一月。単に帰り花といえば桜のことで、初冬のころに時ならぬ花を開くのをいう。他の花はその名を補う。**帰り咲**《かへりざき》。**忘れ咲**《わすれざき》。**狂ひ花**《くるひばな》。**狂ひ咲**《くるひざき》。

近づけば歩み去る人返り花　池内友次郎

はたと逢ひ逢へさうで逢ひ帰り花　後藤比奈夫

返り咲きかたまつてゐる枝の先　高浜年尾

かへる《かえる》　春↓蛙《かわず》

帰る鴨《かえるかも》　春↓引鴨《ひきがも》

帰る雁《かえるかり》《かへるかり》　春三月。わが国で越冬した雁は、三月下旬ごろ、また北へ帰る。**帰雁**《きがん》。**雁帰る**《かりかへる》。**行く雁**《ゆくかり》。**雁の別れ**《かりのわかれ》。**春の雁**《はるのかり》。

美しき帰雁の空も束の間に　星野立子

仰ぎみし帰雁のつばさゆるやかに　高浜年尾

帰る燕《かえるつばめ》　秋↓燕帰る《つばめかえる》

帰る鶴《かえるつる》　春↓引鶴《ひきづる》

帰る鳥《かえるとり》　春↓鳥帰る《とりかえる》

蛙の子《かえるのこ》　春↓蝌蚪《かと》

顔見世《かおみせ》《かほみせ》　冬十二月。江戸時代には、十一月興行を顔見世といった。現在では京都南座の十二月興行をいう。**歌舞伎顔見世**《かぶきのかほみせ》。

顔見世の配役を受け巡業へ　片岡我当

顔見世や裏方衆も顔馴染　丸山綱女

火蛾《かが》　夏↓火取虫《ひとりむし》

案山子《かかし》　秋↓案山子《かがし》

案山子《かがし》　〔三〕秋十月。竹や古帽子などで人の形を作り、穂の出始めた秋の田圃《たんぼ》に立てて雀などを威すものである。**案山子**《かかし》。

目鼻なき案山子なれども情あり　内田柳影

すぐ風に寝たがる案山子杖持たす　辻口八重子

鏡餅《かがみもち》　冬一月。大小の丸餅を重ねたもので、正月の家の床の間に飾り、神仏に供える。**御鏡**《おかがみ》。

一中のお家がらなり鏡餅　中村吉右衛門

鏡餅本尊諸仏諸菩薩に　山口笙堂

懸羽子《かかりはね》　冬↓追羽子《おいばね》

ががんぼ　〔三〕夏六月。形は蚊に似て大きさ三センチくらい、六本の足は細く長く、すぐに捥《も》げる。**蚊蜻蛉**《かとんぼ》。**蚊姥**《かのりば》。

がゝんぼの意志の脚まで伝はらず　後藤比奈夫

ががんぼの出たがる窓を開けてやる　刀根双矢

牡蠣《かき》　〔三〕　冬十二月。二枚貝であるが平らな側が岩礁などに強く付着し、手鉤で剝ぎ取る。これを**牡蠣打**《かきうち》という。**牡蠣飯**《かきめし》。

指の傷結びてゐしが牡蠣を打つ　五所尾青筠

牡蠣打の時には剝身啜りては　坂本雅陵

柿《かき》　秋十月。山村を彩る鈴なりの柿は晩秋の風景である。**柿の秋**《かきのあき》。**渋柿**《しぶがき》。**甘柿**《あまがき》。**豆柿**《まめがき》。**熟柿**《じゅくし》。**柿店**《かきみせ》。

柿食うて移民に遠き故郷あり　目黒白水

お札所へ柿の秋なる村を過ぎ　高浜年尾

牡蠣打《かきうち》　冬→牡蠣《かき》

柿落葉《かきおちば》　冬十一月。柿落葉が散り敷くころは、朝夕めっきり冷えてくる。その落葉は多彩な色で美しい。

いちまいの柿の落葉にあまねき日　長谷川素逝

柿落葉大きく音のして掃かれ　山室青芝

かき氷《かきごおり》　夏→氷水《こおりみず》

書初《かきぞめ》　冬一月。新年になって初めて詩句などを書くことをいう。二日に行うのがふつうである。**試筆**《しひつ》。**筆始**《ふではじめ》。**吉書**《きっしょ》。

書初す長寿自祝の句短冊　常石芝青

書初はたゞ叮嚀に〳〵　高浜虚子

垣繕ふ《かきつくろう》《かきつくろふ》　春三月。冬の間に風雪のためにこわれた垣根を、春になって修理することである。

行き来せし垣繕うて引越され　脇　収子

野路行けば垣繕うてゐる小家　高浜虚子

杜若《かきつばた》　夏六月。アヤメ科の多年草で、水辺に群生し、紫色の花を開く。まれに白や紫斑のある花もある。**燕子花**《かきつばた》。

業平はいかなる人ぞ杜若　京極杞陽

杜若絵巻の如く咲き揃ひ　京極昭子

燕子花《かきつばた》　夏→杜若《かきつばた》

柿の秋《かきのあき》　秋→柿《かき》

柿の花《かきのはな》　夏六月。梅雨のころ、淡黄色を帯びて白く小さく壺形に咲く。雌雄別々の花である。

大柿の斯くぞあるべき落花かな　相島虚吼

柿の花こぼれて久し石の上　高浜虚子

牡蠣船《かきぶね》 〔三〕 冬十二月。牡蠣料理をたべさせる屋形船をいい、今も大阪や広島に見られる。

牡蠣舟に裏より見たる淀屋橋　三木由美

牡蠣船の提灯の雨ざらしなる　高浜年尾

柿店《かきみせ》　秋→柿《かき》

柿むき《かきむき》　秋→吊し柿《つるしがき》

牡蠣むく《かきむく》 〔三〕 冬十二月。牡蠣を剝くのは熟練を要する仕事である。貝殻の隙間へ鉄の剝き棒をさし込んでこじ開ける。

牡蠣むきはいぶせきたつき唄もなく　国松ゆたか

牡蠣殻の積まれし嵩や海光る　坂井　建

牡蠣飯《かきめし》　冬→牡蠣《かき》

柿紅葉《かきもみじ》 秋十月。柿の葉は紅、黄、朱の混じった独特の美しい色に紅葉する。

浮腰となりし鳥や柿紅葉　皿井旭川

柿紅葉山ふところを染めなせり　高浜虚子

賀客《がきゃく》　冬→礼者《れいじゃ》

舁山笠《かきやま》　夏→博多山笠《はかたやまがさ》

柿若葉《かきわかば》 夏五月。柿の若葉は小さく丸く萌え始め、だんだん茂るとやわらかく鮮やかな萌黄色となって目をひく。

温泉の小屋を出でし裸や柿若葉　田中王城

富める家の光る瓦や柿若葉　高浜虚子

蚊食鳥《かくいどり》　夏→蝙蝠《こうもり》

額の花《がくのはな》 夏六月。紫陽花の一種であるが、花は毬状にならず、ほぼ平らである。

籠居にほどよき暗さ額咲いて　高岡智照

きらめきは風の木洩日額の花　稲畑汀子

杜父魚《かくぶつ》 冬十二月。体が鯊の形で、霰が降ると水面に浮かんで腹をうたせる奇性があるといわれ、九頭竜川の名産。霰魚《あられうを》。

網はらふころり〳〵と霰杜父魚　米野耕人

かくぶつといふ異様なる皿に在り　高浜年尾

角巻《かくまき》 〔三〕 冬十二月。東北、北陸、北海道で女性が外出に用いる防寒衣。毛布を三角に二つ折りにして肩から全身にかぶる。

角巻の女の顔が店の灯に　浜井武之助

角巻にかよわき旅の身を抱き　須田ただし

神楽《かぐら》　冬十二月。十二月中旬の夜、宮中賢所の前庭で庭燎《にわび》を焚きながら奏せられる歌舞。各地の神社で行うのは**里神楽**《さとかぐら》。

夜神楽や神の饗宴うつくしく　竹下陶子

農夫等の夜は神となり神楽舞ふ　蔵本雨亭

霍乱《かくらん》《くわくらん》　〔三〕夏七月。コレラに似て激しく吐いたり下痢したりする重症の急性胃腸カタル。霍乱は江戸時代に用いた病名。

霍乱にかゝらんかと思ひつゝ歩く　高浜虚子

掛稲《かけいね》　秋→稲架《はざ》

掛乞《かけごい》《かけごひ》　冬十二月。年末に掛売の代金を集めること、またはその人をいう。掛乞の請求書を「書出し」という。

忘れゐし僅かな掛も乞はれけり　尾高青蹊子

掛乞の女はものゝやさしけれ　高浜虚子

掛香《かけこう》《かけかう》　〔三〕夏七月。夏期、室内の臭気を防ぎ、邪気を払うため袋に入れた香を柱などに掛け、また人の身につける。**匂ひ袋**《にほひぶくろ》。

掛香の書院に座しぬ風去来　大森保子

母がせし掛香とかやなつかしき　高浜虚子

懸巣《かけす》　〔三〕秋十月。山中に棲む鳩よりやや小さな鳥。鳥の同属であり、鳴き声はジャージャーとやかましい。**かし鳥**《かしどり》。

湯の山の斧鉞許さず懸巣鳴く　福田草一

懸巣啼く今日は鳶の真似をして　新谷根雪

懸大根《かけだいこん》　冬→大根干《だいこんほ》す

懸煙草《かけたばこ》　〔三〕秋八月。煙草の葉を一枚一枚縄に挿して庭先などに懸け連ね、干すのである。**煙草刈**《たばこか》**る**。**若煙草**《わかたばこ》。**新煙草**《しんたばこ》。

表より裏の匂へる若煙草　後藤立夫

故人住みて煙草懸けたる小家かな　高浜虚子

懸菜《かけな》　冬→干菜《ほしな》

影富士《かげふじ》　夏→富士詣《ふじもうで》

掛蓬莱《かけほうらい》　冬→蓬莱《ほうらい》

陰祭《かげまつり》　夏→祭《まつり》

陽炎《かげろう》《かげろふ》　〔三〕春三月。春、暖かく晴れた日に、地上や屋根などからゆらゆらと空気中の水蒸気が立ち昇るのをいう。**糸遊**《いとゆふ》。

石に坐せば陽炎逃げて草にあり　皿井旭川

陽炎の中に二間《ふたま》の我が庵　高浜虚子

蜉蝣《かげろう》《かげろふ》　［三］　秋九月。一～一・五センチくらいの細い体に、形は蜻蛉に似て薄くて透明な淡黄色の翅をもつ昆虫である。

かげろふのおのれみどりのすきとほり　下村　福
蜉蝣の夕べ群れとぶ古戦場　吉年虹二

籠枕《かごまくら》　［三］　夏七月。竹または籐で箱形や筒状に編んだ枕である。風通しがよく、涼しいので昼寝などに用いられる。**籐枕**《とうまくら》。

籠枕もちて気軽に入院す　梶尾黙魚
籠枕新しすぎて逃げ易く　北川喜多子

風邪薬《かぜぐすり》　冬→風邪《かぜ》

風車《かざぐるま》　［三］　春四月。風を受けて回る仕掛けの小さな玩具で、縁日や人の出盛る所で風に回るままに売っている。**風車売**《かざぐるまうり》。

風車色を飛ばして廻り初め　上野　泰
廻らぬは魂ぬけし風車　高浜虚子

風車売《かざぐるまうり》　春→風車《かざぐるま》

鵲《かささぎ》　［三］　秋八月。九州北部に棲む鳥で、肩羽や腹部が白い他は黒く、形は尾長に似ている。**かちがらす**。

鵲の半分は尾の長さかな　湯川　雅
鵲鳴いてふるさとに会ふ友や亡し　藤松遊子

鵲の巣《かささぎのす》　［三］　春四月。鵲は樹上に枯枝を組み合わせて巣を作る。電柱の上に巣をかけることもある。

鵲の巣の一樹一巣ならびたる　都馬北村
案外に人目について鵲の巣よ　稲畑汀子

鵲の橋《かささぎのはし》　秋→星祭《ほしまつり》

重ね著《かさねぎ》　［三］　冬十二月。寒さのために着物を何枚も着重ねることである。「着物一枚違う寒さ」などということがある。

潮じみて重ね著したり海女衣　高浜虚子
著替へる気なくなりしまゝ重ね著し　稲畑汀子

風花《かざはな》　［三］　冬一月。晴天にちらつく雪をいう。

風花のありしは朝のことなりし　高浜年尾
海見えて風花光るものとなる　稲畑汀子

風除《かざよけ》　［三］　冬十一月。冬の寒い季節風を防ぐために、家屋の北側に高い塀のようなものを作って風をよける。
風除を隔てて別の世界あり　稲畑広太郎
一家族大風除の蔭に住む　高浜年尾

飾《かざり》　冬一月。新年のいろいろの飾りである。**輪飾**《わかざり》。**お飾**《おかざり》。**飾海老**《かざりえび》。
輪飾を掛けし其他はすべて略　松本たかし
輪飾の少しゆがみて目出度けれ　高浜虚子

飾臼《かざりうす》　冬一月。農家では臼は大切な用具であるので、新年には注連を張り、鏡餅を供えたりしてこれを飾る。**臼飾る**《うすかざる》。
鶏のとびあがりたる飾臼　五十嵐渡河
百姓のわれにて終る飾臼　牛尾緑雨

飾馬《かざりうま》　冬→初荷《はつに》

飾売《かざりうり》　冬十二月。年の市、その他で正月の飾を売るのをいう。関東では年が迫って鳶職が飾売の店を張る。
人混みに車押し入れ飾売　大橋鼠洞
行く人の後ろ見送り飾売　高浜虚子

飾海老《かざりえび》　冬→飾《かざり》

飾納《かざりおさめ》《かざりをさめ》　冬一月。新年の飾りいっさいを取り除くことである。それらをどんどで焚く。**飾取る**《かざりとる》。**注連取る**《しめとる》。
氏神へ飾納の老夫婦　杉山木川

飾冑《かざりかぶと》　夏→武者人形《むしゃにんぎょう》

飾焚く《かざりたく》　冬→左義長《さぎちょう》

飾粽《かざりちまき》　夏→粽《ちまき》

飾取る《かざりとる》　冬→飾納《かざりおさめ》

飾羽子板《かざりはごいた》　冬→羽子板《はごいた》

飾山笠《かざりやま》　夏→博多山笠《はかたやまがさ》

火事《かじ》《くわじ》　〔三〕冬十二月。冬は火に親しむ。したがって火事も多い。**大火**《たいくわ》。**小火**《ぼや》。**半焼**《はんせう》。**類焼**《るゐせう》。**近火**《きんくわ》。**遠火事**《とほくわじ》。**火事見舞**《くわじみまひ》。**船火事**《ふなくわじ》。
火事近く母は仏に灯すなり　田上鯨波
対岸の火事見る心咎めつゝ　沢井山帰来

樫落葉《かしおちば》　夏五月。新葉の出揃うころ、古葉がしきりに落ちる。大木のある寺院など、作務僧が掃き寄せていたりする。
ひら〳〵と樫の落葉や藪表　西山泊雲
掃き寄せしもの〳〵大方樫落葉　松木しづ女

河鹿《かじか》　〔三〕夏六月。清流に棲む蛙の一種。蛙より小さく暗褐色で、姿は美しくないが、鳴く声が澄んでいて愛賞される。**河鹿笛**《かじかぶえ》は河鹿を捕えるときに吹く笛。

村ぢゅうが河鹿の闇となつて来し　豊原月右
瀬の音と全く離れ河鹿更け　高浜年尾

鰍《かじか》　〔三〕秋九月。淡水魚の、石伏《いしぶし》とか川おこぜとかいわれているものを指す。鯊に似て頭が大きく、背は灰色で黒い縞がある。

あやまりてきゝうおさゆる鰍《かじか》かな　嵐蘭

河鹿笛《かじかぶえ》　夏↓河鹿《かじか》

悴む《かじかむ》　〔三〕冬一月。寒気のため手足が凍《こご》えて自由がきかなくなることをいう。

かじかめる手をもたらせる女房かな　山口青邨
悴みて短き一語ともならず　山本紅園

かし鳥《かしどり》　秋↓懸巣《かけす》

梶の葉《かじのは／かぢのは》　秋八月。古来、七夕には七枚の梶の葉に、星に手向けの歌を書いて供える習わしがあった。

筆とりてしばらく梶の葉に対し　田畑美穂女
手をとつてかゝする梶の広葉かな　高浜虚子

梶の鞠《かじのまり》　秋↓梶鞠《かじまり》

樫の実《かしのみ》　秋十月。樫は常緑高木で種類が多い。実は椎の実よりも大きくて、渋い。

樫の実の落ちて駈け寄る鶏三羽　村上鬼城

梶鞠《かじまり／かぢまり》　秋八月。古く七夕の日、京都の飛鳥井、難波両家において蹴鞠の会があり、梶の枝に鞠をかけ、高弟がこれを坪の内に持参して二星に手向ける儀があった。**梶の鞠**《かぢのまり》。**七夕の鞠**《たなばたのまり》。

梶鞠や弥《いや》白妙に替の鞠　山口誓子
勅使門開けはなたれて梶の鞠　伏見一九甫

火事見舞《かじみまい》　冬↓火事《かじ》

搗布《かじめ／かぢめ》　〔三〕春四月。海水もようやく温かくなるころ、礁《いくり》に生える海藻。褐色で乾くと黒く変色する。**搗布刈**《かぢめかり》。**搗布焚く**《かぢめたく》。

搗布焚く海女が竈は石固め　信太和風
波の上の桶にあふれて搗布かな　請井花谷

搗布刈《かじめかり》　春↓搗布《かじめ》

搗布焚く《かじめたく》　春↓搗布《かじめ》

何首烏芋《かしゅういも》　〔三〕秋十月。畑に栽培する自然薯《やまのいも》の一種である。根は球形で全面から鬚のような細い根が出る。**黄独**《けいも》。

蔓育ち過ぎて黄独の不作かな　湯川　雅
一農夫なれど博学何首烏芋　柴原保佳

貸浴衣《かしゆかた》　夏→浴衣《ゆかた》

賀状《がじょう》《がじやう》　冬一月。**年賀状**《ねんがじやう》。

賀状見て新聞を見て小半日　長蘆葉愁
年賀状だけのえにしもいつか切れ　稲畑汀子

樫若葉《かしわかば》　夏五月。樫の若葉は紅色の勝ったのと緑色のとあるが、紅いのも長ずるにしたがってだんだん色が褪める。

大風や吹きしぼられて樫若葉　高木撫山

柏餅《かしわもち》《かしはもち》　夏五月。粳《うるち》の粉をこねて作った餅に、餡や味噌を入れ、柏の葉に包んで蒸した餅菓子で、端午の節句の供え物。

屯田に興りし家系柏餅　依田秋葭
残りたる葉の堆し柏餅　稲畑汀子

海霧《がす》　秋→霧《きり》

春日祭《かすがまつり》　春三月。三月十三日の奈良春日大社の大祭。古くは陰暦二月の上申の日を祭日としたので「申祭《さるまつり》」ともいわれる。

渡御先の鹿追うてゐる舎人かな　大久保橙青

粕汁《かすじる》　〔三〕冬十二月。酒の粕を溶き入れた味噌汁で、体がほかほかと温まる。**酒の粕**《さけのかす》は、そのままあぶって食べたりする。

粕汁の大あつ〱の斎をうけ　田畑比古
居残れる子に粕汁を温めて　児山綸子

数の子《かずのこ》　冬一月。鰊《にしん》の子を乾燥、または塩漬にしたもの。

数の子に鶯鳴きの銚子かな　行々子
歯ごたへも亦数の子の味とこそ　稲畑汀子

霞《かすみ》　〔三〕春三月。**朝霞**《あさがすみ》。**昼霞**《ひるがすみ》。**夕霞**《ゆふがすみ》。**遠霞**《とほがすみ》。**薄霞**《うすがすみ》。**棚霞**《たながすみ》。また**鐘霞む**《かねかすむ》、**草霞む**《くさかすむ》などともいう。

米山の霞める今日も波荒し　堀前小木菟
行く程に霞む野人を遠くせり　高浜年尾

霞網《かすみあみ》　秋→小鳥網《ことりあみ》

風邪《かぜ》　〔三〕　冬十二月。風邪にかかる人は一年中いるが、冬は寒さが厳しく、とくに風邪の季節といえる。**風邪薬**《かざぐすり》。

含ませし乳房に知るや風邪の熱　北川ミチ女

般若湯即ち僧の風邪薬　中島不識洞

死ぬること風邪を引いてもいふ女　高浜虚子

風薫る《かぜかおる》《かぜかをる》　〔三〕　夏六月。南風が緑の草木を渡って、すがすがしく匂うように吹いて来るのを讃えた言葉で、**薫風**《くんぷう》ともいう。

薫風や馬柵にもたれて髪吹かれ　今井千鶴子

薫風も夕べさみしくなりにけり　西村　数

風冴ゆる《かざさゆる》　冬→冴ゆる《さゆる》

風の盆《かぜのぼん》　秋九月。富山県八尾《やつお》町で九月一日から三日まで行われる行事。この間、人々は夜を徹して踊りとおす。

風の盆己が胡弓に目つむりて　橋内五畝

この小さき町へ町へと風の盆　稲畑汀子

風光る《かぜひかる》　〔三〕　春四月。四方の景色もうららかな春は、吹きわたる風さえも光っているように感じられる。

風光る観音詣繰り返し　高浜年尾

風光るとき海遥か山かすか　稲畑汀子

肩掛《かたかけ》　冬→ショール

片陰《かたかげ》　夏七月。真上から照りつけていた夏の日も少しずつ日陰をつくりはじめる。この片陰を人々はひろって歩く。

片陰を行く母日向行く子供　粟津福子

道曲り片陰逃げてしまひたる　小川竜雄

かたかごの花《かたかごのはな》　春→片栗の花《かたくりのはな》

片栗の花《かたくりのはな》　春二月。早春に地下茎から二枚の長楕円形の葉を出し、一〇～一五センチくらいの花柄の先に淡紅紫色の六弁花が、下を向いて開く。**かたかごの花**《かたかごのはな》。

離村拒否してかたかごの咲く里に　藤浦昭代

片栗の花の紫うすかりき　高浜年尾

片時雨《かたしぐれ》　冬→時雨《しぐれ》

形代《かたしろ》　夏六月。御祓《みそぎ》のとき、白紙を人の形に切ったものに自らの名を記し、身体に触れたり、息を吹きかけなどする。神官がそれらを集めて川などに流す。**贖物**《あがもの》ともいう。

形代に走り書して女去る　福井圭児
形代に記す家族の年を聞き　荻江寿友

形代草《かたしろぐさ》　夏→半夏生《はんげしょう》

堅炭《かたずみ》　冬→炭《すみ》

蝸牛《かたつぶり》　［三］夏六月。**でんでんむし**と呼ばれ親しまれている。湿気を好み、梅雨のころ紫陽花の葉などによく見かける。**かたつむり**。**ででむし**。

かたつむり殻の固さに生きてをり　小林草吾
主客閑話でゝむし竹を上るなり　高浜虚子

かたつむり　夏→蝸牛《かたつぶり》

片肌脱《かたはだぬぎ》　夏→肌脱《はだぬぎ》

酢漿草《かたばみ》　［三］夏六月。庭園、路傍、草地のどこにでも見かける雑草で、五弁の黄色い小さな花をつける。**酢漿の花**《かたばみのはな》。

かたばみの花の宿にもなりにけり　乙二

酢漿の花《かたばみのはな》　夏→酢漿草《かたばみ》

帷子《かたびら》　夏七月。木綿、麻、苧《からむし》などで粗く涼しく織られた布で作った単衣《ひとえ》である。**白帷子**《しろかたびら》。**黄帷子**《きびら》。**染帷子**《そめかたびら》。

著なれたる黄帷子最も身に即す　岩木躑躅
帷子は父の形見や著馴れたる　高浜年尾

肩蒲団《かたぶとん》　冬→蒲団《ふとん》

勝馬《かちうま》　夏→競馬《けいば》

かちがらす　秋→鵲《かささぎ》

勝鶏《かちどり》　春→鶏合《とりあわせ》

がちや〳〵《がちゃがちゃ》　秋→轡虫《くつわむし》

鰹《かつお》《かつを》　［三］夏六月。南方から黒潮に乗って回游し、東海方面では初夏初めてその姿を現す。漁獲の最盛期は真夏のころ。**鰹船**《かつをぶね》。**鰹釣**《かつをつり》。

糶はじむまでに鰹のあげきれず　宮城きよなみ
黒潮の色香染み込みたる鰹　岩城鹿水

鰹釣《かつおつり》　夏→鰹《かつお》

鰹船《かつおぶね》　夏→鰹《かつお》

脚気《かっけ》《かくけ》　［三］夏七月。偏食などによるビタミンB_1の不足で起こる病気とされている。夏に多いので夏季とする。

橋姫へはだし詣の脚気かな　木村このゐ
脚気病んで国に帰るといとまごひ　高浜虚子

郭公《かっこう》　夏→閑古鳥《かんこどり》

かつこどり《かっこどり》　夏→閑古鳥《かんこどり》
河童虫《かっぱむし》　夏→田亀《たがめ》
かつみ葺く《かつみふく》　夏→菖蒲葺く《しょうぶふく》
蝌蚪《かと》《くわと》　春四月。**お玉杓子**《おたまじゃくし》のこと。**蛙の子**《かへるのこ》。

川底に蝌蚪の大国ありにけり　村上鬼城
この池の生々流転蝌蚪の紐　高浜虚子

門涼み《かどすずみ》　夏→納涼《すずみ》
門茶《かどちゃ》　秋→摂待《せったい》
門火《かどび》　秋八月。迎火、送火、どちらも門辺でこれを焚くので総称して門火という。

門火消え取り残されし思ひかな　副島いみ子
掃かれあるところ門火を焚きし跡　稲畑汀子

門松《かどまつ》　冬一月。新年にあたり、長寿を祝って一対の門松を立てる。**松飾**《まつかざり》。**竹飾**《たけかざり》。

日本を離るゝ船や松飾　井本乞合
門松や我にうかりし人の門　高浜虚子

門松立つ《かどまつたつ》　冬十二月。年も暮近くなるとデパートやビルの入口、また大きな屋敷の門辺に門に門松が立てられ、押し迫ると各家庭の門辺にも一対の松の枝が飾られる。

門松を立て終りたる塵を掃く　松田水石
年々に松うつ柱古りにけり　高浜虚子

門松取る《かどまつとる》　冬→松納《まつおさめ》
門柳《かどやなぎ》　春→柳《やなぎ》
蚊取線香《かとりせんこう》　夏→蚊遣火《かやりび》
門礼《かどれい》　冬→礼者《れいじゃ》
門礼者《かどれいじゃ》　冬→礼者《れいじゃ》
蚊蜻蛉《かとんぼ》　夏→ががんぼ
かなかな　秋→蜩《ひぐらし》
かなぶん　夏→金亀子《こがねむし》
蟹《かに》　〔三〕夏六月。ここでいう蟹は磯や山や川にいる小蟹のことであろ。磯蟹。**山蟹**《やまがに》。**川蟹**《かはがに》。**沢蟹**《さはがに》。

蟹が肩怒らす方の鋏大　田畑比古
蟹もぐる砂の動きを波が消す　堤　剣城

かにひ　夏→岩菲《がんぴ》
鐘朧《かねおぼろ》　春→朧《おぼろ》
鐘霞む《かねかすむ》　春→霞《かすみ》

鐘供養《かねくよう》《かねくやう》　春四月。晩春のころ、寺々で梵鐘の供養が行われる。東京品川の品川寺《ほんせんじ》（五月五日）や、和歌山県道成寺（四月二十七、八日）の鐘供養が有名。

鐘供養繰り返さるゝ物語　高木晴子

品川の宿に古る寺鐘供養　今井つる女

鐘冴ゆる《かねさゆる》　冬→冴ゆる《さゆる》

鉦叩《かねたたき》　〔三〕秋九月。チンチンと鉦を叩くように鳴く。秋も深くなってくるとまぎれこむのか家の中でも鳴くようになる。

目を病めば今宵も早寝鉦叩　小坂螢泉

鉦叩昼を淋しくすることも　稲畑汀子

蚊姥《かのうば》　夏→ががんぼ

鹿の子《かのこ》　夏六月。鹿《しか》の子は五、六月ごろ生まれる。「孕み鹿」は春季、「鹿の子」は夏、そして「鹿」だけでは秋季。**子鹿**《こじか》。**親鹿**《おやじか》。

子鹿まだ人を信じる瞳をもたず　桑田青虎

鹿の子に必ず親の目のありぬ　村木記代

蚊の声《かのこえ》　夏→蚊《か》

鹿の子百合《かのこゆり》　夏→百合《ゆり》

蚊柱《かばしら》　夏→蚊《か》

黴《かび》　夏六月。梅雨どきの湿気はとくに黴を生じやすい。**黴の香**《かびのか》。**黴の宿**《かびのやど》。**黴げむり**《かびげむり》。

黴にむせ半日蔵の探しもの　白岩世子

磨崖仏どこか黴びたるところかな　高浜年尾

黴の香にやうやく慣れし坊泊り　稲畑汀子

蚊火《かび》　夏→蚊遣火《かやりび》

黴げむり《かびげむり》　夏→黴《かび》

黴の香《かびのか》　夏→黴《かび》

黴の宿《かびのやど》　夏→黴

蚊火の宿《かびのやど》　夏→蚊遣火《かやりび》

鹿火屋《かびや》　〔三〕秋十月。猪や鹿などが、田圃を荒らすのを防ぐために火を焚く仮小屋である。

淋しさに又銅鑼打つや鹿火屋守　原　石鼎

峡深くまたゝかざるは鹿火屋の灯　由木みのる

かぶ　冬→蕪《かぶら》

歌舞伎顔見世《かぶきのかおみせ》　冬→顔見世《かおみせ》

冑人形《かぶとにんぎょう》　夏→武者人形《むしゃにんぎょう》

兜虫《かぶとむし》 〔三〕 夏七月。雄は兜の前立《まえだて》のような、ものものしい角《つの》を生やしている。**さいかちむし**。

勉強の机に兜虫這はせ　芹沢江村
子は知つてゐるくぬぎ樹のかぶと虫　稲畑汀子

蕪《かぶら》 〔三〕 冬十二月。蕪は水分が多く柔らかで甘い。色も白色のほか、紅色、上半部が紅紫色で地中は白いものなどがある。**かぶ**。**緋蕪**《ひかぶ》。

板の間に置きよろげたる蕪かな　近藤不彩

蕪汁《かぶらじる》 〔三〕 冬十二月。蕪を入れた味噌汁。蕪汁というと、「粕汁」「葱汁」とはまた違った感じの持ち味がある。

一宿を和尚と共に蕪汁　大塚松籟
俳諧に老いて好もし蕪汁　高浜虚子

南瓜《かぼちゃ》 秋八月。古くはポルトガル語に由来する**ぼうぶら**が正しい名称であったようだ。**唐茄**《とうなす》ともいわれる。

おこし見るおかめ南瓜の面かな　赤星水竹居
南瓜煮てこれも仏に供へけり　高浜虚子

南瓜の花《かぼちゃのはな》 夏六月。黄色い五弁の大形の花で、花の柄の長いのが雄花、短いのが雌花である。**花南瓜**《はなかぼちゃ》。

落窪になだれはびこる花南瓜　楠目橙黄子
売りし馬遁げ戻りきぬ花南瓜　横井迦南

南瓜蒔く《かぼちゃまく》 春三月。苗床に蒔いたり、畑に基肥《もと》をたくさん施して蒔いたりする。

産れ次ぐ仔豚丈夫に南瓜蒔く　今本南雀
同じ名の日雇二人南瓜蒔く　西方美代子

蒲《がま》 〔三〕 夏七月。夏、小川や池沼の泥地に群生する。葉は厚くなめらか。一メートル以上に伸び、菖蒲に似て柔らかい。

たち直るいとまもなけれ風の蒲　島田光子
雨の輪も古きけしきや蒲の池　高浜虚子

蝦蟇《がま》 夏↓蟇《ひきがえる》

鎌鼬《かまいたち》 〔三〕 冬十二月。寒風などにあたって皮膚が鎌で切られたように傷つくことをいう。北国に多い。**鎌風**《かまかぜ》。

さげてゐしものとりおとし鎌鼬　吉岡秋帆影
話には聞いてをりしが鎌鼬　高橋秋郊

鎌風《かまかぜ》　冬→鎌鼬《かまいたち》

かまきり　秋→蟷螂《とうろう》

蟷螂の子《かまきりのこ》　夏→蟷螂生る《とうろううまる》

かまくら　春二月。秋田県横手地方では、二月十五日にかまくらと呼ばれる雪洞を作り、子供の行事が行われる。古くは小正月（一月十五日）の晩の行事であった。

かまくらにありても母の膝が好き　桑田青虎
子供等にまだかまくらの空昏れず　川上玉秀

かますご　春→鮊子《いかなご》

かまつか　秋→葉鶏頭《はげいとう》

竈猫《かまどねこ》　[三]　冬十二月。猫は冬になると縁側の日向とか、ストーブの脇とか、暖かい所を追って歩く。厨で竈《へっつい》が多用されていた時代には、ぬくもりのある竈でよく眠っていた。

何もかも知つてをるなり竈猫　富安風生
丸まりて顔のなくなり竈猫　山田不染

蒲の穂《がまのほ》　[三]　夏七月。蒲は直立する茎を出し、その頂上近くにビロードのような円筒形で黄褐色の花穂をつける。

蒲の穂を蜻蛉離れて船著きぬ　岡安迷子

蒲の穂絮《がまのほわた》　秋十月。秋になると蒲の穂は熟して、淡黄色の絮が風にのって飛ぶ。「蒲」「蒲の穂」は夏季である。

大いなる蒲の穂わたの通るなり　高野素十
蒲の絮湧き立つさまに風やまず　桑田青虎

釜始《かまはじめ》　冬→初釜《はつがま》

蒲筵《がまむしろ》　[三]　夏七月。蒲の茎で編んだ筵。藺より太いので編み上がりも粗いが、踏み心地はやわらかく、縁側などに敷く。

蒲筵一枚敷いてあるばかり　高浜年尾

髪洗ふ《かみあらう》《かみあらふ》　[三]　夏七月。夏は髪が汗と埃で汚れやすく、また臭《にお》いやすくなるので、女性は毎日のように髪を洗う。**洗ひ髪**《あらひがみ》。

病床の黒髪断ちて髪洗ふ　庄野禧恵
明日といふ言葉は楽し髪洗ふ　鷲巣ふじ子

神有月《かみありづき》　冬→神無月《かんなづき》

神植《かみうえ》　夏→御田植《おたうえ》

髪置《かみおき》　冬→七五三《しちごさん》

神送《かみおくり》　冬→神の旅《かみのたび》

神還《かみかえり》　冬→神迎《かみむかえ》
上方相撲《かみがたずもう》　秋→相撲《すもう》
天牛《かみきりむし》　夏→髪切虫《かみきりむし》

髪切虫《かみきりむし》　〔三〕夏七月。ふつう見かけるのは体が円筒形でかたく、節のある触角は体長よりも長い。成虫の大顎は鋭く、また髪の毛のような細いものでも見事にかみ切る。**天牛《かみきりむし》**。

押へたる髪切虫に力あり　高田桜亭

かちとよぶ髪切虫や茂り中　高浜虚子

紙子《かみこ》　冬→紙衣《かみこ》

紙衣《かみこ》　〔三〕冬十二月。和紙に柿渋を塗り乾かし、揉みやわらげて衣服に仕立てたものである。**紙子《かみこ》**。

そのころの世を偲びつゝ紙衣見る　谷口五朗

繕ひて古き紙衣を愛すかな　高浜虚子

紙漉《かみすき》　〔三〕冬十二月。三椏《みつまた》、楮などの皮から作られた紙の粗原料をさらに煮たり叩いたり晒したりしてそれを紙に漉くのである。漉き上げたものを一枚一枚干す。

紙を漉く国栖の翁の昔より　田畑比古

紙を漉く音を正しく繰返す　橋田憲明

雷《かみなり》　〔三〕夏七月。**雷《らい》**。**神鳴《かみなり》**。**いかづち**。**はたたがみ**。**雷鳴《らいめい》**。**雷神《らいじん》**。**遠雷《えんらい》**。**落雷《らくらい》**。**雷雨《らいう》**。**日雷《ひがみなり》**。

遠雷にはや雨足の追うてくる　佐土井智津子

ふたたびは聞く心もてはたたがみ　稲畑汀子

神鳴《かみなり》　夏→雷《かみなり》

神の鵜《かみのう》　冬→鵜祭《うまつり》

神の旅《かみのたび》　冬十一月。陰暦十月一日、全国諸社の神々は男女の縁結びのため、出雲へ旅立たれるという。**神送《かみおくり》**。

魂ぬけの小倉百人神の旅　阿波野青畝

一筋に神をたのみて送りけり　高浜虚子

紙幟《かみのぼり》　夏→幟《のぼり》

神の留守《かみのるす》　冬十一月。神無月は、神々が出雲の国に旅立たれるので、神社はどこも神が留守であるという意味である。季節的にも荒寥として神の留守という感じが深い。

俳諧の神の留守なる懈怠かな　清原枴童

山鳴と噴煙とある神の留守　西村　数

紙雛《かみびな》　春→雛《ひな》

紙衾《かみぶすま》　冬→衾《ふすま》

神迎《かみむかえ》《かみむかへ》　冬十一月。陰暦十月晦日、または十一月朔日、神々が出雲から帰られるのをお迎えすることをいう。**神還**《かみかへり》。

野々宮や四五人よりて神迎　野村泊月

神迎ふ伊勢の荒風日もすがら　山本しげき

神渡《かみわたし》　冬十一月。神無月に吹く西風で、出雲へお旅立になる神々を送る風の意である。

玄界に一舟もなし神渡　生島花子

山の木々一夜に痩せし神渡　稲畑汀子

亀鳴く《かめなく》　春四月。「夫木《ふぼく》集」にある藤原為家の「川越のをちの田中の夕闇に何ぞときけば亀の鳴くなる」という歌が典拠とされている。空想の春の季題。

亀鳴くと夕べ象牙の塔を鎖す　佐伯哲草

亀鳴くや古りて朽ちゆく亀城館　成瀬正俊

亀の子《かめのこ》　夏六月。石亀の子である。形が銭に似ているので**銭亀**《ぜにがめ》ともいう。

水盤に慣れて銭亀重なれり　饗庭野草

つい買ひし亀の子をやゝもてあます　遠藤梧逸

鴨《かも》　［三］冬十二月。鴨は種類が多い。雁に少し遅れて北国から渡ってくる冬の候鳥で、湖沼や河川に群れて棲む。

忽ちに降りたる鴨の陣なせる　高浜年尾

鴨の居るあたりもつとも光る湖　稲畑汀子

かもうり　秋→冬瓜《とうが》

鴨帰る《かもかえる》　春→引鴨《ひきがも》

鴨川踊《かもがわおどり》《かもがはをどり》　夏五月。五月一日から二十四日まで、京都先斗町《ぽんとちょう》歌舞練場で催される先斗町の芸妓による踊である。

磧にも鴨川踊待つ人等　橋本青楊

橋越えてこゝは鴨川踊の灯　田中紅朗

賀茂競馬《かもけいば》　夏→競馬《けいば》

髢草《かもじぐさ》　春四月。畦や道端などによく見かける草。女の子がこの葉を集めて、髪結遊びをする。

母の櫛折りし記憶やかもじ草　越路雪子

髢草鬢よ髱よと結ひしこと　大橋とも江

鴨の子《かものこ》　夏→軽鳧の子《かるのこ》

鴨の巣《かものす》 夏→水鳥の巣《みずとりのす》
賀茂祭《かもまつり》 夏→葵 祭《あおいまつり》
幮《かや》 夏→蚊帳《かや》

蚊帳《かや》 [三] 夏六月。夜寝るとき蚊を防ぐため部屋に吊るもの。**古蚊帳**《ふるがや》。**幮**《かや》。**枕蚊帳**《まくらがや》。**母衣蚊帳**《ほろがや》は幼児用のものである。

ふるさとの蚊帳の広さを喜びて　小野たゞし
蚊の入りし声一筋や蚊帳の中　高浜虚子

萱《かや》 [三] 秋十月。芒、菅、茅《ち》などの多年草をひっくるめていう俗称である。晩秋のころ刈り取った萱は干して屋根を葺くのに用いる。

萱の穂のあちこち向いて日和かな　皿井旭川
屋根替の用意の萱と聞きし嵩　田辺夕陽斜

萱刈る《かやかる》 秋十月。晩秋になって萱を刈ることをいう。刈った萱はよく乾かして屋根を葺くのに使われた。**萱塚**《かやづか》。

刈りし萱束ねては地でとんと突く　石井とし夫
萱を刈るとき全身を沈めけり　稲畑汀子

萱茂る《かやしげる》 夏→青芒《あおすすき》
萱塚《かやづか》 秋→萱刈る《かやかる》

蚊帳吊草《かやつりぐさ》 夏六月。細い茎の頂に三、四の細い葉を出し、その中央に黄褐色の花火線香のような形の淋しい花をつける。

かたくなに一人遊ぶ子蚊帳釣草　富安風生
向脛《むかはぎ》に蚊帳吊草の花の露　高浜虚子

蚊帳の名残《かやのなごり》 秋→蚊帳の別れ《かやのわかれ》
蚊帳の果《かやのはて》 秋→蚊帳の別れ《かやのわかれ》

榧の実《かやのみ》 秋十月。棗の実に似て長さ二、三センチくらいの楕円形で、初め緑色をしており、熟すと紫褐色となる。

峯寺の茶受けは榧の実でありし　大槻牛歩
実をつけし榧の大樹が御神木　田丸三樽

蚊帳の別れ《かやのわかれ》 秋九月。ひと夏、親しんできた蚊帳の匂いと感触に別れる感じをいう。**蚊帳の果**《かやのはて》。**蚊帳の名残**《かやのなごり》。

おとゞいの語りあかしや名残蚊帳　矢野蓬矢
ねんごろに妻とたゝみぬ別れ蚊帳　池田紫酔

蚊遣《かやり》 夏→蚊遣火《かやりび》
蚊遣木《かやりぎ》 夏→蚊遣火《かやりび》
蚊遣草《かやりぐさ》 夏→蚊遣火《かやりび》

蚊遣香《かやりこう》　夏→蚊遣火《かやりび》

蚊遣火《かやりび》　［三］夏六月。杉の青葉や蓬《よもぎ》などを焚き燻《いぶ》す火のことで、その煙で蚊を追い払う。**蚊遣**《かやり》または**蚊火**《かび》ともいう。**蚊取線香**《かとりせんかう》。**蚊遣香**《かやりかう》。**蚊火の宿**《かびのやど》。**蚊遣木**《かやりぎ》。**蚊遣草**《かやりぐさ》。

叱りたる吾子の宵寝に焚く蚊遣　永野由美子
高千穂の闇深かりし蚊火の宿　鮫島春潮子
蚊遣火や闇に下り行く蚊一つ　高浜年尾

粥柱《かゆばしら》　冬一月。粥の中に餅を入れたもの。七種粥や十五日の小豆粥などに用いる。

父のごと老夫いたはり粥柱　杉原竹女
薺の斑つけて大きな粥柱　千原草之

カラー　夏→海芋《かいう》

からいも　秋→甘藷《かんしょ》

唐梅《からうめ》　冬→臘梅《ろうばい》

空風《からかぜ》　［三］冬十二月。天気続きに吹く乾燥し切った寒風をいうのである。関東では「空っ風」という。

遮れる何物もなく空っ風　豊田光世
赤城山までがこの村空っ風　岸　善志

乾鮭《からざけ》　［三］冬十二月。生鮭の腹を裂き、腸をとり出し、塩をふらずに晒し乾し、または陰干しにしたもの。最近は塩引が多い。

乾鮭に喝を与ふる小僧かな　高浜虚子

芥菜《からしな》　春四月。葉は油菜に似て鋸歯が細かく、皺が多い。辛味が強いが煮れば甘味もあり香りもよい。塩漬にもする。種子を粉末にしたものが香辛料の「からし」となる。

辛菜も淋しき花の咲きにけり　一　茶

烏瓜《からすうり》　秋十月。蔓性で、垣根や樹々、藪などにからまり、秋、卵よりやや小さい真赤な実をいくつもぶらさげる。

騒がしく引かれて烏瓜の蔓　後藤夜半
蔓切れてはね上りたる烏瓜　高浜虚子

烏瓜の花《からすうりのはな》　夏七月。夕方、藪や梢にからまった蔓に白い五裂の花を開く。花弁の縁や先がさらに細く伸び、もつれ合う。

縷を吐きひらきはじめし烏瓜　河野静雲
烏瓜よごとの花に灯をかざし　星野立子

烏貝《からすがい》《からすがひ》 〔三〕 春三月。各地の湖、池などに棲む淡水産の二枚貝。日本の淡水産二枚貝のうちではいちばん大きい。

くはへゐる藁一とすぢや烏貝　黒米松青子
烏貝釣りあげられてうすにごり　相馬柳堤

烏の子《からすのこ》 夏六月。夏、烏は子を育てる。**子烏**《こがらす》。

とん〳〵と歩く子鴉名はヤコブ　高野素十
子烏を飼へる茶店や松の下　高浜虚子

烏の巣《からすのす》 春四月。烏は樅や杉などの大木の頂や岩山の上などに巣を作る。

尾を引いて地に落つ雨や鴉の巣　長谷川零余子
引越して来し巣鴉に妻不興　山田不染

枸橘の花《からたちのはな》 春四月。葉に先だって長細い五弁純白の花を開き、甘い香りがする。枝には長い棘がある。

からたちのつぼみひそかにほぐれそむ　手島清風郎

空梅雨《からつゆ》 夏六月。天候が不順で、梅雨のうちにほとんど雨が降らないのをいう。

空梅雨の夕日真赤に落ちにけり　小林一行
空梅雨や傘立に傘なかりけり　山田閏子

唐梨《からなし》 秋→榠樝《かりん》

からなでしこ 夏→石竹《せきちく》

苧《からむし》 〔三〕 夏七月。高さ約一、二メートルの野生の草で、栽培もされる。葉は卵形で、夏、葉腋に穂状の淡緑色の小さな花をつける。茎の皮から強靭な繊維を採る。**真苧**《まを》。

苧の露白々と結びけり　奥園操子

からもも 夏→杏子《あんず》

雁《かり》 〔三〕 秋九月。雁は秋、北方から渡って来て、各地の湖沼で冬を越し、春また北へ帰って行く。古来、詩歌には因縁の深い鳥である。**がん**。**かりがね**。**初雁**《はつかり》。**雁渡る**《かりわたる》。**雁来る**《かりきたる》。**来る雁**《くるかり》。**落雁**《らくがん》。**雁鳴く**《かりなく》。

かりがねの低ければ沼近からん　堀前小木菟
町人は雁渡ること知らざりし　高浜年尾

狩《かり》 〔三〕 冬十二月。鳥や獣を狩猟することである。猟期は狩猟規則で決まっている。**猟犬**《れふけん》。**猪狩**《ししがり》。**鹿狩**《しかがり》。

頃合の飢に慣らして狩の犬　水見寿男
猟犬を馴らすつもりの山歩き　岩瀬良子

刈蘆《かりあし》　秋→蘆刈《あしかり》
刈稲《かりいね》　秋→稲刈《いねかり》
雁帰る《かりかえる》　春→帰る雁《かえるかり》
かりがね　秋→雁《かり》
刈葱《かりぎ》　夏→夏葱《なつねぎ》
雁来る《かりきたる》　秋→雁《かり》

刈田《かりた》　秋十月。稲を刈りとったあとの田である。急に広々となり、切株ばかりが並んでいる。**刈田道**《かりたみち》。

月山の間近にみゆる刈田かな　山形　理
山路を下りて刈田を横ぎりぬ　高浜虚子

刈田道《かりたみち》　秋→刈田《かりた》
雁鳴く《かりなく》　秋→雁《かり》

狩の宿《かりのやど》　[三]　冬十二月。猟師の泊る宿をいう。朝暗いうちに狩場に行かねばならないので、狩場近くに宿を取ることになる。

狩の宿一番鶏の鳴きにけり　松藤夏山
あす越ゆる天城山あり狩の宿　福田蓼汀

雁の別れ《かりのわかれ》　春→帰る雁《かえるかり》
刈藻《かりも》　夏→藻刈《もかり》
刈藻屑《かりもくず》　夏→藻刈《もかり》

猟人《かりゅうど》《かりうど》　[三]　冬十二月。狩猟をする人のことである。現在はスポーツとして撃つ人たちがほとんどである。**猟夫**《さつを》。

猟夫われ御狩の勢子の裔にして　中村左兵子
狩人に世辞の一つも茶屋女房　高浜虚子

臥竜梅《がりゅうばい》　春→梅《うめ》
雁渡る《かりわたる》　秋→雁《かり》

榠樝《かりん》《くわりん》　秋十月。庭園などに植える落葉果樹。実は大きくいびつな楕円形、晩秋黄熟し優雅な香りを放つが果肉はかたい。砂糖漬や果実酒にする。**唐梨**《からなし》。**海棠木瓜**《かいどうぼけ》。**きぼけ**。

榠樝とは思へぬ数に生つてゐし　小島延介
榠樝の実らしそのあたりなる香り　稲畑汀子

軽鳧《かる》　夏→通し鴨《とおしがも》

刈萱《かるかや》　[三]　秋九月。一名**めがるかや**ともいい、高さは二メートルにもおよび芒に似ているが、花穂が小さい。

刈萱の少なき架を浚ふ風　山崎一角

歌留多《かるた》　冬一月。小倉百人一首の**歌がるた**《うたがるた》が最も古く、一般的である。

封切れば溢れんとするかるたかな　松藤夏山

座を挙げて恋ほのめくや歌かるた　高浜虚子

軽鳧の子《かるのこ》　夏六月。軽鴨の子である。孵ってしばらくたつと親鳥のあとについて歩き、泳ぐ。**鴨の子**《かものこ》。

軽鳧の子の怖るゝことをまだ知らず　野仲美須女

鴨の子を水面に追うてゐる歩み　稲畑汀子

枯蘆《かれあし》　〔三〕　冬十二月。葉が狐色になり枯れていき、冬深くなれば下の方から落ちて茎だけが水に光っている。

枯蘆にたゝみて消ゆる湖の波　福井圭児

蘆枯れてただ一と色にうちけむり　深見けん二

枯茨《かれいばら》　〔三〕　冬十二月。鋭い棘をつけたまま、葉が散り尽くして枯れた茨である。真赤な実が残っていたりする。

礫像に棘衰へず枯茨　森冬比古

茨枯れつゝあり垣に礫像に　高木壺天

枯尾花《かれおばな》《かれをばな》　〔三〕　冬十二月。穂も葉も茎も枯れ尽くした芒である。ほうほうと風に吹かれている姿は淋しげである。**枯芒**《かれすすき》。**枯萱**《かれかや》。

吹き抜けし風のぬけがら枯尾花　長山あや

ふり返る夕日の高さ枯尾花　稲畑汀子

枯萱《かれかや》　冬→枯尾花《かれおばな》

枯木《かれき》　〔三〕　冬十二月。冬、すっかり葉を落として、まるで枯れてしまったように見える木のこと。**枯木宿**《かれきやど》。

遠景の富士の小さき枯木かな　近江小枝子

磴蔽ひ枯木の枝のひろがれり　高浜年尾

枯菊《かれぎく》　〔三〕　冬十二月。晩秋を彩った菊の花も、冬の深まりとともに枯れはじめ、やがて花も葉もからからに枯れきってしまう。

枯菊を焚いて忌日の手向けとも　太田きん子

枯菊の一畝のなほ残りけり　高浜年尾

枯木宿《かれきやど》　冬→枯木《かれき》

枯草《かれくさ》　〔三〕　冬十二月。冬になって枯れ尽くした野山の雑草、庭の草々などをいう。**草枯**《くさがれ》。

枯草の日を失ひて荒々し　高田風人子

草枯るゝ日数を眺め来りけり　高浜虚子

枯桑《かれくわ》《かれくは》　〔三〕　冬十二月。鞭のような枯桑が寒風に立ち揺らぎ、広がった枝は縄で括り寄せられたまま枯れ果てている。**桑括る**《くはくくる》。

枯桑を括り損ねて弾かれし　鈴木長春

この辺は蚕の村か桑枯るゝ　高浜虚子

枯木立《かれこだち》　〔三〕　冬十二月。落葉し尽くした落葉樹の木立をいう。**寒林**《かんりん》。

寒林の色といふもの日当りて　桑田詠子

三井寺や狂女もあらず枯木立　高浜虚子

枯芝《かれしば》　〔三〕　冬十二月。庭園、土手、原などの芝の一面に枯れたさまをいう。

枯芝に来て足音のなくなりし　山下しげ人

枯芝に日ざしは語る如くあり　稲畑汀子

枯芒《かれすすき》　冬→枯尾花《かれおばな》

枯蔦《かれつた》　〔三〕　冬十二月。樹木や塀などに蔦は絡まったまま枯れる。髭のような巻蔓までもこまごまと枯れ添っている。

一面に枯蔦からむ仏かな　高浜虚子

蔦枯れて蔓の呪縛の残りけり　稲畑汀子

枯蔓《かれづる》　〔三〕　冬十二月。枯れた蔓である。木に巻きついたままのもの、木から垂れ下がったもの、それぞれに風情がある。

枯蔓をまとはざるものなかりけり　藤原大二

大方はむかごの蔓の枯果てゝ　高浜虚子

枯野《かれの》　〔三〕　冬十二月。草が全く枯れ果てた野をいうのである。

振返り見ても枯野や都府楼址　佐藤冨士夫

遠山に日の当りたる枯野かな　高浜虚子

枯葉《かれは》　冬十一月。霜が降り始めると、木々の葉、草々の葉も枯れ始める。おもに樹上に枯れたまま残っているのをいう。

枯葉散る枯葉に触るゝ音たてゝ　坂井　建

つきさゝる枯葉一枚枝の先　高浜虚子

枯萩《かれはぎ》　〔三〕　冬十二月。葉の落ち尽くした枯萩が、刈られぬままに枝こまごまとがらんどうになった姿は淋しいながら趣がある。

影つくる力なきまで萩枯れて　田代杉雨堂

枯れはてし姿を萩の名残りとす　稲畑汀子

枯芭蕉《かればしょう》《かればせう》 [三] 冬十二月。青々と天に向かって広葉を張っていた芭蕉も、しだいに風や日に破れ、やがてすっかり枯れ果てる。

芭蕉林枯れその中の径見ゆ　藤森きし女
枯芭蕉神の狼藉啻ならず　松岡伊佐緒

枯蓮《かれはす》 [三] 冬十二月。葉は枯れ尽くし茎ばかりになってへし曲がったり、涸れかかった池面に折れ下がっていたりする。

枯蓮の池に横たふ暮色かな　高浜虚子
枯蓮の乱るゝ中に光る水　高浜年尾

枯芙蓉《かれふよう》 [三] 冬十二月。枯れ果てた芙蓉には、実の弾《はじ》けたあとの殼が枯れたままいつまでもついていたりする。

芙蓉枯れ枯るゝもの枯れつくしたり　富安風生
枯れ様が芙蓉らしやと語りつゝ　清崎敏郎

枯葎《かれむぐら》 [三] 冬十二月。八重葎、金葎《かなむぐら》など、藪を作って生い茂っていたのが、冬になって絡んだまま枯れ伏したさまをいう。

枯葎蝶のむくろのかゝりたる　富安風生
枯れ〳〵て嵩のへりたる葎かな　高浜虚子

枯柳《かれやなぎ》 [三] 冬十二月。葉が散り尽くした冬の柳をいう。水辺の枯柳が風に吹きなびくさまは寒々とした冬の風情である。

枯柳うかと曲りて道迷ふ　牟田与志
雑沓や街の柳は枯れたれど　高浜虚子

枯山《かれやま》 冬→冬の山《ふゆのやま》

枯山吹《かれやまぶき》 [三] 冬十二月。落葉し尽くした山吹は緑色の細い枝がとくに目立つ。

山吹の枯れて乱れし力なし　安田蚊杖
風音の枯山吹の音となる　稲畑汀子

川蝦《かわえび》 夏→手長蝦《てながえび》

川蟹《かわがに》 夏→蟹《かに》

獺魚を祭る《かわおそうおをまつる》 春→獺の祭《おそのまつり》

川狩《かわがり》《かはがり》 [三] 夏六月。夏、川で魚を一度に大量に捕ること。**川干し**《かはぼし》。**毒流し**《どくながし》。**網打**《あみうち》。

川狩に加はりもして長湯治　竹内余花
川狩の謡もうたふ仲間かな　高浜虚子

川涸る《かわかる》 冬→水涸る《みずかる》

川霧《かわぎり》 秋→霧《きり》

水黽《かわぐも》 夏→あめんぼう

裘《かわごろも》　冬→毛衣《けごろも》
革座布団《かわざぶとん》　夏→革布団《かわぶとん》
蛙《かわず》《かはづ》　春四月。田圃などで鳴く蛙の声は、晩春の田園風景の中でなつかしいものである。**初蛙**《はつかはづ》。**かへる**。**鳴蛙**《なくかはづ》。**遠蛙**《とほかはづ》。**昼蛙**《ひるかはづ》。

浮いてをる水すれ〳〵の蛙の目　山田凡二
泊まることなき母許の夕蛙　南　礼子

川施餓鬼《かわせがき》　秋→施餓鬼《せがき》
翡翠《かわせみ》《かはせみ》　〔三〕　夏六月。背は鮮明なコバルト色をしていて美しい小鳥。魚を取るときの飛翔は素早い。**ひすゐ**。

はつきりと翡翠色にとびにけり　中村草田男
翡翠の水の暗さに影落し　種田恵月

川千鳥《かわちどり》　冬→千鳥《ちどり》
皮手袋《かわてぶくろ》　冬→手袋《てぶくろ》
川床《かわどこ》　夏→川床《ゆか》
川蜻蛉《かわとんぼ》《かはとんぼ》　〔三〕　夏六月。体長五、六センチで糸蜻蛉よりやや大きいが、やはり細身で弱々しい。黒い**鉄漿蜻蛉**《おはぐろとんぼ》もこの一種。

萍に添うて下るや川蜻蛉　天　笑
川とんぼ見しより風の身近なる　近江小枝子

川祓《かわばらえ》　夏→御祓《みそぎ》
川開《かわびらき》《かはびらき》　夏七月。東京隅田川で、七月下旬の土曜日に大花火を打ちあげる行事をいう。**両国の花火**《りやうごくのはなび》。その他各地の大きな川でも同様の催しがある。

ふなべりを女ゆききや川開　三宅清三郎
いさぎよき今日の暑さに川開　幸　喜美

川普請《かわぶしん》　冬→池普請《いけぶしん》
革布団《かわぶとん》《かはぶとん》　〔三〕　夏六月。革製の夏座布団。座ったときひいやりとして心地のよいものである。**革座布団**《かはざぶとん》。

ごろ〳〵としたるいつもの革布団　高浜虚子

川干し《かわぼし》　夏→川狩《かわがり》
かはほね《かわほね》　夏→河骨《こうほね》
かはほり《かわほり》　夏→蝙蝠《こうもり》
川柳《かわやなぎ》　春→柳《やなぎ》
河原撫子《かわらなでしこ》　秋→撫子《なでしこ》
蚊を焼く《かをやく》　夏→蚊《か》
寒《かん》　冬→寒の内《かんのうち》

がん 秋→雁《かり》

寒明《かんあけ》 春二月。立春の日をもって三十日間の寒が明ける。たいてい二月四、五日ごろにあたる。

立直す仕事寒明目処にして　松尾緑富

寒明の雪どつと来し山家かな　高浜虚子

観桜《かんおう》 春→花見《はなみ》

雁瘡《がんがさ》 〔三〕秋九月。発疹性皮膚病の一種で、痒く頑固な病である。雁が渡って来るころ発生し、帰るころに治るといわれる。

雁がさを病む小説の主人公　坊城としあつ

雁瘡やむらさき色の塗り薬　柴原保佳

寒固《かんがため》 冬→寒の入《かんのいり》

寒鴉《かんがらす》 冬一月。寒中の鴉をいう。

目の前へすとんと降りぬ寒鴉　杉崎句入道

寒鴉ひとつの声を啼きつゞけ　中口飛朗子

寒雁《かんがん》 冬→冬の雁《ふゆのかり》

雁木《がんぎ》 〔三〕冬十二月。町中が雪に埋れることも多い北陸地方、ことに新潟県下では、通りに面した町並は、道路へ突き出した雪除の軒を作り、柱で支える。これを雁木という。

繦褓など干して雁木も町端れ　稲垣束ね

肩ふれて雁木の下をすれ違ふ　中嶋斉公

寒菊《かんぎく》 冬一月。秋の菊が盛りを過ぎたころから蕾をあげはじめて、冬、小輪の真黄、または濃紅の花を開く。**冬菊**《ふゆぎく》。

寒菊や世にうときゆゑ仕合せに　岩木躑躅

寒菊や祖師につかへて懈怠なく　上田正久日

寒灸《かんきゅう》《かんきう》 冬一月。寒中に灸を据えることである。古くから寒の灸はとくに効果があるといって、広く行われてきた。

寒灸にしみ〴〵とある命かな　川戸野登朗

お念仏申し耐へゐる寒灸　杉森干柿

寒行《かんぎょう》 冬→寒垢離《かんごり》

寒禽《かんきん》 冬→冬の鳥《ふゆのとり》

雁供養《がんくよう》 春→雁風呂《がんぶろ》

寒稽古《かんげいこ》 冬一月。武道を修める者が、寒中に道場へ行き、特別に稽古にはげむことをいう。芸事にもいう。

老いてなほ稽古の鬼や寒稽古　竹原梢梧
寒稽古病める師匠の厳しさよ　高浜虚子

寒月《かんげつ》　〔三〕冬一月。天地凍《い》てつく空にかかった見るからに寒々とした月をいう。

寒月の埠頭も船も寝しづまり　高林蘇城
寒月のいびつにうつる玻璃戸かな　高浜虚子

観月《かんげつ》　秋→月見《つきみ》

寒鯉《かんごい》《かんごひ》　冬一月。寒中の鯉は動作が鈍くなり、池沼の底にじっと動かない。

寒鯉の一擲したる力かな　高浜虚子
寒鯉の光る水面をさざめかす　稲畑汀子

寒紅梅《かんこうばい》　冬→寒梅《かんばい》

寒声《かんごえ》《かんごゑ》　冬一月。声曲をたしなむ人が、寒中に烈しく声を出して練習すること。読経の練習をするのもまた寒声である。

寒声やうしろは暗き三輪の神　野島無量子
晩学の寒声嗄らし仏書読む　鈴木鈴風

寒肥《かんごえ》　冬一月。寒中、農作物や庭の草木に肥料を施すことをいう。

寒肥の丹念なもの雑なもの　藤木呂九艸
御献木稚し寒肥してありし　松本秩陵

閑古鳥《かんこどり》　〔三〕夏六月。いまいう郭公《くわくこう》のことである。色や形は時鳥に似ているがやや大きく、鳴き声が独特。**かつこどり**。

遠く啼く郭公もまた牧のうち　山本晃裕
郭公を遠くに聞いて飛ぶも見る　稲畑汀子

寒垢離《かんごり》　冬一月。寒中、水を浴び、また滝に打たれて神仏に祈願をこめることである。**寒行**《かんぎやう》。

寒行の袈裟大股にひるがへり　宗像仏手柑
寒行の白装束や闇を行く　高浜年尾

寒桜《かんざくら》　冬→冬桜《ふゆざくら》

寒復習《かんざらい》《かんざらひ》　冬一月。寒中、音曲や声曲にいそしむものがとくに烈しく練習すること。**寒弾**《かんびき》。

身についてしまひし芸や寒ざらひ　下田実花
寒ざらひ声のつぶれる程ならず　高浜年尾

寒晒《かんざらし》　冬→寒曝《かんざらし》

寒曝《かんざらし》　冬一月。穀類などを寒の水につけて、陰干にして晒すこと。ふつう、寒曝といえば白玉粉のことを指す。**寒晒**《かんざらし》。

寒晒日を失へる桶二つ　猪俣勝太郎

風の来てくぼめし水や寒晒　肝付素方

かんじき　〔三〕冬一月。雪に足を踏み込んだり、滑ったりするのを防ぐために、雪の深い地方で靴や雪沓の下に重ねて履く道具。丸樏《かんじき》、輪樏などがある。**樏**《かんじき》。

履き捨てゝくれと樏作りくれ　水本祥壱

樏をはいて一歩や雪の上　高浜虚子

樏《かんじき》　冬→かんじき

元日《がんじつ》《ぐわんじつ》　冬一月。一月一日をいう。陰暦ではだいたいこの日から春になった。

元日の事皆非なるはじめかな　高浜虚子

元日の机辺親しむ心あり　稲畑汀子

甘藷《かんしょ》　〔三〕秋十月。わが国には中国、琉球を経て、十七世紀前半に種子島から鹿児島へ伝わったので**さつまいも**、**りゅうきゅういも**、**からいも**などとも呼ばれる。

甘藷掘に神父手を貸す島畑　松原直庵

藷掘の楽しみ畝に探り当て　高浜年尾

甘藷植う《かんしょうう》　夏六月。麦刈ころの畑の中や麦を刈ったあとなどによく植える。**甘藷植う**《いもうう》。**藷挿す**《いもさす》。

藷植うるみんな跣足の修道女　早田鳴風

藷を挿す外はなかりし島畑　花村あつし

甘蔗刈《かんしょかり》　〔三〕冬十二月。甘蔗は一般に砂糖黍といい、沖縄、鹿児島県に多く栽培される。刈るそばから製糖工場へ運ぶ。

砂糖黍刈る音そこに雲井御所　山本砂風楼

甘蔗刈りひきずつてくる道埃　白石峰子

寒雀《かんすずめ》　冬一月。寒中の雀をいう。

とび下りて弾みやまずよ寒雀　川端茅舎

兎見斯う見ついばむは何寒雀　高浜虚子

寒施行《かんせぎょう》《かんせぎやう》　冬一月。寒中、狐や狸などの餌の乏しくなったころ、小豆飯、油揚げなどを、野道、田の畦などに置いて施すこと。狐狸の穴と思われるところに置くのを**穴施行**《あなせぎやう》という。**野施行**《のせぎやう》。

寒施行子供の声も聞えけり　阪之上典子

野施行やこゝらも秩父遍路道　荒川あつし

萱草の花《かんぞうのはな》《くわんざうのはな》　夏六月。鬼百合に似てやや小さく、六弁の黄赤色の花を開くのは「のかんぞう」、庭などで見かける八重咲き、赤褐色の花は「やぶかんぞう」である。**忘草**《わすれぐさ》。**忘憂草**《わすれぐさ》。

萱草や昨日の花の枯れ添へる　松本たかし
湯煙に人現るゝ時萱草も　高浜虚子

寒卵《かんたまご》　冬一月。寒中に産んだ鶏の卵。

寒卵取りに出しのみ今日も暮　安積素顔
寒卵主婦健康な頬を持ち　千原草之

神田祭《かんだまつり》　夏五月。五月十五日は東京千代田区の神田神社、通称神田明神の祭礼である。

路地ごとに神田祭の子供かな　野村久雄
心意気神田祭はすたれずに　稲畑汀子

元旦《がんたん》《ぐわんたん》　冬一月。元日の朝のことである。**元朝**《ぐわんてう》といい、**歳旦**《さいたん》といっても同じことであるが、感じが多少違う。

元旦やいつもの道を母の家　星野立子
元朝の氷すてたり手水鉢　高浜虚子

邯鄲《かんたん》　〔三〕秋九月。体長一・五センチくらい、淡い黄緑色で、長い触角を持ち、ル、ル、ル、ルと美しい声で鳴く。

邯鄲を遠き音色と思ひ聴く　工藤いはほ
邯鄲の遠きは風に消えにけり　井上波二

寒竹の子《かんちくのこ》　冬十一月。寒竹は、生垣などに栽培される直径約一センチ、高さ二、三メートルの趣のある竹で、その筍。

寒竹の子が一本や苔の庭　上林白草居
坪庭の寒竹の子にある日向　稲畑汀子

観潮《かんちょう》《くわんてう》　春四月。瀬戸内海の鳴門海峡では、平常でも潮の干満によって渦を巻くが、四月ごろの大潮のときには海峡一帯に大渦潮ができて壮観。遠近からの見物客が多い。

行き悩みゐるにはあらず観潮船　水野草青
観潮の透きとほる大渦柱　中村若沙

元朝《がんちょう》　冬→元旦《がんたん》

寒造《かんづくり》　冬一月。寒中の水で酒を醸造すること、またその酒をいう。風味がよく、長く貯蔵が利くといわれる。

二階より桶つりおろす寒造　西山小鼓子
蔵入りの杜氏は初心を失はず　中井余花朗

寒椿《かんつばき》　冬一月。早咲きの椿は寒中に咲くところからこれを寒椿という。特別の種類があるわけではない。**冬椿**《ふゆつばき》。

赤もまた冷たき色よ冬椿　久屋三秋
海の日に少し焦げたる冬椿　高浜虚子

寒釣《かんづり》　冬一月。寒中の魚釣である。寒鮒、寒鯉、寒鰡《かんぼら》、寒鯊《かんはぜ》などが主なものといえる。

寒釣の釣るゝ気配のさらになし　上沢寛芳
嵐山の朝や寒釣居るばかり　粟津松彩子

寒天《かんてん》　冬→冬の空《ふゆのそら》

旱天《かんてん》　夏→旱《ひでり》

寒天造る《かんてんつくる》　冬一月。寒天はところてんを屋外で凍らせ、干した食品である。長野、大阪、三重が産地として知られる。

暁の星またゝく下に寒天干す　冨士原ひさ女
寒天の重さ失ふまでは干す　木村滄雨

寒灯《かんとう》　[三]　冬一月。明るく灯ってもなお寒そうな冬の灯火である。**寒燈**《かんとう》。**冬灯**《ふゆともし》。

寒燈下面テもあげず沈金師　伊藤柏翠
若者の居る明るさの冬灯　稲畑汀子

寒燈《かんとう》　冬→寒灯《かんとう》

寒豆腐《かんどうふ》　冬→氷豆腐《こおりどうふ》

竿灯祭《かんとうまつり》　秋八月。青森市のねぶた、仙台市の七夕と共に東北三大祭の一つ。八月五日から七日まで秋田市で行われる。

竿灯の竿の撓ひて立つ高さ　田上一蕉子
竿灯や四肢逞しき若者ら　佐々木ちてき

広東木瓜《かんとんぼけ》　春→木瓜の花《ぼけのはな》

カンナ　秋八月。初秋、赤い花が大きな葉を抽き出て咲いているのなど、ことに美しい。

広芝の風の行方にカンナの緋　中口飛朗子
カンナ咲きつゞき家居のつゞかざる　稲畑汀子

寒凪《かんなぎ》　冬→冬凪《ふゆなぎ》

神無月《かんなづき》　冬十一月。陰暦十月のこと。この月は諸国の神々が出雲の国に旅立たれるため、出雲の国では神々が留守であるというので神無月という。出雲の国では**神有月**《かみありづき》といっている。

詣で来て神有月の大社かな　石田雨圃子

宮柱太しく立ちて神無月　高浜虚子

神嘗祭《かんなめさい》　秋十月。天皇がその年の新穀を伊勢の皇大神宮に奉納される祭儀で、十月十七日に行われる。**じんじやうさい**。

神嘗祭勅使の纓の揺れて行き　坂井　建

寒念仏《かんねぶつ》　冬一月。寒中、僧俗をとわず、太鼓や鉦を叩きなどして、念仏や題目を唱えながら町中をねり歩き喜捨を乞うものをいう。寒行の一つである。

路地多き三国の町や寒念仏　清准一郎

人住まぬ門並びけり寒念仏　高浜虚子

寒の雨《かんのあめ》　冬一月。寒中に降る雨のこと。

骨の母抱けば寒雨が袖濡らす　舘野翔鶴

誰々ぞ寒雨をついて来る人は　高浜虚子

寒の入《かんのいり》　冬一月。小寒から立春の前日までを寒といい、その寒に入るのをいう。一月五、六日ごろで、北陸地方では、小豆や大豆を入れた餅をつく**寒固**《かんがため》の風習があった。

いつ寒に入りしかと見る日ざしかな　星野立子

から〳〵と寒が入るなり竹の宿　高浜虚子

寒の内《かんのうち》　冬一月。寒の入から寒明までの約三十日間をいう。単に**寒**《かん》というのも主にこの寒の内のことである。

寒晴の叩けば響きさうな空　木村享史

寒厳しともすればすぐ涙出て　高浜年尾

寒の水《かんのみず》《かんのみづ》　冬一月。寒の内の水をいう。寒中の水は薬になるともいい、寒の水に餅をつけると悪くならないなどという。

汲かへていとゞ白さや寒の水　浮　流

寒の水溢れる音を聞いてをり　星野　椿

寒梅《かんばい》　冬一月。寒中に咲く梅をいう。また広く、冬に咲く梅を総称して**冬の梅**《ふゆのうめ》という。**寒紅梅**《かんこうばい》は多く八重である。

冬の梅きのふやちりぬ石の上　蕪　村

寒梅の唯一輪の日向かな　高浜年尾

旱魃《かんばつ》　夏→旱《ひでり》

カンパニュラ　夏→釣鐘草《つりがねそう》

寒薔薇《かんばら》　冬→冬薔薇《ふゆそうび》

岩菲《がんぴ》　夏六月。節高の緑色の茎が直立し、全体に無毛、花は茎の頂や葉腋に咲き、朱色の五弁で撫子《なでしこ》に似る。**かにひ**。

花岩菲色に濃淡なかりけり　高浜年尾
庭に見し岩菲の色も活けらるる　稲畑汀子

寒弾《かんびき》　冬→寒復習《かんざらい》

干瓢乾す《かんぴょうほす》《かんぺうほす》　夏七月。夕顔の実を細長く紐状に剝き、竹竿などに干し連ねて干瓢をつくる。**夕顔剝く**《ゆふがほむく》。**新干瓢**《しんかんぺう》。

干瓢を乾すに風なき照りつゞき　桑田詠子
吹抜ける風あり土間に干瓢剝く　山崎一角

寒風《かんぷう》　冬→北風《きたかぜ》

観楓《かんぷう》　秋→紅葉狩《もみじがり》

灌仏《かんぶつ》《くわんぶつ》　春四月。四月八日、釈迦の誕生を祝って行う法会。灌仏会、浴仏会などとも呼ぶ。**仏生会**《ぶつしやうゑ》。

沙弥の声吾に似て来し灌仏偈　空月庵三雨
山寺の障子締めあり仏生会　高浜虚子

寒鮒《かんぶな》　冬一月。寒中の鮒。泥くささがなく美味なので、賞味される。**寒鮒釣**《かんぶなつり》。

尾を少し曲げて寒鮒釣られけり　松藤夏山
藪の池寒鮒釣のはやあらず　高浜虚子

寒鮒釣《かんぶなつり》　冬→寒鮒《かんぶな》

寒鰤《かんぶり》　冬→鰤《ぶり》

雁風呂《がんぶろ》　春三月。雁が北へ帰るころ、青森県の外ヶ浜付近では、その辺りに落ち散った木片を拾い集めて雁の供養の心で風呂をたてたという。**雁供養**《がんくやう》。

みちのくに善知鳥姓あり雁供養　木村杢来
雁風呂や海荒るゝ日は焚かぬなり　高浜虚子

寒紅《かんべに》　冬一月。寒中に製造された紅は寒紅として珍重された。ことに寒中の丑の日に売り出す紅が最も良いものとされ、**丑紅**《うしべに》の名がある。現在は単に寒中に女性が用いる口紅を寒紅と呼んでいる。

寒紅の口を絞りて舞妓かな　皿井旭川
寒紅をさしていつもの富士額　後藤夜半

寒木瓜《かんぼけ》　冬一月。寒咲きの木瓜をいう。

寒木瓜の咲きゐて蒼ひしめける　三宅清三郎

寒木瓜の日和久々陶を干す　辻未知多

寒牡丹《かんぼたん》　冬一月。牡丹を厳冬に咲かせたものが寒牡丹である。**冬牡丹**《ふゆぼたん》。

拝観の人々寡黙寒牡丹　中川素心

苞割れば笑みこぼれたり寒牡丹　高浜虚子

寒詣《かんまいり》《かんまゐり》　冬一月。寒三十日の間、夜、神社や寺に参詣すること。**寒参**《かんまゐり》。**裸参**《はだかまゐり》。

一願のありて鞍馬へ寒詣　徳山聖杉

顔ふかく包みて誰そや寒参　高浜虚子

寒参《かんまいり》　冬→寒詣《かんまいり》

寒見舞《かんみまい》《かんみまひ》　冬一月。寒中、知人の安否を見舞う手紙を出し合ったり、電話をかけたり訪ねて行ったりすることをいう。

珍重や菱喰雁の寒見舞　川島奇北

寒餅《かんもち》　冬一月。寒中についた餅で、黴《かび》を生じにくく、保存が利くという。

貸二階寒餅並べありにけり　蘭　村

けふ寒の明けるといふに餅をつく　高浜虚子

寒夜《かんや》　冬→冬の夜《ふゆのよ》

雁来紅《がんらいこう》　秋→葉鶏頭《はげいとう》

寒林《かんりん》　冬→枯木立《かれこだち》

◎き◎

木苺《きいちご》　夏六月。一メートルくらいの低木で、透き通るような黄金色の熟れた果実をつける。

灯台の子に木苺の熟れにけり　大久保橙青

木苺は車塵にまみれゐて赤し　坊城中子

木苺の花《きいちごのはな》　春四月。山野や路傍などに自生する高さ一、二メートルの落葉低木。葉、茎とも棘が多い。白色五弁の花。

木苺の大きな花のとび〳〵に　加藤霞村

木苺の花をあはれと眺めゐる　高浜虚子

喜雨《きう》　夏七月。旱魃が続いたとき、待ちかねた雨が降るのを喜雨という。

喜雨の虹ふるさと人と打ち仰ぎ　飯田京畔

慈雨到る絶えて久しき戸樋奏で　高浜虚子

祈雨経《きうきょう》　夏→雨乞《あまごい》

帰燕《きえん》　秋→燕帰る《つばめかえる》

祇園会《ぎおんえ》　夏→祇園祭《ぎおんまつり》

祇園囃《ぎおんばやし》　夏→祇園祭

祇園祭《ぎおんまつり》《ぎをんまつり》　夏七月。京都八坂神社の祭礼。葵祭と共に京都二大祭礼として有名である。七月一日から二十九日まで諸行事がある。**祇園会**《ぎをんゑ》。**二階囃**《にかいばやし》。**祇園囃**《ぎをんばやし》。**山鬮**《やまくじ》。**神輿洗**《みこしあらひ》。**鉾立**《ほこたて》。**山鉾**《やまほこ》。**宵山**《よひやま》。**宵飾**《よひかざり》。**鉾町**《ほこまち》。**宵宮詣**《よひみやまうで》。**鉾の稚児**《ほこのちご》。**弦召**《つるめそ》。**無言詣**《むごんまうで》。

東山回して鉾を回しけり　後藤比奈夫

すゝみ来る遠くは鉾の重なりて　西村乙清

其角忌《きかくき》　春三月。陰暦二月三十日、榎本其角の忌日。宝永四年（一七〇七）四十七歳で没した。

其角忌やあらむつかしの古俳諧　加藤霞村

帰雁《きがん》　春→帰る雁《かえるかり》

黄菊《きぎく》　秋→菊《きく》

きぎす　春→雉《きじ》

桔梗《ききょう》《ききやう》　秋九月。茎の高さは八〇センチくらい。花は広がった鐘状、五裂、青紫色の美しい花である。**きちかう**。

一弁に紫を刷け白桔梗　大橋つる子

桔梗のしまひの花を剪りて挿す　高浜虚子

桔梗の芽《ききょうのめ》《ききやうのめ》　春三月。自生のものもあれば植えられたものもある。出るとすぐ葉づくりを始める。

桔梗と分別したる芽生かな　辰生

菊《きく》　秋十月。**大菊**《おほぎく》。**小菊**《こぎく》。**百菊**《ひやくぎく》。**初菊**《はつぎく》。**白菊**《しらぎく》。**黄菊**《きぎく》。**一重菊**《ひとへぎく》。**八重菊**《やへぎく》。**菊日和**《きくびより》。**菊畑**《きくばたけ》。**菊の宿**《きくのやど》。**作り菊**《つくりぎく》。**菊作り**《きくつくり》。

菊のことばかり話して診てくれず　渋田卜洞庵

薬師寺へ仏納めに菊日和　深田三玉

菊戴《きくいただき》　〔三〕秋十月。繊細な感じの小鳥で体も小さいし、嘴はことに小さい。頭に黄色い羽毛があり、ちょうど菊の花をのせているようである。「松毟鳥《まつむしり》」（春季）はこの鳥の古名。

この高木菊いたゞきも来るとかや　高浜虚子

菊植う《きくうう》　春→菊根分《きくねわけ》

菊供養《きくくよう》《きくくやう》　秋十月。陰暦九月九日重陽の日に、浅草観音堂で大僧正以下、菊花の供養をする。現在は十月十八日。

くらがりに供養の菊を売りにけり　高野素十

菊月《きくづき》　秋→長月《ながつき》

菊作り《きくつくり》　秋→菊《きく》

菊菜《きくな》　春→春菊《しゅんぎく》

菊膾《きくなます》　秋十月。菊の花を茹で、三杯酢で和えた膾である。

菊膾掌でうけて見る味加減　神田九思男

手ばしこく菊の膾をでかされし　高浜虚子

菊人形《きくにんぎょう》《きくにんぎやう》　秋十月。菊の花や葉を細工して衣装を作った人形で、昔の物語や当り狂言の舞台場面を作って見せるもの。

人形に仕立おろしの如き菊　後藤比奈夫

菊衣替へ菊の香も著せ替ふる　恩地れい子

菊根分《きくねわけ》　春三月。分植するために、萌え出た菊の根を分けることである。**菊植う**《きくうう》。**菊分つ**《きくわかつ》。

菊根分して教頭と校僕と　粟賀風因

ベランダに鉢を並べて菊根分　高浜年尾

菊の宴《きくのえん》　秋→重陽《ちょうよう》

菊の酒《きくのさけ》　秋→重陽《ちょうよう》

菊の節句《きくのせっく》　秋→重陽《ちょうよう》

菊の苗《きくのなえ》《きくのなへ》　春三月。菊は根分か挿芽で苗を作る。その苗をいう。菊作りにとって、よい苗作りがまず大切である。

菊植うる明日を思ひて寝つかれず　高田美恵女

菊芽挿し風に馴らすといふことも　内田准思

菊の宿《きくのやど》　秋→菊《きく》

菊畑《きくばたけ》　秋→菊《きく》

菊日和《きくびより》　秋→菊《きく》

菊枕《きくまくら》　秋十月。菊の花を干して、それを中身にして作った枕をいう。香り高く邪気を払うと言い伝えられている。

寝返れば醒めれば匂ふ菊枕　土居牛欣

明日よりは病忘れて菊枕　高浜虚子

木耳《きくらげ》　夏六月。梅雨のころ、桑、接骨木《にわとこ》などの朽木に生える人の耳たぶに似た茸である。

木耳や平湯の宿に二三日　杉浦出盧

木耳や果して庫裡の軒下に　山川喜八

菊分つ《きくわかつ》　春→菊根分《きくねわけ》

菊若葉《きくわかば》　春四月。菊は一般に挿芽で殖やすが、土に馴染んで根が生え葉を出すと一本でも晴れやかで若葉の感じがする。

陶榻の高さとなりし菊若葉　　粟津松彩子

喜見城《きけんじょう》　春→蜃気楼《しんきろう》

紀元節《きげんせつ》　春→建国記念の日《けんこくきねんのひ》

著茣蓙《きござ》　〔三〕　夏七月。夏季登山者などが日光を避け、また雨をしのぐためにまとう茣蓙をいう。

案内者の著茣蓙を走る急雨かな　　川原檳榔子

著茣蓙など買うて行かれし旅の人　　三浦　俊

細螺《きさご》　〔三〕　春四月。蝸牛《かたつむり》に似た円錐状の巻貝で、昔はこの貝を女の子のおはじきに用いていた。**きしやご**。

海の香のかすかに残り細螺貝　　河野美奇

細螺にもある器量よし拾はれて　　千原叡子

如月《きさらぎ》　春二月。陰暦二月の異称である。この月はなお寒くて着物をさらに重ね着る意味から来ているという。

堂塔の檐如月の空にはね　　県　越二郎

如月の駕に火を抱く山路かな　　高浜虚子

雉《きじ》　〔三〕　春三月。春になると、鋭く鳴いて雌を呼ぶ。この声のあわれさが、留鳥である雉をとくに春季のものとしたらしい。**雉子**《きし》。**きぎす**。**雉笛**《きじぶえ》は雉の声に似せて相手を呼び寄せる笛。**雉打**《きじうち》。

山道や人去て雉あらはるゝ　　正岡子規

拝観の御苑雉子啼きどよもせり　　高浜虚子

雉子《きじ》　春→雉《きじ》

雉打《きじうち》　春→雉《きじ》

羊蹄の花《ぎしぎしのはな》　夏五月。路傍の湿地や水辺などに多い。初夏、上方の花軸の節ごとに十余りずつ輪になって小さな淡緑白色の花をつける。羊蹄は根の形から、また「ぎしぎし」は実のついた枝の鳴る音から名付けられた。

羊蹄に雨至らざる埃かな　　青　夷

義士祭《ぎしさい》　春四月。義士とは赤穂義士のこと。陰暦二月四日、赤穂四十七士が切腹した命日の祭。東京高輪の泉岳寺では四月一日から七日まで祭事が行われる。

義士祀る中に若きは右衛門七　　高浜年尾

いにしへを今につなぎて義士祀る　稲畑汀子

岸釣《きしづり》　秋→根釣《ねづり》

雉の巣《きじのす》　春四月。野道や雑木林のこんなところと思うような場所に、草を寄せ集めた名ばかりの雉の巣がある。

雉子の巣を見届け置きて楽しめり　朝　雪

雉笛《きじぶえ》　春→雉《きじ》

きしやご《きしゃご》　春→細螺《きさご》

きじんさう《きじんそう》　夏→雪の下《ゆきのした》

鱚《きす》　[三] 夏五月。黄を帯びて青光する二〇センチほどの細長い魚である。海岸からの投げ釣もできるが、舟釣も多い。**鱚釣**《きすつり》。

島のバス通ふが見ゆれ鱚を釣る　山田桂梧

引き強き鱚の力をよく知れり　高浜年尾

黄水仙《きずいせん》《きずゐせん》　春三月。三月ごろ、黄色六弁花をつける。南ヨーロッパ原産で日本の水仙より大きく香りがある。「水仙」は冬。

わが蔵書貧しけれども黄水仙　沢井山帰来

黄水仙ひしめき咲いて花浮ぶ　高浜年尾

鱚釣《きすつり》　夏→鱚《きす》

帰省《きせい》　夏七月。勉学や仕事のために家を離れている学生や公務員、会社員などが、夏休などに帰郷すること。**帰省子**《きせいし》。

ドア開いて何時も突然帰省の子　高橋笛美

帰省子の去にて再び妻無口　角南旦山

帰省子《きせいし》　夏→帰省《きせい》

北風《きた》　冬→北風《きたかぜ》

北風《きたかぜ》　[三] 冬十二月。冬の季節風のことである。**北風**《きた》。**北吹く**《きたふく》。**朔風**《さくふう》。**寒風**《かんぷう》。

北風に向ひ歩きて涙ふく　室町ひろ子

北風に人細り行き曲り消え　高浜虚子

北吹く《きたふく》　冬→北風《きたかぜ》

北祭《きたまつり》　夏→葵祭《あおいまつり》

北窓開く《きたまどひらく》　春三月。寒風の吹き入るのを防ぐため冬中閉めきっていた北側の窓を開けるのをいう。

北窓を開けなつかしき山そこに　渡辺やゑ

北窓塞ぐ《きたまどふさぐ》　冬十一月。冬に備えて北風の吹き込む窓を塞ぐことをいう。ことに北国では念入りに行う。

北窓を塞ぐや一机あれば足る　小田尚輝

北窓を塞ぎつゝある旅の宿　高浜虚子

きちきちばつた《きちきちばった》　秋→ばつた

きちかう《きちこう》　秋→桔梗《ききょう》

吉書《きっしょ》　冬→書初《かきぞめ》

吉書揚《きっしょあげ》　冬→左義長《さぎちょう》

吉兆《きっちょう》　冬→十日戎《とおかえびす》

啄木鳥《きつつき》　〔三〕　秋十月。啄木鳥は種類が多い。よく見かける「小げら」は濃い褐色の縞模様があり、ギーギーと鳴きながら木をつついて餌をとる。その他、「赤げら」「青げら」など。

啄木鳥や下山急かるゝ横川寺　森定南楽

啄木鳥のまのあたりなる幹太き　高浜年尾

狐《きつね》　〔三〕　冬十二月。狐は昼は穴にひそみ、夜出て活動する。冬は餌が乏しくなり畑の作物を荒らすので**狐罠**《きつねわな》をかける。

北狐棲む岬として人住まず　三輪フミ子

戸口まで狐の跡の来てかへす　戸沢寒子房

狐火《きつねび》　〔三〕　冬十二月。燐が空中で燃える現象であろうか、冬から春先にかけて多く見られ。空中や遠い畦などに灯火ならぬ妖しい火が点《とも》り連なるという。

狐火の峠越えねば帰られず　川口利夫

狐火を見てより遂に迷ひけり　星野　椿

狐罠《きつねわな》　冬→狐《きつね》

几董忌《きとうき》　冬十一月。陰暦十月二十三日、蕪村の高弟高井几董の忌日である。寛政元年（一七八九）、四十九歳で没した。

俳諧の座布団小さし几董の忌　柴原保佳

几董忌を修する寺も古りにけり　稲畑広太郎

木流し《きながし》　春三月。雪解水や雨のため谷川の水が増してきた時、冬の間伐りためておいた木を一定の場所まで流すこと。

笠一つ荷が一つ木を流しくる　山口青邨

山景気持ちなほしたる木流しす　山川喜八

絹袷《きぬあわせ》　夏→袷《あわせ》

絹糸草《きぬいとそう》　〔三〕　夏七月。「おおあわがえり」の種を、水盤の脱脂綿上にまくと一斉に鮮緑色の糸のような苗が萌え出てくる。この苗を絹糸草《きぬいとさう》と名づけ、涼を求める観賞用とする。

四時前に夜が明けきるや絹糸草　中田みづほ

絹糸草影の生るゝことのなし　小田尚輝

絹団扇《きぬうちわ》　夏→団扇《うちわ》

衣被《きぬかつぎ》　[三]　秋九月。里芋の子を皮のまま茹《ゆ》でたもの。塩をつけて温かいうちに食べる。名月には欠かせない供物の一つ。

衣被剝くにつけても不器用な　島田みつ子

初ものと言ふは不揃ひ衣被　藤浦昭代

砧《きぬた》　[三]　秋十月。昔は麻、楮、葛などの繊維で織った着物は洗濯するとこわばるので、木の台に打って柔らげたという。砧とは、その衣を打つ木、あるいは打つこと。**藁砧**《わらぎぬた》とは藁を打つ砧。**衣打つ**《ころもうつ》。**擣衣**《たうい》。**夕砧**《ゆふぎぬた》。**小夜砧**《さよぎぬた》。**遠砧**《とほぎぬた》。**砧盤**《きぬたばん》。**しで打つ**《しでうつ》。

みづうみの夜毎の月や藁砧　中井余花朗

砧打つ人の替りし音変り　塩田月史

砧盤《きぬたばん》　秋→砧《きぬた》

絹蒲団《きぬぶとん》　冬→蒲団《ふとん》

菌《きのこ》　秋十月。大小美醜、いろいろ種類が多く有毒のものもある。**茸**《きのこ》。**たけ**。**羊肚菜**《いくち》。**毒茸**《どくだけ》。**茸山**《たけやま》。**茸番**《きのこばん》。**茸飯**《きのこめし》。

縄を張る程にもあらず茸不作　五島沖三郎

毒茸にあたりし腹に力なく　伊藤とほる

茸《きのこ》　秋→菌《きのこ》

茸とり《きのことり》　秋→茸狩《たけがり》

茸番《きのこばん》　秋→菌《きのこ》

茸飯《きのこめし》　秋→菌《きのこ》

木の実《きのみ》　秋→木の実《このみ》

きのめ　春→木の芽《このめ》

木の芽和《きのめあえ》　春→山椒の芽《さんしょうのめ》

木の芽田楽《きのめでんがく》　春→田楽《でんがく》

きはちす　秋→木槿《むくげ》

騎馬始《きばはじめ》　冬→騎初《のりぞめ》

黍《きび》　秋九月。茎、葉ともに粟に似ているが実は粟より大きく赤茶色と淡黄白色がある。**黍の穂**《きびのほ》。**黍畑**《きびばたけ》。**黍引く**《きびひく》。

黍畑に風の荒きを見て急ぎ　古屋敷香葎

稔りては乱れそめにし黍畑　高浜虚子

黍焼酎《きびしょうちゅう》　夏→焼酎《しょうちゅう》

黍の穂《きびのほ》　秋→黍《きび》

黍畑《きびばたけ》　秋→黍《きび》

黍引く《きびひく》　秋→黍《きび》

黄帷子《きびら》　夏→帷子《かたびら》

著ぶくれ《きぶくれ》　[三]　冬十二月。重ね着をして、着ぶくれることである。なりふり構わず着ぶくれているのは、おかしみもある。

　著ぶくれしわが生涯に到り著く　　後藤夜半

　おすわりの出来かけし子の著ぶくれて　　稲畑汀子

岐阜提灯《ぎふちょうちん》《ぎふぢやうちん》　秋八月。盆灯籠の一種。岐阜地方の名産で、秋草などが描いてあり、紅や紫の房を垂らした提灯である。

　やうやくに岐阜提灯の明るけれ　　増田手古奈

　灯を入るゝ岐阜提灯や夕楽し　　高浜虚子

既望《きばう》　秋→十六夜《いさよひ》

擬宝珠《ぎぼうし》《ぎばうし》　夏五月。山野に生えるが庭に植えることもある。花は小形、うす紫または白の筒状で花軸の下から咲きのぼる。**花擬宝珠**《はなぎぼうし》。**ぎぼし**。

　雨だれにこちたくゆるゝ擬宝珠かな　　野村泊月

　這入りたる虻にふくるゝ花擬宝珠　　高浜虚子

きぼけ　秋→榠樝《かりん》

ぎぼし　夏→擬宝珠《ぎぼうし》

黄繭《きまゆ》　夏→繭《まゆ》

瘧《ぎやく》　[三]　夏七月。**マラリア**のこと。悪寒、戦慄、特有な熱発作をくり返しおこす伝染病の一つである。**おこり**。**わらはやみ**。

　妻も子も婢もマラリヤやいかにせん　　田所高峰

　両の肩抱きかゝへて瘧出づ　　後藤夜半

キャンピング　夏→キャンプ

キャンプ　夏七月。**キャンピング**。**天幕村**《てんとむら》。

　キャンプ出て暁の尾根ともし行く　　田中静竜

　森と言ふ森を独占してキャンプ　　佐藤富士夫

九夏《きゅうか》　夏→夏《なつ》

九秋《きゅうしゅう》　秋→秋《あき》

九春《きゅうしゅん》　春→春《はる》

旧正月《きゅうしょうがつ》《きうしやうぐわつ》　春二月。陽暦に対し、陰暦の正月のことをいう。

　旧正の客来て灯す仏の灯　　信坂正三郎

旧正を今もまもりて浦人等　高浜年尾

九冬《きゅうとう》　冬→冬《ふゆ》

吸入器《きゅうにゅうき》《きふにふき》　［三］　冬十二月。風邪、とくに咳をしずめるために、薬品を噴霧状態として口中に送る装置で、家庭でもよく用いた。

吸入の妻が口開けあほらしや　山口青邨

どの顔も少し呆けて吸入器　大槻右城

旧年《きゅうねん》　冬→去年今年《こぞことし》

胡瓜《きゅうり》《きうり》　夏七月。他の瓜は地に這わせて栽培するが、胡瓜は主に棚づくりにする。近年は一年中出回るようになった。

胡瓜採り終へし軍手を草に置く　今井千鶴子

胡瓜又シルクロードを伝播す　稲畑汀子

胡瓜漬《きゅうりづけ》　夏→瓜漬《うりづけ》

胡瓜苗《きゅうりなえ》《きうりなへ》　夏五月。蒔かれた胡瓜は楕円形の分厚くみずみずしい双葉を開き、やがて皺の多い本葉をのぞかせる。

匍初めし穂麦の中の胡瓜苗　篠原温亭

胡瓜植ゑ山の暮しの変化日々　今井千鶴子

胡瓜の花《きゅうりのはな》《きうりのはな》　夏六月。黄色い五弁の小花で花弁に皺がある。雄花と雌花があるが、雌花のまだ咲いているうちに、はや、いとけない実が育ち始めているのをよく見かける。

積石に沈みし蛇や花胡瓜　中村若沙

胡瓜蒔く《きゅうりまく》《きうりまく》　春三月。温床に蒔いてのち畑に移植する場合と、直接畑に蒔く露地蒔の場合がある。

与太郎が来て居り胡瓜蒔きつらん　高浜虚子

胡瓜もみ《きゅうりもみ》《きうりもみ》　夏七月。胡瓜を薄く刻んで、軽く塩でもみ、酢にしたもの。他の瓜類の場合は**瓜もみ**《うりもみ》という。**揉瓜**《もみうり》。

職離れ変るくらしや胡瓜もみ　藤村藤羽

胡瓜もみ世話女房といふ言葉　高浜虚子

競泳《きょうえい》　夏→泳ぎ《およぎ》

経木帽子《きょうぎぼうし》　夏→夏帽子《なつぼうし》

行々子《ぎょうぎょうし》　夏→葭切《よしきり》

行水《ぎょうずい》《ぎやうずゐ》　夏七月。一日の汗を流すのに、盥《たらい》などに湯をとり、または日向水《ひなたみず》を使っての簡単な湯浴み。

静かなる音して妻の行水す　久保一秀
行水の女にほれる烏かな　高浜虚子

競漕《きょうそう》　春↓ボートレース

夾竹桃《きょうちくとう》《けふちくたう》　夏七月。常緑低木で生長が早く、葉は細長く厚い。根元からわかれた枝の先に淡紅や白色の花が集まって開く。

爆心地こゝと夾竹桃燃ゆる　浅見春苑
白は目に涼し夾竹桃さへも　稲畑汀子

京菜《きょうな》　春↓水菜《みずな》

今日の秋《きょうのあき》　秋↓立秋《りっしゅう》

今日の菊《きょうのきく》　秋↓重陽《ちょうよう》

今日の月《きょうのつき》　秋↓名月《めいげつ》

京の春《きょうのはる》　春↓春《はる》

御忌《ぎょき》　春四月。浄土宗の宗祖法然上人の忌日法要である。総本山の京都東山知恩院で毎年四月十八日から二十五日まで行われる。**法然忌**《ほふねんき》。**御忌詣**《ぎよきまうで》。**御忌の鐘**《ぎょきのかね》。

勅使門開けて本山御忌に入る　野島無量子
貧乏の寺を支へて法然忌　水口秋声

御忌の鐘《ぎょきのかね》　春↓御忌《ぎょき》

御忌詣《ぎょきもうで》　春↓御忌《ぎょき》

曲水《きょくすい》《きよくすゐ》　春三月。昔、三月三日の節句に、貴族や文人らが庭園内の曲折した流れに臨んで座り、上流から流す盃が自分の前へ来るまでに詩を作り、盃の酒を飲み、また次へ流す風流な公事《くじ》を**曲水の宴**《きよくすゐのえん》といった。**流 觴**《りうしやう》。**盃流し**《さかづきながし》。**巴字盞**《はじさん》。

曲水の円座にどかと緋衣の僧　江口竹亭
曲水や草に置きたる小盃　高浜虚子

曲水の宴《きょくすいのえん》　春↓曲 水《きょくすい》

御慶《ぎょけい》　冬一月。新年になって交わす祝いの言葉である。

威儀の沙弥一文字に坐し御慶かな　獅子谷如是
大原女八瀬男に御慶申す〴〵く　高浜虚子

虚子忌《きょしき》　春四月。四月八日、高浜虚子（本名清）の忌日である。昭和三十四年（一九五九）、八十五歳で病没。墓は鎌倉扇ケ谷の寿福寺にある。虚子庵高吟椿壽居士。**椿寿忌**《ちんじゆき》。

老いて尚妓として侍る虚子忌かな　下田実花
又花の雨の虚子忌となりしかな　高浜年尾

去来忌《きょらいき》　秋十月。陰暦九月十日、向井去来の忌日。宝永元年（一七〇四）、五十四歳で没。墓は嵯峨落柿舎の裏にある。

去来忌の小さき墓に供華あふれ　江戸おさむ
去来忌やその為人拝みけり　高浜虚子

雲母虫《きららむし》　夏↓紙魚《しみ》

霧《きり》　〔三〕秋九月。霞も霧も現象的には同じであるが、いつからか霞は春季、霧は秋季と定まった。**朝霧**《あさぎり》。**夕霧**《ゆふぎり》。**夜霧**《よぎり》。**川霧**《かはぎり》。**海霧**《がす》。**濃霧**《のうむ》。**さ霧**《さぎり》。**霧雨**《きりさめ》。**霧の海**《きりのうみ》は一面の霧。

山荘の夜霧の深さ消灯す　松本博之
灯台は低く霧笛は峙てり　高浜虚子
襲ひ来しはじめの霧の匂ひけり　高浜年尾
山荘の霧深き夜は音なき夜　稲畑汀子

蛬《きりぎりす》　秋↓螽蟖《きりぎりす》

螽蟖《きりぎりす》　〔三〕秋九月。色は緑色か褐色、体長三・五センチくらい。鳴き声はギーと一声、しばらく置いてチョンと結び、これを繰り返す。**蛬**《きりぎりす》。**はたおり**は別種。

捕る子なき島の畑のきり〴〵す　高尾千草
機織虫の鳴き響きつゝ飛びにけり　高浜虚子

切子《きりこ》　秋↓灯籠《とうろう》

切籠《きりこ》　秋↓灯籠《とうろう》

切炬燵《きりごたつ》　冬↓炬燵《こたつ》

切子灯籠《きりこどうろう》　秋↓灯籠《とうろう》

霧雨《きりさめ》　秋↓霧《きり》

切山椒《きりざんしょう》《きりざんせう》　冬一月。米の粉に粉山椒と砂糖をまぜて搗《つ》いた菓子餅で、細長く切ってある。

もゝ色の袋に入りて切山椒　下田実花
茶の間にて用済む仲や切山椒　大久保橙青

きりしま　春↓躑躅《つつじ》

きりたんぽ　秋十月。秋田の郷土料理。炊きたての新米を擂鉢に入れ、餅のようにつぶし、秋田杉の細い串に円筒形に塗りつけ、それを炉端などで焼いて作る。

羽の国のきりたんぽ可し地酒亦　大橋一郎
食欲の秋に珍重きりたんぽ　菊池さつき

霧の海《きりのうみ》　秋↓霧《きり》

桐の花《きりのはな》　夏五月。五月ごろ、枝先に穂をなして筒形の花をやや下向きに開く。淡紫色、ときに白、芳香がある。**花桐**《はなぎり》。

花明りてふもの丶なく桐咲きぬ　田畑美穂女

目について必ず遠し桐の花　高木石子

桐の実《きりのみ》　秋十月。卵形の堅い実で、熟して割れると中は二つに分かれていて、翼のある多数の種子がはいっている。

桐の実の落ち散らばりて藁屋かな　生田露子

桐一葉《きりひとは》　秋八月。初秋、大きな桐の葉が風もなくばさりと音を立てて落ちるのをいう。「一葉《いちよう》落ちて天下の秋を知る」という「淮南子《えなんじ》」の語による。**一葉**《ひとは》。**一葉の秋**《ひとはのあき》。

消息のつたはりしごと一葉落つ　後藤夜半

桐一葉日当りながら落ちにけり　高浜虚子

切干《きりぼし》　〔三〕　冬十一月。大根を千切りあるいはうす切りにして乾燥した保存食である。ふつう筵に広げて干す。

大根の器量あしきは切干に　赤迫文女

切干の煮ゆる香座右に針仕事　高浜虚子

切餅《きりもち》　冬→餅《もち》

麒麟草《きりんそう》《きりんさう》　夏七月。山地に自生する多年草。全体的に白っぽい緑色で葉は厚い。茎の先に黄色い五弁花を群がり咲かせる。

けふよりの袷病衣やきりん草　深川正一郎

黄連雀《きれんじゃく》　秋→連雀《れんじゃく》

木綿《きわた》　秋→草棉《わた》

近火《きんか》　冬→火事《かじ》

銀河《ぎんが》　秋→天の川《あまのがわ》

金柑《きんかん》　秋十月。球形または楕円形の小さな果実を、金色に光らせて熟す。果肉は酸っぱいが、果皮は甘く、香りがよい。

一本の塀のきんかん数しらず　阿波野青畝

家々に金柑実り島日和　杞　未行

銀漢《ぎんかん》　秋→天の川《あまのがわ》

金魚《きんぎょ》　〔三〕　夏七月。観賞用の魚で人工的に交配していろいろな品種が作り出された。

触れ合ひて互に金魚紅ちらし　真下ますじ

末の子の今の悲しみ金魚の死　上野　泰

金魚売《きんぎょうり》　〔三〕　夏七月。大秤棒に金魚の桶を担って町の中を歩く金魚売の姿は、ひと昔前までの夏の風物詩であった。

金魚売買へずに囲む子に優し　吉屋信子

一と声もなく街角に金魚売る　石山佇牛

金魚草《きんぎょそう》《きんぎよさう》　夏六月。夏、茎の頂に筒形の花を総状につける。花弁は唇の形をして、色は紅、白、黄、紫など多い。

日ねもすのつがひの蝶や金魚草　岬　人

金魚玉《きんぎょだま》　〔三〕夏七月。ガラスの円い器に水を満たし、藻を入れて金魚を飼う。これをいう。**金魚鉢**《きんぎょばち》。

金魚玉あるとき割れんばかり赤　加藤華都

一杯に赤くなりつゝ金魚玉　高浜虚子

金魚鉢《きんぎょばち》　夏→金魚玉《きんぎょだま》

金魚藻《きんぎょも》　〔三〕夏七月。一名「ほざきのふさも」という、池や沼に自生し、細長い茎の節ごとに細い葉をつけた藻。金魚鉢などに入れるのでこの名がある。**松藻**《まつも》をも金魚藻と呼ぶ。

金魚藻に金魚孵りしさまも見し　江口竹亭

金魚藻に逆立ちもして遊ぶ魚　高浜年尾

金糸草《きんしそう》　秋→水引の花《みずひきのはな》

金雀《きんじゃく》　秋→鶸《ひわ》

金盞花《きんせんか》《きんせんくわ》　春四月。濃い橙色から薄黄色まで濃淡があり、八重咲きもある。切花用として多く栽培されている。

潮風や島に育てし金盞花　松島正子

銀杏《ぎんなん》　秋十月。いちょうの葉が黄ばむころ、雌の株に黄色に熟す丸い実である。落ちて強い臭気を放つ。中に白くて堅い稜のある種子がある。**銀杏の実**《いてふのみ》。

銀杏の落ちて汚せし石畳　小川凡水

銀杏のあるとき水に落つる音　高浜年尾

金屏《きんびょう》　冬→屏風《びょうぶ》

銀屏《ぎんびょう》　冬→屏風《びょうぶ》

金屏風《きんびょうぶ》　冬→屏風《びょうぶ》

銀屏風《ぎんびょうぶ》　冬→屏風《びょうぶ》

金風《きんぷう》　秋→秋風《あきかぜ》

金鳳華《きんぽうげ》　春四月。茎の高さは五、六〇センチ、花は五弁黄色で、春の日を弾き返す明るい花である。**うまのあしがた**。

黄を金といふ一例や金鳳華　京極杞陽

園児等に野外の時間金鳳華　黒田充女

金木犀《きんもくせい》　秋→木犀《もくせい》

銀木犀《ぎんもくせい》　秋→木犀《もくせい》

金鈴子《きんれいし》　秋→梅檀《せんだん》の実《み》

錦茘枝《きんれいし》　秋→茘枝《れいし》

勤労感謝の日《きんろうかんしゃのひ》《きんらうかんしやのひ》　冬十一月。十一月二十三日。国民の祝日の一つ。**新嘗祭**《にひなめさい》。

学究の徒とし勤労感謝の日　三村純也

寝足りたることに勤労感謝の日　小川竜雄

◎く◎

食積《くいつみ》《くひつみ》　冬一月。食べ物を積んでおくという意味で、正月用として、あらかじめ作った料理を重詰《ちゅうづめ》にしておくこと。

食積の片寄り減りて残るもの　春山他石

喰積にとき〲動く老の箸　高浜虚子

水鶏《くいな》《くひな》　〔三〕夏六月。幾つかの種類があるが、夏の夜、カタカタと聞こえるのは**緋水鶏**《ひくひな》である。水鶏を誘うためその鳴き声に似せて作った**水鶏笛**《くひなぶえ》がある。

帰り来しこゝがふるさと水鶏鳴く　深川正一郎

送られて水鶏月夜を戻りけり　長井伯樹

水鶏の巣《くいなのす》　夏→水鳥の巣《みずとりのす》

水鶏笛《くいなぶえ》　夏→水鶏《くいな》

空海忌《くうかいき》　春→御影供《みえいく》

空也忌《くうやき》　冬十一月。十一月十三日、空也上人の忌日である。天禄三年（九七二）入滅。**空也念仏**《くうやねんぶつ》。

空也忌や死土産なる玉の数珠　素風郎

空也念仏《くうやねんぶつ》　冬→空也忌《くうやき》

クーラー　夏→冷房《れいぼう》

九月《くがつ》《くぐわつ》　秋九月。九月の声を聞くと、大気が澄み爽やかな秋の感じがようやく深くなる。

水音も風の音にも九月かな　副島いみ子

上著ある暮しに戻り九月かな　奥田智久

九月蚊帳《くがつがや》　秋→秋の蚊帳《あきのかや》

茎漬《くきづけ》　〔三〕冬十一月。蕪、大根、高菜、野沢菜などの葉、茎を塩または麹漬としたものをいう。「茎漬く」と動詞にも用いられる。**茎の桶**《くきのをけ》。**茎の石**《くきのいし》。**菜漬**《なづけ》。

茎漬の土間のでこぼこ昔より　石川星水女

手伝ひの来しより漬菜あわたゞし　高浜虚子

茎の石《くきのいし》　冬→茎漬《くきづけ》

茎の桶《くきのおけ》　冬→茎漬《くきづけ》

茎立《くくたち》　春三月。三、四月ごろ大根、蕪《かぶ》、菜類の花茎が高くぬきん出ることをいう。

茎立つて疎まれてゐる鉢一つ　小田尚輝

茎立や命の果をたくましく　稲畑汀子

くぐつ廻し《くぐつまわし》　冬→傀儡師《かいらいし》

傀儡女《くぐつめ》　冬→傀儡師《かいらいし》

枸杞《くこ》　春三月。野原などに自生する低木で、棘がある。若葉を飯に炊きこんで**枸杞飯**《くこめし》とし、また枸杞茶にもする。花は夏開く。**枸杞摘む**《くこつむ》。

ひたすらに枸杞の芽を摘み去に支度　中里其昔

枸杞摘む《くこつむ》　春→枸杞《くこ》

枸杞の実《くこのみ》　秋十月。落葉小低木で、秋、真赤な実が人目を惹く。

枸杞垣の赤き実に住む小家かな　村上鬼城

枸杞の実の透ける赤さに熟れにけり　荒蒔秀子

枸杞飯《くこめし》　春→枸杞《くこ》

草青む《くさあおむ》　春→下萌《したもえ》

草いきれ《くさいきれ》　夏七月。夏の日盛に野や山路などを行くと、烈日に灼かれた草の熱気でむせかえるようである。それをいうのである。

肺熱きまで草いきれしてゐたり　岩岡中正

草いきれまでは刈られずありにけり　稲畑汀子

草市《くさいち》　秋八月。陰暦七月十二日の夜から十三日の朝にかけて（現在は陽暦のところもある）、魂祭に使う蓮の葉、真菰筵、苧殻《おがら》などを売る市で**盆の市**《ぼんのいち》ともいう。

草市の終りし路地の濡れてをり　井尾望東

雑沓の中に草市立つらしき　高浜虚子

草苺《くさいちご》　夏→苺《いちご》

草朧《くさおぼろ》　春→朧《おぼろ》

草芳し《くさかぐわし》　春→春の草《はるのくさ》

草蜉蝣《くさかげろう》《くさかげろふ》 〔三〕 秋九月。形は蜻蛉に似ているが小さく、緑色をしていて、翅は透明で美しい。この虫の卵が「優曇華《うどんげ》」(夏季)。

月に飛び月の色なり草かげろふ　中村草田男

草霞む《くさかすむ》 春→霞《かすみ》

草刈《くさかり》 〔三〕 夏六月。牛馬などの飼料や肥料とするため、野や畦の雑草を刈ること。**朝草刈**《あさくさがり》。**草刈る**《くさかる》。**草刈女**《くさかりめ》。**草刈籠**《くさかりかご》。

笠置いてありしところへ草刈女　深川正一郎

研ぎ減りし草刈鎌のよく切るゝ　公文東梨

草刈籠《くさかりかご》 夏→草刈《くさかり》

草刈女《くさかりめ》 夏→草刈《くさかり》

草刈る《くさかる》 夏→草刈《くさかり》

草枯《くさがれ》 冬→枯草《かれくさ》

臭木の花《くさぎのはな》 秋八月。山野に自生し、大きなものは三メートル以上になる。花は五弁で白い。「常山木」と書くこともあるが、これは「小くさぎ」のことで葉も花も違う。

花のなき頃の貴船の花臭木　松尾いはほ

熔岩の花とし咲ける臭木かな　倉田青雞

臭木の実《くさぎのみ》 秋十月。紺碧色の豌豆ぐらいの丸い実で、一粒一粒の下に紅紫色の蕚が星形についていて人目を惹く。

紫の苞そりかへり常山木《くさぎ》の実　拓　水

草茂る《くさしげる》 〔三〕 夏六月。種類を問わず所を問わず、夏の草が生い茂っているさまをいう。

続々と離農してゆき草茂る　村中千穂子

蕗の葉も老い交りたり草茂る　高浜虚子

草清水《くさしみず》 夏→清水《しみず》

草じらみ《くさじらみ》 秋→藪虱《やぶじらみ》

草相撲《くさずもう》 秋→相撲《すもう》

草摘む《くさつむ》 春→摘草《つみくさ》

草取《くさとり》 〔三〕 夏六月。夏は草が茂りやすいので畑や庭、道路、公園などの雑草は繰りかえし取っては捨てる。**草取女**《くさとりめ》。**草引**《くさひき》。

余すなく引きても草は残るもの　林　直入

草を引く日課のすでに始まれり　小竹由岐子

草取女《くさとりめ》 夏→草取《くさとり》

草の錦《くさのにしき》 秋→草紅葉《くさもみじ》

草の花《くさのはな》　〔三〕　秋九月。昔から木の花は春で、**草花**《くさばな》は秋とされている。**千草の花**《ちぐさのはな》。**草花売**《くさばなうり》。

この辺で待つ約束や草の花　今井つる女
もう用のなき車椅子草の花　稲畑汀子

草の実《くさのみ》　〔三〕　秋十月。秋になると、さまざまの草がそれぞれに実をつける。

風急ぐほどは急がず草の絮　木村享史
実をつけてかなしき程の小草かな　高浜虚子

草の芽《くさのめ》　春三月。春萌え出るいろいろの草の芽をいう。**名草の芽**《なぐさのめ》といえば、とくに名のある草の芽のことである。

甘草の芽のとび〳〵のひとならび　高野素十
たくましき萩の芽立ちの頼らるゝ　稲畑汀子

草の紅葉《くさのもみじ》　秋→草紅葉《くさもみじ》

草花《くさばな》　秋→草の花《くさのはな》

草花売《くさばなうり》　秋→草の花《くさのはな》

草引《くさひき》　夏→草取《くさとり》

草雲雀《くさひばり》　〔三〕　秋九月。体は小さく八ミリくらいだが、声は長く透きとおってフィリリ、フィリリと聞こえる。

草ひばり月にかざして買ひにけり　中村秀好
姿あるものとも覚えず草ひばり　仙石隆子

草笛《くさぶえ》　〔三〕　夏五月。草の葉をとって笛のように鳴らすことをいう。

殿も草笛をもて答へけり　上西左兌子
草笛の子が近づいて遠くにも　稲畑汀子

草木瓜《くさぼけ》　春→樝子の花《しどみのはな》

草干す《くさほす》　夏→干草《ほしくさ》

嚏《くさめ》　〔三〕　冬十二月。「くさめ」「くしゃみ」など発音そのままの名前である。思わぬ大きさのこともあり、風邪の前兆であることもある。

口開けて次の嚏を待てる顔　長尾樟子
つゞけさまにくさめして威儀くづれけり　高浜虚子

草萌《くさもえ》　春→下萌《したもえ》

草餅《くさもち》　〔三〕　春四月。**蓬餅**《よもぎもち》。蓬の代りに母子草を用いる場合もある。**母子餅**《ははこもち》。

搗くうちに草餅色となつて来し　宇川紫鳥
草餅の色の濃ゆきは鄙めきて　高浜年尾

草紅葉《くさもみじ》《くさもみぢ》　秋十月。木の紅葉に対して、秋草の色づいたのをいう。**草の紅葉**《くさのもみぢ》。**草の錦**《くさのにしき》。**蓼紅葉**《たでもみぢ》。

たのしさや草の錦といふ言葉　星野立子
虚子立たれたりしはここら草紅葉　石井とし夫

草矢《くさや》　［三］夏六月。青々した茅草や芒、蘆などの葉を矢の形に割いて、指に挟み空中に飛ばす遊びである。

一斉に草矢放てば草匂ふ　塙　告冬
大空に草矢はなちて恋もなし　高浜虚子

草焼く《くさやく》　春→野焼く《のやく》

草若葉《くさわかば》　春四月。春光に萌え出た草が、晩春になって若々しく伸びたさまを草若葉という。木々の若葉は初夏である。

尾の切れし蜥蜴かくるゝ草若葉　北　浪

串柿《くしがき》　秋→吊し柿《つるしがき》

孔雀草《くじゃくそう》《くじやくさう》　夏六月。高さ六〇センチくらいの細い茎をコスモスのように多数わかち、花芯の周囲を濃い赤褐色で縁どった鮮黄色の三センチほどの目のさめるような美しい花を開く。

日盛の風ありと見し孔雀草　柏崎夢香
蕊の朱が花弁にしみて孔雀草　高浜虚子

鯨《くじら》《くぢら》　［三］冬十二月。海に棲む巨大な哺乳動物で小魚などを捕食する。日本近海にも現れる。**鯨汁**《くぢらじる》。**鯨鍋**《くぢらなべ》。

鯨裂く血の波返す渚かな　津江碧雨
血に染まり夕日に染まり鯨裂く　米倉明司

鯨汁《くじらじる》　冬→鯨《くじら》

鯨鍋《くじらなべ》　冬→鯨《くじら》

葛《くず》　［三］秋九月。蔓は樹木をよじ、地を這って、いくらでも伸び広がる。葉の裏が白いので、風が渡って、いっせいにひるがえる風情は捨てがたい。**葛の葉**《くずのは》。**真葛**《まくず》。**葛かづら**《くずかづら》。**真葛原**《まくずはら》。

葛たるゝ山川こゝに瀬を早み　掛木爽風
風あれば風に縋りて葛の原　稲岡　長

樟落葉《くすおちば》　夏五月。樟の落葉は光沢があって堅い感じがする。

一日の樟の落葉の恐しき　平田寒月
樟の葉の散り初め風と雨の今日　矢野樟坡

葛かづら《くずかずら》　秋→葛《くず》

葛桜《くずざくら》　夏→葛饅頭《くずまんじゅう》

葛晒す《くずさらす》　冬一月。葛粉を採るため、葛の根から澱粉を、寒中の水を使って晒すこと。奈良県の吉野葛が有名。

葛晒す禁裡御用を誇とし　土山紫牛
葛晒すわざ秋月に残りたる　上崎暮潮

国栖奏《くずそう》《くずさう》　春二月。奈良県吉野町南国栖の浄見原《きよみがはら》神社で、陰暦一月十四日に行われる神事。

国栖舞を見に来し我と他に二三　田畑比古
一管の笛国栖奏を司る　舘野翔鶴

薬玉《くすだま》　夏五月。端午の節句に、種々の香料の玉に菖蒲や蓬などを飾り、五色の糸を垂らしたものを柱や床に掛けて、邪気を祓い魔除とした。**長命縷**《ちやうめいる》。

暮し向変ることなく長命縷　中村若沙
薬玉の人うち映えてゆきゝかな　高浜虚子

葛の葉《くずのは》　秋→葛《くず》

葛の花《くずのはな》　秋九月。豆の花に似た紫紅色の花が一五～二〇センチの穂になって咲くが、大きな葉の陰に隠されがちである。

仰ぎみて葛の落花でありしこと　大橋一郎
虚子行きし旧道は荒れ葛咲けり　堤俳一佳

葛掘る《くずほる》　［三］　秋十月。葛の根を掘って干し葛粉を採るのである。九月から二月ごろまで掘る。吉野葛は有名である。

葛掘に吉野古道ほそりつゝ　山下豊水
いでたちは杣にもあらず葛根掘　津川芸無子

屑繭《くずまゆ》　夏→繭《まゆ》

葛饅頭《くずまんじゅう》《くずまんちゆう》　［三］　夏七月。葛粉で皮をつくり、中に餡を入れ桜の青葉で包んだ生菓子である。**葛桜**《くずざくら》ともいう。

パーラーに小座敷ありて葛ざくら　吉井莫生
たゝみ置く葉に楊枝のせくずざくら　下田実花

葛水《くずみず》《くずみつ》　［三］　夏七月。葛湯をさまし冷水でのばしたものである。「葛湯」は冬季。

葛水や顔《かんばせ》青き賀茂の人　渡辺水巴
葛水に松風塵を落すなり　高浜虚子

葛餅《くずもち》　［三］　夏七月。葛粉を練って煮、流し箱に冷やして固めたもの。三角に切り、蜜をかけ黄粉にまぶして食べる。

葛餅や水入らずとはこんなとき　長内ふみを

冷えすぎて葛餅らしくなくなりし　稲畑汀子

葛湯《くずゆ》　〔三〕 冬十二月。葛粉を熱湯でとき、砂糖で甘味をつけた、とろりとした半透明の飲みものである。

癒ゆること信じまゐらす葛湯かな　太田育子

葛湯より浮きしかきもち芳しく　明石たゞを

薬狩《くすりがり》　夏→薬の日《くすりのひ》

薬喰《くすりぐい》《くすりぐひ》　〔三〕 冬十二月。鹿の肉は冬期以外は味がよくない。これを寒中に食えば身体の邪気を払うという。**鹿売**《ろくうり》。

薬食禁酒の枷を解きて酔ひ　服部圭佑

子心や親にすゝむる薬喰　高浜虚子

薬採《くすりとり》　夏→薬の日《くすりのひ》

薬の日《くすりのひ》　夏五月。昔は五月五日を薬の日として、山野で薬草を採ることが行われた。**薬草摘**《やくさうつみ》。**百草摘**《ひやくさうつみ》。**薬狩**《くすりがり》。**薬採**《くすりとり》。

手折るもの根ごと引くもの薬狩　椋　砂東

薬の日法の力に湧き出でて　高浜虚子

薬掘る《くすりほる》　〔三〕 秋十月。茜など野生の薬草の根を掘り採ることである。**薬草採**《やくさうとり》。

阿蘇をわが庭と歩きて薬掘る　阿部小壺

薬掘る人に声かけ道険し　浅井青陽子

崩れ簗《くずれやな》《くづれやな》　秋十月。下り簗の崩れこわれたものである。不用になったまま水流に放置されている簗である。

小屋がけのあともそこらに崩れ簗　福井圭児

常のまゝ利根川流れ崩れ簗　田中暖流

樟若葉《くすわかば》　夏五月。樟は初夏、頂からむくむくと緑の若葉が湧くように生じる。若葉の中でも独特な美しさがある。

色里に神鎮りまし楠若葉　富安風生

若葉して千年と言ふ楠大樹　柴原碧水

下り鮎《くだりあゆ》　秋→落鮎《おちあゆ》

下り簗《くだりやな》　〔三〕 秋十月。秋、川を下る落鮎などを落しこむ仕掛けを下り簗という。「上り簗」は春、「魚《や》簗《な》」は夏。

平らなる水曳き絞り下り簗　三井紀四楼

山川の斯かるところに下り簗　高浜虚子

口切《くちきり》　冬十一月。炉開の日、壺の封を切って初めて新茶を用いる。茶道では大切な儀式とされ、茶席の一切を改める。

口切に来よとゆかりの尼が文　篠塚しげる
口切におろす晴着の躾とる　星野　椿

山梔子《くちなし》　秋十月。長さ三センチくらい、細長く稜のある尖った実で、黄赤色に熟す。染料、薬用に用いられる。

山梔子を乾かしありぬ一筵　夕　芽

山梔子の花《くちなしのはな》　夏六月。香気ある純白の六弁、あるいは八重の花が咲く。蕾のころは花弁を螺旋状に巻いている。

今朝咲きし山梔子の又白きこと　星野立子
山梔子の花青ざめて葉籠れる　木村滄雨

くちなは《くちなわ》　夏→蛇《へび》

轡虫《くつわむし》　[三] 秋九月。螽蟖《きりぎりす》に似ているが、形は大きくガチャガチャと大きな声で鳴く。緑色と褐色とがある。**がちゃ〳〵**。

轡虫昂ぶるばかり津和野の夜　高木石子
ひと眠りしてがちやがちやに覚めてゐし　山崎一角

櫟の実《くぬぎのみ》　秋→団栗《どんぐり》

櫟黄葉《くぬぎもみじ》《くぬぎもみぢ》　秋十月。櫟は落葉高木で、その黄葉は深みのあるやや地味なものである。半緑半黄のときも佳い。

かたくなに櫟は黄葉肯ぜず　竹下しづの女

九年母《くねんぼ》　秋十月。橙の一種で実は柚子くらいの大きさである。非常に香り高く甘酸っぱくて美味。皮も食べられる。

九年母の黄に好もしき見越かな　芹　水

虞美人草《ぐびじんそう》　夏→雛罌粟《ひなげし》

首巻《くびまき》　冬→襟巻《えりまき》

熊《くま》　冬→熊穴に入る《くまあなにいる》

熊穴に入る《くまあなにいる》　冬十二月。熊は十二月の初めごろから穴に入り冬ごもりに入る。**熊**《くま》。**熊の子**《くまのこ》。**熊突**《くまつき》。

仔熊飼ひ営林署員駐在す　三ッ谷謡村
熊罠にかゝりし旗の上りけり　井谷百杉

熊谷草《くまがいそう》《くまがいさう》　春四月。春、二枚の扇形の葉の間から花柄を出し、五、六センチの花をうつむきに開く。袋形の唇弁が目立つ。

お茶花は熊谷草の花一つ　由利妙子

熊谷草を見せよと仰せありしとか　高浜虚子

熊谷笠《くまがやがさ》　夏→編笠《あみがさ》

熊突《くまつき》　冬→熊穴に入る《くまあなにいる》

熊手《くまで》　冬十一月。酉の市で売る商売繁盛の縁起物である。福徳を掻き集めるといい、多く商家で神棚や店に飾られる。

囃されて最も小さき熊手買ふ　山内山彦

大熊手裏は貧しくありにけり　藤松遊子

熊の子《くまのこ》　冬→熊穴に入る《くまあなにいる》

熊蜂《くまばち》　春→蜂《はち》

熊祭《くままつり》　冬十二月。アイヌの年中行事中もっとも盛大な祭で冬季に行われる。子熊を祭の贄として神に奉る。

熊祭酋長どかと主座にあり　工藤いはほ

一の矢も二の矢も花箭熊まつり　長谷草石

茱萸《ぐみ》　秋十月。小さく丸い実が、白いぽつぽつの点をふいて紅く熟す。甘酸っぱくてやや渋い。**あきぐみ。**

茱萸噛めば仄かに渋し開山忌　川端茅舎

茱萸熟るる峡の径は人知れず　稲畑汀子

組上《くみあげ》　夏→起し絵《おこしえ》

蜘蛛《くも》　〔三〕夏六月。種類は多くどれもが糸を出すが、巣を張るとは限らず、また張る巣もそれぞれ形が違う。

風にとぶ軽さを持ちて蜘蛛生れし　井上哲王

若蜘蛛の脚飴色に透きとほり　坂井　建

蜘蛛の囲《くものい》《くものゐ》　〔三〕夏六月。糸を張りめぐらした**蜘蛛の巣**《くものす》のことで、これに昆虫など獲物のかかるのを待つのである。

空に蜘蛛はりつきて囲の紛れけり　谷野黄沙

蜘蛛に生れ網をかけねばならぬかな　高浜虚子

蜘蛛の子《くものこ》　夏六月。蜘蛛の袋が破れると、無数のこまかい子が四方に散って行く。

蜘蛛の子の皆足持ちて散りにけり　富安風生

蜘蛛の子の生れしばかり散り始む　樋口千里

蜘蛛の巣《くものす》　夏→蜘蛛の囲《くものい》

蜘蛛の太鼓《くものたいこ》　夏→袋蜘蛛《ふくろぐも》

雲の峰《くものみね》　［三］　夏七月。夏空の果てに山のごとく入道のごとく、白く濃くむくむくと湧きのぼる雲。**入道雲**《にふだうぐも》。

雲の峰四方に涯なき印度洋　山本暁鐘

ぐん〱と伸び行く雲の峰のあり　高浜虚子

海月《くらげ》　［三］　夏七月。寒天質でぶよぶよしており、傘を開閉するような格好で泳ぐ。**水母**《くらげ》。

出航に暫し間のあり海月みる　平尾圭太

潮に来る海月の縞の焦茶色　高浜年尾

水母《くらげ》　夏→海月《くらげ》

グラジオラス　夏六月。剣状の葉の間から花茎が伸びて漏斗形の花が穂状に、下からだんだん咲きのぼって行く。色は、紅、淡紅、白、黄などさまざま。**唐菖蒲**《たうしやうぶ》。

いけかへてグラヂオラスの真赤かな　松葉女

お見舞のグラジオラスもうつろひし　鳴沢富女

競べ馬《くらべうま》　夏→競馬《けいば》

鞍馬の竹伐《くらまのたけきり》　夏六月。六月二十日、京都洛北鞍馬寺で蓮華会《れんげゑ》を行うときの竹伐の行事である。**竹伐**《たけきり》。**鞍馬蓮華会**《くらまのれんげゑ》。

竹伐や錦につゝむ山刀　鈴鹿野風呂

竹伐の法師や稚児に従ひて　田中王城

鞍馬火祭《くらまのひまつり》　秋→火祭《ひまつり》

鞍馬蓮華会《くらまのれんげゑ》　夏→鞍馬の竹伐《くらまのたけきり》

栗《くり》　秋十月。**丹波栗**《たんばぐり》。**山栗**《やまぐり》。**柴栗**《しばぐり》。**ささ栗**《ささぐり》。**毬栗**《いがぐり》。**落栗**《おちぐり》。**栗拾**《くりひろひ》。**焼栗**《やきぐり》。**栗山**《くりやま》。**栗林**《くりばやし》。**栗飯**《くりめし》。

嫁が炊く栗多すぎし栗御飯　川瀬向子

栗剝げと出されし庖丁大きけれ　高浜虚子

クリスマス　冬十二月。十二月二十五日。クリスマス・イブ（聖夜）から各教会でキリスト誕生の儀式があり、クリスマス・ツリー（聖樹）が飾られる。**降誕祭**《かうたんさい》。**聖誕節**《せいたんせつ》。

神の闇深々とあり聖夜ミサ　岩岡中正

クリスマスとは静けさの中にこそ　稲畑汀子

栗の花《くりのはな》　夏六月。栗は六月ごろ、黄白色の長さ一〇～二〇センチほどの穂状の小花をつけ、独特の臭気を放つ。

栗の花こゝだ散り敷きわが住める　片岡奈王

風のあるところ香のあり栗の花　稲畑汀子

栗林《くりばやし》　秋→栗《くり》

栗拾《くりひろい》　秋→栗《くり》
栗名月《くりめいげつ》　秋→後の月《のちのつき》
栗飯《くりめし》　秋→栗《くり》
栗山《くりやま》　秋→栗《くり》
狂ひ咲《くるいざき》　冬→帰り花《かえりばな》
狂ひ花《くるいばな》　冬→帰り花《かえりばな》
来る雁《くるかり》　秋→雁《かり》
車百合《くるまゆり》　夏→百合《ゆり》

胡桃《くるみ》　秋十月。ふつう鬼胡桃をいう。夏季、青々とした実をつけ、秋の深まりとともに黄色くなる。

胡桃割つて文書く文字のぎこちなく　　大橋敦子
胡桃割り呉るゝ女に幸あれと　　高浜虚子

暮遅し《くれおそし》　春→日永《ひなが》
暮かぬる《くれかぬる》　春→日永《ひなが》

暮の秋《くれのあき》　秋十月。秋の末ごろをいう。**晩秋**《ばんしゅう》は、初秋、仲秋に対して三秋の終わりの月にも使われる。

帰り来て父母なき山河暮の秋　　佐藤慈童
能すみし面の衰へ暮の秋　　高浜虚子

暮の春《くれのはる》　春四月。**暮春**《ぼしゅん》のことである。「春の暮」というと、春の日の夕暮になる。

紫に箱根連山暮の春　　河野美奇
旅せんと思ひし春もくれにけり　　高浜虚子

暮早し《くれはやし》　冬→短日《たんじつ》
クローバ　春→苜蓿《うまごやし》

黒鯛《くろだい》《くろだひ》　［三］　夏六月。大きさは四〇センチくらいで、黒みがかった銀色をしている。関西では**茅海**《ちぬ》という。**黒鯛**《ちぬ》。**ちぬ釣**《ちぬつり》。

黒鯛釣ると聞けば少々遠くとも　　小川竜雄
水揚げのちぬ跳ね秤定まらず　　宇山久志

クロッカス　春二月。葉は細く、早春、葉の間に白、黄、紫などの花をつける。**泊夫藍の花**《さふらんのはな》は同属である。

土覚めてをりクロッカス花かゝぐ　　高橋笛美
クロッカス地に花置きし如くなり　　高浜年尾

黒南風《くろはえ》　夏六月。梅雨に入るころ吹く南風は空が暗くなるので黒南風という。また、梅雨が明けるころは南風が吹いて空が明るくなるので**白南風**《しらはえ》という。

黒南風の裏磐梯は荒々し　猿渡青雨
白南風の雲の切れゆく迅さ見し　稲畑汀子

黒穂《くろほ》　夏五月。黄熟した麦畑の中にまれにまっ黒な穂の出ていることがある。**黒ん坊**《くろんぼう》、**麦の黒んぼ**《むぎのくろんぼ》という病穂である。

黒穂抜く火山灰のいたみもさりながら　泊　喜雨
黒穂出て村八分とは悲しけれ　星野　椿

黒菜《くろめ》　夏→荒布《あらめ》

黒菜刈る《くろめかる》　夏→荒布《あらめ》

黒百合《くろゆり》　夏→百合《ゆり》

黒ん坊《くろんぼう》　夏→黒穂《くろほ》

桑《くわ》《くは》　春四月。養蚕用の桑畑の桑は低く仕立てるが、山野に自生する桑は丈が高く、どちらも春、若葉を出す。

岐れゆく日光線や桑の中　伊藤柏翠
岐れ道いくつもありて桑の道　高浜虚子

慈姑《くわい》《くわゐ》　春三月。野生もあるが、多くは地下茎を食用にするために、水田で栽培されて来た。**壬生慈姑**《みぶくわゐ》。**慈姑掘る**《くわゐほる》。花慈姑は「沢瀉」（夏季）の花の別名。

掘り出せる泥の塊なる慈姑　山地国夫
ほろにがき慈姑ほくほくほくほくと　川端紀美子

慈姑掘る《くわいほる》　春→慈姑《くわい》

桑植う《くわうう》《くはうう》　春三月。桑の苗木を植えこむことで、深く畝《うね》を掘り下げて肥やしを施し、株間をおいて桑苗を移植する。

のばせどもちゞむ細根や桑植うる　桜井土音
売る畑ときまりてをりて桑を植う　鈴木健一

桑籠《くわかご》　春→桑摘《くわつみ》

桑括る《くわくくる》　冬→枯桑《かれくわ》

桑車《くわぐるま》　春→桑摘《くわつみ》

桑摘《くわつみ》《くはつみ》　春四月。蚕に若葉を与えるために桑を摘む。蚕が成長するにしたがって大きな葉を与える。**桑籠**《くはかご》。**桑車**《くはぐるま》。

朝早しみな桑負うて行き会へる　及川仙石
嫗とも思へぬ力桑しごく　山田不染

桑解く《くわとく》　春→桑の芽《くわのめ》

桑の花《くわのはな》《くはのはな》　春四月。桑は若葉とともにうす緑の小さな花を穂のようにつける。雌花と雄花はふつう別の株につく。

桑の花奥に大きな藁屋あり　石井とし夫
近道を迷はず抜けて桑の花　稲畑汀子

桑の実《くわのみ》《くはのみ》　夏六月。木苺に似た実で、熟すると赤色から紫がかった黒になり、甘酸っぱい。

桑の実の落ちてにじみぬ石の上　佐藤漾人
桑の実や父を従へ村娘　高浜虚子

桑の芽《くわのめ》《くはのめ》　春三月。**桑解く**《くはとく》は、その芽が出る前に、冬の間くくっておいた桑の枝を解くこと。

桑の芽は太り田畑に人も殖え　斎藤俳小星
縄ぼこり立ちて消えつゝ桑ほどく　高浜虚子

鍬始《くわはじめ》《くははじめ》　冬一月。幣束を立てるなどして浄めた田畑にひと鍬ふた鍬当てて使い始めることをいう。**農始**《のうはじめ》。**鋤始**《すきはじめ》。

アメリカの若き大地に鍬始　本田楓月
手の荒れて鳴らぬ拍手鍬始　杉崎句入道

君子蘭《くんしらん》　春二月。剣状の逞しい葉の間から伸びた花茎に、橙黄色の花が総状に集まって咲く。

壁炉焚く診療室の君子蘭　佐々木あきら
朱の色に好き嫌ひあり君子蘭　稲畑汀子

薫風《くんぷう》　夏→風薫る《かぜかおる》

◎け◎

夏明《げあき》　秋→解夏《げげ》

稽古始《けいこはじめ》　冬一月。新年初めて武道、音曲、生花などの稽古を始めること。**初稽古**《はつげいこ》。

先生に稽古始の一手合　傘　子
初稽古音色洩れくるめでたさよ　稲畑汀子

迎春花《げいしゅんか》　春→黄梅《おうばい》

迎接会《げいせつえ》　夏→練供養《ねりくよう》

軽暖《けいだん》　夏→薄暑《はくしょ》

啓蟄《けいちつ》　春三月。土中に冬眠していた虫が春暖の候になって穴を出て来ること。暦の上の啓蟄は三月五日ごろ。**地虫穴を出づ**《ちむしあなをいづ》。**地虫出づ**《ちむしいづ》。**蟻穴を出づ**《ありあなをいづ》。**地虫**《ちむし》。

塊に地虫はまろぶことありて　高浜年尾
啓蟄の地の面濡らして雨一と日　稲畑汀子

競渡《けいと》　夏六月。ふつう**ペーロン**と呼んで、長崎で古く江戸時代から行われてきた行事である。三十六人乗の舟に幟を立て、銅鑼《どら》や太鼓で囃しながら競漕する。現在では、七月から八月にかけて、市や県主催で行われている。

ペーロンの果てし入江の潮匂ふ　徳沢南風子

毛糸編む《けいとあむ》　[三]　冬十二月。毛糸編むといえば、編み棒で毛糸玉をくるくると回しながら編んでいる女性の姿を思い浮かべる。

身籠れる指美しく毛糸あむ　小島左京
毛糸編む母の心の生れつゝ　稲畑汀子

鶏頭《けいとう》　[三]　秋九月。花の色や形が鶏のとさかに似ているのでこの名がある。**鶏頭花**《けいとうくわ》。

鶏頭のうしろまでよく掃かれあり　高浜虚子
鶏頭のなくてはならぬ今日の供華　稲畑汀子

鶏頭花《けいとうか》　秋→鶏頭《けいとう》
鶏頭蒔く《けいとうまく》　春→花種蒔く《はなだねまく》

競馬《けいば》　[三]　夏六月。平安時代以来の神事、**賀茂競馬**《かもけいば》、**競べ馬**《くらべうま》は、陰暦五月五日、京都上賀茂神社前の馬場で行われた。現在も古式にのっとり陽暦の五月五日に**足揃へ**《あしぞろへ》が行われている。しかし今日、競馬といえば、ふつう**ダービー**などの競馬レースをいうことが多い。**勝馬**《かちうま》。**負馬**《まけうま》。

鞍壺に昔男や競べ馬　内貴白羊
矢来して神の座のあり競べ馬　大野甲二

黄独《けいも》　秋→何首烏芋《かしゅういも》
夏入《げいり》　夏→安居《あんご》

敬老の日《けいろうのひ》《けいらうのひ》　秋九月。九月第三月曜日。昭和四十一年（一九六六）に国民の祝日として制定された。

敬老の日とて灸を据ゑ呉るゝ　小畑一天
としよりの日をわがこととして迎ふ　前内木耳

夏書《げがき》　[三]　夏五月。安居の間、俗家でもまた経文を書き写し、あるいは読誦する。これを夏書または**夏経**《げぎやう》という。

青墨の香の芳しき夏書かな　井桁敏子

吐く息もおろそかならず夏書かな　谷口和子

夏書納《げがきおさめ》　秋→解夏《げげ》

毛蟹《けがに》　冬→ずわい蟹《ずわいがに》

毛皮《けがわ》《けがは》　〔三〕　冬十二月。毛のついたままの獣類の皮で、防寒用として外套にしたり、襟に巻いたり敷物としたりする。**毛皮売**《けがはうり》。

毛皮著て人には見えぬふしあはせ　堀　恭子

買ふことに決めし毛皮や吾れのもの　稲畑汀子

毛皮売《けがわうり》　冬→毛皮《けがわ》

夏行《げぎょう》　夏→安居《あんご》

夏経《げぎょう》　夏→夏書《げがき》

解夏《げげ》　秋八月。陰暦七月十六日、一夏九旬の安居《あんご》を解くことで、**夏明**《げあき》ともいう。**夏書納**《げがきをさめ》。**送行**《そうあん》。「安居」（夏）参照。

一山を揺るがし解夏の法鼓鳴る　吉富無韻

送行の笠の紐の緒かたく結ふ　辻本青塔

五形花《げげばな》　春→紫雲英《げんげ》

夏籠《げごもり》　夏→安居《あんご》

毛衣《けごろも》　〔三〕　冬十二月。毛皮でつくった防寒服で、上衣やジャンパーや外套などに仕立てられている。**裘**《かはごろも》。

職替へて増ゆる外出や裘　山岡正典

ダンサーの裸の上の裘　高浜虚子

今朝の秋《けさのあき》　秋→立秋《りっしゅう》

今朝の春《けさのはる》　冬→新年《しんねん》

今朝の冬《けさのふゆ》　冬→立冬《りっとう》

夏至《げし》　夏六月。六月二十二日ごろにあたり、この日、北半球では太陽がもっとも高く、日中の時間がいちばん長い。

天日を仰ぐことなく夏至も過ぐ　稲岡　長

夏至夕べもう一仕事出来さうな　河野美奇

蚰蜒《げじげじ》《げぢげぢ》　〔三〕　夏六月。百足虫《むかで》に似た二センチくらいの虫。小虫を捕食する益虫であるが、姿といい名前といい、人に嫌われる。

げぢ〳〵の足をこぼして逃げにけり　本田あふひ

蚰蜒を打てば屑々になりにけり　高浜虚子

消炭《けしずみ》　[三]　冬十二月。熾《おき》を火消壺に入れておくと自然に火が消えて消炭になる。また水をかけて大量に作ることもある。

消炭の軽さをはさむ火箸かな　吉田三角

消炭のすぐおこりたつ淋しさよ　高浜虚子

芥子の花《けしのはな》　夏→罌粟の花《けしのはな》

罌粟の花《けしのはな》　夏五月。茎はしっかり直立し、薄い四片の花びらは優美で散りやすい。**芥子の花**《けしのはな》。**白罌粟**《しろげし》。**罌粟畑**《けしばたけ》。

罌粟咲けばまぬがれがたく病みにけり　松本たかし

そよぐ髪吾子も少女や芥子の花　稲岡　長

我心或時軽し芥子の花　高浜虚子

罌粟畑《けしばたけ》　夏→罌粟の花《けしのはな》

罌粟坊主《けしぼうず》《けしばうず》　夏五月。罌粟の花の散ったあと球形の実がなる。初め青く、のち黄熟する。

花散りてうなづく芥子の坊主かな　高浜虚子

今日咲いて今日散る芥子の坊主かな　稲畑汀子

芥子若葉《けしわかば》　春→罌粟若葉《けしわかば》

罌粟若葉《けしわかば》　春四月。三〇〜六〇センチくらいの茎がまっすぐ伸び、葉は卵形、長楕円形、線状などさまざま。**芥子若葉**《けしわかば》。

城内は薬草園や罌粟若葉　今井千鶴子

雨の中淡きみどりや罌粟若葉　川口咲子

削掛《けずりかけ》　冬→白朮詣《おけらまいり》

懸想文《けそうぶみ》《けさうぶみ》　冬一月。江戸時代、正月に売った艶書の体裁にした結び文のこと。梅の枝などに結んで売り歩いたという。

懸想文簞笥にしまひ置くことに　福井圭児

もとよりも恋は曲《くせ》もの懸想文　高浜虚子

夏断《げだち》　夏→安居《あんご》

月下美人《げっかびじん》　夏七月。メキシコ原産の「くじゃくさぼてん」の一種。夏の夜、二〇センチくらいの大きく白い花を徐々にひらく。美しく香りも高い。**女王花**《ぢよわうくわ》。

花開く力に月下美人揺れ　藤本三楽

咲くための吐息香となる女王花　稲畑汀子

結夏《けつげ》　夏→安居《あんご》

結制《けっせい》　夏→安居《あんご》

ケット　冬→毛布《もうふ》
夏勤《げつとめ》　夏→安居《あんご》
月明《げつめい》　秋→月《つき》

夏花《げばな》　〔三〕夏五月。仏家が安居《あんご》を行うとき、俗家でもまた、花（樒《しきみ》）を供えて、祖先や有縁無縁の諸仏を供養する。**夏花摘**《げばなつみ》。

かりそめに手折りしものを夏花とす　大森積翠
或時は谷深く折る夏花かな　高浜虚子

夏花摘《げばなつみ》　夏→夏花《げばな》
毛帽子《けぼうし》　冬→冬帽《ふゆぼう》

華鬘草《けまんそう》《けまんさう》　春四月。晩春、淡紅色の花が茎を傾けて総状に咲く。花の形が仏前の飾りの華鬘に似ているのでこの名がある。

吉野路ゆ句帖に栞るけまん草　柴原保佳
持ち帰りゐしは吉野の華鬘草　稲畑広太郎

毛見《けみ》　秋十月。江戸時代、その年の年貢高を定めるため、役人が稲田の出来を、立毛《たちげ》（まだ刈り取らぬ前の稲）によって検分して回った。これを毛見または**検見**《けんみ》といった。**毛見の衆**《けみのしゅう》。

豊年の毛見とて歩くだけのこと　馬場新樹路
揉めてゐる毛見の評定つゝ抜けに　森　林王

毛見の衆《けみのしゅう》　秋→毛見《けみ》

毛虫《けむし》　〔三〕夏七月。蝶や蛾の幼虫で全身毛で覆われている。害虫で、竿の先に火を燃やし、焼き払ったりする。**毛虫焼く**《けむしやく》。

薄々と繭を営む毛虫かな　高浜虚子
毛虫這ふピンポン台に負けてをり　稲畑汀子

毛虫焼く《けむしやく》　夏→毛虫《けむし》
毛桃《けもも》　秋→桃《もも》

螻蛄《けら》　〔三〕夏六月。蟋蟀《こおろぎ》に似た黒褐色の三センチくらいの虫で、湿った土中に棲む。「螻蛄鳴く」は秋季。

ゆき渡る田水に螻蛄の泳ぎ出づ　五藤俳子
虫螻蛄と侮られつゝ生を享く　高浜虚子

螻蛄鳴く《けらなく》　〔三〕秋九月。三センチくらい、蟋蟀《こおろぎ》に似て形悪く泥色の虫で、湿った土中に棲み、雄がジーッと単調に鳴く。

盲人に空耳はなく螻蛄鳴けり　三島牟礼矢

厳寒《げんかん》　冬一月。**酷寒**《こくかん》ともいい、冬の厳しい寒さである。**厳冬**《げんとう》は寒さの厳しい冬のこと。

厳寒や事と戦ふ身の力　池内たけし

厳といふ字寒といふ字を身にひたと　高浜虚子

牽牛《けんぎゅう》　秋→星祭《ほしまつり》

牽牛花《けんぎゅうか》　秋→朝顔《あさがお》

紫雲英《げんげ》　［三］春三月。耕す前の田の面いっぱいに、紅紫色の花が揺れている。**五形花《げげばな》**。**げんげん**。**蓮華草《れんげそう》**。

紫雲英田の起されてゆく色変り　植地芳煌

秋篠はげんげの畦に仏かな　高浜虚子

紫雲英蒔く《げんげまく》　秋十月。田の肥料となる紫雲英の種子を蒔くことをいう。

紫雲英蒔くときの花咲爺めく　覚正たけし

げんげん　春→紫雲英《げんげ》

建国記念の日《けんこくきねんのひ》　春二月。二月十一日。戦前は「紀元節《きげんせつ》」といった。国民の祝日。**建国記念日《けんこくきねんび》**。**紀元節**。

いと長き神の御名や紀元節　池上浩山人

門の雪切りひらきたる紀元節　遠藤梧逸

建国記念日《けんこくきねんび》　春→建国記念の日《けんこくきねんのひ》

源五郎《げんごろう》《げんごらう》　［三］夏六月。楕円形、黒褐色の光沢ある三センチくらいの虫である。夏の池、沼、水田などにはたいがいいる。

およぎくる水あさくなるげんごらう　山岡三重史

水口に遊べるものは源五郎　深川正一郎

源氏蛍《げんじぼたる》　夏→蛍《ほたる》

玄猪《げんちょ》　冬→亥の子《いのこ》

巻繊汁《けんちんじる》　［三］冬十二月。巻繊を実にした醬油仕立ての汁。巻繊とは豆腐、麻の実と牛蒡などを千切りにして油でいためたもの。

けんちんの熱きが今日のもてなしと　原千代子

少し手をかけてけんちん汁となる　稲畑汀子

厳冬《げんとう》　冬→厳寒《げんかん》

げんのしょうこ　夏五月。山野に自生する多年草で、夏、五弁で梅の花に似た白や紅紫の花を開く。薬草として知られている。**みこしぐさ**。

火山灰汚れげんのしょうこの花にさへ　西村　数

うちかゞみげんのしようこの花を見る　高浜虚子

原爆忌《げんばくき》　夏七月。昭和二十年八月六日広島、九日長崎に投下された原子爆弾によって、多くの人々の命が失われた忌日。

三日目も燃えゐし記憶原爆忌　宇川紫鳥

持ち古りし被爆者手帳原爆忌　竹下陶子

源平桃《げんぺいもも》　春→桃の花《もものはな》

憲法記念日《けんぽうきねんび》《けんぱふきねんび》　春四月。五月三日、国民の祝日の一つである。

法学徒たりて憲法記念の日　坂井　建

東京に滞在憲法記念の日　稲畑汀子

検見《けんみ》　秋→毛見《けみ》

◎こ◎

小鮎《こあゆ》　春→若鮎《わかあゆ》

後安居《ごあんご》　夏→安居《あんご》

恋猫《こいねこ》　春→猫の恋《ねこのこい》

鯉幟《こいのぼり》《こひのぼり》　夏五月。鯉をかたどった幟で、最近では外幟にもっとも多く用いられている。五月鯉《さつきごひ》。

産衣干す家の大きな鯉幟　嶋田摩耶子

風吹けば来るや隣の鯉幟　高浜虚子

子芋《こいも》　秋→芋《いも》

耕牛《こうぎゅう》　春→耕《たがやし》

黄沙《こうさ》　春→霾《つちふる》

柑子《こうじ》《かうじ》　秋十月。俗に「こうじみかん」という。橘の栽培種で、蜜柑より小さくまん丸で、熟れると濃い黄色となる。

仏壇の柑子を落す鼠かな　正岡子規

柑子の花《こうじのはな》　夏→花橘《はなたちばな》

香薷散《こうじゅさん》《かうじゆさん》　夏七月。香薷《こうじゅ》、厚朴《こうぼく》、陳皮《ちんぴ》、茯苓《ぶくりょう》、甘草《かんぞう》を調剤した漢方の散薬で、暑気払いに用いる。

黄塵を来し帯といて香薷散　清原枴童

何くれと母が思や香薷散　高浜虚子

紅蜀葵《こうしょっき》《こうしよくき》　夏七月。晩夏のころ、雄蕊の長い鮮紅色で五片の大きな一日花を横向きに開く。**もみぢあふひ**。

夜降つて朝上がる雨紅蜀葵　河合正子

汝が為に鋏むや庭の紅蜀葵　高浜虚子

黄塵《こうじん》　春→霾《つちふる》

耕人《こうじん》　春→耕《たがやし》

香水《こうすい》《かうすゐ》　〔三〕夏七月。夏は汗などのにおいが強くなるので身だしなみとして使うことが多い。

香水ののこり香ほのと袖だたみ　高林三代女

香水をつけねば唯の女かな　小田尚輝

楮蒸す《こうぞむす》《かうぞむす》　〔三〕冬十二月。楮の落葉した樹枝を刈り取ってきて、括って束にし、大釜で蒸すこと。皮が和紙の粗原料となる。

楮晒す岩に打ちつけ〳〵て　田畑比古

楮蒸す年月古りし外竈　山川喜八

降誕祭《こうたんさい》　冬→クリスマス

がうな《ごうな》　春→寄居虫《やどかり》

耕馬《こうば》　春→耕《たがやし》

紅梅《こうばい》　春二月。花の色によって白梅と呼び分けられている。白梅より花期が少し遅く、咲く期間も長いようである。

紅梅や五線紙にかく音生れ　池内友次郎

紅梅の紅の通へる幹ならん　高浜虚子

河骨《こうほね》《かうほね》　夏六月。池沼や小川の浅いところに生える水草。花は黄色く五弁で、水の上にぬきんでて咲く。**かはほね**。

河骨の咲けば明るき雨となる　川口咲子

河骨の葉の抽んでて乾きをり　高浜年尾

仔馬《こうま》　〔三〕春四月。肢の長さの目立つ仔馬が、親馬にくっついて春の野を歩く姿はほほえましい。**孕馬**《はらみうま》。

草を食みをりし仔馬の乳を呑む　新田充穂

馬の子に牧夫は父のごとをりし　高橋笛美

小梅《こうめ》　夏→実梅《みうめ》

蝙蝠《こうもり》《かうもり》　〔三〕夏六月。顔かたちは鼠に似て全身黒灰色、四肢の中の前肢二本は長く、その指の間に広い翅のような膜があり、黄昏どきに飛ぶ。**蚊食鳥**《かくひどり》。**かはほり**。

汽車著いて蝙蝠とべる暗き町　富田巨鹿
蝙蝠はかは誰どきの道化者　高浜年尾

高野豆腐《こうやどうふ》　冬→氷豆腐《こおりどうふ》

高野聖《こうやひじり》　夏→田亀《たがめ》

高　粱《こうりゃん》　秋→高黍《たかきび》

コート　［三］冬十二月。女性の和服の上に羽織る防寒着である。洋装用の種々のコートとは違う。**東コート**《あづまこーと》。

壁に吊るコートも疲れたる姿　三村純也
コート脱ぎ現れいづる晴著かな　高浜虚子

珈琲の花《コーヒーのはな》　［三］春四月。アフリカ原産。花は白色で香気があり、花期は長い。

買物の女も駄馬や花珈琲　目黒はるえ
鄙びつゝわが娘育つや花珈琲　佐藤念腹

氷《こおり》《こほり》　［三］冬一月。**厚氷**《あつごほり》。**氷面鏡**《ひもかがみ》というのは氷の表面が鏡のように見えるのをいう。「氷紋」は窓硝子に凍りついた氷の紋様。

氷紋の又出来て来て今日暮るゝ　上野章子
星の数ふえつゝ暗き氷湖かな　浜井武之助

氷小豆《こおりあずき》　夏→氷水《こおりみず》

氷　苺《こおりいちご》　夏→氷水《こおりみず》

氷　売《こおりうり》　夏→氷水《こおりみず》

氷菓子《こおりがし》　夏→アイスクリーム

氷蒟蒻《こおりごんにゃく》《こほりごんにやく》　冬一月。煮えた蒟蒻を適当な大きさに切り、厳寒に晒《さら》したものである。古くからある保存食品の一つ。

峡の夜の星に蒟蒻凍りゆく　今井千鶴子
戻したる氷蒟蒻薄味に　稲畑汀子

氷滑り《こおりすべり》　冬→スケート

氷豆腐《こおりどうふ》《こほりどうふ》　冬一月。寒夜、豆腐を凍らせ干したもの。**寒豆腐**《かんどうふ》。**凍豆腐**《しみどうふ》。**高野豆腐**《こうやどうふ》。

天井に吊したのしみしみ豆腐　星野立子
月に吊り日に外しけり凍豆腐　高浜虚子

氷解く《こおりとく》　春→氷解《こおりどけ》

氷解《こおりどけ》《こほりどけ》　春二月。**解氷**《かいひよう》。**氷解く**《こほりとく》。**浮氷**《うきごほり》。

解氷の靄のわきたつ網走市　原　一穂
風の湖解氷きしむ音止まず　木暮つとむ

氷　柱《こおりばしら》　夏→花氷《はなごおり》

氷水《こおりみず》《こほりみづ》　[三]　夏七月。**かき氷**《かきごほり》ともいう。**氷苺**《こほりいちご》。**氷レモン**《こほりれもん》。**氷小豆**《こほりあづき》。**氷店**《こほりみせ》。**夏氷**《なつごほり》。**氷売**《こほりうり》。

氷店出て来るところ見られけり　下村梅子

禅寺の前に一軒氷店　高浜虚子

氷店《こおりみせ》　夏→氷水《こおりみず》

氷餅《こおりもち》《こほりもち》　[三]　夏七月。凍らした切餅を乾燥し蓄えておき、夏焼いたりして食べるもの。寒気の厳しい地方で造られる。

氷餅反らざる四角なかりけり　柴原保佳

アルプスの風の晒しし氷餅　手塚基子

氷レモン《こおりれもん》　夏→氷水《こおりみず》

凍る《こおる》《こほる》　[三]　冬一月。実際に凍らなくても、気分の上で凍る感じにも使う。たとえば「凍月」など。**冱てる**《いてる》。**凍土**《いてつち》。

凍港や旧露の街はありとのみ　山口誓子

穴釣す暁けの凍湖を渡り来て　松尾緑富

渤海の凍てし渚の忘れ汐　高浜年尾

蟋蟀《こおろぎ》《こほろぎ》　[三]　秋九月。たいへん種類が多いが大形と小形とがあり、体は黒茶色で艶がある。昔は「きりぎりす」と混同されていた。**ちちろ虫**《ちちろむし》。**つづれさせ**。

こほろぎの疲れもみせず明けにけり　梅山香子

鳴き止むといふことのなくつづれさせ　稲畑汀子

蚕飼《こがい》　春→蚕《かいこ》

五月《ごがつ》《ごぐわつ》　夏五月。新緑のすがすがしい初夏である。

わけもなく隅田川好き五月好き　成瀬正とし

森いつも何かこぼしてゐる五月　岩岡中正

五月人形《ごがつにんぎょう》　夏→武者人形《むしゃにんぎょう》

五月幟《ごがつのぼり》　夏→幟《のぼり》

五月場所《ごがつばしょ》　夏→夏場所《なつばしょ》

金亀子《こがねむし》　[三]　夏七月。三センチくらいで、ふつうは金緑色をしているが、種類が多い。**金亀虫**《こがねむし》。**かなぶん**。**ぶんぶん**。**ぶん虫**《ぶんむし》。

通夜の灯に来てはぶつかり金亀子　栗賀風因

金亀子擲つ闇の深さかな　高浜虚子

金亀虫《こがねむし》　夏→金亀子《こがねむし》

子蟷螂《こかまきり》　夏→蟷螂生る《とうろううまる》

小雀《こがら》　〔三〕秋十月。四十雀に似て、それよりも小さい。頭の上から頸のうしろまで黒いので見分けがつく。**こがらめ**。

小雀鳴きつゞけ木うつり法の庭　　高浜年尾

木枯《こがらし》　冬→凩《こがらし》

凩《こがらし》　冬十一月。冬の初めに吹く強い風で、たちまち木の葉を吹き落とし枯木にしてしまう。木嵐の転訛ともいう。**木枯**《こがらし》。

凩が吹き寄せし人バスを待つ　　嶋田摩耶子

凩の吹き抜けし朝晴れ渡り　　稲畑汀子

子烏《こがらす》　夏→烏の子《からすのこ》

こがらめ　秋→小雀《こがら》

胡鬼板《こぎいた》　冬→羽子板《はごいた》

小菊《こぎく》　秋→菊《きく》

胡鬼の子《こぎのこ》　冬→追羽子《おいばね》

ごきぶり　夏→油虫《あぶらむし》

極月《ごくげつ》　冬十二月。陰暦十二月の異称であるが、年の極まる月という意味で、陽暦にもその感じをもって使われる。

商ひに極月といふ勝負月　　辻本斐山

極月に得し好日を如何せん　　深川正一郎

極暑《ごくしょ》　夏七月。夏のもっとも暑い日々のこと。暦の上の**大暑**《たいしょ》は、七月の二十三、四日にあたる。**三伏**《さんぷく》というのは「夏至」のあと、第三の庚《かのえ》の日を初伏、第四の庚の日を仲伏、立秋後の第一の庚の日を末伏といい、これらの総称。

蓋あけし如く極暑の来りけり　　星野立子

自らを恃みて耐ふる大暑かな　　景山筍吉

穀象《こくぞう》《こくざう》　〔三〕夏五月。穀類につく二、三ミリくらいの害虫。黒褐色で米にいちばんつきやすく、形が象に似ている。

穀象の浮きながれゆく米を磨ぐ　　渡部余令子

篩はれて穀象あてどなく歩く　　山田千恵女

苔清水《こけしみず》　夏→清水《しみず》

苔の花《こけのはな》　夏六月。苔は梅雨のころ、その緑を増し、淡い紫や白の胞子を入れた子嚢《しのう》をあげる。これを俗に苔の花といっている。**花苔**《はなごけ》。

祇王寺は竹の奥なる苔の花　　武原はん女

水打てば沈むが如し苔の花　　高浜虚子

小米桜《こごめざくら》　春→雪柳《ゆきやなぎ》

小米花《こごめばな》　春→雪柳《ゆきやなぎ》

小米雪《こごめゆき》　冬→雪《ゆき》

凝鮒《こごりぶな》　冬→煮凝《にこごり》

子鹿《こじか》　夏→鹿の子《かのこ》

小鹿《こじか》　秋→鹿《しか》

木下闇《こしたやみ》　［三］夏六月。木々の茂りのため、日光がさえぎられた樹下のほの暗いさまをいう。昼なお暗い。**下闇**《したやみ》。

楓林のつくる下闇暗からず　片岡片々子

木々の根の左右より迫る木下闇　高浜虚子

蚕室《こしつ》　春→蚕《かいこ》

腰蒲団《こしぶとん》　冬→負真綿《おいまわた》

古酒《こしゅ》　秋十月。新酒が出て、まだ残っている去年の酒のことを古酒という。

古酒の壺筵にとんと置き据ゑぬ　佐藤念腹

牛曳いて四山の秋や古酒の酔　飯田蛇笏

小正月《こしょうがつ》《こしやうぐわつ》　冬一月。元日を大正月というのに対し一月十五日を小正月と呼ぶ。**女正月**《をんなしやうぐわつ》。**女正月**《めしやうぐわつ》。

誰も来よ今日小正月よく晴れし　星野立子

女正月祝ひ引越はじまりぬ　稲畑汀子

御正忌《ごしょうき》　冬→報恩講《ほうおんこう》

午睡《ごすい》　夏→昼寝《ひるね》

子雀《こすずめ》　春→雀の子《すずめのこ》

コスモス　秋九月。葉も細く茎もひょろひょろと高く育ち、花は紅、紫、白、黄など濃淡いろいろである。**秋桜**《あきざくら》。

透きとほる日ざしの中の秋ざくら　木村享史

コスモスの色の分れ目通れさう　稲畑汀子

御遷宮《ごせんぐう》　秋九月。伊勢皇大神宮は、二十年ごとに正殿および御垣内の殿舎を隣にある古殿地に新造し、神座を遷すことが行われてきた。これを御遷宮という。**伊勢御遷宮**《いせごせんぐう》。

尊さに皆押あひぬ御遷宮　芭蕉

御遷宮たゞ〳〵青き深空かな　鳳朗

去年《こぞ》　冬→去年今年《こぞことし》

去年今年《こぞことし》　冬一月。年が明けると昨日はすでに**去年**《こぞ》であり、今日ははや**今年**《ことし》である。そのあわただしい時の流れの中で抱く感懐をいう。**旧年**《きうねん》。

去年今年貫く棒の如きもの　高浜虚子
平凡を大切に生き去年今年　稲畑汀子

炬燵《こたつ》　[三]　冬十二月。**切炬燵**《きりごたつ》は炉を切った上に櫓《やぐら》を置き、**炬燵蒲団**《こたつぶとん》を掛けて用いる。**置炬燵**《おきごたつ》は今は電気炬燵がほとんどである。

祇王寺の仏間の次の火燵かな　上野青逸
酒の座を逃れて来たる炬燵の間　豊田千代子

炬燵塞ぐ《こたつふさぐ》　春三月。切炬燵を塞いだあとは蓋をして畳を入れる。置炬燵をしまうのも同じように呼んでいる。

午過の火燵塞ぎぬ夫の留守　河東碧梧桐

炬燵蒲団《こたつぶとん》　冬→炬燵《こたつ》

蚕棚《こだな》　春→蚕《かいこ》

東風《こち》　[三]　春三月。春になって東から吹く風。春吹く風ではあるがまだやや寒い感じがある。**強東風**《つよごち》。**朝東風**《あさごち》。**夕東風**《ゆふごち》。

緬羊も走れば迅し東風の牧　依田秋葭
夕東風やわれ野の家に帰るべし　深川正一郎

鯒《こち》　[三]　夏六月。近海の泥砂地に棲み、体長三〇センチ以上にもなる。淡褐色で頭が大きく上下に平たい。夏が旬《しゅん》。

砂げむり上げたる鯒が突かれけり　野村五松
砂に伏す鯒もさだかに潮澄める　久保もり躬

古茶《こちゃ》　夏五月。新茶に対して前年の茶をいう。香気、風味の新鮮さには欠けるが、こくがあると好む向きもある。

敢て古茶好み文才豊かなり　中村若沙
古茶淹るゝ妻は妻の座五十年　篠塚しげる

胡蝶《こちょう》　春→蝶《ちょう》

胡蝶花《こちょうか》　春→パンジー

こてふ蘭《こちょうらん》　夏七月。山の湿っぽい岩などにつく一〇センチほどの草。羽蝶蘭《うちょうらん》、岩蘭《いわらん》とも呼ぶ。七月ごろ、薄い紅紫色の小さな花が咲く。洋蘭のファレノプシスとは違う。

胡蝶蘭花を沈めて活けらるゝ　高浜年尾

酷寒《こっかん》　冬→厳寒《げんかん》

子燕《こつばめ》　夏→燕の子《つばめのこ》

こでまり　春→小粉団の花《こでまりのはな》

小粉団の花《こでまりのはな》　春四月。白い梅の花形のこまかい花が毬状に集まって枝の元から先まで咲く。**こでまり**。

小でまりや裏戸より訪ふことに馴れ　高浜年尾

今年《ことし》　冬→去年今年《こぞことし》

今年酒《ことしざけ》　秋→新酒《しんしゅ》

今年竹《ことしだけ》　夏→若竹《わかたけ》

今年米《ことしまい》　秋→新米《しんまい》

今年綿《ことしわた》　秋→綿取《わたとり》

今年藁《ことしわら》　秋→新藁《しんわら》

小殿原《ことのばら》　冬→ごまめ

事始《ことはじめ》　冬十二月。十二月十三日、関西ではこの日から正月の準備にかかる。

京なれやまして祇園の事始　水野白川

芸界になじみいくとせ事始　稀音家三登美

琴始《ことはじめ》　冬→弾初《ひきぞめ》

子供の日《こどものひ》　夏五月。五月五日。昭和二十三年（一九四八）に新しく制定された国民の祝日の一つ。

旅に出て今日子供の日絵本買ふ　古賀青霜子

雨降れば雨にドライブ子供の日　稲畑汀子

小鳥《ことり》　［三］秋十月。秋になると、いろいろな種類の小鳥が渡ってくる。**小鳥来る**《ことりくる》。

庭先の風と来て去る小鳥かな　小沢清汀

あきらかに小鳥来てゐる庭木かな　高浜年尾

小鳥網《ことりあみ》　秋十月。秋大群で渡って来る小鳥を捕えるために設ける網で、**霞網**《かすみあみ》ともいう。**鳥屋師**《とやし》は小屋に番をしていて小鳥を捕る人。現在は法律で禁止されている。**小鳥狩**《ことりがり》。

里の灯の暁けてきたりし小鳥網　清崎敏郎

簡単なかすみ網かけ荘の番　城谷文城

小鳥狩《ことりがり》　秋→小鳥網《ことりあみ》

小鳥来る《ことりくる》　秋→小鳥《ことり》

小鳥引く《ことりひく》　春→鳥帰る《とりかえる》

小菜《こな》　秋→間引菜《まびきな》

小菜汁《こなじる》　秋→間引菜《まびきな》

粉雪《こなゆき》　冬→雪《ゆき》

子猫《こねこ》　春四月。猫は四季に孕むが、ことに春がいちばん多い。発情後約二か月で、子を産む。**親猫**《おやねこ》。**猫の子**《ねこのこ》。

見るだけのつもりが子猫貰ひ来し　今橋真理子

寵愛の子猫の鈴の鳴り通し　高浜虚子

木の葉《このは》　［三］冬十一月。冬になって散る木の葉や梢に散り残った乏しい木の葉をいう。**木の葉雨**《このはあめ》。**木の葉散る**《このはちる》。

地に動きゐて雀とも木の葉とも　坊城としあつ

一枚の木の葉拾へば山の音　稲畑汀子

木の葉雨《このはあめ》　冬→木の葉《このは》

木の葉髪《このはがみ》　［三］冬十一月。ようやく冬めくころ、木々の葉が落ちるように、人間の毛髪が常よりは多く脱けるのをいう。

白髪さへいまは大事に木の葉髪　高田美恵女

櫛の歯をこぼれてかなし木の葉髪　高浜虚子

木の葉散る《このはちる》　冬→木の葉《このは》

木の実《このみ》　［三］秋十月。たいがいの木の実は秋に成熟する。それらを総称したものである。**木の実**《きのみ》。「木の実落つ」は別項。

木の実踏み渡るが如く谷戸を訪ふ　石井とし夫

木の実地に命はじまる沃土あり　稲畑汀子

木の実雨《このみあめ》　秋→木の実落つ《このみおつ》

木の実植う《このみうう》　春二月。さまざまの木の実は、二、三月のころ、苗床に植えたり、山に直植えしたりするのである。

我山に我れ木の実植う他を知らず　西山泊雲

植うるもの葉広柏の木の実かな　高浜虚子

木の実落つ《このみおつ》　秋十月。**木の実降る**《このみふる》。**木の実雨**《このみあめ》。**木の実時雨**《このみしぐれ》。**木の実拾ふ**《このみひろふ》。「木の実」は別項。

裏山の遍路径てふ木の実降る　馬場志づ代

何処よりの木の実礫と知らざりし　高浜年尾

木の実時雨《このみしぐれ》　秋→木の実落つ《このみおつ》

木の実拾ふ《このみひろふ》　秋→木の実落つ《このみおつ》

木の実降る《このみふる》　秋→木の実落つ《このみおつ》

木の芽《このめ》　春三月。春の木の芽の総称。**きのめ**。**芽立ち**《めだち》。**木の芽時**《このめどき》。**木の芽吹く**《このめふく》。そのころに吹く風を**木の芽風**《このめかぜ》という。

木の芽だつけはひしづかにたかぶれる　長谷川素逝

山毛欅林芽吹く二の沢三の沢　松本圭二

木の芽風《このめかぜ》　春→木の芽《このめ》

木の芽時《このめどき》　春→木の芽《このめ》
木の芽吹く《このめふく》　春→木の芽《このめ》
海鼠腸《このわた》　[三] 冬十二月。海鼠の腸の塩辛のこと。酒の肴には何よりのもので、冬がうまい。

海鼠腸が好きで勝気で病身で　森田愛子
撰り分くるこのわた一番二番あり　杉原竹女

五倍子《ごばいし》　秋→五倍子《ふし》
小萩《こはぎ》　秋→萩《はぎ》
小鱧《こはも》　夏→鱧《はも》
小春《こはる》　冬十一月。陰暦十月を小春といい、ほぼ十一月にあたる。**小春日**《こはるび》。**小春日和**《こはるびより》。**小六月**《ころくぐわつ》。

行く先もきめず小春を誘ひ合ひ　安沢阿弥
父を恋ふ心小春の日に似たる　高浜虚子
まだ羅府にあると思へず小六月　高浜年尾

小春日《こはるび》　冬→小春《こはる》
小春日和《こはるびより》　冬→小春《こはる》
小判草《こばんそう》《こばんさう》　夏六月。茎は三〇センチくらいで、葉は麦に似て細長く、茎の上の方に小判形の小さな穂を垂れる。

咲きのぼりつゝ小判ふえ小判草　桑田詠子
貧しげな草にして名は小判草　井上哲王

辛夷《こぶし》　春四月。高さ五〜一〇メートルで、葉にさきがけて白色の花を開く。形は木蓮に似て少し小さい。

町中の辛夷の見ゆる二階かな　鈴木花蓑
風出でて辛夷の花の散る日なり　藤松遊子

牛蒡《ごぼう》　秋→牛蒡引く《ごぼうひく》
牛蒡引く《ごぼうひく》《ごばうひく》　[三] 秋十月。牛蒡は春に蒔いて秋収穫するものが多い。**牛蒡**《ごばう》。**牛蒡掘る**《ごばうほる》。「若牛蒡」は夏季である。

なか〳〵の根気と思ふ牛蒡引く　内田准思
出し瓦何時の世のもの牛蒡掘る　中森皎月

牛蒡掘る《ごぼうほる》　秋→牛蒡引く《ごぼうひく》
牛蒡蒔く《ごぼうまく》《ごばうまく》　春三月。牛蒡は畑にじかに蒔く。

山裾や一と隅請けて牛蒡蒔く　井上痴王
牛蒡蒔く畝の仕立てを高々と　世継志暁

こぼれ萩《こぼれはぎ》　秋→萩《はぎ》
こま　夏→駒鳥《こまどり》

胡麻《ごま》 秋九月。九月ごろ、葉腋の実が熟して、黒や白、茶の種子がとび出す。これが胡麻粒で、まだ青く、はじけないうちに刈り採る。**胡麻刈る《ごまかる》**。**胡麻干す《ごまほす》**。**胡麻叩く《ごまたたく》**。

姨捨の麓の四五戸胡麻を干す　大久保橙青
胡麻刈つて今は立てかけおく日和　高浜年尾

独楽《こま》 冬一月。正月の男の子の玩具である。

勝独楽を掌に移しなほ余力あり　川村敏夫
たとふれば独楽のはじける如くなり　高浜虚子

氷下魚《こまい》 〔三〕冬一月。鱈《たら》に似た魚で、北海道で取れる。凍った海に穴を開けて釣ったり、網を入れたりする。**氷下魚釣る《こまいつる》**。

氷下魚あはれ尾をはねしとき凍てにけり　大塚千々二
氷海を上る朝日に氷下魚《こまい》釣　粟津松彩子

氷下魚釣る《こまいつる》 冬→氷下魚《こまい》

胡麻刈る《ごまかる》 秋→胡麻《ごま》

駒草《こまくさ》 夏七月。高山の礫地に自生する。七月から八月にかけて、高雅な淡紅色の花を五、六個、下向きにつける。

駒草を見てまた遠き山を見る　服部圭佑
スコリアに深く根ざしてこまくさよ　山形　理

胡麻叩く《ごまたたく》 秋→胡麻《ごま》

駒繋《こまつなぎ》 夏七月。山野に自生する小低木で高さ六〇～九〇センチくらい。草のように見え、萩によく似た花をつける。

金剛の駒繋草よぢのぼる　本田一杉

小松引《こまつびき》 冬一月。一月最初の子《ね》の日に、野に出て小松を引き抜き、持ち帰って宴を張る王朝時代以来の行事があった。**子の日の遊《ねのひのあそび》**。**初子の日《はつねのひ》**。

根の土の奉書にこぼれ子日草　大谷句仏
野を帰る禰宜の一行小松引　加地北山

駒鳥《こまどり》 〔三〕夏六月。山地の森に棲み、高く澄んだ声でヒンカラカラと囀る。**こま**。**知更鳥《こまどり》**。

駒鳥の声ころびけり岩の上　園　女
駒鳥の鳴くジャングルの昼暗く　田村萱山

知更鳥《こまどり》 夏→駒鳥《こまどり》

駒の爪《こまのつめ》 秋→ゐのこづち《いのこずち》

胡麻の花《ごまのはな》　夏七月。花は筒状で白く、紫紅色の暈があり、一メートルほどの茎の上部の葉腋ごとに咲く。

胡麻の花を破りて蜂の臀《ゐしき》かな　西山泊雲

胡麻干す《ごまほす》　秋→胡麻《ごま》

ごまめ　冬一月。片口鰯の幼魚を素干しにしたものを焙烙《ほうろく》で炒り、からめ煮て仕上げる。**田作**《たつくり》。**小殿原**《ことのばら》。

病妻の箸を進めしごまめかな　松本巨草

ごみ鯰《ごみなまず》　夏→鯰《なまず》

小麦《こむぎ》　夏→麦《むぎ》

五目鮓《ごもくずし》　夏→鮓《すし》

子持雀《こもちすずめ》　春→孕雀《はらみすずめ》

小望月《こもちづき》　秋→待宵《まつよい》

子持鯊《こもちはぜ》　春三月。春は産卵期の魚が多い。鯊も冬を海底で過ごし、春になると川を上ってくる。

子持鯊よくかゝるとて誘はるゝ　村野蓼水

子持鯊見舞ごころにもたらせし　池田季陽

菰粽《こもちまき》　夏→粽《ちまき》

菰の芽《こものめ》　春三月。真菰の芽で**芽張るかつみ**《めばるかつみ》ともいう。かつみは真菰の別名。

枯真菰漂うてゐて芽吹きけり　岸　朗

菰筵《こもむしろ》　秋→霊棚《たまだな》

濃山吹《こやまぶき》　春→山吹《やまぶき》

小雪《こゆき》　冬→雪《ゆき》

御用納《ごようおさめ》《ごようをさめ》　冬十二月。諸官庁では十二月二十八日まで仕事をし、翌年一月三日まで休む。この二十八日をいう。

かははぎの棘に伝票耀納　大木葉末

思ひきり書類選り棄て用納む　浅井青陽子

御用始《ごようはじめ》　冬一月。一月四日各官庁では御用始を行う。民間の銀行、会社などもこれにならうところが多い。

くろずめる朱肉に御用始かな　西川狐草

暦売《こよみうり》　冬十二月。年の暮が近づくと、街頭に新しい年の干支九星の古風の暦を売る人が出始める。

暦売ポケットの手を出しもせず　三村純也

暦売夢判断も取揃へ　高浜虚子

紙捻襦袢《こよりじゅばん》　夏→汗袗《あせとり》

御来迎《ごらいごう》《ごらいがう》　夏七月。早朝、高山の頂上に立つと、日の出と反対の西側に流れている雲や霧の上に自分の姿が大きく映り、それに光線の関係で後光がさし荘厳な景色となることがまれにある。それを仏の姿と見て御来迎と名付けた。

莫蓙を著てすつくと立てり御来迎　田中蛇々子

御来迎消え現身に戻りけり　毛笠静風

鮴《ごり》　[三]　夏六月。金沢の鮴料理はことに有名。**鮴汁**《ごりじる》。**鮖**《ごり》。

高きより生簀に筧鮖の宿　大森積翠

鮖《ごり》　夏→鮴《ごり》

鮴汁《ごりじる》　夏→鮴《ごり》

コレラ　[三]　夏七月。法定伝染病の一つで嘔吐、下痢を起こし高い死亡率を示す。最近はほとんどない。**コレラ船**《これらぶね》。

コレラ船デッキに人はなかりけり　山下一行

コレラ船いつ迄沖にかゝり居る　高浜虚子

コレラ船《これらぶね》　夏→コレラ

小六月《ころくがつ》　冬→小春《こはる》

衣打つ《ころもうつ》　秋→砧《きぬた》

更衣《ころもがえ》《ころもがへ》　夏五月。冬から春にかけて着用した厚手の衣類を薄手の物に着更えることをいう。昔は四月朔日《ついたち》と十月朔日を更衣として、着物、調度を取りかえるのを例とした。

生涯の一転機なり更衣　深川正一郎

百官の衣更へにし奈良の朝《てう》　高浜虚子

すと立ちて眉目美しや更衣　高浜年尾

紺菊《こんぎく》　秋→野菊《のぎく》

五寸切《ごんぎり》　夏→鱧《はも》

蒟蒻植う《こんにゃくうう》　春四月。前年霜の降りる前に掘り出し、囲っておいた種蒟蒻玉を晩春、よく消毒した畑に植え込むのである。

値下りと聞きし蒟蒻植ゑ渋り　真鍋蟻十

蒟蒻干す《こんにゃくほす》　冬→蒟蒻掘る《こんにゃくほる》

蒟蒻掘る《こんにゃくほる》　冬十一月。蒟蒻いも（蒟蒻玉）は山地の急傾斜の段畑などに栽培し、十一月から十二月にかけて、茎葉が黄色に枯れてから掘り上げる。**蒟蒻干す**《こんにやくほす》。

山捨つる心蒟蒻掘りめぐる　杉浦蜻蛉子

蒟蒻を陰干にして山住ひ　谷口君子

昆布《こんぶ》　[三] 夏七月。褐色の大きな海藻で、舟を出し鎌で刈るなどして、これを砂浜に干し、食料とする。**昆布刈**《こんぶかり》。**昆布干す**《こんぶほす》。

サロマ湖と海との境昆布舟　唐笠何蝶
運ぶとは曳きずることや昆布干す　川上巨人

昆布刈《こんぶかり》　夏→昆布《こんぶ》

昆布干す《こんぶほす》　夏→昆布《こんぶ》

◎さ◎

西鶴忌《さいかくき》　秋九月。陰暦八月十日、井原西鶴の忌日である。近松、芭蕉とともに、元禄文学の最高峰を形づくった。

好きものの心われにも西鶴忌　矢野蓬矢
曾根崎の女将も侍り西鶴忌　中村芳子

皂角子《さいかち》　秋十月。山野、河原などに自生する落葉高木で、幹や枝に棘があり、ねじれ曲がった平たい莢を垂らすのが印象的である。中に平たく赤黒い種が入っている。

大風に皂角子の実のふつとべる　太田正三郎
皂角子の実の鳴るほどに枯れてゐず　剣持不知火

さいかちむし　夏→兜虫《かぶとむし》

西行忌《さいぎょうき》《さいぎやうき》　春三月。陰暦二月十五日、西行法師の忌日である。一般に釈尊入滅の十五日を忌日としている。

西行忌なりけり昼の酒すこし　京極杞陽
若き妓に歌心あり西行忌　大久保橙青

才蔵《さいぞう》　冬→万歳《まんざい》

サイダー　[三] 夏七月。炭酸水に果物の液汁や甘味などを加えた清涼飲料水である。**冷しサイダー**《ひやしさいだー》。

サイダーや萱山颯と吹き白み　董　糸

歳旦《さいたん》　冬→元旦《がんたん》

サイネリヤ　春→シネラリヤ

歳晩《さいばん》　冬→年の暮《としのくれ》

採氷《さいひょう》　〔三〕冬一月。川や湖などの天然氷を鋸で切り取ることをいう。

採氷や唯雪原の網走湖　唐笠何蝶
採氷や湖の蒼さを切つてをり　三浦敦子

砕氷船《さいひょうせん》　〔三〕冬一月。冬季氷結した港の出入り、その他、船の進路を容易にするために自らの重さで氷を割る特殊な船。

湾外へ砕氷船の一路かな　久米幸叢
砕氷船舳先いためて繋りをり　高木紫雲

歳末《さいまつ》　冬→年の暮《としのくれ》

在祭《ざいまつり》　秋→秋祭《あきまつり》

祭礼《さいれい》　夏→祭《まつり》

冴返る《さえかえる》《さえかへる》　春二月。少し暖かくなりかけたと思う間もなく、また寒さがぶり返して来ることをいう。

古里も亦住みうしや冴返る　竹末春野人
影よりも風の日向の冴返る　稲畑汀子

囀《さえずり》《さへづり》　〔三〕春四月。春の到来を喜ぶように、さまざまな小鳥が野山や庭で声を続けて鳴くことをいう。

囀や絶えず二三羽こぼれ飛び　高浜虚子
囀をこぼし日射をこぼさざる　稲畑汀子

さ男鹿《さおしか》　秋→鹿《しか》

早乙女《さおとめ》《さをとめ》　夏六月。田植をする女。紺絣の着物に紺の手甲脚絆、菅笠に赤襷のいでたちであったが今はあまり見られない。

早乙女のよろめき入る深田かな　十万政子
早乙女を雇ふに上手下手言はず　川崎　克

堺の夜市《さかいのよいち》《さかひのよいち》　夏七月。七月三十一日夜からおそくまで、堺の大浜公園で行われる魚夜市。

浜篝目あてに漕ぎ来夜市舟　田中秋琴女
暁け果てゝ沖に去りたる夜市船　辻本斐山

榊の花《さかきのはな》　夏六月。榊は葉のつけ根のところに五弁の白い花をつける。**花榊**《はなさかき》。

立ちよりし結《ゆひ》の社や花榊　松尾いはほ

盃流し《さかずきながし》　春→曲水《きょくすい》

嵯峨念仏《さがねんぶつ》　春四月。京都嵯峨の清涼寺（釈迦堂）で四月中旬に行われる大念仏法会であるが、本堂左手の狂言堂において同時に行われる大念仏狂言が有名である。

見てゐるは里人ばかり嵯峨念仏　五十嵐播水

松の塵しきり降り来ぬ嵯峨念仏　平松葱籠

鷺草《さぎそう》《さぎさう》　夏七月。日当りのよい山野の湿地に生える が、観賞用にも栽培される。純白の花の形が白鷺の舞う姿に似る。

鷺草の羽ばたきしげき雨の中　小野内泉雨

鷺草の咲いて生れし風なるや　柳谷静子

左義長《さぎちょう》《さぎちやう》　冬一月。新年の飾りを取り払い、神社や広場に持ちよって焼くこと。**どんど**。**とんど**。**吉書揚**《きっしょあげ》。**飾焚**《かざりた》**く**。

神の火のいま左義長に移さるゝ　高木桂史

竹はぜしとんどの火の粉打ちかぶり　稲畑汀子

裂鱠《さきなます》　秋→鰯《いわし》

鷺の巣《さぎのす》　春四月。白鷺および五位鷺は大木の梢に、枯枝を寄せ集めただけの粗い巣を作る。

五位の子の巣に居て人に動かざる　藤田耕雪

さ霧《さぎり》　秋→霧《きり》

朔風《さくふう》　冬→北風《きたかぜ》

桜《さくら》　春四月。**朝桜**《あさざくら》。**夕桜**《ゆふざくら》。**夜桜**《よざくら》。**山桜**《やまざくら》。**八重桜**《やへざくら》。**遅桜**《おそざくら》。

夜桜のかなたに暗き伽藍かな　伊藤柏翠

いそがしきあとのさびしさ夕桜　吉屋信子

楽屋入までの散歩や朝桜　片岡我当

薄墨の桜まぼろしならず散る　田畑美穂女

夕桜江の島の灯の見え初めぬ　星野　椿

桜烏賊《さくらいか》　春→花烏賊《はないか》

桜鯎《さくらうぐい》《さくらうぐひ》　春四月。鯎は産卵のころ、腹が美しい鮮紅色になる。折から桜どきでもあることから桜鯎と呼ぶ。

禁漁の桜うぐひに灯をつゝみ　辻　静穂

簗番の桜うぐひを獲て昼餉　山田建水

桜貝《さくらがい》《さくらがひ》　[三]　春四月。浅い海に産する、桜の花びらに似て薄桃色に透きとおった貝殻。貝細工に用いられる。

二三枚重ねてうすし桜貝　松本たかし

さくら貝怒濤に耐へてきしとおもふ　国弘賢治

桜狩《さくらがり》　春→花見《はなみ》

桜草《さくらそう》《さくらさう》　春四月。河畔や原野に自生し、庭園にも植えられる。桜に似た形の淡紅色の小さな花をつける。

仕合せは小さくともよし桜草　久保しん一

桜草の小鉢に二階住ひかな　野村照子

桜鯛《さくらだい》《さくらだひ》　春四月。真鯛は陽春、産卵のため内海に群をなして来る。鱗は鮮やかな紅みを帯び、桜鯛とか**花見鯛**《はなみだひ》とかいう。

小鳴門に泊り重ねて桜鯛　奥山梅村

砂の上曳ずり行くや桜鯛　高浜虚子

桜蓼《さくらたで》　秋→蓼の花《たでのはな》

桜漬《さくらづけ》　春四月。八重桜の半開きを塩漬にしたもの。熱湯を注ぐと馥郁とした香気が立って花が開く。**花漬**《はなづけ》。**桜湯**《さくらゆ》。

塩じみてはなはだ赤し桜漬　岡田耿陽

桜鍋《さくらなべ》　〔三〕冬十二月。桜は馬肉の隠語である。馬肉を味噌仕立てにし、葱、牛蒡、焼豆腐などを添えた鍋物のこと。

追込の一人離れてさくら鍋　深見けん二

桜の実《さくらのみ》　夏→さくらんぼ

桜人《さくらびと》　春→花見《はなみ》

桜餅《さくらもち》　〔三〕春四月。塩漬の桜の葉で包んだ餡入りの餅。花時にさきがけて菓舗に並ぶ。江戸時代から向島長命寺が有名。

まだ封を切らぬ手紙とさくら餅　山田弘子

三つ食へば葉三片や桜餅　高浜虚子

桜紅葉《さくらもみじ》《さくらもみぢ》　秋十月。桜は早く紅葉し、他の木々の紅葉のころはすでに散っている。

紅葉してそれも散行く桜かな　蕪村

盛岡は桜紅葉もよかつつろ　浅井啼魚

桜湯《さくらゆ》　春→桜漬《さくらづけ》

さくらんぼ　夏六月。一重の桜はどの種類も小さいながら実を結ぶ。**桜の実**《さくらのみ》。しかし一般に「さくらんぼ」といえば西洋種の**チェリー**、**桜桃**《あうたう》で、食用として栽培され、六月ごろ、赤い実が柄の先で熟し垂れる。

柄をつんと唇に遊ばせさくらんぼ　千原叡子

茎右往左往菓子器のさくらんぼ　高浜虚子

石榴《ざくろ》　秋十月。秋、かたい皮が熟して裂けると、淡紅色のつややかな肉のついた種子がぎっしりつまっている。**みざくろ**。

実石榴や妻とは別の昔あり　池内友次郎

石榴の実噛めば思ひ出遥かなり　高浜年尾

石榴の花《ざくろのはな》　夏六月。緑の艶やかな葉をこまかく茂らせ、六月ごろ朱の六弁花をつける。八重咲きもある。**花石榴**《はなざくろ》。

花柘榴燃ゆるラスコリニコフの瞳　京極杞陽

軒下の破《や》れ櫃《ひつ》に散る柘榴かな　高浜虚子

鮭《さけ》　〔三〕秋九月。秋の産卵期になると、大群をなして川をさかのぼってくる。これを捕えるのである。**鮞**《はららご》は一般に魚の卵のことであるが、俳句では鮭の卵として詠まれている。**初鮭**《はつざけ》。**鮭小屋**《さけごや》。

鮭のぼる河口と見れば啻ならず　後藤一秋

オホーツクを引きしぼり鮭網あぐる　広川康子

鮭小屋《さけごや》　秋→鮭《さけ》

酒の粕《さけのかす》　冬→粕汁《かすじる》

栄螺《さざえ》　〔三〕春四月。暗青色、拳状の巻貝。舟から箱眼鏡で覗いて鉾で突いたり、海女が潜ったりして捕る。

栄螺焼く匂ひに着きし島渡船　小林一行

海中に見れば大きな栄螺かな　小川竜雄

ささ栗《ささぐり》　秋→栗《くり》

豇豆《ささげ》　秋八月。細く長い莢を結ぶ豆で、葉も実も小豆に似て小豆よりやや大きい。**十六豇豆**《じふろくささげ》。**十八豇豆**《じふはちささげ》。

大雨の土はねあげし豇豆もぐ　曾根原泉

地について曲りたわめる長豇豆　高浜虚子

笹子《ささこ》　冬→笹鳴《ささなき》

笹粽《ささちまき》　夏→粽《ちまき》

笹鳴《ささなき》　〔三〕冬十二月。夏、深山で繁殖した鶯は、冬、里近く姿を現し、チチチチと舌鼓を打つように地鳴きをする。**冬鶯**《ふゆうぐひす》。**鶯の子**《うぐひすのこ》。**笹子**《ささこ》。

笹鳴や無為に馴れたる我が耳に　京極杞陽

笹鳴を聴いて見知らぬ人同志　小林草吾

笹の子《ささのこ》　夏→篠の子《すずのこ》

山茶花《さざんか》《さざんくわ》　冬十一月。椿に似て椿より淋しく、晩秋から冬にかけて咲く。「茶梅」とも書く。

山茶花の花のこぼれに掃きとゞむ　高浜虚子

山茶花の咲き継ぐのみの庭となる　稲畑汀子

挿木《さしき》 春三月。元の木の枝を切って、土または砂に挿して根付かせ、新しい木を育てること。挿す部分を**挿穂**《さしほ》という。

手の泥をはたき挿木の腰上ぐる　小林雑艸

挿木せしばかりの影のありにけり　逢坂月央子

座敷幟《ざしきのぼり》 夏→幟《のぼり》

挿穂《さしほ》 春→挿木《さしき》

猟夫《さつお》 冬→猟人《かりゅうど》

杜鵑花《さつき》 夏六月。枝は密生し花は紅紫色で、多くは庭園に栽培する。花期が長い。

襖除り杜鵑花あかりに圧されけり　阿波野青畝

明暗のここにはなくてさつき咲く　稲畑汀子

皐月《さつき》 夏六月。陰暦五月の異称である。

町中の山やさつきの上り雲　丈草

庭土に皐月の蠅の親しさよ　芥川竜之介

五月雨《さつきあめ》 夏→五月雨《さみだれ》

五月川《さつきがわ》 夏→夏の川《なつのかわ》

五月鯉《さつきごい》 夏→鯉幟《こいのぼり》

五月晴《さつきばれ》 夏六月。「五月雨《さみだれ》」に対する「五月晴」、すなわち梅雨の晴間をいう。最近、天気予報などで、陽暦五月の快晴を五月晴といっているのは本来の意味からは誤用である。**梅雨晴**《つゆばれ》。

梅雨晴や三日分ほど働く気　小原寿女

五月晴とはやうやくに今日のこと　稲畑汀子

皐月富士《さつきふじ》 夏六月。もう大分雪も消えて夏山としての風格を整えた陰暦五月ごろの富士の姿をいうのである。

正面に五月富士ある庭に立つ　鈴木芦洲

皐月富士見えしうつつも秩父路に　稲畑汀子

五月闇《さつきやみ》 夏六月。五月雨の降るころの暗さをいう。昼間の暗いのもいう。

人声をともなひ来る灯五月闇　田上斗潮

消灯の茶屋吸込みし五月闇　古野四方白

撒水車《さっすいしゃ》《さつすゐしゃ》 〔二〕 夏七月。街路や公園などに水を撒きながらゆっくり走る自動車である。ふつう「さんすいしゃ」と呼ばれている。

夕凪や行ったり来たり撒水車　田中田士英

撒水車道広ければ又通る　稲畑汀子

さつまいも　秋→甘藷《かんしょ》
薩摩上布《さつまじょうふ》　夏→上布《じょうふ》
里芋《さといも》　秋→芋《いも》
甘蔗《さとうきび》《さたうきび》　秋九月。インド原産で三、四メートルにもなる。茎を搾って糖汁とし砂糖をとる。**砂糖黍**《さたうきび》。

砂糖黍かゝへアラブの大男　田中憲二郎

砂糖黍《さとうきび》　秋→甘蔗《さとうきび》
砂糖水《さとうみず》《さたうみづ》　［三］夏七月。砂糖に冷水を注いで、匙でコップをかき混ぜて、けぶらせながら飲むのが砂糖水である。

山の井を汲み来りけり砂糖水　青木月斗
もてなしの砂糖水とはなつかしき　小林貞一朗

里神楽《さとかぐら》　冬→神楽《かぐら》
里下り《さとさがり》　冬→藪入《やぶいり》
里祭《さとまつり》　秋→秋祭《あきまつり》
里若葉《さとわかば》　夏→若葉《わかば》
早苗《さなえ》《さなへ》　夏六月。苗代から田に移し植えるころの稲の苗をいう。**早苗籠**《さなへかご》。**早苗束**《さなへたば》。**早苗舟**《さなへぶね》。**玉苗**《たまなへ》。**早苗取**《さなへとり》。**余り苗**《あまりなへ》。**捨苗**《すてなへ》。**苗運**《なへはこび》。**苗配**《なへくばり》。**苗籠**《なへかご》。

参道を行ったり来り苗運ぶ　桐田春暁
早苗取る手許いよいよ昏れにけり　三井紀四楼

早苗籠《さなえかご》　夏→早苗《さなえ》
早苗束《さなえたば》　夏→早苗《さなえ》
早苗取《さなえとり》　夏→早苗《さなえ》
早苗開《さなえびらき》　夏→田植《たうえ》
早苗舟《さなえぶね》　夏→早苗《さなえ》
早苗饗《さなぶり》　夏六月。田植の終ったあとの一日、仕事を休み、小豆飯などを炊いて祝うことをいう。

さなぶりや跣足のまゝの風呂支度　斎藤九万三
早苗饗も済みしばかりに地震騒ぎ　清水保生

南五味子《さねかずら》　秋→美男蔓《びなんかずら》
真葛《さねかずら》　秋→美男蔓《びなんかずら》
実朝忌《さねともき》　春二月。陰暦一月二十七日は鎌倉三代将軍源実朝の忌日である。墓は鎌倉扇ケ谷寿福寺にある。

実朝忌由井の浪音今も高し　高浜虚子
鎌倉に住みしことあり実朝忌　高浜年尾

鯖《さば》　〔三〕夏五月。もっとも一般に親しまれ食用となる青魚の一つ。初夏が産卵期で群をなして近海に集まってくるのを捕る。**鯖釣**《さばつり》。

黒潮の闇に灯れる鯖火かな　　楓　巌濤
鯖の旬《しゅん》即ちこれを食ひにけり　　高浜虚子

鯖鮓《さばずし》　夏↓鮓《すし》

鯖釣《さばつり》　夏↓鯖《さば》

錆鮎《さびあゆ》　秋↓落鮎《おちあゆ》

さびたの花《さびたのはな》　夏七月。**糊うつぎの花**《のりうつぎのはな》のことであるが、北海道でサビタの花と呼んでいる。夏、額《がく》の花に似た白い小さな花を円錐状に群がり咲かせる。

みづうみも熊もサビタの花も神　　大石暁座
湿原の水まだ暮れず花さびた　　水見悠々子

泊夫藍の花《さふらんのはな》　春↓クロッカス

仙人掌《さぼてん》　夏七月。観賞用に栽培される熱帯植物で、多くは棘を持っている。夏、色鮮やかな花をひらく。**覇王樹**《さぼてん》。

掘り当てしインカの土器や野仙人掌　　羽瀬記代
曖昧のなき仙人掌の花の色　　小林草吾

覇王樹《さぼてん》　夏↓仙人掌《さぼてん》

朱欒《ざぼん》　秋十月。柑橘類の中でもっとも大きく、果皮は厚く、果肉は黄白色。**うちむらさき**。**文旦漬**《ぶんたんづけ》。

捥ぎたての朱欒の匂ひ日の匂ひ　　田代八重子
増築のざぼん剪らねばならぬ破目　　倉田ひろ子

朱欒の花《ざぼんのはな》　夏六月。朱欒は南国に多く、大きな葉の間に香りの強い白い五弁の花を開く。

風かをり朱欒咲く戸を訪ふは誰そ　　杉田久女
花ざぼん匂ふ夜風を窓に入れ　　田代八重子

三味線草《さみせんぐさ》　春↓薺の花《なずなのはな》

さみだるる　夏↓五月雨《さみだれ》

五月雨《さみだれ》　夏六月。梅雨期の霖雨である。陰暦五月に降るのでこの名がある。**五月雨**《さつきあめ》。**さみだるる**。

五月雨をあつめて早し最上川　　芭　蕉
舟著くや五月雨傘を宿の者　　星野立子
さみだれや大河は音をたてずゆく　　須藤常央

寒さ《さむさ》　〔三〕冬十二月。実際に身に感じる寒さもあり、見るからに寒そうだと感じる場合もある。「朝寒」「夜寒」は秋の季題。

寒ければ一トかたまりに法話聞く　勝俣泰享
終点の駅の寒さに降り立ちぬ　片桐孝明
寒き故我等四五人なつかしく　高浜虚子
宇治寒ししまひ渡舟に乗れといふ　高浜年尾
日の落ちて波の形に寒さあり　稲畑汀子

寒空《さむぞら》　冬→冬の空《ふゆのそら》

早桃《さもも》　夏七月。明治以降輸入され、改良栽培された早生種の桃のこと。ただ単に「桃」といえば秋季である。**水蜜桃**《すゐみつたう》。

よくしやべり水蜜桃のごと若く　河野扶美

莢隠元《さやいんげん》　秋→隠元豆《いんげんまめ》

莢豌豆《さやえんどう》　夏→豌豆《えんどう》

さやけし　秋→爽やか《さわやか》

早百合《さゆり》　夏→百合《ゆり》

冴ゆる《さゆる》　〔三〕冬一月。寒いとか冷えるなどの意味であるが、さらに凛とした寒さの感じ。**風冴ゆる**《かぜさゆる》、**鐘冴ゆる**《かねさゆる》、**月冴ゆる**《つきさゆる》など。

中天に月冴えんとしてかゝる雲　高浜虚子
月冴ゆるばかりに出でて仰ぎけり　高浜年尾

小夜砧《さよぎぬた》　秋→砧《きぬた》

小夜時雨《さよしぐれ》　冬→時雨《しぐれ》

小夜千鳥《さよちどり》　冬→千鳥《ちどり》

鱵《さより》　春二月。鱚《きす》よりなお細く、体は青緑で銀色に光る。下あごが長くとがり、先端は紅みがかっている。

桟橋の灯にうちこゞみ鱵汲む　楠目橙黄子
さと過ぐる切戸の潮の鱵かな　高浜年尾

更紗木瓜《さらさぼけ》　春→木瓜の花《ぼけのはな》

晒《さらし》　夏→晒布《さらし》

晒布《さらし》　〔三〕夏七月。麻や木綿の布地を灰汁《あく》に浸け、または煮て、これを川で流し洗いし、日光に晒して白くした布である。**晒**《さらし》。**晒川**《さらしがは》。**奈良晒**《ならざらし》。**晒時**《さらしどき》。

川風に水打ながす晒かな　太祇

晒井《さらしゐ》　〔三〕夏七月。夏、井戸水を汲みほして底に沈んだ砂や塵芥を取り除くこと。**井戸替**《ゐどがへ》。**井戸浚**《ゐどさらへ》。

井戸替の綱庭を抜け表まで　松葉登女
晒井や二タ杓三杓迎へ水　大森積翠

晒川《さらしがわ》　夏→晒布《さらし》

晒時《さらしどき》　夏→晒布

猿酒《さるざけ》　秋十月。山中の秋は木の実が豊富なので、猿がこれを集めて木の洞や岩のくぼみに蓄えて置いたものが、雨露によって自然に発酵して酒となったものという。

猿酒の底に芽割るゝ木の実かな　永田青嵐
猿酒と伝へ封切ることも無し　荒川あつし

百日紅《さるすべり》　夏七月。樹皮がつるつるしていて猿も滑りそうに見えるので「さるすべり」の名がある。紅い花は**百日紅**《ひやくじつこう》、白花を「百日白《ひやくじつはく》」と呼ぶ。

武家屋敷めきて宿屋や百日紅　高浜虚子
宝前の百日白に人憩ふ　高浜年尾

菝葜の花《さるとりいばらのはな》　春→山帰来の花《さんきらいのはな》

さるとりの花《さるとりのはな》　春→山帰来の花《さんきらいのはな》

サルビア　夏六月。高さ五〇センチ～一メートル、頂に唇形の花が一五センチほどの総状につぎつぎ咲く。

サルビアの燃え立つに蝶素通りす　桔梗田田鶴子
サルビヤの花には倦むといふ言葉　稲畑汀子

猿曳《さるひき》　冬→猿廻し《さるまわし》

猿瓢《さるひょう》　秋→瓢の実《ひょんのみ》

猿廻し《さるまわし》《さるまはし》　冬一月。新年、猿を背負い家々を回り、太鼓に合わせて猿を舞わせ祝儀を乞うもの。**猿曳**《さるひき》。

猿廻し猿の耳打ち聞いてをり　小島春鳳
親猿の赤い頭巾や叱られし　高浜虚子

沢蟹《さわがに》　夏→蟹《かに》

爽やか《さわやか》　〔三〕　秋九月。日本の四季の中では、秋がもっとも清澄な感じがし、身も心も爽快な季節である。**さやけし**。

聖書読む母さわやかにらふたけく　ミュラー初子
しづけさにありて爽やかなりしかな　稲畑汀子

鰆《さわら》《さはら》　〔三〕　春三月。形は細長く鰹にやや似ているが平たい。銀ねず色に黒い斑点がある。漁獲の時期から鰆という字をあてる。

潮境右し左し鰆舟　水見悠々子

盛り上る鰆の潮に瀬戸明くる　河野美奇

早蕨《さわらび》　春→蕨《わらび》

残鶯《ざんおう》　夏→老鶯《おいうぐいす》

三夏《さんか》　夏→夏《なつ》

参賀《さんが》　冬→朝賀《ちょうが》

蚕蛾《さんが》　夏五月。繭に籠って蛹《さなぎ》となった蚕は、約二十日ほどで蛾となり繭を破って出てくる。**蚕の蝶**《かひこのてふ》。

ほそ〴〵と眉をふるふや繭出し蛾　桜井土音

残花《ざんか》《ざんくわ》　春四月。散り残った桜の花をいう。「余花」といえば夏季となる。

一片の残んの花の散るを見る　高浜虚子

残花なほ散り敷く雨の磴登る　高浜年尾

三月《さんがつ》《さんぐわつ》　春三月。仲春。寒さのうちにも、三月の声を聞くと、急にくつろいだ気分になる。

三月の雪の阿蘇とは知らで来し　岡崎多恵子

三月のかの地いかにと旅支度　稲畑汀子

三月大根《さんがつだいこん》　春→春大根《はるだいこん》

三月菜《さんがつな》《さんぐわつな》　春四月。早春に蒔いて四月ごろ食用にする菜類の総称である。陰暦では三月ごろにあたるのでこの名がある。

よし野出て又珍しや三月菜　蕪　村

檀家より届きし布施の三月菜　岡安迷子

三ケ日《さんがにち》　冬一月。正月一日、二日、三日の総称。二日正月、三日正月などともいう。

寝て過す田舎教師の三ケ日　山下しげ人

風邪の子につき合ひ過ぎし三ケ日　稲畑汀子

三寒四温《さんかんしおん》《さんかんしをん》　［三］冬一月。三日寒い日が続くと、あと四日暖かい日があるというように、数日の周期で寒暖の変化があること。

つゞきたる四温の果つる雨となる　大久保橙青

旅二日四温のうちに終へしこと　荻江寿友

残菊《ざんぎく》　秋十月。昔は重陽の行事以降の菊を、**残りの菊**《のこりのきく》とも**十日の菊**《とをかのきく》ともいった。現在では秋も更けて盛りを過ぎた菊がなお咲き残っているのをいう。

残菊のなほその蕾数知れず　原田一郎

残菊のほかは全く枯れ果てゝ　高浜年尾

山帰来の花《さんきらいのはな》　春四月。棘が多く蔓性で節ごとに曲がり、節々に丸い若葉を出し、黄緑色の目立たない小さな花を小粉団《こでまり》のようにつける。**菝葜の花**《さるとりいばらのはな》。**さるとりの花**《さるとりのはな》。

ひと葉づつ花をつけたり山帰来　加賀谷凡秋

さるとりのまことやさしき花もてる　中田みづほ

サングラス　［三］夏七月。夏の強い紫外線から目を守るための色のついた眼鏡である。アクセサリーとしても用いる。

口だけが喋つてをりぬサングラス　清水保生

見られゐることを見てゐるサングラス　稲畑汀子

珊瑚草《さんごそう》《さんごさう》　秋十月。潮が満ちると塩水をかぶる砂地や海岸に群生する。茎は円柱形で節があり、節から枝分かれする。緑色の茎が十月ごろ紅に染まって美しい。**厚岸草**《あつけしさう》。

珊瑚草水に溺れてゐたる色　小林草吾

浜人のことばは荒し珊瑚草　嶋田摩耶子

山査子の花《さんざしのはな》　春四月。棘のある落葉低木。梅に似て丸みのある白い五弁の花が群がって咲き、果実は薬用となる。

山査子の幹の武骨に花つけし　吉村ひさ志

山査子の咲きて洋館古りにけり　手塚基子

三色菫《さんしきすみれ》　春→パンジー

三尺寝《さんじゃくね》　夏→昼寝《ひるね》

三社祭《さんじゃまつり》　夏五月。東京浅草、浅草神社の祭礼。古く三社権現と称したので三社祭という。**浅草祭**《あさくさまつり》。

ただでさへ人出浅草祭なる　松尾緑富

雑踏の三社祭が動きゐし　稲畑汀子

三秋《さんしゅう》　秋→秋《あき》

山茱萸の花《さんしゅゆのはな》　春三月。早春、葉が出る前に枝の先に黄色い四弁の小花が群れ咲いて、柔らかい黄色に煙って見える。

さきがけはいつも孤独の山茱萸黄　岩岡中正

山茱萸の蕾のはなれ〲なる　高浜年尾

三春《さんしゅん》　春→春《はる》

残暑《ざんしょ》　秋八月。秋になってからの暑さをいう。残暑は凌ぎ難いものであるが、いつとはなく秋風が立つ。**秋暑**《あきあつ》**し**。

戻らねばならぬ大阪秋暑し　保田　晃

山の宿残暑といふも少しの間　高浜虚子

山椒の花《さんしょうのはな》《さんせうのはな》　春四月。四月ごろ黄緑色の粟粒のような小花が群がって咲き、秋に実を結ぶが雌雄株を異にする。**花山椒**《はなざんせう》。

朝粥の膳に一ト箸花山椒　高岡智照

山椒の実《さんしょうのみ》《さんせうのみ》　秋十月。小さな丸い実で熟すると赤くなり、裂けて黒い種子を出す。香辛料として用いられる。

刺恐れをりては摘めず実山椒　東出善次

山椒の実成り放題の坊暮し　千代田景石

山椒の芽《さんしょうのめ》《さんせうのめ》　春三月。料理で木の芽というと山椒の芽を指す。**さんしょのめ**。**木の芽和**《きのめあへ》。

夕刊をとりて山椒の芽をとりて　高野冨士子

病院の一菜にして木の芽和　高浜年尾

さんしょのめ《さんしょのめ》　春→山椒の芽《さんしょうのめ》

残雪《ざんせつ》　春二月。冬の間積もっていた雪が、だんだん解けながらも、なお消え残っているのをいう。**残る雪**《のこるゆき》。**雪残る**《ゆきのこる》。

田一枚一枚づつに残る雪　高浜虚子

残雪の富士に残照引く裾野　稲畑汀子

三冬《さんとう》　冬→冬《ふゆ》

三の午《さんのうま》　春→初午《はつうま》

山王祭《さんのうまつり》《さんわうまつり》　春四月。山王《さんのう》さんと呼ばれる全国の日吉《ひえ》神社の総本山、滋賀県大津市坂本の日吉大社の祭礼である。四月十二日から十五日まで行われる。

里坊も灯り山王祭の夜　宇野素夕

三の替《さんのかわり》　春→二の替《にのかわり》

三の寅《さんのとら》　冬→初寅《はつとら》

三の酉《さんのとり》　冬→酉の市《とりのいち》

三番草《さんばんぐさ》　夏→田草取《たぐさとり》

三伏《さんぷく》　夏→極暑《ごくしょ》

三平汁《さんぺいじる》　〔三〕　冬十二月。北海道の郷土料理の一つである。かっては鰊《にしん》であったが、最近は多く塩鮭を使い野菜を入れた汁である。

鼻曲り鮭の鼻これ三平汁　飯塚野外

秋刀魚《さんま》 〔三〕 秋九月。秋刀魚の群れは秋風とともに北海道あたりから南下し、秋の深まるにつれて季節の魚として食卓に上る。

平凡な妻と言はれて秋刀魚焼く　上原鬼灯

秋刀魚焼く匂ひ我が家でありにけり　井上虹意知

蚕卵紙《さんらんし》 春→蚕《かいこ》

◎し◎

椎落葉《しいおちば》《しひおちば》 夏五月。椎も若葉し始めると、古葉がはらはらと落ちる。深緑色の表、灰褐色の裏と思い思いに散る。

神さびや椎の落葉をふらしつゝ　池内たけし

椎茸《しいたけ》《しひたけ》 秋十月。椎、栗などの幹に生える。現在では原木に種菌を植えつけての栽培が盛んである。

玖珠の温泉の朝餉椎茸焙りしを　松岡伊佐緒

庫裡裏の椎茸榾の五六本　村上杏史

椎の秋《しいのあき》 秋→椎の実《しいのみ》

椎の花《しいのはな》《しひのはな》 夏六月。六月ごろ、淡黄色の細かい花を穂状につける。雄花は強い香りを放つ。

砂に敷き椎の落花は砂の色　吉年虹二

椎の香の般若の芝を覆ひけり　稲畑汀子

椎の実《しいのみ》《しひのみ》 秋十月。食べられるころになると黒っぽくなる。炒ると香ばしく、ほのかに甘い。**落椎**《おちしひ》。**椎の秋**《しひのあき》。**椎拾ふ**《しひひろふ》。

つれだつてきてちらばりぬ椎拾ひ　田中王城

膝ついて椎の実拾ふ子守かな　高浜虚子

椎拾ふ《しいひろう》 秋→椎の実《しいのみ》

椎若葉《しいわかば》《しひわかば》 夏五月。椎の古葉は濃緑で、黒く汚れたように見える。淡緑色の滑らかな若葉は、古葉と対照的に明るい。

浜離宮とは昔名よ椎若葉　藤村藤羽

潮浴《しおあび》 夏→海水浴《かいすいよく》

塩鮭《しおざけ》《しほざけ》 〔三〕 冬十二月。鮭を塩蔵《えんぞう》したもの。薄塩など仕立て菰で包んだ上等品を**あらまき**、塩の濃い通常品を**しほびき**という。

塩引の辛き世なりし恙なく　麻田椎花

石狩の新巻提げて上京す　上牧芳堂

汐干《しおひ》《しほひ》　春四月。陰暦三月三日ごろの大潮は、一年中で干満の差が最も大きく、はるかに潮の退いた**干潟**《ひがた》ができる。汐干はまた**汐干狩**《しほひがり》の意にも用いられている。**汐干潟**《しほひがた》。

飛び走る小犬も家族汐干狩　鈴木御風

見え渡る干潟天草城址あり　高浜年尾

汐干潟《しおひがた》　春→汐干《しおひ》

汐干狩《しおひがり》　春→汐干《しおひ》

しほびき《しおびき》　冬→塩鮭《しおざけ》

汐まねき《しおまねき》《しほまねき》　〔三〕春四月。蟹の一種で、一方の螯《はさみ》が著しく大きい。潮が退くと砂の上に出て、大きな螯を上下に動かしつつ走るさまが汐を招くように見えるのでこの名がある。

人去れば又現れて汐まねき　林　大馬

招かれてゐる楽しさよ汐まねき　西村　数

紫苑《しおん》《しをん》　秋九月。キク科で、色は淡い紫、単弁の花で二メートルくらいにまで伸びた枝の先にこまかく高々と咲く。

虻一つ紫苑離れし高さかな　清崎敏郎

人々に更に紫苑に名残あり　高浜虚子

鹿《しか》　〔三〕秋十月。交尾期の牡鹿の鳴き声は遠くで聞くと哀れである。**男鹿**《をじか》。**小鹿**《こじか》。**さ男鹿**《さをしか》。**鹿の声**《しかのこゑ》。**妻恋ふ鹿**《つまこふしか》。**鹿笛**《しかぶえ》。

鹿の眼のわれより遠きものを見る　高木石子

鹿に餌を一度にとられ立ちつくす　高浜朋子

鹿狩《しかがり》　冬→狩《かり》

仕掛花火《しかけはなび》　秋→花火《はなび》

四月《しがつ》《しぐわつ》　春四月。春酣《たけなわ》のころである。桜を初め、多くの花が満開となる。晩春の感じがただよう。

蚕豆の花紫の四月かな　三木かめ

メモしつゝ早や四月よとひとりごと　星野立子

四月馬鹿《しがつばか》《しぐわつばか》　春四月。ヨーロッパでは、四月一日を**万愚節**《ばんぐせつ》（オール・フールズ・デー）といい、この日に限り罪のない嘘で人をかつぐことが許される。**エープリルフール**。

すでにして目が笑ひをり四月馬鹿　杉本　零

エープリルフールに非ず入院す　荒川あつし

鹿の声《しかのこえ》　秋→鹿《しか》

鹿の角切《しかのつのきり》　秋→角切《つのきり》

鹿笛《しかぶえ》　秋→鹿《しか》

鹿寄《しかよせ》　秋→角切《つのきり》

鴫《しぎ》　〔三〕秋十月。鴫の種類は数十種にのぼり、大きさも、雀より小さいものから、鶴のような脚をもった大きいものまである。ジャージャーと鳴き、日本で越冬する冬の候鳥である。

鴫遠く鍬すゝぐ水のうねりかな　蕪村

立つ鴫をほういと追ふや小百姓　高浜虚子

子規忌《しきき》　秋九月。九月十九日、正岡子規の忌日。明治三十五年、三十六歳で没し、墓は田端の大龍寺。**糸瓜忌**《へちまき》。**獺祭忌**《だっさいき》。

話し置くこと我にあり獺祭忌　深川正一郎

老いて尚君を宗とす子規忌かな　高浜虚子

子規忌修す寺とし古りて馴染みけり　高浜年尾

ジギタリス　夏六月。直立した茎に、鐘の形をした紅紫色の花が斜め下向きに総状につき、下から咲きのぼる。

事務の娘の朝の水やりジギタリス　副島いみ子

ジギタリス吾子の背丈に咲きのぼる　稲畑広太郎

式部の実《しきぶのみ》　秋→紫式部の実《むらさきしきぶのみ》

敷松葉《しきまつば》　〔三〕冬十二月。霜を除けたり、苔を保護したり、また風致を添えるために松の枯葉を敷きつめること。

敷松葉匂ひて雨の躙り口　星野椿

庭石の裾のしめりや敷松葉　高浜虚子

樒の花《しきみのはな》　春四月。樒は仏前、墓などに供える常緑小高木。黄白色の花がねじれたようにかたまって咲く。

こぼるゝやゆふべ明りに花樒　無錫

うすみどり樒の花と教へられ　岡田静女

鴫焼《しぎやき》　夏七月。材料に油を塗って焼く料理法で茄子が代表的である。**茄子の鴫焼**《なすのしぎやき》。

鴫焼に心ばかりの仏事かな　岡崎莉花女

鴫焼に貧しき瓶の味噌を叱す　高浜虚子

シクラメン　〔三〕春四月。ハート形の銀葉がむらがる中から、花柄を伸ばして白、赤、淡紅、絞りなどの花を開く。

市に来て何時もある花シクラメン　小橋やうゐ
アトリエに赤は目立たずシクラメン　脇　収子

時雨《しぐれ》　［三］冬十一月。多く初冬のころ、急にぱらぱらと降っては止み、霽《は》れてはまた降り出す雨をいう。**朝時雨《あさしぐれ》**。**夕時雨《ゆふしぐれ》**。**小夜時雨《さよしぐれ》**。**片時雨《かたしぐれ》**。**村時雨《むらしぐれ》**。

携へて時雨傘ともならざりし　真下喜太郎
時雨雲しぐれず過ぎし山の径　塙　告冬
時雨るゝを狐日和と里人は　古屋敷香葎
漕ぎ急ぐ舟とも見えず時雨つゝ　石井とし夫
二三子や時雨るゝ心親しめり　高浜虚子

時雨忌《しぐれき》　冬→芭蕉忌《ばしょうき》

茂《しげり》　［三］夏六月。夏の樹木の繁茂したさまをいう。樹木の名を冠して「樫茂る」「樟茂る」などともいう。「草茂る」は別にある。

明日香路や何かいはれのある茂　島田紅帆
ただ茂るほかなき庭に雨つづく　稲畑汀子

仕事始《しごとはじめ》　冬一月。新年初めて、事務その他それぞれの仕事を始めること。**事務始《じむはじめ》**。**鞴始《ふいごはじめ》**。**斧始《をのはじめ》**。

馴染みたる経師の刷毛や初仕事　佐藤静良
すぐ反古のたまる屑籠初仕事　稲畑汀子

猪《しし》　秋→猪《いのしし》

鹿垣《ししがき》　［三］秋十月。鹿や猪が田畑を荒らしに来るのを防ぐ垣で、木柵や石垣などがある。**猪垣《ししがき》**。

鹿垣と言ふは徹底して続く　後藤立夫
猪垣は粗にして低く長きもの　米谷　孝

猪垣《ししがき》　秋→鹿垣《ししがき》

獅子頭《ししがしら》　冬→獅子舞《ししまい》

猪狩《ししがり》　冬→狩《かり》

猪鍋《ししなべ》　［三］冬十二月。猪の肉の鍋料理で、白味噌で味つけをしたりもする。**牡丹鍋《ぼたんなべ》**。**山鯨《やまくぢら》**ともいう。

ことの外地酒がうましぼたん鍋　松尾緑富
猪鍋屋出でし一歩の吹きさらし　田辺夕陽斜

獅子舞《ししまい》《ししまひ》　冬一月。新年、**獅子頭《ししがしら》**を戴き、笛、太鼓を打ち囃しながら家々を回って舞う門付芸。**太神楽《だいかぐら》**。

獅子舞の獅子は浅草者とかや　富岡九江

獅子舞の藪にかくれて現れぬ　高浜虚子

蜆《しじみ》　［三］春三月。内海、河川、湖沼などの泥の中に棲む黒褐色の小粒の貝。**蜆採**《しじみとり》。**蜆掻**《しじみかき》。**蜆舟**《しじみぶね》。**蜆売**《しじみうり》。**蜆汁**《しじみじる》。

すり鉢に薄紫の蜆かな　正岡子規

舷に洗ひ置きたる蜆笊　中井余花朗

蜆売《しじみうり》　春→蜆《しじみ》

蜆掻《しじみかき》　春→蜆《しじみ》

蜆汁《しじみじる》　春→蜆《しじみ》

蜆採《しじみとり》　春→蜆《しじみ》

蜆舟《しじみぶね》　春→蜆《しじみ》

四十雀《しじゅうがら》《しじふがら》　［三］秋十月。雀くらいの大きさで、頭とのどが黒、頬と胸、腹は白、翼と尾は青黒い。小さい声で可愛らしく鳴く。

来はじめて雨の日も来る四十雀　佐久間潺々

手をあげし人にこぼるゝ四十雀　高浜虚子

しづり雪《しずりゆき》　冬→雪《ゆき》

慈善鍋《じぜんなべ》　冬→社会鍋《しゃかいなべ》

紫蘇《しそ》　夏六月。庭、畑など、どこにでも生え、栽培もされる。**青紫蘇**《あをじそ》。**紫蘇の葉**《しそのは》。

一枚で足る紫蘇の葉を摘みに出る　安生かなめ

青紫蘇を刻めば夕餉整ひし　星野　椿

地蔵会《じぞうえ》　秋→地蔵盆《じぞうぼん》

地蔵盆《じぞうぼん》《ぢざうぼん》　秋八月。地蔵菩薩は子供の守護仏として信仰されている。八月二十三、二十四日、四つ辻や道ばたに建てられている地蔵に、菓子、花、野菜などを供えて祭る。**地蔵祭**《ぢざうまつり》。**地蔵会**《ぢざうゑ》。**地蔵参**《ぢざうまゐり》。**六地蔵詣**《ろくぢざうまゐり》。

地蔵会をのぞきながらや通りけり　千原草之

地蔵会や線香燃ゆる草の中　高浜虚子

地蔵参《じぞうまいり》　秋→地蔵盆《じぞうぼん》

地蔵祭《じぞうまつり》　秋→地蔵盆《じぞうぼん》

紫蘇の葉《しそのは》　夏→紫蘇《しそ》

紫蘇の実《しそのみ》　秋九月。紫蘇は葉も花も実も、紫色か緑色で香りがよい。実はごく小さく、茎の先、葉腋に穂状に生ずる。

紫蘇の実を鋏の鈴の鳴りて摘む　高浜虚子

歯朶《しだ》　冬一月。正月に餅に敷き、膳に敷き、飾りに結ばれる。**山草**《やまくさ》。**穂長**《ほなが》。**裏白**《うらじろ》。**諸向**《もろむき》。

神の灯に焦げたる歯朶の葉先かな　ながし

歯朶勝の三方置くや草の宿　高浜虚子

歯朶刈《しだかり》　冬十二月。新年の飾に用いる歯朶（裏白《うらじろ》）を刈ること。歯朶は比較的暖かい地方の林や谷に群れて自生している。

歯朶刈に別れてしばし歯朶の道　石田雨圃子

磨崖まで来て歯朶刈の返しけり　山田建水

滴り《したたり》　[三]　夏七月。崖や巌のあいだから自然ににじみ出る水が、苔などを伝ったりして滴り落ちる点滴で、清涼の感が深い。

滴りの洞の仏に詣でけり　高浜虚子

わく如き滴りにして苔の面　高浜年尾

下萌《したもえ》　春二月。冬枯の中に春が立ち、いつの間にか草の芽が萌えつつある。**草萌**《くさもえ》。**草青む**《くさあをむ》。

下萌ゆと思ひそめたる一日かな　松本たかし

下萌や境界石の十文字　星野　椿

下紅葉《したもみじ》　秋→紅葉《もみじ》

下闇《したやみ》　夏→木下闇《こしたやみ》

枝垂桜《しだれざくら》　春→彼岸桜《ひがんざくら》

七月《しちがつ》《しちぐわつ》　夏七月。梅雨が去ると本格的な夏の暑さが来る。学校の夏休みも始まり、登山や海水浴も盛んでもっとも夏らしい月である。

七月の青嶺まぢかく熔鉱炉　山口誓子

七月の蝌蚪が居りけり山の池　高浜虚子

七五三《しちごさん》　冬十一月。十一月十五日に行う成長の祝い。**髪置**《かみおき》。**袴著**《はかまぎ》。**帯解**《おびとき》。**紐解**《ひもとき》。**千歳飴**《ちとせあめ》。

うれしくてすぐに眠くて七五三　今井千鶴子

袴著や我もうからの一長者　高浜虚子

七福神詣《しちふくじんまいり》《しちふくじんまゐり》　冬一月。松の内、七福神の社寺を巡拝して、その年の開運を祈ること。**七福詣**《しちふくまゐり》。**福神詣**《ふくじんまゐり》。

七福神めぐり詣でて日暮れけり　藤松遊子

三囲を抜けて福神詣かな　高浜虚子

七福詣《しちふくまいり》　冬→七福神詣《しちふくじんまいり》

七変化《しちへんげ》　夏→紫陽花《あじさい》

しで打つ《しでうつ》　秋→砧《きぬた》

鵐《しとど》　秋→蒿雀《あおじ》

樝子の花《しどみのはな》　春四月。木瓜《ぼけ》の一種であるが丈が低く、草の中にうずもれて咲くので**草木瓜《くさぼけ》**ともいう。花は赤色の五弁。

手をついて振り向き話す花しどみ　星野立子

あやまつてしどみの花を踏むまじく　高浜虚子

しねしぶ　秋→渋取《しぶとり》

シネラリヤ　春四月。花弁はビロード状で、形は野菊に似、紫、赤、白、蛇の目咲きなどに咲く。**サイネリヤ**。

円卓にサイネリヤ置き客を待つ　小島小汀

じねんじょ《じねんじょ》　秋→自然薯《やまのいも》

篠小屋《しのごや》　夏→富士詣《ふじもうで》

芝刈《しばかり》　夏→青芝《あおしば》

柴栗《しばぐり》　秋→栗《くり》

芝桜《しばざくら》　春四月。地を這って伸びはびこる草で、毛氈を敷いたように可憐な五弁の花をつける。色はピンク、白、紫など。

芝桜なりの花影ありしこと　岡本麻子

旅の荷を置きて地図見る芝桜　稲畑汀子

芝焼く《しばやく》　春→野焼く《のやく》

慈悲心鳥《じひしんちょう》　夏→仏法僧《ぶっぽうそう》

試筆《しひつ》　冬→書初《かきぞめ》

渋鮎《しぶあゆ》　秋→落鮎《おちあゆ》

渋団扇《しぶうちわ》　夏→団扇《うちわ》

渋柿《しぶがき》　秋→柿《かき》

渋搗《しぶつき》　秋→渋取《しぶとり》

渋取《しぶとり》　〔三〕　秋八月。まだ青い渋柿を取り渋を搾る。**渋搗《しぶつき》**。**新渋《しんしぶ》**。**古渋《ふるしぶ》**。**しねしぶ**。

渋搗いて汚れし母をねぎらはん　斎藤双風

渋取を生活としたる島の家　高浜年尾

四方拝《しほうはい》《しはうはい》　冬一月。元旦、天皇が神嘉殿にお出ましになり、天地四方を遥拝される儀式である。

四方拝禁裡の垣ぞ拝まるゝ　松瀬青々

しまき　〔三〕　冬一月。しまきは本来、風の烈しく吹きまくること、またその風をいうが、俳句では冬季のものとして雨をともなうものをいう。雪をともなうと**雪しまき《ゆきしまき》**となる。

しまきても晴れても北の海動く　桑田青虎

一駅のながき停車に雪しまく　高木石子

島の秋《しまのあき》　秋→秋《あき》

島の夏《しまのなつ》　夏→夏《なつ》

島の春《しまのはる》　春→春《はる》

島原太夫道中《しまばらたゆうのどうちゅう》《しまばらたいふのだうちゆう》　春四月。四月二十一日に行われていた京都島原遊廓の行事。

傘影の外れて太夫の眉目かな　中山碧城

我も亦太夫待つなる人のかげ　高浜虚子

四万六千日《しまんろくせんにち》　夏→鬼灯市《ほおずきいち》

衣魚《しみ》　夏→紙魚《しみ》

紙魚《しみ》　夏七月。衣類や書籍、紙類などの糊気のあるものを蝕《むしば》む害虫である。衣類には染《し》みを残す。**衣魚**《しみ》。**蠹**《しみ》。**雲母虫**《きららむし》。

紙魚食うてこゝろもとなき和綴本　片岡片々子

窯元に伝はる紙魚の図柄帖　岸川鼓虫子

蠹《しみ》　夏→紙魚《しみ》

清水《しみず》《しみづ》　〔三〕夏七月。地下や岩間から湧き出てくる清冽な水。**山清水**《やましみづ》。**岩清水**《いわしみづ》。**苔清水**《こけしみづ》。**草清水**《くさしみづ》。

五合目の富士の清水を掬ひのむ　星野椿

淋しさの故に清水に名をもつけ　高浜虚子

凍豆腐《しみどうふ》　冬→氷豆腐《こおりどうふ》

地虫《じむし》　春→啓蟄《けいちつ》

地虫穴を出づ《じむしあなをいず》　春→啓蟄《けいちつ》

地虫出づ《じむしいず》　春→啓蟄《けいちつ》

地虫鳴く《じむしなく》《ちむしなく》　〔三〕秋九月。ジーッジーッと地中の虫が鳴くように聞こえるのは、実際には螻蛄の鳴く声であろうか。

地虫鳴く高千穂野ゆく夕月に　白川朝帆

地虫鳴ききのふの如くおもはるゝ　平松小いとゞ

事務始《じむはじめ》　冬→仕事始《しごとはじめ》

注連飾《しめかざり》　冬一月。新年にあたって飾る注連縄である。

客室を一戸と見立て注連飾る　合田丁字路

煙筒に注連飾して川蒸汽　高浜虚子

注連飾る《しめかざる》　冬十二月。門には門松の他に注連を張る。また伊勢海老、橙、裏白などをつけた注連飾を玄関口に掛ける。

爪立ちてかまどの神へ注連飾　今井つる女

門に注連飾りめでたく休診す　高槻青柚子

湿地《しめじ》《しめぢ》　秋十月。菌《きのこ》の一種。形は松茸に似て小さく、群生する。傘はうす鼠色で茎は白色。

師を偲びその弟子偲びしめぢ飯　北垣宵一

麁朶を負ひしめぢの籠をくゝり下げ　高浜虚子

注連作《しめつくり》　冬十二月。注連を作る藁は、まだ稲の穂の出ないうちに刈り取って青く干し上げたもので、これを水に漬け、藁砧で打ってやわらかくして注連に綯うのである。

注連を綯ふ藁は踏むまじ跨ぐまじ　上田土世起

藁といふ汚れなきもの注連作る　明石春潮子

注連取る《しめとる》　冬→飾納《かざりおさめ》

注連の内《しめのうち》　冬→松の内《まつのうち》

注連貰《しめもらい》《しめもらひ》　冬一月。門松を払い、注連飾を取りはずす日、子供たちはこの飾りを貰い集めてお宮や河原などのどんどの火に投げ込んで、餅など焼いたりして遊ぶのである。

注連貰ひ見知らぬ子供ばかりかな　よしこ

注連貰の中に我子を見出せし　高浜虚子

霜《しも》　〔三〕冬十二月。大空は星屑で満たされ、寒さの漲った一夜が明けると、地上は真白な霜となる。**霜晴**《しもばれ》。**大霜**《おほしも》。**深霜**《ふかしも》。**朝霜**《あさしも》。**夜の霜**《よるのしも》。**霜の声**《しものこゑ》。**霜凪**《しもなぎ》。**霜解**《しもどけ》。**霜雫**《しもしづく》。

霜予報外れし事を喜びぬ　浜下清太郎

霜降れば霜を楯とす法《のり》の城　高浜虚子

霜囲《しもがこい》　冬→霜除《しもよけ》

霜枯《しもがれ》　〔三〕冬十二月。草木が霜にあって枯れることをいう。「冬枯」というよりいくぶん具体性を帯びる。

霜枯れし黄菊こぞりて日をかへし　茂呂緑二

霜枯れし黄菊の弁に朱を見たり　高浜虚子

霜くすべ《しもくすべ》　春四月。桑などが芽ぐむころになっても、なお霜が降りて新芽を傷めることがある。その**霜害**《さうがい》を防ぐため、霜の降りそうな夜、籾殻などを焚きくすべて冷えるのを防ぐ。

霜害や起伏かなしき珈琲園　佐藤念腹

藁負うて妻もしたがふ霜くすべ　谷牡鹿野

紫木蓮《しもくれん》　春→木蓮《もくれん》

霜雫《しもしずく》　冬→霜《しも》

霜月《しもつき》　冬十二月。陰暦十一月の異称である。

見通しのつかず霜月半ば過ぐ　今村青魚
霜月や日ごとにうとき菊畑　高浜虚子

繡線菊《しもつけ》　夏六月。落葉低木で、葉は長卵形、淡紅色または白の小花が群がり咲いて美しい。

しもつけを地に並べけり植木売　松瀬青々
しもつけの花の汚れも見えそめし　新谷根雪

霜解《しもどけ》　冬→霜《しも》

霜凪《しもなぎ》　冬→霜《しも》

霜の声《しものこえ》　冬→霜《しも》

霜の名残《しものなごり》　春→別れ霜《わかれじも》

霜柱《しもばしら》　〔三〕　冬十二月。寒さの厳しい夜、湿っぽい軟らかい地質の所では、地中の水分が柱状の氷の結晶となって林立する。

霜柱あとかたもなく午後となりぬ　藤松遊子
ふみ立ちて見て霜柱力あり　高浜年尾

霜晴《しもばれ》　冬→霜《しも》

霜腫《しもばれ》　冬→霜焼《しもやけ》

霜焼《しもやけ》　〔三〕　冬一月。**霜腫**《しもばれ》。**凍傷**《とうしやう》。

凍傷者をれど一行無事と知る　小川里風
少し耳かゆし霜焼とも思はず　高浜年尾

霜夜《しもよ》　〔三〕　冬十二月。よく晴れて寒さがきびしく、霜の結ぶ夜をいう。家のまわりに霜柱の立つ気配が感じられることもある。

前橋は母の故郷霜夜明け　星野立子
誤診かも知れず霜夜の道かへる　小坂蛍泉

霜除《しもよけ》　〔三〕　冬十二月。庭木、花卉《かき》、果樹などが霜枯れしないように、筵や藁でかこって霜除を作る。菜園などに枯竹を斜めに立て並べているのも霜除の一種である。**霜囲**《しもがこひ》。

霜除をして高きもの低きもの　本郷昭雄
霜囲時には外し日を入るゝ　浅井青陽子

著莪《しやが》　夏六月。山野の日陰に群生するアヤメ科の常緑多年草。剣状の葉は、濃い緑色で、花は白色に紫の暈《ぼかし》があり、中央に黄色の斑点がある。

著莪畳には陰日向はつきりと　上崎暮潮
著莪叢のとゞく木洩日濡れてをり　稲畑汀子

社会鍋《しゃかいなべ》《しやくわいなべ》　冬十二月。救世軍では毎年年末になると、街頭や駅前などに三脚を立て鍋を吊して喜捨を求める。**慈善鍋**《じぜんなべ》。

呼びかくる声風にとび社会鍋　小畑一天
来る人に我は行く人慈善鍋　高浜虚子

馬鈴薯《じゃがいも》　〔三〕秋十月。地下茎に馬鈴のようにつくので、この名があるという。**ばれいしよ**。**じゃがたらいも**。

馬鈴薯を掘りて積みゆく二頭馬車　鈴木洋々子
馬鈴薯の白さを秘めし土のまま　稲畑汀子

馬鈴薯の花《じゃがいものはな》　夏六月。白あるいは淡紫色に畑一面に咲くと、ひなびた美しさがある。**じゃがたらの花**《じゃがたらのはな》。**馬鈴薯の花**《ばれいしょのはな》。

馬鈴薯の花の大地へ伸びし雲　小林一行
じゃがいもの花の起伏の地平線　稲畑汀子

じゃがたらいも《じゃがたらいも》　秋↓馬鈴薯《じゃがいも》
じゃがたらの花《じゃがたらのはな》　夏↓馬鈴薯の花《じゃがいものはな》

尺蠖《しゃくとり》　〔三〕夏六月。体長五センチくらいの細長い虫で、這うとき頭と尾で屈伸するさまが、指で尺をとるのに似ているのでいう。寸取虫とも。のちに羽化して尺取蛾となる。

尺蠖の行方をきめる頭上げ　栗林真知子
動く葉は尺蠖の居りにけり　高浜虚子

石南花《しゃくなげ》　春四月。葉はなめらかな革質、長楕円形で緑色、その枝先に紅紫色の花がいくつか集まって咲く。**石楠花**《しゃくなげ》。

石楠花を風呂にも活けて山の宿　本井　英
お中道は石楠花林なすところ　高浜年尾

石楠花《しゃくなげ》　春↓石南花《しゃくなげ》

芍薬《しゃくやく》　夏五月。牡丹より少し遅れて咲き、花はやや似るが、牡丹は木、芍薬は草で、古く薬草として渡来した。

一と雨が来さう芍薬剪ることに　横田直子
芍薬の花の大輪らしからず　高浜年尾

芍薬の芽《しゃくやくのめ》　春三月。大地から紅い芽が群がり出て、ものの芽の中でもことに美しい。**芽芍薬**《めしゃくやく》。

芍薬の芽のほぐれたる明るさよ　星野立子

蝦蛄《しゃこ》　〔三〕夏五月。蝦《えび》に似ているが、形は平べったく、頭も尾も同じくらいの太さである。

茹でて殻をむき、鮓《すし》種などにする。

蝦蛄の尾のするどき扇ひらきけり　見学御舟

蝦蛄跳ねる手応へしかと手籠提げ　奥園克己

ジャスミン　夏→茉莉花《まつりか》

紗羽織《しゃばおり》　夏→夏羽織《なつばおり》

石鹼玉《しゃぼんだま》　〔三〕春四月。石鹼水、または無患子《むくろじ》の実の皮を水に溶いて、それを麦藁などの先につけて吹くと生まれる水玉。

しやぼん玉上手に吹いて売れてゆく　島田みつ子

石鹼玉音あるさまに割れにけり　中西　蘗

沙羅の花《しゃらのはな》　夏七月。**夏椿の花**《なつつばきのはな》である。木肌の滑らかな高木で、椿に似た白い一日花。「ひめしゃら」は木肌は紅みを帯び、花は小さい。ともにインドの沙羅双樹とは別種。

律院の沙羅散り敷くにまかせあり　佐藤慈童

一日の花とし沙羅の散る夕べ　大間知山子

十一月《じゅういちがつ》《じふいちぐわつ》　冬十一月。月の初めに立冬を迎える。小春日和の日もあり、行楽にも良い季節である。

今日よりは十一月の旅日記　星野立子

雨が消す十一月の草の色　大島早苗

秋海棠《しゅうかいどう》《しうかいだう》　秋九月。高さ五〇センチくらい、日陰を好む。葉はゆがんだ卵形で先が尖り、淡紅色の小さい花を咲かせる。

母の忌に帰れず秋海棠を切る　大久保橙青

陰気なる秋海棠の小庭かな　高浜虚子

十月《じゅうがつ》《じふぐわつ》　秋十月。暦の上では晩秋にはいるが、実際には、もっとも秋らしい月である。

十月の桜咲く国上陸す　狩野刀川

十月や日程表に余白なし　今橋浩一

秋耕《しゅうこう》《しうかう》　〔三〕秋十月。冬あるいは早春に収穫するものを蒔くため、秋の収穫後の畑を耕すことを秋耕という。

秋耕の一人に瀬音いつもあり　深見けん二

秋耕や醜草土にくつがへる　高浜年尾

秋郊《しゅうこう》　秋→秋の野《あきのの》

十五日粥《じゅうごにちがゆ》　冬→小豆粥《あずきがゆ》

十五夜《じゅうごや》　秋→名月《めいげつ》

十三詣《じゅうさんまいり》《じふさんまゐり》　春四月。四月十三日、京都嵐山の法輪寺へ、十三歳になった男女が着飾って参詣し、知恵を貰い福徳を祈る。**智恵貰**《ちゑもらひ》。**智恵詣**《ちゑまうで》。

詣る子に智慧の泉といふが湧く　　舘野翔鶴

十三夜《じゅうさんや》　秋→後《のち》の月《つき》

花人に押され十三詣かな　　高浜虚子

秋水《しゅうすい》　秋→秋《あき》の水《みず》

秋声《しゅうせい》　秋→秋《あき》の声《こえ》

秋千《しゅうせん》　春→鞦韆《しゅうせん》

鞦韆《しゅうせん》《しうせん》　[三]　春四月。**ぶらんこ**のことである。春季のものとして扱われている。**秋千**《しうせん》。**ふらここ**。**半仙戯**《はんせんぎ》。

一人占めせしふらここに独りぼち　　河野美奇

ふらここに一人飽きればみんな飽き　　藤松遊子

重詰《じゅうづめ》　冬→食積《くいつみ》

秋天《しゅうてん》　秋→秋《あき》の空《そら》

秋灯《しゅうとう》　秋→秋《あき》の灯《ひ》

秋燈《しゅうとう》　秋→秋《あき》の灯《ひ》

十二月《じゅうにがつ》《じふにぐわつ》　冬十二月。年も押し詰まった最終の月である。十二月の声を聞くと、町も人も急に気ぜわしく見える。

追ふ日あり追はるゝ日あり十二月　　清水忠彦

路地抜けて行く忙しさも十二月　　高浜年尾

十二単《じゅうにひとえ》《じふにひとへ》　春四月。茎の先端にかけ唇形、薄紫色の小花を穂状につける。重なり咲くさまを王朝の女官の十二単に見立てた。

裳裾曳く十二単と言ふからに　　柴崎博子

汝にやる十二単衣といふ草を　　高浜虚子

十八豇豆《じゅうはちささげ》　秋→豇豆《ささげ》

秋分の日《しゅうぶんのひ》《しうぶんのひ》　秋九月。九月二十三日ごろで国民の祝日。秋分は二十四節気の一つで、昼夜の長さが等しくなる。

わが旅の秋分の日は晴るゝ筈　　日元淑美

十夜《じゅうや》《じふや》　冬十一月。浄土宗の寺院で行う「十夜念仏法要」を略して十夜という。**十夜粥**《じふやがゆ》。

履物を違へて戻る十夜かな　　稲岡達子

正座して女医先生も十夜衆　　今井千鶴子

十夜粥《じゅうやがゆ》　冬→十夜《じゅうや》

十薬《じゅうやく》《じふやく》　夏六月。**どくだみ**の名で知られる。下闇に咲く白い十字花が印象的である。一種の臭気を放つ。

十薬やまつることなき庭祠　広川楽水

どくだみを可憐と詠みし人思ふ　浅井青陽子

秋蘭《しゅうらん》　秋→蘭《らん》

秋涼《しゅうりょう》　秋→新涼《しんりょう》

秋霖《しゅうりん》　秋→秋の雨《あきのあめ》

秋冷《しゅうれい》　秋→冷やか《ひややか》

十六豇豆《じゅうろくささげ》　秋→豇豆《ささげ》

十六むさし《じゅうろくむさし》《じふろくむさし》　冬一月。双六に類した正月の遊びの一つ。

幼きと遊ぶ十六むさしかな　高浜虚子

熟柿《じゅくし》　秋→柿《かき》

受験《じゅけん》　春→大試験《だいしけん》

数珠玉《じゅずだま》　秋十月。葉は玉蜀黍の葉に似てやや小さく、黒や灰白色の堅くつやつやかな丸い実をつける。実の芯を抜き、糸を通すと数珠になる。子供は首飾にして遊ぶ。**ずずだま**。

数珠玉をつなぐ心は持ち合はす　後藤比奈夫

数珠玉や子の事故現場弔へる　山田建水

種痘《しゅとう》　春四月。天然痘の予防のため、種痘は法令によって義務づけられていた。今は行われていない。**植疱瘡**《うゑぼうさう》。

種痘する机の角がそこにある　高浜虚子

種痘する村のいつもの老医かな　波多野爽波

樹氷《じゅひょう》　冬十二月。霧氷の一種で、氷点下に冷却した濃霧が樹枝などに凍りついたもの。山形県蔵王山のモンスターは有名である。

楡樹氷落葉松樹氷牧夫住み　石井とし夫

月を背の樹氷を山の魔像とも　瀬川蟻城

手炉《しゅろ》　冬→手焙《てあぶり》

棕櫚の花《しゅろのはな》　夏五月。棕櫚は五月ごろ葉の間から、黄白色粒状の小さい花を無数につづった花穂を垂れる。

日当りて金色垂るゝ棕櫚の花　五十嵐播水

聖堂の木として仰ぐ棕櫚の花　高木壺天

棕櫚剝ぐ《しゅろはぐ》　冬十一月。棕櫚の皮を剝ぐのは初冬である。高さ一〇メートルを超える幹に梯子などを掛けて剝ぐ。

もう〳〵とほこりの中に棕櫚をはぐ

十年の埃を吸ひし棕櫚を剝ぐ　坊城としあつ

須藤常央

春菊《しゅんぎく》　春二月。**菊菜**《きくな》ともいい早春、若葉を採って食用にする。**茼蒿**《しゅんぎく》。**しんぎく**。

霜覆してある方は菊菜かな　夢茶子

ひとたきに菊菜のかをりいや強く　高浜年尾

茼蒿《しゅんぎく》　春→春菊《しゅんぎく》

春暁《しゅんぎょう》《しゅんげう》　［三］春四月。春の明け方のこと。**春の曙**《はるのあけぼの》。**春あかつき**《はるあかつき》。**春の暁**《はるのあかつき》。**春の朝**《はるのあさ》は夜が明けきってからのこと。

命あり春曙となりにけり　加藤母宵

調理場に春暁といふ修羅場あり　堀　恭子

春月《しゅんげつ》　春→春の月《はるのつき》

春光《しゅんこう》《しゅんくわう》　［三］春四月。春の風光、春景色の意であったが、輝かしい春の陽光の意に用いられるようになった。**春の色**《はるのいろ》。**春色**《しゅんしょく》。

春光のあまねきときぞ吾も仏　星野立子

春光を砕きては波かゞやかに　稲畑汀子

春江《しゅんこう》　春→春の川《はるのかわ》

春郊《しゅんこう》　春→春の野《はるのの》

蓴菜《じゅんさい》　夏→蓴《ぬなわ》

春日《しゅんじつ》　春→春の日《はるのひ》

春愁《しゅんしゅう》《しゅんしう》　［三］春四月。春になると、うきうきと華やいだ気分になる反面、何となくもの憂い感じにもなるのをいう。

春愁に筆を重しとおきにけり　大久保橙青

ふとよぎる春愁のかげ見逃さず　稲畑汀子

春宵《しゅんしょう》　春→春の宵《はるのよい》

春色《しゅんしょく》　春→春光《しゅんこう》

春塵《しゅんじん》《しゅんぢん》　［三］春三月。雪や霜が解けて地表が乾燥すると、春の強風に吹かれて埃《ほこり》が舞い上がる。とくにローム層の地方では幾日も空が濁って見えることがある。**春埃**《はるほこり》。

春塵をやり過したる眉目かな　高浜虚子

春塵も置かず遺愛の杯並べ　稲畑汀子

春水《しゅんすい》　春→春の水《はるのみず》

春星忌《しゅんせいき》　冬→蕪村忌《ぶそんき》

春雪《しゅんせつ》　春→春の雪《はるのゆき》

春草《しゅんそう》　春→春の草《はるのくさ》

春昼《しゅんちゅう》　〔三〕春四月。春の昼間は明るく、のどかで、眠たくなるような心地がする。**春昼**《しゆんちう》

琴に身を倒して弾くも春の昼　野見山朱鳥

かくれ部屋あり春昼の顔なほす　稲畑汀子

春潮《しゅんちょう》　〔三〕春四月。春になると潮の色がしだいに淡い藍色に変り明るい感じになってくる。**春の潮**《はるのしほ》は干満の差が著しい。**春潮**《しゆんてう》

春潮を引きよせ山は峙てり　池内友次郎

春潮に乗りてすぐ著く平戸かな　稲畑汀子

春泥《しゅんでい》　〔三〕春三月。春のぬかるみである。凍解、雪解などによって、そのぬかるみもことにはげしかったりする。**春の泥**《はるのどろ》。

春泥に押しあひながら来る娘　高野素十

春泥に一歩をとられ立ちどまり　高浜年尾

春灯《しゅんとう》　〔三〕春四月。春の灯火はどことなく華やいで見える。**春の灯**《はるのひ》。**春燈**《しゆんとう》。

春燈のまどゐに居れど一人ぼち　下田実花

嫁ぐ娘に嫁がす母に春灯　能美優子

春燈《しゅんとう》　春→春灯《しゅんとう》

春分の日《しゅんぶんのひ》　春三月。春分は二十四節気の一つ。三月二十一日前後で、昼夜の長さがほぼ同じになる。

正午さす春分の日の花時計　松岡ひでたか

春眠《しゅんみん》　〔三〕春四月。「春眠暁を覚えず」などと詩句にあるように眠り心地の最もよい季節である。

春眠の底の底より電話鳴る　三村純也

金の輪の春の眠りにはひりけり　高浜虚子

春夜《しゅんや》　春→春の夜《はるのよ》

春雷《しゅんらい》　〔三〕春三月。雷といえば夏に多いものであるが、それがまだ春のうちに鳴るのをいう。**春の雷**《はるのらい》。

夢さめてやはり見えぬ目春の雷　平尾みさお

春雷の僅かに響くばかりかな　高浜年尾

春蘭《しゅんらん》　春三月。日本各地の山野に自生するが、観賞用として栽培もされる。**ほくり**または「ほくろ」ともいう。

春蘭の花芽伸び来し鉢を置く　長井伯樹

春蘭の一鉢を先づ病床に　高浜年尾

春霖《しゅんりん》　春→春雨《はるさめ》

生姜《しょうが》《しやうが》　〔三〕秋九月。地下茎は横に伸び、秋、指をねじまげたような形の新根を数個つける。**新生姜**《しんしやうが》。**古生姜**《ふるしやうが》。**薑**《はじかみ》。

あそび田も皆生姜植ゑ生姜村　平松竈馬

置所変る厨の生姜かな　高浜虚子

銷夏《しょうか》　夏→避暑《ひしょ》

生姜市《しょうがいち》《しやうがいち》　秋九月。芝大門（東京都港区）の芝大神宮で、毎年九月十一日から二十一日まで催される祭礼。土生姜を売る市が立つ。俗に「だらだら祭《まつり》」ともいう。

待ち合すともなく出会ひ生姜市　藤松遊子

陰祭とはいへだら〳〵祭かな　高浜年尾

生姜酒《しょうがざけ》《しやうがざけ》　〔三〕冬十二月。熱燗の酒におろし生姜を落としたものである。冷えこむ夜などしんから温まる。

夜に入りてはたして雪や生姜酒　水野六江

夜の炉に僧のたしなむ生姜酒　岡安迷子

正月《しょうがつ》《しやうぐわつ》　冬一月。本来一月のことをいうが、いまでは三が日、または松の内を正月ということが多い。

正月や塵も落さぬ侘籠　宮部寸七翁

北国の正月を待つわらべ唄　今村青魚

正月場所《しょうがつばしょ》　冬→初場所《はつばしょ》

小寒《しょうかん》《せうかん》　冬一月。二十四節気の一つで冬至のあと十五日目、一月五、六日ごろにあたる。

小寒や鷗とび交ふ中華街　柴原保佳

小寒の雨に大気のゆるみけり　稲畑汀子

陞官双六《しょうかんすごろく》　冬→双六《すごろく》

招魂祭《しょうこんさい》　春→靖国祭《やすくにまつり》

定斎売《じょうさいうり》《ぢやうさいうり》　〔三〕夏七月。暑気払いに効くという散薬の定斎を商う行商人をいう。現在ではまったく見かけない。**定斎屋**《ぢやうさいや》。

定斎屋紺の手甲で煙草吸ふ　田中秋琴女

定斎屋刻み歩みの月日かな　高浜虚子

定斎屋《じょうさいや》　夏→定斎売《じょうさいうり》

障子《しょうじ》《しやうじ》　〔三〕冬十二月。障子は採光と保温を兼ねた日本特有の冬の建具。冬のみ用いられるものではないが、冬の季節感がある。

尼ちらと障子閉しぬ訪ひがたし　神田敏子

一枚の障子明りに伎芸天　稲畑汀子

上巳《じょうし》　春→桃《もも》の節句《せっく》

障子洗ふ《しょうじあらう》《しやうじあらふ》　[三] 秋十月。古い障子を貼り替えるために洗うのである。一昔前までは川とか沼、池などに浸けてあったりした。

浸しある筏つなぎの障子かな　山田九茂茅

洗ひ終へ重たく障子運び去る　稲畑汀子

障子はづす《しょうじはずす》　夏→襖《ふすま》はづす《はずす》

障子貼る《しょうじはる》《しやうじはる》　[三] 秋十月。冬の用意に障子を洗って新しい障子紙を貼ることである。

転任の噂はあれど障子貼る　村山一棹

手伝ひの吾子が邪魔なり障子貼る　白根純子

猩々木《しょうじょうぼく》　冬→ポインセチア

上蔟《じょうぞく》《じやうぞく》　夏五月。蚕が四眠の後に体が半透明になり、繭を作ろうとするようになったのをいう。**上蔟**《あがり》。**上蔟団子**《あがりだんご》。

摘みし桑残り蚕は上蔟す　鈴木つや子

手の空きし時が食事や上蔟す　目黒一栄

焼酎《しょうちゅう》《せうちう》　[三] 夏七月。主に米、麦、甘藷、玉蜀黍、蕎麦、粟などから造られる蒸溜酒で、暑気払いとして用いられる。**甘藷焼酎**《いもせいちう》。**黍焼酎**《きびせいちう》。**泡盛**《あわもり》は沖縄特産の焼酎である。

焼酎に慣れし左遷の島教師　夏井やすを

市場者らし焼酎の飲みつぷり　上野白南風

成道会《じょうどうえ》　冬→臘八会《ろうはちえ》

浄土双六《じょうどすごろく》　冬→双六《すごろく》

菖蒲《しょうぶ》《しやうぶ》　夏五月。水辺に自生する多年草で、その葉に芳香があり邪気を祓うと言い伝えられ、端午の節句には軒に葺く。花菖蒲や渓蓀《あやめ》とは異種である。**あやめぐさ**。

夫を待つきのふとなりし菖蒲剪る　長谷川ふみ子

矢に切って明治なつかし菖蒲髪　武原はん女

上布《じょうふ》《じやうふ》　夏七月。麻織物の一種で、苧《からむし》、麻の細糸で織った高級な布。**越後上布**《ゑちごじやうふ》、**薩摩上布**《さつまじやうふ》が名高い。

芸に身をたて通したる上布かな　杵屋栄美次郎

上布著てこの身世に古る思ひかな　松尾静子

菖蒲池《しょうぶいけ》　夏→花菖蒲《はなしょうぶ》

菖蒲園《しょうぶえん》　夏→花菖蒲《はなしょうぶ》

菖蒲刈る《しょうぶかる》　夏→菖蒲葺《しょうぶふ》く

菖蒲根分《しょうぶねわけ》《しやうぶねわけ》　春三月。適当に芽の出た菖蒲を根分けして、池や菖蒲田などに植え付けることである。

古園や根分菖蒲に日高し　吉岡禅寺洞

惜みなく捨てゝ菖蒲の根分する　大石暁座

菖蒲の節句《しょうぶのせっく》　夏→端午《たんご》

菖蒲の日《しょうぶのひ》　夏→端午《たんご》

菖蒲の芽《しょうぶのめ》《しやうぶのめ》　春三月。水浅い菖蒲田に、菖蒲の芽が並びつらなって水面に出たりしている。

菖蒲の芽水藻ひきつゝ伸びにけり　小熊ときを

向ふなる汀の菖蒲水を出し　高浜虚子

菖蒲引く《しょうぶひく》　夏→菖蒲葺《しょうぶふ》く

菖蒲葺く《しょうぶふく》《しやうぶふく》　夏五月。端午の節句の前夜、菖蒲に蓬を添えて軒に葺く。邪気を祓い火災を免れるとの言い伝えによるもの。**あやめ葺く**《あやめふく》。**菖蒲引く**《しやうぶひく》。**菖蒲刈る**《しやうぶかる》。**軒菖蒲**《のきしやうぶ》。**蓬葺く**《よもぎふく》。**楝葺く**《あふちふく》。**かつみ葺く**《かつみふく》。

牛込に古き弓師や軒しやうぶ　中村吉右衛門

健康のほかは願はず菖蒲葺く　平尾みさお

菖蒲風呂《しょうぶぶろ》　夏→菖蒲湯《しょうぶゆ》

菖蒲湯《しょうぶゆ》《しやうぶゆ》　夏五月。端午の日に菖蒲の葉を入れてたてる風呂。邪気を祓い、心身を清めると言い伝えられた。**菖蒲風呂**《しやうぶぶろ》。

廊下まで匂ふ楽屋の菖蒲風呂　片岡我当

菖蒲湯の形ばかりの葉を浮かべ　高浜年尾

上巳《じょうみ》　春→桃の節句《もものせっく》

醤油造る《しょうゆつくる》《しやうゆつくる》　夏七月。ふつう醤油を仕込むのは、発酵作用の盛んな夏である。大豆および小麦を原料として醤油麴を造り、これを塩水に入れて発酵させたのち圧搾する。

松風に醤油つくる山家かな　高浜虚子

常楽会《じょうらくえ》　春→涅槃《ねはん》

精霊蜻蛉《しょうりょうとんぼ》　秋→蜻蛉《とんぼ》

精霊流し《しょうりょうながし》　秋→精霊舟《しょうりょうぶね》

精霊舟《しょうりょうぶね》《しやうりやうぶね》　秋八月。盆の十六日に、盂蘭盆の供え物や飾り物などを、海や川に流す。その舟をいう。**精霊流し**《しやうりやうながし》。

精霊舟前を通りぬ合掌す　田原那智雨

精霊舟発たせて星の満つる空　植田のぼる

精霊祭《しょうりょうまつり》　秋→魂祭《たままつり》

松露《しょうろ》　春四月。海岸の松林の砂中に生える。暗褐色で零余子《ぬかご》に似た丸い菌《きのこ》である。多く汁の実とされる。**松露掻**《しょうろかき》。

大波のどんと打つなり松露掻　藤後左右
松露掻見かけし三保の松原に　池内たけし

松露掻《しょうろかき》　春→松露《しょうろ》

女王花《じょおうか》　夏→月下美人《げっかびじん》

ショール　〔三〕冬十二月。女性の和装の場合、防寒と装飾を兼ねて肩にはおるもの。**肩掛**《かたかけ》。

人波にすべるショールをおさへつゝ　岡崎莉花女
いそいそとショールの妻を街に見し　今村青魚

初夏《しょか》　夏五月。入梅の前の、からりとした季節である。野や山も緑の色を増す。**初夏**《はつなつ》。

小諸はや塗りつぶされし初夏の景　星野立子
申分なき日和得て初夏の旅　高浜年尾

諸葛菜《しょかっさい》　春四月。花は形も大きさも大根の花に似て淡紫色。「花だいこん」と呼ばれているが、「大根の花」とは別種である。本名、おおあらせいとう。

雨に濡れ花のやさしき諸葛菜　矢崎春星
むらさきの風となるとき諸葛菜　稲畑汀子

暑気中り《しょきあたり》　夏七月。暑さが続くと、ちょっとしたことで下痢をしたりする。その状態をいう。**暑さあたり**《あつさあたり》。**中暑**《ちゅうしょ》。

休診もならず医師の暑気中り　本多美勝
暑気中りしてただ寝てる徒にあらず　小沢清汀

暑気下し《しょきくだし》　夏→暑気払ひ《しょきはらい》

暑気払ひ《しょきはらい》《しょきはらひ》　夏七月。薬を服用して暑気を払うこと、またその薬のこと。梅酒や焼酎を飲むこともある。**暑気下し**《しょきくだし》。

果しなき雲飽きみるや暑気くだし　中村若沙
もてなしの梅酒に暑気を払ふべし　櫛橋梅子

燭蛾《しょくが》　夏→火取虫《ひとりむし》

織女《しょくじょ》　秋→星祭《ほしまつり》

蜀木瓜《しょくぼけ》　春→木瓜の花《ぼけのはな》

植林《しょくりん》　春→苗木植う《なえぎう》

しよしゆん《しょしゅん》　春→早春《そうしゅん》

除雪車《じょせつしゃ》　冬→雪搔《ゆきかき》

除雪夫《じょせつふ》　冬→雪搔《ゆきかき》

助炭《じょたん》　〔三〕冬十二月。箱形の木枠に和紙を貼り、火鉢や炉の上を覆って熱の逃げるのを防ぎ、火もちをよくさせる道具。火鉢に寄る人の無いとき埋火《うずみび》にし、かぶせるのである。

ぬくもりし助炭の上の置手紙　今井つる女

助炭の画どうやら田舎源氏らし　阿波野青畝

除虫菊《じょちゅうぎく》《ぢよちゆうぎく》　夏六月。夏、白色または紅色の直径三センチくらいの一重の菊に似た花をつける。この花を除虫剤の原料にする。

真つ白に雨がふるなり除虫菊　楠部九二緒

除虫菊とは思はずに見つつ来し　稲畑汀子

暑中休暇《しょちゅうきゅうか》　夏→夏休《なつやすみ》

暑中見舞《しょちゅうみまい》《しよちゆうみまひ》　夏七月。暑さの厳しいころ、親しい人々が物を贈り合ったり、手紙で安否を尋ね合ったりすること。特に土用の場合は**土用見舞**《どようみまひ》という。

不幸なる人より暑中見舞かな　森　白象

杜氏の云ふ土用見舞は酒のこと　猪野翠女

暑中休《しょちゅうやすみ》　夏→夏休《なつやすみ》

しよとう《しょとう》　冬→初冬《はつふゆ》

除夜《じょや》《ぢよや》　冬十二月。「年の夜」のことである。午前零時を期して除夜の鐘が鳴り出す。

三輪山の杉かぐはしき除夜の雨　山地国夫

ともかくも終りて除夜の湯に沈む　砂田美津子

観音は近づきやすし除夜詣　高浜虚子

除夜の鐘《じょやのかね》《ぢよやのかね》　冬十二月。大晦日の夜半どき、各寺院では百八の除夜の鐘を撞く。百八の煩悩を一つずつ救うという。

除夜の鐘きゝ煩悩の髪を剃る　一田牛畝

除夜の鐘撞きに来てゐる鳥羽の僧　高浜年尾

白魚《しらうお》《しらうを》　〔三〕春二月。長さは六、七センチ、川や湖に多く棲む。体の色は透明で眼は黒点を置いたように鮮やかである。博多室見川の素魚《しろうお》は、ハゼ科の別種。**白魚網**《しらをあみ》。**白魚舟**《しらをぶね》。

白魚汲む水美しき萩城下　板場武郎

野菜くさ〴〵他に白魚も少しあり　高浜虚子

白魚網《しらおあみ》　春→白魚《しらうお》

白魚舟《しらおぶね》　春→白魚《しらうお》

白重《しらがさね》　夏五月。卯月《うづき》一日の更衣に、下小袖を卯の花のように白いものにかえる。この小袖を白重という。

祝ぎごころさりげなけれど白重　清水忠彦

お小姓にほれたはれたや白重　高浜虚子

白菊《しらぎく》　秋→菊《きく》

白子干《しらすぼし》　〔三〕春三月。鰯などの稚魚で、体が無色透明なのがシラス、それを湯にくぐらせて干し上げたものが白子干である。

白子干す日射うすしと仰ぎけり　大石暁座

浜風のほどよき強さ白子干す　橋川かず子

白玉《しらたま》　〔三〕夏七月。糯米《もちごめ》の粉を水でねり、小さく丸めて茹《ゆ》でたもの。冷やして砂糖をかけて食べる。

白玉の紅一すぢが走りをり　杵屋栄美次郎

白玉にとけのこりたる砂糖かな　高浜虚子

白露《しらつゆ》　秋→露《つゆ》

不知火《しらぬい／しらぬひ》　秋八月。陰暦七月晦日の深夜、有明湾と八代《やつしろ》の沖に無数の灯火があらわれ、一面に広がるという。俳句の上では詩趣ある不思議の火として扱っている。

わだつみの神戯るゝ不知火か　阿部小壺

不知火はわだつみ遠く燃ゆるもの　森　土秋

白南風《しらはえ》　夏→黒南風《くろはえ》

白萩《しらはぎ》　秋→萩《はぎ》

白藤《しらふじ》　春→藤《ふじ》

白百合《しらゆり》　夏→百合《ゆり》

紫蘭《しらん》　夏六月。葉は互生して幅広く、縦に皺が多い。六月ごろ、花軸をあげその上部に紅紫の花を下から総状に開く。花が白いのもある。

君知るや薬草園に紫蘭あり　高浜虚子

じり　夏→夏霧《なつぎり》

治聾酒《じろうしゅ／ぢろうしゅ》　春三月。春分にいちばん近い戊《つちのえ》の日を春の社日、春社といい、この日に酒を飲むと、聾が治るという言い伝えがある。その酒を治聾酒と呼ぶ。特別の酒ではない。

治聾酒の酔ふほどもなくさめにけり　村上鬼城

治聾酒を忘れてゐたり一人のむ　　内田鳥亭

白瓜《しろうり》　夏→瓜《うり》

越瓜《しろうり》　夏→瓜《うり》

代掻く《しろかく》　夏六月。田植の準備として、鋤き起こした田に水を張り、土の塊を砕いて田をならす仕事をいう。**田掻く**《たかく》。**田の代掻く**《たのしろかく》。**田掻牛**《たがきうし》。**田掻馬**《たがきうま》。

代掻くや水につまづくまで疲れ　　成嶋瓢雨

代馬は大きく津軽富士小さし　　高浜虚子

白絣《しろがすり》　［三］夏七月。木綿または麻の**白地**《しろち》に黒や紺で絣模様を配したもので、夏に着て涼しげである。

稽古場の役者一様白絣　　片岡我当

白帷子《しろかたびら》　夏→帷子《かたびら》

白靴《しろぐつ》　［三］夏七月。夏用の白い靴である。以前はリネンなどのものがふつうだったが、近年はほとんど革製である。

白靴をはいて刑事と思はれず　　松岡ひでたか

よく遊びたる白靴を仕舞ひけり　　白根純子

白罌粟《しろげし》　夏→罌粟の花《けしのはな》

白酒《しろざけ》　春三月。雛祭に雛に供える濃い白色の酒である。桃の花を浸した**桃の酒**《もものさけ》も、同じく雛祭に用いられた。

白酒を薦たしとしぬその酔も　　後藤夜半

白酒の紐の如くにつがれけり　　高浜虚子

白地《しろじ》　夏→白絣《しろがすり》

白式部《しろしきぶ》　秋→紫式部の実《むらさきしきぶのみ》

城下鰈《しろしたがれい》《しろしたがれひ》　［三］夏六月。大分県日出町《ひじ》の海岸で捕れる真子鰈《まこがれい》のことである。五月から七月が旬《しゅん》で、珍重される。

漕ぎ出しは城下鰈釣る舟か　　林　周平

虚子賞でし城下鰈いまが旬　　佐藤裸人

代田《しろた》　夏六月。水を張って田植ができるばかりになっている田である。濁っていて、蛙が鳴いたりしている。

畦暮れて代田の水の四角かな　　大島早苗

一枚の代田の上の男山　　福井圭児

白椿《しろつばき》　春→椿《つばき》

白服《しろふく》　夏→夏服《なつふく》

白木瓜《しろぼけ》　春→木瓜の花《ぼけのはな》

白繭《しろまゆ》　夏→繭《まゆ》

白桃《しろもも》　春→桃の花《もものはな》

師走《しわす》　冬十二月。陰暦十二月の異称であるが、陽暦の十二月にもそのまま使われている。

すれ違ふ妻の気附かず町師走　榊原八郎

師走とて忘れもせずに訪ひくれし　高浜年尾

咳く《しわぶく》　冬→咳《せき》

新藷《しんいも》　夏七月。夏の終わりごろから出始めるさつまいも。出はじめは、指ほどに細く皮は薄く紅くて美しい。**走り藷**《はしりいも》。

新藷の金時色の好もしく　大林杣平

人の世の初々しさよ走り藷　後藤比奈夫

新干瓢《しんかんぴょう》　夏→干瓢乾す《かんぴょうほす》

しんぎく　春→春菊《しゅんぎく》

蜃気楼《しんきろう》　春四月。雪解水などで海面の温度が低く、しかも天気の良い日中風がなかったりすると、海上にふつうは見えない水平線下の船や対岸の景が光の屈折により変形して見えること。富山県魚津が有名。**海市**《かいし》。**喜見城**《きけんじやう》。

たゞ沙漠なりし眺めに蜃気楼　桑田青虎

鉄塔の見えしが始め蜃気楼　小林草吾

新月《しんげつ》　秋→三日月《みかづき》

新牛蒡《しんごぼう》　夏→若牛蒡《わかごぼう》

新歳《しんさい》　冬→新年《しんねん》

震災忌《しんさいき》　秋九月。九月一日。大正十二年（一九二三）にあった関東大地震の死者の追悼の日。

江東に又帰り住み震災忌　大橋越央子

死と隣る過去いくたびぞ震災忌　小幡九竜

新参《しんざん》　春→出代《でがわり》

人日《じんじつ》　冬一月。五節句の一つで、陰暦正月七日。七種粥で祝う慣例がある。東方朔《とうぼうさく》の占書に「正月一日は鶏を占ひ、二日は狗《いぬ》を占ひ……七日は人を占ひ、八日は穀を占ふ」とある。

円山や人日の人ちらほらと　池尾ながし

何をもて人日の客もてなさん　高浜虚子

新渋《しんしぶ》　秋→渋取《しぶとり》

新酒《しんしゅ》　秋十月。その年の新米で、すぐ醸造した酒をいう。**新走**《あらばしり》。**今年酒**《ことしざけ》。

迸る音の確や新走　富田のぼる

二三子の携へ来る新酒かな　高浜虚子

新樹《しんじゅ》　夏五月。初夏、みずみずしい緑におおわれた木々。

落慶の大塔聳ゆ新樹晴　田伏幸一

大いなる新樹のどこか騒ぎをり　高浜虚子

深秋《しんしゅう》　秋→秋深し《あきふかし》

新秋《しんしゅう》　秋→初秋《はつあき》

新生姜《しんしょうが》　秋→生姜《しょうが》

じんじやうさい《じんじょうさい》　秋→神嘗祭《かんなめさい》

新蕎麦《しんそば》　秋十月。早刈の蕎麦粉で打った蕎麦をいう。九月、十月ごろになるともう蕎麦の走りが出る。**走り蕎麦**《はしりそば》。

御僧に母が手打の走りそば　猪子水仙

新蕎麦を打ちて見舞に上京す　勝俣泰享

新煙草《しんたばこ》　秋→懸煙草《かけたばこ》

新松子《しんちぢり》　秋十月。今年できた青い松かさのこと。松葉の中の堅い球果はすがすがしい感じがする。**青松かさ**《あをまつかさ》。

リス走りゆれる小枝や新松子　常原公子

新茶《しんちゃ》　夏五月。茶の新芽を摘んで、その年最初に作られた茶のこと。**走り茶**《はしりちゃ》。

よろこべば新茶淹れかへ淹れかへし　小畑一天

方丈に今とどきたる新茶かな　高浜虚子

沈丁《じんちょう》　春→沈丁花《じんちょうげ》

沈丁花《じんちょうげ》《ぢんちやうげ》　春四月。冬のころから蕾が群がって生ずるが開花は三、四月ごろ。香りが高い。**丁字**《ちやうじ》。**沈丁**《ぢんちやう》。

沈丁の香は路地ぬけること知らず　山本いさ夫

一片を解き沈丁の香となりぬ　稲畑汀子

新豆腐《しんどうふ》　秋八月。新大豆でつくった豆腐である。甘い風味があり、おいしい。

新豆腐それも木綿を喜ばれ　小汐大里

掌で掬ふ角の正しき新豆腐　高倉麦秋

新内ながし《しんないながし》　夏→ながし

新入生《しんにゅうせい》　春→入学《にゅうがく》

新年《しんねん》　冬一月。**年の始**《としのはじめ》をいう。**新玉の年**《あらたまのとし》。**年改る**《としあらたまる》。**年立つ**《としたつ》。**新歳**《しんさい》。**年頭**《ねんとう》。**初年**《はつとし》。**年迎ふ**《としむかふ》。**年明く**《としあく》。**初春**《はつはる》。**御代の春**《みよのはる》。**明の春**《あけのはる》。**今朝の春**《けさのはる》。**老の春**《おいのはる》。

年あらたなり青空を塗り替へて　蔦　三郎
風雅とは大きな言葉老の春　高浜虚子

新年会《しんねんかい》《しんねんくわい》　冬一月。新年を祝うために催す宴会。
酔蟹や新年会の残り酒　正岡子規

神農祭《しんのうさい》　冬十一月。医薬の祖神と伝える中国の神農氏を祀る祭。大阪市中央区道修町《どしょうまち》の少彦名《すくなひこな》神社の例祭が名高い。祭日は十一月二十三日。
神農の虎提げ吾れも浪花びと　藤原涼下
神農の祭の顔としての虎　三須虹秋

新海苔《しんのり》　冬十一月。海苔は十月半ばごろから翌年の三月ごろまで採れるが、その走りの海苔が新海苔。「海苔」は春季。
新海苔やビルに老舗の暖簾かけ　黒米松青子
新海苔としての艶とはあきらかに　稲畑汀子

じんべ　夏→甚平《じんべい》

甚平《じんべい》　夏七月。男性用の袖なし羽織のような単衣《ひとえ》をいうが、短い袖をつけたものもある。**じんべ**。**甚兵衛**《じんべゑ》。
甚平著て脛の笑つてゐるやうな　小田三千代
恋はもの丶男甚平《じんべい》女紺しぼり　高浜虚子

甚兵衛《じんべゑ》　夏→甚平

新米《しんまい》　秋十月。その年に収穫した米のことで、早稲《わせ》は早い時期から出回り始める。水気が多く風味が良い。**今年米**《ことしまい》。
新米を炊ぎて祝ふ鍬仕舞　片山季山
新米の其一粒の光かな　高浜虚子

新繭《しんまゆ》　夏→繭《まゆ》

親鸞忌《しんらんき》　冬→報恩講《ほうおんこう》

新涼《しんりょう》《しんりやう》　秋八月。秋はじめて催す涼しさをいう。よみがえるような新鮮な感触がある。**秋涼し**《あきすずし》。**秋涼**《しうりやう》。
新涼の風とは俄なりしもの　小川竜雄
折返すより新涼の馬車となる　稲畑汀子

新緑《しんりょく》　夏五月。初夏の木々の緑をいう。色彩的に艶やかな美しさが感じられる。
新緑やこつてり絵具つけて画く　高田風人子
塔仰ぐとき新緑に染まりつゝ　稲畑汀子

新綿《しんわた》　秋→綿取《わたとり》

新藁《しんわら》　秋十月。その年に収穫した稲の新しい藁で、まだ青みが残っており、すがすがしい匂いがする。**今年藁**《ことしわら》。

今年藁仔牛にしかと敷いてやる　佐藤冨士夫

肥桶を荷ひ新藁一抱へ　高浜虚子

◎す◎

素跣《すあし》　夏→跣足《はだし》

素袷《すあわせ》　夏→袷《あわせ》

スイートピー　春四月。葉も茎も豌豆に似ている。花の形は蝶の飛び立つ姿を思わせる。紅、紫、白、黄、ピンクなど。

郵便夫去りて蝶湧くスイトピー　左右木韋城

からまりてスイートピーの剪りにくし　角　靏子

水泳《すいえい》　夏→泳ぎ《およぎ》

西瓜《すいか》《すゐくわ》　秋八月。わが国には江戸初期に伝えられたという。昔から七夕などに供えられ、俳句では初秋。**西瓜番**《すゐくわばん》。

西瓜とはたゞ蹴ころがし売れるもの　福田草一

見られゐて種出しにくき西瓜かな　稲畑汀子

忍冬の花《すいかずらのはな》《すひかづらのはな》　夏五月。山野に自生する蔓性の小低木で、初夏、葉のつけ根に二つずつ並んで細い筒形の香りのよい花を開く。**にんどうの花**《にんどうのはな》。

すひかづら今来し蝶も垂れ下り　東中式子

白と見し黄と見し花の忍冬　前内木耳

西瓜提灯《すいかちょうちん》《すゐくわちやうちん》　秋八月。西瓜を刳《く》りぬいて中に蠟燭をともす子供の遊びである。**瓜提灯**《うりぢやうちん》。**茄子提灯**《なすぢやうちん》。

大きめの口あかあかと瓜提灯　高浜朋子

人顔の西瓜提灯ともし行く　高浜虚子

西瓜の花《すいかのはな》《すゐくわのはな》　夏六月。花は五裂合弁で、雌花も雄花も同じ蔓に咲く。花の色は淡黄色であるが、雌花には丸い子房がついているのですぐ区別がつく。

道にまで西瓜の花のさかりかな　滝本除夜子

西瓜番《すいかばん》　秋→西瓜《すいか》

芋茎《ずいき》《ずゐき》　〔三〕秋九月。里芋の茎のことで、生でも汁などに入れるが、多くはこれを干して保存する。**芋幹**《いもがら》。**ずゐき汁**《ずゐきじる》。

谷戸深くどこの家にも芋茎干し　辻　萍花

ずゐき汁《ずいきじる》　秋→芋茎《ずいき》

手にとりてまこと軽しや干芋茎　宮本寒山

水仙《すいせん》《すゐせん》　冬一月。厳しい寒さの中に咲く水仙は気品があり、香気が漂う。「黄水仙」は遅れて春に咲く。

水仙や古鏡の如く花をかゝぐ　松本たかし

水仙を遠ざかるとき近づく香　稲畑汀子

水中花《すいちゅうか》《すゐちゆうくわ》　〔三〕夏七月。水中に落とすとややあって人物、花などの形に開く玩具である。

入れ直しみても傾く水中花　朝鍋住江女

病人に一人の時間水中花　稲畑汀子

すいっちょ《すいっちょ》　秋→馬追《うまおい》

酸葉《すいば》　春三月。**すかんぽ**のことである。**酸模**《すいば》。**あかぎしぎし**。

すかんぽの雨やシグナルがたと下り　河村東洋

すかんぽや千体仏の間より　星野立子

酸模《すいば》　春→酸葉《すいば》

水飯《すいはん》《すゐはん》　夏七月。盛夏のころに、炊いた飯を冷水に冷やして食べるものをいう。**洗飯**《あらひめし》、**水漬**《みづづけ》ともいう。

水飯のごろ〳〵あたる箸の先　星野立子

水飯に味噌を落して曇りけり　高浜虚子

水盤《すいばん》《すゐばん》　〔三〕夏七月。床の間などの置物にする陶磁器の浅くて底の広い平らな鉢で、水を湛え、蘆などを配し涼趣を誘うもの。

水盤に木賊涼しく乱れなく　小谷松碧

水盤に浮びし塵のいつまでも　高浜年尾

水蜜桃《すいみつとう》　夏→早桃《さもも》

水練《すいれん》　夏→泳ぎ《およぎ》

睡蓮《すいれん》《すゐれん》　夏七月。庭池や水鉢に栽培するが、沼や池に自生もする。夕刻に花をたたみ、昼また開くので睡蓮という。**未草**《ひつじぐさ》。

風すぎて睡蓮の葉は又水に　水田千代子

山の池底なしと聞く未草　稲畑汀子

水論《すいろん》　夏→水喧嘩《みずげんか》

末摘花《すえつむはな》　夏→紅の花《べにのはな》

菅抜《すがぬき》　夏→茅の輪《ちのわ》

菅貫《すがぬき》　夏→茅の輪《ちのわ》

すかんぽ　春→酸葉《すいば》

スキー　［三］冬一月。スケートとともに冬季スポーツの代表的なものである。

スキー長し改札口をとほるとき　藤後左右

スキー靴脱ぎて自由な足となる　千原草之

杉落葉《すぎおちば》　夏五月。杉も若葉が出ると古い葉は一連ずつ房のようになって落ちる。

礎に杉の落葉や平泉寺　池内たけし

杉落葉して境内の広さかな　高浜虚子

梳き初《すきぞめ》　冬一月。新年初めて髪をくしけずることである。

梳きぞめや眦をつと引きゆがめ　高浜虚子

杉菜《すぎな》　春四月。どこにでも生える雑草で、土筆はその花にあたる。細くてやわらかい緑の茎は節《ふし》が多い。

小川二つ並び流るゝ杉菜かな　高浜虚子

目に立ちしときは杉菜でありにけり　稲畑汀子

杉の花《すぎのはな》　春四月。杉は一株に雌雄の花をつける。雄花は米粒大で枝先に群がってつき、雌花は小さい球形で一個ずつつく。

花杉や斧鉞知らざる峰続く　山地曙子

千年の神杉降らす花粉浴び　稲畑汀子

杉の実《すぎのみ》　秋十月。鱗のある小さな丸い実で、葉と同じ色をしていて目立たない。のちには焦茶色になる。

杉の実に峡は暮れゆく音にあり　坊城としあつ

樹から樹へ杉の実採は空渡る　三星山彦

鋤始《すきはじめ》　冬→鍬始《くわはじめ》

隙間風《すきまかぜ》　［三］冬十二月。壁、襖、戸などの隙間から入ってくる寒い風。狭いところを入って来る風は刃のように鋭く感じられる。

母がりやむかしのまゝの隙間風　山本晃裕

時々にふりかへるなり隙間風　高浜虚子

隙間張る《すきまはる》　冬→目貼《めばり》

頭巾《ずきん》《づきん》　［三］冬十二月。布で作り、頭や顔を包み寒さを防ぐために用いるものをいう。昔は男女を通じて広く用いられた。
　永らへて頭巾御免の御看経　野島無量子
　深頭巾かぶりて市の音遠し　高浜虚子

づく《ずく》　冬→木兎《みみずく》

酢茎《すぐき》　［三］冬十一月。京都名産の漬物である。酢茎という蕪の一種を、葉ごと塩漬にしたもので、やや酸味のある独特の風味。
　瞳が合へば来て荷を下ろす酢茎売　矢倉信子
　百俵の塩の届きし酢茎宿　山川能舞

末黒野《すぐろの》　春→焼野《やけの》

末黒の芒《すぐろのすすき》　春二月。草を焼いたあとの黒くなった野、いわゆる末黒野に萌え出た芒をいう。**焼野の芒**《やけののすすき》。
　暁の雨やすぐろの薄はら　蕪村
　グライダー基地も末黒の芒原　柴原保佳

スケート　［三］冬二月。俳句では用具としてのスケートより、スケーティングそのものを指す場合が多い。**氷滑り**《こほりすべり》。
　スケートの心に脚の従はず　嶋田一歩
　スケートの靴に乗りたる青春よ　稲畑汀子

菅刈《すげかり》　夏七月。七月ごろ、生育した菅を刈りとる。河畔や湖畔など湿地に自生するものが多い。**菅刈る**《すげかる》。**菅干す**《すげほす》。
　菅刈の菅笠といふものありぬ　小林草吾
　菅刈つて沼風広く渡りけり　稲畑汀子

菅刈る《すげかる》　夏→菅刈《すげかり》

菅粽《すげちまき》　夏→粽《ちまき》

菅干す《すげほす》　夏→菅刈《すげかり》

スコール　［三］夏七月。熱帯地方特有の激しい驟雨である。わが国では八丈島などで見られる。
　スコールや逃げおくれたるまぐさ馬車　木村要一郎
　スコールの波窪まして進み来る　高浜虚子

巣籠《すごもり》　春→鳥の巣《とりのす》

双六《すごろく》　冬一月。**絵双六**《ゑすごろく》。**浄土双六**《じやうどすごろく》。**陞官双六**《しようくわんすごろく》。**道中双六**《だうちうすごろく》。**役者双六**《やくしやすごろく》。
　双六をしてゐるごとし世はたのし　国弘賢治
　祖母の世の裏打ちしたる絵双六　高浜虚子

冷まじ《すさまじ》　秋十月。秋の冷気のやや強いもの。冬の寒さとまではいかないが体に強く響く感じである。

冷まじや関趾刎来の浪頭　伊藤風楼

すさまじや地震に詣でし恐山　松本圭二

鮓《すし》　[三]　夏七月。**圧鮓**《おしずし》。**握鮓**《にぎりずし》。**早圧鮓**《はやおしずし》。**早鮓**《はやずし》。**一夜鮓**《ひとよずし》。**鮓圧す**《すしおす》。**鮓漬る**《すしつくる》。**鮓熟る**《すしなる》。**鮓の石**《すしのいし》。**鮓桶**《すしをけ》。**鮨**《すし》。**鮎鮓**《あゆずし》。**鯖鮓**《さばずし》。**鮒鮓**《ふなずし》。**五目鮓**《ごもくずし》。**ちらしずし**。**鮓の宿**《すしのやど》。

鮒鮓をねかす月日の波の音　高見岳子

赤なしの柿右衛門なる鮓の皿　高浜虚子

鮨《すし》　夏→鮓《すし》

鮓桶《すしおけ》　夏→鮓《すし》

鮓圧す《すしおす》　夏→鮓《すし》

鮓漬る《すしつくる》　夏→鮓《すし》

鮓熟る《すしなる》　夏→鮓《すし》

鮓の石《すしのいし》　夏→鮓《すし》

鮓の宿《すしのやど》　夏→鮓《すし》

芒《すすき》　[三]　秋九月。**薄**《すすき》。**尾花**《をばな》。**糸芒**《いとすすき》。**一叢芒**《ひとむらすすき》。**花芒**《はなすすき》。**芒野**《すすきの》。**芒原**《すすきはら》。**鬼芒**《おにすすき》。**ますほの芒**《ますほのすすき》。**一本芒**《ひともとすすき》。**穂芒**《ほすすき》。**芒散る**《すすきちる》。**尾花散る**《とばなちる》。

日陰れば芒は銀を燻しけり　米岡津屋

分け入りて芒に溺れゆくごとし　山田弘子

光る時光は波に花芒　稲畑汀子

薄《すすき》　秋→芒《すすき》

鱸《すずき》　[三]　秋九月。沿岸の浅海に産し川にもさかのぼる。体は銀青色で口が大きい。**すずき釣**《すずきつり》。**すずき網**《すずきあみ》。**すずき鱠**《すずきなます》。

舟板に撲たれ横たふ鱸かな　楠目橙黄子

鱸釣る一ト潮の刻のがすまじ　石毛昇風

すずき網《すずきあみ》　秋→鱸《すずき》

芒茂る《すすきしげる》　夏→青芒《あおすすき》

芒散る《すすきちる》　秋→芒《すすき》

すずき釣《すずきつり》　秋→鱸《すずき》

すずき鱠《すずきなます》　秋→鱸《すずき》

芒野《すすきの》　秋→芒《すすき》

芒原《すすきはら》　秋→芒《すすき》

煤籠《すすごもり》　冬十二月。煤払の日に、老人や子供たちが邪魔にならないよう別棟や別室に煤を避けて移り籠ることをいう。

煤籠する部屋もなし外出す　高橋すゝむ
煤籠して果さなん一事あり　宮城きよなみ

涼し《すずし》　〔三〕夏七月。暑い夏であるからこそ涼しさを感じることもまたひとしおである。**朝涼**《あさすず》。**夕涼**《ゆふすず》。**晩涼**《ばんりやう》。**夜涼**《やりやう》。**涼風**《りやうふう》。

闇涼し富士の気配をぬりつぶし　成瀬正とし
構はれぬことが涼しき浦の宿　上崎暮潮
水音のかすかにありて涼しさよ　稲畑汀子

煤竹《すすだけ》　冬→煤払《すすはらい》

ずずだま　秋→数珠玉《じゅずだま》

篠の子《すずのこ》　夏五月。篠竹の筍で細長く食用にもなる。篠竹は「すず」ともいい、垣根などにも用いられる。**笹の子**《ささのこ》。

母炊きし篠の子飯の柔かし　牛木たけを
篠の子を抜きし力の余りけり　大塚はぎの

煤掃《すすはき》　冬→煤払《すすはらい》

煤払《すすはらい》《すすはらひ》　冬十二月。新年を迎えるために家の内外の煤埃《すすほこり》をくまなく払い清めることである。**煤竹**《すすだけ》。**煤掃**《すすはき》。**煤湯**《すすゆ》。

煤払すみしばかりの仏達　江口竹亭
煤払されし堆書の親しめず　浅井青陽子

納涼《すずみ》　夏七月。**涼む**《すずむ》。**橋涼み**《はしすずみ》。**土手涼み**《どてすずみ》。**磯涼み**《いそすずみ》。**縁涼み**《えんすずみ》。**門涼み**《かどすずみ》。**夕涼み**《ゆふすずみ》。**宵涼み**《よひすずみ》。**夜涼み**《よすずみ》。**涼み台**《すずみだい》。**納涼舟**《すずみぶね》。

空ばかりみてゐる子抱き夕涼み　今井つる女
今日のことすつかり忘れ夕涼み　河野扶美

涼み浄瑠璃《すずみじょうるり》《すずみじやうるり》　夏七月。夏は出演者の裃《かみしも》も客席も涼しげに装い、納涼を兼ねて催されたが、現在はすたれてしまった。

浦人の涼み浄瑠璃ありとかや　五　平

涼み台《すずみだい》　夏→納涼《すずみ》

納涼舟《すずみぶね》　夏→納涼《すずみ》

涼む《すずむ》　夏→納涼《すずみ》

鈴虫《すずむし》　〔三〕秋九月。リーンリーンと、鈴を振るようにつづけて鳴く虫。

鈴虫の逃げしと思ふ鳴きゐたり　高浜年尾
鈴虫の鳴き継ぐ夜を書き継げる　稲畑汀子

雀の子《すずめのこ》　春四月。雀のひなは孵《かえ》って半月ほどで巣立つ。**親雀**《おやすずめ》と遊んでいる**子雀**《こすずめ》は小さくかわいい。

子雀の吹き落されし車椅子　森　土秋
玻璃内の眼を感じつゝ親雀　高浜虚子

雀の巣《すずめのす》　春四月。雀は庇裏、屋根瓦の隙間とか石垣の穴などに巣を作る。藁などを輪にした程度のものである。
軒瓦ゆるみしところ雀の巣　渡辺志げ子
藁さがるけふは二筋雀の巣　高浜虚子

煤湯《すすゆ》　冬→煤払《すすはらい》

鈴蘭《すずらん》　夏六月。二、三枚の葉の間から短い花茎を出して、その上部に総状に白い小さな風鈴のような花を垂れ、清らかな芳香を放つ。花期は五、六月ごろ。
鈴蘭の森を迷はずさまよへる　依田秋葭
来し甲斐を鈴蘭の野に踏入りし　塙　告冬

硯洗《すずりあらい》《すずりあらひ》　秋八月。七夕の前日に、文筆に携わる人や児童、生徒が硯や机を洗い、文字や文筆の上達を願う。
洗ひたる硯に侍る思ひあり　篠塚しげる
洗ひあげて端渓と知る硯かな　柴原碧水

巣立《すだち》　春四月。鳥の子が成育して、巣から飛び去ることをいうのである。**巣立鳥《すだちどり》**。
巣立鵜の並び止れる高枝かな　岡安迷子
あとかたもなき静けさに巣立ちたる　谷口和子

酢橘《すだち》　秋十月。柚子に似て小形、頂は浅くへこみ、皮は黄色みをおびた橙色、果肉は淡黄色で酸味が強く多汁、香り高く、各種の料理に珍重される。**酸橘《すだち》**。
贈り来しすだちに鳴門潮偲ぶ　野村くに女
名物の一つに酢橘阿波土産　宇山白雨

酸橘《すだち》　秋→酢橘《すだち》
巣立鳥《すだちどり》　春→巣立《すだち》
簾《すだれ》　夏→青簾《あおすだれ》
簾売《すだれうり》　夏→青簾《あおすだれ》

スチーム　［三］冬十二月。蒸気による暖房装置である。ビルディングなどその代表であったが、今は温風が多くなった。
スチームの甚だ熱し蜜柑むく　市川東子房

酢造《すつくる》る　［三］秋十月。秋、農家では新米で米酢を造る。軒下に壺など置いて、秋の強い日差しで醸す。発酵すれば布で漉し、さらに沈殿させて上澄みをとる。

酢造りや後は月日に任せおく　小林草吾

峡にまだしきたり多し酢を造る　石井とし夫

巣燕《すつばめ》　春→燕の巣《つばめのす》

捨団扇《すてうちわ》　秋→秋団扇《あきうちわ》

捨扇《すておうぎ》　秋→秋扇《あきおうぎ》

捨蚕《すてご》　春→蚕《かいこ》

捨頭巾《すてずきん》《すてづきん》　春三月。春になって頭巾を用いなくなることをいう。頭巾は、昔は一般の風俗であった。

捨頭巾置かれしまゝに炉辺にあり　小幡幽荘子

蝦夷寒くまだ〳〵頭巾捨てられず　原岡杏堂

捨苗《すてなえ》　夏→早苗《さなえ》

簀戸《すど》　夏→葭戸《よしど》

ストーブ　［三］冬十二月。灯油、ガス、電気などを使って部屋を暖める暖房器具である。**煖炉**《だんろ》。

もてなすに貧しき英語煖炉燃ゆ　嶋田一歩

ストーブに取り残されてゐる背中　浅利恵子

ストック　春四月。切花として栽培される。花は匂いがよく四弁で十字形、色は白、紅紫、紫など。**あらせいとう**。

ストックの香より花舗の荷解きゆけり　河野美奇

包まれしストックの香と色ほどく　稲畑汀子

巣鳥《すどり》　春→鳥の巣《とりのす》

砂日傘《すなひがさ》　夏→日傘《ひがさ》

素裸《すはだか》　夏→裸《はだか》

洲浜草《すはまそう》《すきはまさう》　春二月。残雪の間から萌え出し、葉に先立って花を咲かせるので**雪割草**《ゆきわりさう》とも呼ばれる。花は白または淡い紅紫色で山野に自生する。葉の形が洲浜台に似ているのでこの名がある。**三角草**《みすみさう》もよく似ている。

花日記雪割草に始りし　秋葉美流子

雪を割る力は見えず雪割草　竹下陶子

滑莧《すべりひゆ》　［三］夏七月。多肉質の草で、表面がつるつるした紫赤色の葉をつけ地を這い、炎天下に黄色い五弁花を開く。**馬歯莧**《すべりひゆ》。

淋しさや花さへ上ぐる滑莧　前田普羅

馬歯莧《すべりひゆ》　夏→滑莧《すべりひゆ》

すまひ《すまい》　秋→相撲《すもう》

炭《すみ》　〔三〕冬十二月。**木炭**《もくたん》のこと。以前は冬の暖房になくてはならぬものであった。**堅炭**《かたずみ》というのは、質が堅く火力が強い。

炭つぎて釜の松風もどりけり　手塚基子

思ふこと日に〳〵遠し炭をつぐ　高浜年尾

炭売《すみうり》　〔三〕冬十二月。都会では薪炭商で炭が売られていた。山から炭を運んで売り歩いたのは昔のことである。

炭うりや京に七つの這入口　召　波

三声ほど炭買はんかといふ声す　高浜虚子

炭籠《すみかご》　冬→炭斗《すみとり》

炭頭《すみがしら》　冬→炭火《すみび》

炭竈《すみがま》　〔三〕冬十二月。炭を焼く竈のことである。堅炭をつくる石竈と、黒炭をつくる土竈《どがま》とがあって、炭材を得やすい足場のよい山裾につくられる。

炭がまへ杣も昼餉に下り来る　東原蘆風

炭竈の大きな谷に出たりけり　高浜虚子

炭俵《すみだわら》《すみだはら》　〔三〕冬十二月。萱または藁で作った俵で、炭を入れるものである。椿、樒《しきみ》、桜などの小枝をわがねて口蓋を作る。

炭俵《すご》を編む竈のほてりを背に受けて　出羽里石

炭俵の空しきを見る木部屋かな　高浜虚子

炭斗《すみとり》　〔三〕冬十二月。炭俵から小出しにした炭を火鉢や炉につぐために、入れておく容器である。**炭取**《すみとり》。**炭籠**《すみかご》。

炭斗を提げてよろめく老悲し　高岡智照

炭斗は所定めず坐右にあり　高浜虚子

炭取《すみとり》　冬→炭斗《すみとり》

炭火《すみび》　〔三〕冬十二月。熾《おこ》った木炭の火をいうのである。炭火の美しさは日本家屋の美しさに通じる。**炭頭**《すみがしら》。**熏炭**《いぶりずみ》。**跳炭**《はねずみ》。

倖を炭火の如くあたゝむる　野見山ひふみ

かきたてゝ炭火へりゆく旅籠の夜　河野扶美

炭焼《すみやき》　〔三〕冬十二月。冬は炭の需要期であり、また農閑期でもあるので、農家などで炭を焼くことが多かった。

一年の寺の維持費の炭を焼く　西沢破風

貧乏も底のつきたる炭を焼く　平松竈馬

住吉の御田植《すみよしのおたうえ》　夏→御田植《おたうえ》

菫《すみれ》　〔三〕春三月。高さ一〇センチくらいの可憐な紫色の花であるが、その種類は極めて多い。**菫草**《すみれぐさ》。**花菫**《はなすみれ》。**菫野**《すみれの》。

摘み飽いてなほ菫野の紫に　河野美奇

突き放す水棹や岩のすみれ草　高浜年尾

菫草《すみれぐさ》　春→菫《すみれ》

菫野《すみれの》　春→菫《すみれ》

角力《すもう》　秋→相撲《すもう》

相撲《すもう》《すまふ》　〔三〕秋八月。わが国の国技といわれ、俳句で秋季となったのは宮中の相撲節会《すまいのせちえ》の行事にもとづく。**宮相撲**《みやずまふ》。**草相撲**《くさずまふ》。**角力**《すまふ》。**すまひ**。**相撲取**《すまふとり》。**辻相撲**《つじずまふ》。**江戸相撲**《えどずまふ》。**上方相撲**《かみがたずまふ》。**相撲場**《すまふば》。

兄弟の勝ち残りたる草相撲　松田きみ子

貧にして孝なる相撲負けにけり　高浜虚子

相撲取《すもうとり》　秋→相撲《すもう》

相撲場《すもうば》　秋→相撲《すもう》

李《すもも》　夏六月。中国から渡来し、わが国で広く栽培される果実。桃に似た形で、小さく固い。梅雨のころ紫がかった赤または黄色の実をつける。**酸桃**《すもも》。**巴旦杏**《はたんきやう》。**牡丹杏**《ぼたんきやう》。

隠栖の土に落ちたるすもゝかな　鈴鹿野風呂

酸桃《すもも》　夏→李《すもも》

李の花《すもものはな》　春四月。桃より遅れて咲く。梅に似た白い五弁花で花柄が長く、ふつう二、三輪ずつ集まって咲く。

山買うて泊りし宿の花李　平松竈馬

咲きすてし片山里の李かな　高浜虚子

磨臼《すりうす》　秋→籾磨《もみすり》

ずわい蟹《ずわいがに》　〔三〕冬十二月。日本海で漁獲され、**越前蟹**《えちぜんがに》、**松葉蟹**《まつばがに》とも呼ばれる。十一月に解禁され冬季が旬《しゅん》。別に北海道方面では**鱈場蟹**《たらばがに》を初め、**毛蟹**《けがに》、**花咲蟹**《はなさきがに》などが取れる。

大笊に選り分けられし鱈場蟹　林　周平

◎せ◎

盛夏《せいか》　夏七月。夏の暑さの真盛りの時期をいう。**炎帝**《えんてい》は夏をつかさどる神、またその神としての太陽をいう。

ホッケーの球の音叫び声炎帝　星野立子
炎帝のをさまる夕べ待つことに　稲畑汀子

成人の日《せいじんのひ》　冬一月。一月第二月曜日。昭和二十三年（一九四八）新しく国民の祝日として制定された。

成人のその日を以て改名す　星野立子
成人の日の華やぎに今日居らむ　竹腰八柏

聖誕節《せいたんせつ》　冬→クリスマス

製茶《せいちゃ》　春四月。摘んで来た茶の葉は蒸して**焙炉**《ほいろ》にかけ、焙りながら手で揉み上げる。最近は機械による製茶が多い。

仏壇の中も茶ぼこり焙炉どき　大森積翠
家毎に焙炉の匂ふ狭山かな　高浜虚子

歳暮《せいぼ》　冬十二月。歳末に、親しい人や平素世話になっている人に品物を贈って謝意を表することをいう。

知遇の縁歳暮今年も変りなく　横井迦南
お隣のお歳暮ばかりあづかりし　谷口まち子

誓文払《せいもんばらい》《せいもんばらひ》　秋十月。陰暦十月二十日「夷講」の日、商人はこの日を安売りの日とした。今日では陽暦で行い、デパートなどでもその前後一週間ほど安売りをする。**夷布**《えびすぎれ》。

子を抱いて妻に従ふ夷布　南秋草子
誓文は商ひの華なりしかな　辻本斐山

セーター　［三］冬十二月。毛糸を編んで作った上衣で、老若男女を問わず極めて一般的な冬の衣類である。

修道女セーターの白許さるゝ　平林とき子
子の数のセーター持ちてドライブに　稲畑汀子

施餓鬼《せがき》　秋八月。盂蘭盆会またはその前後の日に、諸寺院で無縁の霊を弔い供養をすることをいう。**施餓鬼棚**《せがきだな》。**施餓鬼幡**《せがきばた》。**施餓鬼寺**《せがきでら》。**川施餓鬼**《かはせがき》。**船施餓鬼**《ふなせがき》。**施餓鬼船**《せがきぶね》。

川施餓鬼夜空焦がして終りたる　吉村ひさ志
卒塔婆の白きが増えぬ施餓鬼寺　坂井　建

施餓鬼棚《せがきだな》　秋→施餓鬼《せがき》

施餓鬼寺《せがきでら》　秋→施餓鬼《せがき》

施餓鬼幡《せがきばた》　秋→施餓鬼《せがき》

施餓鬼船《せがきぶね》　秋→施餓鬼《せがき》

咳《せき》　〔三〕冬十二月。冬は大気が乾燥することが多く、寒さも加わって咽喉をいためやすい。咳《せ》く、**咳**《しはぶ》**く**と動詞にも用いられる。

つきまとふ咳に孤独のはじまりぬ　新田充穂
ランドセル咳込む吾子の背に重く　稲畑汀子

惜春《せきしゅん》　春→春惜《はるおし》む

石菖《せきしょう》《せきしやう》　〔三〕夏七月。水辺の石の間などに自生する常緑の多年草で、葉は剣状で細く叢生し、葉の間から花茎を出し、円柱状の黄色の小花をつける。盆栽としても観賞される。

石菖やせゝらぐ水のほとばしり　田中王城
石菖や手をさし入れて開く木戸　高須孝子

石竹《せきちく》　夏六月。葉も花も撫子《なでしこ》に似た三〇センチくらいの草である。花の色は白や紅などいろいろある。**からなでしこ**。

石竹にいつも見なれし蝶一つ　森　婆羅

釈奠《せきてん》　春四月。陰暦二月および八月の初めの丁《ひのと》の日に行う孔子の祭である。**おきまつり**。

多久邑の氏子のほこり釈奠　百崎刀郎
釈奠や笙もてあそぶ老博士　小田島艸于

赤痢《せきり》　〔三〕夏七月。赤痢菌、赤痢アメーバによって起こる法定伝染病である。近年は治療薬の進歩により多くは数日で治る。

赤痢出て野崎詣も絶えにけり　森川暁水
無医地区へ赤痢対策本部置く　平野塘青

鶺鴒《せきれい》　〔三〕秋十月。長い尾を持っていて、絶えずこれを上下に動かしながら、水辺、谷川など石から石へと軽快に飛び渡る。**石たたき**《いしたたき》。**庭たたき**《にはたたき》。

鶺鴒のつつと去る岩来たる岩　亮木滄浪
鶺鴒のとゞまり難く走りけり　高浜虚子

背越《せごし》　〔三〕夏七月。生きのよい小魚の鱗、腸、鰭、尾などを除き、骨ぐるみ背から腹にかけてななめに薄く切り、頭なども二つに割って庖丁で叩いて添えられるのがふつう。

歯ごたへも賞でて背越の鮎に酌む　手塚基子
薄切の背越をはがす竹の箸　柴原保佳

雪安居《せつあんご》　冬→冬安居《ふゆあんご》

雪加《せっか》　〔三〕　夏六月。蘆原や水田などの湿地に棲む漂鳥で雀より小さい。背中は黒褐色、ヒッヒッと高く鳴いては飛び上がる。

はたとやむ雪加の声に沼虚ろ　石井とし夫
雪加啼く声とも聞きて江津に在り　高浜年尾

節季《せっき》　冬十二月。歳末のことである。もともと節季とは各季節の終りのことであるが、俳句では年末の大節季を指す。

屋根よりも高き雪道節季市　滝沢鶯衣

雪渓《せっけい》　夏七月。高山の渓《たに》を埋めた雪は、夏も解けずに残っている。これが雪渓である。

人里に迫る雪渓モンブラン　田中由子
雪渓の下にたぎれる黒部川　高浜虚子

石斛の花《せっこくのはな》《せきこくのはな》　夏七月。ラン科の花で苔の生えた岩の上とか老木の股などに着生する。茎は節があり、夏、茎の先に白または淡紅白色の美しい花を二つずつつける。

石斛の花を宿してみな古木　古沢　京
石斛に庭の歳月たゞならず　秋吉方子

摂待《せったい》　秋八月。供養のため、仏家で門前に湯茶の用意をし、寺めぐりの人および往来の人に振る舞うこと。**門茶**《かどちゃ》。

摂待をいたゞく杖を腋ばさみ　三島牟礼矢
摂待の寺賑はしや松の奥　高浜虚子

節分《せつぶん》　冬一月。立春の前夜で、二月三、四日ごろにあたる。

節分の春日の巫女の花かざし　五十嵐播水
節分の雲の重たき日なりけり　稲畑汀子

背蒲団《せなぶとん》　冬→負真綿《おいまわた》
ぜにあふひ《ぜにあおい》　夏→葵《あおい》
銭亀《ぜにがめ》　夏→亀の子《かめのこ》

蟬《せみ》　〔三〕夏七月。木立の中の降るような蟬の声を**蟬時雨**《せみしぐれ》という。**油蟬**《あぶらぜみ》。**みんみん**。**唖蟬**《おしぜみ》。**初蟬**《はつぜみ》。「蜩《ひぐらし》」と「法師蟬」は秋季。

生れたる蟬にみどりの橡世界　田畑美穂女
森抜けしこと蟬時雨抜けてをり　稲畑汀子

蟬時雨《せみしぐれ》　夏→蟬《せみ》
蟬の殻《せみのから》　夏→空蟬《うつせみ》
蟬の脱殻《せみのぬけがら》　夏→空蟬《うつせみ》

蟬丸忌《せみまるき》　夏五月。五月二十四日は蟬丸の忌日で、滋賀県大津市の関蟬丸《せきのせみまる》神社において祭礼が行われる。**蟬丸祭**《せみまるまつり》。

きよらかに芸に身は痩せ蟬丸忌　多田渉石

逢坂の夜の暗さや蟬丸忌　中島曾城

蟬丸祭《せみまるまつり》　夏→蟬丸忌《せみまるき》

ゼラニューム　夏六月。葉は円く、花は五片、長い花柄にかたまって咲き、色も赤、白、ピンクなど。**天竺葵**《てんぢくあふひ》。

気のつけばまだ咲いてをりゼラニューム　山田閠子

ゼラニューム鉢次々に増えてゐし　坂井建

芹《せり》　[三]　春三月。春の七草の一つに数えられ、古くから食用として珍重されてきた。早春、ことに香りが良くやわらかい。**芹摘**《せりつみ》。

芹の水にごりしまゝに流れけり　星野立子

辿り来し畦はたとなし芹の水　田畑美穂女

芹摘《せりつみ》　春→芹《せり》

芹焼《せりやき》　冬→鍋焼《なべやき》

セル　夏五月。セルは薄手の毛織物、それで仕立てた単衣《ひとえ》をいう。若葉のころ、その軽い肌触りが快い。

セルを著て世を知らざりし若かりし　杉原竹女

セルを著て家居たのしむ心かな　高浜年尾

前安居《ぜんあんご》　夏→安居《あんご》

銭荷《せんか》　夏→蓮の浮葉《はすのうきは》

線香花火《せんこうはなび》　秋→花火線香《はなびせんこう》

千石豆《せんごくまめ》　秋→藤豆《ふじまめ》

扇子《せんす》　夏→扇《おうぎ》

栴檀の花《せんだんのはな》　夏→楝の花《おうちのはな》

栴檀の実《せんだんのみ》　秋十月。栴檀は指の頭ぐらいの黄色い実をたくさんつける。**あふちの実**《あふちのみ》。**金鈴子**《きんれいし》。

栴檀の実を十程も拾ひしか　中田はな

鵯にさへ多すぎるほど樗の実　粟津松彩子

剪定《せんてい》　春三月。春、芽吹く前に、林檎、梨、葡萄などの果樹の生育や結実を均等にするために、枝を刈り込むこと。

剪定の鋏の音に近づきぬ　深見けん二

壮年は樹にもありけり剪定す　依田秋葭

先帝祭《せんていさい》　春四月。下関赤間神宮の四月二十三日から二十五日までの祭礼。寿永四年（一一八五）平家滅亡のとき、壇ノ浦に入水された安徳天皇をとむらう。

舟岸に添うて先帝祭を見に　赤迫雨渓
藤活けて先帝祭の巫女溜　山田緑子

千日紅《せんにちこう》　夏七月。百日草よりも長く咲きつづけるところからこの名がある。花は球状の紅色、紫、白もある。**千日草**《せんにちさう》。

蕾かと見れば千日紅の花　星野　椿
紅に倦むことなき淡さ千日草　稲畑汀子

千日草《せんにちそう》　夏→千日紅《せんにちこう》

扇風機《せんぷうき》　〔三〕夏七月。電力で翼を回転させ風を送る器具。現在の翼はプラスチックの涼しい色合のものが多く使われている。

扇風機まはり澄みをり音もなく　横江几絵子
睡りたる子に止めて置く扇風機　稲畑汀子

千振引く《せんぶりひく》　〔三〕秋十月。山野に自生する薬草で、根もろともに引き抜く。煎じて飲むと苦いが、古来胃腸薬として愛用されてきた。**当薬引く**《たうやくひく》。

千振を干しては人にくれるかな　喜多三子
千振を引く杣童犬を連れ　小玉芋露

千本分葱《せんぼんわけぎ》　春→胡葱《あさつき》

薇《ぜんまい》　春三月。薇は歯朶《しだ》の仲間で、春先、くるりと渦巻いた若葉をかざした葉柄が山野に二、三本、あるいは四、五本ずつ生える。

ぜんまいののの字ばかりの寂光土　川端茅舎
ぜんまいの筵日陰となりて留守　小川公巴

千両《せんりょう》《せんりやう》　冬一月。高さ六〇～九〇センチで真冬に小さな紅い実をむすぶ。万両に似ているが、これは葉の上に実をつける。

千両の実をこぼしたる青畳　今井つる女
千両か万両か百両かも知れず　星野立子

◎そ◎

添寝籠《そいねかご》　夏→竹夫人《ちくふじん》

送行《そうあん》　秋→解夏《げげ》

宗因忌《そういんき》　春四月。陰暦三月二十八日、談林派俳諧の祖西山宗因の忌日。大阪市北区兎我野町の西福寺にその墓がある。

　いまだ見ぬ天満百句や宗因忌　太田正三郎

霜害《そうがい》　春→霜《しも》くすべ《くすべ》

宗鑑忌《そうかんき》　秋十月。陰暦十月二日、俳諧の祖、山崎宗鑑の忌日である。天文二十二年（一五五三）没。享年八十九歳。

　一夜庵讃岐に残り宗鑑忌　河野美奇

　草津にはゆかりの寺の宗鑑忌　稲畑汀子

宗祇忌《そうぎき》　秋八月。室町時代の連歌師飯尾宗祇の忌で陰暦七月三十日。文亀二年（一五〇二）没。享年八十二歳。

　宗祇忌や大絵襖に居ながれて　斎藤香村

　宗祇忌を今に修することゆかし　高浜虚子

雑木紅葉《ぞうきもみじ》《ざふきもみぢ》　秋十月。何の木ということなく、いろいろの木が紅葉しているのをいう。

　程ケ谷や雑木紅葉も町の中　今井つる女

　帰路も亦雑木紅葉の高き山　坂本ひろし

蒼朮を焼く《そうじゅつをやく》《さうじゆつをやく》　夏六月。蒼朮はおけらの根を乾燥したもので、梅雨のころこれを室内で焚くと湿気を取るといわれている。**をけらやく**。

　蒼朮を焚きて籠れる老尼かな　水谷鍬吉

　家風守るとは蒼朮を焚くことも　広瀬ひろし

早春《そうしゅん》《さうしゆん》　春二月。春未だ浅いころのことをいう。**しよしゅん**。

　窓二つより早春の街の音　深見けん二

　早春の光返して風の梢　稲畑汀子

添水《そうず》《そふづ》　〔三〕　秋十月。田畑を鳥獣が荒らすのを防ぐために、竹を用い、水の力で、音を立てる仕掛けにした威し道具。今は庭園にしつらえて情趣を楽しむようになった。**僧都**《そうづ》。

　山水の尽くることなき添水かな　山崎一之助

　僧都鳴り鯉はみな水深くをり　竹内留村

僧都《そうず》　秋→添水《そうず》

雑炊《ぞうすい》《ざふすゐ》　〔三〕冬十二月。野菜、魚、鶏肉、卵などを炊き込んだ粥で、味噌や醤油で調味する。俗に「おじや」ともいう。

雑炊をすゝる母はも目をつむり　加藤蛙水子
雑炊を覚えて妻の留守に馴れ　小竹由岐子

漱石忌《そうせきき》　冬十二月。十二月九日、夏目漱石の忌日である。大正五年（一九一六）五十歳のとき、胃潰瘍のため逝去した。

猫飼ひて成程合点漱石忌　高田風人子
山会のなほつゞきをり漱石忌　稲畑汀子

掃苔《そうたい》　秋→墓参《はかまいり》

雑煮《ぞうに》《ざふに》　冬一月。魚介、鳥肉、野菜など、海山のものに餅を入れた汁で、三が日、一家揃って食べて新年を祝う。

長病の今年も参る雑煮かな　正岡子規
ゆるぎなき柱の下の雑煮かな　高浜虚子

早梅《そうばい》《さうばい》　冬一月。暖かな地方や南面の日溜りなどで、まだ春にならぬうちに咲き始めている梅をいう。

早梅の咲く庭いつも覗かるゝ　木村享史
街中の公園にして梅早し　高浜年尾

走馬灯《そうばとう》　秋→走馬灯《そうまとう》

さうび《そうび》　夏→薔薇《ばら》

走馬灯《そうまとう》　秋八月。火を灯すと人や鳥獣などを切り抜いた厚紙の円筒が回り、薄紙や絹布を貼った外枠にその黒い影が走るように見える灯籠。**廻り灯籠**《まはりどうろう》。**走馬灯**《そうばとう》。

灯を入れてより走馬灯売れ始め　浅賀魚木
買つて来てすぐつるされし走馬灯　稲畑汀子

索麺干す《そうめんほす》《さうめんほす》　〔三〕冬一月。小麦粉をねり、麵状に長く伸ばしたものを並べ掛けて天日にさらす。奈良県の三輪、兵庫県の龍野、愛媛県の松山地方などが知られている。

索麺を干したる上の三輪の山　森田芳子

巣林子忌《そうりんしき》　冬→近松忌《ちかまつき》

ソーダ水《そーだすい》《そーだすゐ》　〔三〕夏七月。炭酸ソーダを原料とし、これに種々の果物のシロップや香料などを混ぜたもの。

吾のほかは学生ばかりソーダ水　田畑美穂女
ソーダ水話とぎれし瞳が合ひて　三村純也

素馨《そけい》　夏→茉莉花《まつりか》

底冷《そこびえ》　冬→冷《つめ》たし

底紅《そこべに》　秋→木槿《むくげ》

そぞろ寒《そぞろさむ》　秋十月。なんとなくそぞろに寒さを覚えることをいう。気持の上で感じる晩秋の寒さである。

日当りにゐてどことなきそぞろ寒　岡安仁義
雨に昏れいまだ出先のそぞろ寒　稲畑汀子

卒業《そつぎょう》《そつげふ》　春三月。学校はおおむね三月に**卒業式**《そつげふしき》がある。**卒業生**《そつげふせい》。**落第**《らくだい》。

一を知って二を知らぬなり卒業す　高浜虚子
卒業の校歌に和せる老教授　高浜年尾

卒業式《そつぎょうしき》　春→卒業《そつぎょう》

卒業生《そつぎょうせい》　春→卒業《そつぎょう》

蘇鉄の花《そてつのはな》　夏七月。夏も終りのころ、葉の頂に穂が出て淡黄色の花をつける。雌雄異株。

白鳥は芝生に眠り蘇鉄咲く　佐藤念腹
塀の無き島の獄舎や花蘇鉄　目黒白水

袖無《そでなし》　冬→ちゃんちゃんこ《ちゃんちゃんこ》

外寝《そとね》　夏七月。暑さで寝苦しい夜、戸外に寝ること。日本では余り見かけなくなった。

外寝せるアラブ女の足のうら　松尾いはほ
外寝して開拓の夜を語るべし　木村要一郎

外幟《そとのぼり》　夏→幟《のぼり》

蕎麦《そば》　秋十月。花のあとの実った蕎麦をいう。「蕎麦刈」は冬季である。**蕎麦の秋**《そばのあき》。

落日の潜りて染る蕎麦の茎　蕪村
高原や粟の不作に蕎麦の出来　高浜虚子

蕎麦搔《そばがき》　［三］冬十二月。蕎麦粉に熱湯を注いでよくこね、それに煮汁や醤油をつけて食う。風味がよい。

蕎麦搔いて法座の衆に炉の衆に　木本雨耕
背なあぶり蕎麦搔食べて寝るとせん　坪野もと子

蕎麦刈《そばかり》　冬十一月。高冷地の夏蕎麦は七月ごろに花が咲き初秋に刈る。平地では九月ごろに花が咲き晩秋から初冬に刈る。

雉がつくらし蕎麦刈を急がねば　斎藤葵十
蕎麦刈りて只茶畑となりにけり　高浜虚子

蕎麦の秋《そばのあき》　秋→蕎麦《そば》

蕎麦の花《そばのはな》

秋九月。蕎麦は真紅の根茎、緑の葉の上に小さい白い花をつけ、匂いも強い。

みちのくの山傾けて蕎麦の花　工藤吾亦紅

そばの花咲いて山国らしくなる　小竹由岐子

蕎麦湯《そばゆ》

［三］冬十二月。蕎麦粉に熱湯を注ぎ砂糖を加えて飲むもので、体が温まる。なお、切蕎麦を茹でた湯を蕎麦湯と称してそば屋で出すが、これは季感がない。

寝ねがてのそば湯かくなる庵主かな　杉田久女

染帷子《そめかたびら》　夏→帷子《かたびら》

染浴衣《そめゆかた》　夏→浴衣《ゆかた》

蚕豆《そらまめ》

夏五月。莢《さや》が空に向かうので「そらまめ」という。豆類ではいちばん早く食べられる。**蚕豆引《そらまめひき》**。

そら豆のさやぽんぽんとよくむけて　高岡智照

そら豆の大方莢の嵩なりし　稲畑汀子

蚕豆の花《そらまめのはな》　春→豆の花《まめのはな》

蚕豆引《そらまめひき》　夏→蚕豆《そらまめ》

橇《そり》

［三］冬一月。積雪のため車が通らなくなるところでは、運搬、交通に橇を使う。犬が引くものを**犬《の》橇《そ》**という。**手橇《てそり》**。**雪舟《そり》**。**雪車《そり》**。

空鞭のひびき夜空に橇を駆る　水見寿男

わが橇の馬が大きく町かくす　高浜年尾

雪舟《そり》　冬→橇《そり》

雪車《そり》　冬→橇《そり》

逸羽子《それはね》　冬→追羽子《おいばね》

◎た◎

ダービー　夏→競馬《けいば》

ダアリア　夏→ダリア

鯛網《たいあみ》

春四月。鯛が外海から内海の陸近くに産卵のため寄ってくるのを網で漁獲するのである。

吾が舟も鯛網舟も波高し　宇川紫鳥

鯛網を曳く刻限の潮と見ゆ　竹下陶子

体育の日《たいいくのひ》　秋十月。十月第二月曜日。東京オリンピックの開催を記念して制定された国民の祝日である。

体育の日も祝日よ国旗立て　木代ほろし

大火《たいか》　冬→火事《かじ》

太神楽《だいかぐら》　冬→獅子舞《ししまい》

台笠《だいがさ》　夏→編笠《あみがさ》

大寒《だいかん》　冬一月。二十四節気の一つ。小寒から数えて十五日目、たいてい一月二十日ごろにあたる。

大寒の火の気を断ちし写経かな　藤岡あき

大寒の埃の如く人死ぬる　高浜虚子

砧木《だいぎ》　春→椄木《つぎき》

太祇忌《たいぎき》　秋九月。陰暦八月九日。天明俳諧を代表する作家、不夜庵《ふやあん》、炭太祇《たんたいぎ》の忌日である。

太祇忌やたゞ島原と聞く許り　松瀬青々

大根焚《だいこたき》　冬十二月。十二月九、十日の両日、京都鳴滝の了徳寺、俗にいう鳴滝御坊の行事である。**鳴滝の大根焚**《なるたきのだいこたき》。

御僧は長寿を自賛大根焚　大橋とも江

薪の束つぎ〳〵解かれ大根焚　田附涼風

だいこ引《だいこひき》　冬→大根引《だいこんひき》

大根《だいこん》　〔三〕冬十一月。古名は「おほね」といい、春の七草では「すずしろ」といわれる。

桜島大根一個一荷なる　鈴木洋々子

大根を鷲づかみにし五六本　高浜虚子

大根洗ふ《だいこんあらう》《だいこんあらふ》　冬十一月。畑から抜いた大根は、畑のほとりを流れる小川や家の前の門川などで洗う。冬の風景の一つである。

大根洗ふ大雑把なる水使ひ　木村滄雨

流れ行く大根の葉の早さかな　高浜虚子

大根漬ける《だいこんつける》　冬→沢庵漬《たくあんつ》く

大根の花《だいこんのはな》　春四月。四月ごろ、白または淡い紫色の花弁を十字形に開く。種を採るために畑に残したものが、越年して花を開く。「諸葛菜《しょかつさい》」は別種。**花大根**《はなだいこん》。**種大根**《たねだいこん》。

長雨や紫さめし花大根　楠目橙黄子

大根の花紫野大徳寺　高浜虚子

大根引《だいこんひき》　冬十一月。大根は、畑で凍らないうちに収穫する。十一月半ばごろから、天気のよい日に引くのである。**だいこ引《だいこひき》**。

案外に大根は軽く抜けるもの　湯川　雅

嘶きてよき機嫌なり大根馬　高浜虚子

大根干す《だいこんほす》　冬十一月。沢庵漬にするため、大根を十日間くらい干す。**干大根《ほしだいこ》**。**懸大根《かけだいこん》**。

波の上の能登より高く大根干す　石倉啓補

呉服屋が来てをる縁や干大根　高浜虚子

大根蒔く《だいこんまく》　秋八月。大根は種類により多少のずれはあるが、だいたい二百十日前後に蒔く。

一山を賄ふだけの大根蒔く　加藤窟外

大根蒔く母が死ぬまで打ちし畑　広瀬九十九

泰山木の花《たいさんぼくのはな》　夏五月。北アメリカ原産とは思われぬ東洋的な花である。初夏、白木蓮に似た大輪の白花が高みに上向きに開き香り高い。

昂然と泰山木の花に立つ　高浜虚子

街路樹に泰山木を咲かす国　稲畑汀子

大師粥《だいしがゆ》　冬→大師講《だいしこう》

大試験《だいしけん》　春三月。一般にはあまり使われぬ言葉ではあるが、春先の**入学試験《にふがくしけん》**、進級試験、卒業試験などのこと。**受験《じゅけん》**。

大試験はじまるベルに目つむれる　篠原樹風

大試験山の如くに控へたり　高浜虚子

大師講《だいしこう》《だいしかう》　冬十一月。陰暦十一月二十四日、天台大師智顗《ちぎ》の忌日で、比叡山をはじめ全国の天台宗寺院で各々修する。民間では小豆粥を食う。これを**大師粥《だいしがゆ》**という。

何のあれかのあれ今日は大師講　如　行

待春《たいしゅん》　冬→春待つ《はるまつ》

大暑《たいしょ》　夏→極暑《ごくしょ》

大豆《だいず》《だいづ》　秋八月。八月ごろ取れるものと十月ごろ取れるものとがある。**大豆引く《だいづひく》**。

もういちど打つ豆殻に膝ついて　後藤夜半

不作田の畦豆もまた実らざる　村上三良

大豆引く《だいずひく》　秋→大豆《だいず》

橙《だいだい》　秋十月。形は球形のものと扁球形のものとがあり、熟して橙色になる。橙酢にしたり風邪薬にもなる。

橙をうけとめてをる虚空かな　上野　泰

橙のみのり数へて百といふ　村田橙重

橙の花《だいだいのはな》　夏六月。ヒマラヤ地方原産。蜜柑の花に似て白色五弁、香りが高い。**オレンジの花**《おれんじのはな》。

オレンジの花の沈める芝生かな　保田白帆子

颱風《たいふう》　秋九月。太平洋の南西に発生した熱帯低気圧の発達したもので、八月から九月にかけて毎年日本を襲う。

台風の来ぬ間の早き夕支度　岡安仁義

颱風の波まのあたり室戸岬　高浜年尾

大文字の火《だいもじのひ》　秋↓大文字《だいもんじ》

大文字《だいもんじ》　秋八月。八月十六日の夜、京都東山如意ケ岳の山腹に、薪に火を点じて描く「大」の字形の送火。**大文字の火**《だいもじのひ》。

近すぎて妙法の火の字とならず　清水忠彦

火の入りし順には消えず大文字　稲畑汀子

大文字草《だいもんじそう》《だいもんじさう》　秋八月。山地のやや湿り気のある岩に生えている雪の下の種類で、初秋、白い五弁の清楚な小花を咲かせる。

大文字草書きそこねたる一花あり　森　林王

鐘釣の大文字草を忘れめや　高浜虚子

内裏雛《だいりびな》　春↓雛《ひな》

田植《たうえ》《たうゑ》　夏六月。代を掻き水を張った田に早苗を植えつけることである。**早苗開**《さなへびらき》。**田植始**《たうゑはじめ》。**田植歌**《たうゑうた》。**田歌**《たうた》。**田植笠**《たうゑがさ》。

径ぬれてをり今植ゑしばかりの田　片岡片々子

農継ぐといはず田植を手伝ひし　岩瀬良子

田植歌《たうえうた》　夏↓田植《たうえ》

田植笠《たうえがさ》　夏↓田植《たうえ》

田植始《たうえはじめ》　夏↓田植《たうえ》

田歌《たうた》　夏↓田植《たうえ》

田打《たうち》　〔三〕春三月。春田の土を鋤き返し、打ちくだいてはほぐすことである。**田を鋤く**《たをすく》。

遠く居し田打の人も雨に消え　松岡悠風

田打女の腰かけてゐる田舟かな　斎藤雨意

鷹《たか》 〔三〕 冬十一月。大鷹、鶙《はいたか》、隼などの種類があり、鷲とともに猛禽類。翅が強くて迅く飛び、爪が鋭くて小鳥などを捕える。**鷹渡る**《たかわたる》。

竜飛岬鷹を放つて峙てり　大久保橙青

鷹去つて青空に疵一つ無き　田山寒村

鷹狩《たかがり》 〔三〕 冬十一月。飼いならした鷹を放って飛鳥を捕える狩である。**放鷹**《ほうよう》。**鷹野**《たかの》。

葬礼の片寄て行く鷹野かな　也有

鷹狩のすみたる空の鳶鴉　森桂樹楼

田搔牛《たがきうし》 夏→代搔《しろかく》く

田搔馬《たがきうま》 夏→代搔《しろかく》く

高きに登る《たかきにのぼる》 秋→重陽《ちょうよう》

高黍《たかきび》 秋九月。黍に似ていてもっと逞しく大きい。実は赤褐色で、粉にして餅や団子の材料にする。**高粱**《かうりやん》。

高粱を刈るや垂れ葉を打かぶり　江川三昧

田《た》**搔**《か》**く** 夏→代搔《しろかく》く

鷹匠《たかじょう》《たかじやう》 〔三〕 冬十一月。鷹を飼育訓練し、鷹狩に従事する人の職名で、古く王朝時代からあった。宮内庁に鷹匠と呼ばれる職名がある。

鷹匠のまなざし眉は白けれど　清崎敏郎

鷹匠の鷹にきびしき二た三言　坊城としあつ

高灯籠《たかどうろう》 秋→灯籠《とうろう》

鷹野《たかの》 冬→鷹狩《たかがり》

鷹の巣《たかのす》 春四月。鷹はもともと山の奥深いところに巣を作る。大木の梢とか、深山の絶壁などである。

鷹の巣や大虚に澄める日一つ　橋本鶏二

鷹の巣の崖を背らに一札所　荒川あつし

高擌《たかはご》 秋十月。小鳥を捕える仕掛けである。鳥の留まりそうな高い木の枝に囮籠を据え、その近くに黐《もち》を塗った枝を仕掛けておき、囮の声に誘われてくる小鳥を待つ。

高擌を落して逃げし何鳥ぞ　富士憲郎

高擌の獲物かなしき目をもてる　石川新樹

簟《たかむしろ》 〔三〕 夏七月。竹を細く割って筵のように編んだものをいう。籐で編んで作ったのが**籐筵**《とうむしろ》である。

京の宿置行灯に簟　西山泰弘

危座兀座賓主いづれや簟　高浜虚子

田亀《たがめ》　〔三〕　夏六月。松虫の大きくなったような泥色の虫で、幼魚の生血を吸う害虫。**高野聖**《かうやひじり》。**どんがめ**。**河童虫**《かつぱむし》。

田亀いま尻打ち立てゝ獲物を得　　福島秀峰
泥の中高野聖は裏返り　　広瀬盆城

耕《たがやし》　〔三〕　春三月。田打や畑打などを含めた広い意味にいう。**耕人**《かうじん》。**耕馬**《かうば》。**耕牛**《かうぎう》。

山畑を耕す木ぐつ修道女　　佐藤一村
樹海なほ果てざる国を耕せる　　木村要一郎

宝船《たからぶね》　冬一月。めでたい初夢を見れば幸運に恵まれるといい、昔は二日の夜、枕の下に宝船の絵を敷いて寝た。

波がしら皆一方へ宝舟　　大橋杣男
吾妹子が敷いてくれたる宝舟　　高浜虚子

田刈《たかり》　秋→稲刈《いねかり》

鷹渡る《たかわたる》　冬→鷹《たか》

たかんな　夏→筍《たけのこ》

滝《たき》　〔三〕　夏七月。高い岩壁から一気に落ちる滝、ゆるやかに連なり落ちる滝など、大小いろいろの滝の景がある。**瀑布**《ばくふ》。

滝行者即ち比叡の阿闍梨なる　　中井余花朗
神にませばまこと美はし那智の滝　　高浜虚子

滝涸る《たきかる》　冬→水涸る《みずかる》

薪能《たきぎのう》　夏五月。奈良興福寺南大門《なんだいもん》の「般若の芝」で、観世、宝生、金春、金剛の四流によって演じられる野外能。今は五月十一、十二日になっている。

人垣のうしろの闇や薪能　　菊山九園
夜風出て火の粉舞ひ立つ薪能　　稲畑汀子

焚初《たきぞめ》　冬→初竈《はつかまど》

滝殿《たきどの》　〔三〕　夏七月。納涼のための滝のほとりの簡単な建物をいう。

滝殿や運び来る灯に風見えて　　田中王城

焚火《たきび》　〔三〕　冬十二月。暖をとるために戸外で焚く火である。焚火を囲むということは、何か心の通い合うものである。

はらわたのぬくもるまでの焚火かな　　前田六霞
煙より逃れ焚火を離れざる　　稲畑汀子

沢庵漬く《たくあんつく》　冬十一月。大根を塩と米糠とで漬けるのである。貯蔵期間や味の好みによって塩加減を変える。**大根漬ける**《だいこんつける》。

踏むは踏み大根漬の雲衲等　河野静雲
沢庵や家の掟の塩加減　高浜虚子

田草取《たぐさとり》　夏六月。田植後生じた田の雑草を取ることで、稲作農家が最も苦労した。**一番草**《いちばんぐさ》。**二番草**《にばんぐさ》。**三番草**《さんばんぐさ》。**田の草取**《たのくさとり》。

わがたてゝゐる水音や田草取　依田秋葭
田草引く棘ある草を憎みつゝ　五十嵐哲也

たけ　秋→菌《きのこ》

竹植う《たけうう》　夏六月。昔から、陰暦五月十三日を竹植うる日とも竹酔日《ちくすいじつ》ともいい、この日に竹を植えればかならず根づくと言い伝えられている。

月によし風によしとて竹を植う　上野青逸
ものゝふの箭竹と聞けり移し植う　藤岡玉骨

竹馬《たけうま》　[二]冬一月。二本の竹の棒にそれぞれ適当な高さの横木の足台をつけ、それに子供が乗り、歩いて遊ぶもの。

竹馬の鶏追うて走りけり　赤星水竹居
竹馬に乗りて男に負けてゐず　藤松遊子

竹落葉《たけおちば》　夏六月。竹は新しい葉を生ずると、古い葉を落とす。ひらひらとかすかな音を立てて落ちるのである。

山寺の樋よく詰まる竹落葉　河野美奇
中途よりついとそれたる竹落葉　高浜虚子

竹飾《たけかざり》　冬→門松《かどまつ》

茸狩《たけがり》　秋十月。山林にいろいろの菌《きのこ》を探して採る秋の行楽の一つである。**茸とり**《たけとり》。**茸とり**《きのことり》。

探されて居るを知らずに菌狩　松月市楼
人の籠ばかり気になる茸狩　小竹由岐子

竹伐《たけきり》　夏→鞍馬の竹伐《くらまのたけきり》

竹伐る《たけきる》　[三]秋九月。「木六、竹八」といって、竹の性《しょう》のよいのは陰暦八月ごろで、そのころ伐るのがよいとされている。

竹伐れる音倒れゆく音つゞき　蘭　添水
竹伐りて道に出し居る行手かな　高浜虚子

竹牀几《たけしょうぎ》　[三]夏七月。竹で作った簡単な腰掛。庭先、門辺などに置いて納涼に用いる。

木場堀の夕風に置き竹床几　浅賀魚木
竹牀几出しあるまゝ掛けるまゝ　高浜虚子

茸とり《たけとり》　秋→茸狩《たけがり》

竹煮草《たけにぐさ》　夏七月。荒れ地や野山のどこにでも生える大形の草で葉裏も茎も白っぽい。花は茎の頂にこまかくつく。果実が風に音をたてるので、「ささやきぐさ」ともいう。

雲を出し富士の紺青竹煮草　遠藤梧逸

竹の秋《たけのあき》　春四月。一般の草や木の葉が秋に黄ばむのに対し、竹の古葉は春に黄ばむ。これを竹の秋という。

竹秋やかたみに病める僧主従　上野青逸

沓脱に古りし草履や竹の秋　獅子谷如是

籜笠《たけのかわがさ》　夏→編笠《あみがさ》

竹の皮散る《たけのかわちる》　夏→竹の皮脱ぐ《たけのかわぬぐ》

竹の皮脱ぐ《たけのかわぬぐ》《たけのかはぬぐ》　夏六月。筍は生長するにつれて、その皮を一枚ずつ落としていく。**竹の皮散る**《たけのかはちる》。

竹の子の細きは小さき皮を脱ぐ　坂五十雄

竹の皮日蔭日向と落ちにけり　高浜虚子

筍《たけのこ》　夏五月。初夏、竹の地下茎から出る新芽のこと。とくに孟宗竹のは雄大で、いかにも筍というにふさわしく、味も佳い。**たかうな**。**たかんな**。**笋**《たけのこ》。**竹の子**《たけのこ》。

筍を掘りたる穴へ土返す　藤松遊子

一様に筍さげし土産かな　高浜虚子

竹の子《たけのこ》　夏→筍《たけのこ》

笋《たけのこ》　夏→筍《たけのこ》

筍飯《たけのこめし》　夏五月。筍を細かく刻んで炊き込んだ飯である。初夏の味覚として喜ばれる。

泊めくれて筍飯の二尊院　岸本韮村

ほどきし荷筍飯と決めてゐし　浅利恵子

竹の春《たけのはる》　［三］秋九月。竹は春「筍」を育てているので親竹は黄葉して落ちる葉もあり、竹の質も悪くなるが、秋には親竹も若竹も緑の色を濃くする。これを竹の春という。

一むらの竹の春ある山家かな　高浜虚子

峡抜けてゆく明るさの竹の春　稲畑汀子

竹の実《たけのみ》　秋九月。竹が実を結ぶのに不思議はないが、花が咲くのに数十年を要するので滅多に見られない。

曾祖父の植ゑし竹林実を結ぶ　稲畑広太郎

竹の実を結びしこともひそかにて　稲畑汀子

茸山《たけやま》　秋→菌《きのこ》

凧《たこ》　［三］春四月。本来、凧は春風に揚げるもので、四月の**長崎の凧揚**《ながさきのはたあげ》はことに有名である。**紙鳶**《たこ》。**鳳巾**《たこ》。**いかのぼり**。**いか**。**はた**。**奴凧**《やっこだこ》。

凧高く揚げたる父を誇りとす　下村　福

蜑の子の凧が怒濤の上にまで　伊藤柏翠

紙鳶《たこ》　春→凧《たこ》

鳳巾《たこ》　春→凧《たこ》

たかうな《たこうな》　夏→筍《たけのこ》

山車《だし》　夏→祭《まつり》

畳替《たたみがえ》《たたみがへ》　冬十二月。新春の用意のため年末畳表を新しく取り替えることである。新しい畳は新年を迎えるのにふさわしい。

後任の為の官舎の畳替　鈴木洋々子

又人の住みかはるらし畳替　高浜虚子

立葵《たちあおい》《たちあふひ》　夏→葵《あおい》

太刀魚《たちうお》《たちうを》　［三］秋九月。体長五〇センチから一・五メートルにもおよび、太刀の形に見えるので太刀魚という。

水俣の岬一と刻の太刀魚の潮　毛利提河

橘《たちばな》　秋十月。橘の実で、蜜柑に比べて小さく、群がって実を結ぶので美しいが、酸味が強くて、そのままでは食べられない。

仰ぎみる橘の実の二つ三つ　草兵衛

橘の花《たちばなのはな》　夏→花橘《はなたちばな》

立待月《たちまちづき》　秋九月。陰暦八月十七日の夜の月である。だんだん月の出が遅れ、立って待っているうちに出る月という意。

立待や森の穂を出づ星一つ　佐藤念腹

雨つづく立待月もあきらめて　稲畑汀子

田作《たつくり》　冬→ごまめ

立子忌《たつこき》　春三月。三月三日、星野立子の忌日である。昭和五十九年（一九八四）八十一歳で病没。墓は虚子と同じ鎌倉寿福寺にある。

雛の日が忌日となりし佳人かな　稲岡達子

立子忌を悲しみとせぬ日は何時に　稲畑汀子

獺祭忌《だっさいき》　秋→子規忌《しきき》

竹瓮《たっぺ》　［三］冬十一月。漁具の一つ。細い竹を筒のように編み、一度魚が中に入ると外に出られなくなるように仕掛けたもの。

竹筧上ぐ水ざあざあとこぼれけり　藤松遊子
沈みゆく竹筧に水面しづもりぬ　稲畑汀子

蓼《たで》　〔三〕夏六月。ここでいうのは食用の柳蓼で、本蓼、真蓼などといい、その葉は夏摘んで香辛料とする。**蓼の葉**《たでのは》。**ほそばたで**。

踏切を越えふるさとの蓼の道　有働木母寺
塩蓼の壺中に減るや自ら　高浜虚子

点初《たてぞめ》　冬→初釜《はつがま》

蓼の葉《たでのは》　夏→蓼《たで》

蓼の花《たでのはな》　秋八月。蓼は路傍や水辺、原野などに生える一年生の野草で種類が多い。**桜蓼**《さくらたで》。**蓼の穂**《たでのほ》。**穂蓼**《ほたで》。

蓼の花小諸の径を斯く行かな　高浜虚子
大蓼の花手折られて挿されたる　高浜年尾

蓼の穂《たでのほ》　秋→蓼の花《たでのはな》

立版古《たてばんこ》　夏→起し絵《おこしえ》

蓼紅葉《たでもみじ》　秋→草紅葉《くさもみじ》

炭団《たどん》　〔三〕冬十二月。木炭の粉末に藁灰を混ぜ、布海苔《ふのり》などで丸く固めて作る。**煉炭**《れんたん》は石炭の粉から作る。

炭団とは刻の経過の判るもの　柴田月兎
灰の上に炭団のあとの丸さかな　高浜虚子

棚霞《たながすみ》　春→霞《かすみ》

棚経《たなぎょう》《たなぎやう》　秋八月。魂祭にしつらえた霊棚に向かって、僧が読経することをいう。

棚経や有髪ながらも寺を守り　森　白象
棚経やくらしかたむく大檀那　川名句一歩

七夕《たなばた》　秋八月。五節句の一つ。現在、都会地では多く陽暦七月に行われる。**七夕祭**《たなばたまつり》。**七夕踊**《たなばたをどり》。**七夕竹**《たなばただけ》。**七夕色紙**《たなばたしきし》。**七夕紙**《たなばたがみ》。**願の糸**《ねがひのいと》。**七夕流す**《たなばたながす》。

七夕の竹をくゞりて廻診す　松岡巨籟
七夕の願の糸の長からず　稲畑汀子

七夕踊《たなばたおどり》　秋→七夕《たなばた》

七夕紙《たなばたがみ》　秋→七夕《たなばた》

七夕色紙《たなばたしきし》　秋→七夕《たなばた》

七夕竹《たなばただけ》　秋→七夕《たなばた》

七夕流す《たなばたながす》　秋→七夕《たなばた》

七夕の鞠《たなばたのまり》　秋→梶鞠《かじまり》

七夕祭《たなばたまつり》　秋→七夕《たなばた》

田螺《たにし》　[三]　春三月。蝸牛をやや長くしたような形で、古い池や田などに棲んでいる。**田螺取**《たにしとり》。**田螺和**《たにしあへ》。**田螺汁**《たにしじる》。**田螺鳴く**《たにしなく》。

なつかしき津守の里や田螺あへ　蕪　村

ほろ苦さ口になじみて田螺和　稲畑汀子

田螺和《たにしあえ》　春→田螺《たにし》

田螺汁《たにしじる》　春→田螺《たにし》

田螺取《たにしとり》　春→田螺《たにし》

田螺鳴く《たにしなく》　春→田螺《たにし》

谷若葉《たにわかば》　夏→若葉《わかば》

狸《たぬき》　[三]　冬十二月。平地から低山にかけて棲息しているが、人家近くにもいる。**狸罠**《たぬきわな》を仕掛けて捕える。**狸汁**《たぬきじる》。**狢**《むじな》。

酔うてゆくわれを知りをり狸汁　星野立子

狸罠かけてそしらぬ顔をして　赤沼山舟生

狸汁《たぬきじる》　冬→狸《たぬき》

狸罠《たぬきわな》　冬→狸《たぬき》

種井《たねい》《たねゐ》　春四月。籾を蒔く前、発芽をうながすために、籾を俵のまま池や川、または田の片隅に作った井戸などに浸しておく。この井戸を種井、**種池**《たねいけ》という。**種浸し**《たねひたし》。

雨水の濁りさしこむ種井かな　浅野白山

雨水を甕にたゝへて種浸す　松岡伊佐緒

種池《たねいけ》　春→種井《たねい》

種芋《たねいも》　春三月。春植え付けるために、冬を越して貯蔵した芋である。**芋の芽**《いものめ》。

開墾は懶けて居れず薯芽伸ぶ　品川潟雲洞

種芋のころ〴〵とある軒の下　高浜虚子

種売《たねうり》　春→種物《たねもの》

種選《たねえらみ》　春四月。種籾を塩水などに浸し、浮くような悪い種を除くことである。大豆、小豆など一般の種物を選り分けることもいう。**種選る**《たねよる》。

浮籾の意外に多し種選　松本一青

種を選る土のぬくさをこゝろ待つ　戸沢寒子房

種おろし《たねおろし》　春→種蒔《たねまき》

種案山子《たねかがし》　春四月。多く苗代に蒔いた種籾を鳥から守るために用いられる。

種案山子赤き帽子を戴かせ　松藤夏山

種案山子袖の水漬かんばかりなり　鈴木奈つ

たねがみ　春→蚕《かいこ》

種大根《たねだいこん》　春→大根の花《だいこんのはな》

種俵《たねだわら》《たねだはら》　春四月。**種籾《たねもみ》**を入れて種井、種池、種田などに浸《つ》ける俵をいう。

種俵沈めあるらし泡立てり　山崎一角

種俵揚げ来し雫土間濡らす　木全一枝

種床《たねどこ》　春→苗床《なえどこ》

種採《たねとり》　秋十月。晩秋に実を結ぶ花の種を採り、よく乾かして春蒔のために蓄えるのである。

手のくぼに受けて僅の種を採る　大橋こと枝

種採って用なき花圃となりにけり　高林蘇城

種茄子《たねなす》　秋十月。種を採るために捥がずに残してある茄子をいう。畑の隅などに黄色く熟れて残っている。

藁結んで印《しるし》たしかや種茄子　本田一杉

種胡瓜相憐むや種茄子　高浜虚子

種浸し《たねひたし》　春→種井《たねい》

種瓢《たねふくべ》　秋十月。瓢簞の種子を採るために、形のよいものを選び、完熟させたのち、軒下に吊して乾燥させたりする。

誰彼にくれる印や種瓠　高浜虚子

種袋《たねふくろ》　春→種物《たねもの》

種蒔《たねまき》　春四月。種籾を苗代に蒔くのをいうが、野菜や草花の種を蒔くのにもいう。**籾蒔く《もみまく》**。**種おろし《たねおろし》**。**物種蒔く《ものだねまく》**。

種を蒔く人のうしろの地平線　美馬風史

籾蒔けり静かに足を抜き換ふる　高浜年尾

種物《たねもの》　春三月。軒先に吊したりして、冬の間保存しておいた蔬菜、草花類の種子。**種袋《たねぶくろ》**。**種物屋《たねものや》**。**種売《たねうり》**。**花種《はなだね》**。**物種《ものだね》**。

種物屋して古里にをると聞く　豊原月右

物種を入れたる瓢炉辺にあり　高浜虚子

種物屋《たねものや》　春→種物《たねもの》

種籾《たねもみ》　春→種俵《たねだわら》

種選る《たねよる》　春→種選《たねえらみ》

田の草取《たのくさとり》　夏→田草取《たぐさとり》

田の代搔く《たのしろかく》　夏→代搔く《しろかく》

煙草刈る《たばこかる》　秋→懸煙草《かけたばこ》

煙草の花《たばこのはな》　秋八月。煙草の茎は二メートルにも達して逞しく、その頂に淡紅色の漏斗状の花をたくさんつける。**花煙草**《はなたばこ》。

見えて来し開拓村や花たばこ　室生礪川

乾きたる道の続くや花煙草　副島いみ子

足袋《たび》　[三]　冬十二月。防寒用としての足袋をいうのである。洗って干すとか、繕うとかいうことにも冬の生活感がある。

表より裏にねんごろ足袋洗ふ　池田のぶ女

足袋のせて明日の外出に着る着物　木暮英子

玉霰《たまあられ》　冬→霰《あられ》

霊送《たまおくり》　秋→送火《おくりび》

玉子酒《たまござけ》　[三]　冬十二月。酒に砂糖を入れ、とろ火でよく煮立てたのち卵を割り落として掻き回し、煮詰まらぬうちに飲む。風邪を引きかけたとき発汗剤として愛用される。

定宿の馴れしあつかひ玉子酒　田畑美穂女

兄の遺句整理に更けて玉子酒　湯浅典男

玉簾《たますだれ》　夏→青簾《あおすだれ》

魂棚《たまだな》　秋→霊棚《たまだな》

霊棚《たまだな》　秋八月。魂祭に、精霊を迎え供物を供える祭壇のこと。**魂棚**《たまだな》。**菰筵**《こもむしろ》。

魂棚に母のみ知れる位牌あり　菅原独去

霊棚に灯台光が回り来る　三星山彦

玉椿《たまつばき》　春→椿《つばき》

玉苗《たまなえ》　夏→早苗《さなえ》

玉葱《たまねぎ》　[三]　夏六月。多く夏採取され、料理一般に用途の広い野菜である。

玉葱を一とまづをさむ小屋と聞く　鳥井春子

玉葱を吊るだけにある小屋傾ぎ　多田羅初美

玉の汗《たまのあせ》　夏→汗《あせ》

たまのを《たまのお》　秋→みせばや

玉巻く葛《たままくくず》　夏五月。葛の新葉が玉のように巻葉しているのをいう。

十一が鳴いて玉巻く谿の葛　波多野爽波

玉巻く芭蕉《たままくばしょう》　夏→芭蕉巻葉《ばしょうまきば》

魂祭《たままつり》　秋八月。お盆の期間、霊棚を設け、祖先の霊を祭るのをいう。**精霊祭**《しやうりやうまつり》。**霊祭**《たままつり》。

草の家のうすべり敷いて霊祭　佐藤漾人

魂祭る灯の見えてをり舟世帯　細川葉風

霊祭《たままつり》　秋→魂祭《たままつり》

玉繭《たままゆ》　夏→繭《まゆ》

霊迎《たまむかえ》 秋→迎火《むかえび》

玉虫《たまむし》 [三] 夏七月。金緑色に輝く三センチくらいの流線型の美しい昆虫である。

玉虫のむくろの彩をうしなはず　五十嵐八重子

玉虫の光を引きて飛びにけり　高浜虚子

田水沸く《たみずわく》《たみづわく》 夏七月。炎天下の田の水が、湯のように熱くなることをいう。

草を取るたゞ一念や田水わく　丹治蕪人

田水沸き米どころとは昔より　橋本　博

鱈《たら》 [三] 冬十二月。鱈は北海道で多く捕れ、頭が大きく一メートル以上にもなる。身は白く、旬は冬。「たらこ」はスケトウダラの卵。

鱈の海暗し三日の時化続き　吉村ひさ志

米倉は空しく干鱈少し積み　高浜虚子

楤の芽《たらのめ》 春三月。楤は山野に自生し、茎にも葉にも鋭い棘が多く、春の若芽は摘んで食用にされる。**多羅の芽**《たらのめ》。

岨の道くづれて多羅の芽ふきけり　川端茅舎

富士見えぬ富士山中に楤芽掻く　堤俳一佳

多羅の芽《たらのめ》 春→楤の芽《たらのめ》

鱈場蟹《たらばがに》 冬→ずわい蟹《ずわいがに》

ダリア 夏七月。メキシコ原産で日本へは天保年間に渡来したといわれる。品種が多い。**ダアリア**。**天竺牡丹**《てんぢくぼたん》。

緋ダリヤに今日も椅子並め老夫婦　左右木韋城

磔像にダリヤの花圃の中のみち　倉田青雞

垂氷《たるひ》 冬→氷柱《つらら》

達磨忌《だるまき》 冬十一月。陰暦十月五日、菩提達磨の忌日である。中国、梁の大通二年（五二八）のこの日入寂したと伝えられる。

達磨忌の日の警策を受けてをり　開田華羽

晩学にして不退転達磨の忌　吉井莫生

樽神輿《たるみこし》 夏→祭《まつり》

俵編《たわらあみ》《たはらあみ》 [三] 秋九月。農家で、新籾、新米を入れる俵を編むことである。最近、米俵が他の包装に代わり、見られなくなった。

話すうち一枚出来ぬ俵編　斎藤俳小星

大あぐらかきて俵を編み始む　朝日祐生

俵ぐみ《たわらぐみ》 春→苗代茱萸《なわしろぐみ》

たはらぐみの花《たわらぐみのはな》 冬→苗代茱萸の花《なわしろぐみのはな》

田を鋤く《たをすく》　春→田打《たうち》

端午《たんご》　夏五月。五節句の一つで、五月五日の節句をいう。**重五**《ちようご》。**菖蒲の節句**《しやうぶのせつく》。**菖蒲の日**《しやうぶのひ》。男子が生まれて、初めての節句を**初節句**《はつぜつく》という。

藻汐草葺きて離島の端午かな　水本祥壱

父となる日の待たるるも端午かな　稲畑汀子

短日《たんじつ》　[三] 冬十二月。冬の日の短いのをいう。冬に入るとしだいに日が短くなり、あわただしく日が暮れる。**日短**《ひみじか》。**暮早し**《くれはやし》。

短日の我が帰らねば灯らず　井上哲王

短日や美術館出る人ばかり　中尾吸江

山荘に泊るときめて日短　高浜年尾

地車《だんじり》　夏→祭《まつり》

丹頂鶴《たんちょうづる》　冬→鶴《つる》

探梅《たんばい》　冬一月。冬、早咲きの梅をたずねて山野に出かけることをいう。**探梅行**《たんばいかう》。

探梅やみさゝぎどころたもとほり　阿波野青畝

探梅の一行の列伸びながら　原田一郎

探梅行《たんばいこう》　冬→探梅《たんばい》

丹波栗《たんばぐり》　秋→栗《くり》

湯婆《たんぽ》　[三] 冬十二月。陶器製と金属製とがあり、中に熱湯を入れて布で包み、多く寝床に入れて暖をとるもの。**ゆたんぽ**。

湯婆をもらうて高野山泊り　北村多美

ゆたんぽのやけどの跡と言はず置く　稲畑汀子

煖房《だんぼう》《だんばう》　[三] 冬十二月。室内を暖める暖房装置をひっくるめていう。スチーム、ヒーター、ストーブなどいろいろある。

組む脚をほどく煖房利いて来し　今井日記子

暖房のすぐ利き過ぎてしまふ部屋　小川立冬

蒲公英《たんぽぽ》　[三] 春三月。春の野原に道ばたによく見かける親しみ深い野草である。**鼓草**《つづみぐさ》。

たんぽゝや長江にごるとこしなへ　山口青邨

遠景の野に失ひし鼓草　稲畑汀子

煖炉《だんろ》　冬→ストーブ

◎ち◎

智恵詣《ちえもうで》　春→十三詣《じゅうさんまいり》

智恵貰《ちえもらい》　春→十三詣《じゅうさんまいり》

チェリー　夏→さくらんぼ

近松忌《ちかまつき》　冬十二月。陰暦十一月二十二日、浄瑠璃歌舞伎脚本作者近松門左衛門の忌日である。享保九年（一七二四）七十二歳、大阪で亡くなった。**巣林子忌**《さうりんしき》。

虚子も書きし心中物や近松忌　星野高士
けふも亦心中ありて近松忌　高浜虚子

千草《ちぐさ》　秋→秋草《あきくさ》

千草の花《ちぐさのはな》　秋→草の花《くさのはな》

竹奴《ちくど》　夏→竹夫人《ちくふじん》

竹夫人《ちくふじん》　夏七月。竹または籐で編んだ細長い筒形の籠。夏寝るとき、抱いたり足をもたせたりして涼をとる。**竹奴**《ちくど》。**添寝籠**《そひねかご》。

潮騒やリオのホテルの竹夫人　坂倉けん六
ジャワの夜のスマトラの夜の竹夫人　清水忠彦

萵苣《ちさ》　春四月。キク科の越年野菜で、下葉から欠きとって食用にする。ちょっと苦味がありそれが好まれる。**ちさ欠く**《ちさかく》。

萵苣欠ぎて夕餉の支度とゝのひし　平野一鬼
捥いで来し萵苣の手籠を土間に置く　山下豊水

ちさ欠く《ちさかく》　春→萵苣《ちさ》

遅日《ちじつ》　春→日永《ひなが》

ちちろ虫《ちちろむし》　秋→蟋蟀《こおろぎ》

千歳飴《ちとせあめ》　冬→七五三《しちごさん》

血止草《ちどめぐさ》　秋→弁慶草《べんけいそう》

千鳥《ちどり》　〔三〕冬十二月。鳴き声が哀調を帯び、詩歌に好んで詠まれてきた。**鵆**《ちどり》。**磯千鳥**《いそちどり》。**浜千鳥**《はまちどり》。**川千鳥**《かはちどり》。**夕千鳥**《ゆふちどり》。**小夜千鳥**《さよちどり》。**群千鳥**《むらちどり》。**友千鳥**《ともちどり》。**遠千鳥**《とほちどり》。

その昔よりの千鳥の洲なるべし　高浜年尾
ひるがへるとき群千鳥なりしかな　稲畑汀子

鵆《ちどり》　冬→千鳥《ちどり》

千鳥の巣《ちどりのす》　春四月。磧や海辺の砂礫《されき》を掻いた浅いくぼみ、又はそれに草や小枝を集めた名ばかりのものである。

闇の夜や巣をまどはして鳴く千鳥　芭蕉

岩窪の千鳥の巣とは知らざりし　太田育子

茅海《ちぬ》　夏→黒鯛《くろだい》

黒鯛《ちぬ》　夏→黒鯛《くろだい》

ちぬ釣《ちぬつり》　夏→黒鯛《くろだい》

茅の輪《ちのわ》　夏六月。茅萱《ちがや》または藁を束ねて作った大きな輪で、御祓《みそぎ》のとき、鳥居や大前《おおまえ》に掛け、人々は病気、厄除《やくよけ》の祓として、これをくぐる。**菅貫**《すがぬき》。**菅抜**《すがぬき》。

茅の輪あり往診鞄提げくぐる　原田一郎

夜詣や茅の輪にさせる社務所の灯　高浜虚子

粽《ちまき》　夏五月。端午の節句につくる団子の一種である。**茅巻**《ちまき》。**笹粽**《ささちまき》。**菰粽**《こもちまき》。**葦粽**《よしちまき》。**菅粽**《すげちまき》。**飴粽**《あめちまき》。**飾粽**《かざりちまき》。**粽結ふ**《ちまきゆふ》。

結び目のほぐれて粽蒸し上る　豊田いし子

ふるさとの心解く如ちまき解く　伊藤とほる

茅巻《ちまき》　夏→粽《ちまき》

粽結ふ《ちまきゆう》　夏→粽《ちまき》

茶園《ちゃえん》　春→茶摘《ちゃつみ》

茶立虫《ちゃたてむし》　〔三〕秋九月。障子のところなどで、サッサッサッと茶を点てるのに似たかすかな音で鳴く。**あづきあらひ**。

宿帳にしるしてをれば茶立虫　中村秀好

古寺の大き障子や茶立虫　小出南総子

茶摘《ちゃつみ》　春四月。八十八夜前後が最も盛んである。最初の十五日間を一番茶とし、それから二番茶、三番茶、四番茶と順次摘んでいく。**茶摘女**《ちゃつみめ》。**茶摘唄**《ちゃつみうた》。**茶摘笠**《ちゃつみがさ》。**茶山**《ちややま》。**茶園**《ちやゑん》。

玉露摘むこゝら茶籠の小さゝよ　川上朴史

祖谷の険寸土に植ゑし茶を摘める　稲畑汀子

茶摘唄《ちゃつみうた》　春→茶摘《ちゃつみ》

茶摘笠《ちゃつみがさ》　春→茶摘《ちゃつみ》

茶摘女《ちゃつみめ》　春→茶摘《ちゃつみ》

茶の花《ちゃのはな》　冬十一月。小春日和の続くころ、白い円やかな花を開く。黄色い蕊が大きく美しい。

茶の花のうひ〳〵しくも黄を点じ　阿波野青畝

嫁ぐ娘に茶の花日和つゞきをり　川口咲子

茶山《ちゃやま》　春→茶摘《ちゃつみ》

ちやんちやんこ《ちゃんちゃんこ》　［三］冬十二月。袖無羽織が起りという。袖の無い綿入で主に老人や幼児が用いる。**袖無**《そでなし》。

ひとり夜を更かすに慣れてちやんちやんこ　蛯江ゆき子

ちやん〱こ著せてどの子も育て来し　山田閏子

中安居《ちゅうあんご》　夏→安居《あんご》

中元《ちゅうげん》　秋八月。盆が近づくと、日ごろ世話になっている人々に物を贈る。**盆礼**《ぼんれい》。

母在さば遠しと言はず盆礼に　中森皎月

紙伸ばし水引なほしお中元　高浜虚子

仲秋《ちゅうしゅう》　秋九月。三秋の中の月、陰暦八月のことであるが、いまでは秋なかばのころと解してよい。

仲秋の一人偲ばむ夜のありて　梅田実三郎

仲秋や大陸に又遊ぶべく　高浜虚子

中秋祭《ちゅうしゅうさい》　秋→放生会《ほうじょうえ》

中暑《ちゅうしょ》　夏→暑気中り《しょきあたり》

チューリップ　春四月。春の花壇を代表する花。色は紅、紫、黄、白、絞り、斑入り、とりどりである。**鬱金香**《うっこんかう》。

欠席の詫チューリップ十二本　後藤比奈夫

一片の先づ散りそめしチューリップ　高浜年尾

蝶《ちょう》《てふ》　［三］春四月。蝶は四季を通じて見かけるが、単に蝶といえば春である。**紋白蝶**《もんしろてふ》。**紋黄蝶**《もんきてふ》。**胡蝶**《こてふ》。**蝶々**《てふてふ》。**初蝶**《はつてふ》。**揚羽蝶**《あげはてふ》。

初蝶は影をだいじにして舞へり　高木晴子

添寝せしはずの吾児ゐず蝶の昼　豊田陽子

山国の蝶を荒しと思はずや　高浜虚子

初蝶を追ふまなざしに加はりぬ　稲畑汀子

朝賀《ちょうが》《てうが》　冬一月。現在は新年祝賀の儀といい、一日は大臣、大使などに拝謁を賜り、二日は一般国民が二重橋を渡り**参賀**《さんが》することができる。

二重橋に暫し止りし参賀かな　衣沙桜

帳書《ちょうがき》　冬→帳綴《ちょうとじ》

重九《ちょうく》　秋→重陽《ちょうよう》

重五《ちょうご》　夏→端午《たんご》

丁字《ちょうじ》　春→沈丁花《じんちょうげ》

蝶々《ちょうちょう》　春→蝶《ちょう》

帳綴《ちょうとじ》《ちやうとぢ》　冬一月。商家では一般に一月四日、その年用いる新しい帳簿を綴じ、帳付けを始める。**帳書**《ちやうがき》。**帳始**《ちやうはじめ》。

伊賀紙の紙の白さよ御帳綴　観魚

父祖よりの船場商人帳始　中西子風

帳始《ちょうはじめ》　冬→帳綴《ちょうとじ》

長命縷《ちょうめいる》　夏→薬玉《くすだま》

重陽《ちょうよう》《ちようやう》　秋十月。陰暦九月九日。**菊の節句**《きくのせつく》ともいう。**重九**《ちようく》。**後の雛**《のちのひな》。**菊の宴**《きくのえん》。**重陽の宴**《ちようやうのえん》。**菊の酒**《きくのさけ》。**今日の菊**《けふのきく》。**高きに登る**《たかきにのぼる》。

重陽の朝封切りし庫の酒　西山小鼓子

菊の杯酌み重ねつゝ健康に　高浜年尾

重陽の宴《ちょうようのえん》　秋→重陽《ちょうよう》

ちらしずし　夏→鮓《すし》

ちら〱雪《ちらちらゆき》　冬→雪《ゆき》

散松葉《ちりまつば》　夏→松落葉《まつおちば》

散紅葉《ちりもみじ》　冬→紅葉散る《もみじちる》

散る柳《ちるやなぎ》　秋→柳散る《やなぎちる》

椿寿忌《ちんじゅき》　春→虚子忌《きょしき》

つ

追儺《ついな》《つゐな》　冬一月。立春の前夜、悪魔を追い払い福を呼ぶ行事である。**なやらひ**。**鬼やらひ**《おにやらひ》。

鬼やらひせりふもどきになりもする　中村吉右衛門

道ばたの雪の伏屋の鬼やらひ　高浜虚子

ついり　夏→入梅《にゅうばい》

疲鵜《つかれう》　夏→鵜飼《うかい》

月《つき》　〔三〕秋九月。「月」といえば**秋の月**《あきのつき》をいい、古来詩歌にも多く詠まれてきた。**月白**《つきしろ》は月が出ようとして空が明るくなるのをいう。**月の秋**《つきのあき》。**月夜**《つきよ》。**月の出**《つきので》。**月明**《げつめい》。**月の道**《つきのみち》。**遅月**《おそづき》。**弓張月**《ゆみはりづき》。**宿の月**《やどのつき》。**庵の月**《いほのつき》。**閨の月**《ねやのつき》。**夜夜の月**《よよのつき》。

父が附けし吾名立子や月を仰ぐ　星野立子

月すでに海ひきはなしつゝありぬ　田畑美穂女

山裾に庵りしゆゑに月遅く　斎藤双風

清閑にあれば月出づおのづから　高浜虚子

月の波消え月の波生れつゝ　稲畑汀子

月朧《つきおぼろ》　春→朧月《おぼろづき》

椄木《つぎき》　春三月。芽木の細枝を切って、同類異種の木の幹に椄ぎ合わせること。接合する幹を**砧木**《だいぎ》、枝を**椄穂**《つぎほ》という。

僧椄木つくもつかぬも弥陀まかせ　高羽吐心
梨棚の中なる梨の椄木かな　高浜虚子

つきくさ　秋→弁慶草《べんけいそう》

月草《つきぐさ》　秋→露草《つゆくさ》

月今宵《つきこよい》　秋→名月《めいげつ》

月冴ゆる《つきさゆる》　冬→冴ゆる《さゆる》

月白《つきしろ》　秋→月《つき》

月涼し《つきすずし》　夏→夏の月《なつのつき》

月の秋《つきのあき》　秋→月《つき》

月の宴《つきのえん》　秋→月見《つきみ》

月の客《つきのきゃく》　秋→月見《つきみ》

月の出《つきので》　秋→月《つき》

月の友《つきのとも》　秋→月見《つきみ》

月の道《つきのみち》　秋→月《つき》

椄穂《つぎほ》　春→椄木《つぎき》

月見《つきみ》　秋九月。秋の月を観賞することであるが、名月と十三夜の月見をいう場合が多い。**月の友**《つきのとも》は月見をする連れ。**観月**《くわんげつ》。**月見船**《つきみぶね》。**月の宴**《つきのえん》。**月の客**《つきのきやく》。

姨捨の山家の搗ける月見餅　荒川あつし
来年の月見の事を病床に　埜村成行
月の友三人を追ふ一人かな　高浜虚子

月見草《つきみそう》《つきみさう》　夏七月。夕方咲いて朝方しぼむのでこの名がある。**待宵草**《まつよひぐさ》。

よりそへばほころびそめぬ月見草　池内友次郎
夕べ着き朝発つ宿の月見草　安沢阿弥
月見草開かんとして力あり　高浜年尾

月見船《つきみぶね》　秋→月見《つきみ》

月見豆《つきみまめ》　秋→枝豆《えだまめ》

月夜《つきよ》　秋→月《つき》

土筆《つくし》　春三月。杉菜の胞子茎で、日当りのよい畦や土手、野原などに生えてくる。**つくづくし**。**つくし摘む**《つくしつむ》。

ほろにがき土筆の味よ人はろか　川口咲子
気がついて土筆いよ〱多かりし　高浜年尾

つくし摘《つ》む 春→土筆《つくし》

佃祭《つくだまつり》 夏七月。八月六、七日東京佃島の住吉神社（海の守護神）の祭礼である。

お祭の佃は古き家並なる　浅賀魚木

子の神輿なれど佃の意地みせて　品田秀風

つくづくし 春→土筆《つくし》

法師蟬《つくつくぼうし》《つくつくぼふし》 〔三〕秋八月。秋風とともに鳴き始める。名は鳴き声からきている。**つくづくぼふし**。**法師蟬《ほふしぜみ》**。

法師蟬啼きやみしかば夕勤め　能美丹詠

一声のよくつゞくなり法師蟬　高浜年尾

つくづくぼふし《つくづくぼうし》 秋→法師蟬《つくつくぼうし》

つくねいも 秋→自然薯《やまのいも》

つくばね 冬→追羽子《おいばね》

衝羽根《つくばね》 秋十月。羽子《はご》の木《き》といって九州から本州の低い山地に自生している。一センチくらいの実の頭に四片の苞が羽子つきに使う羽子そっくりの形についている。

衝羽根といひて載せくれたなごころ　深見けん二

衝羽根のまこと羽子てふ姿かな　稲畑汀子

筑摩祭《つくままつり》 夏五月。滋賀県米原《まいばら》町の筑摩神社の祭で、昔は陰暦四月八日、現在は五月三日である。**鍋被《なべかぶり》**。**鍋祭《なべまつり》**。**鍋乙女《なべをとめ》**。

履き替ふる木沓によろけ鍋乙女　高木たけを

紅さして口一文字鍋乙女　中西冬紅

鶫《つぐみ》 〔三〕秋十月。秋に北方より大群をなして渡って来る。鵙よりちょっと大きく、茶褐色の背、黒褐色の斑のある胸、目先と耳毛が黒く、白っぽい腹をしている。**鶫網《つぐみあみ》**。

鶫網かけある英彦の麓かな　前田まさを

つぐみ哀れおくれかゝりし一羽あり　高浜年尾

鶫網《つぐみあみ》 秋→鶫《つぐみ》

作り菊《つくりぎく》 秋→菊《きく》

作り滝《つくりだき》 夏→造り滝《つくりだき》

造り滝《つくりだき》 〔三〕夏七月。涼を呼ぶために人工的に水を岩の上から落として滝のように見せるしかけ。**庭滝《にはだき》**。**作り滝《つくりだき》**。

庭滝の涼しき音を夜もすがら　菊池さつき

造り滝とまるあはれを見てをりぬ　野村久雄

黄楊の花《つげのはな》　春四月。三月から四月にかけて咲き雌花雄花が同じ株につく。淡黄色の小さい花であまり目立たない。

大虻に蹴られてちりぬ黄楊の花　小野蕪子
閑かさにひとりこぼれぬ黄楊の花　阿波野青畝

辻相撲《つじずもう》　秋→相撲《すもう》

蔦《つた》　〔三〕秋十月。樹木や石垣、塀などを這い、観賞用として、また、住宅に一つの風情を添えるために植えられる。**錦蔦**《にしきづた》。**蔦蘿**《つたかづら》。

城門を全く掩ひ蔦の秋　楠目橙黄子
皆知れる蔦の館でありにけり　稲畑汀子

蔦蘿《つたかずら》　秋→蔦《つた》

蔦茂る《つたしげる》　夏→青蔦《あおつた》

蔦の芽《つたのめ》　春三月。一般の芽よりやや遅れてみずみずしい赤や白の芽を吹き、しだいに青く葉を広げてくる。

枯れし幹をめぐりて蔦の芽生えかな　大橋桜坡子
枯色に秘めて蔦の芽なりしかな　稲畑汀子

蔦紅葉《つたもみじ》　秋十月。「錦蔦」の名もあるとおり、掌状の葉が紅葉すると美しい。

もみづるを急く葉急かぬ葉すべて蔦　山内山彦
蔦の葉の二枚の紅葉客を待つ　高浜虚子

蔦若葉《つたわかば》　春四月。赤い芽を出し、続いて掌のように青く葉を広げる。いかにも艶やかに輝かしい。

換空機吐き出す風に蔦若葉　山口牧村
蔦若葉風の去来の新しく　稲畑汀子

土蜂《つちばち》　春→蜂《はち》

土雛《つちびな》　春→雛《ひな》

霾《つちふる》　〔三〕春三月。蒙古や中国北部の黄土地帯で舞い上がった大量の砂塵が、空を覆い太陽の光を隠す現象。**霾**《ばい》。**黄沙**《くわうさ》。**黄塵**《くわうぢん》。

霾れる曠野を居とし遊牧す　柳村苦子
大陸の果なき黄砂曇とも　稲畑汀子

躑躅《つつじ》　春四月。高山に多く自生し、また庭園にも栽培される。**やまつつじ**。**きりしま**。

庭先の山がかりたるつゝじかな　高浜年尾
山荘のつゝじの頃を訪ふは稀　稲畑汀子

筒鳥《つつどり》　〔三〕夏六月。時鳥や郭公《かっこう》に色も形も似て、習性も同じである。森の中などで筒竹を打つようにポンポンと鳴いている。

筒鳥の雨止むしじま縫うて鳴く　　大間知山子

筒鳥や廃坑あとの山容ち　　高浜年尾

鼓草《つづみぐさ》　春→蒲公英《たんぽぽ》

つづれさせ　秋→蟋蟀《こおろぎ》

綱曳《つなひき》　冬一月。昔、大津の人々と三井寺門前の人々との間で大綱を引き合って、その年の吉凶を占ったことに由来する。現在、一部の地方にその風習が残っている。

綱曳や恵比寿大黒真中に　　宮川史斗

二人して綱曳なんど試みよ　　高浜虚子

角切《つのきり》　秋十月。奈良公園に放し飼いにされている春日大社の鹿の角を切り落とすことをいう。**鹿の角切**《しかのつのきり》。**鹿寄**《しかよせ》。

角切の勢子の法被のおろし立て　　武藤舟村

勢子の息鹿より荒し角を切る　　福井鳳水

角組む蘆《つのぐむあし》　春→蘆の角《あしのつの》

角組む荻《つのぐむおぎ》　春→荻の角《おぎのつの》

角叉《つのまた》　〔三〕春四月。波の荒い海岸の岩につく海藻で、色は紫褐色や緑色もある。漁村の庭や砂丘などに干されている。

もぐりたる角叉採は又もぐる　　太田正三郎

椿《つばき》　〔三〕春三月。**山椿**《やまつばき》。**藪椿**《やぶつばき》。**白椿**《しろつばき》。**乙女椿**《をとめつばき》。**八重椿**《やへつばき》。**落椿**《おちつばき》。**玉椿**《たまつばき》は椿の美称。花が咲き連なっている状態を**つらつら椿**《つらつらつばき》という。

仰向きに椿の下を通りけり　　池内たけし

ゆらぎ見ゆ百の椿が三百に　　高浜虚子

黒潮へ傾き椿林かな　　高浜年尾

椿の実《つばきのみ》　秋十月。皮がつやつやとした丸い実で、熟れて裂けると黒茶色の種子が三つ四つこぼれる。種子から椿油をとる。

裂けそめし種の力や椿の実　　季　発

はじまりし月日かぐはし椿実に　　稲畑汀子

椿餅《つばきもち》　〔三〕春四月。道明寺糒《ほしい》で作った皮で餡を包み、椿の葉二枚ではさむ。濃緑に厚みのある葉がつややかである。

葉一枚のせて即ち椿餅　　亮木滄浪

つばくら　春→燕《つばめ》

つばくらめ　春→燕《つばめ》

つばくろ　春→燕《つばめ》

茅花《つばな》　春三月。茅萱《ちがや》の花のことである。やがてほおけて白々とそよぎ、また絮となって飛散するようになる。

茅花咲き落人村と聞けばなほ　山本紅園
母いでて我よぶ見ゆる茅花つむ　高浜虚子

燕《つばめ》　［三］春三月。春の彼岸ごろに来て子を育て、秋の彼岸ごろに南方へ帰る。**乙鳥**《つばめ》。**つばくろ**。**つばくら**。**つばくらめ**。**燕来る**《つばめきたる》。

火山灰はげし燕は低く〳〵飛ぶ　小城古鐘
燕を見てをり旅に出て見たく　星野立子

乙鳥《つばめ》　春→燕《つばめ》

つばめ魚《つばめうお》　夏→飛魚《とびうお》

燕帰る《つばめかえる》《つばめかへる》　秋九月。燕は秋、南方へ帰る。**帰る燕**《かへるつばめ》。**去ぬ燕**《いぬつばめ》。**帰燕**《きえん》。**秋燕**《あきつばめ》。

アマゾンへ発つ日帰燕に会ひしこと　山田桂梧
秋燕の富士の高さを越えにけり　稲畑汀子

燕来る《つばめきたる》　春→燕《つばめ》

燕の子《つばめのこ》　夏六月。燕は五、六月ごろ雛を育てる。**子燕**《こつばめ》。**親燕**《おやつばめ》。

子燕のさゞめき誰も聞き流し　中村汀女
子燕の巣立つ勇気といふを見し　津村典見

燕の巣《つばめのす》　春四月。燕は、人家の軒先や梁《はり》などに、泥土、藁、枯草、羽毛などを混ぜて巣を作る。**巣燕**《すつばめ》。

大土間は今もでこぼこ燕の巣　大森積翠
巣燕にわりなき柱時計かな　高浜虚子

壺焼《つぼやき》　［三］春四月。栄螺《さざえ》を貝のまま焼いたものを壺焼という。**焼栄螺**《やきさざえ》。

壺焼屋にも寄るそんな旅なりし　川田長邦
壺焼を運び来、島の名を教ゆ　高浜虚子

つまくれなゐ《つまくれない》　秋→鳳仙花《ほうせんか》

爪籠《つまご》　冬→雪沓《ゆきぐつ》

妻恋ふ鹿《つまこうしか》　秋→鹿《しか》

つまべに　秋→鳳仙花《ほうせんか》

摘草《つみくさ》　［三］春三月。わが国では昔から貴賤都鄙を問わず野に出て摘草を楽しんだのである。**草摘む**《くさつむ》。

摘草の人また立ちて歩きけり　高野素十
草摘みし今日の野いたみ夜雨来る　高浜虚子

摘菜《つみな》　秋→間引菜《まびきな》

冷たし《つめたし》　〔三〕冬十二月。「寒さ」よりもやや感覚的な言葉である。**底冷**《そこびえ》は体のしんそこまで冷えわたる思いである。

稽古場の舞台冷たく光りをり　大野彰子
底冷の聖堂祈りながき人　丸山よしたか

梅雨《つゆ》　夏六月。入梅の日からおよそ一か月の雨期をいう。**梅雨**《ばいう》。**黴雨**《ばいう》。**梅天**《ばいてん》。**梅雨曇**《つゆぐもり》。**梅雨空**《つゆぞら》。**梅雨寒**《つゆさむ》。

わらうてはをられずなりぬ梅雨の漏　森川暁水
梅雨に倦き机に倦きて部屋歩く　吉屋信子
降るでなく晴るゝでもなき梅雨に倦み　田中祥子

露《つゆ》　〔三〕秋九月。露は秋にもっとも多いので、単に露といえば秋季となっている。**露の袖**《つゆのそで》、**露の世**《つゆのよ》、**露の身**《つゆのみ》などというのは、露を涙や人生のはかなさにたとえたものである。**白露**《しらつゆ》。**朝露**《あさつゆ》。**夕露**《ゆふつゆ》。**夜露**《よつゆ》。**初露**《はつつゆ》。**露の玉**《つゆのたま》。**露けし**《つゆけし》。**露しぐれ**《つゆしぐれ》。**露葎**《つゆむぐら》。**露の秋**《つゆのあき》。

金剛の露ひとつぶや石の上　川端茅舎
吾も石か露の羅漢にとりまかれ　田畑美穂女
露しげき嵯峨に住み侘ぶ一比丘尼　高岡智照
露けしや星より暗き山家の灯　川田長邦
此松の下に佇めば露の我　高浜虚子

梅雨明《つゆあけ》　夏七月。うっとうしい梅雨が一か月くらいも続くと、やがて雷が鳴って梅雨明となり、急に暑くなる。

梅雨明の気色なるべし海の色　笹谷羊多楼
梅雨明の近き山雨に叩かれて　稲畑汀子

露草《つゆくさ》　秋九月。畑や湿地、路傍、小川の縁など、どこにでも群生する。仲秋、緑色の蛤状の苞葉の外に二弁の目立つ鮮やかな藍色の花をつける。**月草**《つきぐさ》。**ほたる草**《ほたるぐさ》。**ぼうし花**《ばうしばな》。

露草や結願の磴すぐそこに　堀　恭子
露草の群生がわが目を奪ふ　高浜年尾

梅雨曇《つゆぐもり》　夏→梅雨《つゆ》

露けし《つゆけし》　秋→露《つゆ》

露寒《つゆさむ》　秋十月。晩秋、目にする露がたちまち霜となるかと思われるほどの寒さを覚えるのをいうのである。

露寒の土間の炉たいて渡舟守　林　蓼雨
露寒をはげましとして鞭として　稲畑汀子

梅雨寒《つゆさむ》　夏→梅雨《つゆ》

露しぐれ《つゆしぐれ》　秋→露《つゆ》

露霜《つゆじも》　秋十月。晩秋の露が凝ってうすい霜のようになったものをいう。**水霜**《みずしも》。

水霜の芝生にあそぶ小リスかな　左右木韋城
露霜の道を掃きをる寺男　望月梨花

露涼し《つゆすずし》　［三］　夏七月。露は秋季に多いのであるが、夏でも朝晩しとどの露を見ることがある。つまり**夏の露**《なつのつゆ》のこと。

露涼し寝墓に彫りし聖十字　景山筍吉
朝の間の露を涼しと芝歩く　稲畑汀子

梅雨空《つゆぞら》　夏→梅雨《つゆ》

梅雨茸《つゆだけ》　夏六月。梅雨のころは湿っているのでいろいろの茸《きのこ》類が生える。これを総称して梅雨茸という。

梅雨菌足蹴にかけて天気かな　池内たけし
梅雨茸を掃いて奥宮仕へかな　片桐孝明

梅雨鯰《つゆなまず》　夏→鯰《なまず》

梅雨に入る《つゆにいる》　夏→入梅《にゅうばい》

露の秋《つゆのあき》　秋→露《つゆ》

露の袖《つゆのそで》　秋→露《つゆ》

露の玉《つゆのたま》　秋→露《つゆ》

露の身《つゆのみ》　秋→露《つゆ》

露の世《つゆのよ》　秋→露《つゆ》

梅雨晴《つゆばれ》　夏→五月晴《さつきばれ》

露葎《つゆむぐら》　秋→露《つゆ》

強東風《つよごち》　春→東風《こち》

つら〱椿《つらつらつばき》　春→椿《つばき》

氷柱《つらら》　［三］　冬一月。軒庇や崖などから水滴がたれ、それが凍ったもの。**垂氷**《たるひ》。

みちのくの町はいぶせき氷柱かな　山口青邨
遠き家の氷柱落ちたる光かな　高浜年尾

釣鐘草《つりがねそう》《つりがねさう》　夏六月。六月ごろ淡い紅紫色または白色に近い花を、数多く釣鐘状に下向きにつける。**蛍袋**《ほたるぶくろ》。**カンパニュラ**。

山気凝りほたる袋のうなだれし　稲岡　長
朝の影ほたる袋を置きそめし　稲畑汀子

釣荵《つりしのぶ》　[三]　夏七月。葉のついた忍草の根茎を、井桁《いげた》や舟形に仕立てたもので、軒や出窓に吊し、水を滴らせなどして夏の涼を呼ぶものである。風鈴をつけたものもある。**簷荵**《のきしのぶ》。

すぐ前に塀がふさがる釣荵　松本たかし
釣荵僅かながらも葉の生ひて　高浜年尾

吊床《つりどこ》　夏→ハンモック

吊菜《つりな》　冬→干菜《ほしな》

釣舟草《つりふねそう》《つりふねさう》　秋九月。仲秋のころちょうど小舟に似た二、三センチくらいの漏斗状の花が茎からぶらさがる。

吊橋のあと朽ち釣舟草咲けり　岩永三女

釣堀《つりぼり》　[三]　夏六月。池や沼、近ごろでは水槽などに魚を放し飼いして、料金を取って釣を楽しませる場所。季節感から夏季。

釣堀の水くたびれて人多し　岩下吟千
釣堀の日蔽の下の潮青し　高浜虚子

鶴《つる》　[三]　冬十二月。鶴は冬鳥で十月末ごろ北国から渡って来る。**鍋鶴**《なべづる》。**真鶴**《まなづる》。また北海道の湿原には**丹頂鶴**《たんちやうづる》が棲息する。

月の面に引き流したる鶴の脚　大橋敦子
空といふ自由鶴舞ひ止まざるは　稲畑汀子

蔓梅擬《つるうめもどき》　秋十月。木に巻きついたり、垣に這ったりする。大豆くらいの実が晩秋黄色くなり、やがて皮が裂けて中から黄赤色の種子が二つ三つ現れる。**つるもどき**。

蔓として生れたるつるうめもどき　後藤夜半
蔓もどき情はもつれ易きかな　高浜虚子

鶴帰る《つるかえる》　春→引鶴《ひきづる》

鶴来る《つるきたる》　秋十月。わが国へ鶴の渡って来るのは晩秋初冬のころである。鹿児島県出水《いずみ》、山口県八代《やしろ》などが有名である。

鶴わたるかぎり夕映消えまじく　水田のぶほ
鶴来る出水と聞けば旅ごころ　稲畑汀子

吊し柿《つるしがき》　秋十月。渋柿の皮を剝いて吊しておくとだんだん色が変わって黒っぽく甘くなる。**干柿**《ほしがき》。**串柿**《くしがき》。**甘干**《あまぼし》。**柿むき**《かきむき》。

干柿の影を障子に数へをり　藤岡万里

渋に掌のつゝぱつてくる柿をむく　倉田ひろ子

蔓手毬《つるでまり》 ［三］ 夏六月。蔓性で木の幹や岩を這いあがり、六、七月ごろ、白い三、四片のかざり花の中に小花が丸く群がって咲いているさまは、額の花に似ている。

蔓手毬白し霧濃きその朝も　柴田黒猿

なつかしやこゝに縁のつるでまり　稲畑汀子

鶴の巣《つるのす》 春四月。釧路では丹頂鶴が湿原の人目につかない場所に夫婦共同で葭を集めて巣を作る。**鶴の巣籠**《つるのすごもり》。

巣籠の鶴のほとりを掃いてをり　神吉五十槻

鶴の巣籠《つるのすごもり》 春→鶴の巣《つるのす》

弦召《つるめそ》 夏→祇園祭《ぎおんまつり》

つるもどき 秋→蔓梅擬《つるうめもどき》

蔓茘枝《つるれいし》 秋→茘枝《れいし》

石蕗の花《つわのはな》《つはのはな》 冬十一月。石蕗は「つわぶき」のことで初冬、菊に似た黄色い花を、真直な花茎の頂につける。**槖吾の花**《つはのはな》。

改めて石蕗を黄なりと思ふ日よ　後藤比奈夫

よき庭も荒れたる庭も石蕗の花　上崎暮潮

槖吾の花《つわのはな》 冬→石蕗の花《つわのはな》

◎て◎

手焙《てあぶり》 ［三］ 冬十二月。手を焙るのに用いる小火鉢。金属、陶器製などがあり、膝の上などにのせて手を暖めたりした。**手炉**《しゅろ》。

法を説くしづかに手炉に手を重ね　森　白象

手あぶりに僧の位の紋所　高浜虚子

ディゴの花《でいごのはな》 夏→海紅豆《かいこうず》

貞徳忌《ていとくき》 冬十二月。陰暦十一月十五日、俳諧中興の祖、松永貞徳の忌日である。承応二年（一六五三）、八十三歳で没。

正章の真蹟世に出づ貞徳忌　高浜虚子

デージー 春→雛菊《ひなぎく》

出開帳《でがいちょう》 春→開帳《かいちょう》

出代《でがわり》　春四月。奉公人が、雇用期間を終えて交代《でがはり》することで、京阪地方の旧習を守る商家では、いまも四月に行なっているところがあるともいう。**御目見得**《おめみえ》。**新参**《しんざん》。

新参の明るき性を愛さるゝ　田代杉雨堂

出代りて店の空気の変りをり　白石峰子

出来秋《できあき》　秋→豊年《ほうねん》

でく廻し《でくまわし》　冬→傀儡師《かいらいし》

出初《でぞめ》　冬一月。一月初旬、各地で行われる消防初演習。これを出初という。**出初式**《でぞめしき》。

真向ひに桜島噴き出初式　鶴田白窓

丸ビルをうろ〳〵出初くづれかな　高浜虚子

出初式《でぞめしき》　冬→出初《でぞめ》

手橇《てそり》　冬→橇《そり》

鉄線花《てっせんか》《てつせんくわ》　夏五月。初夏のころ、蔓に咲く。一茎に一花をひらき、六弁で中心に紫色の蕊《しべ》が群がる。白色、紫、あるいは紅紫色の鮮やかな花である。

すつきりと紫張りて鉄線花　池田やす子

鉄線の花の平らに空広し　高浜年尾

鉄砲百合《てっぽうゆり》　夏→百合《ゆり》

ででむし　夏→蝸牛《かたつぶり》

手長蝦《てながえび》　〔三〕　夏六月。川や湖沼に棲む川蝦の一種で、体長一〇センチぐらい、前の両脚は体よりも長く、雄に螯《はさみ》がある。**川蝦**《かはえび》。

手長蝦はね出でたるが買はれけり　高崎一誠

しろがねの砂さゝめかし手長蝦　森　夢筆

手花火《てはなび》　秋→花火線香《はなびせんこう》

手袋《てぶくろ》　〔三〕　冬十二月。寒気から手を守るために、絹、メリヤス、皮、毛糸などで作ってはめる。**皮手袋**《かはてぶくろ》。

大いなる手袋忘れありにけり　高浜虚子

手袋を探してばかりゐる日かな　稲畑汀子

手毬《てまり》　冬一月。女の子の正月の遊び道具。**手毬唄**《てまりうた》。**手毬つき**《てまりつき》。

手毬つく門出るでなく入るでなく　千原草之

手毬唄かなしきことをうつくしく　高浜虚子

手毬唄《てまりうた》　冬→手毬《てまり》

手毬つき《てまりつき》　冬→手毬《てまり》

繡毬花《てまりばな》　夏五月。庭木として観賞される。初め青く、のち白い小さな五弁の花を球状に開く。「おおでまり」ともいう。

大でまり小でまり佐渡は美しき　高浜虚子

出水《でみず》《でみづ》　夏六月。五月雨がはげしく降り続き、各地の河川や池沼があふれて氾濫する。これが出水である。

庭先に現れし出水の助け舟　安原　葉

シグナルは常の如くに街出水　左右木韋城

照葉《てりは》　秋十月。紅葉した草木の葉の、いかにも光沢があって照り輝いているのをいう。**照紅葉**《てりもみぢ》。

かゞやける白雲ありて照紅葉　高浜虚子

庭先はすぐ谷なして照紅葉　高浜年尾

照紅葉《てりもみじ》　秋→照葉《てりは》

田楽《でんがく》　春三月。豆腐を長方形に切り、竹串にさし、木の芽を擂り込んだ味噌をつけて焼いたもの。**木の芽田楽**《きのめでんがく》。

田楽の味噌選びから始めたる　稲畑広太郎

田楽もかたき豆腐にかたき味噌　高浜虚子

天瓜粉《てんかふん》《てんくわふん》　〔三〕夏七月。夏、湯上がりの子供の首筋や顔から体にまで、叩いてつける白い粉で、汗疹《あせも》に効くという。

みどり児のよろこぶ手足天瓜粉　加藤宗一

聴診器あてゝ輪のつく天瓜粉　大槻右城

天草取《てんぐさとり》　〔三〕夏七月。天草は各地の比較的浅い海の底の岩礁に生え、これをもぐって採る。**石花菜取る**《てんぐさとる》。

いとけなく天草採りの海女といふ　清崎敏郎

客のなき宿は天草干してあり　国方きいち

石花菜取る《てんぐさとる》　夏→天草取《てんぐさとり》

天竺葵《てんじくあおい》　夏→ゼラニューム

天竺牡丹《てんじくぼたん》　夏→ダリア

天竺守《てんじくまもり》　秋→唐辛《とうがらし》

天井守《てんじょうまもり》　秋→唐辛《とうがらし》

天神旗《てんじんばた》　冬→初天神《はつてんじん》

天神花《てんじんばな》　冬→初天神

天神祭《てんじんまつり》　夏七月。七月二十五日、菅原道真を祀る大阪天満宮の祭礼。**天満祭**《てんままつり》または**船祭**《ふなまつり》ともいう。前日の宵宮には鉾流《ほこながし》橋から童子によって**鉾流《ほこなが》しの神事《しんじ》**がある。

川すぢも川も天神祭の灯　河合正子

橋裏に響きどんどこ舟くゞる　板東福舎

天高《てんたか》し　秋→秋高《あきたか》し

でんでんむし　夏→蝸牛《かたつぶり》

天道虫《てんとうむし》《てんたうむし》　〔三〕夏七月。半球形でつやのある背中に斑点のついた五ミリくらいの可愛らしい昆虫で、種類が多い。**てんとむし**。

天道虫ふるれば飛ばず落ちにけり　五十嵐播水

羽出すと思へば飛びぬ天道虫　高浜虚子

てんとむし　夏→天道虫《てんとうむし》

天幕村《てんとむら》　夏→キャンプ

天皇誕生日《てんのうたんじょうび》《てんわうたんじやうび》　冬十二月。十二月二十三日。今上陛下御誕生の日。例句は昭和時代の春の句を便宜上挙げる。

みちのくの花の天皇誕生日　対馬千代子

国旗揚ぐ灯台天皇誕生日　松本圭二

展墓《てんぼ》　秋→墓参《はかまいり》

天満祭《てんままつり》　夏→天神祭《てんじんまつり》

◎と◎

擣衣《とうい》　秋→砧《きぬた》

籐椅子《とういす》　〔三〕夏六月。籐を編んで作った椅子で、見た目も涼しく、肌ざわりもよい。**籐寝椅子《とうねいす》**。

籐椅子の位置を正して客を待つ　北川草魚

古籐椅子引きずり場所を替へもする　高浜年尾

桃園《とうえん》　春→桃の花《もものはな》

冬瓜《とうが》《とうぐわ》　秋十月。淡い緑色の果皮は、熟すにつれて、白い粉をふく。果肉を吸い物の実、あんかけなどにして食べる。**かもうり**。**とうぐわん**。

冬瓜の白粉も濃くなりにけり　宮川白夢

冬瓜の腸刳り檻の猪　山田皓人

灯蛾《とうが》　夏→火取虫《ひとりむし》

灯下親《とうかした》し　秋→秋の灯《あきのひ》

灯火親《とうかした》し　秋→秋の灯《あきのひ》

唐辛《とうがらし》　〔三〕　秋九月。種類が多く色も形もさまざまで、赤く色づくと辛味が強くなる。**蕃椒**《たうがらし》。**唐辛子**《たうがらし》。**天井守**《てんじやうまもり》。**天竺守**《てんぢくまもり》。

むき〳〵に赤とみどりの唐辛子　芥川我鬼
藁屋根に干されて真っ赤唐辛子　山地曙子

唐辛子《とうがらし》　秋→唐辛《とうがらし》

蕃椒《とうがらし》　秋→唐辛《とうがらし》

蕃椒の花《とうがらしのはな》《たうがらしのはな》　夏六月。茎に、先のとがった楕円形の葉をたくさんつけ、その葉腋に白い五裂の小さな花を咲かせる。

愛づほどの花にあらねど蕃椒　河野美奇
葉陰なる花蕃椒なき如く　稲畑汀子

とうぐわん《とうがん》　秋→冬瓜《とうが》

胴著《どうぎ》　〔三〕　冬十二月。江戸時代に始まったもので、上着と襦袢との間に着る短い防寒具である。

著つゞけて胴著脱ぐ気もなかりけり　池内たけし
有難や胴著が生める暖かさ　高浜虚子

唐黍《とうきび》　秋→玉蜀黍《とうもろこし》

闘牛《とうぎゅう》《とうぎう》　春三月。牛と牛に角突き合いをさせ、その勝負を見て楽しむ競技で、地方により時期の異なる所もある。

闘牛の優しき眼して街歩く　楠本半夜月
闘牛の終り血の砂かき均す　三木由美

たうぐみ《とうぐみ》　夏→夏茱萸《なつぐみ》

闘鶏《とうけい》　春→鶏合《とりあわせ》

冬耕《とうこう》《とうかう》　冬十一月。冬の田畑を耕すことをいう。田や畑を鋤き返し麦を蒔く用意をしたり稲刈りあとを粗《あら》起こししたりする。

蒔くもののなき冬耕の大雑把　岡安仁義
冬耕の水城といへる野をいそぐ　高浜年尾

冬至《とうじ》　冬十二月。二十四節気の一。十二月二十二日ごろにあたり、一年中で昼がもっとも短く、夜が長い。**冬至粥**《とうじがゆ》。

冬至の日沼に入ってしまひたる　石井とし夫
山寺の僧が冬至の柚子をくれ　高浜年尾

凍死《とうし》　〔三〕　冬一月。**吹雪倒れ**《ふぶきたふれ》。

片膝をついて深雪や凍死人　紅実

凍死人見てきしことを阿蘇の湯女　小坂蛍泉

冬至粥《とうじがゆ》　冬→冬至《とうじ》

湯治舟《とうじぶね》《たうぢぶね》　春四月。別府温泉では一家族あるいは数家族が、持舟を波止場に繋いで、湯治に通う習いがあり、これを湯治舟という。

脊の婆とんとおろされ湯治舟　岩田柊青

留守なるは歩板外して湯治舟　橋本対楠

凍傷《とうしょう》　冬→霜焼《しもやけ》

唐菖蒲《とうしょうぶ》　夏→グラジオラス

灯心草《とうしんぐさ》　夏→藺《い》

灯心蜻蛉《とうしんとんぼ》　夏→糸蜻蛉《いととんぼ》

踏青《とうせい》《たふせい》　［三］春三月。野辺に出て、青草を踏み、逍遥すること。「野遊」というより、やや古典的な響きがある。**青きを踏む**《あをきをふむ》。**あをきふむ**。

青き踏む大地に弾みある如く　千原草之

葛城の神臠《みそな》はせ青き踏む　高浜虚子

桃青忌《とうせいき》　冬→芭蕉忌《ばしょうき》

投扇興《とうせんきょう》　冬一月。正月に行われる座敷遊戯の一つ。四角な箱の上に飾りを的として置き、これに扇を投じ、点を争う遊び。

投扇の扇かさねし膝の前　下村　福

ひと組の投扇興を座の興に　高浜年尾

どうだんつつじ　春→満天星の花《どうだんのはな》

満天星の花《どうだんのはな》　春四月。新葉とともに壺形の柄の長い白い小花をたくさんつける。咲き盛るさまは満天に星を散らしたようである。**どうだんつつじ**。

触れてみしどうだんの花かたきかな　星野立子

満天星の花には止りづらき虻　木暮つとむ

道中双六《どうちゅうすごろく》　冬→双六《すごろく》

冬帝《とうてい》　［三］冬十二月。冬をつかさどる神というほどの意味である。単に冬というよりも厳しい冬を統べる神と万物を感じる。

火の山の冬帝の威にしづもれる　深見けん二

冬帝先づ日をなげかけて駒ケ嶽　高浜虚子

唐茄《とうなす》　秋→南瓜《かぼちゃ》

籐寝椅子《とうねいす》　夏→籐椅子《とういす》

籐枕《とうまくら》　夏→籠枕《かごまくら》

籐筵《とうむしろ》　夏→簟《たかむしろ》

玉蜀黍《とうもろこし》《たうもろこし》　秋九月。二メートルくらいに伸びた茎の葉腋に、苞をかむった実が、その頭から茶褐色の毛髪のようなものを出している。焼いたりふかしたりして食べる。**唐黍**《たうきび》。**もろこし**。花は夏季。

玉蜀黍をもぎをり馬車を乗り入れて　村上杏史

もろこしにかくれ了せし隣かな　高浜虚子

玉蜀黍の花《とうもろこしのはな》《たうもろこしのはな》　夏七月。晩夏、二メートルにもおよぶ茎の頂につく、芒の穂に似た大きな雄花をいう。**なんばんの花**《なんばんのはな》。

もろこしの雄花に広葉打ちかぶり　高浜虚子

当薬引く《とうやくひく》　秋→千振引く《せんぶりひく》

桃葉湯《とうようとう》《たうえふたう》　夏七月。桃の葉を入れた風呂に入ると、暑気を払い、汗疹《あせも》に効くという。一般でもまれにたてる家がある。

桃葉湯丁稚つれたる御寮人　高浜虚子

桃林《とうりん》　春→桃の花《もものはな》

灯籠《とうろう》　秋八月。**盆灯籠**《ぼんどうろう》をいう。**盆提灯**《ぼんぢやうちん》。**高灯籠**《たかどうろう》。**揚提灯**《あげぢやうちん》。**切子灯籠**《きりこどうろう》。**切子**《きりこ》。**切籠**《きりこ》。**折掛灯籠**《をりかけどうろう》。**花灯籠**《はなどうろう》。**絵灯籠**《ゑどうろう》。**軒灯籠**《のきどうろう》。**墓灯籠**《はかどうろう》。**灯籠店**《とうろうみせ》。

定紋の盆提灯も古りにけり　藤岡玉骨

宿坊の明け方さむき切籠かな　小川玉泉

蟷螂《とうろう》《たうらう》　[三]　秋九月。**かまきり**のこと。**いぼむしり**。

とぶ力見せ蟷螂の枯れてゐず　松尾白汀

案外に飛距離のありしいぼむしり　湯川　雅

蟷螂生る《とうろううまる》《たうらううまる》　夏六月。**子蟷螂**《こかまきり》。**蟷螂の子**《かまきりのこ》。**蟷螂の子**《たうらうのこ》。

蟷螂の斧をねぶりぬ生れてすぐ　山口誓子

斧あげて蟷螂の子に虎豹の気　浜中柑児

灯籠流し《とうろうながし》　秋→流灯《りゅうとう》

蟷螂の子《とうろうのこ》　夏→蟷螂生る《とうろううまる》

灯籠店《とうろうみせ》　秋→灯籠《とうろう》

十日戎《とおかえびす》《とをかえびす》　冬一月。一月十日の戎神社の祭である。西宮市の西宮神社、大阪の今宮戎神社、京都の建仁寺門前の蛭子（恵比須）神社は参詣客の多いことで有名。九日を**宵戎**《よひえびす》、十一日を**残り福**《のこりふく》という。**初恵美須**《はつえびす》。**福笹**《ふくざさ》。**戎笹**《えびすざさ》。**吉兆**《きつてう》。

商人になる一念や初戎　速水真一郎

吉兆をはる〲提げて上京す　高浜虚子

遠火事《とおかじ》　冬→火事《かじ》

遠霞《とおがすみ》　春→霞《かすみ》

十日の菊《とおかのきく》　秋→残菊《ざんぎく》

遠蛙《とおかわず》　春→蛙《かわず》

遠砧《とおぎぬた》　秋→砧《きぬた》

通し鴨《とおしがも》《とほしがも》　〔三〕夏六月。北方へ帰らずに沼や湖に残り、雛を育てる鴨をいう。**夏鴨**《なつがも》というのは留鳥の軽鴨《かるがも》のこと。**軽鴨**《かる》。

千代田区をとぶは皇居の通し鴨　小野草葉子

通し鴨道灌濠に見つけたり　高浜年尾

遠千鳥《とおちどり》　冬→千鳥《ちどり》

遠花火《とおはなび》　秋→花火《はなび》

遠柳《とおやなぎ》　春→柳《やなぎ》

蜥蜴《とかげ》　〔三〕夏六月。爬虫類の一種である。全長二〇センチくらい、その約半分が尾で短い四脚をもつ。

貼りつきし蜥蜴の息の見えてをり　佐野喜代子

濃き日蔭ひいて遊べる蜥蜴かな　高浜虚子

渡御《とぎょ》　夏→祭《まつり》

常磐木落葉《ときわぎおちば》《ときはぎおちば》　〔三〕夏五月。松、杉、樫、椎、樟などの常緑樹は新葉の整うのを見届けていたかのように古葉を落とす。

ひざの上に常磐木落葉してありぬ　本田あふひ

常磐木の落葉踏みうき別かな　高浜虚子

毒消売《どくけしうり》　〔三〕夏七月。食中毒、暑気あたりなどに効く解毒剤の行商人。現在はほとんど見かけない。

島町になじみ毒消売が来る　芹沢百合子

木賊刈る《とくさかる》　秋十月。枝も葉もなく節の目立つ、青々と細い中空の茎が直立して伸びる。湿地などに自生し、庭園などにも植えられる。秋にこれを刈り取る。**砥草刈る**《とくさかる》。

木賊刈ることとせずなりぬ故園荒れ　東野悠象

谷水を踏まへて刈りし木賊かな　高浜虚子

砥草刈る《とくさかる》　秋→木賊刈る《とくさかる》

毒茸《どくだけ》　秋→菌《きのこ》

どくだみ　夏→十薬《じゅうやく》

毒流し《どくながし》　夏→川狩《かわがり》

常夏《とこなつ》　[三]　夏六月。石竹《せきちく》の変種で、花はふつう濃い紅、葉は細く白っぽい緑である。

俊成《しゅんぜい》の仮名文字のとこなつの花　　高野素十

常節《とこぶし》　[三]　春四月。色も形も鮑に似ているが、ずっと小さくて平たい。食用としてやわらかく味がいい。

波の来てとこぶし採の面上ぐ　　加賀谷凡秋

野老《ところ》　冬一月。自然薯《やまのいも》の種類で山野に多く、零余子《ぬかご》を生じないものである。正月の飾りに用いる。**萆薢《ところ》**。

われともに三幅対や海老ところ　　圃　什

位して翁姿の野老哉　　安　玉

萆薢《ところ》　冬→野老《ところ》

心太《ところてん》　[三]　夏七月。煮て晒した天草《てんぐさ》を固めて作る透きとおった涼しげな食べもので、心太突で突き出して、酢醤油に辛子や海苔を添えたり、また蜜をかけたりして食べる。

心太売り切れし水道へ撒く　　鈴木半風子

筧水打ちどほしなり心太　　高浜年尾

野老掘《ところほ》る　[三]　秋十月。山野に多く自生し、葉は自然薯《やまのいも》に似て、長柄でやや大きい。夏、淡緑色の小花を長く並べてつける。

此山のかなしさ告よ野老掘　　芭　蕉

野老掘千振引と岐れゆく　　合田丁字路

登山《とざん》　夏七月。**山登《やまのぼり》**。**登山宿《とざんやど》**。**登山小屋《とざんごや》**。**登山杖《とざんづゑ》**。**登山笠《とざんがさ》**。**登山口《とざんぐち》**。

よな汚れせる人に混み登山茶屋　　宇川紫鳥

水渉りゆかねばならぬ登山口　　稲畑汀子

登山笠《とざんがさ》　夏→登山《とざん》

登山口《とざんぐち》　夏→登山《とざん》

登山小屋《とざんごや》　夏→登山《とざん》

登山杖《とざんづゑ》　夏→登山《とざん》

登山宿《とざんやど》　夏→登山《とざん》

年明《としあ》く　冬→新年《しんねん》

年改《としあらたま》る　冬→新年《しんねん》

年尾忌《としおき》　秋十月。十月二十六日、高浜年尾の忌日である。昭和五十四年（一九七九）十月二十六日病没。墓は虚子と同じく鎌倉市の寿福寺にある。

大切な看護日誌や年尾の忌　坊城中子
野分会十とせ経しこと年尾の忌　稲畑汀子

年惜む《としおしむ》　冬→行年《ゆくとし》

年男《としおとこ》　冬→豆撒《まめまき》

年神《としがみ》　冬→歳徳神《としとくじん》

年木《としき》　冬→年木樵《としきこり》

年木樵《としきこり》　冬十二月。**年木**《としき》とは正月の行事に用いるいろいろな木のことをいったが、のち新年に使う薪をさすようになった。それを年内に伐採することである。**年木積む**《としきつむ》。

年木積む嵩にも生活しのばるゝ　坊城としあつ
年木屑飛んで空うつ時もあり　高浜虚子

年木積む《としきつむ》　冬→年木樵《としきこり》

年越《としこし》　冬十二月。旧年から新しい年になろうとするときのことであり、蕎麦を食べたりなどする。

越年の煙あげをり鮭番屋　宮本素風
年越の老を囲みて児孫かな　高浜虚子

年越蕎麦《としこしそば》　冬→晦日蕎麦《みそかそば》

年籠《としごもり》　冬十二月。大晦日の夜、日ごろ信心する社寺に参籠して、年を送り迎えすることである。

大榾の火の粉柱や年籠　松本浮木
世の事を聞かせてもらひ年ごもり　若尾和佐女

年立つ《としたつ》　冬→新年《しんねん》

年棚《としだな》　冬→歳徳神《としとくじん》

年玉《としだま》　冬一月。年頭にあたっての贈りもの。**お年玉**《おとしだま》といえば子供らに与える金銭や品物を指すことが多い。**年贄**《としだま》。

お使ひの口上上手お年玉　星野立子
お年玉目当の子等と気附くまで　楓　巌濤

年贄《としだま》　冬→年玉《としだま》

歳徳《としとく》　冬→歳徳神《としとくじん》

歳徳神《としとくじん》　冬一月。年の初めに祭る神のこと。この神のいる方角を恵方という。**歳徳**《としとく》。**年神**《としがみ》。**恵方棚**《えほうだな》。**年棚**《としだな》。

歳徳や土かはらけの御灯明　西山泊雲

年取《としとり》　冬十二月。以前は新年に誰もが年を一つずつとる数え年の習慣であったので、除夜の鐘が打ち始められると、年取るという感じが深まったものである。

年とるもわかきはをかし妹が許　太祇

年の市《としのいち》　冬十二月。神棚、注連飾、門松、若水桶、橙、楪《ゆずりは》、裏白、串柿、昆布、盆栽、その他新年に用いる品々を売る市。

雪晴のはたして人出年の市　津谷たみを

年の市見るともなしに通りけり　小山白楢

年の内《としのうち》　冬十二月。年内余日がないというように使うときの**年内**《ねんない》と同意である。年の暮と同じ意味であるが、ちょっと違う。

年内に何とか話附け置かん　溝口杢生

年の暮《としのくれ》　冬十二月。一年もいよいよ終らんとするころのことである。**歳末**《さいまつ》。**歳晩**《さいばん》。

媒酌をして年の瀬の一と日かな　阿部小壺

書き溜めて連載コラム年の暮　大野雑草子

年の始《としのはじめ》　冬→新年《しんねん》

年の豆《としのまめ》　冬→豆撒《まめまき》

年の夜《としのよ》　冬十二月。十二月三十一日の夜をいう。その年の最後の夜という意である。

年の夜をしづかに守る産屋かな　阿部慧月

学問の果なきを知り年の夜　山下しげ人

年守る《としまもる》　冬十二月。大晦日の夜、眠りに就かないで年去り年来るのをうち守っていることである。**としもる**。

年守るといふにあらねどいねがたく　奈良鹿郎

窓すかし見て吹雪きをり年を守る　三ツ谷謡村

年迎ふ《としむかう》　冬→新年《しんねん》

としもる　冬→年守る《としまもる》

年用意《としようい》　冬十二月。新年を迎えるためのいろいろの用意をすること。煤掃、床の飾、注連張り、年の市の買物などである。

牧場にどつと著く藁年用意　清田松琴

長男の力借りもし年用意　稲畑汀子

泥鰌汁《どじょうじる》　夏→泥鰌鍋《どじょうなべ》

泥鰌鍋《どじょうなべ》《どぢやうなべ》　〔三〕夏七月。割き泥鰌または丸泥鰌を、ささがき牛蒡の上にのせて煮、卵でとじた料理。**柳川鍋**《やながはなべ》、**泥鰌汁**《どぢやうじる》ともいう。

泥鰌鍋どぜうの顔は見ぬことに　今井千鶴子

わが食はずぎらひのものに泥鰌鍋　高浜年尾

泥鰌掘る《どじょうほる》《どぢやうほる》 〔三〕 冬十一月。冬になると、田や沼は水が涸れ、泥鰌は残った泥に深く潜って、その中にひそむので掘って捕る。

掘返す泥にさゝりし泥鰌かな　平松草山

眠りまだ覚めざる泥鰌掘られけり　川崎栖虎

年忘《としわすれ》 冬十二月。年末、年間の慰労のために集まって酒宴を催すことをいう。**忘年会**《ばうねんくわい》。

泣き上戸われを離さぬ年忘　小坂蛍泉

この町に料亭一つ年忘　上崎暮潮

屠蘇《とそ》 冬一月。新年に、白朮《びやくじゆつ》、肉桂、防風、山椒、桔梗などを調合して入れた袋を酒または味醂に入れて酌《く》む。

屠蘇つげよ菊の御紋のうかむまで　本田あふひ

老朽ちし妻をあはれみ屠蘇を酌む　高浜虚子

栃の花《とちのはな》 夏→橡の花《とちのはな》

橡の花《とちのはな》 夏五月。橡は公園や街路樹にも植えられ、初夏高さ二〇センチくらいの花茎に白い小さい花が円錐状に群がって咲く。**栃の花**《とちのはな》。

二タ棟の屋根に散り敷き栃の花　中田みづほ

栃の花またもこぼれ来去りがたく　横井迦南

橡の実《とちのみ》 秋十月。秋、黄褐色になった厚い皮が三裂して、赤褐色でほぼ球形の栗に似た実が現れる。多量の澱粉がふくまれているので、橡餅、橡団子などにする。

橡の実は落ちてはじけるものと知る　宮崎房子

夜のうちに降りし橡の実とぞ思ふ　桑田青虎

土手涼み《どてすずみ》 夏→納涼《すずみ》

縕袍《どてら》 〔三〕 冬十二月。ふつうの和服より大形に仕立てて、中に厚く綿を入れた広袖の着物である。

夜の客に縕袍姿を詫びて会ふ　井上木雞子

病み坐る人や縕袍に顔嶮し　高浜虚子

飛魚《とびうお》《とびうを》 〔三〕 夏五月。体長約三〇センチ、蒼白の魚。胸鰭が大きく、海面から飛び上がって飛翔する。**とびを**。**つばめ魚**《つばめうを》。

飛魚の片翅きらめき飛びにけり　清崎敏郎

飛魚の翼の光り波を切る　高浜年尾

とびを 夏→飛魚《とびうお》

どびろく 秋→濁酒《にごりざけ》

鳥総松《とぶさまつ》　冬一月。門松を取り払うとき、その梢を折り取ってそのあとに挿しておくのをいう。

この凍の緩むことなし鳥総松　深川正一郎
こゝにまだ屯田の家鳥総松　大島早苗

飛ぶ蛍《とぶほたる》　夏→蛍《ほたる》

海桐の花《とべらのはな》　[三]　夏七月。常緑低木で、葉は厚く長楕円形で光沢があり、枝先に香りのよい白い小花が群がり咲く。

この浜の続くかぎりの花とべら　山下晶石
潮の香と別に海桐の花匂ふ　栗間耿史

トマト　夏七月。丈は一・五メートルくらいで、葉には不規則な切れ込みがあり、実は夏から初秋にかけて熟す。**蕃茄**《あかなす》。

ころげたるトマト踏まるゝ市場かな　為成菖蒲園
起きし子と朝の挨拶トマト切る　高橋笛美

照射《ともし》　夏→火串《ほぐし》
友千鳥《ともちどり》　冬→千鳥《ちどり》
鳥屋師《とやし》　秋→小鳥網《ことりあみ》

土用《どよう》　夏七月。中国の五行説では四季の各終りの十八、九日間を土の支配する土用とした。が、今は土用といえば夏の土用のみをいうようになった。**土用入**《どよういり》。**土用明**《どようあけ》。

土用の日浅間ケ嶽に落ちこんだり　村上鬼城
底潮の今日は荒しと土用海女　八木耿二

土用明《どようあけ》　夏→土用《どよう》
土用入《どよういり》　夏→土用《どよう》

土用鰻《どよううなぎ》　夏七月。夏、土用の丑の日に鰻を食べると暑気負けをしないといわれ、その習慣がある。この日を**鰻の日**《うなぎのひ》という。

病室へ土用鰻の御用聞　開田華羽

土用灸《どようきゅう》　夏七月。夏の土用に灸をすえるととくに効くといわれる。日蓮宗の寺院で土用丑の日に**炮烙灸**《はうろくきう》を行う所がある。

老夫婦うながしあひて土用灸　池田良子
梵妻の世事に習ひて土用灸　衣巻梵太郎

土用蜆《どようしじみ》　夏七月。土用中の蜆をいう。夏が産卵期のようで味は落ちるが腹の薬になるともいう。「蜆」は春季。

朝の湖濁して土用蜆搔く　玉木春の泥

土用芝居《どようしばい》　夏→夏芝居《なつしばい》

土用浪《どようなみ》　夏七月。南方の熱帯性低気圧の影響で起こる土用ごろの高浪で、太平洋に面した海岸に見られる現象である。

朝市のうしろ輪島の土用浪　舘野翔鶴

土用浪玄界灘に壱岐沈む　高崎小雨城

土用干《どようぼし》　夏→虫干《むしぼし》

土用見舞《どようみまい》　夏→暑中見舞《しょちゅうみまい》

土用芽《どようめ》　夏七月。夏、土用のころ出る新芽をいう。

まろ〳〵と刈り土用芽を待つ茶山　新田千鶴子

どうだんの刈込み土用芽浮べたり　高浜年尾

豊の秋《とよのあき》　秋→豊年《ほうねん》

虎ケ雨《とらがあめ》　夏六月。陰暦五月二十八日の雨。虎というのは虎御前で、曾我十郎祐成と深く契った女である。祐成の討たれた日が五月二十八日なので、その悲涙であろうとの意。

虎が雨降る大磯の夜の静か　高安永柏

藻汐草焼けば降るなり虎が雨　高浜虚子

虎の尾《とらのお》　夏→虎尾草《とらのお》

虎尾草《とらのお とらのを》　夏六月。六〇～九〇センチくらいの茎の先に五裂の白く細かい花を一五センチほど総状につける。**虎の尾**《とらのを》。

虎の尾を踏みゐしことに気づきけり　大久保橙青

白揺れて少し虎尾草らしくなる　山田土蜂

鶏合《とりあわせ とりあはせ》　春三月。牡鶏は春先になると闘志が昂じる。その牡鶏を闘わせ、勝負を争う。**勝鶏**《かちどり》。**負鶏**《まけどり》。**闘鶏**《とうけい》。

勝鶏の水呑みやまぬのんどかな　藤木紫風

闘鶏や川飛び越えて人来る　高浜虚子

収穫《とりいれ》　秋→稲刈《いねかり》

鳥威《とりおどし》　[三]　秋十月。秋、稔った穀物を啄む鳥を威し払うためのさまざまの仕掛けをいう。**威し銃**《おどしじゅう》を発砲することもある。**威銃**《おどしづつ》。

鳥威光るがゆゑに信じられ　依田秋葭

威銃空の何処かを撃ち抜きし　竹本素六

鳥帰る《とりかえる とりかへる》　春三月。秋冬に渡ってきた候鳥類が、春になって北方に帰ること。**小鳥引く**《ことりひく》。

鳥雲に入る《とりくもにいる》。**鳥曇**《とりぐもり》。**帰る鳥**《かへるとり》。

吹浦《ふくうら》も鳥海山も鳥曇　佐藤漾人

野の果と空の果合ふ鳥雲に　稲畑汀子

鳥頭《とりかぶと》　秋九月。秋、梢の先に紫の多数の花を咲かせる。横向きで、その形が鳥帽子に似て美しい。**鳥冠**《とりかぶと》。**鳥兜**《とりかぶと》。

鳥兜日高アイヌは点在す　嶋田一歩

気力負けせざる紫鳥甲　依田秋葭

鳥冠《とりかぶと》　秋→鳥頭《とりかぶと》

鳥兜《とりかぶと》　秋→鳥頭《とりかぶと》

取木《とりき》　春三月。木の枝に疵《きず》をつけ土で覆い、油紙、竹の皮、ビニールなどで包んだり、また枝を撓めて地に埋めたりして根を出させ、その枝を切り取る方法である。

取木して置きたるものを忘れゐし　山本鱠一

ふと取木してあることに気がつきぬ　山本杜城

鳥雲に入る《とりくもにいる》　春→鳥帰る《とりかえる》

鳥曇《とりぐもり》　春→鳥帰る《とりかえる》

鳥交る《とりさかる》　［三］　春四月。鳥はおおむね年に一回春に発情する。囀ったり、毛色が変ったりするのは皆異性を誘うためである。

鳥交る母が襁褓は干しなびき　松本たかし

宮大工ひとりをるのみ鳥交る　中島寿銭

酉の市《とりのいち》　冬十一月。十一月中の酉の日に行われる鷲《おおとり》神社の祭礼で「お酉さま」といって親しまれる。**一の酉**《いちのとり》。**二の酉**《にのとり》。**三の酉**《さんのとり》。

二の酉のとっとと昏れてきし人出　兜木総一

此頃の吉原知らず酉の市　高浜虚子

鳥の巣《とりのす》　［三］　春四月。鳥は多くは樹の上、大きな樹の空洞、藪、叢、畑、人家などに巣を作る。**巣籠**《すごもり》。**巣鳥**《すどり》。「浮巣」は夏季。

大木や鳥の巣のせて藤かゝる　高浜虚子

鳥の巣のあらはなることあはれなり　高浜年尾

鳥渡る《とりわたる》　秋→渡り鳥《わたりどり》

とろろあふひ《とろろあおい》　夏→黄蜀葵《おうしょっき》

どんがめ　夏→田亀《たがめ》

団栗《どんぐり》　秋十月。櫟、楢、柏など落葉樹の実の総称で、とくに**櫟の実**《くぬぎのみ》をいうことが多い。

拾ふ気になれば団栗いくらでも　柳本津也子

団栗を踏みつけてゆく反抗期　小国　要

どんたく　春四月。「どんたく」は日曜祭日を意味するオランダ語ゾンタークの訛ったもので、五月三日、四日の両日、福岡全市をあげて行われる行事。

志賀の海女舟漕ぎ博多どんたくに　田代月哉
どんたくの帰路の人出を避ける道　稲畑汀子

とんど　冬→左義長《さぎちょう》

どんど　冬→左義長《さぎちょう》

蜻蛉《とんぼ》　[三] 秋九月。**とんぼう**。**あきつ**。**赤蜻蛉**《あかとんぼ》。**精霊蜻蛉**《しやうりやうとんぼ》。**やんま**。**とんぼつり**。

とゞまればあたりにふゆる蜻蛉かな　中村汀女
公園の砂場に吾子と赤とんぼ　米倉ミチル
よるべなき草をよるべとして蜻蛉　稲畑汀子

とんぼう　秋→蜻蛉《とんぼ》

蜻蛉生る《とんぼうまる》　夏六月。蜻蛉の幼虫は水蠆《やご》、太鼓虫などと呼ばれるきたない虫で、やがて蜻蛉となる。

悪童の集まってをり蜻蛉生る　湯川　雅
とんぼうも沼の光も生まれたて　河野美奇

とんぼつり　秋→蜻蛉《とんぼ》

◎な◎

苗売《なえうり》《なへうり》　夏五月。以前は初夏のころになると、茄子、胡瓜、朝顔、糸瓜などの苗の荷を担いで売りに来たものである。

苗売のよきおしめりと申しける　林田探花
信じてもよき苗売のよごれし手　前内木耳

苗籠《なえかご》　夏→早苗《さなえ》

苗木市《なえぎいち》《なへぎいち》　春三月。春、苗木を植える好季節になると、神社の境内、公園、縁日などに苗木を売る市が立つ。

苗木市素通り母の風邪見舞　本田豊子
一泊の旅の荷にして苗木買ふ　稲畑汀子

苗木植う《なえぎうう》《なへぎうう》　春三月。苗床で育った苗木を移し植えることで、**植林**《しょくりん》から、花木を植えるものまでいろいろある。

杉植うる加勢の苗を背負ひ来し　梶本夜星
土の香の立つを親しと苗木植う　稲畑汀子

苗配《なえくばり》 夏→早苗《さなえ》

苗田《なえた》 春→苗代《なわしろ》

苗床《なえどこ》《なへどこ》 春三月。植物の苗を仕立てる仮床であり、冷床と温床と二通りある。**種床**《たねどこ》。

苗障子一枚はづしあるところ　福井圭児

苗運《なえはこび》 夏→早苗《さなえ》

苗札《なえふだ》《なへふだ》 春三月。蒔いたものの名や月日などを記して、苗床、花壇、鉢などの土に、挿しこまれた小さな木の札。

苗札に従ふ如く萌え出でぬ　門田蘇青子

苗札を夕のぞきして立てりけり　高浜虚子

長薯《ながいも》 秋→薯蕷《ながいも》

薯蕷《ながいも》 〔三〕 秋十月。自然薯《やまのいも》の栽培種。色や形は自然薯とほとんど変わらないが、根茎は自然薯よりも太く軟らかい。**長薯**《ながいも》。

長薯を掘るや鋤鍬使ひ分け　永松西瓜

永き日《ながきひ》 春→日永《ひなが》

長き夜《ながきよ》 秋→夜長《よなが》

長崎の凧揚《ながさきのはたあげ》 春→凧《たこ》

ながし 〔三〕 夏七月。夏の夜、多く花街などを流して歩く**新内ながし**《しんないながし》をいう。東京隅田川を花街沿いに行灯をともした舟でながして行くこともあった。

放浪の身につまされてながし聴く　毛利提河

川水に銭の落ちたる流しかな　高浜虚子

長月《ながつき》 秋十月。陰暦九月の異称。秋もようやく深まり、夜もいよいよ長くなってくる。**菊月**《きくづき》ともいう。

菊月の雅用俗用慌し　篠塚しげる

長月や明日鎌入るゝ小田の出来　酒井黙禅

中稲《なかて》 秋十月。中稲は「早稲《わせ》」と「晩稲《おくて》」の中間に稔るもので、大部分の品種はこれである。

中稲には雨がつきもの刈り難し　山川喜八

ながむし 夏→蛇《へび》

菜殻火《ながらび》 夏→菜種刈《なたねがり》

菜殻焼《ながらやき》 夏→菜種刈《なたねがり》

ながれぼし 秋→流星《りゅうせい》

なぎ 夏→水葵《みずあおい》

泣初《なきぞめ》　冬一月。新年に初めて泣くことである。
初泣《はつなき》。

泣初や嬉し涙のせきあへず　麻田椎花

泣初の顔を鏡にうつしやる　中村芳子

鳴く蚊《なくか》　夏↓蚊《か》

鳴蛙《なくかわず》　春↓蛙《かわず》

名草の芽《なぐさのめ》　春↓草の芽《くさのめ》

名越の祓《なごしのはらえ》　夏↓御祓《みそぎ》

夏越の祓《なごしのはらえ》　夏↓御祓《みそぎ》

名残の雪《なごりのゆき》　春↓雪の果《ゆきのはて》

梨《なし》　〔三〕秋九月。在来の梨は黄褐色であるが、改良されて黄緑色の甘いものが多くなった。**青梨**《あをなし》。**梨子**《なし》。**ありのみ**。**梨売**《なしうり》。

此辺り多摩の横山梨をもぐ　大橋一郎

新高といふ梨の大頒ち食ふ　高浜年尾

梨子《なし》　秋↓梨《なし》

梨売《なしうり》　秋↓梨《なし》

梨の花《なしのはな》　春四月。新緑の葉に五弁の淡泊な花が浮いて風情があり、五日間くらいで散る。

梨棚の盛りの花の真平ら　鳥居多霞子

両岸の梨花にラインの渡し舟　高浜虚子

なす　夏↓茄子《なすび》

茄子植う《なすうう》　夏五月。苗床に生長した約二〇センチくらいの茄子苗を畑に移し植えること。

茄子植ゑて夕餉遅るゝ厨ごと　永井寿子

老農は茄子の心も知りて植ゆ　高浜虚子

茄子提灯《なすちょうちん》　秋↓西瓜提灯《すいかちょうちん》

茄子漬《なすづけ》　夏七月。茄子は塩漬、糠漬、粕漬、味噌漬など、どのように漬けてもおいしい。

妻二世なれど素直よ茄子漬くる　菊池純二

芥子漬に塩漬に茄子生るは〳〵　高浜虚子

茄子床《なすどこ》　春↓茄子蒔く《なすまく》

薺《なずな》《なづな》　冬一月。七種《ななくさ》の一つ。闌《た》けてぺんぺん草となる。**薺摘**《なづなつみ》。

濡縁や薺こぼるゝ土ながら　嵐雪

金毘羅の神饌田小屋あと薺萌ゆ　水田千風

薺打つ《なずなうつ》《なづなうつ》　冬一月。七日の朝は七種粥をつくる。薺を打ち刻みながら「ななくさなづな唐土の鳥が日本の土地に渡らぬ先に」と唱え囃す。**七種打つ**《ななくさうつ》。**七種はやす**《ななくさはやす》。

なづな打つ妻は醍醐の里育ち　鈴鹿野風呂

客二人七種はやす戸に来る　高浜虚子

茄子苗《なすなえ》《なすなへ》　夏五月。茄子の苗は初夏、苗床から畑に移し植える。ずいぶん大きくなったのを売っているのも見かける。

茄子苗の茎むらさきを帯びて来し　後藤田白愁

茄子苗に今日は日蔽ひを工夫せり　高浜虚子

薺粥《なずながゆ》　冬→七種粥《ななくさがゆ》

薺摘《なずなつみ》　冬→薺《なずな》

薺の花《なずなのはな》《なづなのはな》　春三月。野原、畦、路傍などいたるところに自生する雑草で、春の七草の一つ。**三味線草**《さみせんぐさ》。**ぺんぺん草**《ぺんぺんぐさ》。

耳元に寄せてぺん〱草ならす　進藤千代子

奈良どこも遺跡薺の咲く田まで　辻口静夫

茄子の鴫焼《なすのしぎやき》　夏→鴫焼《しぎやき》

茄子の花《なすのはな》　［三］夏六月。茎も葉も濃紫の葉腋に淡紫の合弁花を下向きにつける。**なすびの花**《なすびのはな》。**花茄子**《はななすび》。

葉の紺に染りて薄し茄子の花　高浜虚子

茄子《なすび》　夏七月。もっとも一般的な夏野菜で、つややかな紫紺色をしている。花も夏季。**なす**。**初茄子**《はつなすび》。

もぎたての茄子の紺や籠に満てり　星野立子

茄子汁主人好めば今日も今日も　高浜虚子

なすびの花《なすびのはな》　夏→茄子の花《なすのはな》

なすび蒔く《なすびまく》　春→茄子蒔く《なすまく》

茄子蒔く《なすまく》　春三月。床蒔と直蒔とがあるが、普通蒔いたのち六、七十日間苗床で育てる。**なすび蒔く**《なすびまく》。**茄子床**《なすどこ》。

茄子の種紫ならず蒔きにけり　今井千鶴子

じよろの水浴びしばかりの茄子床　川口利夫

菜種《なたね》　夏→菜種刈《なたねがり》

菜種打つ《なたねうつ》　夏→菜種刈《なたねがり》

菜種殻《なたねがら》　夏→菜種刈《なたねがり》

菜種刈《なたねがり》　夏五月。初夏、実となった油菜を刈ること。**菜種刈る**《なたねかる》。**菜種干す**《なたねほす》。**菜種打つ**《なたねうつ》。**菜種殻**《なたねがら》。**菜殻焼**《ながらやき》。**菜殻火**《ながらび》。**菜種**《なたね》。

菜殻火に堂塔夜の影正し　本郷昭雄

菜殻燃え天拝山は闇にあり　小坂蛍泉

菜種刈る《なたねかる》　夏→菜種刈《なたねがり》

菜種御供《なたねごく》　春二月。二月二十五日、菅原道真の忌日に行われる、京都北野天満宮の祭である。**梅花御供**《ばいくわごく》。**梅花祭**《ばいくわさい》。

菜種御供尼の身内のあつまりて　中村若沙

菜種の花《なたねのはな》　春→菜の花《なのはな》

菜種河豚《なたねふぐ》　春四月。菜の花の咲くころの河豚をいう。産卵期にあたり、毒がもっとも強くて中毒しやすい。

糶杖にはじき出されし菜種河豚　山崎美白

菜種河豚ひとつころがり市終る　今村青魚

菜種干す《なたねほす》　夏→菜種刈《なたねがり》

菜種蒔く《なたねまく》　秋九月。菜種菜は油菜のことである。九月から十月にかけて種蒔きをする。

つや〳〵と黒き菜種を蒔きにけり　美津女

刀豆《なたまめ》　秋八月。長さ三〇センチ、幅六センチもある真青な、鉈《なた》に似た莢を垂れ、中に紅や白の扁平な大きな種がある。

刀豆の鋭きそりに澄む日かな　川端茅舎

干しためし刀豆咳に効くとこそ　稲畑汀子

雪崩《なだれ》　春二月。山岳地帯に積もった雪が、春先の急な暖かさのために下層から解け始め、雪全体が山腹を崩れ落ちる現象である。**雪なだれ**《ゆきなだれ》。

炉辺の犬耳を立てたる雪崩かな　宮下翠舟

雪崩止もろとも海へなだれけり　水見悠々子

夏《なつ》　〔三〕夏五月。立夏（五月六日ごろ）から立秋（八月八日ごろ）の前日まで。**九夏**《きうか》は夏九十日間をいう。**三夏**《さんか》は、初夏、仲夏、晩夏のこと。**島の夏**《しまのなつ》、**夏の寺**《なつのてら》、**夏の宮**《なつのみや》など。

点の人点々の人砂丘夏　石本登也

加はりし猿蓑夏の輪講に　高浜虚子

夏薊《なつあざみ》　〔三〕夏六月。「薊」というと春季のものであるが、薊は種類も多く夏咲いている薊のことを夏薊という。

これよりはスコットランド夏薊　岩岡中正

野の雨は音なく至る夏薊　稲畑汀子

夏鶯《なつうぐいす》　夏→老鶯《おいうぐいす》

夏襟《なつえり》　〔三〕夏六月。織目が薄く、色合の涼しげな絽、紗などで作った夏向きの掛け襟である。

夏襟の色も好みに師にまみゆ　島田みつ子

夏帯《なつおび》　〔三〕夏六月。夏期専用の帯をいう。生地も薄くて軽く、幅の狭いものが好まれる。一重なのを**単帯**《ひとへおび》、**一重帯**《ひとへおび》という。

旅なれば軽きを選ぶ単帯　小原うめ女

恋すてふこと古りにけり単帯　高浜年尾

夏掛《なつがけ》　夏→夏蒲団《なつぶとん》

夏霞《なつがすみ》　〔三〕夏五月。夏期にも遠景や沖合が霞んで見えることがある。これをとくに夏霞という。

二タ岬色を重ねて夏霞　佐川雨人

朝の間の富士すでになし夏霞　稲畑汀子

夏風邪《なつかぜ》　〔三〕夏七月。夏にひく風邪のことである。なかなか治りにくい。

夏の風邪薬餌によらず治りけり　丸山綱女

夏風邪はなか／＼老に重かりき　高浜虚子

夏鴨《なつがも》　夏→通し鴨《とおしがも》

夏川《なつかわ》　夏→夏の川《なつのかわ》

夏河原《なつかわら》　夏→夏の川《なつのかわ》

夏著《なつぎ》　夏→夏衣《なつごろも》

夏木《なつき》　〔三〕夏六月。夏木といえば葉は濃緑に、幹も黒々と立った、ただ一本の木の姿が思われる。

傷もまたかく育ちつゝ大夏木　上野　泰

大夏木日を遮りて余りある　高浜虚子

夏木蔭《なつきかげ》　夏→夏木立《なつこだち》

夏菊《なつぎく》　夏七月。切花用に栽培して夏咲かせる菊をいう。紅や黄などの小輪のものが多く、濃緑の葉の美しさは捨て難い。

夏菊の淡き匂ひもなかりけり　堀岡冬木

夏菊の咲いて雨降りばかりかな　副島いみ子

夏来る《なつきたる》　夏→立夏《りっか》

夏衣《なつぎぬ》　夏→夏衣《なつごろも》

夏霧《なつぎり》　〔三〕夏七月。単に「霧」というと秋季であるが、高山や高原、海浜などでは夏に発生することが多い。またオホーツク海に面した北海道地方に夏発生する濃い海霧を方言で**じり**という。**夏の霧**《なつのきり》。

オホツクの海鳴斯くも海霧冷す　桑田青虎

海霧とざす沼波岸に寄するのみ　高浜年尾

夏草《なつくさ》　〔三〕　夏六月。野山に路傍に生い茂る夏の草である。青々と野を覆って茂る夏草には壮快な生命感に溢れた趣がある。

夏草にサーカス小屋の杭を打つ　小西魚水

夏草に延びてからまる牛の舌　高浜虚子

夏茱萸《なつぐみ》　夏六月。茱萸のなかでも夏に赤く熟する一種。庭木にもされるが山野に多い。**たうぐみ**。

夏ぐみの甘酢つぱさに記憶あり　佐藤千須

夏桑《なつぐわ》《なつぐは》　〔三〕　夏六月。夏蚕に食べさせるための桑である。桑畑は青黒いまでに茂る。単に「桑」といえば春季である。

夏桑の中の灯明や御山口　長　船

菜漬《なづけ》　冬→茎漬《くきづけ》

夏蚕《なつご》　夏六月。夏飼う蚕《かいこ》を夏蚕、または**二番蚕**《にばんご》という。「春蚕」に比べ質量ともに劣るようである。「蚕」は春季。

夏蚕飼ふひろき飼屋のまん中に　塩沢はじめ

吾妻村孀恋村も夏蚕飼ふ　岩男微笑

夏氷《なつごおり》　夏→氷水《こおりみず》

夏木立《なつこだち》　〔三〕　夏六月。暑い夏の日ざしを遮って立ち並んでいる夏の木立のことである。**夏木蔭**《なつきかげ》。

朴の幹うちまじりをる夏木立　山﨑一角

我犬の聞き耳や何夏木立　高浜虚子

夏衣《なつごろも》　〔三〕　夏六月。夏に用いる涼しい着物の総称。木綿、絹、麻などいろいろある。**夏衣**《なつぎぬ》。**夏著**《なつぎ》。

庵に在りて風飄々の夏衣　河東碧梧桐

姿とは母に似るもの夏衣　成安刀美子

夏座敷《なつざしき》　〔三〕　夏七月。障子や襖《ふすま》を取り外し、風通しをよくし、室内装飾も取りかえ、見るからに夏らしくなった座敷をいう。

すぐ庭に下りてもみたく夏座敷　梅田実三郎

物置かぬことに徹して夏座敷　稲畑汀子

夏座布団《なつざぶとん》　〔三〕　夏六月。夏に用いる座布団の総称で、麻や藺で織ったものなど、見た目も涼しい。**麻座布団**《あさざぶとん》。**藺座布団**《ゐざぶとん》。

　落ちかゝる夏座布団や縁の端　　松本たかし

　俳小屋に夏座布団の散らかりて　　高浜虚子

夏潮《なつしお》《なつしほ》　［三］　夏七月。よく晴れた日差しに力強く輝く五月の潮、梅雨空を映して暗い六月の潮、真白な波しぶきをあげて紺碧に透きとおる七月の潮、いずれも**夏の潮**《なつのしほ》である。

　国後《くなしり》は見えず夏潮隔てたり　　高浜年尾

　夏潮に道ある如く出漁す　　稲畑汀子

夏芝居《なつしばい》《なつしばゐ》　［三］　夏七月。夏季に興行するいろいろな演劇《どようしばゐ》をいう。たいがい涼しげな出しものである。**土用芝居**《どようしばゐ》。

　薄き幕引きて終りぬ夏芝居　　小林春水

　客席にジーパン姿夏芝居　　片岡我当

なつだいこ　夏→夏大根《なつだいこん》

夏大根《なつだいこん》　［三］　夏六月。春、種を蒔き、夏、収穫するものを夏大根という。やや細く小さく味も辛い。**なつだいこ**。

　木曾は今桜もさきぬ夏大根　　支　考

　夏大根ぴりゝと親し一夜漬　　菊地トメ子

夏橙《なつだいだい》　夏→夏蜜柑《なつみかん》

夏足袋《なつたび》　［三］　夏六月。夏期用の足袋のこと。絹、麻、木綿、キャラコなど薄地のものを用いる。一重なのを**単足袋**《ひとへたび》という。

　夏足袋の小はぜくひ入る足白し　　武原はん女

　夏足袋に職人気質のぞかせて　　松尾緑富

夏近し《なつちかし》　春四月。春闌《た》けてくると、日ざしや風の動きにも夏の間近いことが感じられる。**夏隣る**《なつとなる》。

　夏近し短めに切る吾子の髪　　村中千穂子

　海近く住み潮の香に夏近し　　稲畑汀子

夏椿の花《なつつばきのはな》　夏→沙羅の花《しゃらのはな》

夏手袋《なつてぶくろ》　［三］　夏六月。夏期専用の手袋をいう。平常でもおしゃれ用に使われる。

　船を訪ふ夏手袋の女かな　　山本暁鐘

　彼の女夏手袋の大ボタン　　高浜虚子

納豆汁《なっとじる》　［三］　冬十二月。納豆を擂りこみ、豆腐や油揚などを実とした味噌汁で、昔は僧家のものとされていた。

　納豆汁教師が故の貧しさに　　小林宗一

糟糠の妻が好みや納豆汁　高浜虚子

夏隣《なつとなる》　春→夏近し《なつちかし》

夏に入る《なつにいる》　夏→立夏《りっか》

夏葱《なつねぎ》　〔三〕夏六月。葱は元来冬の季のものであるが、夏季に繁殖する種類もある。**刈葱《かりぎ》**。**わけ葱《わけぎ》**。

老厨夫夏葱さげて帰船かな　図羅

夏野《なつの》　〔三〕夏六月。夏の野原をいう。

絶えず人いこふ夏野の石一つ　正岡子規

仔羊の跳ねて夏野にあふれでる　坊城としあつ

夏の朝《なつのあさ》　夏→短夜《みじかよ》

夏の雨《なつのあめ》　〔三〕夏七月。梅雨や夕立といった特別のものとは違うふつうの雨で、どことなく明るくそれなりの趣がある。

音立てゝ朴の広葉に夏の雨　田村三重子

夏の雨海ナ面ラ穿ち始めたる　新谷根雪

夏の海《なつのうみ》　〔三〕夏七月。夏は海のもっとも親しい季節である。

夏の海若者のみのものならず　中西利一

壱岐の島途切れて見ゆる夏の海　高浜虚子

夏の川《なつのかわ》《なつのかは》　〔三〕夏六月。**夏川《なつかは》**。**夏河原《なつかはら》**。**五月川《さつきがは》**。

吊橋の板の間の夏の川　上崎暮潮

夏川に架かれる橋に木戸ありぬ　高浜虚子

夏の霧《なつのきり》　夏→夏霧《なつぎり》

夏の潮《なつのしお》　夏→夏潮《なつしお》

夏の蝶《なつのちょう》《なつのてふ》　〔三〕夏六月。夏飛んでいる蝶のことである。揚羽蝶の類が多い。単に「蝶」といえば春季。

杉の間を音ある如く夏の蝶　星野立子

風こぼすものより夏の蝶となる　稲畑汀子

夏の月《なつのつき》　〔三〕夏七月。夏の月は秋の月ほど澄んでいない。**月涼し《つきすずし》**。

夏の月機翼を照らしまだ発たず　深川正一郎

椰子の実の流れ著く浜月涼し　千本木溟子

夏の露《なつのつゆ》　夏→露涼し《つゆすずし》

夏の寺《なつのてら》　夏→夏《なつ》

夏の灯《なつのひ》　夏→灯涼し《ひすずし》

夏の宮《なつのみや》　夏→夏《なつ》

夏の山《なつのやま》　〔三〕　夏七月。**夏山家**《なつやまが》。

夏山に富士かくるまで振返る　直原玉青
木曾川を曲げて大きな夏の山　柴原保佳

夏の夕《なつのゆう》《なつのゆふ》　〔三〕　夏七月。夏の日の暮れ方である。**夏夕**《なつゆふべ》。

夏夕蝮を売つて通りけり　村上鬼城
夏の夕菅笠の旅を木曾に入る　高浜虚子

夏の夜《なつのよ》　〔三〕　夏七月。夏の夜というと「短夜」という感じよりも、涼を求めて夜を更かしてしまう思いがある。**夜半の夏**《よはのなつ》。

ガソリンと街に描く灯や夜半の夏　中村汀女
日は北に北極圏の夏の夜　三宅蕉村

夏暖簾《なつのれん》　〔三〕　夏六月。夏用の暖簾である。麻で作られた**麻暖簾**《あさのれん》が多く用いられる。

くる度にこの家親し麻のれん　近藤いぬゐ
舞終へて楽屋へかへる夏のれん　武原はん女

夏羽織《なつばおり》　〔三〕　夏六月。夏期専用の単《ひとえ》羽織をいう。その布地によって**麻羽織**《あさばおり》、**絽羽織**《ろばおり》、**紗羽織**《しゃばおり》などの名もある。

夏羽織われをはなれて飛ばんとす　正岡子規
世話方といふいでたちの夏羽織　広瀬ひろし

夏袴《なつばかま》　〔三〕　夏六月。夏に用いる袴。麻や絽など薄地のもので作られるが、いまは絽が多い。**絽袴**《ろばかま》。**麻袴**《あさばかま》。**単袴**《ひとへばかま》。

禰宜づとめ身についてきし夏袴　国方きいち
仕舞ふ手の静かに高く夏袴　高浜年尾

夏萩《なつはぎ》　夏七月。夏のうちに花をつける萩をいう。五月雨のころに咲く「さみだれ萩」という種類もある。

夏萩の花ある枝の長きかな　星野立子
夏萩の余り風ある水亭に　浅井青陽子

夏場所《なつばしょ》　夏五月。五月中の十五日間、東京両国の国技館で行われる大相撲本場所。**五月場所**《ごがつばしょ》と呼ぶのが正式である。

夏場所や大川端に出て戻る　亀山草人

夏祓《なつばらえ》　夏→御祓《みそぎ》

夏深し《なつふかし》　夏→晩夏《ばんか》

夏服《なつふく》　〔三〕　夏六月。夏用の洋服で、麻、木綿など軽い薄手の織物で作られている。**白服**《しろふく》はその一つで見た目も涼しい。
夏服を吊れば疲れてゐる形　広川康子
古びたる夏服を著て慇懃に　高浜虚子

夏衾《なつぶすま》　夏→夏蒲団《なつぶとん》

夏蒲団《なつぶとん》　〔三〕　夏六月。夏用に綿を薄くし、絹、麻、絽などを用い、色柄も涼しげに作った布団。**夏衾**《なつぶすま》。**麻蒲団**《あさぶとん》。**夏掛**《なつがけ》。
足元にたゝみて病めり夏蒲団　松葉星幼
長男の足ひつ込まぬ夏蒲団　稲畑汀子

夏帽《なつぼう》　夏→夏帽子《なつぼうし》

夏帽子《なつぼうし》《なつばうし》　〔三〕　夏六月。**夏帽**《なつぼう》。**パナマ帽**《ぱなまぼう》。**麦稈帽**《むぎわらぼう》。**経木帽子**《きやうぎばうし》。
お隣へ遊びに行くも夏帽子　岩田公次
麦稈帽鍔広にして牧婦なり　高浜年尾

夏負《なつまけ》　夏→夏痩《なつやせ》

夏蜜柑《なつみかん》　〔三〕　夏七月。秋に熟し黄色く色づくが甘くならず、そのまま翌年の夏まで木にならして食べる。**夏橙**《なつだいだい》。
夏蜜柑むきをる顔のすつぱさよ　唐笠何蝶
温泉疲れや老の分けあふ夏蜜柑　合田丁字路

夏虫《なつむし》　夏→火取虫《ひとりむし》

棗《なつめ》　秋十月。楕円形で親指大くらいの実が熟れて暗紅色になる。食用、薬用となる。**棗の実**《なつめのみ》。
棗の実落つる日向に陶乾く　五十嵐播水
虚子旧廬立ち去りがたく棗熟れ　大森積翠

夏めく《なつめく》　夏五月。春の花が終わると、草木は緑一色になり、万物すべて夏の装いを始める。その心持を夏めくという。
書肆の灯や夏めく街の灯の中に　五十嵐播水
夏めくや少女は長き脚を組む　岩垣子鹿

棗の実《なつめのみ》　秋→棗《なつめ》

夏館《なつやかた》　〔三〕　夏七月。すべてに夏らしく装った邸宅をいう。庭が広く緑につつまれた涼しげな家を連想する。
一ト谷の森を庭とし夏館　斎藤信山
地震《なゐふ》りて額の動ける夏館　高浜虚子

夏休《なつやすみ》　夏七月。学校ではふつう七月から八月にかけて**暑中休暇**《しよちゆうきうか》がある。**暑中休**《しよちゆうやすみ》。
用頼むときに吾子居り夏休　依田秋葭

図書館は学生の城夏休　冨士谷清也

夏痩《なつやせ》　〔三〕夏七月。夏の暑さのために食欲もなくなり、睡眠不足にもなりやすく、身心ともに疲れて痩せてくること。**夏負《なつまけ》**。

夏痩とのみ病名に誰も触れず　中森皎月

気にしても気にしなくても夏痩せて　稲畑汀子

夏柳《なつやなぎ》　夏→葉柳《はやなぎ》

夏山家《なつやまが》　夏→夏の山《なつのやま》

夏夕《なつゆうべ》　夏→夏の夕《なつのゆう》

夏蓬《なつよもぎ》　〔三〕夏六月。白い葉裏を見せて伸び闌《た》けた夏の蓬のことである。

己れ包むに唾吐く虫や夏蓬　田村木国

夏料理《なつりょうり》《なつれうり》　〔三〕夏七月。見た目にも涼しげな、味の軽い夏向きの料理をいう。

ギヤマンの箸置おいて夏料理　森信坤者

隅田川越えて落着く夏料理　京極高忠

夏炉《なつろ》　〔三〕夏七月。夏も塞《ふさ》がずにおき、必要に応じて焚《た》く炉のこと。開いたまま焚かずにあってもよい。

ひとり焚き客あれば焚き夏炉守る　太田育子

大夏炉銀鱗荘の主たり　高浜年尾

夏蕨《なつわらび》　夏五月。蕨は春のものであるが、春の遅い高原や山間では、初夏のころ蕨を採る。

山荘の庭に長けけり夏蕨　高浜虚子

踏み迷ふことも楽しや夏蕨　稲畑汀子

撫子《なでしこ》　秋九月。秋の七草の中でももっとも可憐な花。茎の高さ三〇センチくらい、葉は線状で枝を分かち、その先に五弁淡紅色の優美な花をつける。**河原撫子《かはらなでしこ》**。**やまとなでしこ**。

撫子や堤ともなく草の原　高浜虚子

ななかまど　秋→七竈の実《ななかまどのみ》

七竈の実《ななかまどのみ》　秋十月。五ミリくらいの赤い実が枝先に群れ、燃えるような葉とともに林に色を点じている。**ななかまど**。

なゝかまど赤し山人やすを手に　田村木国

宝永山そこ七かまど実を垂らし　堤俳一佳

七草《ななくさ》　〔三〕秋九月。萩、尾花、葛の花、撫子、女郎花、藤袴、朝顔の花が古来の**秋の七草《あきのななくさ》**で、今は朝顔の代り桔梗を入れる。

子の摘める秋七草の茎短か　星野立子

何添へむ七草揃へまださみし　上西左兌子

七種《ななくさ》　冬一月。正月七日、粥に七種の若菜を入れて食べる風習がある。ふつう芹、薺、御形(母子草)、はこべら、仏の座、すずな、すずしろ、をいう。**春の七草**《はるのななくさ》。

母許や春七草の籠下げて　星野立子

七種に更に嫁菜を加へけり　高浜虚子

七種打つ《ななくさうつ》　冬→薺打つ《なずなうつ》

七種粥《ななくさがゆ》　冬一月。七種の若菜を入れた正月七日の粥である。七種を俎で叩く音と囃し声が悪鳥をはらうという言い伝えがある。**薺粥**《なずながゆ》。

薺粥さらりと出来てめでたけれ　大橋杣男

薺粥吹きくぼめつゝ香ぐはしき　逢坂月央子

七種はやす《ななくさはやす》　冬→薺打つ《なずなうつ》

七瀬の御祓《ななせのみそぎ》　夏→御祓《みそぎ》

浪花踊《なにわおどり》《なにはをどり》　春四月。大阪北新地、新町両花街の春の踊で、幾多の変遷の後、現在は大阪踊として行われている。

舞の手や浪花踊は前へ出る　藤後左右

菜の花《なのはな》　春四月。本来は菜種油を採るために栽培されていたが、近年は切花用、食用にもする。**菜種の花**《なたねのはな》。**花菜**《はなな》。

駆ける子ら菜の花明り満面に　浅井青陽子

菜の花の明るさ湖をふちどりて　高浜年尾

なのりそ　冬→穂俵《ほだわら》

鍋乙女《なべおとめ》　夏→筑摩祭《つくままつり》

鍋被《なべかぶり》　夏→筑摩祭《つくままつり》

鍋鶴《なべづる》　冬→鶴《つる》

鍋祭《なべまつり》　夏→筑摩祭《つくままつり》

鍋焼《なべやき》　〔三〕冬十二月。鳥肉、川魚などを土鍋に入れ、芹や慈姑《くわい》などを加え、醤油で味つけしながら食べる。**芹焼**《せりやき》。**鍋焼饂飩**《なべやきうどん》。

燭台や小さん鍋焼を仕る　芥川我鬼

鍋焼の提灯赤き港町　岡安迷子

鍋焼饂飩《なべやきうどん》　冬→鍋焼《なべやき》

海鼠《なまこ》　〔三〕冬十二月。岩礁の間に小舟を浮かべ、海底を覗いて矠《やす》で突いて捕る。**海鼠突**《なまこつき》。網を用いても捕り。冬期が美味。

舟よりも長き棹繰り海鼠突　野村能邨

海鼠割く女だてらに隠し酒　中山天剣

海鼠突《なまこつき》　冬→海鼠《なまこ》

鯰《なまず》《なまづ》　［三］夏六月。鯰は日本中の河川、湖沼に棲んでいて、梅雨のころ産卵のため小川や池溝の浅いところに来る。**梅雨鯰《つゆなまづ》**。**ごみ鯰《ごみなまづ》**。

鯰捕芋銭旧居の人なりし　黒米松青子

ごみ鯰ばかりが釣れて水匂ふ　三谷蘭の秋

なまはげ　冬一月。もと小正月、現在は十二月三十一日の夜、秋田県男鹿《おが》地方で行われる行事。

なまはげの躍り狂ひし座敷掃く　西沢信生

なまはげの子の泣声にたぢろぎし　竹中弘明

生ビール《なまびーる》　夏→麦酒《ビール》

生節《なまぶし》　夏→生節《なまりぶし》

なまり　夏→生節《なまりぶし》

生節《なまりぶし》　［三］夏六月。鰹の肉を三枚におろし、蒸して生干にしたもの。堅くない生の鰹節である。**なまり**。**生節《なまぶし》**。

土佐市に衝動買ひの生節　山下松仙

浪の花《なみのはな》　［三］冬十二月。厳寒のころ、雪国の岩場に砕け散った浪が風にもまれて白い泡となり、磯一帯に花のように舞い飛ぶ。

浪の華とき〴〵舞ひて荒磯凍つ　雁　択水

奥能登の淋しさつのる波の華　定梶き悦

菜虫《なむし》　［三］秋九月。大根、蕪、白菜などが葉を広げ始めると、虫がつき、菜を食い荒らす。総称して菜虫という。**菜虫とる《なむしとる》**。

菜虫とる子のはや飽きて居なくなる　太田花魚

菜虫とることにも嫁の座にも馴れ　大森積翠

菜虫とる《なむしとる》　秋→菜虫《なむし》

蛞蝓《なめくじ》《なめくぢ》　［三］夏六月。梅雨のあがったときなどに、木の幹、葉の裏、台所の流しなどに出没する。**なめくぢり**。**なめくぢら**。

蛞蝓を踏みたる廊の灯をともす　阿比留苔の秋

なめくぢの引きずつてゐる所在かな　稲畑汀子

なめくぢら《なめくじら》　夏→蛞蝓《なめくじ》

なめくぢり《なめくじり》　夏→蛞蝓《なめくじ》

菜飯《なめし》　［三］春三月。菜を細かく刻み、さっと熱湯を通し、塩を少し加えて炊きたての飯にまぜ合わせたもの。

古妻と云はるゝ所以菜飯炊く　根津しげ子

さみどりの菜飯が出来てかぐはしや　高浜虚子

なやらひ《なやらい》　冬→追儺《ついな》

奈良晒《ならざらし》　夏→晒布《さらし》

奈良の山焼《ならのやまやき》　冬一月。一月十五日、奈良の若草山を焼く行事。**お山焼**《おやまやき》。

山焼やほのかにたてる一ッ鹿　白雄

火を追うてのぼる高張お山焼　下村非文

業平忌《なりひらき》　夏五月。五月二十八日、在原業平の忌日。墓は京都西山の十輪寺にある。

われもまた三河をみなや業平忌　伊藤萩絵

山寺のはなやぐ一と日業平忌　田畑美穂女

鳴子《なるこ》　〔三〕秋十月。鳥威のための引板。遠くから綱を引くとカラカラと音を立てる仕掛けになっている。**引板**《ひた》。**ひきいた**。

鳴子引く誰の役目といふでなく　市村不先

引く人もなくて山田の鳴子かな　高浜虚子

鳴滝の大根焚《なるたきのだいこたき》　冬→大根焚《だいこたき》

苗代《なわしろ》《なはしろ》　春四月。稲の苗を仕立てる田である。**苗田**《なへた》。**苗代田**《なはしろだ》。**苗代時**《なはしろどき》。

落人の裔か苗代作りして　高浜年尾

苗代寒さそへる雨となりにけり　稲畑汀子

苗代苺《なわしろいちご》　夏→苺《いちご》

苗代茱萸《なわしろぐみ》《なはしろぐみ》　春四月。苗代を作るころ熟れて紅くなる茱萸である。俵のように長楕円形なので**俵ぐみ**《たはらぐみ》ともいう。**はるぐみ**。

吾にあらばふるさとはこゝ苗代茱萸　稲畑汀子

苗代茱萸の花《なわしろぐみのはな》《なはしろぐみのはな》　冬十一月。高さは二・五メートルくらい、枝は多く針状、常緑の葉の裏は淡褐銀色で、初冬に漏斗形の白い花をつける。**たはらぐみの花**《たはらぐみのはな》。

宵闇や苗代茱萸の咲きそめし　宮野小提灯

苗代田《なわしろだ》　春→苗代《なわしろ》

苗代時《なわしろどき》　春→苗代《なわしろ》

南京豆《なんきんまめ》　秋→落花生《らっかせい》

南天の花《なんてんのはな》　夏六月。観賞用として栽培され、白色五弁の小さい花を円錐状にたくさんつける。

花南天包を二つさげてくる　千葉冨士子
南天の花のひそかに盛りなり　藤松遊子

南天の実《なんてんのみ》　秋十月。丸く小さな赤い実がかたまってついている。**実南天**《みなんてん》。

見逃しは鵯にもありし実南天　田畑美穂女
南天の一粒づつに碧き空　稲岡　長

なんばんの花《なんばんのはな》　夏→玉蜀黍の花《とうもろこしのはな》

南風《なんぷう》　夏→南風《みなみ》

◎に◎

煮小豆《にあずき》　夏→茹小豆《ゆであずき》

新草《にいくさ》　春→若草《わかくさ》

新嘗祭《にいなめさい》　冬→勤労感謝の日《きんろうかんしゃのひ》

新盆《にいぼん》　秋→盂蘭盆《うらぼん》

にほ《にお》　冬→鳰《かいつぶり》

藁塚《にお》　秋→藁塚《わらづか》

匂ひ袋《においぶくろ》　夏→掛香《かけこう》

にほどり《におどり》　冬→鳰《かいつぶり》

鳰の浮巣《におのうきす》　夏→浮巣《うきす》

鳰の子《におのこ》《にほのこ》　夏六月。六月ごろに、浮巣で孵った鳰の子が、親について泳いだり、潜ったりしているのは、いかにも可愛い。

鳰の子のかくもをりしよ魞の内　竹内留村
鳰の子の水尾うす〳〵と拡がらず　岡安仁義

鳰の巣《におのす》　夏→浮巣《うきす》

二階囃《にかいばやし》　夏→祇園祭《ぎおんまつり》

苦瓜《にがうり》　秋→茘枝《れいし》

苦潮《にがしお》　夏→赤潮《あかしお》

二月《にがつ》《にぐわつ》　春二月。月初めに立春がある。時候でいえば早春に相当する。陰暦を用いる地方ではこの月に正月を祝う。

歳時記の二月は薄し野に出づる　佐伯哲草
川添ひの片頰つめたき二月かな　高浜虚子

二月礼者《にがつれいじゃ》《にぐわつれいじや》　春二月。新年、仕事の関係などで年始に回れなかった人たちが二月一日に回礼に歩く風習、またはその人。

やゝ地味に二月礼者の装へり　大久保橙青

大土佐の二月礼者に海眩し　浅井青陽子

握鮓《にぎりずし》　夏→鮓《すし》

煮凝《にこごり》　冬一月。魚などを煮た汁が寒気のため凝り固まったものである。**凝鮒**《こごりぶな》は寒鮒の煮凝ったもの。

煮凝やかこつがほどに貧ならず　岩木躑躅
森閑と子なき夫婦や凝鮒　高木青巾

濁酒《にごりざけ》　秋十月。発酵したままの酒なので、白くよどんでいる。清酒より素朴で味わい深い。**どびろく**。**醪**《もろみ》**酒**。

杣小屋に隠し醸せる濁酒　目黒一栄
ここにして李白も飲みし濁酒　西山小鼓子

濁り鮒《にごりぶな》　夏六月。梅雨のころ、川や田の水が濁っている時期の鮒で、ちょうど産卵期でもある。

色をふと消しゝは濁り鮒らしや　小路島橙生
一匹は必ず網に濁り鮒　高浜虚子

虹《にじ》　[三] 夏七月。虹はふつう夕立の後などに現れることが多い。**朝虹**《あさにじ》。**夕虹**《ゆふにじ》。

虹立ちぬ空に匂ひのあるごとく　井桁蒼水
虹立ちて忽ち君の在る如し　高浜虚子

錦木《にしきぎ》　秋十月。葉は対生、両端のとがった楕円形で柄は短い。枝の稜にコルク質のものがついている。紅葉がとくに美しいので庭木としても珍重される。**錦木紅葉**《にしきぎもみぢ》。

錦木の紅葉日増に色まさり　藤田大五郎
錦木の炎えつくしたる色と見し　藤井扇女

錦木の花《にしきぎのはな》　夏六月。錦木には六月ごろ淡黄緑色の四弁花が二、三個ずつ集まって咲くが、花は地味である。枝に縦四列のコルク質の翼が出るのが特徴。

錦木の花のさかりは人知らず　五十嵐播水
錦木の花や籬にもたれ見る　高浜虚子

錦木紅葉《にしきぎもみじ》　秋→錦木《にしきぎ》

錦蔦《にしきづた》　秋→蔦《つた》

西の虚子忌《にしのきょしき》　秋十月。十月十四日比叡山横川の虚子之塔で行われる虚子の法要である。

京あとに大津をあとに西虚子忌　坂井　建
横川路は朝より西の虚子忌晴　稲畑汀子

西日《にしび》　夏七月。真夏の太陽は西に傾いてもなお烈しい。ことにまともに西日の差し込む部屋は堪えがたい暑さとなる。

退勤や西日の中へ身を放ち　中口飛朗子

我が事務所難は西日の強きこと　松崎亭村

虹鱒《にじます》　[三] 夏五月。カリフォルニア原産。淡水に棲む鱒の一種で体側に赤の線や黄、黒の斑紋がある。

虹鱒とわかる反転ありにけり　岡安仁義

虹鱒や釣れし湖見てレストラン　稲畑汀子

西祭《にしまつり》　夏五月。五月第三日曜に行われる京都嵯峨の車《くるまざき》折神社の祭礼である。**三船祭**《みふねまつり》ともいう。

俳諧の船にわれあり西祭　松尾いはほ

西祭すみし大堰のうす濁り　西川竹風

二十三夜《にじゅうさんや》《にじふさんや》　秋九月。陰暦八月二十三夜の月をいう。夜更けて上る下弦の月である。**二十三夜待**《にじふさんやまち》。

釣人に二十三夜の月暗く　矢野秋色

二十三夜待《にじゅうさんやまち》　秋→二十三夜《にじゅうさんや》

鰊《にしん》　[三] 春三月。産卵期の鰊が大群で来ることを**鰊群来**《にしんくき》という。**鰊曇**《にしんぐもり》は鰊のとれるころの曇り空のこと。**鯡**《にしん》。

どんよりと利尻の富士や鰊群来　山口誓子

鰊群来たちはだかれる浜びとら　高浜年尾

鯡《にしん》　春→鰊《にしん》

鰊群来《にしんくき》　春→鰊《にしん》

鰊曇《にしんぐもり》　春→鰊《にしん》

日日草《にちにちそう》《にちにちさう》　夏七月。朝咲いて夕べには散るところからこの名がある。紅紫色のおしろい花に似た五弁の花が日々咲きつづく。

花の名の日日草の凋みけり　後藤夜半

日輪草《にちりんそう》　夏→向日葵《ひまわり》

日蓮忌《にちれんき》　秋→御命講《おめいこう》

日記出づ《にっきいず》　冬→日記買ふ《にっきかう》

日記買ふ《にっきかう》《にっきかふ》　冬十二月。年末近くなると書店にはいろいろに趣向を凝らした新しい日記がたくさんに積まれる。**日記出づ**《にっきいづ》。

来年は鎌倉暮し日記買ふ　京極高忠

我が生は淋しからずや日記買ふ　高浜虚子

日記果つ《にっきはつ》　冬十二月。一年間書きつづって来た日記を書き終ることをいう。**古日記**《ふるにっき》。

病牀に書き続けたる日記果つ　松本穣葉子

大方は句日記となり日記果つ　山田桂梧

日射病《にっしゃびょう》《につしやびやう》　夏七月。日光の直射を受けたために起こす病気で、戸外で労働をするものに多い。幼児や老人もかかりやすい。

一行の一人が欠くる日射病　坊城としあつ

蜷《にな》　〔三〕春三月。川や池などに棲む長さ二、三センチの褐色を帯びた細長い巻貝である。**蜷の道**《になのみち》をつけながらゆっくり這う。**みな**。

その先に蜷一つづつ蜷の道　山本玉城

我杖の映りて曲る蜷の水　高浜虚子

蜷の道《になのみち》　春→蜷《にな》

二の午《にのうま》　春→初午《はつうま》

二の替《にのかわり》《にのかはり》　春二月。古く中国の周の時代には十一月が正月であったというところから、歌舞伎では顔見世興行をし、十二月には一部分を替えて初の替、一月（陰暦）にはさらに一部分を替えて二の替、次を**三の替**《さんのかはり》と称した。

さそはれし妻を遣りけり二の替　正岡子規

二の替古き外題の好もしき　高浜虚子

二の寅《にのとら》　冬→初寅《はつとら》

二の酉《にのとり》　冬→酉の市《とりのいち》

二番草《にばんぐさ》　夏→田草取《たぐさとり》

二番蚕《にばんご》　夏→夏蚕《なつご》

二百十日《にひゃくとおか》《にひやくとをか》　秋九月。立春から二百十日目にあたる九月一、二日の前後、また十日後の**二百二十日**《にひゃくはつか》は気候の変わり目で、いずれも暴風雨の襲来することが多い。**厄日**《やくび》。

無事に過ぐ二百十日もわが旅も　浜井那美

降り出して厄日の雨の荒れやうに　稲畑汀子

二百二十日《にひゃくはつか》　秋→二百十日《にひゃくとおか》

煮冷し《にびやし》　夏→冷汁《ひやじる》

入学《にゅうがく》《にふがく》　春四月。小学校から大学まで、四月に**入学式**《にふがくしき》が行われる。**新入生**《しんにふせい》。

入学の長身の吾子ふとまぶし　畠中じゅん

入学の子の顔頓に大人びし　高浜虚子

入学式《にゅうがくしき》　春→入学《にゅうがく》

入学試験《にゅうがくしけん》　春→大試験《だいしけん》

入道雲《にゅうどうぐも》 夏→雲の峰《くものみね》

入梅《にゅうばい》《にふばい》 夏六月。暦の上で梅雨期の始まる日で、立春から百二十七日目、およそ六月十二日前後。**梅雨に入る**《つゆにいる》。**ついり**。

梅雨入りなほ島のくらしに水足りず　今村青魚
空よりも風に梅雨入の兆しをり　広瀬ひろし

韮《にら》 春三月。山野に自生するが、ふつう畑に栽培する。**ふたもじ**。

韮粥に夫婦別あり好き嫌ひ　斎藤俳小星
韮切るやともし火をとる窓の人　高浜虚子

韮の花《にらのはな》 秋八月。秋風の立ち始めるころ、花茎の頂に白い小花が球状につく。ただ「韮」といえば春季。「花韮」（春）は別種。

暮れかぬる小面テをあげ韮の花　篠塚しげる
庭隅の韮の花とて抜き難く　星野　椿

郁李の花《にわうめのはな》《にはうめのはな》 春四月。葉に先だって深紅色または白色の小さな花をぎっしりつける。八重咲きのものは「にわざくら」という。**庭梅の花**《にわうめのはな》《にはうめのはな》。

にはうめの咲いてあたりの風甘し　大島早苗

庭梅の花《にわうめのはな》 春→郁李の花《にわうめのはな》

庭滝《にわだき》 夏→造り滝《つくりだき》

庭たたき《にわたたき》 秋→鶺鴒《せきれい》

接骨木の花《にわとこのはな》《にはとこのはな》 春四月。高さ三～五メートルの落葉低木。枝先に、緑がかった白い小さな花を集めて咲く。枝はやわらかく皮にコルク質が発達している。

接骨木はもう葉になって気忙しや　富安風生
接骨木の早や整へし花の数　井上波二

接骨木の芽《にわとこのめ》《にはとこのめ》 春三月。春、他のものにさきがけて、みずみずしくやわらかい太い芽が出る。

接骨木の芽や逆まに大いなる　山口青邨

人参《にんじん》 〔三〕 冬十二月。六、七月ごろに種を蒔いて、冬、霜の降りる前後に採る。**胡蘿蔔**《にんじん》。

人参を噛めざるほどに馬老いて　横山三葉
人参を嫌ひと言へぬ母の目よ　稲畑汀子

胡蘿蔔《にんじん》 冬→人参《にんじん》

人参の花《にんじんのはな》 夏六月。食用の胡蘿蔔《にんじん》は白色の小花が傘のようにひろがって咲く。薬用は人参と書き別種だが、今ではどちらも「人参」の文字が常用される。**胡蘿蔔の花**《にんじんのはな》。

人参のうつくしからず花ざかり　広瀬盆城

胡蘿蔔の花《にんじんのはな》　夏→人参の花《にんじんのはな》

にんどうの花《にんどうのはな》　夏→忍冬の花《すいかずらのはな》

蒜《にんにく》　春三月。蒜は葉が扁平で細長くねじれ曲がっている。地下の大きな鱗茎を調味用や薬用にする。**葫**《にんにく》。**忍辱**《にんにく》。**大蒜**《おほびる》。

病ひ抜けして蒜をつゞけをり　東出善次

忍辱《にんにく》　春→蒜《にんにく》

葫《にんにく》　春→蒜《にんにく》

◎ぬ◎

縫初《ぬいぞめ》《ぬひぞめ》　冬一月。新年になって初めてものを縫うことである。そのとき使う針を**初針**《はつはり》という。

針箱に色糸満たし縫始　大橋鼠洞

絹糸をぴんと鳴らして縫始　河野扶美

糠蚊《ぬかが》　夏→蠛蠓《まくなぎ》

零余子《ぬかご》　秋十月。自然薯《やまのいも》類の肉芽で、蔓の葉腋にできる。ふつう指先ぐらいの大きさ。**むかご**。**むかご飯**《むかごめし》。**零余子飯**《ぬかごめし》。

炊き上る匂ひのしかと零余子飯　豊川湘風

零余子蔓流るゝ如くかゝりをり　高浜虚子

零余子飯《ぬかごめし》　秋→零余子《ぬかご》

ぬかばへ《ぬかばえ》　秋→浮塵子《うんか》

抜菜《ぬきな》　秋→間引菜《まびきな》

ぬくし　春→暖か《あたたか》

温め酒《ぬくめざけ》　秋→温め酒《あたためざけ》

脱参《ぬけまいり》　春→伊勢参《いせまいり》

蓴《ぬなわ》《ぬなは》　[三]　夏六月。湖沼に自生する多年生の水草で、水面に新鮮な薄緑の葉を浮かべる。その若芽、若葉のぬめりが日本料理に珍重され、これを採るために**蓴舟**《ぬなはぶね》を出す。**蓴菜**《じゆんさい》。**蓴採る**《ぬなはとる》。

ぬめることもてあらがへる蓴摘む　桑田青虎

蓴舟かたむくまゝに双手漕ぎ　川上玉秀

蓴生ふ《ぬなわおう》《ぬなはおふ》　春三月。蓴は蓴菜《じゅんさい》の古名。日本各地の古い沼や池に自生し、他の水草よりも少し遅れて水面に小さな丸い葉がぽつぽつと浮かびそめる。

蓴生ふる水の高さや山の池　高浜虚子

蓴採る《ぬなわとる》　夏↓蓴《ぬなわ》

蓴舟《ぬなわぶね》　夏↓蓴《ぬなわ》

布子《ぬのこ》　冬↓綿入《わたいれ》

沼涸る《ぬまかる》　冬↓水涸る《みずかる》

塗畦《ぬりあぜ》　春↓畦塗《あぜぬり》

白膠木紅葉《ぬるでもみじ》《ぬるでもみぢ》　秋十月。白膠木は一名「ふしのき」とも呼ばれ、漆や櫨と同類である。その紅葉は鮮紅色で美しい。

かくれ水ひゞきて白膠木紅葉かな　藤岡玉骨

温む水《ぬるむみず》　春↓水温む《みずぬるむ》

◎ね◎

願の糸《ねがいのいと》　秋↓七夕《たなばた》

葱《ねぎ》　〔三〕冬十二月。もっとも庶民的な冬野菜の一つ。関東では根を深く作るので**根深**《ねぶか》ともいい太くて白い部分が多い。**ひともじ**。

一握もなき葱売るも自由市　鎌田杏化

葱多く鴨少し皿に残りけり　高浜虚子

葱汁《ねぎじる》　冬↓根深汁《ねぶかじる》

葱の擬宝《ねぎのぎぼ》　春↓葱坊主《ねぎぼうず》

葱の花《ねぎのはな》　春↓葱坊主

葱坊主《ねぎぼうず》《ねぎばうず》　春四月。晩春、葱の葉の間から一本のまっすぐな花茎が立ち、頂に細かく白い花を球状につける。これを葱坊主という。**葱の花**《ねぎのはな》。**葱の擬宝**《ねぎのぎぼ》。

おのづからある大小や葱坊主　増田手古奈

信号の長き停車や葱坊主　稲畑汀子

根切虫《ねきりむし》　〔三〕夏五月。甲虫類の幼虫で、畑や庭などの土中四、五センチのところにひそみ、体長三センチくらいで白くやわらかく、首が少し赤い。夜、活動する。

ひと目みて根切虫の仕業なる　高田美恵女

根切虫あたらしきことしてくれし　高浜虚子

寝茣蓙《ねござ》　〔三〕夏七月。藺やパナマで織った茣蓙で、暑い夜、布団の上に敷いて寝る。昼寝のときにも敷いて使う。**寝筵**《ねむしろ》。

よこたへて老の身かろき寝茣蓙かな　野間紅蓼

寝茣蓙干すことが日課に加はりぬ　磯村美鶴

ねこじゃらし《ねこじゃらし》　秋→狗尾草《えのころぐさ》

猫の子《ねこのこ》　春→子猫《こねこ》

猫の恋《ねこのこい》《ねこのこひ》　春二月。早春、猫のさかるのをいう。**恋猫**《こひねこ》。**うかれ猫**《うかれねこ》。**春の猫**《はるのねこ》。**猫の妻**《ねこのつま》。**孕猫**《はらみねこ》。

恋猫の闇よりも濃く走りけり　藤松遊子

又こゝに猫の恋路《ねこのこいじ》ときゝながし　高浜虚子

猫の妻《ねこのつま》　春→猫の恋《ねこのこい》

猫柳《ねこやなぎ》　〔三〕春二月。主に水辺に自生する柳の一種。銀ねず色の長楕円形の花穂を交互につける。

山川のこゝ瀬をはやみ猫柳　古屋敷香葎

猫柳にはほゝけんとする心　稲畑汀子

ねぢあやめ《ねじあやめ》　春四月。渓蓀《あやめ》の一種で葉は堅く細長く剣状でねじれている。淡紫色の香りある花を開く。花は小ぶり。

ねぢあやめありそめてよりつゞきけり　三木朱城

満洲の野に咲く花のねぢあやめ　高浜虚子

捩花《ねじばな》　夏→文字摺草《もじずりそう》

寝釈迦《ねじゃか》　春→涅槃《ねはん》

寝正月《ねしょうがつ》《ねしやうぐわつ》　冬一月。正月、家に籠って無精寝をすること。また病気でふしている場合も縁起をかついで寝正月という。

明日はよきあきうどたらん寝正月　小畑一天

みほとけのおん膝ちかく寝正月　高岡智照

鼠花火《ねずみはなび》　秋→花火線香《はなびせんこう》

根木打《ねっきうち》　〔三〕冬十二月。全国的に行われる子供の遊びである。「ねっき」と称する尖った棒を、軟らかな地面または雪の上に立て、次の者はこれに打ち当て倒して取る。

今時に珍し根木打を見る　山本和夫

根木打と云へる子供の遊びありし　高浜虚子

根釣《ねづり》　〔三〕秋九月。根というのは海底の岩礁のこと。秋、岸の根に寄って来る魚を岩頭に立って釣るのである。**岸釣**《きしづり》。

どこをどう下りてゆきしか根釣人　西山波木

不機嫌の魚籠覗かれし根釣人　大沢詩雨平

根無草《ねなしぐさ》　夏→萍《うきくさ》

子の日の遊《ねのひのあそび》　冬→小松引《こまつびき》

涅槃《ねはん》　春三月。陰暦二月十五日は釈迦入滅の日で、各寺院では**涅槃図**《ねはんづ》を掲げ、**涅槃会**《ねはんゑ》を営む。**寝釈迦**《ねじやか》。**涅槃の日**《ねはんのひ》。**常楽会**《じやうらくゑ》。

葛城の山懐に寝釈迦かな　阿波野青畝

僧あまた炉辺に眠れる涅槃通夜　森　白象

涅槃会《ねはんゑ》　春→涅槃《ねはん》

涅槃図《ねはんづ》　春→涅槃

涅槃西風《ねはんにし》　春三月。涅槃会の前後に吹く西風をいう。西方浄土から吹く風と信じられている。

自転車に括られ鶏や涅槃西風　清原枴童

叡山の小雪まじりの涅槃西風　西沢信生

涅槃の日《ねはんのひ》　春→涅槃《ねはん》

寝冷《ねびえ》　〔三〕　夏七月。暑いのでうっかり窓を開けたまま薄着で寝ていると、夜の冷気のために体調をそこねる。**寝冷子**《ねびえご》。

吾妹子の寝冷などとはうべなへず　深川正一郎

紅さして寝冷の顔をつくろひぬ　高浜虚子

寝冷子《ねびえご》　夏→寝冷《ねびえ》

寝冷知らず《ねびえしらず》　夏→腹当《はらあて》

根深《ねぶか》　冬→葱《ねぎ》

根深汁《ねぶかじる》　〔三〕　冬十二月。葱の味噌汁である。葱と味噌との香りを立てて、鍋にくたくたと煮立つところが**葱汁**《ねぎじる》の感じである。

わがくらしいよ〳〵素なり根深汁　深川正一郎

鍋蓋の破《や》れしが浮いて根深汁　高浜虚子

ねぶた　秋八月。もとは津軽地方で「眠流し」と呼ぶ七夕の行事であった。これは暑さから来る睡魔払いの習俗に、お盆の精霊送りが加わったものといわれる。**佞武多**《ねぶた》。

ねぷた観るこの夜この刻ふるさとに　佐藤一村

この町の子供ばかりの佞武多かな　増田手古奈

佞武多《ねぶた》　秋→ねぶた

ねぶの花《ねぶのはな》　夏→合歓の花《ねむのはな》

寝待月《ねまちづき》　秋→臥待月《ふしまちづき》

寝筵《ねむしろ》 夏→寝茣蓙《ねござ》

合歓の花《ねむのはな》 夏七月。羽状の葉が夕方には合掌して眠るように閉じるのでこの名がある。梢の先に細い糸状の半分白く半分淡紅色のほのぼのとした花をつける。**ねぶの花**《ねぶのはな》。

堰の水豊かに落つる合歓の花　皿井旭川

眠る葉も眠らぬ花も合歓夕べ　稲畑汀子

ねむりぐさ 夏→含羞草《おじぎそう》

眠る山《ねむるやま》 冬→山眠る《やまねむる》

閨の月《ねやのつき》 秋→月《つき》

練供養《ねりくよう》《ねりくやう》 夏五月。五月十四日（陰暦四月十四日）、奈良二上山《ふたかみ》麓の当麻《たいま》寺で修される中将姫の忌日法会である。**来迎会**《らいがうゑ》。**迎接会**《げいせつゑ》。

姫餅をつまみよばれぬ練供養　早船白洗

練供養中将姫は駕籠に乗り　池田黙々子

ネル 夏五月。紡毛糸《ぼうもうし》で粗く織ったやわらかい織物をフランネルといい、省略してネルという。

ネルを縫ふ針又折ってしまひけり　湯川　雅

ネルを着て一人娘でありにけり　今井千鶴子

年賀《ねんが》 冬一月。元日より三が日、親戚、知人、友人などを訪問して新年の挨拶を述べることをいう。**年始**《ねんし》。**年礼**《ねんれい》。**廻礼**《くわいれい》。

窯焚きの古袴して年賀かな　百田一渓

年始にも老の一徹見られけり　高浜虚子

年賀状《ねんがじょう》 冬→賀状《がじょう》

年始《ねんし》 冬→年賀《ねんが》

年酒《ねんしゅ》 冬一月。一家族が揃って屠蘇を酌み新年を寿ぐ。また、年賀の客にお節料理などを出し、一献をすすめる。

嫗出て年酒の相手仕る　坂井魯郎

乗務より帰り年酒を一人酌む　野崎夢放

年頭《ねんとう》 冬→新年《しんねん》

年内《ねんない》 冬→年の内《としのうち》

ねんねこ ［三］冬十二月。赤ん坊を背負うときに用いる防寒用の縕袍《どてら》のようなもの。今はずいぶん形も変わってきた。

ねんねこに埋めたる頬に櫛落つる　高浜虚子

ねんねこの中の寝息を覗かるる　稲畑汀子

年礼《ねんれい》 冬→年賀《ねんが》

の

野遊《のあそび》　[三]　春三月。いわゆるピクニックである。

野に遊びこんなときにも家事のこと　浅利恵子
野遊の心たらへり雲とあり　高浜年尾

野茨の花《のいばらのはな》　夏→茨の花《いばらのはな》

凌霄花《のうぜんか》《のうぜんくわ》　夏七月。蔓性の落葉木で、垣根や庭木にからみながら這い上る。花は黄色みを帯びた朱色の大輪。**のうぜんかづら**。

のうぜんの幾度となく花ざかり　今井つる女
凌霄の蟻を落して風過ぎぬ　稲畑汀子

のうぜんかづら《のうぜんかずら》　夏→凌霄花《のうぜんか》

能始《のうはじめ》　冬一月。新年初めて能を舞うこと。注連の張られた清々しい能舞台で、翁、高砂などが舞われることが多い。

能始著たる面は弥勒打　松本たかし
素袍著て楽屋込みをり能始　佐野、石

農始《のうはじめ》　冬→鍬始《くわはじめ》

濃霧《のうむ》　秋→霧《きり》

野菊《のぎく》　秋十月。野生の菊の総称。**紺菊**《こんぎく》（野紺菊）は紫色、**油菊**《あぶらぎく》は黄色。うす紫の**嫁菜の花**《よめなのはな》も含まれる。**野路菊**《のぢぎく》。

降りて来し蝶遊びをる野菊叢　高浜年尾
野菊にも父が曾遊の地なるべし　稲畑汀子

簷忍《のきしのぶ》　夏→釣忍《つりしのぶ》

軒菖蒲《のきしょうぶ》　夏→菖蒲葺く《しょうぶふく》

軒灯籠《のきどうろう》　秋→灯籠《とうろう》

鋸草《のこぎりそう》《のこぎりさう》　夏六月。互生する葉は鋸の歯のように深く切込みが入っている。六、七月ごろ、茎の上方に淡紅または白色の小さい花を傘のようにたくさんつける。**はごろもさう**。

国境に鋸草などあはれなり　山口青邨
鋸草なれば歪んで欲しくなし　小林一鳥

残りの菊《のこりのきく》　秋→残菊《ざんぎく》

残り福《のこりふく》　冬→十日戎《とおかえびす》

残る鴨《のこるかも》　春→引鴨《ひきがも》

残る氷《のこるこおり》　春→薄氷《うすらい》

残る寒さ《のこるさむさ》　春→余寒《よかん》

残る鶴《のこるつる》　春→引鶴《ひきづる》

残る紅葉《のこるもみじ》　冬→冬紅葉《ふゆもみじ》

残る雪《のこるゆき》　春→残雪《ざんせつ》

野路菊《のじぎく》　秋→野菊《のぎく》

野路の秋《のじのあき》　秋→秋《あき》

熨斗餅《のしもち》　冬→餅《もち》

野施行《のせぎょう》　冬→寒施行《かんせぎょう》

犬《の》**橇**《そ》　冬→橇《そり》

野大根《のだいこん》　春→春大根《はるだいこん》

後の袷《のちのあわせ》　秋→秋袷《あきあわせ》

後の月《のちのつき》

秋十月。陰暦九月十三日夜の月、八月十五夜の月に対して後の月という。**栗名月**《くりめいげつ》。**豆名月**《まめめいげつ》。**十三夜**《じふさんや》。

母が居に泊りを重ね十三夜　中口飛朗子

峡深し後の月とていづくより　稲畑汀子

後の彼岸《のちのひがん》　秋→秋彼岸《あきひがん》

後の雛《のちのひな》　秋→重陽《ちょうよう》

のつぺ《のっぺ》　冬→のつぺい汁《のっぺいじる》

のつぺい汁《のっぺいじる》

〔三〕　冬十二月。大根、里芋、人参などを細かく刻み、葛粉を入れてどろどろにした汁である。**のつぺ**。

病人の一と匙で足るのつぺ汁　前内木耳

貧山の故の気楽さのつぺ汁　中島不識洞

長閑《のどか》

〔三〕　春四月。心がのびのびしてくるような春らしい日和をいう。**のどけし**。

山寺の古文書も無く長閑なり　高浜虚子

朝の間の予定なき旅のどけしや　稲畑汀子

のどけし　春→長閑《のどか》

野萩《のはぎ》　秋→萩《はぎ》

野火《のび》　春→野焼《のやく》

野蒜《のびる》

春三月。田の畦や小川のほとりの雑草の中に自生する。葉は細長い管状で地下茎は辣韮《らっきょう》に似て白く小さい。

野蒜の根深し〳〵と掘りつゞく　亮木滄浪

鍬切れの野蒜の匂ふ畠かな　田中たゞ志

野蒜の花《のびるのはな》

夏五月。葱《ねぎ》のにおいをもった管状の細長い葉の間に伸びた茎の頂に、淡紫色の小さい花が集まって咲く。

花らしくなくて野蒜の花とかや　石井とし夫

野蒜咲く殆んど中途半端にて　高田風人子

野牡丹《のぼたん》　夏七月。夏から秋にかけ、枝の先に紫色の五弁の大きな花をつけてはすぐ散ってしまう。素朴で可憐な花。

野牡丹の夕べの風にはや散華　広瀬美津穂

野牡丹の色まぎれつゝ暮れてをり　高浜年尾

幟《のぼり》　夏五月。端午の節句には数日前から幟を立てる。**外幟**《そとのぼり》。**内幟**《うちのぼり》。**座敷幟**《ざしきのぼり》。**初幟**《はつのぼり》。**五月幟**《ごぐわつのぼり》。**紙幟**《かみのぼり》。**幟竿**《のぼりざを》。**幟杭**《のぼりぐひ》。

矢車に朝風強き幟かな　内藤鳴雪

雨に濡れ日に乾きたる幟かな　高浜虚子

幟杭《のぼりぐい》　夏↓幟《のぼり》

幟竿《のぼりざお》　夏↓幟《のぼり》

上り簗《のぼりやな》　〔三〕　春三月。春、川をさかのぼる習性をもつ魚を捕えるための仕掛をいう。「魚簗」は夏季、「下り簗」は秋季である。

淀川や舟みちよけて上り簗　田中王城

野馬追《のまおい》　夏↓野馬追祭《のまおいまつり》

野馬追祭《のまおいまつり》《のまおひまつり》　夏七月。福島県相馬市の中村神社、原町市の太田神社、小高町の小高神社の三社合同の祭で、七月二十三日から二十五日まで行われる。**野馬追**《のまおひ》。

野馬追の武者に野展け山聳え　島田紅帆

野馬追をわれ雑草となりて見ん　山内山彦

蚤《のみ》　〔三〕　夏六月。動物に寄生する種類も加えると、何百種もあるといわれる。**蚤取粉**《のみとりこ》。**蚤の跡**《のみのあと》。

老犬の死してのこりし蚤取粉　後藤比奈夫

憂かりける蚤の一夜の宿なりし　高浜虚子

蚤取粉《のみとりこ》　夏↓蚤《のみ》

蚤の跡《のみのあと》　夏↓蚤《のみ》

野焼く《のやく》　春二月。早春、野の枯草を焼くことである。**野火**《のび》。**草焼く**《くさやく》。**畦焼く**《あぜやく》。**芝焼く**《しばやく》。

野を焼いて帰れば灯下母やさし　高浜虚子

野火移りゆくに遅速の萱の丈　稲畑汀子

野山の錦《のやまのにしき》　秋十月。草木が紅葉した秋の野山を、錦にたとえていう。

美の神の織れる野山の錦かも　猪子水仙

眼つむれば今日の錦の野山かな　高浜虚子

海苔《のり》　〔三〕　春二月。海苔の発生する浅海には海苔を養殖する**海苔粗朶**《のりそだ》（海苔篊《ひび》）が立ててある。**海苔舟**《のりぶね》。**海苔簀**《のりす》。**海苔掻**《のりかき》。**海苔採**《のりとり》。**海苔桶**《のりをけ》。**海苔干す**《のりほす》。**海苔干場**《のりほしば》。

海苔篊に潮さして来し音のあり　清崎敏郎

花のごと流るゝ海苔をすくひ網　高浜虚子

糊うつぎの花《のりうつぎのはな》　夏→さびたの花《さびたのはな》

海苔桶《のりおけ》　春→海苔《のり》

海苔掻《のりかき》　春→海苔《のり》

海苔簀《のりす》　春→海苔《のり》

海苔粗朶《のりそだ》　春→海苔《のり》

乗初《のりぞめ》　冬一月。新年になって初めて乗りものに乗ることをいう。**初電車**《はつでんしゃ》。**初列車**《はつれつしゃ》。

乗初や豊旗雲を打仰ぎ　硯古亭

浪音の由比ケ浜より初電車　高浜虚子

騎初《のりぞめ》　冬一月。古くは武家の年中行事として、新年はじめて乗馬すること、またはその儀式であった。**騎馬始**《きばはじめ》。**馬場始**《ばばはじめ》。**初騎**《はつのり》。

緊張の歩幅揃へる騎馬始　水見寿男

初乗や由井の渚を駒並めて　高浜虚子

海苔採《のりとり》　春→海苔《のり》

海苔舟《のりぶね》　春→海苔《のり》

海苔干場《のりほしば》　春→海苔《のり》

海苔干す《のりほす》　春→海苔《のり》

野分《のわき》　秋九月。秋の疾風のことで、颱風やその余波の風ともいえる。**野わけ**《のわけ》。**野分後**《のわきあと》。

群れ翔ちて野分の鷺の紙のごと　広瀬河太郎

隠家も現はになりし野分かな　高浜虚子

野分後《のわきあと》　秋→野分《のわき》

野わけ《のわけ》　秋→野分《のわき》

◎は◎

羽蟻《はあり》　〔三〕　夏六月。蟻は夏の交尾期になると羽化して飛び立つ。夜、灯に群れ飛んだりする。**飛蟻**《はあり》。

いためたる羽根立てゝ這ふ羽蟻かな　高浜虚子

読み返す便り羽蟻の夜なりけり　稲畑汀子

飛蟻《はあり》　夏→羽蟻《はあり》

霾《ばい》　春→霾《つちふる》

梅雨《ばいう》　夏→梅雨《つゆ》

黴雨《ばいう》　夏→梅雨《つゆ》

海蠃打《ばいうち》　秋→海蠃廻し《ばいまわし》

梅園《ばいえん》　春→梅《うめ》

敗荷《はいか》　秋→敗荷《やれはす》

梅花御供《ばいかごく》　春→菜種御供《なたねごく》

梅花祭《ばいかさい》　春→菜種御供《なたねごく》

ばい独楽《ごま》　秋→海蠃廻し《ばいまわし》

梅酒《ばいしゅ》　夏→梅酒《うめしゅ》

排雪車《はいせつしゃ》　冬→雪掻《ゆきかき》

梅天《ばいてん》　夏→梅雨《つゆ》

パイナップル　夏七月。熱帯果実で、日本でも沖縄、小笠原諸島などに広く栽培される。**鳳梨**《あななす》。

日章旗《ひのまる》や鳳梨熟す小学校　高崎雨城

ハイビスカス　夏七月。二、三メートルくらいの常緑小低木で、沖縄や九州南部では庭木として栽培される。蕊のつき出た華麗な花で赤が多い。**仏桑花**《ぶつさうげ》。

夕日さす仏の国の仏桑花　松本苳日

タヒチの絵かけてハイビスカス咲かせ　内藤芳子

海蠃廻し《ばいまわし》《ばいまはし》　秋十月。昔は重陽の日の遊びものであった。海蠃は海産の巻貝で、田螺より長く厚く、この殻を半分くらいから切って、中に蠟や鉛を詰めて**ばい独楽**《ばいごま》を作り、これで遊ぶのである。**海蠃打**《ばいうち》。

海蠃を打つ子に蜑舟の帰る頃　中井余花朗

負け海蠃に魂入れても一うち　高浜虚子

梅林《ばいりん》　春→梅《うめ》

はえ　夏→南風《みなみ》

蝿《はえ》《はへ》　〔三〕夏六月。蝿にはいろいろな種類があり数も多いが、食物にとまったり、黴菌《ばいきん》を運び不衛生なので、人に嫌われる。**蝿を打つ**《はへをうつ》。

蝿と来て蝿と戻りし魚売女　山口三津

蝿打《はえうち》　夏→蝿叩《はえたたき》

一戒を破り即ち蝿叩く　堀前小木菟

蠅生る《はえうまる》《はへうまる》 春四月。春になると、しばらく忘れていた蠅がふたたび発生する。

蠅生れ蠅虎の早も現れ　原　菊翁

鏡台に生れし蠅の居りにけり　高浜虚子

蠅叩《はえたたき》《はへたたき》 [三] 夏六月。蠅を打つための柄のついた道具である。**蠅打**《はへうち》。

蠅叩畳を打ちて出来あがり　山崎一角

先きのやゝよれたる棕櫚の蠅叩　高浜年尾

蠅帳《はえちょう》 夏→蠅除《はえよけ》

蠅捕器《はえとりき》《はへとりき》 [三] 夏六月。**蠅捕紙**《はへとりし》。**蠅捕リボン**《はへとりりぼん》。

営々と蠅を捕りをり蠅捕器　高浜虚子

蠅捕草《はえとりぐさ》《はへとりぐさ》 夏六月。湿った崖や岩上などに生え、楕円形の葉に無数の腺毛が密生し粘液を出して小虫をとらえる「むしとりすみれ」などの食虫植物のことで、蠅捕草という名の植物があるのではない。

干草に蠅捕草のまだ枯れず　斎藤俳小星

蠅虎《はえとりぐも》《はへとりぐも》 [三] 夏六月。蠅くらいの大きさで、戸障子や壁などを敏捷に走り歩いている蜘蛛である。**蠅捕蜘蛛**《はへとりぐも》。

壁の点うごき蠅虎となる　須藤常央

事務室の蠅虎の太りゐし　湯川　雅

蠅捕蜘蛛《はえとりぐも》 夏→蠅虎《はえとりぐも》

蠅捕紙《はえとりし》 夏→蠅捕器《はえとりき》

蠅捕リボン《はえとりりぼん》 夏→蠅捕器《はえとりき》

蠅除《はえよけ》《はへよけ》 [三] 夏六月。蠅を防ぐために、食卓の食物を覆う用具。**蠅帳**《はへちやう》は食品を入れておく厨子形の容器。

蠅帳に妻の伝言はさみあり　足立修平

蠅帳のもの探す妻灯ともさず　高浜虚子

蠅を打つ《はえをうつ》 夏→蠅《はえ》

墓洗ふ《はかあらう》 秋→墓参《はかまいり》

墓掃除《はかそうじ》 秋→墓参《はかまいり》

歯固《はがため》 冬一月。歯固とは正月の三が日に固いものを食べて歯の根を固め、齢を固めるの意である。

歯固めに杖のへるこそめでたけれ　北　枝

歯固や年歯とも言ひ習はせり　高浜虚子

博多山笠《はかたやまがさ》　夏七月。七月一日から十五日まで行われる福岡市櫛田神社の例祭で、博多の祇園祭として知られている。**山笠**《やまがさ》。**飾山笠**《かざりやま》。**舁山笠**《かきやま》。**追山笠**《おひやま》。

追山笠や父なつかしき肩車　小島隆保
追山笠の人出は夜を徹しをり　稲畑汀子

墓灯籠《はかどうろう》　秋→灯籠《とうろう》

墓参《はかまいり》《はかまゐり》　秋八月。盂蘭盆に先祖の墓に参ることをいう。**掃苔**《さうたい》。**墓掃除**《はかさうぢ》。**墓洗ふ**《はかあらふ》。**展墓**《てんぼ》。**墓参**《ぼさん》。

掃苔や十三代は盲なる　安積素顔
遺言の小さき墓に参りけり　篠塚しげる
姉と呼び通せし母の墓洗ふ　田畑美穂女
この枝も伐らんと思ふ墓掃除　星野　椿

袴著《はかまぎ》　冬→七五三《しちごさん》

袴能《はかまのう》　夏七月。盛夏のころ、面も装束も着けず、袴姿で演ずる能である。

家元の気品さすがに袴能　湯浅英史
袴能老師からりと控へられ　篠塚しげる

萩《はぎ》　秋九月。古来、秋の七草の第一に置かれているが、厳密には草でなく低木である。**萩散る**《はぎちる》。**こぼれ萩**《こぼれはぎ》。**萩の戸**《はぎのと》。**萩の宿**《はぎのやど》。**萩の主**《はぎのあるじ》。**萩見**《はぎみ》。**乱れ萩**《みだれはぎ》。**山萩**《やまはぎ》。**野萩**《のはぎ》。**萩原**《はぎはら》。**白萩**《しらはぎ》。**真萩**《まはぎ》。**小萩**《こはぎ》。

萩の野は集つてゆき山となる　藤後左右
雨幾夜風幾日萩盛り過ぎ　稲畑汀子

掃納《はきおさめ》《はきをさめ》　冬十二月。大晦日にその年最後の掃除をすることである。部屋を掃き庭を掃く。

人通り絶えざる門を掃納　中島曾城
掃納して美しき夜の宿　高浜虚子

萩刈《はぎかり》　秋十月。晩秋、花が終わってから、根を強めるために萩を刈ることである。

萩寺と呼ばれ萩刈ることも作務　藤木呂九艸
萩刈つてしまへば寺を訪ふ人も　高浜年尾

掃初《はきぞめ》　冬一月。元日は掃くことをしないしきたりがあるので、二日になって初めて箒をとって掃除をする。**初箒**《はつばうき》。

掃初の塵もなかりし敷舞台　高橋すゝむ
掃ぞめの箒や土になれ初む　高浜虚子

掃立《はきたて》　春→蚕《かいこ》

萩散る《はぎちる》　秋→萩《はぎ》

萩根分《はぎねわけ》　春三月。春になって萩の芽が出ると、古株を掘り起こして、根分けし、移植する。

御望の萩根分して参らする　高橋すゝむ
あち歩きこち歩きして萩根分　高浜虚子

萩の主《はぎのあるじ》　秋→萩《はぎ》
萩の戸《はぎのと》　秋→萩《はぎ》
萩の宿《はぎのやど》　秋→萩《はぎ》
萩見《はぎみ》　秋→萩《はぎ》

萩若葉《はぎわかば》　春四月。萩の若葉は他の木々の若葉よりやわらかであって、萌え始めたころは葉が二つに折れている。

睡るとはやさしきしぐさ萩若葉　後藤夜半
茂るとはさらさら見えず萩若葉　千原草之

萩原《はぎわら》　秋→萩《はぎ》
馬具飾る《ばぐかざる》　夏→武者人形《むしゃにんぎょう》

白菜《はくさい》　〔三〕　冬十二月。もともと中国から渡来したもので各種あり、冬の風味として欠かせぬものである。

白菜を四つに割りて干せる縁　山形黎子
白菜の山一指もて耀られけり　池田風比古

麦秋《ばくしゅう》　夏→麦の秋《むぎのあき》

薄暑《はくしょ》　夏五月。初夏、五月ごろの暑さをいう。歩いているとうっすらと汗ばんできてちょっと暑いなと思う。**軽暖**《けいだん》。

パン屋の娘頬に粉つけ街薄暑　高田風人子
軽暖の日かげよし且つ日向よし　高浜虚子

曝書《ばくしょ》　夏→虫干《むしぼし》
白扇《はくせん》　夏→扇《おうぎ》

白鳥《はくちょう》《はくてう》　〔三〕　冬十二月。十一月ごろ、シベリア地方から北海道や東北地方に渡って来て、三月ごろ帰って行く。

白鳥の脚の大きく著水す　大塚千々二
白鳥の水尾太かりし長かりし　井関みぎわ

白頭翁《はくとうおう》　秋→椋鳥《むくどり》
白梅《はくばい》　春→梅《うめ》
瀑布《ばくふ》　夏→滝《たき》
白牡丹《はくぼたん》　夏→牡丹《ぼたん》
白木蓮《はくもくれん》　春→木蓮《もくれん》

白夜《はくや》　夏六月。北極、南極に近い地域で、夏に、日没後も長く薄明が続き、真っ暗にならず夜が明ける。

蒼空に星かげの無き白夜かな　三宅蕉村

幾度も覚めて白夜の空にあり　太田梨三

白露《はくろ》　秋九月。二十四節気の一つ。陰暦八月の節で、陽暦の九月八日、九日ごろにあたる。露もしげくなるのである。

一会また神に給ひし白露の日　河野扶美

みちのくへ白露過ぎたる旅支度　星野　椿

葉鶏頭《はげいとう》　〔三〕秋九月。葉の形が鶏頭に似ているがもっと大きく美しく、その葉を観賞する。**雁来紅**《がんらいこう》。**かまつか**。

干してある数の貸傘葉鶏頭　麻田椎花

今日の日もかまつかも燃えつくしたる　深見けん二

羽子板《はごいた》　冬一月。古くは胡鬼（つくばね）の木の実で作った羽子をついたので、**胡鬼板**《こぎいた》ともいった。**飾羽子板**《かざりはごいた》。

羽子板の重きが嬉し突かで立つ　長谷川かな女

羽子板を口にあてつゝ人を呼ぶ　高浜虚子

羽子板市《はごいたいち》　冬十二月。羽子板を売る市で歳末風景の一つ。東京では十二月十七日から十九日までの浅草観音が盛ん。

見上げたる羽子板市の明るさに　坊城中子

うつくしき羽子板市や買はで過ぐ　高浜虚子

箱釣《はこづり》　〔三〕夏七月。浅い水槽に鯉や金魚や目高などを入れて、紙の杓子や切れやすい鉤《かぎ》で釣らせる遊び。

街の子に金魚掬ひの灯の点きし　舘野翔鶴

箱釣や頭の上の電気灯　高浜虚子

箱庭《はこにわ》《はこには》　〔三〕夏七月。箱または焼き物の鉢に土を盛り、これに小さな植木、石などを配し、山水を模して観賞するもの。

箱庭になにかゞ足らぬ夕景色　高木石子

箱庭に降らしてやりぬ如露の雨　公文東梨

蘩蔞《はこべ》　〔三〕春三月。野原や道ばたなどに生え、地上を這っていくつも枝わかれする。**はこべら**。

カナリヤの餌に束ねたるはこべかな　正岡子規

はこべらの石を包みて盛り上る　高浜虚子

はこべら　春→蘩蔞《はこべ》

はごろもそう　夏→鋸草《のこぎりそう》

稲架《はざ》　秋十月。刈った稲を掛け干すもの。丸太や竹を組み上げたり、立木に横木を渡したりする。**稲掛《いねかけ》**。**掛稲《かけいね》**。**稲塚《いねづか》**。

かけ易き妻の高さに稲架を組む　谷口かなみ

冷害の稲穂の軽さ架けられし　稲畑汀子

葉桜《はざくら》　夏五月。桜の花が散って若葉になるころは、訪れる人は少ないがみずみずしい美しさがある。

葉桜に全くひまな茶店かな　近藤いぬゐ

葉桜やいつか川辺に人憩ふ　稲畑汀子

端居《はしい》《はしゐ》　〔三〕夏七月。夏、室内の暑さから逃れるために縁先へ出て外気に触れ、庭の風景を楽しんだりすること。

端居して憂きこと忘れゐるをふと　上野章子

端居してをりて夫婦の距離にゐる　兜木総一

箸紙《はしがみ》　冬→太箸《ふとばし》

薑《はじかみ》　秋→生姜《しょうが》

巴字盞《はじさん》　春→曲水《きょくすい》

橋涼み《はしすずみ》　夏→納涼《すずみ》

はじの実《はじのみ》　秋→櫨の実《はぜのみ》

芭蕉《ばしょう》《ばせう》　〔三〕秋八月。バナナに似ているが、実は生らない。長大な青い葉が特徴で、破れやすい。**芭蕉葉《ばせうば》**。**芭蕉林《ばせうりん》**。

芭蕉葉の吹かれくつがへらんとせし　清崎敏郎

月出でていよ〳〵暗し芭蕉林　大久保橙青

芭蕉忌《ばしょうき》《ばせうき》　冬十一月。陰暦十月十二日、俳諧の祖、松尾芭蕉の忌日。元禄七年（一六九四）旅の途次大阪で没。享年五十一歳。**時雨忌《しぐれき》**。**翁忌《おきなき》**。**桃青忌《とうせいき》**。

謹て句に遊ぶなり翁の忌　高浜虚子

時雨忌やわが志高く置く　稲畑汀子

芭蕉の花《ばしょうのはな》《ばせうのはな》　夏七月。晩夏、葉の芯から花軸を横ざまに出し、次第に湾曲して大きな花穂を垂れる。**花芭蕉《はなばせう》**。

島庁や訴人もなくて花芭蕉　日野草城

南洋の雨は大粒花芭蕉　河合いづみ

芭蕉葉《ばしょうば》　秋→芭蕉《ばしょう》

芭蕉布《ばしょうふ》《ばせうふ》　夏七月。芭蕉の茎の皮からとった繊維で織った布地をいう。沖縄や奄美の特産で、昔から織られていた。

芭蕉布のぴん〳〵したる身軽さよ　井関夏堂
芭蕉布を織つて少なき賃稼ぐ　原田澄子

芭蕉巻葉《ばしょうまきば》《ばせうまきば》　夏五月。初夏、新しい葉が茎の中央から堅く巻いたままで伸びてくるのを芭蕉巻葉という。**玉巻く芭蕉**《たままくばせう》。

玉解いて即ち高き芭蕉かな　高野素十
日当りて玉巻く芭蕉直立す　高浜年尾

芭蕉林《ばしょうりん》　秋→芭蕉《ばしょう》
走り藷《はしりいも》　夏→新藷《しんいも》
走り蕎麦《はしりそば》　秋→新蕎麦《しんそば》
走り茶《はしりちゃ》　夏→新茶《しんちゃ》

蓮《はす》　夏七月。観賞用に池、沼に植え、また蓮根を作るために水田に栽培される。**蓮華**《れんげ》。**はちす**。**蓮の花**《はすのはな》。**白蓮**《びゃくれん》。**紅蓮**《べにはす》。**蓮見**《はすみ》。**蓮見舟**《はすみぶね》。**蓮池**《はすいけ》。

僧俗の膝つき合はせ蓮見舟　嵯峨柚子
朝の日の力を得つつ蓮開く　稲畑汀子

蓮池《はすいけ》　夏→蓮《はす》

蓮植う《はすうう》　春四月。蓮根を一節くらいに切り、泥田をかき混ぜて縦に二〇センチほどの深さに植える。

現れて乾く根もあり蓮植うる　福井圭児
蓮植うる手元大雑把と見たる　松尾緑富

蓮根掘る《はすねほる》　冬十一月。蓮は初冬に入って葉が枯れたあとで掘り始める。**蓮掘**《はすほり》。

泥の頰肩で拭きもし蓮根掘　入村玲子
泥水の流れこみつゝ蓮根掘る　高浜虚子

蓮の飯《はすのいい》　秋→生身魂《いきみたま》

蓮の浮葉《はすのうきは》　夏六月。蓮の新しい葉は、しばらく水面について浮いている。その円く小さいものを形から**銭荷**《せんか》という。単に「浮葉」ともいう。

降り出せる雨の叩ける浮葉かな　田村おさむ
たゝみ来る浮葉の波のたえまなく　高浜虚子

蓮の花《はすのはな》　夏→蓮《はす》
蓮の実《はすのみ》　秋→蓮の実飛ぶ《はすのみとぶ》

蓮の実飛ぶ《はすのみとぶ》　秋十月。花のあとに、蜂の巣に似た円錐形の花托ができ、やがて黒く熟し切った実は、音でも立てそうな感じで跳ね落ちる。**蓮の実《はすのみ》**。

蓮の実の飛ぶを支へて茎はあり　藤松遊子

蓮の実のよくとぶ日和ここ暫し　井桁蒼水

蓮掘《はすほり》　冬→蓮根掘《はすねほる》

蓮見《はすみ》　夏→蓮《はす》

蓮見舟《はすみぶね》　夏→蓮《はす》

鯊《はぜ》　[三]　秋九月。体長二〇センチくらいになる魚で、口が大きくてちょっと愛嬌がある。**鯊日和《はぜびより》**。**鯊の潮《はぜのしほ》**。**鯊の秋《はぜのあき》**。**ふるせ**。

鯊の潮さゞめき来り沖は雨　石田ゆき緒

荷船にも釣る人ありて鯊の潮　高浜虚子

櫨買《はぜかい》　秋→櫨ちぎり《はぜちぎり》

櫨ちぎり《はぜちぎり》　秋十月。櫨の実は蠟燭の原料や、つや出しなどに用いる。櫨採りは木に登って実をちぎるのである。**櫨買《はぜかひ》**。

櫨取に真白き雲のひかりとぶ　毛利明流星

櫨ちぎり車窓に近き鳥栖も過ぎ　江口竹亭

鯊釣《はぜつり》　[三]　秋九月。鯊は河口や浅海に多く、八月ごろから釣れるが秋の彼岸ごろがもっともよく釣れる。**鯊舟《はぜぶね》**。

鯊の竿粗末な方が釣れにけり　小島延介

一日を鯊釣ることに過しけり　高浜年尾

鯊の秋《はぜのあき》　秋→鯊《はぜ》

鯊の潮《はぜのしお》　秋→鯊《はぜ》

櫨の実《はぜのみ》　秋十月。大豆くらいの大きさの乳白色の実があつまって総状に垂れる。別に自生のものがあり、その実は初めは緑色で、のち黄色となる。**はじの実《はじのみ》**。

獐《のろ》の子を廏に飼ひぬ櫨の宿　夏井

鯊日和《はぜびより》　秋→鯊《はぜ》

鯊舟《はぜぶね》　秋→鯊釣《はぜつり》

櫨紅葉《はぜもみじ》《はぜもみぢ》　秋十月。紅くつややかである。櫨は割合に紅葉の少ない暖地に多くて、その紅葉はことに美しい。

目立ちしは皆櫨紅葉ならぬなし　高浜年尾

櫨紅葉にも燃ゆる色沈む色　稲畑汀子

はた　春→凧《たこ》

畑打《はたうち》　[三]　春三月。畑を耕すことである。

天近く畑打つ人や奥吉野　　山口青邨
畑打って飛鳥文化のあととかや　　高浜虚子

はたおり　秋→螽蟖《きりぎりす》

裸《はだか》　夏七月。炎暑の折には裸となって寛ぐことが多い。**赤裸**《あかはだか》。**素裸**《すはだか》。**丸裸**《まるはだか》。**真裸**《まっぱだか》。**裸人**《はだかびと》。**裸子**《はだかご》。

裸の子顔一杯に笑ひをり　　上野章子
裸子をひつさげ歩く温泉の廊下　　高浜虚子

裸押《はだかおし》　春→会陽《えよう》

裸子《はだかご》　夏→裸《はだか》

裸人《はだかびと》　夏→裸《はだか》

裸参《はだかまいり》　冬→寒詣《かんまいり》

肌寒《はださむ》　秋十月。秋深くなって、大気を肌にひやりと寒く感じることである。

肌寒し旅に疲れてゐることも　　佐藤冨士夫
肌寒き朝やうやく旅ごころ　　稲畑汀子

跣《はだし》　夏→跣足《はだし》

徒跣《はだし》　夏→跣足《はだし》

跣足《はだし》　［三］夏七月。庭をいじったり、水を撒いたりするときなど夏は素足になる機会が多い。**跣**《はだし》。**徒跣**《はだし》。**素跣**《すあし》。

鎌持ちて女跣足でこちへ来る　　高浜虚子
どうしても跣足になつてしまふ児よ　　稲畑汀子

はたたがみ　夏→雷《かみなり》

肌脱《はだぬぎ》　夏七月。暑いさかりには着物などの上半身を脱いで涼をとったり、汗を拭いたりする。**片肌脱**《かたはだぬぎ》。

人現れて急ぎ片肌入れらるゝ　　小畑一天
這ひよれる子に肌脱ぎの乳房あり　　高浜虚子

機始《はたはじめ》　冬→織初《おりぞめ》

鰰《はたはた》　［三］冬十二月。鱗はなくぬるぬるしていて、体長一五センチくらいの魚。北日本、ことに秋田近海で多く取れる。**鱩**《はたはた》。

波荒れて鰰漁の活気づく　　若狭得自
時化のがれ来し鰰の子を持てる　　佐藤四露

鱩《はたはた》　冬→鰰《はたはた》

蟿螽《はたはた》　秋→ばつた

巴旦杏《はたんきょう》　夏→李《すもも》

蜂《はち》　［三］春四月。花に集まる蜂、唸りを立てて近づく蜂、そこに新鮮さが感じられる。**蜜蜂**《みつばち》。

熊蜂《くまばち》。**足長蜂**《あしながばち》。**穴蜂**《あなばち》。**土蜂**《つちばち》。

蜂の尻ふは〱と針をさめけり　川端茅舎

泥蜂の一つづつ穴出ては飛ぶ　市原あつし

八月《はちがつ》《はちぐわつ》　秋八月。学校の夏休もおおかた八月いっぱいは続き、残暑も厳しい。しかし暑さの中にも、秋が感じられる。

八月の出演役者冥利とも　片岡我当

八月や命をかけし日を憶ふ　大塚千々二

八十八夜《はちじゅうはちや》《はちじふはちや》　春四月。立春から数えて八十八日目、五月二、三日ごろにあたり、茶摘も盛り、農家は野良仕事に忙しい。

北国の春も八十八夜過ぐ　橋本春霞

病室に八十八夜冷ありし　松本圭二

はちす　夏↓蓮《はす》

鉢叩《はちたたき》　冬十一月。早朝勤行ののち、僧が竹の網代笠をかぶり、市内を巡行する一種の念仏行である。

夜泣する小家も過ぬ鉢叩き　蕪　村

月の夜に笠きて出たり鉢叩　高浜虚子

蜂の巣《はちのす》　春四月。蜂の種類は非常に多く、木の枝、洞《うろ》、軒端、土中、岩のくぼみなどに、それぞれ特有の巣を作る。

雨戸繰るたび蜂の巣の揺るゝかな　志賀道子

巣の中に蜂のかぶとの動き見ゆ　高浜虚子

初茜《はつあかね》　冬↓初空《はつぞら》

初明り《はつあかり》　冬一月。元旦、東の空がほのぼのと明るくなるのをいい、また差し込んでくる明けがたの光をもいう。

波音の改りたり初明り　高浜年尾

光るもの波となり来し初明り　稲畑汀子

初秋《はつあき》　秋八月。秋の初めころをいう。夏の暑さもようやく衰える気配が野山に海に見え始める。**新秋**《しんしゅう》。

初秋や軽き病に買ひ薬　高浜虚子

初秋や富士の見ゆるも朝のうち　稲畑汀子

初商《はつあきない》　冬↓売初《うりぞめ》

初嵐《はつあらし》　秋八月。秋の初め、野分の前ぶれのように吹く強い風をいう。

萩叢の一ゆれしたり初嵐　大橋越央子

何となく人に親しや初嵐　高浜虚子

初袷《はつあわせ》　夏→袷《あわせ》

初市《はついち》　冬→初糶《はつぜり》

初卯《はつう》　冬一月。一月最初の卯の日、**初卯詣**《はつうまゐり》といって東京の亀戸天満宮境内の御嶽神社、大阪の住吉大社、京都の賀茂神社などに参詣する。**卯の札**《うのふだ》。**卯杖**《うづゑ》。**卯槌**《うづち》。

弟子つれて初卯詣の大工かな　村上鬼城

初午《はつうま》　春二月。稲荷神社の二月最初の午の日の縁日。第二、第三の午の日を**二の午**《にのうま》、**三の午**《さんのうま》という。**一の午**《いちのうま》。**午祭**《うままつり》。

二の午や幟の外に何もなし　今井つる女

破れ太鼓そのまゝつかひ午祭　高浜年尾

初卯詣《はつうまいり》　冬→初卯《はつう》

初売《はつうり》　冬→売初《うりぞめ》

初恵美須《はつえびす》　冬→十日戎《とおかえびす》

初買《はつがい》　冬→買初《かいぞめ》

初鏡《はつかがみ》　冬一月。新年になって、初めて鏡に向かうこと。またその鏡をいう。**初化粧**《はつげしやう》。

初鏡眉目よく生れこゝちよし　池内友次郎

あらためて母に似しこと初鏡　三村純也

二十日正月《はつかしょうがつ》《はつかしやうぐわつ》　冬一月。正月二十日のこと。この日で正月行事はだいたい終わりとなる。関西では骨《ほね》正月ともいう。

半四郎二十日正月しに来り　高浜虚子

初鰹《はつがつお》《はつがつを》　夏五月。江戸時代、ことに江戸ではその夏初めての鰹を初鰹といって珍重した。食べ物の季感が薄れた現代もなお、初鰹という感覚は残っている。**初松魚**《はつがつを》。

初鰹料り気魄盛られある　高橋笛美

関東にまた移り住み初鰹　松尾緑富

初松魚《はつがつお》　夏→初鰹《はつがつお》

初釜《はつがま》　冬一月。新年初めて催す茶の湯をいう。**初茶湯**《はつちやのゆ》。**釜始**《かまはじめ》。**点初**《たてぞめ》。**初点前**《はつてまへ》。

初釜や客としいふも夫ひとり　白石千鶴子

飛石を人来る気配釜はじめ　家田みの字

初竈《はつかまど》　冬一月。新年、初めて雑煮の用意などにかまどに火を入れることをいう。**焚初**《たきぞめ》。

神の火をうつして焚きぬ初竈　池森葩蜂

初竈燃えて大土間波うてる　竹中草亭

初髪《はつかみ》 冬一月。新年初めて髪を結うことを**結ひ初**《ゆひぞめ》といい、その結い上げた髪を初髪という。**初結**《はつゆひ》。

初髪を結うて厨に居るばかり　浜井那美
初髪の毛筋乱れて風情あり　高浜年尾

初鴉《はつがらす》 冬一月。元旦に聞き、あるいは見る鴉である。

三熊野の神の使の初鴉　滝川如人
初鴉はや氷上に奪ふもの　原田柿青

初雁《はつかり》 秋→雁《かり》

初蛙《はつかわず》 春→蛙《かわず》

初観音《はつかんのん》《はつくわんおん》 冬一月。一月十八日、観世音菩薩のこの年最初の縁日である。

礎石見て初観音へこゝろざし　泉　刺花
初観音大提灯の下歩む　大脇芳子

葉月《はづき》 秋九月。陰暦八月の異称である。

呉服屋の葉月の誘ひ多すぎし　高橋玲子

初菊《はつぎく》 秋→菊《きく》

葉月潮《はづきじお》 秋→初潮《はつしお》

初句会《はつくかい》《はつくくわい》 冬一月。新年、初めての句会。

初句会浮世話をするよりも　高浜虚子
初句会既に二十日も過ぎんとす　高浜年尾

初稽古《はつげいこ》 冬→稽古始《けいこはじめ》

初化粧《はつげしょう》 冬→初鏡《はつかがみ》

八荒《はっこう》 春→比良八講《ひらはっこう》

初弘法《はつこうぼう》 冬→初大師《はつだいし》

初氷《はつごおり》《はつこほり》 冬十二月。その冬初めて張る氷のことである。初氷を見た朝は、いよいよ寒さの本格化したことを感ずる。

手へしたむ髪のあぶらや初氷　太　祇
人送るための早起初氷　奥田智久

初金刀比羅《はつことひら》 冬→初金毘羅《はつこんぴら》

初暦《はつごよみ》 冬一月。新年の暦である。

初暦掛けて俳諧書屋かな　高林蘇城
幸せの待ち居る如く初暦　稲畑汀子

初金毘羅《はつこんぴら》 冬一月。一月十日。讃岐琴平の金刀比羅宮、東京虎ノ門の金刀比羅宮が賑わう。**初金刀比羅**《はつことひら》。

ながし樽初金毘羅にとゞきけり　森　婆羅

八朔《はっさく》　秋九月。陰暦八月朔日（一日）のことである。新暦では九月上旬にあたり、いまでも農家では八朔の節句といって団子などをこしらえて祝う地方もある。**八朔の祝**《はっさくのいはひ》。

八朔や浅黄小紋の新らしき　野　坡

八朔や白かたびらのうるし紋　坂東みの介

八朔の祝《はっさくのいわい》　秋↓八朔《はっさく》

初桜《はつざくら》　春四月。桜の咲き始めたのをいう。待ちに待った桜なので、それを初めて目にしたときの感動は大きい。**初花**《はつはな》。

初花の頃にだけ来る茶屋の客　井尾望東

徐ろに眼を移しつゝ初桜　高浜虚子

初鮭《はつざけ》　秋↓鮭《さけ》

初潮《はつしお》《はつしほ》　秋九月。陰暦八月十五日の大潮のことで、陰暦二月の春潮《しゅんちょう》とともに潮の干満の差がもっとも激しい。**葉月潮**《はづきじほ》。

家船といふ風俗や葉月潮　森信坤者

初潮に沈みて深き四ツ手かな　高浜虚子

初時雨《はつしぐれ》　冬十一月。その年の冬、初めて降る時雨のことである。いよいよ冬が来たという感じがそこはかとなく漂う。

托鉢の衣を濡らし初時雨　西沢信生

北山の雲片寄せて初しぐれ　稲畑汀子

初東雲《はつしののめ》　冬↓初空《はつぞら》

初芝居《はつしばい》《はつしばゐ》　冬一月。新年の芝居興行である。昔は曾我狂言を出すのが慣例であった。

初芝居出を待つ清め塩撒かれ　片岡我当

初芝居我当一と役つゝましく　高浜年尾

初霜《はつしも》　冬十一月。その冬初めて降りる霜である。土地によって遅速があるが、東京地方では十一月半ばごろである。

初霜の石を崩して堰普請　及川仙石

初霜の来し上州と聞きしより　稲畑汀子

八升豆《はっしょうまめ》　秋↓藤豆《ふじまめ》

初雀《はつすずめ》　冬一月。元旦の雀である。

初雀翅ひろげて降りにけり　村上鬼城

初刷《はつずり》　冬一月。新年になって初めての印刷物をいうが、その代表は元日の新聞であろう。

初刷や動き出したる輪転機　武石佐海
輪転機止みぬ初刷了りけむ　梶田福女

初節句《はつぜっく》　夏→端午《たんご》

初蟬《はつぜみ》　夏→蟬《せみ》

初糶《はつぜり》　冬一月。魚市、青果市など新年初めて立つ糶市を初糶または**初市**《はついち》という。

百の鰤並べて市場始かな　成江　洋
初競の振舞酒に浜活気　上田土筆坊

初空《はつぞら》　冬一月。元旦の大空をいう。**初東雲**《はつしののめ》は元旦の夜明けの空。**初御空**《はつみそら》。**初茜**《はつあかね》。

初御空八咫の鴉は東へ　皿井旭川
初空にうかみし富士の美まし国　高浜虚子

ばった《ばった》　〔三〕秋十月。蝗《いなご》を除いたバッタ科に属する昆虫の総称で、一般に緑色、灰褐色など。**きちきちばつた**。**蟿螽**《はたはた》。

駈けて来し子のはた〳〵にふとかまへ　星野立子
窓開いてゐればばつたも教室へ　稲畑汀子

麨《はったい》　〔三〕夏七月。大麦を炒って粉にしたもの。そのまま砂糖を混ぜて食べると香ばしい。**むぎこがし**。**麦炒粉**《むぎいりこ》。**麦香煎**《むぎかうせん》。

麨を口に何やら聞きとれず　清水海夕
鉢の底見えて残れる麦こがし　高浜虚子

初大師《はつだいし》　冬一月。一月二十一日、新年最初の弘法大師のご縁日である。京都では**初弘法**《はつこうぼふ》といって東寺の縁日が賑わう。

高野槙買うて帰るも初大師　森　白象
初大師連れだちながらはぐれけり　大野彰子

初茸《はつだけ》　秋十月。他の菌《きのこ》にさきがけて主に松林や雑木林などの芝地に生える。傘はうす茶色で中央がややへこみ、傷つくと青っぽい緑に変わる。

初茸の石附しかと抱くもの　前田六霞
初茸や人には告げぬ一ところ　真鍋蟻十

初旅《はつたび》　冬一月。新年になって初めての旅をいう。

雪国の雪見ん心初旅に　宮田帰郷
初旅の終る街の灯近づき来　梅田実三郎

初便《はつだより》　冬一月。新年初めての便りである。

老兄の候文の初便　渡利渡鳥

故郷の母と姉との初便　高浜虚子

ぱつち《ぱっち》　冬→股引《ももひき》

初茶湯《はつちゃのゆ》　冬→初釜《はつがま》

初蝶《はつちょう》　春→蝶《ちょう》

初手水《はつちょうず》《はつてうづ》　冬一月。元日の朝、新しく汲み上げた若水で手や顔を洗うことをいう。

大滝の末の流れの初手水　泉　東江

暁闇に威儀上堂の初手水　松田空如

初月《はつづき》　秋九月。陰暦八月初めの月をいう。仲秋の名月を待つ心から、この月に限って初めての月をめでていうのである。

竹縁の青き匂ひや初月夜　如　竹

山国の瀬音は高し初月夜　江口竹亭

初露《はつつゆ》　秋→露《つゆ》

初点前《はつてまえ》　冬→初釜《はつがま》

初電車《はつでんしゃ》　冬→乗初《のりぞめ》

初天神《はつてんじん》　冬一月。一月二十五日は天満宮の初縁日である。境内では**天神花**《てんじんばな》、**天神旗**《てんじんばた》などというものを縁起物として売る。亀戸ではこの日鷽替《うそかえ》（別項参照）の神事がある。

寒一と日初天神といふ日あり　後藤夜半

初電話《はつでんわ》　冬一月。新年、初めての電話のことである。

たらちねの声を聞かまく初電話　星野立子

無事帰任せし夫よりの初電話　本郷桂子

初年《はつとし》　冬→新年《しんねん》

初寅《はつとら》　冬一月。一月最初の寅の日に毘沙門天へ参詣して福を願う**初寅詣**《はつとらまゐり》のこと。京都の鞍馬寺が有名。**二の寅**《にのとら》。**三の寅**《さんのとら》。**福寅**《ふくとら》。**福掻**《ふくかき》。**福蜈蚣**《ふくむかで》。**畚下し**《ふごおろし》。

初寅や施行焚火に長憩ひ　田中王城

初寅や貴船へ下る小提灯　前田青雲

初寅詣《はつとらまいり》　冬→初寅《はつとら》

初鶏《はつとり》　冬一月。元日の暁に聞く鶏の声である。

初鶏の百羽の鶏の主かな　池内たけし

初鶏や動きそめたる山かづら　高浜虚子

初泣《はつなき》　冬→泣初《なきぞめ》

初凪《はつなぎ》　冬一月。元日、風もなく海の凪ぎ渡ったことをいう。

初凪や大きな浪のときに来る　高浜虚子
朝の間の初凪とこそ思はるゝ　高浜年尾

初茄子《はつなすび》　夏→茄子《なすび》

初夏《はつなつ》　夏→初夏《しょか》

初荷《はつに》　冬一月。**飾馬**《かざりうま》。**初荷馬**《はつにうま》。**初荷船**《はつにぶね》。

桟橋は島の玄関初荷著く　佐藤清流子
はだかりし府中の町の初荷馬　高浜虚子

初荷馬《はつにうま》　冬→初荷《はつに》

初荷船《はつにぶね》　冬→初荷《はつに》

初音《はつね》　春→鶯《うぐいす》

初子の日《はつねのひ》　冬→小松引《こまつびき》

初幟《はつのぼり》　夏→幟《のぼり》

初騎《はつのり》　冬→騎初《のりぞめ》

初場所《はつばしょ》　冬一月。一月十日前後の日曜日から十五日間、東京の国技館で行われる大相撲。**一月場所**《いちぐわつばしょ》。**正月場所**《しやうぐわつばしょ》。

小角力や初番附を一抱へ　吉野左衛門
初場所の番附貼りし一旗亭　安陪青人

初機《はつはた》　冬→織初《おりぞめ》

初花《はつはな》　春→初桜《はつざくら》

初針《はつはり》　冬→縫初《ぬいぞめ》

初春《はつはる》　冬→新年《しんねん》

初日《はつひ》　冬一月。元旦の日の出である。初日を拝む風習は古くから広く行われている。**初日の出**《はつひので》。**初日影**《はつひかげ》。

草の戸の我に溢るゝ初日かな　五百木飄亭
大濤にをどり現れ初日の出　高浜虚子

初日影《はつひかげ》　冬→初日《はつひ》

初弾《はつびき》　冬→弾初《ひきぞめ》

初雛《はつびな》　春→雛《ひな》

初日の出《はつひので》　冬→初日《はつひ》

初諷経《はつふぎん》　冬一月。新年初めての仏前での読経である。諷経は看経《かんきん》に対する言葉で、声を出して経文を読むことをいう。

初諷経はや参詣のありにけり　西沢さち女

娑婆の縁尽きかかりしに初諷経　宗像仏手柑

初富士《はつふじ》　冬一月。元日に望み見る富士山のこと。

初富士を隠さふべしや深庇　阿波野青畝
初富士は枯木林をぬきん出たり　高浜年尾

初不動《はつふどう》　冬一月。一月二十八日、不動尊の最初の縁日である。

瓔珞に護摩火かゞやき初不動　和田花青
朝護摩供早や群参の初不動　松田空如

初冬《はつふゆ》　冬十一月。冬の初めごろをいう。初冬、仲冬、晩冬に分けた初冬にあたる。**しよとう**。

初冬や仮普請して早住めり　高浜虚子
雲動き初冬の日ざしこぼしけり　稲畑汀子

初風呂《はつぶろ》　冬→初湯《はつゆ》
初穂《はつほ》　秋→稲《いね》
初箒《はつぼうき》　冬→掃初《はきぞめ》
初蛍《はつぼたる》　夏→蛍《ほたる》
初盆《はつぼん》　秋→盂蘭盆《うらぼん》
初御空《はつみそら》　冬→初空《はつぞら》

初詣《はつもうで》《はつまうで》　冬一月。年が明けて神社仏閣に詣でることである。

拝殿の闇おごそかや初詣　上野青逸
土器に浸みゆく神酒や初詣　高浜年尾

初紅葉《はつもみじ》《はつもみぢ》　秋十月。楓が紅葉しているのを初めて尋ねあて、つくづく見やった感じである。

初紅葉遮るものにつゞりけり　阿波野青畝
まだ青の領域にして初紅葉　藤崎久を

初諸子《はつもろこ》　春→諸子《もろこ》

初薬師《はつやくし》　冬一月。一月八日。一月初めての薬師の縁日である。

一山の雪の深さや初薬師　野津無字
願かけの母の手を曳き初薬師　新井桜邨

初山《はつやま》　冬→山始《やまはじめ》

初湯《はつゆ》　冬一月。新年初めて風呂に入ることである。銭湯では二日を初湯としている。**初風呂**《はつぶろ》。

初風呂に浸りてをりて寿　忽那文泉
から〳〵と初湯の桶をならしつゝ　高浜虚子

初結《はつゆい》　冬→初髪《はつかみ》

初雪《はつゆき》　冬十二月。その年の冬に入って初めて降る雪のこと。東京の初雪はたいがい十二月下旬ごろである。

初雪のありたる日よりおだやかに　秋山ひろし
初雪に逢ひたき人の訪れし　高浜年尾

初弓《はつゆみ》　冬→弓始《ゆみはじめ》

初夢《はつゆめ》　冬一月。二日の夜から三日の朝にかけて見る夢である。現在では元日の夜に見る夢をいう場合が多い。

初夢に故郷を見て涙かな　一茶
初夢を美しとせし嘘少し　嶋田一歩

初雷《はつらい》　春三月。立春後、初めて鳴る雷のことである。啓蟄《けいちつ》のころよく鳴るところから**虫出**《むしだし》ともいう。

初雷のごろ〳〵と二度鳴りしかな　河東碧梧桐
初雷や耳を蔽ふ文使　高浜虚子

初猟《はつりょう》《はつれふ》　秋十月。十月十五日（北海道では十月一日）が鳥獣の銃猟解禁日である。狩人たちはこの日を待ちかねて猟に出かける。これを初猟という。

初猟のすでに踏まれて水際あり　依田秋葭
初猟の犬まだ馴れぬ山歩き　黒米松青子

初漁《はつりょう》　冬→漁始《りょうはじめ》

初列車《はつれっしゃ》　冬→乗初《のりぞめ》

初笑《はつわらい》　冬→笑初《わらいぞめ》

鳩の巣《はとのす》　春四月。樹上に小枝を組み合わせたひどく粗雑な巣で、下から仰ぐと、落ちそうに卵が透いて見えるものさえある。

よく来啼く野鳩はたして巣かけをり　高原二峰
榧咲いていつか山鳩巣籠りし　真鍋蟻十

花《はな》　春四月。俳句で花といえば桜の花。**花吹雪**《はなふぶき》。**落花**《らくくわ》。**花屑**《はなくづ》。**花埃**《はなぼこり》。**花の塵**《はなのちり》。**花の雲**《はなのくも》。**花の雨**《はなのあめ》。**花冷**《はなびえ》。**花の山**《はなのやま》。**花便**《はなだより》。**花守**《はなもり》。

夕方の風の出て来し落花かな　真下ますじ
うか〳〵と来て花冷の山なりし　副島いみ子
咲き満ちてこぼるゝ花もなかりけり　高浜虚子
行き逢ふは杣よ吉野の花も奥　高浜年尾
ふり返り見て花の道花の中　稲畑汀了

はなあふひ《はなあおい》　夏→葵《あおい》

花薊《はなあざみ》 春↓薊の花《あざみのはな》

花あやめ《はなあやめ》 夏↓渓蓀《あやめ》

花烏賊《はないか》 春四月。花見時になると産卵のため群れて沿岸に近づく真《ま》烏賊のことをいう。学名の花烏賊とは違う。**桜烏賊《さくらいか》**。

花烏賊の背色かはりし生きてゐし　大塚文春

俎にすべりとゞまる桜烏賊　高浜虚子

花茨《はないばら》 夏↓茨の花《いばらのはな》

花卯木《はなうつぎ》 夏↓卯の花《うのはな》

花篝《はなかがり》 春四月。夜桜に風趣を添えるために焚く篝火である。京都祇園の花篝はことに名高い。**花雪洞《はなぼんぼり》**。

これを見に来しぞ祇園の花篝　大橋桜坡子

花篝衰へつゝも人出かな　高浜虚子

花南瓜《はなかぼちゃ》 夏↓南瓜の花《かぼちゃのはな》

花擬宝珠《はなぎぼうし》 夏↓擬宝珠《ぎぼうし》

花桐《はなぎり》 夏↓桐の花《きりのはな》

花屑《はなくず》 春↓花《はな》

花曇《はなぐもり》 春四月。桜の花の咲くころはとかく天候がすぐれず、どんよりと曇りがちなのをいう。

花曇黒潮曇いづれとも　伊藤柏翠

講義する吾も眠たし花曇　岡安仁義

花供養《はなくよう》 春四月。鞍馬の花供養。京都の鞍馬寺で四月六日から二十日まで行われる花供懺法会《はなぐせんぼうえ》である。

花供養雨やどりして待ちにけり　野村泊月

花供養瓦寄進を吾もせん　中田余瓶

花慈姑《はなくわい》 夏↓沢瀉《おもだか》

花氷《はなごおり》 夏七月。夏期、室内を涼しくするために立てる氷で、花や金魚の類を封じこめてある。**氷柱《こおりばしら》**。

花氷立てゝ花嫁控への間　小川純子

花氷時間とけつつありにけり　塙　告冬

花苔《はなごけ》 夏↓苔の花《こけのはな》

花茣蓙《はなござ》 〔三〕 夏七月。花模様をいろいろの色に織り出した茣蓙。「花筵《はなむしろ》」は花見のとき敷きのべる筵のことで別。**絵筵《えむしろ》**。

花ござに稽古戻りの帯どかと　幸　喜美

新しき花茣蓙匂ひ立つ夜なり　河野美奇

花衣《はなごろも》　春→花見《はなみ》

花榊《はなさかき》　夏→榊の花《さかきのはな》

花咲蟹《はなさきがに》　冬→ずわい蟹《ずわいがに》

花石榴《はなざくろ》　夏→石榴の花《ざくろのはな》

花山椒《はなざんしょう》　春→山椒の花《さんしょうのはな》

花蓴菜《はなじゅんさい》　夏→莕菜《あさざ》

花菖蒲《はなしょうぶ》《はなしやうぶ》　夏六月。六月ごろ、紫、白、絞りなど色とりどりの花を咲かせる。剣状の葉の中央を走るはっきりした筋によって、渓蓀《あやめ》、杜若《かきつばた》などと区別される。**菖蒲園**《しやうぶゑん》。**菖蒲池**《しやうぶいけ》。

四阿に人混む雨の菖蒲園　安原　葉

紫は水に映らず花菖蒲　高浜年尾

紫荊《はなずおう》《はなずはう》　春四月。枝の節々に小さい紅みがかった紫色の花が群がるようにつく。その色が蘇枋染の色に似ている。

藁垣に凭れて女花蘇枋　高浜虚子

紫荊花の重さを見せざりし　稲畑汀子

花芒《はなすすき》　秋→芒《すすき》

花菫《はなすみれ》　春→菫《すみれ》

花大根《はなだいこん》　春→大根の花《だいこんのはな》

花橘《はなたちばな》　夏六月。橘は六月ごろ枝先に白色五弁の花を開き、芳しい香りを放つ。**橘の花**《たちばなのはな》。**柑子の花**《かうじのはな》。

酒蔵や花橘の一在処　里　紅

橘の花や従ふ葉三枚　星野立子

花種《はなだね》　春→種物《たねもの》

花種蒔く《はなだねまく》　春三月。秋の草花の種を蒔くことで、春の彼岸前後に蒔くのがふつうである。**鶏頭蒔く**《けいとうまく》。

天津日の下に花種蒔きにけり　塩谷渓石

好きなれば沢山蒔きぬ葉鶏頭　大島三平

花煙草《はなたばこ》　秋→煙草の花《たばこのはな》

花便《はなだより》　春→花《はな》

花疲《はなづかれ》　春→花見《はなみ》

花漬《はなづけ》　春→桜漬《さくらづけ》

花灯籠《はなどうろう》　秋→灯籠《とうろう》

花菜《はなな》　春→菜の花《なのはな》

バナナ　夏七月。「甘蕉《みばしょう》」のことである。熱帯地方で栽培され、日本に輸入されてくる。

川を見るバナナの皮は手より落ち　高浜虚子

バナナむく器用不器用なかりけり　稲畑汀子

花茄子《はななすび》　夏→茄子の花《なすのはな》

花菜漬《はななづけ》　春四月。まだ蕾が少し黄ばんだ程度の菜の花を塩漬にしたもの。京都の名産である。

上ミ京の花菜漬屋に嫁入りし　高浜虚子

多い目に御飯を炊いて花菜漬　稲畑汀子

花韮《はなにら》　春四月。観賞用として栽培され、韮に似た細葉の間から茎を出し、その頂にわずかに紫を帯びた白色の六弁花を上向きにつける。「韮の花」は秋季である。

花韮に紫の影ひそみけり　稲岡達子

花韮を摘み来し指のなほ匂ふ　稲畑汀子

花野《はなの》　[三]　秋九月。秋草の色とりどりに咲き乱れた野をいう。高原や北海道などを歩くと、ことにこの感が深い。

踏み入りて道はあるもの花野ゆく　板場武郎

皆花野来しとまなざし語りをり　稲畑汀子

花の雨《はなのあめ》　春→花《はな》

花の宴《はなのえん》　春→花見《はなみ》

花の雲《はなのくも》　春→花《はな》

花の茶屋《はなのちゃや》　春→花見《はなみ》

花の塵《はなのちり》　春→花《はな》

花の幕《はなのまく》　春→花見《はなみ》

花の宿《はなのやど》　春→花見《はなみ》

花の山《はなのやま》　春→花《はな》

花芭蕉《はなばしょう》　夏→芭蕉の花《ばしょうのはな》

花火《はなび》　秋八月。俳句では江戸時代から秋の季題となっている。**揚花火**《あげはなび》。**仕掛花火**《しかけはなび》。**昼花火**《ひるはなび》。**煙火**《はなび》。**遠花火**《とほはなび》。**花火舟**《はなびぶね》。**花火見**《はなびみ》。**花火番附**《はなびばんづけ》。

空に伸ぶ花火の途の曲りつゝ　高浜虚子

山の湖の花火に更けてゆくばかり　高浜年尾

煙火《はなび》　秋→花火《はなび》

花冷《はなびえ》　春→花《はな》

花火線香《はなびせんこう》　秋八月。発光剤を紙撚《こより》に巻き込んだもので、種類が多い。**線香花火**《せんかうはなび》。**手花火**《てはなび》。**鼠花火**《ねずみはなび》。

手花火の二つの闇のつながれる　中川秋太

子が花火せし後始末見て廻る　稲畑汀子

花人《はなびと》　春→花見《はなみ》

花火番附《はなびばんづけ》　秋→花火《はなび》

花火舟《はなびぶね》　秋→花火《はなび》

花火見《はなびみ》　秋→花火《はなび》

花吹雪《はなふぶき》　春→花《はな》

花芙蓉《はなふよう》　秋→芙蓉《ふよう》

花埃《はなぼこり》　春→花《はな》

花雪洞《はなぼんぼり》　春→花篝《はなかがり》

花祭《はなまつり》　春四月。四月八日、灌仏会の日に釈迦の降誕を祝福して行われる行事。

花祭稚児出てくるはでてくるは　阿部杉風

寺町や背中合せに花祭　三溝沙美

パナマ帽《ぱなまぼう》　夏→夏帽子《なつぼうし》

花見《はなみ》　春四月。**観桜**《くわんあう》。**花巡り**《はなめぐり》。**花の茶屋**《はなのちゃや》。**花の宿**《はなのやど》。**花の幕**《はなのまく》。**花筵**《はなむしろ》。**花の宴**《はなのえん》。**花衣**《はなごろも》。**花疲**《はなづかれ》。**桜狩**《さくらがり》は山野に桜を尋ねて清遊することで、古風な感じを伴う。**桜人**《さくらびと》。

人かげのうつりふくるゝ花の幕　小原菁々子

猫が来てちよつと座りぬ花筵　川口咲子

花見虱《はなみじらみ》　春四月。かつては、お花見のころ虱《しらみ》が盛んに出たので花見虱といったが、いまではほとんど見られない。

ほのかにも色ある花見蝨かな　森川暁水

花水木《はなみずき》《はなみづき》　夏五月。北アメリカ原産。葉より先に花弁のような四片の白、または淡紅の苞を四、五月ごろ開く。別に山野に自生する日本古来の「水木の花」は五、六月ごろ咲く。

花水木紅ゆゑに人目ひく　野村久雄

花水木散りこむ池やゴルフ場　左右木韋城

花見鯛《はなみだい》　春→桜鯛《さくらだい》

花御堂《はなみどう》《はなみだう》　春四月。灌仏の日に寺院では小さな御堂を作り、春の花々でその屋根を葺く。中には誕生仏が安置される。

四方より杓にぎはしや花御堂　川田十雨

山寺や人も詣らぬ花御堂　高浜虚子

花ミモザ《はなみもざ》　春→ミモザの花《みもざのはな》

花木槿《はなむくげ》　秋→木槿《むくげ》

花筵《はなむしろ》　春→花見《はなみ》

花巡り《はなめぐり》　春→花見《はなみ》

花藻《はなも》　夏→藻の花《ものはな》

花守《はなもり》　春→花《はな》

羽脱鳥《はぬけどり》　夏六月。鳥類の羽の抜けかわるのは六月ごろで、このころの鳥を羽抜鳥という。**羽抜鶏**《はぬけどり》。

大いなる門の開かれ羽抜鶏　中村若沙
羽抜鳥鳴きて声佳きことかなし　稲畑汀子

羽抜鶏《はぬけどり》　夏→羽脱鳥《はぬけどり》
羽子《はね》　冬→追羽子《おいばね》
跳炭《はねずみ》　冬→炭火《すみび》
羽子つき《はねつき》　冬→追羽子《おいばね》
羽蒲団《はねぶとん》　冬→蒲団《ふとん》

帚木《ははきぎ》　〔三〕　夏七月。農家の庭先や畑の隅に植えられる。枝は多くに分かれ淡紅色の細かい花をつける。**ははきぐさ**。**帚草**《ほうきぐさ》。

そのかたちすでに整ひ帚草　佐藤富士夫
陶房に働く夫婦帚草　高浜年尾

ははきぐさ　夏→帚木《ははきぎ》

母子草《ははこぐさ》　春三月。春の七草の一つである御形《ごぎょう》が、この草の正月に用いられる名である。**はうこぐさ**。

名を知りてよりの親しき母子草　原田昭子
老いて尚なつかしき名の母子草　高浜虚子

母子餅《ははこもち》　春→草餅《くさもち》

柞《ははそ》　秋十月。小楢の古名とも、楢や櫟の総称ともいわれる。また「ほうそ」と発音されることもある。**柞紅葉**《ははそもみぢ》。

緬羊に早紅葉したる柞かな　岡嶋田比良

柞紅葉《ははそもみじ》　秋→柞《ははそ》

母の日《ははのひ》　夏五月。五月の第二日曜日。母への感謝の日として一九〇八年アメリカに始まった。

祝はるゝことには慣れず母の日を　宮田節子
母の日もやさしい母になりきれず　谷口まち子

馬場始《ばばはじめ》　冬→騎初《のりぞめ》

葉牡丹《はぼたん》　冬一月。甘藍の一種で観賞用のもの。正月用の生花、鉢植として使われる。

赤よりも白に華やぎ葉牡丹は　蔵本はるの女
積んで来し葉牡丹植ゑて車去る　稲畑汀子

浜豌豆《はまえんどう》《はまゑんどう》　夏五月。海浜の砂地に自生する豌豆のような草。葉先に巻鬚《まきひげ》を付け、蝶形の可愛い紅紫色の花を開く。

手提置く浜豌豆の花かげに　三輪一壺
はら〳〵と浜豌豆に雨来る　高浜虚子

はまおもと　夏→浜木綿《はまゆう》

蛤《はまぐり》　[三]　春四月。浅い海の砂の中に棲む。殻の表面は滑らかで、形も美しい。風味よく、**焼蛤**《やきはまぐり》、**はまなべ**などにする。

蛤を掻く手にどゞと雄波かな　高浜虚子

浜千鳥《はまちどり》　冬→千鳥《ちどり》

玫瑰《はまなす》　夏七月。落葉低木。棘のある茎には羽状複葉の葉が互生し、紅色で香りのよい五弁の茨に似た花をつける。海岸の砂地に群生し、白い花を咲かせるものもある。

玫瑰や砂丘がくれの大番屋　鈴木洋々子
玫瑰や海に逝きたる墓多し　逢坂月央子

玫瑰の実《はまなすのみ》　秋十月。玫瑰の実は秋に熟し、約二・五センチくらいの黄赤色で、食べると甘酸っぱい。「玫瑰」は夏季。

放ち飼ふ馬に玫瑰実となりぬ　永倉しな
訪はざれば遠ざかる岬実玫瑰　大島早苗

はまなべ　春→蛤《はまぐり》

浜昼顔《はまひるがお》《はまひるがほ》　夏六月。海辺の砂地に自生する蔓草で、茎は砂上を這い、葉は丸みを帯びて厚く光沢がある。昼顔の一種。

力なき浜昼顔に砂灼けし　三ツ谷謡村
海荒るゝ浜昼顔に吹く風も　藤松遊子

破魔矢《はまや》　冬→破魔弓《はまゆみ》

浜木綿《はまゆう》《はまゆふ》　夏七月。関東以南の暖かい海岸の砂地に自生する。盛夏、万年青《おもと》に似た大形の広い葉の間から太い花茎が直立して頂に十数個の香りのよい白い花を傘形につける。**はまおもと**。

浜木綿のたゞ咲くばかり無人島　平林春子
釣舟の寄るだけの島はまおもと　山田皓人

破魔弓《はまゆみ》　冬一月。**破魔矢**《はまや》。京都石清水八幡宮、鎌倉鶴岡八幡宮などで授与される破魔矢は、義家が石清水八幡宮の神宝の矢を受け、陣中の守り矢としたものに由来し、初詣の人々に厄除のお守りとして授けられる。

たてかけてあたりものなき破魔矢かな　高浜虚子
破魔矢受けし第一番の男かな　高浜年尾

鱧《はも》　[三]　夏七月。鰻《うなぎ》に似た黒く長い魚で、夏の関西料理には欠かせない。**水鱧《みづはも》**は出始めの小さなもの。**鱧の皮《はものかは》**。**干鱧《ひはも》**。**五寸切《ごんぎり》**。**小鱧《こはも》**。

骨切りの年季の入りし鱧料理　倉田白沙

食欲のやゝ戻りたる鱧料理　千原叡子

鱧の皮《はものかわ》　夏→鱧《はも》

早圧鮓《はやおしずし》　夏→鮓《すし》

早鮓《はやずし》　夏→鮓《すし》

葉柳《はやなぎ》　[三]　夏六月。幹を覆うばかりに青々と茂り垂れた夏の柳をいう。**夏柳《なつやなぎ》**。単に「柳」といえば春季、「柳散る」は秋季。

葉柳に舟おさへ乗る女達　阿部みどり女

夏柳こゝに佃の渡し跡　伊藤萩絵

隼《はやぶさ》　[三]　冬十一月。中形の鷹の一種で、翼の先が尖り、非常に迅く飛ぶ。小鳥を襲うときは弾丸のようである。まれにキッキッと鳴く。

はやぶさの片目を開けて人を見る　今井つる女

渡りたる隼の空澄みにけり　稲畑汀子

葉山吹《はやまぶき》　春→山吹《やまぶき》

薔薇《ばら》　夏五月。薔薇には種類が多く、白、紅、黄と色もとりどり、花も大輪、小輪、さまざまである。**さうび**。

薔薇の香に伏してたよりを書く夜かな　池内友次郎

彼のことを聞いてみたくて目を薔薇に　今井千鶴子

薔薇を抱き込み上げて来るものを抱き　蔦　三郎

腹当《はらあて》　[三]　夏七月。寝冷えを防ぐために用いる腹掛をいう。**寝冷知らず《ねびえしらず》**ともいう。

腹当の児やよく泣いてよく太り　沢野藤子

腹当をとりて何やら頼りなく　萩原大鑑

パラソル　夏→日傘《ひがさ》

茨の花《ばらのはな》　夏→茨の花《いばらのはな》

薔薇の芽《ばらのめ》　春三月。原野に自生するのは茨である。**茨の芽《いばらのめ》**。

薔薇の芽のどんな色にもなれる赤　広瀬ひろし

茨の芽のとげの間に一つづつ　高浜虚子

孕馬《はらみうま》　春→仔馬《こうま》

孕鹿《はらみじか》 〔三〕 春四月。秋に交尾した鹿は、四月から六月にかけて子を産む。二、三月ごろになると孕んでいるのが目につく。

孕鹿馬酔木は花を了へんとす　皿井旭川

孕鹿とぼ〱雨にぬれて行く　高浜虚子

孕雀《はらみすずめ》 春四月。雀は三月ごろからが繁殖期で、孕んで巣に籠る。**子持雀**《こもちすずめ》。

古庭をあるいて孕雀かな　村上鬼城

旅疲れ孕雀を草に見る　高浜虚子

孕猫《はらみねこ》 春→猫の恋《ねこのこい》

鰡《はららご》 秋→鮭《さけ》

はりゑんじゅ《はりえんじゅ》 夏→アカシヤの花《あかしやのはな》

針納《はりおさめ》 春→針供養《はりくよう》

針供養《はりくよう》《はりくやう》 春二月。二月八日、この一年の間に折れたり曲がったりした縫針を持って淡島神社に参詣し、それらを納め祀る行事である。**針祭る**《はりまつる》。**針納**《はりをさめ》。

昼月の淡島さまや針供養　赤星水竹居

色さめし針山並ぶ供養かな　高浜虚子

はりの木の花《はりのきのはな》 春→赤楊の花《はんのきのはな》

針祭る《はりまつる》 春→針供養《はりくよう》

春《はる》 〔三〕 春二月。立春から立夏の前日までであるが、月でいう場合は二月、三月、四月を春とする。**三春**《さんしゅん》は初春、仲春、晩春をいう。春九十日間を**九春**《きうしゆん》という。**春の旅**《はるのたび》、**春の町**《はるのまち》、**春の宮**《はるのみや》、**春の寺**《はるのてら》、**春の人**《はるのひと》、**春の園**《はるのその》、**村の春**《むらのはる》、**島の春**《しまのはる》、**京の春**《きやうのはる》など。

春の波引いて我影濡れてゐし　永野由美子

今日何も彼もなにもかも春らしく　稲畑汀子

春あかつき《はるあかつき》 春→春暁《しゅんぎょう》

春浅し《はるあさし》 春二月。春にはなったが、なお寒さが残り、春色のととのわないころのことをいう。**浅き春**《あさきはる》。

病牀の匂袋や浅き春　正岡子規

浅き春空のみどりもやゝ薄く　高浜虚子

春惜む《はるおしむ》《はるをしむ》 春四月。過ぎ行く春を惜しむ。華やかな行楽の日々を惜しむ心には一種の物淋しさが漂う。**惜春**《せきしゅん》。

惜春の人ら夕の水亭に　浅井青陽子

君とわれ惜春の情なしとせず　高浜虚子

春惜む心うたげの半ばにも　高浜年尾

春蚊《はるか》　春→春の蚊《はるのか》

春風《はるかぜ》　[三]　春四月。春は気象の変化が激しく強い風も吹くが、春風といえば穏やかに吹く風のことである。**春の風**《はるのかぜ》。

やはらかき吾子の匂ひや春の風　山崎貴子
春風や闘志いだきて丘に立つ　高浜虚子

春著《はるぎ》　冬一月。新春に着る晴れ着。

春著きて十人並の娘かな　中村七三郎
春著著し母の外出に目ざとき子　稲畑汀子

春著縫ふ《はるぎぬう》《はるぎぬふ》　冬十二月。正月の晴着を縫うことである。年の瀬の忙しいひととき、華やかな彩りの反物を広げている情景。

待針は花の如しや春著縫ふ　多田菜花
縫ひあげし春著をかりの袖だたみ　村田青麦

はるぐみ　春→苗代茱萸《なわしろぐみ》

春蚕《はるご》　春→蚕《かいこ》

春子《はるこ》　春→春椎茸《はるしいたけ》

春炬燵《はるごたつ》　[三]　春三月。春になっても使う炬燵をいう。

嫌はれてゐるとも知らず春炬燵　酒井小蔦
眼帯をかけてもの憂し春ごたつ　竹田小時

バルコニー　夏→露台《ろだい》

春寒《はるさむ》　[三]　春二月。春が立って後の寒さをいう。余寒というのと大体同じであるが、言葉から受ける感じが自ら違う。

春寒きことの行動範囲かな　田畑美穂女
春寒のよりそひ行けば人目ある　高浜虚子

春雨《はるさめ》　[三]　春三月。いつまでも降り続く長雨を**春霖**《しゅんりん》という。**春の雨**《はるのあめ》。

春雨の衣桁に重し恋衣　高浜虚子
東山低し春雨傘のうち　高浜年尾

春椎茸《はるしいたけ》《はるしひたけ》　[三]　春三月。椎茸は多くは栽培されている。四季を通じて秋が最も多く、ついで春によく採れる。**春子**《はるこ》ともいう。

杉落葉嵩むがまゝの春茸榾　江口竹亭

春時雨《はるしぐれ》　[三]　春二月。時雨といえば冬のものであるが、秋にも、春にも降る。春時雨には明るさ、艶やかさが感じられる。

母の忌や其日の如く春時雨　　富安風生

妹が宿春の驟雨に立ち出づる　　高浜虚子

春支度《はるじたく》　冬十二月。年用意と同じことでもあるが、年用意が年とりの儀礼的なものであるのに対して、春支度は春着を縫う、家の造作や繕いなどといったことも含まれよう。

迎春の構へも不用草の庵　　岩木躑躅

妓を廃めて身ほとり淋し春支度　　吉田小幸

春蟬《はるぜみ》　夏→松蟬《まつぜみ》

春田《はるた》　〔三〕春三月。秋、稲を刈った跡に麦や野菜を作らず、春までそのままにしてある田をいう。

みちのくの伊達の郡の春田かな　　富安風生

足跡のそのまま乾き春田かな　　稲畑汀子

春大根《はるだいこん》　春四月。秋に蒔いて四月ごろ収穫する大根。陰暦では三月ごろにあたるので**三月大根**《さんぐわつだいこん》ともいう。**野大根**《のだいこん》。

神饌に春大根の一把かな　　永井寿子

春闌く《はるたく》　春→春深し《はるふかし》

春闌《はるたけなわ》　春→春深し《はるふかし》

春立つ《はるたつ》　春→立春《りっしゅん》

春煖炉《はるだんろ》　〔三〕春三月。春になってまだ使う暖炉、また使わなくても片付けずにある暖炉である。

みな庭に出てしまひたる春煖炉　　五十嵐播水

春煖炉焚き陶房に二三人　　稲畑汀子

春近し《はるちかし》　冬→春隣《はるとなり》

春告鳥《はるつげどり》　春→鶯《うぐいす》

春隣《はるとなり》　冬一月。**春近し**《はるちかし》。

大仏の御ンまなざしも春隣　　大久保橙青

六甲の端山に遊び春隣　　高浜年尾

春の暁《はるのあかつき》　春→春暁《しゅんぎょう》

春の曙《はるのあけぼの》　春→春暁《しゅんぎょう》

春の朝《はるのあさ》　春→春暁《しゅんぎょう》

春の朝日《はるのあさひ》　春→春の日《はるのひ》

春の雨《はるのあめ》　春→春雨《はるさめ》

春の入日《はるのいりひ》　春→春の日《はるのひ》

春の色《はるのいろ》　春→春光《しゅんこう》

春の海《はるのうみ》　〔三〕春四月。白波立った暗い冬の海も、春になれば藍色に凪ぎわたり、長閑さが感じられる海となる。

機の下は春の海とも奈落とも　保田白帆子

家持の妻恋舟か春の海　高浜虚子

春の蚊《はるのか》　春四月。春出る蚊である。春の宵など、思いがけず出て来る蚊は、翅音もか細く姿も弱々しい。**春蚊**《はるか》。

金泥の菩薩刺さんと春の蚊が　古川水魚

春の蚊のゐておぞましや亭を去る　高浜虚子

春の風《はるのかぜ》　春→春風《はるかぜ》

春の風邪《はるのかぜ》　〔三〕春二月。冬と違って軽く見られがちであるが案外治りにくい。

うるむ目も長き睫も春の風邪　梅田実三郎

鼻少しゆるみしばかり春の風邪　高浜年尾

春の雁《はるのかり》　春→帰る雁《かえるかり》

春の川《はるのかわ》《はるのかは》　〔三〕春三月。冬、水嵩が減ったり、涸れたり凍ったりしていた川も、春雨や雪解水などで豊かな春の川となる。**春江**《しゅんかう》。

牛曳きて春川に飲《みづか》ひにけり　高浜虚子

春の川豊かに沃土貫けり　稲畑汀子

春の草《はるのくさ》　〔三〕春四月。名のある草も雑草も萌え出た緑はみずみずしく、匂うばかりである。**春草**《しゅんさう》。**芳草**《はうさう》。**草芳し**《くさかぐはし》。

春草やたづなゆるめば駒は食む　長谷川素逝

毛氈に草芳しき野点かな　森田洋子

春の雲《はるのくも》　〔三〕春四月。柔らかくやさしい感じがする。

ふるさとは遠くに浮む春の雲　今井つる女

春の雲結びて解けて風のまゝ　今橋真理子

春の暮《はるのくれ》　〔三〕春四月。春の日暮をいう。「暮の春」「暮春」といえば晩春のことである。**春の夕**《はるのゆふべ》。**春夕**《はるゆふべ》。

石手寺へまはれば春の日暮れたり　正岡子規

こゝに又住まばやと思ふ春の暮　高浜虚子

春の氷《はるのこおり》　春→薄氷《うすらい》

春の潮《はるのしお》　春→春潮《しゅんちょう》

春の園《はるのその》　春→春《はる》

春の空《はるのそら》　〔三〕春四月。どことなく白い色を含んだ暖かい感じのするのが春の空である。

此処からも大仏見ゆる春の空　星野立子
雨晴れておほどかなるや春の空　高浜虚子

春の旅《はるのたび》　春→春《はる》

春の月《はるのつき》　〔三〕 春四月。春になると月もおぼろにうるむが、朧月と限定はしない。**春月**《しゅんげつ》。

別れたくなき故無口春の月　遠藤忠昭
我宿は巴里外れの春の月　高浜虚子

春の土《はるのつち》　〔三〕 春三月。春になると土の凍がゆるみ、草木をはぐくむ感じがするようになる。雪国では土の現れるのが待たれる。

萌え出づるものにやはらか春の土　高木青巾
園丁の指に従ふ春の土　高浜虚子

春の寺《はるのてら》　春→春《はる》

春の泥《はるのどろ》　春→春泥《しゅんでい》

春の七草《はるのななくさ》　冬→七種《ななくさ》

春の猫《はるのねこ》　春→猫の恋《ねこのこい》

春の野《はるのの》　〔三〕 春三月。**春郊**《しゅんかう》。

吾も春の野に下り立てば紫に　星野立子
春の野や仕合せさうな人集ひ　坊城中子

春の蝿《はるのはえ》《はるのはへ》　春四月。ぽかぽか暖かくなると、どこからとなく飛んで来る蝿である。

春の蝿飛んでのらくら男かな　佐藤漾人
冴返り又居ずなりぬ春の蝿　高浜虚子

春の日《はるのひ》　〔三〕 春四月。春の太陽、また春の一日をもいう。**春日**《はるひ》。**春日**《しゅんじつ》。**春日影**《はるひかげ》。**春の朝日**《はるのあさひ》。**春の夕日**《はるのゆふひ》。**春の入日**《はるのいりひ》。

島の門を大きく落つる春日かな　野村泊月
竹林に黄なる春日を仰ぎけり　高浜虚子

春の灯《はるのひ》　春→春灯《しゅんとう》

春の日傘《はるのひがさ》　春→春日傘《はるひがさ》

春の人《はるのひと》　春→春《はる》

春の星《はるのほし》　〔三〕 春四月。春の夜空にまたたく星である。鋭くきらめく冬の星と違い、どことなくうるんで見える。

またゝけばまたゝき返す春の星　中村芳子
生きてゐるわれらに遠く春の星　稲畑汀子

春の町《はるのまち》　春→春《はる》

春の水《はるのみず》《はるのみづ》　〔三〕 春三月。冬涸のあとの**春水**《しゅんずゐ》は、柔らかく豊かである。**水の春**《みづのはる》。

山寺の筧太らせ春の水　森定南楽
空のほか何も映らず春の水　高浜年尾

春の宮《はるのみや》　春→春《はる》

春の山《はるのやま》　〔三〕　春三月。木々は芽を吹き草は萌え、花は咲き鳥はうたう。見るからに生気のあふれた明るい春の山をいう。

しぼりたる幕の下より春の山　野村泊月
春山に触れつゝ登りゆきにけり　塙　告冬

春の夕日《はるのゆうひ》　春→春の日《はるのひ》

春の夕《はるのゆうべ》　春→春の暮《はるのくれ》

春の雪《はるのゆき》　〔三〕　春三月。春になって降る雪。少し暖かくなったと思っていると思いがけなく雪の降ることがある。**淡雪**《あはゆき》。**春雪**《しゆんせつ》。

東山晴れて又降る春の雪　武原はん女
春雪を潔く踏み楽屋入　荻江寿友

春の夜《はるのよ》　〔三〕　春四月。春の宵が更けると春の夜である。**夜半の春**《よはのはる》はいっそう更けた感じである。**春夜**《しゆんや》。

春の夜や岡惚帳をふところに　竹田小時
先生の星と語りし春の夜　菅原裕子

春の宵《はるのよい》《はるのよひ》　〔三〕　春四月。春の日が暮れて間もないころをいう。**宵の春**《よひのはる》。**春宵**《しゆんせう》。

春宵やいま別れ来し人に文　村上杏史
抱けば吾子眠る早さの春の宵　深見けん二

春の雷《はるのらい》　春→春雷《しゆんらい》

春の炉《はるのろ》　春→炉塞《ろふさぎ》

春日《はるひ》　春→春の日《はるのひ》

春火桶《はるひおけ》《はるひをけ》　〔三〕　春三月。冬の間使い続けてきた火桶は春が立ってもすぐには片付けない。**春火鉢**《はるひばち》。

春火鉢そなたは女将吾は比丘尼　高岡智照
人数には足らねど春の火桶あり　高浜年尾

春日影《はるひかげ》　春→春の日《はるのひ》

春日傘《はるひがさ》　〔三〕　春四月。夏の日傘ほどの実用性はないが婦人が外出に用いる。**春の日傘**《はるのひがさ》。

春日傘たゝみしよりの貴船道　井上兎径子
南国の旅へ用意の春日傘　稲畑汀子

春火鉢《はるひばち》　春→春火桶《はるひおけ》

春深し《はるふかし》　〔三〕　春四月。木々は緑の装いを急ぎ、春も盛りを過ぎたころをいう。**春闌**《はるたけなは》。

春闌く《はるたく》。
幕ひきの立ゐねむりや春ふかし　中村辰之丞
美しき布刺す娘らに春闌ける　佐土井智津子

春埃《はるぼこり》　春→春塵《しゅんじん》

春待つ《はるまつ》
冬一月。暗い寒い冬も終わり近くなって、ひたすら明るい春の来るのを待つ心持である。**待春《たいしゅん》**。
時ものを解決するや春を待つ　高浜虚子
来るといふ人見えずして春を待つ　高浜年尾

春めく《はるめく》
春三月。長い冬の間の寒さがゆるみ、もう春だなあ、という心地のするころのことである。
春めきし心は外に向いてをり　小川竜雄
春めきし水を渡りて向島　高浜虚子

春夕《はるゆうべ》　春→春の暮《はるのくれ》

春行く《はるゆく》　春→行春《ゆくはる》

ばれいしよ《ばれいしょ》　秋→馬鈴薯《じゃがいも》

馬鈴薯の花《ばれいしょのはな》　夏→馬鈴薯の花《じゃがいものはな》

バレンタインの日《ばれんたいんのひ》
春二月。二月十四日はローマの司祭、聖バレンタインの殉教日である。欧米ではこの日から鳥が交わり始めるといわれる。
はゞからずバレンタインの贈りもの　中村芳子
ヴァレンタインデーの会話として聞けば　稲畑汀子

鷭《ばん》
〔三〕夏六月。「水鶏《くいな》」と同属であるが、やや大きく鳩くらいの大きさで、全国の水辺に繁殖している。嘴と目の上が紅い。**大鷭《おおばん》**。
子をつれて鷭のあるける菱畳　吉川葵山
鷭の子のもう親離れして漁る　松本圭二

晩夏《ばんか》
夏七月。夏の終わりのころをいう。吹く風、雲のたたずまい、草木の茂りにも、盛夏のころの勢いはない。**夏深し《なつふかし》**。
庭のものみな丈高く晩夏かな　五十嵐八重子
三行の旅信届けば卓晩夏　山田弘子

ハンカチ　夏→ハンカチーフ

ハンカチーフ
〔三〕夏七月。四季を通じて用いられるが俳句では夏の季題とする。**ハンカチ**。**汗巾《あせふき》**。**汗拭《あせぬぐひ》**。
ハンカチの汚るゝためにある白さ　岩岡中正

ポケットのあれば出てくるハンカチよ　稲畑汀子

バンガロー　夏七月。屋根の色もとりどりに、林間、湖畔、海浜などに点在して、夏だけ開く簡易な小屋のこと。

バンガロー退屈な雨降ってをり　新田充穂
バンガロー絵茣蓙一枚敷けるのみ　桑田詠子

万愚節《ばんぐせつ》　春→四月馬鹿《しがつばか》

半夏生《はんげしょう》《はんげしやう》　夏七月。夏至から十一日目、七月二日ごろにあたる。七十二候の一つとしてこの日から五日間をも半夏生と呼ぶ。これはちょうど半夏《はんげ》（からすびしゃく）の生える頃なのでついた名であるといわれる。別に**半夏生**《はんげしやう》という草もある。**形代草**《かたしろぐさ》。

長雨に諸草伸びし半夏生　辻　蒼壺
半夏生白あざやかに出そめたる　福井圭児

パンジー　春四月。紫、黄、白の三色に彩られているので**三色菫**《さんしきすみれ》とも呼ばれる。花の形から**胡蝶花**《こてふくわ》の名もある。

パンジーの紫ばかり金の蕊　平野桑陰

晩秋《ばんしゅう》　秋→暮の秋《くれのあき》

半焼《はんしょう》　冬→火事《かじ》

半仙戯《はんせんぎ》　春→鞦韆《しゅうせん》

赤楊の花《はんのきのはな》　春四月。山野に自生する落葉高木。雌雄同株で、雄花は暗褐色の細長い円筒状に小枝の先に垂れ、雌花は紅紫色、小楕円形で同じ小枝の下部につく。**榛の花**《はんのはな》。**はりの木の花**《はりのきのはな》。

はんの木のそれでも花のつもりかな　一茶
はんの木の花咲く窓や明日は発つ　高野素十

鷭の巣《ばんのす》　夏→水鳥の巣《みずとりのす》

榛の花《はんのはな》　春→赤楊の花《はんのきのはな》

斑猫《はんみょう》　夏→道をしへ《みちおしえ》

ハンモック　[三] 夏七月。緑蔭の立木や屋内の柱の間に張りわたす目の粗い網の吊り寝床である。**吊床**《つりどこ》。

吊床に子を眠らせてわが時間　村松ひで
ハンモック父と娘の英会話　白岩岳王

晩涼《ばんりょう》　夏→涼し《すずし》

万緑《ばんりょく》　〔三〕夏六月。「万緑叢中紅一点」という王安石の詩句から出た語で、見渡す限りの緑をいう。**緑**《みどり》。

恐ろしき緑の中に入りて染まらん　星野立子
万緑に抱かれしより光る沼　稲畑汀子

ひ

日脚伸ぶ《ひあしのぶ》　冬一月。冬至のころは、昼が最も短く、夜が最も長い。それから毎日少しずつ日脚が伸びてゆく。

選集にかゝりし沙汰や日脚のぶ　高浜虚子
入院の日を重ねつゝ日脚伸ぶ　高浜年尾

ひひな《ひいな》　春→雛《ひな》

柊挿す《ひいらぎさす》《ひひらぎさす》　冬一月。古くは宮中の門に節分の夜、柊を挿し、なよしのかしらを挿した。今は鰯《いわし》の頭を豆殻に挿し悪魔払いとし、門に立てるならわしである。

父祖の家守りつゞけて柊挿す　高崎雨城
柊を挿す母によりそひにけり　高浜虚子

柊の花《ひいらぎのはな》《ひひらぎのはな》　冬十一月。庭園や籬などに植えられる二、三メートルくらいの常緑樹で、白い小花が群がり咲き芳香を放つ。

ひま〳〵に散る柊の花細か　石黒不老坊
柊の花は糸引き落つるもの　伊藤柏翠

麦酒《ビール》　〔三〕夏七月。夏期、もっとも大衆的なアルコール飲料である。**生ビール**《なまびーる》。**ビヤガーデン**。

乾杯に遅れ静かにビール酌む　須藤常央
軽くのどうるほすビール欲しきとき　稲畑汀子

氷魚《ひうお》　冬→氷魚《ひお》

稗《ひえ》　秋九月。イネ科の一年草で、高さ一、二メートル、粟や黍に似ている。花期は初秋で九月ごろ穂を垂れる。**稗引く**《ひえひく》。

離宮みち稗抜き捨てゝありにけり　清水忠彦
ぬきんでて伸びしは稗に紛れなし　榊　東行

稗引く《ひえひく》　秋→稗《ひえ》

稗蒔《ひえまき》　[三] 夏七月。絹糸草のように、観賞用として水盤などに野稗の種を蒔き、その若芽の出揃った緑で田園風景と見立てて涼をとる。田畑に稗を蒔くことをもいう。**稗蒔く**《ひえまく》。

ひえ蒔に眼をなぐさむる読書かな　高橋淡路女

稗蒔く《ひえまく》　夏→稗蒔《ひえまき》

氷魚《ひお》《ひを》　[三] 冬十二月。湖に生息する鮎の、体色の整わない無色透明のうちの稚魚をいう。長さ二センチくらい。**氷魚**《ひうを》。

初漁の四つ手に上る氷魚少し　小林七歩

川尻に鷗つきそめ氷魚汲　森田薊村

射干《ひおうぎ》《ひあふぎ》　夏七月。剣状の葉が檜扇を開いたように生い並ぶのでこの名があり、茎に、黄赤色に赤い斑点のある平たい六弁の花を次々つける。「ひめひおうぎ」は別種。

射干に娘浴衣の雫かな　松藤夏山

日覆《ひおおい》　夏→日除《ひよけ》

火桶《ひおけ》《ひをけ》　[三] 冬十二月。内側を銅などの金属で張った、おもに桐でつくった火鉢のことで、座敷などの趣をなす調度でもあった。

今に尚火桶使ひて老舗なる　服部夢酔

各々にそれ〴〵古りし火桶かな　高浜虚子

日傘《ひがさ》　[三] 夏七月。夏の暑い日ざしを遮るために用いる傘である。**ひからかさ**。**パラソル**。**絵日傘**《ゑひがさ》。**砂日傘**《すなひがさ》。

追ひついて日傘たゝめば人違ふ　丸橋静子

日傘さす音のパチンと空へ逃ぐ　高浜年尾

干潟《ひがた》　春→汐干《しおひ》

緋蕪《ひかぶ》　冬→蕪《かぶら》

日雷《ひがみなり》　夏→雷《かみなり》

日雀《ひがら》　[三] 秋十月。習性や鳴き声は四十雀に似ているが、小さい。頭と頸は紺色、後ろ頸、胸から腹にかけては白、背は青灰色、頭の後ろの羽毛が少し伸びて冠のように見える。

柿の葉の落つるが如く日雀かな　麻田椎花

ひからかさ　夏→日傘《ひがさ》

彼岸《ひがん》　春三月。春分の日を「お中日《ちゅうにち》」とした前後三日ずつの七日間を彼岸という。祖先を祀り墓参をし、寺院に詣でる。

山寺の扉《と》に雲遊ぶ彼岸かな　飯田蛇笏

長谷寺に法鼓轟く彼岸かな　高浜虚子

避寒《ひかん》 〔三〕 冬一月。寒さを避けて気候の暖かい地方に赴くことをいう。**避寒宿**《ひかんやど》。

鵠沼の松ケ丘とや避寒宿　星野立子

船著いて郵便が来る避寒宿　宮田蕪春

彼岸会《ひがんえ》 春→彼岸詣《ひがんまいり》

彼岸桜《ひがんざくら》 春三月。桜の一種で、春彼岸のころ他の桜にさきがけて咲く。**枝垂桜**《しだれざくら》はこの変種で**糸桜**《いとざくら》ともいう。

糸桜風もつれして散りにけり　泊　露

枝先はすなほに枝垂れざくらかな　高浜年尾

彼岸団子《ひがんだんご》 春→彼岸詣《ひがんまいり》

彼岸花《ひがんばな》 秋→曼珠沙華《まんじゅさげ》

彼岸詣《ひがんまいり》《ひがんまゐり》 春三月。彼岸七日の間のお寺詣り。寺では彼岸のおつとめ、説教などがある。**彼岸会**《ひがんゑ》。**彼岸団子**《ひがんだんご》。

うと〳〵と彼岸の法話ありがたや　河野静雲

手に持ちて線香売りぬ彼岸道　高浜虚子

避寒宿《ひかんやど》 冬→避寒《ひかん》

蟾《ひき》 夏→蟇《ひきがえる》

ひきいた 秋→鳴子《なるこ》

蟇《ひきがえる》《ひきがへる》 〔三〕 夏六月。大形の蛙で暗褐色の背中にたくさんの疣《いぼ》があり醜く、有益な動物でありながら人にきらわれる。**蝦蟇**《がま》。**蟾**《ひき》。

灯れば蝦蟇おもむろに後しざり　久保田斗水

又同じ場所に来てゐる蟇　稲畑汀子

引鴨《ひきがも》 〔三〕 春三月。沼や川や田や湖などに渡って来ていた鴨が、三月から五月にかけて、北へ帰って行く。春になっても帰らないで残るものを**残る鴨**《のこるかも》という。**鴨帰る**《かもかへる》。**帰る鴨**《かへるかも》。**行く鴨**《ゆくかも》。

よべどつと引いたる鴨のあるらしく　石井とし夫

引く鴨の名残の乱舞江津はいま　稲畑汀子

弾初《ひきぞめ》 冬一月。新年に初めて琴、三味線、琵琶などを弾き始めること。洋楽器の場合もあろう。**初弾**《はつびき》。**琴始**《ことはじめ》。

弾初の吾は琵琶法師弱法師　加藤蛙水子

弾初や妓はやめたれど変り無く　高浜虚子

引鶴《ひきづる》 春三月。晩秋、シベリア方面から渡って来た鶴は、越冬して三月ごろ北へ帰る。

帰る鶴《かへるつる》。**鶴帰る**《つるかへる》。**残る鶴**《のこるつる》。

鶴みんな引きたり鶴の墓のこし　下村非文

田鶴の引く気配に敏く村人ら　村上杏史

緋水鶏《ひくいな》　夏→水鶏《くいな》

日暮し《ひぐらし》　秋→蜩《ひぐらし》

蜩《ひぐらし》　[三] 秋八月。暁方や夕暮によく鳴く。夏の真昼に鳴きしきる蟬と違って、あわれもある。**日暮し**《ひぐらし》。**かなかな**。

一日の雨蜩に霽れんとす　高浜年尾

蜩の最後の声の遠ざかる　稲畑汀子

日車草《ひぐるまそう》　夏→向日葵《ひまわり》

蘖《ひこばえ》　春四月。樹木の伐り株や根元から群がり伸びる若芽のことをいう。その萌える様子を動詞に働かせて使うこともある。

蘖えし中へ打込み休め斧　佐藤念腹

大木の蘖したるうつろかな　高浜虚子

彦星《ひこぼし》　秋→星祭《ほしまつり》

柃の花《ひさかきのはな》　春四月。常緑低木で、葉のつけ根に二つ三つずつ、白くて丸みのある小花を下向きにつける。

あしらひて柃の花や適ふべき　富安風生

日盛《ひざかり》　夏七月。一日のうちでもっとも暑い盛りの正午から三時ごろまで。**日の盛り**《ひのさかり》。

日盛の風は頼りにならざりし　新田記之子

日盛りは今ぞと思ふ書に対す　高浜虚子

ひさご　秋→瓢《ふくべ》

瓢苗《ひさごなえ》《ひさごなへ》　夏五月。夕顔、瓢簞《ひょうたん》、瓢《ふくべ》などの苗を総称していう。朝顔の苗などと一緒に店先で売られていたりする。

ひさご苗露をためたるやは毛かな　山家海扇

夜市あり瓢簞苗を買はんとて　田中菊坡

瓢の花《ひさごのはな》　夏七月。瓢（ひょうたん）は夕顔の変種で、花は白く五裂、夕顔とそっくりである。

ともしびを瓢の花に向けにけり　千止

たのもしく瓢は花を終へにけり　川久保雨村

氷雨《ひさめ》　夏→雹《ひょう》

醬造る《ひしおつくる》《ひしほつくる》　夏七月。小麦と大豆を炒って蒸し、これに塩水と麹を加えて造る。瓜、茄子、生姜など漬けたりもする。

事務所にも醤造りの香り満つ　横井ただし

鹿尾菜《ひじき》　［三］春四月。海中の岩礁に付く海藻。初めは黄褐色であるが、しだいに黒みを帯びる。四月ごろ刈り採って干す。

鹿尾菜籠抱へよろめき礁渡る　小山耕一路

牟妻の娘は波を恐れず鹿尾菜刈る　田中香樹緒

菱採る《ひしとる》　秋→菱の実《ひしのみ》

菱の花《ひしのはな》　夏六月。鋸歯のある菱形の葉の間に、夏、一センチくらいの白色四弁の花を開く。「菱の実」は秋季。

髪洗ふ沼の乙女や菱の花　片岡奈王

杜深くかくれ湖あり菱の花　渡辺満峰

菱の実《ひしのみ》　秋九月。菱は秋になると角のある実をつけ、だんだん黒くなる。**菱採る**《ひしとる》。**茹菱**《ゆでびし》。

盥舟移れば閉づる菱だたみ　角　菁果

菱採りし池の乱れのあからさま　織田瀑石

菱餅《ひしもち》　春三月。雛壇に供える餅。紅、白、緑の三枚の餅を菱形に切り重ねて菱台に盛り飾る。

菱餅のその色さへも鄙びたり　池内たけし

菱餅を切る大小のをかしけれ　酒井小蔦

避暑《ひしょ》　夏七月。都会の暑さをのがれて、涼しい海岸や高原などに出かけること。**避暑の旅**《ひしょのたび》。**避暑客**《ひしょきゃく》。**避暑地**《ひしょち》。**避暑の宿**《ひしょのやど》。**銷夏**《せうか》。

ポストある茶店で書いて避暑便り　千原草之

避暑の娘に馬よボートよピンポント　稲畑汀子

避暑客《ひしょきゃく》　夏→避暑《ひしょ》

避暑地《ひしょち》　夏→避暑《ひしょ》

避暑の旅《ひしょのたび》　夏→避暑《ひしょ》

避暑の宿《ひしょのやど》　夏→避暑《ひしょ》

ひすゐ《ひすい》　夏→翡翠《かわせみ》

灯涼し《ひすずし》　［三］夏七月。一日の暑さが終わって点《とも》る**夏の灯**《なつのひ》をいう。

出船の灯涼しく向をかへにけり　五十嵐播水

赤志野の炎えるが如し夏の灯に　武原はん女

引板《ひた》　秋→鳴子《なるこ》

鶲《ひたき》　［三］冬十二月。種類が多いが、冬、人目にふれるのはほとんどが尉鶲《じょうびたき》。鳴き声はヒッヒッ、またカッカッと嘴を鳴らす。

鶲見る頰杖の刻移りつゝ　福島閑子
鶲来て枯木に色をそへにけり　高浜年尾

干鱈《ひだら》　〔三〕　春三月。鱈を開きうす塩にして干したもの。**棒鱈**《ぼうだら》は、頭、腸を除いたままで干しかためたもの。**ほしだら**。

信楽の茶うりが提げし干鱈かな　暁　台

穭《ひつじ》《ひつぢ》　秋十月。稲を刈り取ったあとしばらくすると、その刈株からふたたび青い芽が萌え出るのを穭という。**穭田**《ひつぢだ》。

神の田の穭の列の乱れなし　石倉啓補
穭田を犬は走るや畦を行く　高浜虚子

未草《ひつじぐさ》　夏→睡蓮《すいれん》
穭田《ひつじだ》　秋→穭《ひつじ》

羊の毛剪る《ひつじのけきる》　春四月。現在、織物の材料とする目的で羊を飼育することは北海道、東北地方に限られ少なくなったが、暖かい日を選んで剪毛する。

刈られゆく羊の腹の波うてり　正立教子
毛刈せし羊身軽に跳ねて去る　佐藤牧翠

旱《ひでり》　夏七月。長い間雨が降らず日が照りつづけることをいう。夏に多い。**旱天**《かんてん》。**旱魃**《かんばつ》。

桟橋を足して旱の続く湖　伊藤涼志
大海のうしほはあれど旱かな　高浜虚子

旱田《ひでりだ》　夏→日焼田《ひやけだ》

単衣《ひとえ》《ひとへ》　夏六月。裏地をつけない着物。木綿、絹、麻などの織物で作られ、セルから羅に至るまで夏はみな**単物**《ひとへもの》である。

忘れものせし如軽し単衣著て　八木　春
干し衣は紺の単衣のよく乾き　高浜虚子

一重帯《ひとえおび》　夏→夏帯《なつおび》
単帯《ひとえおび》　夏→夏帯《なつおび》
一重菊《ひとえぎく》　秋→菊《きく》
単足袋《ひとえたび》　夏→夏足袋《なつたび》
単袴《ひとえばかま》　夏→夏袴《なつばかま》
単物《ひとえもの》　夏→単衣《ひとえ》

一ツ葉《ひとつば》　〔三〕　夏七月。山間の岩の上、木蔭などに生える歯朶の一種。茶褐色の根茎がはい、これに長い柄をもった細長い葉を一枚ずつつける。

一ツ葉の巌にはびこる瑞泉寺　山口笙堂
木洩日の揺れ一つ葉の波打てる　稲畑汀子

一葉《ひとは》　秋→桐一葉《きりひとは》

一葉の秋《ひとはのあき》　秋→桐一葉《きりひとは》

人丸忌《ひとまるき》　春四月。陰暦三月十八日、柿本《かきのもと》人麻呂の忌である。明石市の柿本神社（人丸神社）では、四月十八日に人丸祭を行なっている。**人麻呂忌**《ひとまろき》。

人丸忌俳書の中の歌書一つ　高田つや女
山辺《やまのべ》の赤人が好き人丸忌　高浜虚子

人麻呂忌《ひとまろき》　春→人丸忌《ひとまるき》

一叢芒《ひとむらすすき》　秋→芒《すすき》

ひともじ　冬→葱《ねぎ》

一本芒《ひともとすすき》　秋→芒《すすき》

一夜酒《ひとよざけ》　夏→甘酒《あまざけ》

一夜鮓《ひとよずし》　夏→鮓《すし》

一人静《ひとりしずか》《ひとりしづか》　春四月。山林の日陰地に生ずる。頂に四枚の葉が対生し、まん中から一本の軸が出て、白い穂状の花をつける。

見つけたり一人静と云へる花　森脇襄治
一人静吉野静の名のありし　浜田秋夫

火取虫《ひとりむし》　〔三〕夏六月。夏の夜、灯火に集まってくる蛾の類をいう。**灯蛾**《とうが》。**火蛾**《くわが》。**燭蛾**《しょくが》。**灯虫**《ひむし》。**夏虫**《なつむし》。

明日予定たたずも楽し火蛾の宿　星野　椿
よべの火蛾よごせし稿を書き上げし　稲畑汀子

雛《ひな》　春三月。**雛祭**《ひなまつり》。**初雛**《はつびな》。**紙雛**《かみびな》。**土雛**《つちびな》。**雛壇**《ひなだん》。**内裏雛**《だいりびな》。**古雛**《ふるびな》。**雛流し**《ひなながし》。**ひひな**。**雛遊**《ひなあそび》。**雛飾る**《ひなかざる》。**雛箱**《ひなばこ》。**雛の宴**《ひなのえん》。**雛の客**《ひなのきゃく》。**雛の宿**《ひなのやど》。**雛納**《ひなをさめ》。

こと〴〵くまことをうつし雛調度　本田あふひ
雛飾りつゝふと命惜きかな　星野立子

雛遊《ひなあそび》　春→雛《ひな》

雛市《ひないち》　春三月。雛祭の雛や道具類を売る市。**雛店**《ひなみせ》。

雛市の灯り雨の日本橋　谷川虚泉
雛市も通りすがりや小買物　高浜虚子

雛納《ひなおさめ》　春→雛《ひな》

日永《ひなが》　〔三〕春四月。実際に昼の長いのは夏至の前後であるが、日の短い冬の後の春に、最も日永という感じが深い。**永き日**《ながきひ》。**遅日**《ちじつ》。**暮遅し**《くれおそし》。

暮かぬる《くれかぬる》。

濃娘等の疲れ欠伸や絵座日永　岸川鼓虫子

独り句の推敲をして遅き日を　高浜虚子

雛飾る《ひなかざる》　春→雛《ひな》

雛菊《ひなぎく》　[三] 春二月。高さ七、八センチほどの草花で、花柄の頂に菊に似て小さな花を開く。**デージー。**

売れ残りゐし雛菊の鉢を買ふ　湯川　雅

踏みて直ぐデージーの花起き上る　高浜虚子

雛罌粟《ひなげし》　夏五月。観賞用に庭に植えられる。茎の先に美しい四弁の花を開く。色は深紅色が多い。**虞美人草《ぐびじんそう》。ポピー。**

羊守ポピーの雨に濡れそぼち　保田白帆子

野に咲けば雛芥子は野に似合ふ色　稲畑汀子

日向ぼこ《ひなたぼこ》　冬→日向ぼこり《ひなたぼこり》

日向ぼこり《ひなたぼこり》　[三] 冬十二月。縁側や日溜りで冬日の光を浴びて暖まる。**日向ぼつこ《ひなたぼっこ》。日向ぼこ《ひなたぼこ》。**

目つむりて無欲に似たり日向ぼこ　上西左兌子

足許の風の気になる日向ぼこ　稲畑汀子

日向ぼつこ《ひなたぼっこ》　冬→日向ぼこり《ひなたぼこり》

日向水《ひなたみず》　夏七月。炎天下に水桶や盥《たらい》を出して日光の熱で温めた水のことで、洗濯や行水に用いる。

日向水かぶりてその日暮しかな　森川暁水

忘れられあるが如くに日向水　高浜虚子

雛壇《ひなだん》　春→雛《ひな》

雛流し《ひなながし》　春→雛《ひな》

雛の宴《ひなのえん》　春→雛《ひな》

雛の客《ひなのきゃく》　春→雛《ひな》

雛の宿《ひなのやど》　春→雛《ひな》

雛箱《ひなばこ》　春→雛《ひな》

雛祭《ひなまつり》　春→雛《ひな》

雛店《ひなみせ》　春→雛市《ひないち》

火縄売《ひなわうり》　冬→白朮詣《おけらまいり》

美男蔓《びなんかずら》　秋十月。常緑蔓性の植物で、小さな丸い実が集まって三センチほどの球状になり紅熟する。**南五味子《さねかづら》。真葛《さねかづら》。**

島めぐり美男かづらを提げ帰る　三井紀四楼

葉がくれに現れし実のさねかづら　高浜虚子

檜笠《ひのきがさ》　夏→編笠《あみがさ》

日の盛り《ひのさかり》　夏→日盛《ひざかり》

火の番《ひのばん》　〔三〕冬十二月。冬の夜、火をいましめて町内を回る人。**夜廻り**《よまはり》。**夜番**《よばん》。**夜警**《やけい》。**夜番小屋**《よばんごや》。**火の見櫓**《ひのみやぐら》。

海苔小屋をのぞき火の番返し来る　江口竹亭

影曳きていろは坂ゆく夜番かな　辻本青塔

火の見櫓《ひのみやぐら》　冬→火の番《ひのばん》

火鉢《ひばち》　〔三〕冬十二月。中に灰を入れ、炭をおこして暖をとるための調度で、かつて日本座敷には欠くことができなかった。

事決す吸殻挿して立つ火鉢　吉屋信子

妹が居といふべかりける桐火鉢　高浜虚子

干鱧《ひはも》　夏→鱧《はも》

雲雀《ひばり》　〔三〕春三月。**揚雲雀**《あげひばり》。**落雲雀**《おちひばり》。**夕雲雀**《ゆふひばり》。**雲雀野**《ひばりの》。**雲雀籠**《ひばりかご》。**雲雀笛**《ひばりぶえ》は雲雀を誘うためその鳴き声に似せて作った笛。

都府楼のどこかに何時も雲雀鳴き　古賀青霜子

雲雀野へ何時か伸ばしてゐる散歩　稲畑汀子

雲雀籠《ひばりかご》　春→雲雀《ひばり》

雲雀野《ひばりの》　春→雲雀《ひばり》

雲雀の巣《ひばりのす》　春四月。畑、草原、川原など日当りのよい所に、枯草で皿状の巣を作り、卵を三〜五個産む。

雲雀巣に育つを見つゝ通学す　小山白楢

雲雀笛《ひばりぶえ》　春→雲雀《ひばり》

胼《ひび》　冬→皸《あかぎれ》

胼薬《ひびぐすり》　冬→皸《あかぎれ》

被布《ひふ》　〔三〕冬十二月。羽織に似た衣類で、衽《おくみ》が深く、前を重ね合わせ細紐や飾紐でとめる。

老僧といつしか云はれ被布似合ふ　獅子谷如是

被布暮し山寺暮し変りなし　山口笙堂

緋木瓜《ひぼけ》　春→木瓜の花《ぼけのはな》

緋牡丹《ひぼたん》　夏→牡丹《ぼたん》

火祭《ひまつり》　秋十月。十月二十二日、京都鞍馬由岐《ゆき》神社の祭礼である。全山、篝火と大小の松明に埋められる。**鞍馬火祭**《くらまのひまつり》。

火祭の一と夜の人出鞍馬村　大橋敦子

火祭や焔の中に鉾進む　高浜虚子

向日葵《ひまわり》《ひまはり》　夏七月。二メートルにも達する逞しい茎の頂に、黄色い炎のような弁にかこまれた花をつける。**日車草**《ひぐるまさう》、**日輪草**《にちりんさう》。

近づいてゆけば向日葵高くなる　石井とし夫

向日葵を描きお日様を描く子かな　藤松遊子

日短《ひみじか》　冬→短日《たんじつ》

灯虫《ひむし》　夏→火取虫《ひとりむし》

氷室《ひむろ》　〔三〕夏七月。冬取った天然氷を貯蔵しておく所を氷室といい、夏期の皇室用として貯えたもので、その番人を**氷室守**《ひむろもり》といった。今は夏まで氷を貯蔵するところをいう。

世の移り氷室守る家減つてゆく　白山人一

氷室守《ひむろもり》　夏→氷室《ひむろ》

丹波の国桑田の郡氷室山　高浜虚子

姫女苑《ひめじょおん》《ひめぢよをん》　夏五月。道端、畑、荒地などに生える。菊に似てごく細い花弁の白または淡紫の小花をつける。

姫女苑とはこの花か名に負けて　平尾圭太

緋目高《ひめだか》　夏→目高《めだか》

姫百合《ひめゆり》　夏→百合《ゆり》

氷面鏡《ひもかがみ》　冬→氷《こおり》

紐解《ひもとき》　冬→七五三《しちごさん》

緋桃《ひもも》　春→桃の花《もものはな》

ビヤガーデン　夏→麦酒《ビール》

百菊《ひゃくぎく》　秋→菊《きく》

百日紅《ひゃくじつこう》　夏→百日紅《さるすべり》

百草摘《ひゃくそうつみ》　夏→薬の日《くすりのひ》

百日草《ひゃくにちそう》《ひやくにちさう》　夏七月。七月ごろから秋まで咲きつづけるのでこの名がある。花は菊に似ていて、多彩、一重と八重とがある。

これよりの百日草の花一つ　松本たかし

もの古りし百日草の花となり　大石暁座

白蓮《びゃくれん》　夏→蓮《はす》

日焼《ひやけ》　〔三〕夏七月。夏の強い日差しのため肌が黒く焼けること。

日焼して海の匂ひのする人等　野崎加栄

俳諧の旅に日焼けし汝かな　高浜虚子

日焼田《ひやけだ》　夏七月。旱が続いて水がなくなりすっかり乾いてしまった田。**旱田**《ひでりだ》。

旱田に星空の闇広がりし　伊藤涼志

日焼田をあはれと見るも日毎かな　　高浜虚子

冷酒《ひやざけ》　［三］　夏七月。夏の暑い時期には酒を冷やして飲むことが多い。**冷酒**《れいしゅ》。

冷酒に澄む二三字や猪口の底　　日野草城

潮風に酌みて冷酒は甘かりき　　中村芳子

冷し瓜《ひやしうり》　夏→甜瓜《まくわうり》

冷し紅茶《ひやしこうちゃ》　夏→冷し珈琲《ひやしコーヒー》

冷し珈琲《ひやしコーヒー》　［三］　夏七月。**アイスコーヒー**ともいう。紅茶の場合は**冷し紅茶**《ひやしこうちゃ》、**アイスティー**。

まだ冷しコーヒー所望したきかな　　稲畑汀子

冷しサイダー《ひやしさいだー》　夏→サイダー

冷し汁《ひやしじる》　夏→冷汁《ひやじる》

冷しラムネ《ひやしらむね》　夏→ラムネ

冷汁《ひやじる》　［三］　夏七月。夏、汁物を器ごと冷蔵庫などに入れ、冷やして食べる。**冷し汁**《ひやしじる》または**煮冷し**《にびやし》ともいう。

冷汁の筵引ずる木蔭かな　　一　茶

冷汁によみがへりたる髪膚かな　　清原枴童

ヒヤシンス　春四月。紫花が多く、白、黄、紅、桃色などもある。花壇や鉢に植えるが、水栽培もできる。**風信子**《ふうしんし》。

ヒヤシンス妻亡きあとは地におろす　　田村萱山

いたづらに葉を結びありヒヤシンス　　高浜虚子

冷索麺《ひやそうめん》《ひやさうめん》　［三］　夏七月。索麺を茹でて、水や氷で冷やしたもの。夏、食欲のはかばかしくない折にも、結構おいしく食べられる。

ざぶ〳〵と索麺さます小桶かな　　村上鬼城

冷豆腐《ひやどうふ》　夏→冷奴《ひややっこ》

冷麦《ひやむぎ》　［三］　夏七月。小麦粉をうどんよりも細く作り、茹でてから冷水または氷で冷やしたもの。

冷麦の箸をすべりてとゞまらず　　篠原温亭

冷麦や狷介にして齢重ね　　景山筍吉

冷やか《ひややか》　秋九月。秋になってなんとなく感ずる冷気をいう。石などに腰をおろしたりしたとき、ふと感ずる。**秋冷**《しゅうれい》。

影といふ影秋冷を置きそめし　　山内山彦

秋冷やわが手乍らもしびれをり　　高浜年尾

冷奴《ひややっこ》 〔三〕 夏七月。豆腐を賽の目に切って冷水または氷で冷やしたもの。**冷豆腐**《ひやどうふ》。

参拝の信徒に一施冷豆腐　上田正久日

ギヤマンにくづれやすきよ冷奴　武原はん

莧《ひゆ》 〔三〕 夏六月。「ひょうな」ともいい、葉を食用とする蔬菜である。葉は、長い柄をもった丸みのある菱形。

茹干しの莧一ト筵坊の縁　伊藤風楼

ひよ　秋→鵯《ひよどり》

雹《ひょう》《へう》 〔三〕 夏六月。夏、主として雷雨にともなって降る霰《あられ》の大きなもの。**氷雨**《ひさめ》は雹の古語。冬の「霙《みぞれ》」を一般にひさめと呼ぶことがあるが、本来は正しい言い方ではない。

村黙す二日続きの雹害に　吉村ひさ志

芝居果て雹ひとしきり奥羽路に　片岡我当

氷菓《ひょうか》　夏→アイスクリーム

瓢簞《ひょうたん》　秋→瓢《ふくべ》

屏風《びょうぶ》《びやうぶ》 〔三〕 冬十二月。室内に立てて風を遮り寒さを防ぐ。**金屏風**《きんびやうぶ》。**金屏**《きんびやう》。**銀屏風**《ぎんびやうぶ》。**銀屏**《ぎんびやう》。**絵屏風**《ゑびやうぶ》。

落箔のはげしき源氏屏風かな　島田みつ子

金屏にともし火の濃きところかな　高浜虚子

美容柳《びようやなぎ》　夏→未央柳《びようやなぎ》

未央柳《びようやなぎ》《びやうやなぎ》 夏六月。葉は対生し、葉柄はない。枝先につく五弁の鮮黄色の花は、たくさんの雄蕊もまた黄色で、金糸のように花弁の外に伸び広がり、美しい。**美容柳**《びようやなぎ》。

又きかれ未央柳とまた答へ　星野立子

癒えし眼に未央柳の蕊の金ン　佐藤一村

日除《ひよけ》 〔三〕 夏七月。ベランダ、窓、店頭などに取り付け、夏の日ざしを遮るもの。**日覆**《ひおほひ》。

不似合といってはをれぬ日除帽　山内山彦

大空に突き上げゆがむ日蔽かな　高浜虚子

鵯《ひよどり》 〔三〕 秋十月。留鳥で年中いるが、とくに秋になると人里に現れて、南天など、庭の木の実を片っ端から食べる。**ひよ**。

鵯の声松籟松を離れ澄む　川端茅舎

鵯心易げに来ては庭荒す　千原叡子

瓢の笛《ひょんのふえ》　秋→瓢の実《ひょんのみ》

瓢の実《ひょんのみ》　秋十月。「いすのき」の葉には、大小さまざまの虫瘤ができ、その中の虫が飛び出すと中空になる。それを吹き鳴らして遊ぶ。**柞の実**《いすのみ》。**蚊母樹の実**《いすのきのみ》。**猿瓢**《さるへう》。**瓢の笛**《ひょんのふえ》。

作務僧の石に腰して瓢鳴らす　松本弘孝

ひょんの笛吹けば波音風の音　稲畑汀子

比良八荒《ひらはっこう》　春→比良八講《ひらはっこう》

比良八講《ひらはっこう》《ひらはつかう》　春三月。三月二十六日、比良連峰の延宝寺で、修験の行者および比叡山の僧によって行われる法華経八巻の講義、討論。ちょうどこの時季は季節風が吹き荒れ琵琶湖が波立つので、それを比良八講荒《あれ》という。**比良八荒**《ひらはっかう》。**八荒**《はっかう》。

ひたすらに漕ぐ舟のあり比良八荒　中井冨佐女

この寒さ比良八荒と聞くときに　稲畑汀子

蛭《ひる》　[三]　夏六月。田植や田草取で肌が出ていると、いつの間にか蛭に吸いつかれ、血を吸われていることがある。**馬蛭**《うまびる》。**山蛭**《やまびる》。

杖の尖洗へば泳ぐ蛭二匹　高浜虚子

昼網《ひるあみ》　夏→夕河岸《ゆうがし》

昼顔《ひるがお》《ひるがほ》　夏六月。野原や道ばたなどに自生する蔓性の草で、葎《むぐら》や垣にからみついて咲く朝顔に似たうす紅色の小さな花。

昼貌の小さなる輪や広野中　松本たかし

昼顔の花もとび散る籬を刈る　高浜虚子

昼霞《ひるがすみ》　春→霞《かすみ》

昼蛙《ひるかわず》　春→蛙《かわず》

昼寝《ひるね》　[三]　夏七月。**午睡**《ごすい》。**昼寝起**《ひるねおき》。**昼寝覚**《ひるねざめ》。**昼寝人**《ひるねびと》。**三尺寝**《さんじやくね》は職人などが狭苦しい場所で午睡をすることとも、日の陰が三尺動く間だけ昼寝を許されたからだともいう。

富士山に足を向けたる昼寝かな　藤松遊子

ただ昼寝してゐる如く病んでをり　川口咲子

魂を宙にとどめし昼寝かな　成瀬正俊

昼寝起《ひるねおき》　夏→昼寝《ひるね》

昼寝覚《ひるねざめ》　夏→昼寝《ひるね》

昼寝人《ひるねびと》　夏→昼寝《ひるね》

昼の虫《ひるのむし》　秋→虫《むし》

昼花火《ひるはなび》　秋→花火《はなび》

蛭蓆《ひるむしろ》　［三］夏六月。池、沼、田溝などによく繁茂する水草で、山の池など一面にこの草で覆われていることもある。**蛭藻**《ひるも》。

水の面の小暗きところ蛭蓆　　尾高青蹊子

隠沼に花あげてゐし蛭蓆　　一宮十鳩

蛭藻《ひるも》　夏→蛭蓆《ひるむしろ》

鰭酒《ひれざけ》　冬→河豚《ふぐ》

緋連雀《ひれんじゃく》　秋→連雀《れんじゃく》

鶸《ひわ》《ひは》　［三］秋十月。雀よりやや小さく、黄緑色で、頭の上と尾の先は黒い。きれいな声でよく鳴き、人にも馴れやすい。**金雀**《きんじやく》。**まひは**。

羽ばたきの間遠に悲し網の鶸　　星野立子

枇杷《びわ》《びは》　夏六月。枇杷は暖地を好む。姿もよく果肉が厚く甘くて、剝くと果汁がしたたり美味である。

枇杷積んで桜島より通ひ舟　　伊藤柏翠

闘病の細き指もて枇杷する　　中村芳子

枇杷の花《びわのはな》《びはのはな》　冬十二月。枇杷の花はやや黄色みを帯びた白色五弁で花軸にかたまって咲く目立たない淋しい花である。

枇杷の花見頃のなくて盛りなる　　中井富佐女

住み古りて枇杷の花咲くとも知らず　　大久保橙青

枇杷葉湯《びわようとう》《びはえふたう》　夏七月。暑気払いの薬として、枇杷の葉の干したものを煎じて飲む。これを枇杷葉湯という。

路地を出て路地に入りたる枇杷葉湯　　若林いち子

枇杷葉湯四条横丁灯が流れ　　桂　星水

ひんじも　夏→萍《うきくさ》

◎ふ◎

鞴始《ふいごはじめ》　冬→仕事始《しごとはじめ》

鞴祭《ふいごまつり》　冬十一月。十一月八日、京都伏見稲荷のお火焚神事の日に、鞴を清めて祭る。鞴に供えた蜜柑は風邪薬になるといい、近所の子供に配ったり撒いたりした。**蜜柑撒**《みかんまき》。

刀匠はいつも和服で鞴祭　山崎浩石
跳炭に焦げし鞴を祀りけり　黒木青苔

ブーゲンビレア　夏七月。南アメリカ原産の熱帯植物。蔓状に長く伸びた茎の先に、卵形の三枚の苞が紅や紫になり花のように美しい。**筏かづら**《いかだかづら》。

住みつきて筏かづらを門とせり　上ノ畑楠窓
夜も暑くブーゲンビリア咲き乱れ　山本暁鐘

風信子《ふうしんし》　春→ヒヤシンス

風船《ふうせん》　〔三〕春四月。色とりどりのうすいゴムにガスを入れてふくらませ糸をつけて遊ぶ玩具。**風船売**《ふうせんうり》。

風船の中の風船売の顔　杉本　零
風船の子の手離れて松の上　高浜虚子

風船売《ふうせんうり》　春→風船《ふうせん》

風知草《ふうちそう》《ふうちさう》　〔三〕夏七月。線形の葉の表側は白みをおび、裏側は緑色で、いつも裏の緑色を見せている。「裏葉草《うらはぐさ》」ともいう。

風知草そこより生る風ならめ　榊原花子
部屋の風風知草置くところより　稲畑汀子

風蘭《ふうらん》　夏七月。山中の老木に着生する。七月ごろ、蘭に似た白い五弁の花を開き、微かな香気を放つ。

風蘭に見えたる風の身ほとりに　橋田憲明
風蘭の匂ふ夜風となりにけり　土井糸子

風鈴《ふうりん》　〔三〕夏七月。金属またはガラス製などがあり、南部鉄の風鈴は有名である。**風鈴売**《ふうりんうり》。

稿擱けば風鈴話しかけて来し　佐伯哲草
いち早く風鈴の知る山雨かな　南　礼子

風鈴売《ふうりんうり》　夏→風鈴《ふうりん》

プール　夏七月。水泳用のプールで、学校や公営の設備として、また都会では遊園地やホテルにも目立つようになった。

影といふものなきプールサイドかな　大場　洋
教室と別の貌持ちプールの子　田中由子

深沓《ふかぐつ》　冬→雪沓《ゆきぐつ》

深霜《ふかしも》　冬→霜《しも》

蕗《ふき》　夏五月。野山から庭先まで、どこにでも生える。初夏、茂った葉の葉柄を食べる。ほろ苦く、香りの高さが好まれる。**蕗の葉《ふきのは》**。

伽羅蕗の滅法辛き御寺かな　川端茅舎

離農者のふゆる奥蝦夷蕗茂る　小島梅雨

吹上げ《ふきあげ》　夏→噴水《ふんすい》

噴井《ふきい》　夏→噴井《ふけい》

葺替《ふきかえ》　春→屋根替《やねがえ》

吹流し《ふきながし》　夏五月。幟竿の先端に鯉幟とともに揚げる幟の一種で、紅白または五色の細長い数条の布を輪形に付けたもの。

吹流し一旒見ゆる樹海かな　鈴木花蓑

就中御吹流し見事なり　高浜虚子

蕗の薹《ふきのとう》《ふきのたう》　春二月。蕗は雪の残っている野辺や庭隅に、卵形で淡緑色の花芽を出す。これが蕗の薹である。

蕗の薹紫を解き緑解き　後藤夜半

持ち上げし土をまだ出ず蕗の薹　稲畑汀子

蕗の葉《ふきのは》　夏→蕗《ふき》

河豚《ふぐ》　［三］冬十二月。猛毒があるが、非常に美味な魚である。**ふぐと**。**河豚汁《ふぐじる》**。**ふぐと汁《ふぐとじる》**。**河豚鍋《ふぐなべ》**。**河豚ちり《ふぐちり》**。**鰭酒《ひれざけ》**。**河豚の宿《ふぐのやど》**。

河豚鍋の世話ばかりして箸附けず　佐藤うた子

人事と思ひし河豚に中りたる　稲畑汀子

福掻《ふくかき》　冬→初寅《はつとら》

武具飾る《ぶぐかざる》　夏→武者人形《むしゃにんぎょう》

福笹《ふくざさ》　冬→十日戎《とおかえびす》

福寿草《ふくじゅそう》《ふくじゆさう》　冬一月。野生のものは春に咲くが、その名の持つ縁起から新年の花とされ、元日草の名もある。

黄は日射し集むる色や福寿草　藤松遊子

福寿草日を一ぱいに含みたる　高浜年尾

河豚汁《ふぐじる》　冬→河豚《ふぐ》

福神詣《ふくじんまいり》　冬→七福神詣《しちふくじんまいり》

福茶《ふくちゃ》　冬→大服《おおぶく》

河豚ちり《ふぐちり》　冬→河豚《ふぐ》

ふぐと　冬→河豚《ふぐ》

ふぐと汁《ふぐとじる》　冬→河豚《ふぐ》

福寅《ふくとら》　冬→初寅《はつとら》

河豚鍋《ふぐなべ》　冬→河豚《ふぐ》

河豚の宿《ふぐのやど》　冬→河豚《ふぐ》

福引《ふくびき》　冬一月。もともとは正月の餅を二人で引き合い、その取った餅の多少によってその年の禍福を占った。**宝引**《はうびき》。

福引の当りを囃す大太鼓　羽根田ひろし
福引に一国を引当てんかな　高浜虚子

瓢《ふくべ》　[三]　秋九月。瓢簞《ひょうたん》の実のことである。夕顔にも同じような実がなって混同されやすい。**青瓢**《あをふくべ》。**ひさご**。**瓢簞**《へうたん》。

坐りよきことのをかしき青瓢　大橋敦子
瓢簞の窓や人住まざるが如し　高浜虚子

福蜈蚣《ふくむかで》　冬→初寅《はつとら》

ふぐりおとし　冬→厄落《やくおとし》

梟《ふくろう》《ふくろふ》　[三]　冬十二月。木兎と似ているが、梟にはだいたい耳羽がない。夜行性で、夜更け寒い闇の中でホーホーと啼く。

ふくろふの森をかへたる気配かな　西山小鼓子
山の宿梟啼いてめし遅し　高浜虚子

袋掛《ふくろかけ》　[三]　夏五月。果樹に実がつくと、害虫を防ぐために一つ一つに紙袋をかぶせる。

袋掛さなかの丘に札所あり　美馬風史
太陽の包み込まれし袋掛　桑田青虎

袋蜘蛛《ふくろぐも》　夏六月。蜘蛛の雌は自分の産んだ卵を卵嚢に入れ、尻のところにつけている。その袋を**蜘蛛の太鼓**《くものたいこ》、または蜘蛛の袋といい、袋を持っている蜘蛛を袋蜘蛛という。

雨垂れに打たれ渡るや太鼓蜘蛛　池田義朗
蜘掃けば太鼓落して悲しけれ　高浜虚子

袋角《ふくろづの》　夏五月。鹿の角は毎年晩春から初夏にかけて根元から落ち、生え変わる。新しい角はまだ骨質ではなくビロードのような皮に覆われ、触れるとやわらかく温かい。これを袋角という。「落し角」は春、「角切」は秋季。

飛火野の日のやはらかに袋角　篠塚しげる
袋角定かにそれとあはれなり　高浜年尾

福沸《ふくわかし》　冬一月。神仏に供えた餅を小さく刻んで、沸かした湯に入れてかき回し、砂糖を入れて味をつけたもの。正月四日、七日または十五日に行われた行事。現在では一般に若水を沸かすことをいい、その鍋を福鍋という。

おない年めをと相老い福沸　牛尾泥中

どこよりも茶の間が親し福沸　高橋真智子

福藁《ふくわら》　冬一月。新年、門口や庭などに藁を敷くのをいう。不浄を除くためとも、年賀客の送迎のためともいわれる。

福藁や塵さへ今朝のうつくしき　千代尼

福笑《ふくわらい》《ふくわらひ》　冬一月。目隠しをされた人が、お多福の輪郭を描いた紙の上に、眉、目、鼻、口を順に置いてゆく正月の遊び。

目隠しが透いて見えたる福笑　籾山梓月

福笑よりも笑つてをりにけり　稲畑汀子

噴井《ふけい》《ふけゐ》　［三］　夏七月。水の絶えず噴き出ている井戸をいう。山近いあたりの井戸や掘抜井戸などによく見られる。**噴井**《ふきゐ》。

一城を支へし噴井今も噴く　高槻青柚子

月浴びて玉崩れをる噴井かな　高浜虚子

更待月《ふけまちづき》　秋九月。陰暦八月二十日の夜の月である。臥待よりなお遅れるのを待つ心持がある。

機終ふ更待月の出る頃と　勝俣のぼる

更待の月を帰国にともなへり　稲畑汀子

畚下し《ふごおろし》　冬→初寅《はつとら》

五倍子《ふし》　秋十月。「ぬるで」の葉にできる瘤で赤褐色になる。昔はおはぐろの染料にした。**五倍子**《ごばいし》。**ふし干す**《ふしほす》。

五倍子干して失はれ行く色かなし　三好菜萸子

五倍子買女来るを蓆に干して待つ　馬場太一郎

藤《ふじ》《ふぢ》　春四月。豊かに垂れる花房は、明るい紫色で白色もある。**藤の花**《ふぢのはな》。**山藤**《やまふぢ》。**白藤**《しらふぢ》。**藤浪**《ふぢなみ》。**藤棚**《ふぢだな》。

藤棚に凌げぬ雨となりにけり　平木谷水

揺れ合うて藤の夕闇誘ひをり　介弘紀子

一つ長き夜の藤房をまのあたり　高浜年尾

富士薊《ふじあざみ》　秋九月。富士山麓に多く自生するのでこの名がある。棘のある硬い葉を広げた座の中から、茎を伸ばし、薊に似た大きな紫色の見事な花を横向きにつける。

八丈に富士山ありて富士薊　湯浅桃邑

富士に在る花と思へば薊かな　高浜虚子

富士行者《ふじぎょうじゃ》　夏→富士詣《ふじもうで》

富士講《ふじこう》　夏→富士詣《ふじもうで》

富士桜《ふじざくら》　夏五月。本州中部の山地に見られ、ことに富士山麓に多い。花は四月下旬ごろから咲き、白またはうす紅色で、やや小さく下向きに開く。

貸馬の静かに通る富士桜　今井千鶴子
山荘の富士ざくらこそ見まほしく　高浜年尾

富士禅定《ふじぜんじょう》　夏→富士詣《ふじもうで》

藤棚《ふじだな》　春→藤《ふじ》

柴漬《ふしづけ》　〔三〕冬十一月。冬、柴の束をいくつもかためて水中に浸けておくと、魚がそこに集まりひそむ。この柴を取り出して、中の魚を捕る。柴のかわりに石を積むこともある。

柴漬を揚げる手ごたへなり重し　小川修平
柴漬に見るもかなしき小魚かな　高浜虚子

富士道者《ふじどうじゃ》　夏→富士詣《ふじもうで》

藤浪《ふじなみ》　春→藤《ふじ》

富士の御判《ふじのごはん》　夏→富士詣《ふじもうで》

富士の初雪《ふじのはつゆき》　秋九月。富士に初雪の降るのは九月下旬ごろである。

帰りには初雪の富士車窓にす　森口住子

藤の花《ふじのはな》　春→藤《ふじ》

藤の実《ふじのみ》《ふぢのみ》　秋十月。実は豆と同じ莢状で、中に扁平で碁石のような種子がある。枯れると種子は勢いよくはじけ出る。

藤の実の飛びたるあとの莢ねぢれ　岩原玖々
藤の実の垂れしところに雨宿る　五十嵐八重子

富士の山開《ふじのやまびらき》　夏→山開《やまびらき》

富士の雪解《ふじのゆきげ》　夏六月。富士の雪は夏になって解け始める。その間にいろいろ残雪の姿が変わる。

雪解富士見え山荘の道となる　池内たけし
まいあさの富士の雪解目に見えて　北川良子

藤袴《ふじばかま》《ふぢばかま》　秋九月。高さ一メートルばかり、下部の葉は深く三つに裂けている。茎の頂に近づくにつれ多くの枝が分かれ、藤色の小花を群がってつける。**蘭草**《らんそう》。

藤袴何色と言ひ難かりし　粟津松彩子
すがれゆく色を色とし藤袴　稲畑汀子

ふし干す《ふしほす》　秋→五倍子《ふし》

臥待月《ふしまちづき》　秋九月。陰暦八月十九日の夜の月である。一日一日遅くなる月の出を、臥床《ふしど》の中で待つ心持である。**寝待月**《ねまちづき》。

黒雲のまゆずみの下寝待月　平松措大

雨に飽き臥待月を見せし雲　吉村ひさ志

藤豆《ふじまめ》《ふちまめ》　秋八月。蔓性で、葉は葛《くず》と似るが無毛。花は長い花柄の先にたくさん咲き、紅紫または白、若いうちに莢ごと煮て食べる。「藤の実」とは違う。**千石豆**《せんごくまめ》。**八升豆**《はちしようまめ》。

藤豆の咲きのぼりゆく煙出し　高野素十

富士詣《ふじもうで》《ふじまうで》　夏七月。七月一日が富士山の「山開」で、この日から人々は山頂の富士権現の奥の院に参詣するために登る。昔はひたすら信仰の富士詣であった。**富士講**《ふじかう》。**富士道者**《ふじだうじや》。**富士行者**《ふじぎやうじや》。**篠小屋**《しのごや》。**富士禅定**《ふじぜんぢやう》。**富士の御判**《ふじのごはん》。**影富士**《かげふじ》。**お頂上**《おちやうじやう》。**お鉢廻り**《おはちまはり》。

兵なりし脚は老いずと富士詣　柏木久枝

富士詣一度せしといふ事の安堵かな　高浜虚子

仏手柑《ぶしゅかん》　秋十月。全体が細長くちょうど指のように先が分かれた実をつける。

仏手柑の名もそのものも珍しや　二宮小鈴

仏手柑といふ一顆置き眺めとす　高浜年尾

衾《ふすま》　〔三〕冬十二月。臥裳《ふすも》から出た言葉であるといわれ、寝るときに身をおおう夜具で、今でいう「布団」のことである。**紙衾**《かみぶすま》。

一日を心に描く衾かな　池内友次郎

とかくして命あればぞ革衾　高浜虚子

襖はづす《ふすまはずす》《ふすまはづす》　夏六月。夏季、室内の風通しをよくし、しのぎやすくするため、襖、障子をはずす。**障子はづす**《しやうじはづす》。

襖みなはづして鴨居縦横に　高浜虚子

蕪村忌《ぶそんき》　冬十二月。十二月二十五日、俳諧中興の祖与謝蕪村の忌日。天明三年（一七八三）京にて没、六十八歳。**春星忌**《しゅんせいき》。

蕪村忌や何はなけれど移竹集　奈良鹿郎

与謝住みのわが半生や蕪村の忌　柴田只管

札納《ふだおさめ》《ふだをさめ》　冬十二月。年末になると諸寺社から新しいお札を受けるので、今までの古いお札を寺社に納める。

身弱きが故の信心札納　今井奇石

伸び上り高く抛りぬ札納　高浜虚子

二つ星《ふたつぼし》　秋→星祭《ほしまつり》

二葉菜《ふたばな》　秋→貝割菜《かいわりな》

ふたもじ　春→韮《にら》

二人静《ふたりしずか》《ふたりしづか》　春四月。茎の頂に一対ずつ四枚の楕円形の葉をつけ、その葉の間から二本の小さい白い花を穂状につける。

静かなる二人静を見て一人　京極高忠

夫の忌や二人静は摘までおく　丸山綱女

二日《ふつか》　冬一月。一月二日のこと。ただ二日といって正月二日をさすのは俳句の慣例である。

嫁になる娘が来てくれし二日かな　藤実艸宇

常のごと二日の客の裏戸より　高浜虚子

二日灸《ふつかきゅう》《ふつかきう》　春三月。陰暦二月二日に灸を据えると効能が倍あるとか、厄除になるとかいわれている。**ふつかやいと**。

山寺の日がな賑ひ二日灸　八木昌子

先人も惜みし命二日灸　高浜虚子

二日月《ふつかづき》　秋九月。陰暦八月二日の月をいう。

月見月なる二日月とぞ思ふ　高林蘇城

ひんがしに金星抱いて二日月　武原はん女

復活祭《ふっかつさい》《ふくわつさい》　春四月。十字架上で磔になったイエス・キリストが三日後に甦ったといわれる日。春分後、最初の満月の後の日曜日。**イースター**。

復活祭心にあかり灯さるる　吉田たま

川原にも復活祭の人こぼれ　稲畑汀子

ふつかやいと　春→二日灸《ふつかきゅう》

仏生会《ぶっしょうえ》　春→灌仏《かんぶつ》

仏桑花《ぶっそうげ》　夏→ハイビスカス

仏法僧《ぶっぽうそう》《ぶつぽふそう》　〔三〕夏六月。南方から渡って来る夏鳥で、古来三宝鳥《さんぽうちょう》とも呼ばれ、深山幽谷に棲む霊鳥として有名。それがブッポーソーと鳴くと信じられていたのは誤りで、声の仏法僧は木の葉木菟《はずく》である。また古く一鳥二名といわれていた**慈悲心鳥**《じひしんてう》も全く別の種類で、その鳴き声から「十一《じゅういち》」とも呼ばれる夏鳥である。

湯宿ひま仏法僧の鳴く頃は　荒川あつし

鳴き澄める仏法僧に更くるのみ　五十嵐播水

筆始《ふではじめ》　冬→書初《かきぞめ》

蚋《ぶと》　[三]　夏六月。黒い二、三ミリほどの蠅に似た小虫だが雌が人を螫《さ》す。**ぶゆ**。**ぶよ**。**蟆子**《ぶと》。

蚋ふせぐことに心を切りかへて　松本巨草

旅もどり旬日癒えぬ蚋の傷　大橋敦子

蟆子《ぶと》　夏→蚋《ぶと》

太藺《ふとい》《ふとゐ》　[三]　夏六月。ふつうの畳表にする藺草とは種類が異なり、円い茎の下部に褐色の鱗片葉があるだけで他に葉はない。

太藺折れ水の景色の倒れけり　粟津松彩子

放牧の馬あり沢に太藺あり　高浜虚子

葡萄《ぶどう》《ぶだう》　[三]　秋九月。甲州葡萄は古くから有名であるが、いまはいろいろの改良品種や温室の栽培がある。**葡萄園**《ぶだうゑん》。**葡萄棚**《ぶだうだな》。

葡萄の種吐き出して事を決しけり　高浜虚子

葡萄棚出て風と合ふ空と会ふ　稲畑汀子

葡萄園《ぶどうえん》　秋→葡萄《ぶどう》

葡萄棚《ぶどうだな》　秋→葡萄《ぶどう》

懐手《ふところで》　[三]　冬十二月。手の冷えを防ぐために無意識に和服の袂の中や胸もとに手を入れること。和服特有の季節感がある。

どちらにもつけぬ話の懐手　中山秋月

玄関の人声に出て懐手　高浜年尾

太箸《ふとばし》　冬一月。新年の食膳に用いる白木の太い箸である。折れることを忌み、多くは柳で作る。**柳箸**《やなぎばし》。**箸紙**《はしがみ》。

箸紙を書く墨を磨るしづ心　山田菜々尾

太箸のたゞ太々とありぬべし　高浜虚子

蒲団《ふとん》　[三]　冬十二月。布団は一年中用いるが、寒いときが最も感じが深いので冬の季題。**肩蒲団**《かたぶとん》。**干蒲団**《ほしぶとん》。**羽蒲団**《はねぶとん》。**絹蒲団**《きぬぶとん》。

身に添はぬものは詮なし羽蒲団　高岡智照

死神を蹶る力無き蒲団かな　高浜虚子

船遊《ふなあそび》　[三]　夏七月。夏、納涼のため海や川、湖沼などに船を出して遊ぶことをいう。**遊船**《いうせん》はその船のこと。

遊船を下りて船酔らしきもの　小林沙丘子

行き合ひて遊船に大小のあり　稲畑汀子

船生洲《ふないけす》　夏→船料理《ふなりょうり》

船火事《ふなかじ》　冬→火事《かじ》

舟芝居《ふなしばい》《ふなしばゐ》　夏五月。古くは陰暦四月五〜七日の三日間、柳川市沖端《おきのはた》の水天宮はご神幸で終日賑わった。舟芝居はお旅所と定められた所に、舟舞台をとめて歌舞伎狂言などを演じること。今は五月三〜五日の三日間行われている。

旅にして船芝居とは心惹く　梶尾黙魚

歩板馴れしてゐる子役船芝居　大曲鬼郎

鮒鮓《ふなずし》　夏→鮓《すし》

船施餓鬼《ふなせがき》　秋→施餓鬼《せがき》

舟渡御《ふなとぎょ》　夏→祭《まつり》

鮒膾《ふななます》　春四月。琵琶湖の源五郎鮒は春の産卵期に多く捕れ、味もよいので、これを膾にする。**山吹膾**《やまぶきなます》。

鮒膾湖港に近き小料理屋　川崎栖虎

船人の近江言葉よ鮒膾　高浜虚子

船祭《ふなまつり》　夏→天神祭《てんじんまつり》

船虫《ふなむし》　[三]　夏七月。草鞋《わらじ》のような形で暗褐色、三〜五センチくらいの虫。岸壁や岩礁、ひき上げた舟の下などを這う。

教室に船虫這へる授業かな　真砂松韻

船虫の波に洗はれあとも無し　高浜虚子

船料理《ふなりょうり》《ふなれうり》　[三]　夏七月。大阪の川筋によく見受けられる船中で料理される夏料理のこと。**船生洲**《ふないけす》。**生簀船**《いけすぶね》。

立ち上る一人に揺れて船料理　高浜年尾

船揺れて景色が揺れて船料理　稲畑汀子

海蘿《ふのり》　[三]　夏七月。糊になる飴色の海藻で岩礁に生える。天日で干し、漂白して紙のようにする。これを煮て糊をつくる。**布海苔**《ふのり》。**海蘿搔**《ふのりかき》。**海蘿干す**《ふのりほす》。

断崖の下いと小さくふのり搔　東中瓊花

海蘿搔声かけあうて巌移り　大橋宵火

布海苔《ふのり》　夏→海蘿《ふのり》

海蘿搔《ふのりかき》　夏→海蘿《ふのり》

海蘿干す《ふのりほす》　夏→海蘿《ふのり》

吹雪《ふぶき》　冬→雪《ゆき》

吹雪倒れ《ふぶきだおれ》　冬→凍死《とうし》

踏絵《ふみえ》　春→絵踏《えぶみ》

文月《ふみづき》　秋八月。陰暦七月の異称。陽暦では八月上旬立秋からのほぼ一か月。略して「ふづき」ともいう。

文月や六日も常の夜には似ず　　芭　蕉

文月や夫には夫のつもりごと　　石村ハナ女

ぶゆ　夏→蚋《ぶと》

冬《ふゆ》　〔三〕　冬十一月。立冬（十一月七、八日ごろ）から立春（二月四、五日ごろ）の前日まで。**三冬**《さんとう》は初冬、仲冬、晩冬のこと。**九冬**《きゅうとう》は冬九十日間のことである。**冬の宿**《ふゆのやど》、**冬の庭**《ふゆのには》、**冬の町**《ふゆのまち》、**冬沼**《ふゆぬま》、**冬の浜**《ふゆのはま》など。

のぼりきることなき煙峡の冬　　岩垣子鹿

これよりの筑紫の冬の宿親し　　稲畑汀子

冬暖《ふゆあたたか》　〔三〕　冬十一月。冬になっても暖かい日があり、数日またはやや久しく続くこともある。暖冬《だんとう》とはやや違う。**冬ぬくし**《ふゆぬくし》。

冬ぬくし海をいだいて三百戸　　長谷川素逝

冬ぬくきことなど話し初対面　　今橋真理子

冬安居《ふゆあんご》　〔三〕　冬十一月。「夏《げ》安居」に対して冬安居または**雪安居**《せつあんご》といい、十月一日あるいは十一月十五日から九十日間行われる。

沐浴の掟きびしき冬安居　　能仁鹿村

雪安居僧に七曜なかりけり　　辻本青塔

冬苺《ふゆいちご》　冬一月。野生で、夏、白い花を咲かせ、冬、実をつける。温室栽培の冬の苺とは違う。

行滝へ降りる岩場の冬苺　　松本巨草

冬鶯《ふゆうぐいす》　冬→笹鳴《ささなき》

冬霞《ふゆがすみ》　〔三〕　冬十二月。おだやかに風の凪いだ暖かい日など、冬ながら山野や街中に霞のたなびくことがある。

冬霞して昆陽《こや》の池ありとのみ　　高浜虚子

冬霞古都の山なみ低かりし　　稲畑汀子

冬構《ふゆがまえ》《ふゆがまへ》　冬十一月。冬の風雪や寒冷を防ぐため、「風除」「雪囲」などして、寒さに備えることをいう。

冬構落人村と世にはいふ　　長谷川素逝

冬構ものものしさも永平寺　　吉崎圭一

冬枯《ふゆがれ》　〔三〕　冬十二月。野山の草木がすべて枯れ尽くし、枯れ一色となった風景をいう。

破れ傘まこと破れて冬枯るゝ　　古藤一杏子

一歩入れば冬枯の寺なりしかな　　稲畑汀子

冬川原《ふゆかわら》　冬→冬の川《ふゆのかわ》

冬木《ふゆき》　〔三〕冬十二月。落葉樹、常磐木を問わず、冬らしい姿の木をいう。

冬木根もあらはに小諸城址なる　浅野右橘

大空にのび傾ける冬木かな　高浜虚子

冬菊《ふゆぎく》　冬→寒菊《かんぎく》

冬来る《ふゆきたる》　冬→立冬《りっとう》

冬木の芽《ふゆきのめ》　冬→冬芽《ふゆめ》

冬草《ふゆくさ》　冬→冬の草《ふゆのくさ》

冬木立《ふゆこだち》　〔三〕冬十二月。冬木の立ち並んでいるものを冬木立という。

魚山の名こゝに千年冬木立　小塙徳女

冬木立静かな暗さありにけり　高浜年尾

冬籠《ふゆごもり》　〔三〕冬十二月。冬の寒さを避けて家に籠っていることをいうのである。ことに北国では雪に閉じこめられて全く籠りきる。

来よと言ふ小諸は遠し冬籠　武原はん女

冬籠少しの用に長電話　三木由美

冬籠解きて会ふ人みな親し　林加寸美

冬桜《ふゆざくら》　〔三〕冬一月。冬開く桜の一種。木は小さく花は白色の一重咲きで彼岸桜に似ている。**寒桜**《かんざくら》ともいう。

寒桜見に来て泊る八塩の湯　藤実艸宇

満開にして淋しさや寒桜　高浜虚子

冬座敷《ふゆざしき》　〔三〕冬十二月。夏に「夏座敷」があるように、冬らしくしつらえた座敷である。襖や障子を閉め、暖房も備わった座敷。

四五人の小会によき冬座敷　高浜虚子

山の日の深く入り来し冬座敷　稲畑汀子

冬ざれ《ふゆざれ》　〔三〕冬十二月。草木も枯れ果て、天地の荒んでものさびしい冬の景色をいう。

いのちあるもの皆眠り冬ざるゝ　能美丹詠

冬ざれや石に腰かけ我孤独　高浜虚子

冬支度《ふゆじたく》　秋十月。冬の近づくにつれて、いろいろ寒さに対する準備に取りかかるのである。

遺品手にしてはつまづき冬支度　新田記之子

押せ〳〵にどうにもならず冬支度　高浜年尾

冬薔薇《ふゆそうび》《ふゆさうび》　〔三〕冬一月。冬に咲く薔薇をいう。**寒薔薇**《かんばら》。**冬ばら**《ふゆばら》。

鍵盤に落ちし一片冬薔薇　梅田実三郎

札所にも咲けば似合ひて冬薔薇　稲畑汀子

冬田《ふゆた》　〔三〕冬十二月。稲を刈りとったあと、しばらくあった穭《ひつじ》も枯れ、切株も黒くなって荒寥とした田をいう。

冬田みち歩き秋篠寺に入る　松元桃村

ところ〴〵冬田の径《みち》の欠けて無し　高浜虚子

冬立つ《ふゆたつ》　冬→立冬《りっとう》

冬近し《ふゆちかし》　秋十月。秋も終わりに近づくと、野山にも街のたたずまいにも、冬のきざしが漂い始める。

北国のくらしにも慣れ冬近し　太田育子

影法師うなづき合ひて冬を待つ　高浜虚子

冬椿《ふゆつばき》　冬→寒椿《かんつばき》

冬灯《ふゆともし》　冬→寒灯《かんとう》

冬菜《ふゆな》　〔三〕冬十二月。冬期に栽培する菜の総称である。いずれも耐寒性が強い。**冬菜畑《ふゆなばたけ》**。

十勝野の一劃青し冬菜畑　鮫島交魚子

猫いまは冬菜畑を歩きをり　高浜虚子

冬凪《ふゆなぎ》　〔三〕冬十二月。吹きすさぶ冬の海風が、忘れたように凪ぐことがある。**寒凪《かんなぎ》**。

寒凪や重なる伊豆の島ふたつ　三溝沙美

世を捨てしごと冬凪の波止に釣る　上崎暮潮

冬菜畑《ふゆなばたけ》　冬→冬菜《ふゆな》

冬に入る《ふゆにいる》　冬→立冬《りっとう》

冬ぬくし《ふゆぬくし》　冬→冬暖《ふゆあたたか》

冬沼《ふゆぬま》　冬→冬《ふゆ》

冬野《ふゆの》　〔三〕冬十二月。冬の野原をいう。全く枯れ果てた枯野とは自ら多少の相違がある。

川に沿ひ川に別れて冬野行く　西村　数

なほ目ざす冬野明るき道のあり　稲畑汀子

冬の朝《ふゆのあさ》　〔三〕冬十二月。冬の朝は遅く明ける。やっと明けても大地には夜の寒さがそのまま残っている。

能登島に残る灯のあり冬の朝　清水雄峯

オリオンのかたむき消えぬ冬の朝　稲畑汀子

冬の雨《ふゆのあめ》　〔三〕冬十二月。冬の雨は大雨にはならないが、寒くて小暗い。また雨音も静かで、いつか雪になっていたりする。

申訳なき忘れごと冬の雨　市川東子房

帰る人泊つ人冬の雨の駅　稲畑汀子

冬の海《ふゆのうみ》　〔三〕冬十二月。冬の海は、波が高く、暗く荒々しい。ことに北国の海は、雪雲が覆い黯澹《あんたん》としている。**冬の濤**《ふゆのなみ》。

冬浪の音断つ玻璃に旅寝かな　　佐土井智津子
犬吠の冬濤に目を峙てし　　高浜年尾

冬の梅《ふゆのうめ》　冬→寒梅《かんばい》

冬の雁《ふゆのかり》　〔三〕冬十二月。秋、北から渡ってきた雁は、沼沢や水田などで冬を過ごす。その留まっている冬の間の雁。**寒雁**《かんがん》。

馭者あふぐ見れば寒雁わたるなり　　皆吉爽雨
寒雁の声のみ湖のまくらがり　　森田　峠

冬の川《ふゆのかわ》《ふゆのかは》　〔三〕冬十二月。冬は川の水が減り、流れも細くなって、水量の豊かな大河も中洲があちこちに現れたりする。**冬川原**《ふゆかはら》。

冬の川流れゐるとも思はれず　　小山白楢
太陽の力とどめず冬の川　　稲畑汀子

冬の草《ふゆのくさ》　〔三〕冬一月。元来は枯草を含めた冬草の総称であるが、冬もなお青々としている草という感じの方が強い。**冬草**《ふゆくさ》。

冬草の踏まれながらに青きかな　　斎藤俳小星
鎌倉や冬草青く松緑　　高浜虚子

冬の雲《ふゆのくも》　〔三〕冬十二月。冬空に凍てついたように動かぬ雲を**凍雲**《いてぐも》という。

大山の吹き飛ばし居る冬の雲　　引田逸牛
雲動いても動いても冬の雲　　稲畑汀子

冬の空《ふゆのそら》　〔三〕冬十二月。暗雲の垂れこめた陰鬱な冬の空も、よく晴れて乾き切った青さの冬の空もある。**寒空**《さむぞら》。**寒天**《かんてん》。

峰二つ乳房のごとし冬の空　　赤星水竹居
雲生れてきて冬空の相となる　　綿谷吉男

冬の蝶《ふゆのちょう》《ふゆのてふ》　〔三〕冬十二月。冬見かける蝶であるが、「凍蝶」（別項）と違って、日向などを弱々しく飛んでいたりする。

薄き日に薄き影もち冬の蝶　　門田モトヱ
束の間の日だまりに生き冬の蝶　　千原叡子

冬の月《ふゆのつき》　〔三〕冬十二月。冬の月は青白く凄惨な感じがする。真上を高く渡るので小さく見え、澄んで鋭い感じがある。

深夜ミサ終へし人らに冬の月　　丸山よしたか
冬の月いざよふこともなく上る　　高浜年尾

冬の鳥《ふゆのとり》 〔三〕 冬十二月。冬に見られる鳥の総称である。冬の生活をしている鳥という意味である。**寒禽**《かんきん》。

寒禽の身細う飛べる疎林かな　西山光燐
寒禽として鴨の鋭声かな　高浜年尾

冬の濤《ふゆのなみ》 冬→冬の海《ふゆのうみ》

冬の庭《ふゆのにわ》 冬→冬《ふゆ》

冬の蝿《ふゆのはえ》《ふゆのはへ》 〔三〕 冬十二月。冬まで生き残っている蝿をいう。冬暖かい日など、どこから出て来たのかあたりを飛んでいたりする。

冬の蝿うとまれつゝも打たれずに　奈良鹿郎
弁当を開けば冬の蝿の来る　高浜虚子

冬の蜂《ふゆのはち》 〔三〕 冬十二月。雄蜂は冬死ぬが、受胎した雌は越冬する。動作も鈍くよろよろしている。

冬蜂の死に所なく歩きけり　村上鬼城
あなどりて真冬の蜂にさゝれけり　森田中霞

冬の浜《ふゆのはま》 冬→冬《ふゆ》

冬の日《ふゆのひ》 〔三〕 冬十二月。冬のひと日のことである。また、冬の太陽や日差しのこともいう。**冬日**《ふゆひ》。**冬日向**《ふゆひなた》。

今しがたありし冬日の其処に無し　粟津松彩子
旗のごとなびく冬日をふと見たり　高浜虚子
山門をつき抜けてゐる冬日かな　高浜年尾

冬の星《ふゆのほし》 〔三〕 冬十二月。冬の夜空に青白く凍てついた星は、寒く冴々としてあざやかに見える。**凍星**《いてぼし》。**星凍つ**《ほしいつ》。

凍星の光に加ふなにもなし　岡田吉男
オリオンは直に目につく冬の星　三好竹泉

冬の町《ふゆのまち》 冬→冬《ふゆ》

冬の水《ふゆのみず》《ふゆのみづ》 〔三〕 冬十二月。冬になって、すべての物が生気を失うにつれて水までも動きが鈍ったように思われる。

浮みたる煤が走りし冬の水　高橋すゝむ
冬の水浮む虫さへなかりけり　高浜虚子

冬の宿《ふゆのやど》 冬→冬《ふゆ》

冬の山《ふゆのやま》 〔三〕 冬十二月。**冬山**《ふゆやま》。**冬山家**《ふゆやまが》。**枯山**《かれやま》。

冬山や谷をちがへて寺と宮　中野樹沙丘
冬の山傷の如くに鉄路あり　柴原保佳

冬の夜《ふゆのよ》　〔三〕冬十二月。**夜半の冬**《よはのふゆ》といえばやや更けた感じである。**寒夜**《かんや》。「夜寒」といえば秋季。

仏彫る耳より冷ゆる寒夜かな　山口燕青

病院の冬の夜いつか時刻過ぎ　高浜年尾

冬ばら《ふゆばら》　冬→冬薔薇《ふゆそうび》

冬晴《ふゆばれ》　冬→冬日和《ふゆびより》

冬日《ふゆひ》　冬→冬の日《ふゆのひ》

冬日向《ふゆひなた》　冬→冬の日《ふゆのひ》

冬日和《ふゆびより》　〔三〕冬十一月。冬の晴れわたった穏やかな日和をいう。小春よりも冷たい感じである。**冬晴**《ふゆばれ》。

歩きゐるうちにすっかり冬日和　岩田公次

冬晴のつづき家居のつづかざる　稲畑汀子

冬服《ふゆふく》　〔三〕冬十二月。冬期着る洋服をいう。和服の場合は「冬着」といって、呼び方が習慣上区別されている。

冬服を著て生意気な少年よ　星野立子

ライターのポケットとして冬服に　河村木舟

冬帽《ふゆぼう》《ふゆぼう》　〔三〕冬十二月。冬かぶる帽子で、防寒が主であるがファッション性も強い。特殊なものに**防寒帽**《ぼうかんぼう》、**毛帽子**《けぼうし》がある。

亡き夫のお洒落でありし冬帽子　今井つる女

冬帽は暑し阿弥陀に被りもし　高浜虚子

冬牡丹《ふゆぼたん》　冬→寒牡丹《かんぼたん》

冬芽《ふゆめ》　〔三〕冬十二月。翌年の春に萌え出す芽は、たいてい秋のうちにでき、固い鱗片でおおわれて冬を越す。**冬木の芽**《ふゆきのめ》。

たくましき冬芽のありて枯るゝ木も　小畑一天

雨雫冬芽の数を置きにけり　稲畑汀子

冬めく《ふゆめく》　冬十一月。はっきり冬景色がととのったというわけではないが、何となく冬らしくなってきた感じをいう。

むさし野の冬めき来る木立かな　高木晴子

口に袖あてゝゆく人冬めける　高浜虚子

冬紅葉《ふゆもみじ》《ふゆもみぢ》　冬十一月。紅葉の華やかなのは晩秋であるが、冬になってもなお美しく残っている紅葉もある。**残る紅葉**《のこるもみぢ》。

拝観を許さぬ寺の冬紅葉　西沢破風

石人も石獣も冬紅葉中　高浜年尾

冬休《ふゆやすみ》　冬十二月。大方の学校は十二月二十五日から一月七日くらいまでが冬休である。

咎め立てするより賞めて冬休　村中千穂子
散らかしてよい部屋一つ冬休　稲畑汀子

冬山《ふゆやま》　冬→冬の山《ふゆのやま》

冬山家《ふゆやまが》　冬→冬の山《ふゆのやま》

ぶよ　夏→蚋《ぶと》

芙蓉《ふよう》　秋八月。中国原産の二メートル前後の落葉低木で淡紅、白色のかなり大きな花を開くが一日で凋む。**花芙蓉**《はなふよう》。

白芙蓉松の雫を受けよごれ　高浜虚子
いち早く蝕みし葉の芙蓉かな　高浜年尾

ふらここ　春→鞦韆《しゅうせん》

ぶらんこ　春→鞦韆《しゅうせん》

鰤《ぶり》　〔三〕冬十二月。大きいものは一メートルにも達し、背は青緑、腹が白く、その中間に黄の線が走る。**寒鰤**《かんぶり》。**鰤起し**《ぶりおこし》はその漁期の雷鳴。

鰤に良き潮荒れとこそ漕ぎ勇み　水見句丈
能登人に待たれてをりし鰤起し　柿島貫之

鰤網《ぶりあみ》　〔三〕冬十二月。鰤は現在ほとんど大謀網《だいぼうあみ》での漁獲である。十二月ごろから三月ごろまで、特に寒中が活気がある。

一網の鰤に賭けたる家運かな　公文東梨
鰤敷に賭けて今年も島を出ず　長谷川回天

フリージア　春四月。漏斗状の花で先は六つに裂け、色は白、黄、淡紅の斑のあるものなど。香りが高い。

フリージアの淡き香にある縫ひづかれ　文箭もと女
フリージアの香を嗅ぎ分けて病よし　大間知山子

鰤起し《ぶりおこし》　冬→鰤《ぶり》

古袷《ふるあわせ》　夏→袷《あわせ》

古団扇《ふるうちわ》　夏→団扇《うちわ》

古扇《ふるおうぎ》　夏→扇《おうぎ》

古蚊帳《ふるがや》　夏→蚊帳《かや》

古草《ふるくさ》　春四月。若草に混じって枯れずに残っている去年からの草をいう。

古草もまたひと雨によみがへり　高浜年尾

古草の吹かるる高さありにけり　稲畑汀子

古暦《ふるごよみ》　冬十二月。新しい暦が配られると、それまでの暦は古暦となるが、年の暮まではまだ古暦にも用がある。

美人画の顔にもメモや古暦　今井風狂子

一日もおろそかならず古暦　高浜虚子

古渋《ふるしぶ》　秋→渋取《しぶとり》

古生姜《ふるしょうが》　秋→生姜《しょうが》

古巣《ふるす》　春四月。多くの野鳥は毎年新しく巣を作るので、前年の要らなくなった巣を古巣という。

隣なる古巣はかへり見られずに　谷口和子

古巣あるてふ庭木には手を入れず　松尾緑富

古簾《ふるすだれ》　夏→青簾《あおすだれ》

ふるせ　秋→鯊《はぜ》

古日記《ふるにっき》　冬→日記果《にっきは》つ

古雛《ふるびな》　春→雛《ひな》

振舞水《ふるまいみず》《ふるまひみづ》　夏七月。かつて市中では夏の暑い日に、道ばたや木蔭で、樽や手桶などに飲用水を満たし、柄杓や茶碗を添えて通行人に自由に飲ませた。**水振舞**《みづふるまひ》。**水接待**《みづせつたい》。

坑口に水接待のテントかな　梅崎魁陽

昼過や振舞水に日のあたる　高浜虚子

古浴衣《ふるゆかた》　夏→浴衣《ゆかた》

古綿《ふるわた》　秋→綿取《わたとり》

フレーム　〔三〕冬十二月。霜や雪の害から植物を守り、また蔬菜や草花の促成栽培を行うための硝子張りやビニール張りにした保温装置。**温床**《をんしやう》。

フレームの小さき花の匂ひけり　小路紫峡

フレームの中小さき鉢大きな芽　今井千鶴子

風炉《ふろ》　〔三〕夏五月。茶の湯の席に置いて湯を沸かす鉄製または土製の炉。炉塞《ろふさぎ》の後、陰暦四月一日から用いる。**風炉手前**《ふろてまへ》。

おのづから主客慇懃風炉手前　杉山木川

招かれて風炉の名残に侍りけり　田中蛇々子

風炉手前《ふろてまえ》　夏→風炉《ふろ》

風呂吹《ふろふき》　〔三〕冬十二月。大根や蕪を茹でたものに、煉味噌や柚《ゆ》味噌などをかけて熱いのを吹きながら食べる。

風呂吹や海鳴しげき島泊り　舘野翔鶴
風呂吹を釜ながら出してまゐらする　高浜虚子

文化の日《ぶんかのひ》《ぶんくわのひ》　秋十月。国民の祝日の一つ。かつて明治節であった十一月三日が、文化の日と改められた。

商ひの文化の日とて休まれず　小畑一天
知る古書肆二三巡りて文化の日　吉井莫生

豊後梅《ぶんごうめ》　夏→実梅《みうめ》

噴水《ふんすい》《ふんすゐ》　〔三〕夏七月。庭園または公園などの池の中に、水をいろいろの形に噴き上げるようにしてあるしかけ。**吹上げ**《ふきあげ》。

噴水を遠巻に夜の来りけり　合田丁字路
噴水の向ふにもあるベンチかな　高浜年尾

文旦漬《ぶんたんづけ》　秋→朱欒《ざぼん》

ぶんぶん　夏→金亀子《こがねむし》

ぶん虫《ぶんむし》　夏→金亀子《こがねむし》

◎ へ ◎

平家蛍《へいけぼたる》　夏→蛍《ほたる》

ペーチカ　〔三〕冬十二月。北欧、ロシア、中国など極寒の地方で用いられている暖房装置である。

新聞の這入りし音やペチカ焚く　斎藤雨意
トロイカは眼ナ裏を駆けペチカ燃ゆ　吉岡秋帆影

ペーロン　夏→競渡《けいと》

碧梧桐忌《へきごとうき》　冬一月。二月一日、河東碧梧桐の忌日。本名秉《へい》五郎。昭和十二年（一九三七）没。墓は松山の宝塔寺にある。

碧梧桐忌や墓碑銘も碧流に　吉村ひさ志
虚子あれば碧梧桐あり忌を修す　河野美奇

へくそ葛《へくそかずら》　夏→灸花《やいとばな》

ベゴニア　〔三〕夏六月。南アメリカ原産の秋海棠に似た園芸品種であるが、葉が違う。

花は白、赤、ピンクなど。

ベコニヤの葉も見事なる賜りし　鈴木　貞

ベゴニヤの鉢の彩り揃へけり　稲畑汀子

糸瓜《へちま》　［三］秋九月。日除がわりの縁先の棚に、深緑の長い実がいくつもぶら下がっているのなど面白い眺めである。**糸瓜棚**《へちまだな》。

糸瓜水取りて分け合ふ人のあり　室町ひろ子

取りもせぬ糸瓜垂らして書屋かな　高浜虚子

糸瓜忌《へちまき》　秋→子規忌《しきき》

糸瓜棚《へちまだな》　秋→糸瓜《へちま》

糸瓜苗《へちまなえ》《へちまなへ》　夏五月。糸瓜苗は葉の先がとがり、白っぽいので他の瓜苗と区別しやすい。

ぐつたりと植りてどれもへちま苗　青　夜

糸瓜の花《へちまのはな》　夏七月。晩夏から秋にわたって咲く、黄色い鮮やかな鐘状五裂の花である。

縁下のこぼれ糸瓜も花つけし　坂本見山

糸瓜蒔く《へちままく》　春三月。糸瓜は八十八夜までに、地面へじかに蒔く。

厨辺のいづれかくるゝ糸瓜蒔く　三原山赤

べつたら市《べったらいち》　秋十月。十月十九日、二十日、日本橋伝馬町一帯の通りで開かれる浅漬沢庵市である。**浅漬市**《あさづけいち》。

横町もべつたら市でありにけり　谷口和子

街路樹にくくりべつたら市の幡　今井千鶴子

紅の花《べにのはな》　夏六月。紅黄色の薊《あざみ》に似た花を咲かせる「べにばな」の花のこと。**末摘花**《すゑつむはな》。**紅藍の花**《べにのはな》。**紅粉の花**《べにのはな》。

紅摘みに露の干ぬ間といふ時間　田畑美穂女

信楽のまこと窯変紅の花　大野雑草子

紅粉の花《べにのはな》　夏→紅の花《べにのはな》

紅藍の花《べにのはな》　夏→紅の花《べにのはな》

紅蓮《べにはす》　夏→蓮《はす》

蛇《へび》　［三］夏六月。夏おおいに活動し、秋は穴に入り、冬眠し、春に穴を出る。青大将、赤楝蛇《やまかがし》、蝮蛇《まむし》など。**ながむし**。**くちなは**。

ぶらさげて青大将の長さ見す　成瀬正とし

蛇逃げて我を見し眼の草に残る　高浜虚子

蛇穴に入る《へびあなにいる》　秋九月。蛇は寒くなると穴に籠って冬眠する。その穴に入るのは秋の彼岸とされている。**秋の蛇《あきのへび》**。

己が身をひきずり逃げぬ秋の蛇　今村晩果

蛇穴を出づ《へびあなをいず》《へびあなをいづ》　春三月。冬の間、土の中に眠っていた蛇も春暖とともに穴を出て姿を現す。

穴を出し蛇のはや嫌はるゝ　蔭山一舟

蛇穴を出て見れば周の天下なり　高浜虚子

蛇苺《へびいちご》　夏六月。野原や高原の道ばたにはびこり、花は鮮黄色、やがて赤い実をつけ目を引く。

草刈りしあとにこぼれて蛇苺　村野蓼水

この径の変つてをらず蛇苺　小島ミサヲ

蛇衣を脱ぐ《へびきぬをぬぐ》　夏→蛇の衣《へびのきぬ》

蛇の殻《へびのから》　夏→蛇の衣《へびのきぬ》

蛇の衣《へびのきぬ》　夏六月。六、七月ごろ、草間や垣根などに見かける**蛇の脱殻《へびのぬけがら》**である。**蛇衣を脱ぐ《へびきぬをぬぐ》**。**蛇の殻《へびのから》**。

叢に入りきらざる蛇の衣　橋田憲明

蛇の衣なほその上の枝にもあり　高浜年尾

蛇の脱殻《へびのぬけがら》　夏→蛇の衣《へびのきぬ》

放屁虫《へひりむし》　〔三〕秋九月。二センチくらいの黄色みを帯びた虫で、危険を感ずると悪臭の強いガスを出す。

世に忘れられて気まゝや放屁虫　石田雨圃子

うくわつにもふれてしまひし放屁虫　浜口星火

べら　〔三〕夏六月。一五、六センチくらいの小形の魚で、尾と首がやや広い。種類が多く、六、七月が旬。**べら釣《べらつり》**。

今日も凪妻に漕がせてべら釣に　有田平凡

べら釣れずなり舟酔を感じをり　松下鉄人

べら釣《べらつり》　夏→べら

ベランダ　夏→露台《ろだい》

弁慶草《べんけいそう》《べんけいさう》　秋八月。多くは観賞用、葉は多肉質で緑白色、白色で紅暈のある小花を頂に群がり咲かせる。**つきくさ**。**血止草《ちどめぐさ》**。

弁慶草倒れぐせつき花ざかり　安田蚩水

こはき葉の弁慶草の色やさし　辻　蒼壺

ぺんぺん草《ぺんぺんぐさ》　春→薺の花《なずなのはな》

遍路《へんろ》　〔三〕春四月。弘仁の昔、弘法大師があまねく巡錫されたという阿波、土佐、伊予、讃岐の四国にある札所八十八箇寺の霊場を巡拝する人々をいうのである。**遍路宿**《へんろやど》。

荷をおろし仏へ立ちし遍路かな　深川正一郎

道のべに阿波の遍路の墓あはれ　高浜虚子

お遍路の美しければあはれなり　高浜年尾

遍路宿《へんろやど》　春→遍路《へんろ》

◎ほ◎

焙炉《ほいろ》　春→製茶《せいちゃ》

ポインセチア　冬十二月。葉は長い柄で互生し、クリスマスが近づくころ、上部の葉のように見える苞が十枚あまり、緋紅色に色づく。**猩々木**《しゃうじゃうぼく》。

家具替へて序でにポインセチア買ふ　高田風人子

ポインセチア言葉のごとく贈らるる　手塚基子

棒打合戦《ぼううちがっせん》　夏→御田植《おたうえ》

報恩講《ほうおんこう》《はうおんかう》　冬十一月。浄土真宗の宗祖、親鸞聖人の忌日に、報恩謝徳のため行う大法要である。親鸞聖人は弘長二年（一二六二）十一月二十八日、九十歳で入寂した。**御正忌**《ごしやうき》。**親鸞忌**《しんらんき》。**御七夜**《おしちや》。**御講**《おかう》。**御講凪**《おかうなぎ》。

一俳徒一念仏徒親鸞忌　中島たけし

蓮を掘る日の前後して報恩講　高浜年尾

防寒帽《ぼうかんぼう》　冬→冬帽《ふゆぼう》

帚草《ほうきぐさ》　夏→帚木《ははきぎ》

はうこぐさ《ほうこぐさ》　春→母子草《ははこぐさ》

法師蟬《ほうしぜみ》　秋→法師蟬《つくつくぼうし》

ばうし花《ぼうしばな》　秋→露草《つゆくさ》

放生会《ほうじょうえ》《はうじやうゑ》　秋九月。捕えた魚や鳥を放ち供養する行事。古く陰暦八月十五日、各地の八幡宮で例祭のときに行われた。**八幡放生会**《やはたはうじやうゑ》。**八幡祭**《やはたまつり》。京都の石清水《いわしみず》八幡宮では**中秋祭**《ちゆうしうさい》、**男山祭**《をとこやままつり》、**南祭**《みなみまつり》ともいい、現在は**石清水祭**《いはしみずまつり》と呼ぶ。

店はなの吊りすつぽんや放生会　河野静雲

男山そびらに舞楽放生会　谷口八星

鳳仙花《ほうせんか》《ほうせんくわ》　秋八月。高さ五、六〇センチの太い茎に細長い葉が互生し、白、桃、紅、紫などの花が秋の中ごろまで咲き続ける。**つまくれなゐ**。**つまべに**。

そば通るだけではじけて鳳仙花　　川口咲子

今もなほ借家暮しの鳳仙花　　小林一行

芳草《ほうそう》　春→春の草《はるのくさ》

棒鱈《ぼうだら》　春→干鱈《ひだら》

ぼうたん　夏→牡丹《ぼたん》

豊年《ほうねん》　秋十月。五穀の豊かに稔った年をいうのであるが、とくに稲のよく出来た秋に使われる。**出来秋**《できあき》。**豊の秋**《とよのあき》。

出来秋の酒に酔ひたる妻なりし　　戸村五童

もちの穂の黒く目出度し豊の秋　　高浜虚子

忘年会《ぼうねんかい》　冬→年忘《としわすれ》

法然忌《ほうねんき》　春→御忌《ぎょき》

宝引《ほうびき》　冬→福引《ふくびき》

防風《ぼうふう》《ばうふう》　〔三〕　春三月。ここでいう防風は浜防風のことで、春さき海辺の砂地にわずかに生い出ている。**防風採**《ばうふうとり》。**防風掘る**《ばうふうほる》。

防風摘む声とゞかねば手を振つて　　松尾白汀

ふるさとに防風《ぼうふう》摘みにと来し吾ぞ　　高浜虚子

防風採《ぼうふうとり》　春→防風《ぼうふう》

防風掘る《ぼうふうほる》　春→防風《ぼうふう》

ぼうぶら　秋→南瓜《かぼちゃ》

孑孑《ぼうふら》　〔三〕　夏六月。蚊の幼虫である。夏の池、溝、水槽などの澱んだ水に湧く。**ぼうふり**。

孑孑のすでに目玉の光りゐし　　日夏緑影

我思ふまゝに孑孑《ぼうふら》うき沈み　　高浜虚子

ぼうふり　夏→孑孑《ぼうふら》

放鷹《ほうよう》　冬→鷹狩《たかがり》

蓬莱《ほうらい》　冬一月。新年を祝う飾物。渤海の東方にある三神山の一つ、蓬莱山を象《かたど》ったものである。**掛蓬莱**《かけほうらい》。

蓑笠を蓬莱にして草の庵　　正岡子規

蓬莱に徐福と申す鼠かな　　高浜虚子

菠薐草《ほうれんそう》《はうれんさう》　春二月。晩秋に蒔き、茎の立ち始める前の二、三月までに収穫する。

菠薐草買はずにすみしほどの出来　　松谷良太

菠薐草一把も一人には過ぎて　石山佇牛

炮烙灸《ほうろくきゅう》　夏→土用灸《どようきゅう》

宝恵籠《ほえかご》《ほゑかご》　冬一月。一月十日、大阪今宮戎神社祭礼の十日戎《とおかえびす》に、南地《なんち》の芸妓が乗って、参詣する籠をいう。**戎籠**《えびすかご》。

宝恵籠の髷がつくりと下り立ちぬ　後藤夜半

宝恵駕の尚遅るゝとふれの来る　塩見武弘

頰被《ほおかむり》《ほほかむり》　[三]　冬十二月。田舎の人たちが寒さを防ぐために手拭で頭から頰へかけ、いわゆる頰被をすること。

道聞けば案内にたちぬ頰被　草地　勉

そこにあるありあふものを頰被　高浜虚子

頬白《ほおじろ》《ほほじろ》　[三] 秋十月。雀に似てやや大きい。透きとおったような細い美しい鳴き声である。目の上と下にある白線が特徴。

頬白やそら解けしたる桑の枝　村上鬼城

頬白の庭の一劃手を入れず　稲畑汀子

鬼灯《ほおずき》《ほほづき》　[三]　秋九月。青い五角の苞のふくろが色づいてくると中の丸い実も赤くなる。**酸漿**《ほほづき》。**虫鬼灯**《むしほほづき》。

鬼灯の最後の種に破れけり　高浜朋子

家中の人に鬼灯鳴らし見せ　河野美奇

酸漿《ほおずき》　秋→鬼灯《ほおずき》

鬼灯市《ほおずきいち》《ほほづきいち》　夏七月。七月九日、十日、東京浅草観音の境内に青鬼灯を商う市が立つ。この日にお参りすると一日で**四万六千日**《しまんろくせんにち》分の御利益があるといい、参詣人で賑わう。

鬼灯市俄か信心賑はへる　高浜朋子

夫婦らし酸漿市の戻りらし　高浜虚子

鬼灯の花《ほおずきのはな》《ほほづきのはな》　夏六月。葉のつけ根に一つずつ花を開く。黄色みをおびた白色の、五裂の小さな花である。**酸漿の花**《ほほづきのはな》。

鬼灯の一つの花のこぼれたる　富安風生

酸漿の花《ほおずきのはな》　夏→鬼灯の花《ほおずきのはな》

ボート　[三] 夏七月。夏になると、人々は川、池、沼、湖、海などにボートを浮かべて漕ぐ。たいてい貸ボート屋がある。

夜の湖の静けさに漕ぐボートあり　藤松遊子

岸草にボート鼻突き休みをり　高浜虚子

ボートレース　春四月。多く春に行われる。**競漕**《きやうさう》。

櫂飛沫上げ競漕の遠ざかる　川田朴子
夕日影競漕赤の勝とかや　高浜虚子

ボーナス　冬十二月。官公庁、学校、銀行、会社などで、年末近くに支給される賞与である。また夏季にも支給される慣例になっているが、矢張り年末の季節感が強い。

ボーナスの懐に手を当ててみる　今橋真理子
ボーナスに心してあり愉快なり　高浜虚子

朴の花《ほおのはな》《ほほのはな》　夏五月。朴は山地に自生し、初夏、特徴のある六、七枚の大きな葉を台座のようにひろげた中央に白く大きな花弁の厚い花を開く。とくに香気が高い。**厚朴の花**《ほほのはな》。

朴咲くと聞けば高野に帰りたく　森　郁子
山峡の二里の往診朴の花　松尾白汀

厚朴の花《ほおのはな》　夏↓朴の花《ほおのはな》

火串《ほぐし》　〔三〕夏六月。古い時代、夏山の鹿狩は、鹿の通り道に篝火を焚き、射殺した。それを狙狩《ねらいがり》または**照射**《ともし》といい、照射の松明《たいまつ》は、串に挟んで地上に立てたので、火串と呼んだ。

此程の長雨《ながめ》うち晴れ火串かな　高浜虚子

ホ句の秋《ほくのあき》　秋↓秋《あき》

ほくり　春↓春蘭《しゅんらん》

捕鯨《ほげい》　〔三〕冬十二月。勢子《せこ》舟で銛《もり》を打つ江戸時代の漁法から、南氷洋へ捕鯨船団を組んで行く近年の漁法へと発展してきたが、今は商業捕鯨を中止している。**捕鯨船**《ほげいせん》。

捕鯨船並び花環を砲に懸け　山口青邨
大灘に暮れのこりたる捕鯨船　南出南溟

捕鯨船《ほげいせん》　冬↓捕鯨《ほげい》

木瓜の花《ぼけのはな》　春四月。高さ一、二メートル、枝には棘がある。花は一重と八重があり華麗である。**更紗木瓜**《さらさぼけ》、**蜀木瓜**《しょくぼけ》、**広東木瓜**《かんとんぼけ》、**緋木瓜**《ひぼけ》、**白木瓜**《しろぼけ》など種類が多い。

口ごたへすまじと思ふ木瓜の花　星野立子
枝ぶりといふもの見せて木瓜を活け　粟津松彩子

鉾立《ほこたて》　夏↓祇園祭《ぎおんまつり》

鉾流しの神事《ほこながしのしんじ》　夏↓天神祭《てんじんまつり》

鉾の稚児《ほこのちご》　夏→祇園祭《ぎおんまつり》
鉾町《ほこまち》　夏→祇園祭《ぎおんまつり》
墓参《ぼさん》　秋→墓参《はかまいり》
星合《ほしあい》　秋→星祭《ほしまつり》

干飯《ほしいい》《ほしいひ》　〔三〕　夏七月。長く蓄えるため天日に干して乾燥させた飯で、水に浸して食べる。昔は旅中の食糧ともなった。

干飯や勿体ないは老の癖　　藤田つや子

星凍つ《ほしいつ》　冬→冬の星《ふゆのほし》
干梅《ほしうめ》　夏→梅干《うめぼし》

乾瓜《ほしうり》　夏七月。越瓜《しろうり》を縦割りにするなどして種を取り除いたものに塩をふりかけて乾したもの。

干瓜の忘れてありぬ庭の石　　すゞえ

干柿《ほしがき》　秋→吊し柿《つるしがき》

干草《ほしくさ》　〔三〕　夏六月。家畜の餌とするために刈草を干すこと、あるいは干した草のことである。**草干す**《くさほす》。

干草が匂うて夜の通り雨　　夏目麦周
干草の上に刈り干す今日の草　　深川正一郎

星今宵《ほしこよい》　秋→星祭《ほしまつり》
干大根《ほしだいこ》　冬→大根干す《だいこんほす》
ほしだら　春→干鱈《ひだら》

星月夜《ほしづきよ》　〔三〕　秋八月。月のない秋の夜、澄んだ大気をとおして、満天に輝く星の光が、月夜のように明るい。**ほしづくよ**。

ローマよりアテネは古し星月夜　　五十嵐哲也
夜風ふと匂ふ潮の香星月夜　　稲畑汀子

ほしづくよ　秋→星月夜《ほしづきよ》
星飛ぶ《ほしとぶ》　秋→流星《りゅうせい》

干菜《ほしな》　〔三〕　冬十二月。干菜が軒深く干からびているのを見ると冬深しの感じがする。**懸菜**《かけな》。**吊菜**《つりな》。**干菜汁**《ほしなじる》。**干菜風呂**《ほしなぶろ》。**干菜湯**《ほしなゆ》。

由布岳を庭の景とし干菜宿　　千代田景石
干からびてちぎれなくなる干菜かな　　高浜虚子

干菜汁《ほしなじる》　冬→干菜《ほしな》
干菜風呂《ほしなぶろ》　冬→干菜《ほしな》
干菜湯《ほしなゆ》　冬→干菜《ほしな》
星の手向《ほしのたむけ》　秋→星祭《ほしまつり》
星の契《ほしのちぎり》　秋→星祭《ほしまつり》

星の夜《ほしのよ》　秋→星祭《ほしまつり》
星の別《ほしのわかれ》　秋→星祭《ほしまつり》
干蒲団《ほしぶとん》　冬→蒲団《ふとん》
星祭《ほしまつり》　秋八月。七夕の夜、**牽牛**《けんぎう》、**織女**《しよくぢよ》の二星を祭る行事である。**星迎**《ほしむかへ》、**星合**《ほしあひ》、**二つ星**《ふたつぼし》、**夫婦星**《めをとぼし》、**彦星**《ひこぼし》、**織姫**《おりひめ》、**星の契**《ほしのちぎり》、**星の別**《ほしのわかれ》、**星今宵**《ほしこよひ》、**星の夜**《ほしのよ》、**星の手向**《ほしのたむけ》、**鵲の橋**《かささぎのはし》など。
嫁がずに織子づとめや星まつる　前田虚洞
星祭る沼のほとりの別墅かな　高浜虚子
星迎《ほしむかえ》　秋→星祭《ほしまつり》
暮春《ぼしゅん》　春→暮の春《くれのはる》
干若布《ほしわかめ》　春→若布《わかめ》
干蕨《ほしわらび》　春→蕨《わらび》
穂芒《ほすすき》　秋→芒《すすき》
暮雪《ぼせつ》　冬→雪《ゆき》
ほそばたで　夏→蓼《たで》
榾《ほだ》　［三］冬十二月。木の切株を掘り起こしたものである。冬中に焚く榾を、斧や鶴嘴などを持ち**榾取**《ほだとり》に出掛ける。**榾火**《ほだび》。**榾の宿**《ほだのやど》。**榾の主**《ほだのぬし》。
大榾の二つの焔たゝかへり　川上朴史
がたと榾崩れて夕べなりしかな　稲畑汀子
菩提子《ぼだいし》　秋十月。**菩提樹の実**《ぼだいじゅのみ》である。莢形の苞に淡《うす》黒く丸い実を垂らす。表面に細かい毛がある。数珠にしたりする。
菩提子を拾ひ煩悩置き行かな　近江小枝子
菩提樹の実を拾ひをる女人かな　高浜虚子
菩提樹の実《ぼだいじゅのみ》　秋→菩提子《ぼだいし》
穂蓼《ほたで》　秋→蓼の花《たでのはな》
榾取《ほだとり》　冬→榾《ほだ》
榾の主《ほだのぬし》　冬→榾《ほだ》
榾の宿《ほだのやど》　冬→榾《ほだ》
榾火《ほだび》　冬→榾《ほだ》
蛍《ほたる》　［三］夏六月。**源氏蛍**《げんじぼたる》。**平家蛍**《へいけぼたる》。**初蛍**《はつぼたる》。**蛍火**《ほたるび》。**飛ぶ蛍**《とぶほたる》。**蛍合戦**《ほたるがっせん》。**蛍売**《ほたるうり》。
蛍火を引きずつて葉を登りけり　小林草吾
蛍火や僻地住ひの教師我　田中静竜
蛍に暮れねばならぬ空のあり　稲畑汀子
蛍烏賊《ほたるいか》　春四月。小形の烏賊で、晩春から初夏にかけての産卵期に、夜の海上一面に浮上して、豆電球をちりばめたように明滅する。富山湾でよくとれる。**まついか。**

そのかみの荒磯の海や蛍烏賊　深井きよし

灯を慕ひきては没まるゝ蛍烏賊　堺井浮堂

蛍売《ほたるうり》　夏→蛍《ほたる》

蛍籠《ほたるかご》　〔三〕　夏六月。竹や木の枠を用いた箱形や曲物《まげもの》、ビニール製の太鼓形などに、細かい金網を張り、蛍を入れて眺める。

蛍籠よべ吊り今宵芝に置く　清水忠彦

旅の土産丹波野草と蛍籠　稲畑汀子

蛍合戦《ほたるがっせん》　夏→蛍《ほたる》

蛍狩《ほたるがり》　〔三〕　夏六月。夏の夜の水辺で蛍を追ったり眺めたりすること。**蛍見**《ほたるみ》。**蛍舟**《ほたるぶね》。

蛍狩真つ黒き山かぶさり来　上野　泰

いつのまに来て大ぜいや蛍狩　田中駝門子

ほたる草《ほたるぐさ》　秋→露草《つゆくさ》

蛍火《ほたるび》　夏→蛍《ほたる》

蛍袋《ほたるぶくろ》　夏→釣鐘草《つりがねそう》

蛍舟《ほたるぶね》　夏→蛍狩《ほたるがり》

蛍見《ほたるみ》　夏→蛍狩《ほたるがり》

穂俵《ほだわら》《ほだはら》　冬一月。褐色の海藻で、乾かすと鮮緑色となり、これを米俵のように束ねて正月の飾りに用いる。**なのりそ。ほんだはら。**

ほんだはら波の残してゆきしもの　水田千代子

ほんだはら引きずつて波静かなり　岡村浩村

牡丹《ぼたん》　夏五月。牡丹の名所としては奈良県の長谷寺や当麻寺《たいま》、福島県須賀川市の牡丹園、島根県八束《やつか》町の大根島《だいこんじま》などが名高い。**ぼうたん。白牡丹**《はくぼたん》。**緋牡丹**《ひぼたん》。**牡丹園**《ぼたんえん》。

牡丹散てうちかさなりぬ二三片　蕪　村

牡丹をこよなく愛し荒法師　小畑一天

白牡丹といふといへども紅《こう》ほのか　高浜虚子

牡丹園《ぼたんえん》　夏→牡丹《ぼたん》

牡丹杏《ぼたんきょう》　夏→李《すもも》

牡丹鍋《ぼたんなべ》　冬→猪鍋《ししなべ》

牡丹の根分《ぼたんのねわけ》　秋九月。牡丹は秋彼岸前後に根分けをするが、近年はつぎ木によって殖やすのがふつうのようである。

山谷や牡丹根分の只一寺　池田義朗

ぼうたんの根分教師の日曜日　増淵一穂

牡丹の芽《ぼたんのめ》　春三月。まだ枯木のような牡丹の枝に燃えるような、赤い芽が出てくる。

ゆるがせにあるとは見えぬ牡丹の芽　後藤夜半
黒牡丹ならんその芽のこむらさき　米谷　孝

牡丹雪《ぼたんゆき》　冬→雪《ゆき》

魳《ほっけ》　〔三〕　春三月。あいなめの一種で、色は多く暗灰色で赤みがかった斑紋がある。産卵は秋であるが、春多く捕れる。

波くぼみ魳の渦と遠目にも　水見悠々子

布袋葵《ほていあおい》　夏→布袋草《ほていそう》

布袋草《ほていそう》《ほていさう》　夏七月。葉柄の下部が膨らんで布袋の腹のように見える水草で、夏、淡紫色の美しい花をつける。**布袋葵**《ほていあふひ》。

柳川の水の明るき布袋草　目野六丘子
布袋草咲き流さるゝ風少し　鈴木半風子

時鳥《ほととぎす》　〔三〕　夏六月。古来、夏を代表する風物の鳥。**子規**《ほととぎす》。**杜鵑**《ほととぎす》。**蜀魂**《ほととぎす》。**杜宇**《ほととぎす》。**不如帰**《ほととぎす》。**山時鳥**《やまほととぎす》。

別荘に表札打てばほとゝぎす　深見けん二
山襞に貼りつく四五戸ほとゝぎす　工藤吾亦紅

子規《ほととぎす》　夏→時鳥《ほととぎす》

不如帰《ほととぎす》　夏→時鳥《ほととぎす》

杜宇《ほととぎす》　夏→時鳥《ほととぎす》

杜鵑《ほととぎす》　夏→時鳥《ほととぎす》

杜鵑草《ほととぎすそう》　秋→時鳥草《ほととぎすそう》

蜀魂《ほととぎす》　夏→時鳥《ほととぎす》

時鳥草《ほととぎすそう》《ほととぎすさう》　秋九月。百合に似た葉のつけ根から蕾が伸び、白く内側に紫色の斑点のある漏斗状の花を開く。**杜鵑草**《ほととぎす》。**油点草**《ゆてんさう》。

油点草紫出過ぎても居らず　中谷楓子
幾度も雨に倒れし油点草　稲畑汀子

穂長《ほなが》　冬→歯朶《しだ》

ポピー　夏→雛罌粟《ひなげし》

穂麦《ほむぎ》　夏→麦《むぎ》

小火《ぼや》　冬→火事《かじ》

母衣蚊帳《ほろがや》　夏→蚊帳《かや》

盆《ぼん》　秋→盂蘭盆《うらぼん》

盆会《ぼんえ》　秋→盂蘭盆《うらぼん》

盆踊《ぼんおどり》　秋→踊《おどり》

盆狂言《ぼんきょうげん》《ぼんきやうげん》　秋八月。江戸時代、陰暦七月十五日を初日とする盆の芝居狂言をいった。

漁夫たちの人気をかしや盆狂言　楠目橙黄子

ほんだはら《ほんだわら》　冬→穂俵《ほだわら》

盆提灯《ぼんぢょうちん》　秋→灯籠《とうろう》

梵天《ぼんてん》　春二月。二月十六、十七日に秋田県横手市の旭岡山神社で行われるぼんてん祭である。

梵天を競ふ彩り雪に映ゆ　高浜年尾

盆灯籠《ぼんどうろう》　秋→灯籠《とうろう》

盆の市《ぼんのいち》　秋→草市《くさいち》

盆の月《ぼんのつき》　秋八月。本来盂蘭盆会にあたる陰暦七月十五日の満月をいう。本来盆踊も、こうした盆の月のもとで行われた。

盆の月横川の僧と拝みけり　芝原無菴

此月の満れば盆の月夜かな　高浜虚子

盆梅《ぼんばい》　春二月。盆栽に仕立てた梅である。

盆梅に筆硯置かれありしのみ　中村芳子

盆梅の花の大きさ目に立ちて　高浜年尾

盆祭《ぼんまつり》　秋→盂蘭盆《うらぼん》

盆礼《ぼんれい》　秋→中元《ちゅうげん》

◎ま◎

マーガレット　夏五月。初夏、七、八〇センチの茎の先に、除虫菊に似た形の、白い清楚な花をつける。

ファウストのマーガレットに又会ひし　星野早子

マーガレット何処にも咲いて蝦夷も奥　高浜年尾

舞初《まいぞめ》《まひぞめ》　冬一月。新年、宮中では蘭陵王《らりょうおう》、納蘇利《なそり》などの舞楽が行われるという。一般には新年初めて門弟たちが師匠の家に集まって舞うことである。

舞初の路地の奥なる師匠かな　坂東みの介

舞初の扇大きく見えしこと　小田尚輝

まひ〳〵《まいまい》　〔三〕　夏六月。一センチにも満たない黒い丸みのある虫で、夏の池や川の水面を輪を描きながら忙しく舞っている。**水澄**《みずすまし》ともいう。**豉虫**《まひまひ》。

まひ〳〵や雨後の円光とりもどし　川端茅舎
描きゐる自分の迷路みづすまし　曺　星国

豉虫《まいまい》　夏→まひ〳〵《まいまい》
真鰯《まいわし》　秋→鰯《いわし》
真苧《まお》　夏→苧《からむし》
真葛《まくず》　秋→葛《くず》
真葛原《まくずはら》　秋→葛《くず》

蠛蠓《まくなぎ》　〔三〕　夏六月。糠《ぬか》のような小さい虫で、うるさく目の前につきまとい悩まされることがある。**蠓**《まくなぎ》。**めまとひ**。**糠蚊**《ぬかが》。

目まとひの締め出されたる躙口　浅井青陽子
まくなぎを手に持つもので払ひけり　高浜虚子

蠓《まくなぎ》　夏→蠛蠓《まくなぎ》
枕蚊帳《まくらがや》　夏→蚊帳《かや》

鮪《まぐろ》　〔三〕　冬十二月。遠洋性回游魚といわれ、体長は二、三メートル、冬には日本の近海にも回游してくる。**鮪船**《まぐろぶね》。

船傾ぎ阿吽の呼吸鮪釣る　楓　巌濤
露領より帰りし船と鮪船　高浜虚子

鮪船《まぐろぶね》　冬→鮪《まぐろ》
真瓜《まくわ》　夏→甜瓜《まくわうり》

甜瓜《まくわうり》《まくはうり》　夏七月。単に瓜といえば、甜瓜をさすことが多い。**真瓜**《まくは》とも呼ぶ。長径一五センチくらいの楕円形。**冷し瓜**《ひやしうり》。

もいで来し手籠のまゝに瓜冷やす　稲垣弓桑

負馬《まけうま》　夏→競馬《けいば》
負鶏《まけどり》　春→鶏合《とりあわせ》

真菰《まこも》　〔三〕　夏六月。夏、沼や川などの水中に群れ茂る。丈高く、葉は青々と一・五メートルくらいにもなる。**真菰刈**《まこもがり》。

刈真菰水に浮かせて括りをり　神田夢城
舟に乗る人や真菰に隠れ去る　高浜虚子

真菰刈《まこもがり》　夏→真菰《まこも》

真菰の馬《まこものうま》　秋八月。菰を束ねて作った馬で、精霊の乗り物としてお盆の霊棚に供える。**瓜の馬**《うりのうま》。

傾ける真菰の馬に触るゝまじ　長田芳子
前脚ののめりがちにも瓜の馬　塩見武弘

真菰の花《まこものはな》　秋九月。花は淡紫色、稲の花のように穂を垂れ、風が吹けばちらちらする。「真菰」は夏季。

漕ぎ入れてみれば真菰の花咲ける　森田　峠
柳川は水匂ふ町真菰咲く　久木原みよこ

柾の実《まさきのみ》　秋十月。晩秋に熟して三、四裂し、赤色の種子をみせて美しい。

花よりも派手に弾けて柾の実　湯川　雅
実をつけて手入届かぬ柾垣　藤松遊子

鱒《ます》　[三]　春三月。鮭に似てやや小さい。五、六月ごろ川をさかのぼり、八、九月ごろ急流の砂礫の中に産卵する。養殖もさかんである。

高原や水清ければ鱒を飼ふ　三ツ谷謡村
九頭竜の水も豊かに鱒の旬　小林孤舟

マスク　[三]　冬十二月。冬期は冷たい空気や病菌、塵埃などを防ぐためマスクを掛けた人が目立ってくる。

ふと心通へる時のマスクの瞳　神田敏子
マスクして人に逢ひ度くなき日かな　稲畑汀子

ますほの芒《ますほのすすき》　秋→芒《すすき》

木天蓼《またたび》　夏六月。山地に自生し、梅雨どき、枝先の卵形の葉が白くなり遠くからでも目につく。**天蓼の花**《またたびのはな》。

杣師らに木天蓼酒といへるもの　村元子潮
木天蓼とわかる近さを遠ざかる　稲畑汀子

天蓼の花《またたびのはな》　夏→木天蓼《またたび》

まついか　春→蛍烏賊《ほたるいか》

松納《まつおさめ》《まつをさめ》　冬一月。門松を取り払うこと。**松取る**《まつとる》。**門松取る**《かどまつとる》。

而して稿を起さん松納　小原菁々子
薪割る音また響く松とれて　高浜虚子

松落葉《まつおちば》　夏五月。松も新しい葉を出した後に落葉する。**散松葉**《ちりまつば》。「敷松葉」は冬季。

松落葉懐し子規が養痾の地　岩木躑躅
天幕張るはや松落葉降りかゝり　高浜年尾

松飾《まつかざり》　冬→門松《かどまつ》

まつくぐり　春→松毟鳥《まつむしり》

松過《まつすぎ》　冬一月。松の内が終わった後のしばらくをいう。

松過のがらりと変る人通り　星野立子

松過のお稽古ごとに身を入れて　吉田小幸

松蟬《まつぜみ》　夏五月。他の蟬にさきがけて鳴き始めるので**春蟬《はるぜみ》**ともいうが季題としては夏である。

松蟬や史蹟たづねてもとの茶屋　間浦葭郎

珊々と春蟬の声揃ひたる　高浜虚子

松茸《まつたけ》　秋十月。赤松の林の落葉の多い松の根の周囲に生じる。日本の代表的菌《きのこ》である。**松茸飯《まつたけめし》**。

茸匂ふ松茸山と聴きてより　西沢破風

取敢へず松茸飯を焚くとせん　高浜虚子

松茸飯《まつたけめし》　秋→松茸《まつたけ》

松手入《まつていれ》　秋十月。十月ごろ新葉が生長してから古葉などを整理して姿を整え、風通しをよくするのである。

料亭の松の手入へ昼の客　山本岳南

忘れゐし空の明るさ松手入　稲畑汀子

松取る《まつとる》　冬→松納《まつおさめ》

松の内《まつのうち》　冬一月。門松を立てておく間のことをいう。**注連の内《しめのうち》**。

鎌倉は古き都や注連の内　高浜虚子

旅すでに二度目となりぬ松の内　稲畑汀子

松の芯《まつのしん》　春→若緑《わかみどり》

松の蕊《まつのずい》　春→若緑《わかみどり》

松の花《まつのはな》　春四月。松の新芽はその頂に二、三個の雌花をつけ、その下の方に米粒のような黄色、あるいは薄緑色のたくさんの雄花をつけ、やがて花粉を散らす。

幾度か松の花粉の縁を拭く　高浜虚子

又松の花粉の頃に病める子よ　稲畑汀子

松の緑《まつのみどり》　春→若緑《わかみどり》

松葉独活《まつばうど》　春→アスパラガス

松葉蟹《まつばがに》　冬→ずわい蟹《ずわいがに》

松葉菊《まつばぎく》　夏七月。葉は松葉牡丹に似て、長い柄の頂に紅紫色で菊に似た花をつける。日中は開き夜はしぼむ。

漁家毎に松葉菊咲き城ケ島　江川一句

真裸《まっぱだか》　夏→裸《はだか》

松葉牡丹《まつばぼたん》　夏七月。高さ一〇センチくらいの草花で、細く多肉質の葉が松葉に似、花は小さいが牡丹に似ている。

玄関へ松葉牡丹の石畳　星野　椿

松囃子《まつばやし》　冬一月。江戸時代、正月三日の夜、諸侯を殿中に召して行う謡初の儀式を松囃子と称した。

つと入り来松葉牡丹に八九人　高浜虚子

一斉に平伏したり松囃子　高橋すゝむ

松虫《まつむし》　〔三〕　秋九月。いわゆる「チンチロリン」で、鈴虫よりもちょっと大きく舟形である。

松虫の鳴き加はりて暮色濃し　築山能波

松虫に恋しき人の書斎かな　高浜虚子

松虫草《まつむしそう・まつむしさう》　秋九月。山野に生え、六〇～九〇センチくらいの茎の頂に、青紫色の矢車菊に似た美しい花をつける。

空の色松虫草の花にあり　新村寒花

摘まず置く松虫草は野の花よ　稲畑汀子

松毟鳥《まつむしり》　春四月。「菊戴《きくいただき》」の古名。この時季に松の葉をよくむしるのでこの名がある。雀より小さい。**まつくぐり**。人をおそれず庭や公園にも来る。

ぶらさがりぶらさがりつゝ松毟鳥　川上麦城

松藻《まつも》　夏↓金魚藻《きんぎょも》

待宵《まつよい・まつよひ》　秋九月。陰暦八月十四日の夜をいう。明日の名月を待つ宵の意味である。またその夜の月をもいう。**小望月**《こもちづき》。

待宵の月がこぼせる雨少し　古賀昭浩

待宵の心に添はぬ雨なりし　稲畑汀子

待宵草《まつよいぐさ》　夏↓月見草《つきみそう》

祭《まつり》　〔三〕　夏五月。夏の祭を総称して祭といい、春祭、秋祭と区別する。**陰祭**《かげまつり》。**夜宮**《よみや》。**宵宮**《よひみや》。**宵祭**《よひまつり》。**神輿**《みこし》。**山車**《だし》。**地車**《だんじり》。**樽神輿**《たるみこし》。**祭礼**《さいれい》。**渡御**《とぎょ》。**御旅所**《おたびしょ》。**御輿舁**《みこしかき》。**舟渡御**《ふなとぎょ》。**祭舟**《まつりぶね》。**祭前**《まつりまへ》。**祭あと**《まつりあと》。**祭笛**《まつりぶえ》。**祭太鼓**《まつりだいこ》。**祭獅子**《まつりじし》。**祭囃子**《まつりばやし》。**祭提灯**《まつりぢやうちん》。**祭笠**《まつりがさ》。**祭客**《まつりきやく》。**祭見**《まつりみ》。**祭髪**《まつりがみ》。**祭衣**《まつりごろも》。**祭宿**《まつりやど》。**祭町**《まつりまち》。

祭髪結うてひねもす厨事　転馬嘉子

浦の子のこんなにゐしや夏祭　上崎暮潮

獅子頭連ねかざして祭かな　高浜年尾

祭あと《まつりあと》 夏→祭《まつり》

茉莉花《まつりか》《まつりくわ》 〔三〕 夏七月。インド原産の常緑小低木。夏、枝の先端に白く芳香のある五弁の小花を群がり咲かせる。**素馨**《そけい》などとともに総称して**ジャスミン**とも呼ばれる。

素馨とは白き香りの白き花　後藤夜半

ジャスミンのレイを掛けられ入国す　山地曙子

祭笠《まつりがさ》 夏→祭《まつり》

祭髪《まつりがみ》 夏→祭《まつり》

祭客《まつりきゃく》 夏→祭《まつり》

祭衣《まつりごろも》 夏→祭《まつり》

祭獅子《まつりじし》 夏→祭《まつり》

祭太鼓《まつりだいこ》 夏→祭《まつり》

祭提灯《まつりぢょうちん》 夏→祭《まつり》

祭囃子《まつりばやし》 夏→祭《まつり》

祭笛《まつりぶえ》 夏→祭《まつり》

祭舟《まつりぶね》 夏→祭《まつり》

祭前《まつりまえ》 夏→祭《まつり》

祭町《まつりまち》 夏→祭《まつり》

祭見《まつりみ》 夏→祭《まつり》

祭宿《まつりやど》 夏→祭《まつり》

馬刀《まて》 〔三〕 春四月。浅い海の砂に深くもぐって棲む筒状の二枚貝。指くらいの大きさで直立して潜んでいるのを針金で作った**馬刀突**《まてつき》で突いて捕る。**馬刀掘**《まてほり》。

馬刀貝を掘るに干底といへる刻　桑田青虎

馬刀貝のさそひの塩にをどり出づ　筒井白梅

まてがし 秋→まてばしひ《まてばしい》

馬刀突《まてつき》 春→馬刀《まて》

まてばしひ《まてばしい》 秋十月。秋、椎の実に似た二センチくらいのやや赤みを帯びた長楕円形の実がなる。**まてがし**。

まてがしの独楽の廻らず倒れけり　副島いみ子

まてがしの木かも知れぬと実を探す　稲畑汀子

馬刀掘《まてほり》 春→馬刀《まて》

窓の秋《まどのあき》 秋→秋《あき》

的始《まとはじめ》 冬→弓始《ゆみはじめ》

真鶴《まなづる》 冬→鶴《つる》

真萩《まはぎ》　秋→萩《はぎ》

間引菜《まびきな》　秋九月。大根、蕪、菜などは、初め厚く蒔いて、生えてから間引く。**抜菜**《ぬきな》。**摘菜**《つみな》。**小菜**《こな》。**小菜汁**《こなじる》。

菜を間引くこんなに厚く蒔きしとは　松本弘孝
何事もたやすからずよ菜間引くも　高浜虚子

まひは《まひわ》　秋→鶸《ひわ》

マフ　［三］冬十二月。貴婦人の携帯用防寒装身具で、毛皮の裏に絹をつけ円筒状に縫い上げ、両側から手を入れて暖をとる。

マフを着け深夜の街の闇に出づ　稲畑広太郎
かと言って捨てるに惜しきマフなりし　星野　椿

マフラー　冬→襟巻《えりまき》

蝮蛇《まむし》　［三］夏六月。毒蛇である。頭が三角で平たく、首は細く、尾も急に細くなっている。焼酎につけ**蝮酒**《まむしざけ》とする。

水番の下げて戻りし蝮かな　居附稲声
杣暮し語る蝮の傷みせて　宮中千秋

蝮酒《まむしざけ》　夏→蝮蛇《まむし》

豆植う《まめうう》　夏六月。豆によって、蒔く時期も蒔き方も多少違っている。**菽植う**《まめうう》。**豆蒔く**《まめまく》。

畦豆を植うる女に畦長し　小方比呂志
豆植ゑて豆植ゑて島貧しかり　美馬風史

菽植う《まめうう》　夏→豆植う《まめうう》

豆柿《まめがき》　秋→柿《かき》

豆の花《まめのはな》　春四月。豆類の花を総称していう。**蚕豆の花**《そらまめのはな》。**豌豆の花**《えんどうのはな》。

このあたり畑も砂地や豆の花　星野立子
貧しくも楽しさ少し豆の花　松岡ひでたか

豆撒《まめまき》　冬一月。節分の夜、神社、仏閣で**年男**《としをとこ》によって追儺の豆撒が行われる。家庭でも「福は内、鬼は外」と唱えて豆をまく。**年の豆**《としのまめ》。

竈神在します闇へ年の豆　内貴白羊
吉田屋の畳にふみぬ年の豆　高浜虚子

豆蒔く《まめまく》　夏→豆植う《まめうう》

豆名月《まめめいげつ》　秋→後の月《のちのつき》

豆飯《まめめし》　夏五月。豌豆（グリーンピース）や蚕豆《そらまめ》などを炊き込み、薄い塩味をつけた飯である。

豆飯や法話とならず談笑す　高浜きみ子

豆飯の匂ひみなぎり来て炊くる　稲畑汀子

まやだし　春→廏出し《うまやだし》

繭《まゆ》　[三] 夏五月。俳句で繭といえば、春蚕、夏蚕の作ったものをいい、「秋繭」という季題は別にある。**繭搔く**《まゆかく》。**新繭**《しんまゆ》。**白繭**《しろまゆ》。**黄繭**《きまゆ》。**屑繭**《くずまゆ》。**玉繭**《たままゆ》。**繭籠**《まゆかご》。**繭買**《まゆかひ》。**繭売る**《まゆうる》。**繭干す**《まゆほす》。

寺の繭抱へて沙弥の売りに来し　大迫洋角

いと薄き繭をいとなむあはれさよ　高浜虚子

繭売る《まゆうる》　夏→繭《まゆ》

繭買《まゆかい》　夏→繭《まゆ》

繭搔く《まゆかく》　夏→繭《まゆ》

繭籠《まゆかご》　夏→繭《まゆ》

繭玉《まゆだま》　冬→餅花《もちばな》

繭煮る《まゆにる》　夏→糸取《いととり》

繭干す《まゆほす》　夏→繭《まゆ》

檀の実《まゆみのみ》　秋十月。平たくやや四角の実で、熟すと淡紅色になり、四片に深く裂け、真赤な種子があらわれる。**真弓の実**《まゆみのみ》。

近づきて花にはあらで真弓の実　五十嵐八重子

戻りてもあたゝかき色真弓の実　斎藤紫暁

真弓の実《まゆみのみ》　秋→檀の実《まゆみのみ》

マラリア　夏→瘧《ぎゃく》

円虹《まるにじ》　夏七月。高山の頂上でごくまれに見ることのできる虹の現象で、全円形のものが見られる。

円虹に立ち向ひたる厳かな　野村泊月

円虹の中登り来る列のあり　勝俣泰亨

丸裸《まるはだか》　夏→裸《はだか》

廻り灯籠《まわりどうろう》　秋→走馬灯《そうまとう》

満月《まんげつ》　秋→名月《めいげつ》

マンゴー　夏七月。熱帯果実。高さ一〇メートルくらいの常緑高木で、夏、球形または楕円形の黄緑や黄色の実を結ぶ。

マンゴー売るペットの鸚鵡肩に止め　服部郁史

女王を囲みてマンゴ食べる宵　岩垣子鹿

万歳《まんざい》　冬一月。新年の家々を回り、節付面白く、賀詞をのべて、立舞をする。太夫と、**才蔵**《さいざう》とが組んで回る。

万才や左右にひらいて松の蔭　去来

万歳の鼓に袖のかぶさりて　高浜虚子

饅頭笠《まんじゅうがさ》　夏→編笠《あみがさ》

曼珠沙華《まんじゅさげ》　秋九月。秋の彼岸ごろに花茎だけを三、四〇センチくらいに伸ばし、頂に蕊の長い真赤な花を輪状に咲かせる。畦や堤などにむらがり生える。**彼岸花**《ひがんばな》。**曼珠沙華**《まんじゅしやげ》。

だしぬけに咲かねばならぬ曼珠沙華　後藤夜半

唐突に月日知らせし曼珠沙華　谷口和子

曼珠沙華《まんじゅしゃげ》　秋→曼珠沙華《まんじゅさげ》

万灯《まんどう》　秋→御命講《おめいこう》

万両《まんりょう》《まんりやう》　冬一月。万両は千両よりも実が大きい。色も少し沈んだ深紅で葉かげに集まってつく。

万両のひそかに赤し大原陵　山口青邨

万両にかゝる落葉の払はるゝ　高浜年尾

◎み◎

実梅《みうめ》　夏六月。梅の実は青くふとったころに落として取る。**青梅**《あをうめ》といっても同じである。**小梅**《こうめ》。**豊後梅**《ぶんごうめ》。

実梅もぎ神事といふはすぐ済みし　井尾望東

青梅の一つ落ちたるうひ〱し　高浜虚子

御影供《みえいく》　春四月。弘法大師の正忌を営むのをいう。京都の東寺では四月二十一日、高野山では旧三月二十一日を正御影供としている。**御影供**《みえく》。**空海忌**《くうかいき》。

還俗の弟子も来てゐる御影供かな　森　白象

妻伴れて亡き子に遭はん空海忌　小畑一天

御影供《みえく》　春→御影供《みえいく》

箕納《みおさめ》　冬→箕祭《みまつり》

三日月《みかづき》　秋九月。陰暦八月三日の月である。夕暮、西の空にごくほそくかかる。**新月**《しんげつ》。

新月の山湖に育ちつつありし　田村おさむ

三日月のにほやかにして情あり　高浜虚子

蜜柑《みかん》　秋十月。静岡、和歌山、愛媛など暖地に多く産し、晩秋に色づく。**青蜜柑**《あをみかん》。**蜜柑山**《みかんやま》。

湯上りのかろき動悸や蜜柑むく　粟津松彩子

全山のみかんに色の来つゝあり　深川正一郎

蜜柑の花《みかんのはな》　夏六月。濃緑の光った葉の間に白い五弁の小花がこまかく咲きあふれ、むせるような甘い香りに包まれる。

花蜜柑匂へば月の戸をさゝず　飛弾桃十

むせびつゝ夜の道戻る花蜜柑　中山梟月

蜜柑撒《みかんまき》　冬→鞴祭《ふいごまつり》

蜜柑山《みかんやま》　秋→蜜柑《みかん》

みくさ生ふ《みくさおう》　春→水草生ふ《みずくさおう》

神輿《みこし》　夏→祭《まつり》

神輿洗《みこしあらい》　夏→祇園祭《ぎおんまつり》

御輿舁《みこしかき》　夏→祭《まつり》

みこしぐさ　夏→げんのしようこ

みざくろ　秋→石榴《ざくろ》

短夜《みじかよ》　［三］夏六月。夏の夜の短い感じをいう。夏至は最も短い。**明易し**《あけやすし》。**夏の朝**《なつのあさ》。

日本に戻る日近し明易し　坊城中子

明易や花鳥諷詠南無阿弥陀　高浜虚子

水葵《みずあおい》《みづあふひ》　夏七月。水田や池沼に生え、七、八月ごろ六弁で紫または白い布袋草に似た花をつける。古名は**なぎ**（水葱）。

夜が明けて釣人のゐし水葱の花　志賀青研

水葱畳払はれ江津の景戻る　梶尾黙魚

水遊《みずあそび》《みづあそび》　［三］夏七月。夏の子供たちの水遊びをいう。**水試合**《みづしあひ》、**水戦**《みづいくさ》は水を掛け合って争うこと。**水掛合**《みづかけあひ》。

賀茂の子らみそぎの川に水遊　牧野美津穂

子の世界母を遠ざけ水遊　稲畑汀子

水中り《みずあたり》《みづあたり》　［三］夏七月。夏、生水を飲んで胃腸を損なうことをいう。

もとよりも淋しき命水中り　清原枴童

へこみたる腹に臍あり水中り　高浜虚子

水争《みずあらそい》　夏→水喧嘩《みずげんか》

水戦《みずいくさ》　夏→水遊《みずあそび》

水団扇《みずうちわ》　夏→団扇《うちわ》

水貝《みずがい》《みづがひ》　［三］夏七月。生の鮑《あわび》を塩洗いして身を締め、賽の目に切って冷水や氷に浸し、山葵醤油などで食べる。

水貝の器朝より冷やし置く　星野椿

水貝や安房の一夜の波の音　深見けん二

水掛合《みずかけあい》　夏→水遊《みずあそび》

水からくり《みずからくり》《みづからくり》　［三］夏七月。仕掛け玩具の一種で、高い所に水を入れた容器を置き、細いビニールやゴムの管で水を落とし、管の先につけた水車や玉などを動かす。

　水さして水からくりの太鼓急　成瀬虚林

　水からくり水の機嫌に逆はず　大久保橙青

水涸る《みずかる》《みづかる》　［三］冬十二月。冬は川や沼などの水が著しく減って、流れが細まったり底石が露《あら》わになる。**川涸る**《かはかる》。**沼涸る**《ぬまかる》。**滝涸る**《たきかる》。

　あらぬ辺に水湧きつゝも池涸るゝ　井桁蒼水

　滝涸れて音なき山の深さかな　平林七重

水著《みずぎ》　夏→海水著《かいすいぎ》

水狂言《みずきょうげん》《みづきやうげん》　夏七月。夏に興行する芝居はよく水を使い涼味を誘う趣向をこらす。たいてい怪談ものが多い。

　灯跳る水狂言の水の先　松藤夏山

水草生ふ《みずくさおう》《みづくさおふ》　春三月。水草類が生い始め、水の中に緑がさしてくるのはたいがい三月ごろである。**みくさ生ふ**《みくさおふ》。**萍生ふ**《うきくさおふ》。

　離宮よりつゞく流や水草生ふ　福井圭児

　水草生ふ水面を雨の叩くなり　高浜年尾

水草の花《みずくさのはな》《みづくさのはな》　［三］夏六月。水草は一般に夏、花を開く。沢瀉《おもだか》、河骨、水葵などのほか、名もない水草も含めてこう呼ぶ。

　鷺脚を垂れて水草の花に飛ぶ　衣沙桜

水草紅葉《みずくさもみじ》　秋→萍紅葉《うきくさもみじ》

水喧嘩《みずげんか》《みづげんくわ》　夏七月。旱魃の折、農夫たちが田の用水について争うことで、**水論**《すゐろん》、**水争**《みづあらそひ》ともいう。

　婆とても負けてゐぬなり水喧嘩　永見一柴

　争ひし水もほとほと無くなりし　山崎一角

水試合《みずしあい》　夏→水遊《みずあそび》

水霜《みずしも》　秋→露霜《つゆじも》

水馬《みずすまし》　夏→あめんぼう

水澄《みずすまし》　夏→まひ〱《まいまい》

水澄む《みずすむ》《みづすむ》　［三］秋九月。秋はことに水が澄んでいる。川の流れでも、湖でも、清く澄んだ水を眺めるのは快いものである。

　水澄みて〱人新たなり　星野立子

高き池低き池あり水澄めり　　高浜年尾

水接待《みずせったい》　夏→振舞水《ふるまいみず》

水漬《みずづけ》　夏→水飯《すいはん》

水鉄砲《みずでっぽう》《みづでつぱう》　［三］　夏七月。子供の玩具で、水を吸い上げてこれを突くと筒の先の小さな穴から水が飛び出す仕掛けのもの。

外遊び嫌ひな吾子や水鉄砲　　宮脇乃里子

水鉄砲撃たれてやれば機嫌よし　　松元桃村

水取《みずとり》　春→御水取《おみずとり》

水鳥《みずとり》《みづとり》　［三］　冬十二月。水鳥はおおむね秋渡って来て春帰ってゆく。その間、海に湖に川に浮かんで冬を過ごす。

水鳥の夜半の羽音も静まりぬ　　高浜虚子

水鳥の水尾の静かに広かりし　　高浜年尾

水鳥の巣《みずとりのす》《みづとりのす》　夏六月。広く水鳥類の巣をいう。多くは梅雨前後、菅、蘆などの茂みにかける。**鴨の巣**《かものす》。**鷭の巣**《ばんのす》。**水鶏の巣**《くひなのす》。

月青し鷭巣籠りのころならん　　藤永霞哉

沼の家灯れば鷭の雛も巣へ　　石井とし夫

みづ菜《みずな》《みづな》　春四月。渓谷など陰湿地に群生し、若い葉はやわらかく、ひたしものにする。**うはばみさう**。関東で京菜と呼ぶ株野菜の「水菜」とは別のものである。

でゆの主《ぬし》みづといふ菜を土産《つと》にくれし　　高浜虚子

水菜《みずな》《みづな》　春二月。白く細い葉脈に切れこみのある葉が株になっている。関東では**京菜**《きやうな》と呼ぶ。

大水菜貰うて来しがさてなにに　　中林光子

さつくりと京菜裁ちたる刃かな　　坊城としあつ

水盗む《みずぬすむ》　夏→水番《みずばん》

水温む《みずぬるむ》《みづぬるむ》　春三月。寒さがゆるんだ水辺に佇《た》って眺めると、その水の色も、何とはなしに温んできた感じがする。**温む水**《ぬるむみづ》。

これよりは恋や事業や水温む　　高浜虚子

機音のゝまで響く水温む　　高浜年尾

水の春《みずのはる》　春→春の水《はるのみず》

水芭蕉《みずばしょう》《みづばせう》　春四月。ふつう水芭蕉の花と見られるのは花穂を抱いた白色の大きな苞である。尾瀬沼の群落は有名。

水芭蕉見てはるばると返す旅　豊原月右
水芭蕉せゝらぐ雪解水に咲く　高浜年尾

水洟《みずばな》《みづばな》　〔三〕　冬十二月。冬は病気でなくても水洟が出る。とりわけ子供や老人に多い。風邪などひけばなおさらである。

水洟になんとも意気地なくなりし　小原寿女
水洟をすゝるとき顔ゆがみたる　高浜年尾

水鱧《みずはも》　夏→鱧《はも》

水番《みずばん》《みづばん》　夏七月。夏、田の用水を盗まれるのを防ぐために見張りをすること。**水番小屋**《みづばんごや》。**水守る**《みづもる》。**水盗む**《みづぬすむ》。**夜水番**《よみづばん》。

盗まれし水の行衛を確めに　子野日俊一郎
何事もなく水番の夜が白む　池田風比古

水番小屋《みずばんごや》　夏→水番《みずばん》

水引の花《みずひきのはな》《みづひきのはな》　秋八月。山野にも庭先にも見られる。鞭のような細長い花軸に、紅い小花をつづる。**金糸草**《きんしさう》。

水引をしごいて通る野道かな　赤星水竹居
水引の白も漸く目立ち来し　江口竹亭

水振舞《みずふるまい》　夏→振舞水《ふるまいみず》

水撒き《みずまき》　夏→打水《うちみず》

三角草《みすみそう》　春→洲浜草《すはまそう》

水見舞《みずみまい》《みづみまひ》　夏六月。出水の難にあった親戚や知人をたずねて見舞に行くこと。

水見舞とて水一荷とゞけくれ　近藤竹雨
怖しさ聞くも見舞や水害地　安原葉

水虫《みずむし》《みづむし》　〔三〕　夏七月。夏、手足の指の股や足裏に生ずる伝染性の皮膚病で、非常に痒く容易に治らない。

水虫の異人に草履よろこばれ　阪東春歩

水餅《みずもち》《みづもち》　冬一月。餅は日が経つと固くなり、また黴が生えたりするので、寒の水を張った水甕に浸けておく。

水がめに重なり合ひて餅沈む　千原叡子
一つ減りまた水餅の深くなり　山内山彦

水守る《みずもる》　夏→水番《みずばん》

水羊羹《みずようかん》《みづやうかん》　〔三〕　夏七月。ふつうの羊羹よりはやわらかくみずみずしく仕上げ、青々とした桜の葉で包んだ夏向きの菓子。

水羊羹舌にくづるゝ甘さあり　藤松遊子

水《みず》を打《う》つ　夏→打水《うちみず》

みせばや　秋八月。弁慶草の一種。少し紅みを帯びた厚い葉を三枚ずつ付けた茎が垂れ下がる特性があり、淡紅色の小さい花が、茎の頂に球状に集まって開く。**たまのを**。

みせばやの葉に注ぎたる水は銀　今井千鶴子

たまのをの咲いてしみじみ島暮し　星野　椿

晦日蕎麦《みそかそば》　冬十二月。大晦日の夜、商家をはじめ一般の家庭でも蕎麦を食べる風習がある。**年越蕎麦《としこしそば》**。

暗がりの南座隣り晦日そば　谷口八星

いくら打ち足しても足らず晦日そば　伊藤涼志

御祓《みそぎ》　夏六月。陰暦六月晦日《みそか》に、諸社で行われる神事。**名越の祓《なごしのはらへ》**。**夏越の祓《なごしのはらへ》**。**六月の祓《みなづきのはらへ》**。**荒和の祓《あらにこのはらへ》**。**夏祓《なつばらへ》**。**夕祓《ゆふばらへ》**。また形代を作り、水辺に斎串《いぐし》を立てて行うのを**川祓《かはばらへ》**、その川を**御祓川《みそぎがは》**という。**七瀬の御祓《ななせのみそぎ》**。今は陽暦の六月晦日が多く、月遅れの七月晦日のところもある。

橋殿に朗詠おこる御祓かな　下村非文

夏祓古き円座のあるばかり　高木石子

御祓川《みそぎがわ》　夏→御祓《みそぎ》

鷦鷯《みそさざい》　〔三〕冬十二月。冬季には餌を求めて人里近くあらわれ、春以後はまた山に帰る。形は雀に似て全長七、八センチ、全身焦茶色で黒っぽい横縞がある。**三十三才《みそさざい》**。

三十三才夕勤行も了りたり　森定南楽

干竿の動いてゐるは三十三才　高浜虚子

三十三才《みそさざい》　冬→鷦鷯《みそさざい》

溝浚へ《みぞさらえ》《みぞさらへ》　夏六月。農村では田植の前に用水の流れをよくするために、水路を掃除しまた補修する。

邪魔となるほどの人数溝浚へ　吉永匙人

溝浚へ加勢の雨となりにけり　稲畑汀子

溝蕎麦《みぞそば》　秋八月。多く水辺に自生し、淡紅色、淡緑色、または白色の細かな花をつける。

みぞそばの中流れ行く小川かな　増田手古奈

沢なして溝そば乱れ咲くところ　高浜年尾

味噌搗《みそつき》　冬十二月。農家では各々自家用の味噌を作る。大豆をやわらかになるまで煮て、塩と麹を加えて搗く。**味噌作る《みそつくる》**。

雲衲になじまぬ杵や味噌を搗く　森永杉洞
味噌搗くや母の流儀の他知らず　山下蘆水

味噌作る《みそつくる》　冬→味噌搗《みそつき》

千屈菜《みそはぎ》　秋→溝萩《みぞはぎ》

溝萩《みぞはぎ》　秋八月。水辺や湿地に生える高さ一メートル内外の草で、お盆のころに紅紫の花が穂になって咲く。仏花の意味で禊《みそぎ》萩が転じたものといわれる。**千屈菜**《みそはぎ》。

祖母の頃よりの溝萩田の隅に　家田小刀子
溝萩に今年の秋は迅きかな　村上三良

霙《みぞれ》　［三］　冬十二月。雨まじりの雪、また霰《あられ》の十分結晶していないものをいう。雪や霰に比べて、寒々と重く暗い感じである。

いとまする傘へ霙となりにけり　渡辺一水
ぬれ雪と津軽人云ふ霙降る　佐藤一村

乱れ萩《みだれはぎ》　秋→萩《はぎ》

道をしへ《みちおしえ》《みちをしへ》　［三］　夏七月。二センチくらいの甲虫で、碧緑に黄、赤、紫、黒などの斑点があり触角も足も長い。人の気配にさっと飛び立ち、振り返って人の方を見るようなしぐさをする。**斑猫**《はんめう》。

道をしへ止るや青く又赤く　阿波野青畝
此方へと法《のり》の御山のみちをしへ　高浜虚子

三日《みっか》　冬一月。一月三日。ただ三日といって正月三日を指す慣例である。

鶏小屋のことにかまけて三日かな　高浜虚子
お降の雪となりゐし三日かな　高浜年尾

みつば　春→三葉芹《みつばぜり》

三葉芹《みつばぜり》　［三］　春三月。野生もあるが、蔬菜として盛んに栽培される。いわゆる**みつば**のこと。

裏畦にみつば萌ゆれば摘みにけり　三木

蜜蜂《みつばち》　春→蜂《はち》

三椏の花《みつまたのはな》　春四月。葉に先立って黄色っぽい筒状の花が球状に集まって咲く。すべての枝が三叉に分かれているのでこの名がある。樹皮は和紙の原料となる。

近よりてみて三椏の花仕度　五十嵐播水
三椏の花三三が九三三が九　稲畑汀子

蜜豆《みつまめ》　〔三〕夏七月。茹豌豆に、賽の目に切った寒天や求肥《ぎゅうひ》などを混ぜて蜜をかけた食べ物。上に餡をのせた餡蜜もある。

みつ豆や笑ひ盛りの娘等ばかり　堤すみ女
蜜豆をたべるでもなくよく話す　高浜虚子

緑《みどり》　夏→万緑《ばんりょく》

緑立つ《みどりたつ》　春→若緑《わかみどり》

緑摘む《みどりつむ》　春→若緑《わかみどり》

みどりの日《みどりのひ》　春四月。四月二十九日。昭和時代は「天皇誕生日」。平成十九年（二〇〇七）からは「昭和の日」となった。

みどりの日昭和一桁老いにけり　稲畑広太郎
みどりの日風もみどりでありにけり　小林草吾

みな　春→蜷《にな》

水口祭《みなくちまつり》　春四月。苗代に種をおろしたとき、水が豊かで苗の育ちがいいようにと、その田の水口に土を盛って御幣を挿し、季節の花や御神酒、焼米を供えて田の神を祀る。

忌串立て水口祭終りけり　榊原市兵衛
源五郎游ぐ水口祭りけり　林　大馬

水無月《みなづき》　夏七月。陰暦六月の異称である。

水無月の小さな旅も姉妹　川端紀美子
水無月のはや巡り来し一周忌　稲畑汀子

六月の祓《みなづきのはらえ》　夏→御祓《みそぎ》

南風《みなみ》　〔三〕夏六月。夏吹く風は、南から吹くことが多い。風は四季によってほぼ方向が定まっている。「北風」は冬季、「東風《こち》」は春季、**南風**《なんぷう》は夏季。**大南風**《おほみなみ》。**南吹く**《みなみふく》。**はえ**。

南風波のつまづき止まず珊瑚礁　湯浅桃邑
南風吹く砂丘は生きてをりにけり　井桁蒼水

南吹く《みなみふく》　夏→南風《みなみ》

南祭《みなみまつり》　秋→放生会《ほうじょうえ》

実南天《みなんてん》　秋→南天の実《なんてんのみ》

身に入む《みにしむ》　秋十月。秋もようやく深くなり、秋冷の気が身にしみとおるように感じられるのをいう。

身に入みぬ罪には情なけれども　長谷川回天
身に入むや踏み落す石の谷の音　高浜虚子

峰入《みねいり》　〔三〕夏七月。奈良県大峰山《おおみねさん》（標高一、七一九メートル）に信心のために登ることを峰入という。

峰入の古里衆に合流す　粟賀風因

峰入の霧に冷えきし雨合羽　飯田京畔

蓑虫《みのむし》　〔三〕秋九月。木の細枝や葉を綴り合わせて、その中に棲んでいる蓑蛾の幼虫で、よく枝からぶら下がって揺れている。**蓑虫鳴く《みのむしなく》**として季題にしたが、実際には鳴かない。

蓑虫の父よと鳴きて母もなし　高浜虚子

みの虫の糸の光れる時のあり　高浜年尾

蓑虫鳴く《みのむしなく》　秋→蓑虫《みのむし》

壬生踊《みぶおどり》　春→壬生念仏《みぶねんぶつ》

壬生狂言《みぶきょうげん》　春→壬生念仏《みぶねんぶつ》

壬生慈姑《みぶくわい》　春→慈姑《くわい》

三船祭《みふねまつり》　夏→西祭《にしまつり》

壬生念仏《みぶねんぶつ》　春四月。四月二十一日から二十九日まで、京都の壬生寺で行われる大念仏法要である。無言の壬生狂言が境内の狂言堂で演じられる。**壬生狂言《みぶきやうげん》**。**壬生踊《みぶをどり》**。

壬生念仏幕引くでなく終りとや　吉田大江

舞台暫し空しくありぬ壬生念仏　高浜虚子

箕祭《みまつり》　冬十一月。収穫祭の一つ。用済みの箕を祀って祝う。**箕納《みをさめ》**。

箕祭や先祖代々小作農　松田大声

本家とは名のみとなりし箕を祭る　北岡玄雨

耳掛《みみかけ》　冬→耳袋《みみぶくろ》

蚯蚓《みみず》　〔三〕夏六月。土中に棲み、湿気を好む。梅雨のころよく這い出してくるのを見かける。

土篩ふ蚯蚓に闇は無かりけり　真鍋蟻十

子供地をしかと指しをり蚯蚓這ひ　高浜虚子

木兎《みみずく》　〔三〕冬十二月。梟と同属であるが、羽毛が耳のように頭の両側にある点が異なっている。**づく**。**木菟《みみづく》**。

木兎鳴かぬ夜は淋しと杣の云ふ　広沢米城

木兎鳴いて夜道は盲にも不気味　亀井杜雁

木菟《みみずく》　冬→木兎《みみずく》

蚯蚓鳴く《みみずなく》　〔三〕秋九月。夜間あるいは雨の日などに、ジーッと細く長く切れ目なく鳴くのを昔から蚯蚓が鳴くといった。

蚯蚓鳴く六波羅密寺しんのやみ　川端茅舎

三味線をひくも淋しや蚯蚓なく　高浜虚子

耳袋《みみぶくろ》　〔三〕冬十二月。耳たぶの凍傷を防ぐために耳を覆う袋である。**耳掛**《みみかけ》ともいう。寒い地方の人が多く使用する。

出勤に要る日要らぬ日耳袋　岡本清閑

耳袋出したることの下車用意　前内木耳

実むらさき《みむらさき》　秋→紫式部の実《むらさきしきぶのみ》

ミモザ　春→ミモザの花《みもざのはな》

ミモザの花《みもざのはな》　春三月。常緑樹で、黄色の小花が穂状に群がり咲き、香りが高い。**花ミモザ**《はなみもざ》。**ミモザ**。

塀白く風のミモザの見ゆる家　千原草之

黙礼の聖女の行き来花ミモザ　乾　一枝

都踊《みやこおどり》《みやこをどり》　春四月。毎年四月一日から三十日まで京都の祇園甲部《こうぶ》歌舞練場で行われる。

都踊はヨーイヤサほゝゑまし　京極杞陽

出を待てる都踊の妓がのぞく　長谷川素逝

都草《みやこぐさ》　夏五月。茎は二、三〇センチ、葉は三枚の小葉と一対のそえ葉からなるため、五枚に見える。五月ごろ茎の頂に一対の蝶形の黄金色の花をつける。

夕かげをひきとめてゐし都草　手塚基子

宇陀の野に都草とはなつかしや　高浜虚子

都鳥《みやこどり》　〔三〕冬十二月。隅田川の「ゆりかもめ」である。「伊勢物語」の一節以来、都鳥の名は隅田川とともに和歌、歌謡にうたわれてきた。冬鳥で、羽が白く、嘴と脚が赤い。

都鳥水汚れたる世となりし　岡安仁義

木場堀に都鳥来ることありと　高浜年尾

都忘れ《みやこわすれ》　春四月。茎は三〇センチくらいに伸び、紫色または白の菊に似た花をつける。「東菊《あずまぎく》」とは別種である。

祇王寺の都忘れに籠る尼　竹内万紗子

雑草園都忘れは淡き色　高浜年尾

宮相撲《みやずもう》　秋→相撲《すもう》

深雪《みゆき》　冬→雪《ゆき》

茗荷汁《みょうがじる》　夏→茗荷の子《みょうがのこ》

茗荷竹《みょうがたけ》《めうがたけ》　春四月。晩春芽生えてくる茗荷の若芽のこと。香りが高く、吸い物や刺身のつまなどに用いられる。

茗荷竹普請も今や音こまか　中村汀女

一面に出かゝつてゐて茗荷竹　高橋春灯

茗荷の子《みょうがのこ》《めうがのこ》　夏七月。茗荷は、夏、根元に小さな花茎を出し、頂に花をつけるが、その前に取って食べる。これを茗荷の子という。**茗荷汁**《めうがじる》。「茗荷の花」は秋季。

愚にかへれと庵主の食ふや茗荷の子　村上鬼城

健啖の和尚好みの茗荷汁　江里蘆穂

茗荷の花《みょうがのはな》《めうがのはな》　秋八月。茗荷の子をそのままにしておくと、その伸びた頂に淡黄色の花をつける。

花茗荷隠るゝ土の匂ひけり　西内のり子

茗荷より咲きて茗荷の花なりし　稲畑汀子

御代の春《みよのはる》　冬→新年《しんねん》

海松《みる》　[三]　夏七月。浅い海の岩礁に多い海藻である。濃緑色で根元から太い紐状に扇形にわかれ、頭は切ったように同じ高さに揃っている。**水松**《みる》。**みるふさ**。

海松生ひて鏡魚など住めりけり　鏡川

水松《みる》　夏→海松《みる》

みるふさ　夏→海松《みる》

みんみん　夏→蟬《せみ》

◎む◎

迎鐘《むかえがね》《むかへがね》　秋八月。八月七日から十日まで（もとは陰暦七月九日、十日）京都東山の六道珍皇寺《ろくどうちんこうじ》で行われる盆の精霊迎えの行事。**六道詣**《ろくだうまゐり》。

父のため母のため撞く迎鐘　野島無量子

逆縁の仏に迎鐘を撞く　矢倉矢行

迎火《むかえび》《むかへび》　秋八月。先祖の霊を迎えるために焚く火である。盆の十三日の夕方、苧殻《おがら》などを門辺で燃やす。**霊迎**《たまむかへ》。

農忙し門だけ掃きて霊迎　斎藤九万三

風が吹く仏来給ふけはひあり　高浜虚子

むかご　秋↓零余子《ぬかご》

むかご飯《むかごめし》　秋↓零余子《ぬかご》

百足虫《むかで》　〔三〕　夏六月。体長三〜二〇センチくらいのものまである。対の無数の脚をオールのように動かして徘徊する。**蜈蚣《むかで》**。

大百足虫打ってそれより眠られず　善家正明
ふと覚めし仮眠畳に百足虫這ふ　田崎令人

蜈蚣《むかで》　夏↓百足虫《むかで》

麦《むぎ》　夏五月。秋蒔いた麦は、青々と育ち、初夏に穂を出し、やがて黄褐色に成熟し刈り取られる。**大麦《おほむぎ》**。**小麦《こむぎ》**。**麦の穂《むぎのほ》**。**穂麦《ほむぎ》**。

麦熟るる島へ診療船来る　山崎一角
教会の双塔麦に立ち上る　稲畑汀子

麦青む《むぎあおむ》　春↓青麦《あおむぎ》

麦秋《むぎあき》　夏↓麦の秋《むぎのあき》

麦炒粉《むぎいりこ》　夏↓麨《はったい》

麦鶉《むぎうずら》《むぎうづら》　春四月。青々とした麦畑の中で子を育てる鶉である。情のある鳴き声を立てる。

用達の母を追ふ子や麦うづら　藤実艸宇

麦打《むぎうち》　夏五月。扱き落した麦の穂を打って、実を落とす作業である。以前は竿や杵で打ち、**麦埃《むぎぼこり》**が盛んに立った。

麦打の音に近づきゆきにけり　星野立子
麦打つや老いの唐竿低けれど　緒方句狂

麦刈《むぎかり》　夏五月。熟した麦を刈ること。昔の人は麦は立春から百二十日目前後に刈るものと教えた。

麦刈のあるとて昼の不入かな　中村芝鶴
麦刈の鎌の切れ味心地よし　高浜年尾

麦香煎《むぎこうせん》　夏↓麨《はったい》

むぎこがし　夏↓麨《はったい》

麦扱《むぎこき》　夏五月。刈り取った麦を扱いて、その穂を落とすのである。昔は素朴な**麦扱機《むぎこきき》**を使った。

麦こく手止めず箕売にあしらへる　斎藤俳小星
松の風麦扱器械よくまはり　高浜虚子

麦扱機《むぎこきき》　夏↓麦扱《むぎこき》

麦茶《むぎちゃ》　〔三〕　夏七月。大麦を殻つきのまま炒って煎じた飲料で、**麦湯《むぎゆ》**ともいう。冷蔵庫などで冷やして用いることが多い。

けふよりは冷し麦茶に事務を執る　山本紅園

どちらかと云へば麦茶の有難く　稲畑汀子

麦の秋《むぎのあき》　夏五月。他の穀物が秋に黄熟するのに対し、麦は初夏黄色に熟するのでこの季節を**麦秋**《むぎあき》と呼ぶ。**麦秋**《ばくしう》。

十億の民餓うるなし麦の秋　若林南山

雨二滴日は照りかへす麦の秋　高浜虚子

麦の黒んぼ《むぎのくろんぼ》　夏→黒穂《くろほ》

麦の穂《むぎのほ》　夏→麦《むぎ》

麦の芽《むぎのめ》　冬一月。十一、十二月に蒔かれた麦は、間もなく土を割って春の草のように鮮やかに青い芽を上げる。

麦の芽に汽車の煙のさはり消ゆ　中村汀女

麦の芽の丘の起伏も美《う》まし国　高浜虚子

麦笛《むぎぶえ》　夏五月。麦の茎で作った笛である。

麦笛やかく開拓の子も育ち　米谷　孝

麦笛を鳴らして見せて渡しけり　岡本樹子

麦踏《むぎふみ》　春二月。麦が芽を出し、少し伸びたところを足で踏んで株をしっかりさせること。**麦を踏む**《むぎをふむ》。

麦踏の去りたるあとのどっと暮れ　馬場新樹路

風の日の麦踏遂にをらずなりぬ　高浜虚子

麦埃《むぎぼこり》　夏→麦打《むぎうち》

麦蒔《むぎまき》　冬十一月。大麦と小麦があって蒔き時が少し違うが、大方は十一月いっぱいに蒔きおわる。

出漁の留守を女ら麦を蒔く　入江月涼子

村の名も法隆寺なり麦を蒔く　高浜虚子

麦飯《むぎめし》　夏五月。麦を米と混ぜて炊いた飯。季節を問わないが、その年とれた麦を炊くところに季感がある。

麦めしに一国者と言はれても　松尾緑富

麦飯もよし稗飯も辞退せず　高浜虚子

麦湯《むぎゆ》　夏→麦茶《むぎちゃ》

麦藁《むぎわら》　夏五月。麦を扱き落したあとの茎である。

麦藁の上に憩ひて故郷かな　池内たけし

麦藁の散らばる道のあそこゝ　高浜虚子

麦藁籠《むぎわらかご》　夏五月。麦藁で小さく編んで作った籠。

姉妹《おとどい》や麦藁籠にゆすらうめ　高浜虚子

麦稈帽《むぎわらぼう》　夏→夏帽子《なつぼうし》

麦を踏む《むぎをふむ》　春→麦踏《むぎふみ》

むく　秋→椋鳥《むくどり》

木槿《むくげ》　秋八月。朝開き、夕方には凋んでしまう。淡紫色、淡紅色、白色などあり、花片のつけ根に紅のさした**底紅**《そこべに》もある。**きはちす**。**花木槿**《はなむくげ》。**木槿垣**《むくげがき》。

底紅の咲く隣にもまなむすめ　後藤夜半

今日の花たたみ木槿の夕べかな　稲畑汀子

木槿垣《むくげがき》　秋→木槿《むくげ》

椋鳥《むくどり》　〔三〕秋十月。体の色は黒灰色で地味だが、嘴と脚は黄色く、顔は白い小鳥で、椋の木に集まるのでこの名がある。群をなしてやかましく鳴きたてる。**むく**。**白頭翁**《はくとうおう》。

椋鳥の椋をはなるゝときの数　武田飴香

投げられし風呂敷の如椋鳥空へ　高浜年尾

椋の実《むくのみ》　秋十月。大豆くらいの紫黒色の実で、はなはだ甘い。よく椋鳥などがやって来て啄《ついば》む。

椋拾ふ子等に枝を張り椋大樹　渡辺一魯

椋拾ふ子に落葉掃く媼かな　高浜虚子

葎若葉《むぐらわかば》　春四月。昔は葎といえば、金葎《かなむぐら》（クワ科）のみを指したといわれるが、いまは八重葎を含めていう。その若葉。

山崩れ跡消ゆ葎若葉かな　河野美奇

蔓のばし葎若葉の色のぼる　嶋田一歩

むくろ　秋→無患子《むくろじ》

無患子《むくろじ》　秋十月。親指の頭くらいの真黒な堅い実である。木になっているときは、黄色い皮をかぶっている。**むくろ**。

無患子と知つてゐる子と仲良しに　大井千代子

無患子の早や隠れなき色に熟れ　橋本一水

無月《むげつ》　秋九月。陰暦八月十五日の夜、雲が出たりして仲秋の名月を見ることができない場合をいう。「雨月」をも含んだ広い意味に用いられる。

町の灯に無月の空のあるばかり　水谷千家
酔ふほどに無月の情の濃かりけり　国井月皎

無言詣《むごんもうで》　夏→祇園祭《ぎおんまつり》

虫《むし》　[三] 秋九月。秋鳴く虫の総称である。種類が多い。**虫の声**《むしのこゑ》。**虫の音**《むしのね》。**虫時雨**《むししぐれ》。**虫の秋**《むしのあき》。**昼の虫**《ひるのむし》。**虫籠**《むしかご》。**虫の宿**《むしのやど》。**虫合せ**《むしあはせ》は虫の鳴き声を相競わしめること。

虫の宿色ある声をきゝとめて　荻江寿友
湖畔宿虫鳴く夜々となりにけり　高浜年尾
虫の闇分つ一灯ありにけり　稲畑汀子

虫合せ《むしあわせ》　秋→虫《むし》

虫売《むしうり》　[三] 秋九月。鳴く音のいい松虫や鈴虫などを虫籠に入れて夜店や道ばた、デパートなどで売っている。

虫売の老いたる顔をうつむけて　成瀬正とし
虫売の荷を下ろすとき喧しき　高浜虚子

虫送《むしおくり》　秋十月。稲田に害虫のつくのを防ぐための古くからの行事。いろいろの風習があるが、夜、鉦や太鼓を叩き、松明を連ねて畦道を通り、虫を追い立てる呪《まじな》いである。

松明にしりぞく闇や虫送　津田柿冷
虫送る仏の慈悲の火をかざし　中川化生

虫篝《むしかがり》　夏六月。草木や田畑の作物に害虫が繁殖するので、この虫を誘い寄せるために焚く篝火である。

虫篝さかんに燃えて終りけり　高野素十
虫焦げし火花美し虫篝　高浜虚子

虫籠《むしかご》　秋→虫《むし》
虫時雨《むししぐれ》　秋→虫《むし》
虫出《むしだし》　春→初雷《はつらい》
貉《むじな》　冬→狸《たぬき》
虫の秋《むしのあき》　秋→虫《むし》
虫の声《むしのこえ》　秋→虫《むし》
虫の音《むしのね》　秋→虫《むし》
虫の宿《むしのやど》　秋→虫《むし》
虫払《むしはらい》　夏→虫干《むしぼし》
虫鬼灯《むしほおずき》　秋→鬼灯《ほおずき》

虫干《むしぼし》　夏七月。土用の晴天を見はからって、衣類や書籍、書画、調度品の類を陰干しにし、風を通して黴や虫害を防ぐ。書画の虫干はとくに曝書《ばくしょ》という。**虫払**《むしはらひ》。**土用干**《どようぼし》。

虫干に故人の愛でし衣裳あり　片岡我当
虫干や部屋縦横に紐わたし　高浜年尾

武者人形《むしゃにんぎょう》　夏五月。端午の節句に、男児のある家では、人形、武具などを飾る。**五月人形**《ごがつにんぎやう》。**冑人形**《かぶとにんぎやう》。**飾冑**《かざりかぶと》。**武具飾る**《ぶぐかざる》。**馬具飾る**《ばぐかざる》。

禅寺に武具を飾りしひと間あり　佐藤一村
武者人形飾りし床の大きさよ　稲畑汀子

むつ　春→鯥五郎《むつごろう》

睦月《むつき》　春一月。陰暦一月の異称である。

六日はや睦月は古りぬ雨と風　内藤鳴雪
留学の子の旅立ちて睦月尽　大野雑草子

鯥五郎《むつごろう》《むつごらう》　春四月。有明海と八代海の北部にだけいる鯊の一種。目の位置が高く飛び出しており、背は青褐色で白色の斑点がある。胸鰭で海底や砂泥を這い、水中では敏捷に泳ぐ。**むつ**。

潮先におのおの匐へる鯥五郎　城後眉下
鯥顔を出しくる泥の膨れけり　森　文桜

六花《むつのはな》　冬→雪《ゆき》

霧氷《むひょう》　冬十二月。霧が流れて樹の枝に氷結して水晶の華をつけたようになる。これを霧氷という。

霧氷解け貧しき草に戻りけり　工藤いはほ
霧氷ならざるは吾のみ佇みぬ　稲畑汀子

郁子《むべ》　秋十月。通草《あけび》よりも少し小さくて赤みがかっている。よく似ているが、これは熟しても割れない。**うべ**。

郁子さげてどの子の髪も火山灰汚れ　鶴川田郷
塗盆に茶屋の女房の郁子をのせ　高浜虚子

郁子の花《むべのはな》　春四月。蔓性で、常緑の葉のわきから花序を出し、外側は白く内側は淡紫色の花がいくつか咲く。

相からみどれがどの花郁子通草　佐田あはみ

紫式部《むらさきしきぶ》　秋→紫式部の実《むらさきしきぶのみ》

紫式部の実《むらさきしきぶのみ》　秋十月。葉のつけ根の花の一つ一つが、秋、光沢ある紫の小さな丸い実に熟す。**紫式部**《むらさきしきぶ》。**実むらさき**《みむらさき》。**式部の実**《しきぶのみ》。白い実を結ぶ**白式部**《しろしきぶ》もある。

白もまた仕上りし色式部の実　中野孤城
落葉中紫式部実をこぼす　高浜年尾

村時雨《むらしぐれ》　冬→時雨《しぐれ》

群千鳥《むらちどり》　冬→千鳥《ちどり》

村の春《むらのはる》　春→春《はる》

村祭《むらまつり》　秋→秋祭《あきまつり》

むら紅葉《むらもみじ》　秋→紅葉《もみじ》

室咲《むろざき》　冬一月。温室やビニールハウスなどで咲かせた不時の草花など。**室の花**《むろのはな》。**室の梅**《むろのうめ》。

窓かけをしぼり日当る室の花　左右木韋城
水遣つて客間に運ぶ温室《むろ》の蘭　稲畑汀子

室の梅《むろのうめ》　冬→室咲《むろざき》

室の花《むろのはな》　冬→室咲《むろざき》

◎め◎

名月《めいげつ》　秋九月。陰暦八月十五日、仲秋の月をいう。**明月**《めいげつ》。**望月**《もちづき》。**満月**《まんげつ》。**十五夜**《じふごや》。**今日の月**《けふのつき》。**月今宵**《つきこよひ》。**芋名月**《いもめいげつ》。

十五夜の高まりゆきて力ぬけ　松本たかし
みちのくの濤音荒し望の夜も　成瀬正俊
名月の渡りゆく空とゝのへり　稲畑汀子

明月《めいげつ》　秋→名月《めいげつ》

名刺受《めいしうけ》　冬一月。三が日、年賀客の名刺を受ける折敷《おしき》、三方などを玄関に置く。また古くは礼者の署名を求める**礼帳**《れいちやう》を置くこともあった。

大徳寺庫裏深々と名刺受　山口誓子
礼帳におどけたる句を書かれけり　高浜虚子

鳴雪忌《めいせつき》　春二月。二月二十日、内藤鳴雪の忌日である。大正十五年（一九二六）没。**老梅忌**《らうばいき》。

なつかしき明治俳壇鳴雪忌　加藤梅晨
尼寺に小句会あり鳴雪忌　高浜虚子

芽独活《めうど》　春→独活《うど》

メーデー　春四月。五月一日、万国労働者の記念日。

メーデーの列しんがりの明るかり　木村滄雨
メーデーの列とはなつてをらざりし　稲畑汀子

夫婦星《めおとぼし》　秋→星祭《ほしまつり》

和布刈桶《めかりおけ》　冬→和布刈神事《めかりしんじ》

若布刈竿《めかりざお》　春→若布《わかめ》

和布刈神事《めかりしんじ》　冬一月。陰暦大晦日の夜半に始まり未明に終わる門司《もじ》和布刈神社の神事。**和布刈禰宜**《めかりねぎ》。**和布刈桶**《めかりをけ》。

落潮の早瀬にたちて和布刈禰宜　小池森閑

潮迅し和布刈神事のすゝみをり　高浜年尾

和布刈禰宜《めかりねぎ》　冬→和布刈神事《めかりしんじ》

若布刈舟《めかりぶね》　春→若布《わかめ》

めがるかや　秋→刈萱《かるかや》

目刺《めざし》　〔三〕春三月。鰯などの小魚数匹を連ねて、竹串でその目を刺し通し、振塩をして干したもの。

かりそめの独り暮しや目刺焼く　藤松遊子

蒼海の色尚存す目刺かな　高浜虚子

飯笊《めしざる》　〔三〕夏七月。暑さで飯の饐《す》えるのを防ぐために用いる蓋付きの笊で、細く割って磨いた竹で美しく編んである。

窓に釣る飯籠に来る山の蝶　渡辺一魯

飯饐る《めしすえる》　〔三〕夏七月。飯が腐敗する寸前、汗をかき、一種の臭気を放つ状態を饐《す》えるという。

飯饐ゆと婢が嗅ぎ妻が嗅ぎ　宮崎了乙

飯饐るほど炊くことの無くなりし　西内千代

芽芍薬《めしゃくやく》　春→芍薬の芽《しゃくやくのめ》

女正月《めしょうがつ》　冬→小正月《こしょうがつ》

眼白《めじろ》　〔三〕秋十月。鶯色をした小鳥で、つぶらな眼の周りにはっきりと白い輪があって可愛い。**眼白押**《めじろおし》。**眼白とり**《めじろとり》。

菜畑の日和をわたる眼白かな　原　石鼎

一寸留守眼白落しに行かれけん　高浜虚子

眼白押《めじろおし》　秋→眼白《めじろ》

眼白とり《めじろとり》　秋→眼白《めじろ》

目高《めだか》　〔三〕夏六月。体は小さく透き通るようであるが、眼は大きく飛び出している。**緋目高**《ひめだか》。

ぢつとしてゐぬ緋目高の数読めず　松尾静子

水動き目高は止りをりにけり　稲畑汀子

芽立ち《めだち》　春→木の芽《このめ》

めはじき　秋八月。シソ科の二年草。夏から秋にかけて淡紅紫色の唇形花を数個ずつ葉腋につける。**益母草**《やくもさう》。

ままごとに手折りきたれる益母草　坊城としあつ

めはじきをしごけば花のこぼれけり　坊城中子

目貼《めばり》　冬十一月。北国では、冬を迎えて、窓その他の隙間に紙などを張り、風雪の吹き込むのを防ぐのである。**隙間張る**《すきまはる》。

目貼する仮の住居の窓多く　葛　祖蘭

目貼する病室故に急かさるゝ　高浜年尾

目貼剝ぐ《めばりはぐ》　春三月。寒い地方で窓や戸の隙間に貼っておいた目貼を、春になって剝ぐことをいう。

よき紙の目貼は潔く剝がれ　宮城きよなみ

張合ひのありし暮しの目貼はぐ　高浜虚子

芽ばり柳《めばりやなぎ》　春→芽柳《めやなぎ》

芽張るかつみ《めばるかつみ》　春→菰の芽《こものめ》

めまとひ《めまとい》　夏→蠛蠓《まくなぎ》

芽柳《めやなぎ》　春三月。芽を付けた柳の糸のなびくさま、芽がしだいにほぐれてゆく変化も面白い。**芽ばり柳**《めばりやなぎ》。**柳の芽**《やなぎのめ》。

柳の芽粒々と枝細々と　木谷　孝

疎にありて風にもつれぬ柳の芽　稲畑汀子

メロン　夏七月。瓜の一品種で、マスクメロンの上品な香りと柔らかく甘味を含んだ舌ざわりは、果物の女王といえる。

縁談の話の客へメロン切る　小田尚輝

メロンにも銀のスプーン主婦好み　高浜虚子

◎も◎

毛布《もうふ》《まうふ》　〔三〕冬十二月。毛布は本来西欧のものであったが、日本でも明治以来冬の下掛に用いられてきた。**ケット**。

帰化せんと思うて久し毛布干す　千本木溟子

膝毛布配られ飛機は北に発つ　山本白汀女

藻刈《もかり》　〔三〕　夏六月。はびこり茂った藻を小舟を漕ぎ入れて、棹でからめとったり、柄の長い鎌で刈り取ったりする。**藻《も》を刈《か》る**。**藻刈棹《もかりざを》**。**藻刈舟《もかりぶね》**。**刈藻《かりも》**。**刈藻屑《かりもくづ》**。

夕影は流るゝ藻にも濃かりけり　高浜虚子

藻刈舟らしくも見えてつなぎあり　高浜年尾

藻刈棹《もかりざお》　夏→藻刈《もかり》

虎落笛《もがりぶえ》　〔三〕　冬十二月。冬の烈風が柵、竹垣などに吹きつけて笛のような音を発するのをいう。

新しき枕眠れず虎落笛　星野　椿

虎落笛眠に落ちる子供かな　高浜虚子

藻刈舟《もかりぶね》　夏→藻刈《もかり》

艾草《もぐさ》　春→蓬《よもぎ》

木犀《もくせい》　秋九月。仲秋、葉腋に小花を叢生し、独特の芳香を放つ。花は橙黄色がふつうで**金木犀《きんもくせい》**という。**銀木犀《ぎんもくせい》**。

木犀の匂ふひと日を妻とあり　山本紅園

木犀の香りの継目ありし風　岸　善志

木炭《もくたん》　冬→炭《すみ》

木母寺大念仏《もくぼじだいねんぶつ》　春→梅若忌《うめわかき》

土竜打《もぐらうち》　冬一月。一月十四日の夜、子供たちが藁の苞《つと》や土竜の嫌うという海鼠をかたどったもので家々の土間や庭を打って歩く。年頭にあたって農作の害となるものを鎮めておくためである。

しきたりを捨てず城下のもぐら打　清水寛山

土竜打近づく門を灯しおく　鶴丸白路

木蓮《もくれん》　春四月。葉に先だって紫色または白色の大きな六弁の花を付ける。**紫木蓮《しもくれん》**。**白木蓮《はくもくれん》**。**木蘭《もくれん》**。「はくれん」は白木蓮であるが、白蓮《びゃくれん》といえば蓮《はす》のことである。

木蓮の咲く枝先の枝先に　綿谷吉男

木蓮と判りしほどに蒼みたり　高浜年尾

木蘭《もくれん》　春→木蓮《もくれん》

もじずり　夏→文字摺草《もじずりそう》

文字摺草《もじずりそう》《もじずりさう》　夏五月。芝地、田の畦《あぜ》などに自生し、初夏、茎の頂にほっそりした穂をなして、淡紅色の小花をつづる。花穂が捩れているので**捩花《ねぢばな》**ともいう。**もじずり**。

花見ればねぢり花とは聞かずとも　中田はな
風に縒かけて文字摺草の咲く　鈴木玉斗

鵙《もず》
[三] 秋十月。梢で、キ、キ、キ、あるいはキーキーなどと鋭い声で鳴く。虫や小動物を捕って食べる。**百舌鳥**《もず》。**鵙の声**《もずのこゑ》。**鵙の贄**《もずのにへ》。
一声を残せる鵙の見えざりし　坊城中子
さだかにも庭木に鵙の好き嫌ひ　篠塚しげる

百舌鳥《も　ず》　秋→鵙《もず》

海雲《もずく》《もづく》
[三] 春四月。暗褐色の海藻。細い線状で、ぬるぬるとしてやわらかい。三杯酢などで食べる。**水雲**《もづく》。**海蘊**《もづく》。
波の色変りてなびく海雲かな　山科晨雨
潮泡を離すまじとす海雲かな　阿波野青畝

水雲《もずく》　春→海雲《もずく》
海蘊《もずく》　春→海雲《もずく》
鵙の声《もずのこえ》　秋→鵙《もず》
鵙の贄《もずのにえ》　秋→鵙《もず》

餅《もち》
冬十二月。正月を迎えるには餅はなくてはならぬものである。「鏡餅」（別項）にしたり、**切餅**《きりもち》、**熨斗餅**《のしもち》にしたりする。**霰餅**《あられもち》。
ふくれ来る餅に漫画を思ひけり　高田風人子
寮生の呉れし餅焼く舎監室　中井苔花

餅草《もちぐさ》　春→蓬《よもぎ》

餅配《もちくばり》
冬十二月。餅搗をすると、まだやわらかい餅をすぐ餡餅や黄粉餅に作って親戚や隣近所に配る風習がある。
我門へ来さうにしたり配餅　一茶

餅米洗ふ《もちごめあらふ》　冬→餅搗《もちつき》
望月《もちづき》　秋→名月《めいげつ》

餅搗《もちつき》
冬十二月。昔は師走も押しつまってくると、そここに餅搗の音がひびいた。**餅米洗ふ**《もちごめあらふ》。**餅筵**《もちむしろ》。
餅を搗く音若者と替りけり　中原八千草
餅を搗く次第に調子づいて来し　高浜年尾

糯の花《もちのはな》
夏六月。糯の木は山野に自生もするが、庭木として植えられることも多い。黄緑色の小さな花を群がりつける。
はら〳〵と糯の花散り弾みけり　空茶

餅花《もちばな》
冬一月。一月十四日、紅白の餅を小さく刻んで、柳などの枝に挿して、神前に供えたり床の間に飾る。**繭玉**《まゆだま》。

繭玉のかげ濃く淡く壁にあり　高浜年尾

餅花を揺らせし影の鎮もりぬ　稲畑汀子

餅筵《もちむしろ》　冬→餅搗《もちつき》

木斛の花《もっこくのはな》《もくこくのはな》

夏六月。葉は滑らかな光沢をもち、細かな白い五弁の花を下向きに開く。香りでそれと知ることもある。

木斛の花に降る雨にくからず　高岡智照

木斛の花の咲きしを気付かずに　小畑一天

物種《ものだね》　春→種物《たねもの》

物種蒔く《ものだねまく》　春→種蒔《たねまき》

ものの芽《もののめ》

春三月。春になって萌え出るもろもろの芽をいう。何やらの芽という心持をこめている。

土塊を一つ動かし物芽出づ　高浜虚子

どの芽とも踏むまじくして踏まれをり　稲畑汀子

藻の花《ものはな》

夏六月。湖沼や小川などに生えるさまざまな藻の花の総称である。一般に小さく、目立たない。**花藻**《はなも》。

藻の花や水棹は泥にとられ勝ち　堺井浮堂

藻の花に入江は静かなるところ　高浜年尾

籾《もみ》

秋十月。稲を扱き落としてまだ殻のついたままの米が籾である。**籾干**《もみほし》。**籾筵**《もみむしろ》。

籾干して谷戸一番の大藁屋　高木晴子

籾筵のべし日だまり土手を背に　高浜年尾

籾臼《もみうす》　秋→籾磨《もみすり》

揉瓜《もみうり》　夏→胡瓜もみ《きゅうりもみ》

籾殻焼《もみがらやき》　秋→籾磨《もみすり》

紅葉《もみじ》《もみぢ》

秋十月。落葉樹の葉は凋落する前、霜や時雨の降るたびに美しく染まる。その代表的なものは**楓**《かへで》である。**夕紅葉**《ゆふもみぢ》。**むら紅葉**《むらもみぢ》。**下紅葉**《したもみぢ》。**紅葉川**《もみぢがは》。**紅葉山**《もみぢやま》。

山紅葉し初むる一樹々々づつ　今井千鶴子

紅葉谷知りつくしたる案内かな　山田庄蜂

大紅葉燃え上らんとしつゝあり　高浜虚子

黄葉《もみじ》《もみぢ》

秋十月。黄色にもみじしたのをいう。銀杏《いちょう》、柳をはじめ、欅、柏、白樺、落葉松などさまざまある。

黄葉して隠れ現る零余子蔓　高浜虚子

黄葉描く子に象を描く子が並び　稲畑汀子

もみぢあふひ《もみじあおい》　夏→紅蜀葵《こうしょっき》

紅葉且散る《もみじかつちる》《もみぢかつちる》　秋十月。紅葉しながらかつ散るのをいう。単に「紅葉散る」といえば冬季である。

紅葉且散るひとひらはまなかひに　杉本　零

紅葉且散る盆栽といふ天地　前内木耳

紅葉狩《もみじがり》《もみぢがり》　秋十月。紅葉を賞でて山や谷を逍遥することである。**紅葉見**《もみぢみ》。**観楓**《くわんぷう》。

紅葉見る酒は静に飲むべかり　松尾いはほ

渓深く下りゆくことも紅葉狩　田上一蕉子

紅葉川《もみじがわ》　秋→紅葉《もみじ》

紅葉散る《もみじちる》《もみぢちる》　冬十一月。「紅葉且散る」は秋季であるが、本格的に散るのは初冬である。**散紅葉**《ちりもみぢ》。

流れにははじまつてをり散紅葉　藤崎久を

散紅葉こゝも掃き居る二尊院　高浜虚子

紅葉鮒《もみじぶな》《もみぢぶな》　秋十月。琵琶湖に産する源五郎鮒は、秋が深くなると、鰭《ひれ》が紅色を帯びる。これが紅葉鮒である。

からだ中ゆすり泳げる紅葉鮒　両角竹舟郎

紅葉鮒色とり〴〵に重の物　高浜虚子

紅葉見《もみじみ》　秋→紅葉狩《もみじがり》

紅葉山《もみじやま》　秋→紅葉《もみじ》

籾摺《もみすり》　秋→籾磨《もみすり》

籾磨《もみすり》　秋十月。籾の殻（種皮）を剥がしとることである。**籾摺**《もみすり》。**籾摺臼**《もみすりうす》。**磨臼**《すりうす》。**籾臼**《もみうす》。**籾摺唄**《もみすりうた》。**籾殻焼**《もみがらやき》。

籾摺やわが裏山の薄紅葉　柏崎夢香

籾摺や俵かぞへて妻幾度　細川路青

籾摺臼《もみすりうす》　秋→籾磨《もみすり》

籾摺唄《もみすりうた》　秋→籾磨《もみすり》

籾干《もみほし》　秋→籾《もみ》

籾蒔く《もみまく》　春→種蒔《たねまき》

籾筵《もみむしろ》　秋→籾《もみ》

桃《もも》　〔三〕秋九月。日本在来種の地桃は小粒で酸味が強い。**毛桃**《けもも》。それよりやや早く店頭に出る「白桃」は、大形、白く甘く柔らかい。

桃ひとつ甘き匂ひを放ちたる　今井千鶴子

苦桃に恋せじものと思ひける　高浜虚子

百千鳥《ももちどり》　〔三〕　春四月。春の野山や森で、いろいろの小鳥が群がり囀り百千の鳥が合奏しているように聞えるのをいう。

御僧等別れ惜しやな百千鳥　星野立子

会者定離帰坊の僧に百千鳥　森定南楽

桃の酒《もものさけ》　春→白酒《しろざけ》

桃の節句《もものせっく》　春三月。五月五日の男の子の菖蒲の節句に対して、三月三日の女の子の節句をいう。**上巳**《じやうし》。**上巳**《じやうみ》。**桃の日**《もものひ》。

箸置に桃の枝配す節句かな　柴原保佳

茶碗あり銘は上巳としるしたり　高浜虚子

桃の花《もものはな》　春四月。雛祭には欠かせない花である。**白桃**《しろもも》。**緋桃**《ひもも》。**源平桃**《げんぺいもも》。**桃畑**《ももばたけ》。**桃林**《たうりん》。**桃園**《たうゑん》。**桃の村**《もものむら》。

海女とても陸こそよけれ桃の花　高浜虚子

緋桃咲き極まりて葉をまじへたり　高浜年尾

桃の日《もものひ》　春→桃の節句《もものせっく》

桃の村《もものむら》　春→桃の花《もものはな》

桃畑《ももばたけ》　春→桃の花《もものはな》

股引《ももひき》　〔三〕　冬十二月。防寒用に穿く細いズボンに似たもの。メリヤス、木綿などで作り、腰の部分が左右重なって紐で結ぶ。足首も紐でしばる。**もんぺ**。**ぱっち**。

股引のたるみて破れし膝頭　仙人

桃吹く《ももふく》　秋→草棉《わた》

守武忌《もりたけき》　秋九月。陰暦八月八日、俳諧の先駆者荒木田守武の忌日である。

お姿の二位の衣冠や守武忌　植松冬嶺星

祖《おや》を守り俳諧を守り守武忌　高浜虚子

諸鬘《もろかずら》　夏→葵祭《あおいまつり》

諸子《もろこ》　〔三〕　春三月。子供たちに親しまれている小さな淡水魚。形が柳の葉に似ているので「柳もろこ」ともいう。**初諸子**《はつもろこ》。

濯ぎ女と一つ歩板に諸子釣　粟津松彩子

諸子釣る一舟に日の傾きぬ　岡安仁義

もろこし　秋→玉蜀黍《とうもろこし》

醪酒《もろみ》　秋→濁酒《にごりざけ》

諸向《もろむき》　冬→歯朶《しだ》

藻を刈る《もをかる》　夏→藻刈《もかり》

紋黄蝶《もんきちょう》　春→蝶《ちょう》

紋白蝶《もんしろちょう》　春→蝶《ちょう》

もんぺ　冬→股引《ももひき》

◎や◎

灸花《やいとばな》　夏七月。山野で木や竹にまつわったり、人家の生垣を這ったりする蔓性の多年草。鐘状の小さい花が集まって咲く。花の外側は灰白色、内側は紅紫色。**へくそ葛**《へくそかづら》。

花つけてへくそかづらと謂ふ醜名　片岡亜土
名をへくそかづらとぞいふ花盛り　高浜虚子

八重菊《やえぎく》　秋→菊《きく》

八重桜《やえざくら》　春→桜《さくら》

八重椿《やえつばき》　春→椿《つばき》

八乙女の田舞《やおとめのたまい》　夏→御田植《おたうえ》

夜学《やがく》　[三]　秋九月。秋は学生、生徒のみならず、学問に志す者すべてが灯火の下で学ぶに適した季節である。したがって一年中ある夜学校の場合でもとくに秋季とする。**夜学子**《やがくし》。

年上の教へ子もゐる夜学かな　村中千穂子
笑はせて収拾つかぬ夜学かな　中島不識洞

夜学子《やがくし》　秋→夜学《やがく》

焼藷《やきいも》　[三]　冬十二月。甘藷を焼いたもので昔から庶民的な味で親しまれている。寒い夜の焼藷屋の声はいかにも冬らしい。

銭湯を出て焼藷を買うてゆく　七崎暮潮
まだ起きてゐる灯に通る焼藷屋　佐藤冨士夫

焼栗《やきぐり》　秋→栗《くり》

焼米《やきごめ》　秋十月。籾《もみ》つきの新米を炒り、臼で搗《つ》いて籾殻を除いたもの。実がやわらかいので、やや平たくなる。

焼米を持つて祭の挨拶に　河野扶美

焼栄螺《やきさざえ》　春→壺焼《つぼやき》

焼蛤《やきはまぐり》　春→蛤《はまぐり》

夜業《やぎょう》《やげふ》　[三]　秋九月。ビルや工場で、夜まで明るく灯をともして仕事をするのを夜業という。とくに秋の夜にその趣がある。

寮母きて夜業織娘にパン配る　鈴木　学
みな灯し一人の夜業淋しからず　中川秋太

厄落《やくおとし》　冬―一月。厄年にあたった人が、節分の夜に厄のがれのまじないをするのを厄落という。**ふぐりおとし**。

厄落す遠くに神の灯が一つ　田中王城
何物かつまづく辻や厄落し　高浜虚子

役者双六《やくしゃすごろく》　冬→双六《すごろく》

薬草摘《やくそうつみ》　夏→薬の日《くすりのひ》

薬草採《やくそうとり》　秋→薬掘る《くすりほる》

厄塚《やくづか》　冬―一月。京都吉田神社の斎場所、大元宮《だいげんぐう》の神殿前に、節分祭に際して厄塚が立てられる。

厄塚や水引かけし一とたばね　野村くに女
厄塚へ一寸拝んで捨つるもの　池内たけし

厄払《やくはらい》《やくはらひ》　冬―一月。古くは節分の夜に乞食が手拭をかむり、張ぼての籠をかつぎ、扇子を持って厄年にあたる人の家で厄を払って回った。現在はすたれて見られなくなった。

声よきも頼もし気也厄払　太　祇
八方を塞げる厄を払ひけり　末石休山

厄日《やくび》　秋→二百十日《にひゃくとおか》

益母草《やくもそう》　秋→めはじき

矢車《やぐるま》　夏―五月。矢羽根を放射状に並べて車輪のようにしたもので幟竿の先端につける。

矢車の飛ばしてをりし日のかけら　津村典見
矢車の廻り初めしが音立つる　高浜年尾

矢車菊《やぐるまぎく》　夏―六月。茎や細長い葉に、白い綿毛が生えている。藍紫色、また桃色、白色などの頭状花をつける。**矢車草**《やぐるまそう》。

北欧は矢車咲くや麦の中　山口青邨

矢車草《やぐるまそう》　夏→矢車菊《やぐるまぎく》

夜警《やけい》　冬→火の番《ひのばん》

焼野《やけの》　春―二月。野焼をしたあとの野。黒々と広がり、半ば焦げた芒などが残っていたりもする。これを**末黒野**《すぐろの》という。

火は見えで黒く広がる焼野かな　高浜虚子
末黒野にすでに命のはじまれる　稲畑汀子

焼野の芒《やけののすすき》　春→末黒の芒《すぐろのすすき》

焼山《やけやま》　春二月。焼いている山、また焼き終わって黒くなった山、どちらも焼山という。

焼山や嵩其まゝに歯朶の容《かた》　西山泊雲

夜光虫《やこうちゅう》《やくわうちゆう》　〔三〕夏七月。夜、海面近くに浮遊して、無数の青白い光を発する原生動物で晩夏に多い。

釣り落すものに湧き立つ夜光虫　勝尾艸央

手にふれて波さざめかす夜光虫　稲畑汀子

夜食《やしょく》　〔三〕秋九月。夜なべのあとなどに農家や職場などでとる軽い食事。また夜更けまで勉強をしている学生などもとる。

どんぶりに顔を落して夜食かな　唐笠何蝶

夜食には夜食の贅のありにけり　高浜朋子

靖国祭《やすくにまつり》　春四月。四月二十一日より三日間、東京九段の靖国神社で行われる春の例大祭をいう。**招魂祭**《せうこんさい》。

事古りし招魂祭の曲馬団　松本たかし

安良居祭《やすらいまつり》《やすらゐまつり》　春四月。四月第二日曜日（もとは陰暦三月十日）、京都紫野の今宮神社で行われる神事である。

安良居やあぶり餅屋の朝掃除　中村七三郎

野猪《やちょ》　秋→猪《いのしし》

八頭《やつがしら》　秋→芋《いも》

奴凧《やっこだこ》　春→凧《たこ》

八手の花《やつでのはな》　冬十一月。天狗の団扇の形をした葉は青々として逞しく、枝の先から白い円錐形の花穂を出し、毬のような形に小さな白い花を咲かせる。

豆腐やの笛来てとまる花八手　高崎小雨城

ベル押せばすぐに応へて花八ッ手　星野　椿

寄居虫《やどかり》　〔三〕春四月。頭は蝦に似て蟹のような大きな螯《はさみ》をもち、巻貝の殻を借りて棲む。**がうな**。

岩の間を這ひつくばひてがうな捕　天津春子

やどかりの足が用心深くして　山下しげ人

宿下り《やどさがり》　冬→藪入《やぶいり》

宿の月《やどのつき》　秋→月《つき》

魚簗《やな》　〔三〕夏六月。川の瀬などで魚を捕る仕掛けの一つ。**簗打**《やなうち》。**簗番**《やなばん》。**簗守**《やなもり》。

流木のかゝりしまゝに旱簗　土山紫牛

簗守の解禁を待つ生活あり　稲畑汀子

簗打《やなうち》　夏→魚簗《やな》

柳川鍋《やながわなべ》　夏→泥鰌鍋《どじょうなべ》

柳《やなぎ》　春四月。多く水のほとりに細い枝を垂れ、あたりを春らしく淡い緑にけぶらせる。**糸柳**《いとやなぎ》。**青柳**《あをやぎ》。**遠柳**《とほやなぎ》。**門柳**《かどやなぎ》。**川柳**《かはやなぎ》。

糸柳まだ遠景を透しをり　高浜年尾

風ぐせのとれぬ柳となりにけり　稲畑汀子

柳散る《やなぎちる》　秋十月。秋も終わろうとするころ、柳の葉は散り始める。**散る柳**《ちるやなぎ》。

靴みがき伏してひたすら柳散る　吉屋信子

宇治川の流は早し柳散る　高浜虚子

柳の芽《やなぎのめ》　春→芽柳《めやなぎ》

柳鮠《やなぎはえ》　[三] 春三月。学名ではなく、長さ七、八センチほどの鯎《うぐい》や追川魚《おいかわ》が柳の葉に似ているのでこの名がある。

見えてゐるよりも深しや柳鮠　鳥羽克己

舟棹に散りて影なし柳鮠　高浜虚子

柳箸《やなぎばし》　冬→太箸《ふとばし》

簗番《やなばん》　夏→魚簗《やな》

簗守《やなもり》　夏→魚簗《やな》

屋根替《やねがえ》《やねがへ》　春三月。冬の間、積雪や風のためにいたんだ屋根を、春になって修繕したり、また新しく**葺替**《ふきかへ》をすること。

屋根替の萱つり上ぐる大伽藍　松本たかし

屋根替の埃日ねもす空へとぶ　高浜年尾

野梅《やばい》　春→梅《うめ》

藪入《やぶいり》　冬一月。一月十六日、奉公人が休みをもらって自由に外出して遊ぶ風習をいった。**養父入**《やぶいり》。**里下り**《さとさがり》。**宿下り**《やどさがり》。

藪入や思ひは同じ姉妹　正岡子規

藪入や母にいはねばならぬこと　高浜虚子

養父入《やぶいり》　冬→藪入《やぶいり》

藪柑子《やぶこうじ》《やぶかうじ》　冬一月。山林、陰地などに自生し、冬、常緑の葉の間に小粒の美しい紅色の実をつける。正月の盆栽にされる。

山深く神の庭あり藪柑子　江原巨江

一つづつ離れたる実も藪柑子　増田手古奈

藪虱《やぶじらみ》　秋十月。山野、道ばたなど至るところに生える人参に似た葉をした雑草である。秋に熟す実は麦粒ぐらいで、人の衣服や、動物にもよくつく。**草じらみ**《くさじらみ》。

帽子まで草虱つけをりしかな　松崎亭村

草虱したゝかにつけ気がつかず　高浜年尾

藪椿《やぶつばき》　春→椿《つばき》

藪巻《やぶまき》　〔三〕冬十二月。雪折のおそれのある低木や竹藪などを、あらかじめ薦《こも》、筵、縄などでぐるぐる巻きにして防ぐこと。

藪巻の棒一本の突ん抜けて　村上三良

山門の大藪巻は蘇鉄らし　西沢破風

破れ傘《やぶれがさ》　夏七月。山野の樹下などに自生する。葉は掌状に深く裂け、破れ傘をひろげたように見える。

破れ傘花といふものありにけり　大久保橙青

花了へてまことその名も破れ傘　田上一蕉子

やまいも　秋→自然薯《やまのいも》

山うつぎ《やまうつぎ》　夏→卯の花《うのはな》

山独活《やまうど》　春→独活《うど》

山笠《やまがさ》　夏→博多山笠《はかたやまがさ》

山蟹《やまがに》　夏→蟹《かに》

山雀《やまがら》　〔三〕秋十月。利口な鳥で人に馴れやすく、縁日などでおみくじ引きの芸をしてみせるのはこの鳥である。**山雀芝居**《やまがらしばゐ》。

山雀が垣根を越えて渓に去る　小沢晴堂

山雀のをぢさんが読む古雑誌　高浜虚子

山雀芝居《やまがらしばい》　秋→山雀《やまがら》

山草《やまくさ》　冬→歯朶《しだ》

山鬮《やまくじ》　夏→祇園祭《ぎおんまつり》

山鯨《やまくじら》　冬→猪鍋《ししなべ》

山栗《やまぐり》　秋→栗《くり》

山牛蒡の花《やまごぼうのはな》　夏六月。夏、枝の上に一五センチくらいの花茎を伸ばして、無弁の白い小花を総《ふさ》のように咲かせる。

山ごばう花をかゝげて谷深し　平賀よしを

山桜《やまざくら》　春→桜《さくら》

山清水《やましみず》　夏→清水《しみず》

山田の御田植《やまだのおたうえ》　夏→御田植《おたうえ》

山苣の花《やまちさのはな》　夏→えごの花《えごのはな》

やまつつじ　春→躑躅《つつじ》

山椿《やまつばき》　春→椿《つばき》

やまとなでしこ　秋→撫子《なでしこ》

山眠《やまねむ》る　[三]冬十二月。生気を失った冬の山が、あたかも眠っているように静かに見えるさまをいう。**眠る山《ねむるやま》**。

山眠る中に貴船の鳥居かな　高浜虚子
火噴くことなほつゞけをり山眠り　高浜年尾

自然薯《やまのいも》　[三]秋十月。里芋に対して、山野に自生するので自然薯の名がある。**やまいも**。**じねんじよ**。**つくねいも**。

自然薯を掘りたる深さ覗きけり　大矢よしみ
掘り尽す先の先まで自然薯　稲畑汀子

山登《やまのぼり》　夏→登山《とざん》

山萩《やまはぎ》　秋→萩《はぎ》

山始《やまはじめ》　冬一月。新年初めて山に入るときに行われる儀式で、供物を山の神に供えて、山仕事の順調を祈る。**初山《はつやま》**。

斧は子に酒壺は吾れ負ひ山始　新井不二郎
杣一人猿のごとく山始　居附稲声

山火《やまび》　春→山焼《やまや》く

山開《やまびらき》　夏七月。夏は、信仰のため、スポーツのための登山が多い。その夏山の登山開始日を山開という。山によってその日は違う。富士山は七月一日。**富士の山開《ふじのやまびらき》**。

町中が弾んでをりぬ山開　野崎加栄
山開とて歩かねばならぬ道　稲畑汀子

山蛭《やまびる》　夏→蛭《ひる》

山吹《やまぶき》　春四月。わが国固有の花で、黄色で鮮やかだが、白いものもある。一重咲きと八重とがある。**葉山吹《はやまぶき》**。**濃山吹《こやまぶき》**。

山吹の一重の花の重なりぬ　高野素十
遠くより見てゐし雨の濃山吹　稲畑汀子

山吹膾《やまぶきなます》　春→鮒膾《ふなます》

山藤《やまふじ》　春→藤《ふじ》

山葡萄《やまぶどう》《やまぶだう》　秋十月。山地に自生する蔓性落葉低木。実は豌豆粒くらいで房になって下がり、熟れれば黒く、食べられる。果実酒、ジャムにもなる。紅葉も美しい。

山葡萄熟れてこぼるゝばかりなり　大瀬雁来紅

やまべ　夏→山女《やまめ》

山法師《やまぼうし》　夏→山法師の花《やまぼうしのはな》

山帽子《やまぼうし》　夏→山法師の花《やまぼうしのはな》

山法師の花《やまぼうしのはな》《やまぼふしのはな》　夏五月。山野に自生する落葉樹で枝先に四片の大きな白い苞を開くので、花びらのように見える。**山法師**《やまぼふし》。**山帽子**《やまばうし》。

羽の旅の白に印象山法師　佐久間庭蔦

豁然と峠道ひらけ山法師　沢村芳翠

山鉾《やまほこ》　夏→祇園祭《ぎおんまつり》

山時鳥《やまほととぎす》　夏→時鳥《ほととぎす》

山繭《やままゆ》　春四月。家で飼われる蚕に対して、これは野生のもので、黄緑色を帯びている。

日静かに繭を営む山がひこ　呂　杣

山繭の営み透けてゐる日射　稲畑汀子

山女《やまめ》　〔三〕　夏五月。鱒の一種であるが海へ下らないで山間の渓流に棲む。体側に黒斑が十個ほど一列にある。**やまべ**。

己が影水に落さず山女釣る　山田庄蜂

奥蝦夷へ山女釣りにと行く漢　高浜年尾

楊梅《やまもも》　夏六月。温暖な地に多い。実は丸く粒々があり、初めは淡緑色で熟してくると暗紅紫色になり、はなはだ甘い。

石段を楊梅採りに汚されし　三宅黄沙

楊梅の落ち放題や磴染めて　有本春潮

山焼く《やまやく》　春二月。早春になると山を焼く。山の下草を焼くのである。**山火**《やまび》。

山焼の火種引きずり走りけり　梶尾黙魚

山焼の煙の上の根なし雲　高浜虚子

山百合《やまゆり》　夏→百合《ゆり》

山粧ふ《やまよそう》　秋→秋の山《あきのやま》

山笑ふ《やまわらう》《やまわらふ》　〔三〕　春三月。春の山をいう。「臥遊録」の「春山淡冶《たんや》にして笑ふが如く、……」という一節からとった季題である。

太陽を必ず画く子山笑ふ　高田風人子

腹に在る家動かして山笑ふ　高浜虚子

闇汁《やみじる》　〔三〕　冬十二月。仲間が集まって座興に行う会食で、持ち寄った品物を、闇の中で鍋に入れて煮、暗中で食べる。

闇汁の闇に声掛け始まりぬ　石川風女

闇汁の杓子を逃げしものや何　高浜虚子

守宮《やもり》 〔三〕夏六月。蜥蜴《とかげ》に似ているが、もう少し平たく灰黒色で蜥蜴のように背に緑の縦線をもっていない。夜行性である。

門灯にいつもの守宮門閉むる　平田寒月
夜毎鳴く守宮見なれて憎からず　安達夏子

やや寒《ややさむ》 秋十月。秋になって感じ始める寒さである。少し寒いというほどの秋の寒さである。**秋寒《あきさむ》**。

やゝ寒し灯の澄み渡る時　深川正一郎
やゝ寒や日のあるうちに帰るべし　高浜虚子

弥生《やよい》《やよひ》 春四月。陰暦三月の異称。

弥生てふ艶めく暦めくりけり　高木桂史
雨多き週末弥生はや半ば　稲畑汀子

遣羽子《やりはね》 冬→追羽子《おいばね》

夜涼《やりょう》 夏→涼し《すずし》

破芭蕉《やればしょう》《やればせう》 秋十月。芭蕉の葉は長大であるだけに、雨に破れ風に裂けたさまのあわれは深い。

破れそめて芭蕉や風にあらがはず　山本杜城
横にやれ終には縦に破れ芭蕉　高浜虚子

敗荷《やれはす》 秋十月。秋も深くなって、葉の破れた蓮である。**破れ蓮《やれはちす》**。**敗荷《はいか》**。

佇ちて見る人とてはなし破れ蓮　福島閑子
敗荷の水も力を失へり　蘭　添水

破れ蓮《やれはちす》 秋→敗荷《やれはす》

八幡放生会《やわたほうじょうえ》 秋→放生会《ほうじょうえ》

八幡祭《やわたまつり》 秋→放生会《ほうじょうえ》

やんま 秋→蜻蛉《とんぼ》

◎ゆ◎

結ひ初《ゆいぞめ》 冬→初髪《はつかみ》

夕鯵《ゆうあじ》 夏→鯵《あじ》

遊泳《ゆうえい》 夏→泳ぎ《およぎ》

夕顔《ゆうがお》《ゆふがほ》 夏七月。平たく五裂した白い花で、瓢箪とは同属。夕方から開き一晩で萎む。観賞用草花の夜顔《よるがお》を俗に夕顔と呼ぶので混同されやすい。

夕顔のうしろの闇の深さかな　池田草衣
夕顔のまだ咲くゆゑに棚解かず　佐藤裸人

夕顔蒔く《ゆうがおまく》《ゆふがほまく》　春三月。種を蒔くのは彼岸ごろからで、苗床に作る場合もあるが多くは直蒔である。

夕がほの種ううや誰古屋しき　暁台

夕顔剝く《ゆうがおむく》　夏→干瓢乾す《かんぴょうほす》

夕河岸《ゆうがし》《ゆふがし》　〔三〕夏六月。夏期東京の魚河岸で、夕方に魚市が立つのを夕河岸といったが、いまはなくなった。関西では**昼網**《ひるあみ》。

夕河岸や散歩がてらの泊り客　信太和風

夕霞《ゆうがすみ》　春→霞《かすみ》

誘蛾灯《ゆうがとう》《いうがとう》　夏六月。苗代、植田、果樹園などの害虫を明かりで誘って殺す装置。庭園でも見かけることがある。

山昏れてよりの親しき誘蛾灯　鶴原暮春
誘蛾灯つゞき夜道は遠きもの　今村青魚

夕砧《ゆうぎぬた》　秋→砧《きぬた》

夕霧《ゆうぎり》　秋→霧《きり》

夕東風《ゆうごち》　春→東風《こち》

夕桜《ゆうざくら》　春→桜《さくら》

夕時雨《ゆうしぐれ》　冬→時雨《しぐれ》

夕涼《ゆうすず》　夏→涼し《すずし》

夕涼み《ゆうすずみ》　夏→納涼《すずみ》

遊船《ゆうせん》　夏→船遊《ふなあそび》

夕立《ゆうだち》《ゆふだち》　〔三〕夏七月。**夕立風**《ゆふだちかぜ》。**夕立晴**《ゆふだちばれ》。**ゆだち**。**白雨**《ゆふだち》。**夕立雲**《ゆふだちぐも》。

富士川に夕立ありし濁りかな　卜田孤峰
大夕立来るらし由布のかき曇り　高浜虚子

白雨《ゆうだち》　夏→夕立《ゆうだち》

夕立風《ゆうだちかぜ》　夏→夕立《ゆうだち》

夕立雲《ゆうだちぐも》　夏→夕立《ゆうだち》

夕立晴《ゆうだちばれ》　夏→夕立《ゆうだち》

夕千鳥《ゆうちどり》　冬→千鳥《ちどり》

夕月《ゆうづき》　秋→夕月夜《ゆうづきよ》

夕月夜《ゆうづきよ》《ゆふづきよ》　〔三〕秋九月。新月からしばらく宵方だけ月のある夜をいう。**宵月**《よひづき》。**夕月**《ゆふづき》。

雑沓の名残り猶あり夕月夜　中口飛朗子
夕月の光とならず沈みけり　稲畑汀子

夕露《ゆうつゆ》　秋→露《つゆ》

夕凪《ゆうなぎ》《ゆふなぎ》　夏七月。これは昼の海風から夜の陸風に吹き変わる時刻に起こる現象で、風がまったく止まってしまうのをいう。**朝凪**《あさなぎ》。

夕凪や仏勤めも真つ裸　　宮部寸七翁

夕凪や船客すべて甲板に　　五十嵐播水

夕虹《ゆうにじ》　夏→虹《にじ》

夕祓《ゆうばらえ》　夏→御祓《みそぎ》

夕雲雀《ゆうひばり》　春→雲雀《ひばり》

夕紅葉《ゆうもみじ》　秋→紅葉《もみじ》

夕焼《ゆうやけ》《ゆふやけ》　夏七月。夕空が茜色に染まる現象をいう。四季にわたってあるが、夏の夕焼はもっとも華やかで壮快である。

雨晴れし空の果まで夕焼くる　　能美丹詠

夕焼の雲の中にも仏陀あり　　高浜虚子

川床《ゆか》　夏七月。納涼のため川の流れに張り出して設けた床をいう。京都鴨川、洛北貴船川の川床が有名。**床涼み**《ゆかすずみ》。**川床**《かはどこ》。

酔かくすほどの暗さの川床の灯に　　清水忠彦

おのづから木蔭が川床を蔽ひたる　　高浜年尾

床涼み《ゆかすずみ》　夏→川床《ゆか》

浴衣《ゆかた》　〔三〕夏七月。昔、入浴の際に用いた主として木綿の単衣《ひとえ》、すなわち湯帷子《ゆかたびら》の略である。**染浴衣**《そめゆかた》。**貸浴衣**《かしゆかた》。**古浴衣**《ふるゆかた》。

宿浴衣みんなが同じ顔となる　　塙　告冬

わが浴衣われの如くに乾きをり　　高浜虚子

柚釜《ゆがま》　秋→柚味噌《ゆみそ》

雪《ゆき》　〔三〕冬一月。**六花**《むつのはな》。**牡丹雪**《ぼたんゆき》。**小米雪**《こごめゆき》。**粉雪**《こなゆき》。**綿雪**《わたゆき》。**雪空**《ゆきぞら》。**ちら〳〵雪**《ちらちらゆき》。**小雪**《こゆき》。**大雪**《おほゆき》。**深雪**《みゆき》。**吹雪**《ふぶき》。**雪明り**《ゆきあかり》。**しづり雪**《しづりゆき》。**雪煙**《ゆきけむり》。**朝の雪**《あさのゆき》。**夜の雪**《よるのゆき》。**暮雪**《ぼせつ》。

いくたびも雪の深さを尋ねけり　　正岡子規

雪明り夜明けの色の加はりし　　奥田智久

雪やんで景色止つて居りにけり　　嶋田摩耶子

雪しづり吹きとび散れる微塵かな　　高浜年尾

雪明り《ゆきあかり》　冬→雪《ゆき》

雪遊《ゆきあそび》　冬→雪合戦《ゆきがっせん》

雪兎《ゆきうさぎ》　冬→雪達磨《ゆきだるま》

雪起し《ゆきおこし》　〔三〕冬一月。北地で雪の降ろうとするとき、雷が鳴ることがある。これを雪起しという。

夜半の音雪起しとは知らざりし　西尾北鳴

荒海に一と火柱や雪起し　堀前小木菟

雪折《ゆきおれ》《ゆきをれ》　［三］冬一月。積もった雪の重さで、木や竹が折れることをいう。

雪折の竹かぶさりぬ滑川　高浜虚子

雪折の椿一枝に蕾あり　高浜年尾

雪卸《ゆきおろし》　［三］冬一月。屋根に降り積もった雪を、かきおろすことをいう。

雪卸してはどうかと巡査来し　広中白骨

銀行も郵便局も雪卸す　佐藤五秀

雪女《ゆきおんな》　冬→雪女郎《ゆきじょろう》

雪垣《ゆきがき》　冬→雪囲《ゆきがこい》

雪搔《ゆきかき》　［三］冬一月。降り積もった雪をかき除けて道をつける。**排雪車**《はいせつしゃ》。**除雪車**《ぢよせつしや》。**ラッセル車**《らっせるしゃ》。**除雪夫**《ぢよせつふ》。

雪搔のとりつきのぼる大伽藍　伊藤柏翠

列車出しあとの雪搔き駅員等　高浜年尾

雪囲《ゆきがこい》《ゆきがこひ》　［三］冬十二月。風雪や雪の圧力から家や庭木などを守るための外囲いをいう。家の出入口に防雪設備をすることもいうのである。**雪垣**《ゆきがき》。**雪除**《ゆきよけ》。**雪構**《ゆきがまへ》。

雪囲して城趾に住める家　高浜虚子

丁寧にこんなに小さき雪囲　稲畑汀子

雪合戦《ゆきがっせん》　［三］冬一月。主に雪国の子の遊びであるが、大雪のあった翌日などはふだん雪の降らない地方でも見かける。**雪遊**《ゆきあそび》。

母織れる窓の下なる雪あそび　皆吉爽雨

雪合戦わざと転ぶも恋ならめ　高浜虚子

雪構《ゆきがまえ》　冬→雪囲《ゆきがこい》

雪沓《ゆきぐつ》　［三］冬一月。雪道を歩くとき、また雪を踏み固めて道を作るときなどに用いる。**藁沓**《わらぐつ》、**深沓**《ふかぐつ》、**爪籠**《つまご》などがある。

雪沓を借りて満座の寺を発つ　野島無量子

途中まで送る雪沓履きにけり　高瀬竟二

雪解《ゆきげ》　春→雪解《ゆきどけ》

雪解風《ゆきげかぜ》　春→雪解《ゆきどけ》

雪解川《ゆきげがわ》　春→雪解《ゆきどけ》

雪解雫《ゆきげしずく》　春→雪解《ゆきどけ》

雪解水《ゆきげみず》　春→雪解《ゆきどけ》

雪煙《ゆきげむり》　冬→雪《ゆき》

雪しまき《ゆきしまき》　冬→しまき

雪女郎《ゆきじょろう》《ゆきぢよらう》　〔三〕冬一月。幾日も降り続く雪の中で、雪女郎や**雪女**《ゆきをんな》が現れて道を迷わすという話が雪深い地方で伝わっている。

みちのくの雪深ければ雪女郎　山口青邨
雪女郎の眉をもらひし程の月　山田弘子

雪汁《ゆきじる》　春→雪解《ゆきどけ》

雪しろ《ゆきしろ》　春二月。野山に積もった雪が急に解けて、一時に海や川や野原に溢れ出るのをいう。**雪濁**《ゆきにごり》は雪しろのために川や海の濁ることである。

川口に小蒸汽入るゝ雪濁り　矢田挿雲
町中を通ふ用水雪濁　窪田日草男

雪空《ゆきぞら》　冬→雪《ゆき》

雪達磨《ゆきだるま》　〔三〕冬一月。古くは丈六仏などを雪で作ったので達磨を含め**雪仏**《ゆきぼとけ》ともいった。**雪兎**《ゆきうさぎ》。

雪達磨ありし処に消え失せぬ　池内たけし
朝の日に濡れ始めたる雪達磨　稲畑汀子

雪礫《ゆきつぶて》　〔三〕冬一月。ただ一つか二つふざけて投げるようなものこそ雪礫というのにふさわしい。

よき君の雪の礫に預らん　召　波
新しき雪に沈みて雪礫　村上三良

雪吊《ゆきつり》　〔三〕冬十二月。降雪で庭木や果樹の枝が折れないように、一本の支柱から縄や針金を八方に張り渡し枝を吊ること。

雪吊の縄一本も油断なし　三浦文朗
橐駝師《たくだし》の雪吊松を一眺め　高浜虚子

雪解《ゆきどけ》　春二月。本来は雪国の場合のことであるが、現在は一日、二日と積もった雪の解けるのにも使われる。**雪解**《ゆきげ》。**雪解雫**《ゆきげしづく》。**雪解風**《ゆきげかぜ》。**雪解水**《ゆきげみづ》。**雪解川**《ゆきげがは》。**雪汁**《ゆきじる》。

見えてきし畦の縦横雪解急　依田秋葭
まづ水の音もどりきし庭雪解　安原　葉

雪なだれ《ゆきなだれ》　春→雪崩《なだれ》

雪濁《ゆきにごり》　春→雪しろ《ゆきしろ》

雪残る《ゆきのこる》　春→残雪《ざんせつ》

雪の下《ゆきのした》　夏六月。多く庭園に観賞用として植えられる。葉は濃緑に白い葉脈が浮き、裏は赤紫色、細い茎の上に白色五弁の小さい花をつける。**鴨足草《ゆきのした》**。**きじんさう**。

こぼるゝ日使ひはじめし雪の下　藤崎久を
雪の下高野淋しき町ならず　吉年虹二

鴨足草《ゆきのした》　夏→雪の下《ゆきのした》

雪の果《ゆきのはて》　春三月。おおよそ涅槃会の前後に降るといわれている春の終りの雪のこと。**名残の雪《なごりのゆき》**。**雪の別れ《ゆきのわかれ》**。**忘れ雪《わすれゆき》**。

山廬いま名残の雪に埋もれし　村松紅花
春告ぐる名残の雪と思ひけり　稲畑汀子

雪のひま《ゆきのひま》　春→雪間《ゆきま》

雪の別れ《ゆきのわかれ》　春→雪の果《ゆきのはて》

雪晴《ゆきばれ》　[三]　冬一月。雪の降りやんだあとの晴天をいう。

雪晴の祇園の朝の音もなく　竹屋睦子
雪晴も雪に暗むも遠野かな　稲畑汀子

雪踏《ゆきふみ》　[三]　冬一月。樏《かんじき》や大きな雪沓で雪を踏みかため、道をつけることである。

雪踏も神に仕ふる男かな　高野素十
よそ者と今も言はれて雪を踏む　饒村楓石

雪仏《ゆきぼとけ》　冬→雪達磨《ゆきだるま》

雪間《ゆきま》　春二月。降り積んでいた雪が、ところどころ解け消えたその隙間をいうのである。**雪のひま《ゆきのひま》**。

黒といふ色の明るき雪間土　高嶋遊々子
目に見えて広ごり育つ雪間草　鮫島交魚子

雪祭《ゆきまつり》　冬一月。札幌や新潟県十日町市など、雪の多い地方で行われる。

雪像に積る雪掃き雪まつり　内田柳影
雪まつり雪への憂さを忘るゝも　浅利恵子

雪まろげ《ゆきまろげ》　[三]　冬一月。雪遊びの一つ。まず小さな雪の玉を作り、雪の上を転がしてだんだん大きなかたまりにする。

君火をたけよきもの見せむ雪まろげ　芭蕉
大小の雪まろげ行きちがひけり　中田みづほ

雪見《ゆきみ》　[三]　冬一月。一夜に降り積もった雪を見に出掛けようと思うのも一つの風流心である。

雪国に嫁ぐ雪見に招かれて　長谷川回天

しづかにも漕ぎ上る見ゆ雪見舟　高浜虚子

雪眼《ゆきめ》　[三] 冬一月。雪の積もった晴天の日は、反射光線が眩しく、長時間外にいると眼が紫外線に冒され、炎症を起こす。これを雪眼という。予防には**雪眼鏡**《ゆきめがね》を用いる。

雪眼診て山の天気を聞いてをり　岩垣子鹿

雪眼鏡借りて見つゞけらるゝ景　稲畑汀子

雪眼鏡《ゆきめがね》　冬→雪眼《ゆきめ》

雪焼《ゆきやけ》　[三] 冬一月。雪に反射した日光により、皮膚が黒く焼けること。

検証の旅に雪焼して戻り　三谷蘭の秋

雪焼の顔を揃へて下山せし　宮中千秋

雪柳《ゆきやなぎ》　春四月。新葉が出ると同時に、米粒ほどの真白な五弁の花がむらがり咲く。**小米花**《こごめばな》。**小米桜**《こごめざくら》。

朝より夕が白し雪柳　五十嵐播水

小米花とめし雨粒より小さし　小畑一天

雪除《ゆきよけ》　冬→雪囲《ゆきがこい》

雪割草《ゆきわりそう》　春→洲浜草《すはまそう》

行秋《ゆくあき》　秋十月。秋が過ぎ去ろうとするのをいうのである。虫の声はとうに絶え、水はすでに冷たい。

愛憎の夢も現も行秋ぞ　小畑一天

行秋や川近く住み川を見ず　柴原保佳

行く鴨《ゆくかも》　春→引鴨《ひきがも》

行く雁《ゆくかり》　春→帰る雁《かえるかり》

行年《ゆくとし》　冬十二月。流るる如く過ぎ去る年をいうので、これにふと心をとめてうち眺めた心持がある。**年惜む**《としをしむ》。

行年の一日の暇あれば訪ふ　高木晴子

山会に青邨と泣き年惜む　深川正一郎

行春《ゆくはる》　春四月。春まさに尽きんとするとき。暮の春、暮春などと同意である。**春行く**《はるゆく》。

行春の一つの旅を忘れ得ず　星野　椿

ゆく春の書に対すれば古人あり　高浜虚子

湯気立《ゆげたて》　[三] 冬十二月。冬は空気が乾燥しがちなので、暖房器の上に水を入れた容器を置き、湯気を立てて適当な湿度を保つ。

湯気立てゝ今宵これより吾が時間　能美優子

湯気立てることも忘れず看取妻　鈴木蘆洲

湯ざめ《ゆざめ》　〔三〕　冬十二月。冬は、湯上りにうかうかしていると湯ざめをする。

湯に入れば湯ざめをかこつ女かな　高浜虚子
湯ざめせしこと足先の知つてをり　稲畑汀子

柚子《ゆず》　秋十月。皮に凹凸のあるやや扁円の実で晩秋黄色に熟す。香りが高く、調味料に用いられる。

柚子をもぎつくせし枝の暗くなる　和気祐孝
雨の柚子とるとて妻の姉かぶり　高浜虚子

柚子の花《ゆずのはな》　夏→柚の花《ゆのはな》

ゆずみそ　秋→柚味噌《ゆみそ》

柚湯《ゆずゆ》　冬十二月。冬至の日、風呂に柚子の実を切って入れ入浴する。古くからのなつかしい習慣である。**柚風呂**《ゆぶろ》。

庭掃除すませ今宵は柚子風呂に　大原雅尾
今日はしも柚湯なりける旅の宿　高浜虚子

ゆすらうめ　夏六月。**山桜桃**《ゆすらうめ》とも**梅桃**《ゆすらうめ》とも書くのは、その実や花がどこか桜桃や梅などに似ているからであろう。

厨ごとする娘となりぬゆすらうめ　高根沢丘子
朝に来て夕に来る子ゆすらうめ　中野樹沙丘

山桜桃《ゆすらうめ》　夏→ゆすらうめ

梅桃《ゆすらうめ》　夏→ゆすらうめ

梅桃の花《ゆすらうめのはな》　春→山桜桃の花《ゆすらのはな》

山桜桃の花《ゆすらのはな》　春四月。葉は桜に似て小さく、新芽の出る頃、白い梅に似た花を開く。**梅桃の花**《ゆすらうめのはな》。

ゆすら梅まばらに咲いていてやさしけれ　国松松葉女

楪《ゆずりは》《ゆづりは》　冬一月。新しい葉が生い整ってはじめて古い葉が落ちるので、譲葉または親子草と呼ばれ、新年の飾りに用いる。

楪の茎も紅さすあしたかな　園　女
楪の赤き筋こそにじみたれ　高浜虚子

ゆだち　夏→夕立《ゆうだち》

ゆたんぽ　冬→湯婆《たんぽ》

ユッカ　夏七月。公園、花壇などによく植えられている。堅く鋭い剣状の葉叢から花茎を出し、鐘状で純白、淡黄、紫などの花をつける。

君が代蘭はその一種である。

開拓を待ちゐる沙漠花ユッカ　吉良比呂武

ユッカ咲き沙漠の日暮れ怪しけれ　平田縫子

茹小豆《ゆであずき》《ゆであづき》　［三］夏七月。小豆を煮て砂糖を入れたもの。**煮小豆**《にあづき》ともいい、冷やしても食べる。

出稼の夫に戸棚の茹小豆　山口忘我

茹菱《ゆでびし》　秋→菱の実《ひしのみ》

油点草《ゆてんそう》　秋→時鳥草《ほととぎすそう》

湯豆腐《ゆどうふ》　［三］冬十二月。だしとしては一枚の昆布を敷くだけで、白湯の中で角形に切った豆腐を煮たもの。薬味醤油で食べる。

湯豆腐に日本恋ひつゝ老いにけり　吉川耕花

湯豆腐や淡々として老の日々　内田柳影

油団《ゆとん》　［二］夏七月。和紙を広く貼り合わせ、表に油または漆、渋を引いたもの。夏の敷物に用いられる。

この家と共に古りたる油団かな　伊藤柏翠

忌籠の油団をのべし一間あり　高木石子

柚の花《ゆのはな》　夏六月。庭園などに栽培される**柚子の花**《ゆずのはな》である。棘のある枝に、香りのよい白色五弁の小さな花を開く。

箒目に蕊をこぼす柚の樹かな　杉田久女

花柚子の一本の香の旦より　中村若沙

柚風呂《ゆぶろ》　冬→柚湯《ゆずゆ》

柚味噌《ゆみそ》　秋十月。熟した柚子の中身をえぐり出した殻に、味噌と柚子の汁、皮のすりおろしを混ぜて練ったものを入れ、そのまま火に掛けて焼いたもの。**ゆずみそ**。**柚釜**《ゆがま》。

柚味噌して膳賑はしや草の庵　村上鬼城

柚味噌にさら〳〵まゐる茶漬かな　高浜虚子

弓始《ゆみはじめ》　冬一月。新年、初めて弓を引くことをいう。**弓矢始**《ゆみやはじめ》。**初弓**《はつゆみ》。**的始**《まとはじめ》。**射場始**《いばはじめ》。**射初**《いぞめ》。

禰宜の矢のおほらかに逸れ弓始　平松措大

乱好む人誰々ぞ弓始　高浜虚子

弓張月《ゆみはりづき》　秋→月《つき》

弓矢始《ゆみやはじめ》　冬→弓始《ゆみはじめ》

百合《ゆり》　夏七月。**山百合**《やまゆり》。**姫百合**《ひめゆり》。**鬼百合**《おにゆり》。**白百合**《しらゆり》。**鹿の子百合**《かのこゆり》。**鉄砲百合**《てつぱうゆり》。**黒百合**《くろゆり》。**車百合**《くるまゆり》。

早百合《さゆり》。百合の花《ゆりのはな》。

山百合の匂ひに噎せて君とゐし　小幡九竜

百合の香のはげしく襲ひ来る椅子に　稲畑汀子

百合の花《ゆりのはな》　夏→百合《ゆり》

◎よ◎

宵戎《よいえびす》　冬→十日戎《とおかえびす》

宵飾《よいかざり》　夏→祇園祭《ぎおんまつり》

宵涼み《よいすずみ》　夏→納涼《すずみ》

宵月《よいづき》　秋→夕月夜《ゆうづきよ》

宵の春《よいのはる》　春→春の宵《はるのよい》

宵祭《よいまつり》　夏→祭《まつり》

宵宮《よいみや》　夏→祭《まつり》

宵宮詣《よいみやもうで》　夏→祇園祭《ぎおんまつり》

宵山《よいやま》　夏→祇園祭《ぎおんまつり》

宵闇《よいやみ》《よひやみ》　［三］秋九月。陰暦二十日以後になると、月は十時過ぎにならないと出ない。それまでの闇を宵闇という。

宵闇や思はぬ雨の降り出でし　星野立子

宵闇の裏門を出る使かな　高浜虚子

余花《よか》《よくわ》　夏五月。山深い所などに、夏に入ってなお咲き残っている桜をいう。「残花」といえば春季である。

余花に逢ふ再び逢ひし人のごと　高浜虚子

われ等のみ眉山の余花に遊びけり　高浜年尾

余寒《よかん》　春二月。春になってからの寒さであるが、明けた寒《かん》の寒さがまだ尾を引いて残っている感じである。**残る寒さ《のこるさむさ》**。

世を恋うて人を怖るゝ余寒かな　村上鬼城

鎌倉を驚かしたる余寒あり　高浜虚子

夜著《よぎ》　［三］冬十二月。着物のような形で袖も襟もあり、しかも布団のように綿が沢山入って大きく厚い。「掻巻《かいまき》」ともいう。

夜著に寝てかりがね寒し旅の宿　芭蕉

夜霧《よぎり》　秋→霧《きり》

夜桜《よざくら》　春→桜《さくら》

夜寒《よさむ》 秋十月。秋、とくに晩秋、夜分になって寒さを感じることをいう。

稿成らず夜寒の膝を抱へけり　岩下吟千

みな降りて終著駅となる夜寒　長尾虚風

よし 秋→蘆《あし》

葭切《よしきり》 〔三〕夏六月。南方から渡来する夏鳥で、平地で見かけるのは大葭切である。**行々子《ぎやうぎやうし》**。**葭雀《よしすずめ》**。**葭原雀《よしはらすずめ》**。

行々子月に鳴きやむこと忘れ　石井とし夫

淀川もここらは狭し葭雀　稲畑汀子

夜仕事《よしごと》 秋→夜なべ《よなべ》

葭障子《よししょうじ》 夏→葭戸《よしど》

葭簀《よしず》 〔三〕夏六月。夏の強い日ざしを避けるための「日除」の一種。葭を太糸などで編んで作ったもの。**葭簀茶屋《よしずぢやや》**。

葭簀茶屋かたまるところ峠口　荒川あつし

客稀に葭簀繕ふ茶屋主　高浜虚子

葭雀《よしすずめ》 夏→葭切《よしきり》

葭簾《よしすだれ》 夏→青簾《あおすだれ》

葭簀茶屋《よしずぢゃや》 夏→葭簀《よしず》

吉田の火祭《よしだのひまつり》 秋八月。八月二十六、二十七日、山梨県富士吉田市で行われる富士浅間《せんげん》神社の火祭で、火伏せまつりともいい、富士山の山じまいの祭である。

火祭の吉田に応へ富士の火も　勝俣泰亨

雨を呼ぶ慣ひは富士の火祭に　稲畑汀子

葦粽《よしちまき》 夏→粽《ちまき》

葭戸《よしど》 〔三〕夏六月。葭の細い茎を編み枠をつけて作った戸で、風通しがよい。**簀戸《すど》**。**葭屏風《よしびやうぶ》**。**葭障子《よししやうじ》**。

起き臥しのすこし恙や葭屏風　大橋杣男

簀戸いれて父母亡き座敷ただ広く　篠塚しげる

義仲忌《よしなかき》 春二月。陰暦一月二十日は源義仲の忌日である。寿永三年（一一八四）近江粟津で討死した。

倶利伽羅の旧道に住み義仲忌　今村をやま

葭の花《よしのはな》 秋→蘆の花《あしのはな》

葭屏風《よしびょうぶ》 夏→葭戸《よしど》

葭原雀《よしわらすずめ》 夏→葭切《よしきり》

夜濯《よすすぎ》　〔三〕夏七月。盛夏、昼間は暑いので、夜、涼しくなってから、その日の汗になった衣類を洗うことが多い。

夜濯をしてゐるうちに気が変り　神田敏子
夜濯や今日振り返ることもなく　堀　恭子

夜涼み《よすずみ》　夏↓納涼《すずみ》

寄鍋《よせなべ》　〔三〕冬十二月。野菜、魚介、鶏肉、その他好みの材料を取り合わせた鍋料理の一つである。

寄鍋の終止符を打つ餅入れる　粟津松彩子
寄鍋の夜を帰る人泊る人　稲畑汀子

夜鷹蕎麦《よたかそば》　〔三〕冬十二月。夜の町を流して歩く屋台そば屋のことである。関西には**夜鳴饂飩**《よなきうどん》がある。

夜鷹蕎麦食べて間に合ひ終電車　飯田京畔
夜鷹蕎麦客の附かざる笛長く　佐藤うた子

夜焚《よたき》　〔三〕夏六月。夜、舟の上で火を焚き、その明りに集まった魚を釣ったり、網ですくったりすることをいう。

渦潮に火屑こぼるゝ夜焚かな　日野芝生
往診のわが舟照らす夜焚舟　山本砂風楼

ヨット　〔三〕夏七月。海や湖の風に、大きな白い三角帆をはらませ、船体を傾けて走るヨットは、見た目にも爽快である。

並走の同じ傾きヨットの帆　公文東梨
たゞ一つ湖心となりしヨットかな　高浜年尾

夜露《よつゆ》　秋↓露《つゆ》

夜釣《よづり》　〔三〕夏六月。夜、河川、池沼、海辺で魚を釣るのをいう。夏は涼みがてらの釣人が多い。

人見えて仕種の見えず夜釣舟　小島梅雨
夜釣人出ておにぎり屋店じまひ　今井千鶴子

夜長《よなが》　〔三〕秋九月。実際時間的に夜の長い冬よりも秋に夜長を感じるのは、日本人独特の季節感である。**長き夜**《ながきよ》。

子の椅子の二階に軋む夜長かな　内藤信子
長き夜の苦しみを解き給ひしや　稲畑汀子

夜鳴饂飩《よなきうどん》　冬↓夜鷹蕎麦《よたかそば》

夜なべ《よなべ》　〔三〕秋九月。秋は日が短くなるので、夜の仕事が多くなり、おそくまで精を出す。**夜仕事**《よしごと》。

つぶやいてみてもひとりや夜なべおく　藤松遊子

物落ちし音に夜なべの顔あげぬ　丸山茨月

夜這星《よばいぼし》　秋→流星《りゅうせい》

夜番《よばん》　冬→火の番《ひのばん》

夜番小屋《よばんごや》　冬→火の番《ひのばん》

四葩《よひら》　夏→紫陽花《あじさい》

夜振《よぶり》　〔三〕夏六月。夏の夜、河川や水田、池などで火を点《とも》し、その火を慕って集まってくる魚を捕ることである。**夜振火**《よぶりび》。

密漁の夜振火を追ふ灯をけして　松岡ひでたか

橋の上夜振の獲物分ちけり　高浜虚子

夜振火《よぶりび》　夏→夜振《よぶり》

夜廻り《よまわり》　冬→火の番《ひのばん》

夜水番《よみずばん》　夏→水番《みずばん》

夜店《よみせ》　〔三〕夏七月。夏の夕方から夜にかけて、道ばたに屋台をはり、裸電球を吊し、さまざまな品物を売っている店。

はめて見て夜店の指環買ふ女　嶋田摩耶子

引いて来し夜店車をまだ解かず　高浜虚子

読初《よみぞめ》　冬一月。新年初めて、好む書をとり、読み始めることをいう。

匂ひ立つものに紙の香読始　梅田実三郎

読初や机上白文唐詩選　高浜虚子

夜宮《よみや》　夏→祭《まつり》

嫁が君《よめがきみ》　冬一月。正月三が日の鼠のことである。忌み言葉の一つ。

内陣を御馬駈けして嫁が君　小松月尚

三宝に登りて追はれ嫁が君　高浜虚子

嫁菜摘む《よめなつむ》　春三月。嫁菜は一般に野菊と呼んでいる草で、春、若葉を摘んで茹で、嫁菜飯や浸し物として食べる。

炊きあげてうすきみどりや嫁菜飯　杉田久女

蜘蛛ころげ去る摘んで来し嫁菜より　粟賀風因

嫁菜の花《よめなのはな》　秋→野菊《のぎく》

蓬《よもぎ》　〔三〕春三月。早春の若葉は香気があり、蓬餅（草餅）の材料とするので**餅草**《もちぐさ》ともいう。**蓬摘**《よもぎつみ》。**蓬摘む**《よもぎつむ》。また艾《もぐさ》にもなる。**艾草**《もぐさ》。

もう少したらぬ蓬を摘みにゆく　田畑三千

籠あけて蓬にまじる塵を選る　高浜虚子

蓬摘《よもぎつみ》　春→蓬《よもぎ》

蓬摘む《よもぎつむ》　春→蓬《よもぎ》

蓬葺く《よもぎふく》　夏→菖蒲葺く《しょうぶふく》

蓬餅《よもぎもち》　春→草餅《くさもち》

夜夜の月《よよのつき》　秋→月《つき》

夜の秋《よるのあき》

夏七月。夏も終わりのころになると、夜はどことなく秋めいた感じを覚えるようになる、それをいう。

黒々と山動きけり夜の秋　星野　椿

帰り来しわが家の暗し夜の秋　山田閏子

夜の霜《よるのしも》　冬→霜《しも》

夜の雪《よるのゆき》　冬→雪《ゆき》

夜半の夏《よわのなつ》　夏→夏の夜《なつのよ》

夜半の春《よわのはる》　春→春の夜《はるのよ》

夜半の冬《よわのふゆ》　冬→冬の夜《ふゆのよ》

◎ら◎

雷《らい》　夏→雷《かみなり》

雷雨《らいう》　夏→雷《かみなり》

来迎会《らいごうえ》　夏→練供養《ねりくよう》

雷神《らいじん》　夏→雷《かみなり》

雷鳥《らいちょう》

夏七月。雉や鶉《うずら》と同属で体長は三、四〇センチほど。日本アルプスの高山に棲む。夏期は褐色に黒の斑点、冬期は白、春秋はその中間と、保護色に変るので有名。

雷鳥やよくぞ穂高に登りたる　野村久雄

ザイル置く岩を雷鳥走りけり　小林樹巴

雷鳴《らいめい》　夏→雷《かみなり》

ライラック　春四月。白や薄紫の細かい花が総状に咲く。香りが強く香水の原料になる。**リラの花**《りらのはな》。

騎士の鞭ふれてこぼるゝライラック　スコット沼蘋女

別々に旅つゞけ来てリラに会ふ　小島梅雨

落雁《らくがん》　秋→雁《かり》

落第《らくだい》　春→卒業《そつぎょう》

ラグビー　[三] 冬一月。ラガーも本来はラグビーの意であるが、俳句ではラグビー選手の意に用いられることが多い。

ラグビーの殺到しくる顔ゆがみ　下村　福

眉の根に泥乾きゐるラガーかな　三村純也

落雷《らくらい》　夏→雷《かみなり》

落花《らっか》　春→花《はな》

落花生《らっかせい》《らくわせい》　秋十月。他の豆類と違い、地中で実を結ぶ。炒って食べる。**南京豆**《なんきんまめ》。

猿害と思へる畑の落花生　小林逸象

落花生喰ひつゝ読むや罪と罰　高浜虚子

らつきよ《らっきょう》　夏→辣韮《らっきょう》

薤《らっきょう》　夏→辣韮《らっきょう》

辣韮《らっきょう》《らつきやう》　[三] 夏六月。薤《らつきやう》は六、七月ごろ掘る。匂いが強く特有の臭気と辛味が目にしみる。**らつきよ**。**薤掘る**《らつきよほる》。**薤漬る**《らつきよつける》。

うちつゞく砂丘辣韮畑かな　細田乃里子

辣韮も置きある納屋の這入口　高浜虚子

薤漬る《らっきょつける》　夏→辣韮《らっきょう》

薤掘る《らっきょほる》　夏→辣韮《らっきょう》

ラッセル車《らっせるしゃ》　冬→雪搔《ゆきかき》

ラムネ　[三] 夏七月。炭酸、酒石酸を水に溶かして作った清涼飲料水。明治、大正のころから流行した。**冷しラムネ**《ひやしらむね》。

はゞからずラムネの玉を鳴らし飲む　石川星水女

巡査つと来てラムネ瓶さかしまに　高浜虚子

蘭《らん》　秋九月。蘭には種類が多く、春から夏にかけて咲くものもあるが、古来秋のものとされる。**蘭の秋**《らんのあき》。**秋蘭**《しゅうらん》。**蘭の花**《らんのはな》。**蘭の香**《らんのか》。

五年物十年物や蘭の鉢　保田白帆子

シャンデリアともして蘭の影散らす　稲畑汀子

乱鶯《らんおう》　夏→老鶯《おいうぐいす》

嵐雪忌《らんせつき》　冬十一月。陰暦十月十三日、服部嵐雪の忌日である。宝永四年（一七〇七）に病没。

嵐雪忌残る白菊黄菊かな　魚　里

蘭草《らんそう》　秋→藤袴《ふじばかま》
蘭の秋《らんのあき》　秋→蘭《らん》
蘭の香《らんのか》　秋→蘭《らん》
蘭の花《らんのはな》　秋→蘭《らん》

◎り◎

利休忌《りきゅうき》《りきうき》　春三月。茶道中興、千家流の祖、千利休の忌日は陰暦二月二十八日である。

利休忌や織部の庭にをみならは　中村若沙
利休忌や作法の末は知らねども　吉井莫生

立夏《りっか》　夏五月。たいてい五月六日にあたる。木々は緑に、夏の歩みが始まる。**夏に入る**《なつにいる》。**夏来る**《なつきたる》。

働いて遊ぶたのしさ夏来る　吉田小幸
原色にだん〳〵近く夏に入る　稲畑汀子

立秋《りっしゅう》《りつしう》　秋八月。おおむね八月八日にあたる。**秋立つ**《あきたつ》。**秋来る**《あきくる》。**今朝の秋**《けさのあき》。**今日の秋**《けふのあき》。

秋立ちしこと病人の力得し　松尾緑富
立秋の夜気好もしく出かけけり　高浜年尾

立春《りっしゅん》　春二月。節分の翌日が立春で、二月四日または五日にあたる。暦の上ではこの日から春になる。**春立つ**《はるたつ》。

立春にはげまされたる心かな　国弘賢治
立春のかゞやき丘にあまねかり　高浜年尾

立冬《りっとう》　冬十一月。たいてい十一月七、八日ごろにあたる。**今朝の冬**《けさのふゆ》は立冬の日の朝をいう。**冬立つ**《ふゆたつ》。**冬に入る**《ふゆにいる》。**冬来る**《ふゆきたる》。

健康な心を保ち冬に入る　奥田智久
雨よりも雨音淋し冬に入る　山内山彦

りうきういも《りゅうきゅういも》　秋→甘藷《かんしょ》

柳絮《りゅうじょ》《りうじよ》　春四月。柳は春、早いうちに目立たぬ花穂をつけ、晩春、実が熟して綿のような種子となって飛ぶ。それをいう。

去りがたき心にいよ〳〵柳絮とぶ　坊城中子
とらへたる柳絮を風に戻しけり　稲畑汀子

流觴《りゅうしょう》　春→曲水《きょくすい》

流星《りゅうせい》《りうせい》　〔三〕　秋八月。秋の澄んだ夜空には流星が多く見られる。**ながれぼし**。**夜這星**《よばひぼし》。**星**《ほし》**飛**《と》**ぶ**。

大空のどこかゞ欠けし流れ星　藤崎久を

さそり座を憶えし吾子に星流れ　稲畑汀子

流灯《りゅうとう》《りうとう》　秋八月。盆の十六日に灯籠に火をつけて川や海へ流すのをいうのである。**灯籠流**《とうろうなが》**し**。

幸うすき流灯と見ゆ燃えにけり　石橋雄月

水に置けば浪たゝみ来る灯籠かな　高浜虚子

竜の玉《りゅうのたま》　〔三〕　冬一月。**竜の髯の実**《りゅうのひげのみ》のことである。

我したること吾子もする竜の玉　上野章子

竜の玉深く蔵すといふことを　高浜虚子

竜の髯の実《りゅうのひげのみ》　冬→竜の玉《りゅうのたま》

流氷《りゅうひょう》《りうひよう》　春三月。寒帯の海で凍った海氷が割れ、風や海流で漂流しているものをいう。

流氷の闇の動きてをりにけり　白幡千草

流氷の起伏の果の利尻富士　長尾岬月

猟犬《りょうけん》　冬→狩《かり》

両国の花火《りょうごくのはなび》　夏→川開《かわびらき》

猟名残《りょうなごり》《れふなごり》　春二月。解禁の猟期は十一月十五日から翌年の二月十五日となっている（北海道では十月一日から一月末日まで）。猟期の終りごろになると名残を惜しむ気持が強い。

火の島に犬連れ渡り猟名残　吉田孤岳

狩の犬今日伴はず猟名残　水見寿男

漁始《りょうはじめ》《れふはじめ》　冬一月。新年初めて漁に出ること。実際には漁をせず、その真似をするだけの場合もある。**初漁**《はつれふ》。

よく乾きたる網下ろし漁始　串上青蓑

沖に出ぬこと初漁のしきたりに　中川秋太

涼風《りょうふう》　夏→涼《すず》し

良夜《りょうや》《りやうや》　秋九月。秋の月がくまなく照らす夜のことをいう。いまではもっぱら名月の夜をいうようになった。

かゝはりもなくて良夜を蜑早寝　松本巨草

死を告げて患家出づれば良夜なる　原田一郎

緑蔭《りょくいん》　〔三〕　夏六月。夏の緑したたる木蔭である。日ざしが土におとす緑のかげは、明るく生気溢れる中にしずけさがある。

緑蔭にひろげし地図をかこみけり　柏井古村
緑蔭の広さは人の散る広さ　稲畑汀子

リラの花《りらのはな》　春→ライラック

林間学校《りんかんがっこう》《りんかんがくかう》　夏七月。小、中学校の夏休を利用して、学年単位、クラス単位で、何日か高原などで集団生活を行うこと。

雷雨中駈けて林間学舎の子　中原一樹
日陰蝶追うて林間学校へ　高浜虚子

林檎《りんご》　秋十月。夏食べられる青林檎もあるが、一般には晩秋に紅く熟するので林檎といえばまず赤い色が目に浮かぶ。

林檎掌にとはにほろびぬものを信ず　国弘賢治
停電のあとの明るさ林檎むく　神田敏子

林檎の花《りんごのはな》　春四月。林檎は東北、長野、北海道など寒い土地によく育つ。淡い紅色をぼかした五弁の白い花である。

遠く来しおもひ林檎の花に居て　山添つとむ
面つゝむ津軽をとめや花林檎　高浜虚子

竜胆《りんどう》《りんだう》　秋九月。秋の山野に咲く鐘状、五裂、紫色の花である。

牧閉づる阿蘇竜胆の野に咲けは　志賀青研
野の色に紫加へ濃りんだう　稲畑汀子

◎る◎

類焼《るいしょう》　冬→火事《かじ》

るこう　夏→縷紅草《るこうそう》

縷紅草《るこうそう》《るこうさう》　夏七月。蔓性で垣根や木にからみながら伸び、朝顔を小形に細長くしたような紅い花を可憐に開く。**るこう**。

咲き変る花の数置き縷紅草　湯川雅
縷紅草その名も知らず咲かせ住む　今井千鶴子

瑠璃《るり》鳥　［三］夏六月。大瑠璃と小瑠璃とをくるめて瑠璃鳥といっているが種類は異なる。春わが国に来て夏繁殖する。

瑠璃鳥《るりてう》の居らずなりたるさるをがせ　不泥

れ

礼受《れいうけ》　冬一月。年賀の客を玄関に迎えて、その祝詞を受けること。また受ける人をいう。

礼受や奥に華やぐ声のあり　小幡九竜

礼受といふぢつとゐるだけの役　堀前小木菟

荔枝《れいし》　秋十月。**蔓荔枝**《つるれいし》のこと。楕円形で果皮はいぼいぼがあり、緑色からだんだん黄色くなり、熟すと裂ける。紅いゼリー状の果肉は甘い。**錦荔枝**《きんれいし》。**苦瓜**《にがうり》。

苦瓜といふ苦さうな固さうな　品田秀風

躊躇はず荔枝を食うべ山育ち　藤原涼下

礼者《れいじゃ》　冬一月。新年、訪問して祝いの言葉を述べる**賀客**《がきゃく》のこと。門口で祝詞を述べるのを**門礼**《かどれい》という。**門礼者**《かどれいじゃ》。

門礼や一社の禰宜の打ち揃ひ　富岡九江

慣ひなる第一番の賀客かな　高浜年尾

冷酒《れいしゅ》　夏→冷酒《ひやざけ》

冷蔵庫《れいぞうこ》《れいざうこ》　[三]　夏七月。四季を通して使われるがいちばん活用されるのはやはり夏である。以前は木製で中に氷を入れて使用した。

妻留守の客に開け見る冷蔵庫　河合いづみ

冷蔵庫開けにゆく子の持つ期待　福井圭児

礼帳《れいちょう》　冬→名刺受《めいしうけ》

冷房《れいぼう》《れいばう》　[三]　夏七月。暑い日に冷房の利いたところに入ると、ほっと生き返った思いがする。**クーラー**。

冷房の利く間に仕事すませんと　松尾緑富

冷房が嫌ひと言ひしこと忘れ　浅利恵子

連翹《れんぎょう》《れんげう》　春四月。枝は長く伸びて撓み垂れる。葉の出る前に、明るい黄色の四弁の花が群がり咲く。

連翹も葉がちとなりぬ風の中　佐藤漾人

連翹の黄は近づいてみたき色　稲畑汀子

蓮華《れんげ》　夏→蓮《はす》

蓮華草《れんげそう》　春→紫雲英《げんげ》

連雀《れんじゃく》　[三]　秋十月。秋、北方から渡来し、春北方へ帰る。雀と鵯の間くらいの大きさで、よく肥えている。頭の羽冠が目立つ。全体は灰紅色、嘴や尾は黒い。**緋連雀《ひれんじやく》**。**黄連雀《きれんじやく》**。

緋連雀一斉に立つてもれもなし　阿波野青畝

煉炭《れんたん》　冬→炭団《たどん》

蓮如忌《れんにょき》　春三月。浄土真宗中興の祖である蓮如上人の忌日。京都の東本願寺では三月二十四日から二十五日にかけて、西本願寺では五月十三日から十四日にかけて営む。

蓮如忌や海女に従ひ正信偈　市原聖城子

蓮如忌や癒えたる母と共にあり　村中聖火

◎ろ◎

炉《ろ》　［三］冬十二月。炉といえば、古来、茶事で用いる炉のことをいい、初冬の炉開からの炉を指すのであるが、今ではふつう**囲炉裏《ゐろり》**のことをいう。**炉明り《ろあかり》**。**炉話《ろばなし》**。

縁談を聞きゐるごとき炉辺の猫　菅原独去

炉の火種絶やさぬことを家憲とす　飯田ゆたか

百年の煤も掃かずに囲炉裏かな　高浜虚子

曲家の火伏の神も炉火埃　稲畑汀子

炉明り《ろあかり》　冬→炉《ろ》

老鶯《ろうおう》　夏→老鶯《おいうぐいす》

臘梅《ろうばい》《らふばい》　冬一月。葉の出る前に小さな香りの高い黄色い花が数個ずつ集まって咲く。梅とは別種。**唐梅《からうめ》**ともいう。

臘梅の落す雫に香りあり　川上朴史

臘梅の香の一歩づつありそめし　稲畑汀子

老梅忌《ろうばいき》　春→鳴雪忌《めいせつき》

臘八会《ろうはちえ》《らふはちゑ》　冬十二月。十二月（臘月）八日。釈迦が雪山で六年間苦行をして下山、菩提樹下で暁の明星を仰いで悟りをひらいたという日であり、禅寺では法会が営まれる。**成道会《じやうどうゑ》**。

臘八の粥座居向の膝をかへ　後藤夜半

臘八や有髪の尼も結跏趺坐　中島不識洞

鹿売《ろくうり》　冬→薬喰《くすりぐい》

六月《ろくがつ》《ろくぐわつ》　夏六月。野山は緑におおわれ、風物はことごとく夏の姿となる。早苗が植えられ、梅雨が来る。

六月の霜を怖るゝこと蝦夷は　小林沙丘子
枝払ひして六月を迎ふ庭　千原草之

六斎念仏《ろくさいねんぶつ》　秋八月。六斎踊念仏のことである。六斎とは六斎日のことで、月の八、十四、十五、二十三、二十九、三十日の六日をいい、悪鬼が現れて人命をおびやかす不吉な日として、精進潔斎して身を慎んだといわれる。

六斎の序の四つ太鼓をどり打ち　藤井秀生

六地蔵詣《ろくじぞうまいり》　秋→地蔵盆《じぞうぼん》

六道詣《ろくどうまいり》　秋→迎鐘《むかえがね》

露台《ろだい》　［三］夏七月。洋式建物の屋上に設けられたり、外側に張り出してつくられた台で、夏の暑さをしのぐため涼みに用いられるので俳句では夏季。**バルコニー**。**ベランダ**。

星に魅せられし吾子またバルコニー　青島麗子
露台よりことづてありし二三こと　稲畑汀子

炉の名残《ろのなごり》　春→炉塞《ろふさぎ》

絽羽織《ろばおり》　夏→夏羽織《なつばおり》

絽袴《ろばかま》　夏→夏袴《なつばかま》

炉話《ろばなし》　冬→炉《ろ》

炉開《ろびらき》　冬十一月。初冬、茶道では夏の風炉に替えて、閉ざされていた切炉を開く。古来、陰暦十月初亥の日に炉開をする風習があった。

来合はせし母を客とし炉を開く　明石春潮子
炉開や蜘蛛動かざる灰の上　高浜虚子

炉塞《ろふさぎ》　春三月。昔は三月晦日に塞ぐのを例とした。茶の湯では炉を閉じた後は風炉を用いる。**炉の名残**《ろのなごり》。**春の炉**《はるのろ》。

炉塞いで寄辺なげなる膝頭　岩木躑躅
炉塞ぐに非ず離るゝこと多し　高浜虚子

わ

若蘆《わかあし》　春四月。蘆の角はやがてみずみずしい若葉となる。それを若蘆という。**蘆若葉**《あしわかば》。

若蘆の葉に潮満ちて戦ぎかな　相島虚吼
若蘆の両岸となり水平ら　高浜年尾

若鮎《わかあゆ》　春三月。三月ごろ川をさかのぼってくる六、七センチくらいの**小鮎**《こあゆ》である。**鮎の子**《あゆのこ》。

よく見れば小鮎走るや水の底　吟江

ひらめきて魚梯を遡る小鮎見し　長井伯樹

若井《わかい》　冬→若水《わかみず》

若楓《わかかえで》《わかかへで》　夏五月。若葉した楓である。初夏の風にさゆらぐさまは、まことに明るく、やわらかな緑である。

明るさの空にひろがり若楓　綿谷吉男

広きかげ水面に拡げ若楓　高浜年尾

若草《わかくさ》　春四月。春の草ではあるが、萌え出た若々しいやわらかな感じである。**嫩草**《わかくさ》。**新草**《にひくさ》。

若草や子供はすぐに転ぶもの　荒金竹迷子

若草や八瀬の山家は小雨降る　高浜虚子

嫩草《わかくさ》　春→若草《わかくさ》

若牛蒡《わかごぼう》《わかごばう》　夏七月。夏の**新牛蒡**《しんごぼう》である。牛蒡は元来晩秋のころ掘るのがふつうであるが、夏のものは細くて柔らかい。

老の歯にふれてよろしも新牛蒡　白井麦生

若菰《わかごも》　春四月。古い根から芽生えた真菰の新芽が、しだいに生長して風にいくらかなびこうとするころをいう。

若菰を倒して舟の著きにけり　杏城子

公魚《わかさぎ》　〔三〕春二月。稚魚は海で育つが早春、産卵のため川をさかのぼる。結氷した湖に穴をあけて釣ったりする。**𩸕**《わかさぎ》。**鰙**《わかさぎ》。

公魚のあがる軽さに糸吹かれ　河野探風

時々はわかさぎ舟の舸子謡ふ　高浜虚子

𩸕《わかさぎ》　春→公魚《わかさぎ》

鰙《わかさぎ》　春→公魚《わかさぎ》

輪飾《わかざり》　冬→飾《かざり》

若芝《わかしば》　春四月。冬の間枯れていた芝も、春になると若芽が萌え出てうす緑のビロードを敷きつめたようになる。

若芝を流るゝほどの雨となる　高浜年尾

水といふ動春芝といふ静に　稲畑汀子

若竹《わかたけ》　夏六月。筍は生長し、若々しい竹となる。葉も浅みどりに広がり透きとおるように明るい。**今年竹**《ことしだけ》。

親竹がそよげばそよぎ今年竹　下村真砂
見るかぎり今年竹なる起伏かな　千原叡子

若煙草《わかたばこ》　秋→懸煙草《かけたばこ》

若菜《わかな》　冬一月。春の七草の総称である。古典的な気分がある。**若菜摘**《わかなつみ》。
そのかみの禁野《しめの》はいづこ若菜摘む　高崎雨城
人並に若菜摘まんと野に出でし　高浜虚子

若菜摘《わかなつみ》　冬→若菜《わかな》

若葉《わかば》　夏五月。初夏の木々の初々しい葉の総称で、常緑樹にも落葉樹にも使われる。**谷若葉**《たにわかば》。**里若葉**《さとわかば》。**若葉風**《わかばかぜ》。**若葉雨**《わかばあめ》。
遠きほど水面も若葉明りかな　稲岡　長
若葉風吹き落ちて来る緑にあり　高浜年尾

若葉雨《わかばあめ》　夏→若葉《わかば》

若葉風《わかばかぜ》　夏→若葉《わかば》

若松《わかまつ》　春→若緑《わかみどり》

若水《わかみず》　冬一月。元旦に汲《く》む水をいう。古くは立春の朝汲む水のことであった。**若井**《わかゐ》。
若水を大俎に流しけり　合田丁字路
若水や妹早くおきてもやひ井戸　高浜虚子

若緑《わかみどり》　春四月。松の新芽のこと。晩春枝の先につんとした緑の新芽が立つ。**松の緑**《まつのみどり》。**緑立つ**《みどりたつ》。**若松**《わかまつ》。**松の蕊**《まつのずい》。**松の芯**《まつのしん》。**緑摘む**《みどりつむ》。
緑摘む今日も総出の修道士　景山筍吉
こぞり立つ松の緑の二十本　稲畑汀子

若布《わかめ》　〔三〕　春二月。**若布刈竿**《めかりざを》。**若布刈舟**《めかりぶね》。**若布拾**《わかめひろひ》。**若布干す**《わかめほす》。**干若布**《ほしわかめ》。**若布売**《わかめうり》。
みちのくの淋代の浜若布寄す　山口青邨
渦潮の辺に若布刈舟たゆたへり　高浜年尾

若布売《わかめうり》　春→若布《わかめ》

若布拾《わかめひろい》　春→若布《わかめ》

若布干す《わかめほす》　春→若布《わかめ》

別れ霜《わかれじも》　春四月。春に降りる最後の霜をいう。俗に「八十八夜の別れ霜」という言葉がある。**霜の名残**《しものなごり》。**忘れ霜**《わすれじも》。
別れ霜ありと見込んで農手入　大塚賀志恵
越後路のふたゝびみたび別れ霜　南雲つよし

病葉《わくらば》　〔三〕　夏七月。夏、青葉の中に、黄色にあるいは白っぽくなっている葉を病葉という。土に散り落ちてもいる。

疲れたる空病葉を降らせけり　岩岡中正
病葉を振り落しつゝ椎大樹　高浜虚子

わけ葱《わけぎ》　夏→夏葱《なつねぎ》

山葵《わさび》　春四月。山中の渓間に自生もするが、きれいな水の流れる小石の多い田などに栽培されることが多い。**山葵漬**《わさびづけ》。

山葵田の流れはいつも音立てゝ　土屋仙之
ほろ〳〵と泣き合ふ尼や山葵漬　高浜虚子

山葵漬《わさびづけ》　春→山葵《わさび》

鷲《わし》　［三］冬十一月。高山に棲息し禽獣をつかまえて食う猛禽類である。ときには人間にも危害を加えたりする。

国境を守るかに鷲旋回す　広中白骨
大空をたゞ見てをりぬ檻の鷲　高浜虚子

鷲の巣《わしのす》　春四月。鷲は高山に棲み、その巣も多くは絶壁などに作る。

鷲の巣の樟の枯枝に日は入ぬ　凡兆
鷲の巣のそれかあらぬか絶壁に　湯浅桃邑

忘れ扇《わすれおうぎ》　秋→秋扇《あきおうぎ》

忘草《わすれぐさ》　夏→萱草の花《かんぞうのはな》

忘憂草《わすれぐさ》　夏→萱草の花《かんぞうのはな》

忘れ咲《わすれざき》　冬→帰り花《かえりばな》

忘れ霜《わすれじも》　春→別れ霜《わかれじも》

勿忘草《わすれなぐさ》　春四月。ヨーロッパ原産。晩春から初夏にかけて、瑠璃色の可憐な花をつける。

船室の勿忘草のなえにけり　佐藤眉峰
ふるさとを忘れな草の咲く頃に　成嶋瓢雨

忘れ雪《わすれゆき》　春→雪の果《ゆきのはて》

早稲《わせ》　秋九月。早く実る種類の稲のことである。**早稲田**《わせだ》。**早稲刈る**《わせかる》。

葛飾や水漬きながらも早稲の秋　水原秋桜子
父の忌の早稲の刈りある家郷かな　鈴木穀雨

早稲刈る《わせかる》　秋→早稲《わせ》

早稲田《わせだ》　秋→早稲《わせ》

草棉《わた》　秋十月。棉の果実は成熟すると裂けて白い綿毛の繊維を吐く。形が桃に似ているので**桃吹く**《ももふく》ともいう。**木綿**《きわた》。

飛行機も農具の一つ棉の秋　吉良比呂武
棉吹いて心の軽き日なりけり　後藤立夫

綿《わた》　〔三〕冬十二月。綿は防寒の衣料や寝具に欠かせない。**綿打《わたうち》**は綿を打ち、打綿に仕上げたり、古い綿をやわらかにすること。

は丶そはの背にかけ給ふ真綿かな　藤井巴潮
綿を干す寂光院を垣間見ぬ　高浜虚子

綿入《わたいれ》　〔三〕冬十二月。防寒用に綿を入れた着物のことで、木綿の綿入を**布子《ぬのこ》**、真綿のはいったものを**綿子《わたこ》**という。

老人のとかくに未練古布子　丹治蕪人
古布子著のみ著のまゝ鹿島立　高浜虚子

綿打《わたうち》　冬→綿《わた》
綿子《わたこ》　冬→綿入《わたいれ》
綿摘《わたつみ》　秋→綿取《わたとり》

綿取《わたとり》　秋十月。綿の実がはじけて白い毛状繊維を吐く、これを採るのである。**綿摘《わたつみ》**。**新綿《しんわた》**。**今年綿《ことしわた》**。**古綿《ふるわた》**。

何やかや干し新綿も一とむしろ　榊原秋耳
山あれば富士と名づけて棉を摘む　木村要一郎

棉の花《わたのはな》　夏七月。棉の花は、葵、芙蓉などに似てかなり大きく、淡黄白色で元の方は赤い。一日花である。

山一つ見えぬテキサス棉の花　河合いづみ
休みぐせつきし日雇棉の花　目黒はるえ

綿帽子《わたぼうし》　〔三〕冬十二月。真綿をふのりで固めてつくった婦人用の帽子。別に赤子の防寒用の真綿の帽子もある。

里下りの野ひとつ越ュや綿ぼうし　召　波
小町寺尼がかむれる綿帽子　大森積翠

棉蒔《わたまき》　夏五月。棉の種子は麦刈のころまでに蒔きおえる。種子は水に浸け、煤などを塗り畝を浅く立てて蒔く。**棉蒔く《わたまく》**。

棉蒔くや方一哩に耕地切り　保田白帆子
開墾の鍬のあとより棉蒔きぬ　高浜虚子

棉蒔く《わたまく》　夏→棉蒔《わたまき》
綿虫《わたむし》　冬→大綿《おおわた》
綿雪《わたゆき》　冬→雪《ゆき》

渡り鳥《わたりどり》　〔三〕秋十月。秋に冬鳥が北国からわが国に飛んで来る。また夏鳥は日本で繁殖して秋に南の暖かい国へ、いずれも群をなして渡る。これを渡り鳥という。**鳥渡る《とりわたる》**。

帰郷する日はいつのこと鳥渡る　松尾緑富
見なれたる山並にして鳥渡る　高浜年尾

侘助《わびすけ》　冬―一月。唐椿《とうつばき》の一種。一重の小輪で、花の数も乏しい。茶花として愛好される。

侘助や障子の内の話声　高浜虚子
侘助は一輪ざしに似合ふもの　高浜年尾

笑初《わらいぞめ》《わらひぞめ》　冬―一月。新年になって初めて笑うことである。**初笑**《はつわらひ》。

口あけて腹の底まで初笑　高浜虚子
みどり児の声とはならず笑初　稲畑汀子

藁砧《わらきぬた》　秋→砧《きぬた》

藁沓《わらぐつ》　冬→雪沓《ゆきぐつ》

藁仕事《わらしごと》　[三]　冬十二月。農家では冬の農閑期に、新藁で縄をない、筵を織り、藁細工を作る。これを藁仕事という。

縄を綯ふ話相手になりに来し　合田丁字路
荒るゝ日は筵戸下ろし藁仕事　大森積翠

藁塚《わらづか》　秋十月。稲扱の済んだあとの藁束は、刈田の空地などに積み上げる。積み方は地方によりさまざまである。**藁塚**《にほ》。

藁塚や志賀に二つの都阯　中山碧城
月に影もらひて藁塚ら寝静まる　石山佇牛

蕨《わらび》　春三月。蕨らしいものがまだほぐれないうちの小さな握りこぶしのような時期に採って食用とする。**蕨狩**《わらびがり》。**早蕨**《さわらび》。**干蕨**《ほしわらび》。

みよしのゝ春あけぼのゝ蕨売　大橋宵火
こゝに見る由布の雄岳や蕨狩　高浜年尾

蕨狩《わらびがり》　春→蕨《わらび》

蕨餅《わらびもち》　[三]　春四月。蕨の根の澱粉に、もち米の粉を加えて作った餅である。黄粉をつけて食べ、鄙びた味のものである。

青かつし貴船の茶屋の蕨餅　佐藤漾人
みよしのゝほのあたゝかきわらび餅　粟津松彩子

わらはやみ《わらわやみ》　夏→瘧《ぎゃく》

吾亦紅《われもこう》《われもかう》　秋九月。山野に多く、草の中からついついと茎を差し交わしつつ抽き出る。秋半ばごろ、枝の先端にはまことに小さな花が指先ほどにかたまって咲く。**吾木香**《われもかう》。

吾亦紅だらけといふもひそかなり　依田秋葭

ゆれ止みて風ゆれ止みて吾亦紅　稲畑汀子

吾木香《われもこう》　秋→吾亦紅《われもこう》

【付録目次】

【月別季題一覧】

一—『ホトトギス季寄せ　改訂版』の配列に従って、季題を一覧できるようにしたものである。『季寄せ』では、季題は、一月から始めて十二月で終わるように十二か月に細分されている。

二—季題は、「天文」「地理」「人事」「植物」のように分類せず、作句の便を考えて、季節の推移に従って配列されている。例えば、「海苔（植物）」と「海苔船（人事）」とは並べて示される。

三—見出し季題には、歴史的仮名遣いで振り仮名を付した。また、現代仮名遣いの読みを見出しの下に二行割りで示した。本文検索の便のためである。

四—見出し季題の下に（　）に入れて示したものは、本文で、その季題の解説中に記されている、季題の異称、季題の活用語、あるいは季題の傍題等である。振り仮名は、歴史的仮名遣いで付した。

冬　一月

立春の前日すなわち二月三・四日までを収む。

一月《いちぐわつ》《いちがつ》
正　月《しやうぐわつ》《しょうがつ》
去年今年《こぞことし》（去年《こぞ》・今年《ことし》・旧年《きうねん》）
新年《しんねん》（年《とし》の始《はじめ》・新玉《あらたま》の年《とし》・年《とし》改《あらたま》る・年立《とした》つ・新歳《しんさい》・年頭《ねんとう》・初年《はつとし》・年迎《としむか》ふ・年明《としあ》く・初春《はつはる》・御代《みよ》の春《はる》・明《あけ》の春《はる》・今朝《けさ》の春《はる》・老《おい》の春《はる》）
元　日《ぐわんじつ》《がんじつ》
元　旦《ぐわんたん》《がんたん》（元　朝《ぐわんてう》・歳旦《さいたん》）
初鶏《はつとり》
初　鴉《はつがらす》
初　雀《はつすずめ》
初明《はつあか》り

初日《はつひ》（初日《はつひ》の出《で》・初日影《はつひかげ》）
初空《はつぞら》（初東雲《はつしののめ》・初御空《はつみそら》・初　茜《はつあかね》）
初富士《はつふじ》
初凪《はつなぎ》
御降《おさがり》
若水《わかみづ》《わかみず》（若井《わかゐ》）
初手水《はつてうづ》《はつちょうず》
乗初《のりぞめ》（初電車《はつでんしや》・初列車《はつれつしや》）
白朮詣《をけらまゐり》《おけらまいり》（白朮祭《をけらまつり》・削掛《けづりかけ》・白朮火《をけらび》・火縄売《ひなはうり》）
初　詣《はつまうで》《はつもうで》
破魔弓《はまゆみ》（破魔矢《はまや》）
初諷経《はつふぎん》
歳徳神《としとくじん》（歳徳《としとく》・年神《としがみ》・恵方棚《ゑはうだな》・年棚《としだな》）
恵方詣《ゑはうまゐり》《えほうまいり》（恵方《ゑはう》）
七福神詣《しちふくじんまゐり》《しちふくじんまいり》（七福詣《しちふくまゐり》・福神詣《ふくじんまゐり》）
延寿祭《えんじゆさい》
四方拝《しはうはい》《しほうはい》

朝賀《てうが》《ちょうが》（参賀《さんが》）
年賀《ねんが》（年始《ねんし》・年礼《ねんれい》・廻　礼《くわいれい》）
御慶《ぎよけい》
礼者《れいじや》（賀客《がきやく》・門礼《かどれい》・門礼者《かどれいじや》）
礼受《れいうけ》
名刺受《めいしうけ》（礼　帳《れいちやう》）
年玉《としだま》（お年玉《としだま》・年贄《ししだま》）
賀状《がじやう》《がじょう》（年賀状《ねんがじやう》）
初　便《はつだより》
初電話《はつでんわ》
初　暦《はつごよみ》
初刷《はつずり》
初　竈《はつかまど》（焚初《たきぞめ》）
大服《おほぶく》《おおぶく》（大福《おほぶく》・福茶《ふくちや》）
屠蘇《とそ》
年酒《ねんしゆ》
雑煮《ざふに》《ぞうに》
太箸《ふとばし》（柳　箸《やなぎばし》・箸紙《はしがみ》）
歯固《はがため》
食積《くひつみ》《くいつみ》（重　詰《ぢゆうづめ》）

ごまめ（田作《たつくり》・小殿原《ことのばら》）
数《かず》の子《こ》
切山椒《きりざんせう》《しょう》
門松《かどまつ》（松飾《まつかざり》・竹飾《たけかざり》）
飾《かざり》（輪飾《わかざり》・お飾《かざり》・飾海老《かざりえび》）
注連飾《しめかざり》
飾臼《かざりうす》（臼飾《うすかざ》る）
鏡餅《かがみもち》（御鏡《おかがみ》）
蓬萊《ほうらい》（掛蓬萊《かけほうらい》）
歯朶《しだ》（山草《やまくさ》・穂長《ほなが》・裏白《うらじろ》・諸向《もろむき》）
楪《ゆづりは》《ゆずりは》
野老《ところ》（萆薢《ところ》）
穂俵《ほだはら》《ほだわら》（なのりそ・ほんだはら）
福寿草《ふくじゆさう》《ふくじゅそう》
福藁《ふくわら》
春著《はるぎ》
手毬《てまり》（手毬唄《てまりうた》・手毬《てまり》つき）
独楽《こま》
追羽子《おひばね》《おいばね》（羽子《はね》・羽子《はね》つき・遣《や》り羽子《はね》・揚羽子《あげはね》・逸羽子《それはね》・懸羽子《かかりはね》・つくばね・胡鬼《こぎ》の子《こ》）
羽子板《はごいた》（胡鬼板《こぎいた》・飾羽子板《かざりはごいた》）
福引《ふくびき》（宝引《はうびき》）
福笑《ふくわらひ》《ふくわらい》
歌留多《かるた》（歌《うた》がるた）
双六《すごろく》（絵双六《ゑすごろく》・浄土双六《じやうどすごろく》・陞官《しようくわん》双六《すごろく》・道中双六《だうちうすごろく》・役者双六《やくしやすごろく》）
十六《じふろく》むさし《じゅうろくむさし》
投扇興《とうせんきよう》
万歳《まんざい》（才蔵《さいざう》）
猿廻《さるまは》し《さるまわし》（猿曳《さるひき》）
獅子舞《ししまひ》《ししまい》（獅子頭《ししがしら》・太神楽《だいかぐら》）
傀儡師《くわいらいし》《かいらいし》（くぐつ廻《まは》し・でく廻《まは》し・夷廻《えびすまは》し・傀儡女《くぐつめ》）
懸想文《けさうぶみ》《けそうぶみ》
笑初《わらひぞめ》《わらいぞめ》（初笑《はつわらひ》）
泣初《なきぞめ》（初泣《はつなき》）
嫁が君《よめがきみ》
二日《ふつか》

掃初《はきぞめ》（初箒《はつばうき》）
書初《かきぞめ》（試筆《しひつ》・筆始《ふではじめ》・吉書《きつしよ》）
読初《よみぞめ》
仕事始《しごとはじめ》（事務始《じむはじめ》・鞴始《ふいごはじめ》・斧始《をのはじめ》）
山始《やまはじめ》（初山《はつやま》）
鍬始《くははじめ》《くわはじめ》（農始《のうはじめ》・鋤始《すきはじめ》）
漁始《れふはじめ》《りょうはじめ》（初漁《はつれふ》）
織初《おりぞめ》（機始《はたはじめ》・初機《はつはた》）
縫初《ぬひぞめ》《ぬいぞめ》（初針《はつはり》）
売初《うりぞめ》（初商《はつあきなひ》・初売《はつうり》）
買初《かひぞめ》《かいぞめ》（初買《はつがひ》）
初糶《はつせり》（初市《はついち》）
初荷《はつに》（飾馬《かざりうま》・初荷馬《はつにうま》・初荷船《はつにぶね》）
初湯《はつゆ》（初風呂《はつぶろ》）
梳き初《すきぞめ》
初髪《はつかみ》（結ひ初《ゆひぞめ》・初結《はつゆひ》）
初鏡《はつかがみ》（初化粧《はつげしやう》）
稽古始《けいこはじめ》（初稽古《はつげいこ》）
謡初《うたひぞめ》《うたいぞめ》
能始《のうはじめ》

弾初《ひきぞめ》（初弾《はつびき》・琴始《ことはじめ》）
舞初《まひぞめ》《まいぞめ》
初釜《はつがま》（初茶湯《はつちゃのゆ》・釜始《かまはじめ》・点初《たてぞめ》・初《はつ》点前《てまへ》）
新年会《しんねんくわい》《しんねんかい》
初句会《はつくくわい》《はっくかい》
初芝居《はつしばゐ》《はつしばい》
初旅《はつたび》
宝船《たからぶね》
初夢《はつゆめ》
三日《みっか》
松囃子《まつばやし》
福沸《ふくわかし》
三ケ日《さんがにち》
御用始《ごようはじめ》
帳綴《ちやうとぢ》《ちょうとじ》（帳書《ちやうがき》・帳始《ちやうはじめ》）
女礼者《をんなれいじや》《おんなれいじゃ》
騎初《のりぞめ》（騎馬始《きばはじめ》・馬場始《ばばはじめ》・初騎《はつのり》）
弓始《ゆみはじめ》（弓矢始《ゆみやはじめ》・初弓《はつゆみ》・的始《まとはじめ》・射場始《いばはじめ》・射初《いぞめ》）

出初《でぞめ》（出初式《でぞめしき》）
寒の入《かんのいり》（寒固《かんがため》）
小寒《せうかん》《しょうかん》
寒の内《かんのうち》（寒《かん》）
寒の水《かんのみづ》《かんのみず》
寒造《かんづくり》
寒餅《かんもち》
寒紅《かんべに》（丑紅《うしべに》）
寒詣《かんまゐり》《かんまいり》（寒参《かんまゐり》・裸参《はだかまゐり》）
寒垢離《かんごり》（寒行《かんぎやう》）
寒念仏《かんねぶつ》
寒施行《かんせぎやう》《かんせぎょう》（穴施行《あなせぎやう》・野施行《のせぎやう》）
寒灸《かんきう》《かんきゅう》
寒稽古《かんげいこ》
寒復習《かんざらひ》《かんざらい》（寒弾《かんびき》）
寒声《かんごゑ》《かんごえ》
寒見舞《かんみまひ》《かんみまい》
寒卵《かんたまご》
寒鯉《かんごひ》《かんごい》
寒鮒《かんぶな》（寒鮒釣《かんぶなつり》）

寒釣《かんづり》
七種《ななくさ》（春の七草《はるのななくさ》）
若菜《わかな》（若菜摘《わかなつみ》）
薺《なづな》《なずな》（薺摘《なづなつみ》）
薺打つ《なづなうつ》《なずなうつ》（七種打つ《ななくさうつ》・七種《ななくさ》はやす）
人日《じんじつ》
七種粥《ななくさがゆ》（薺粥《なづながゆ》）
粥柱《かゆばしら》
寝正月《ねしやうぐわつ》《ねしょうがつ》
鷽替《うそかへ》《うそかえ》
小松引《こまつびき》（子の日の遊《ねのひのあそび》・初子の日《はつねのひ》）
初寅《はつとら》（初寅詣《はつとらまゐり》・二《に》の寅《とら》・三の寅《とら》・福寅《ふくとら》・福掻《ふくかき》・福蜈蚣《ふくむかで》・畚下《ふごおろ》し）
初卯《はつう》（初卯詣《はつうまゐり》・卯の札《うのふだ》・卯杖《うづゑ》・卯槌《うづち》）
初薬師《はつやくし》
初金毘羅《はつこんぴら》（初金刀比羅《はつことひら》）
十日戎《とをかえびす》《とおかえびす》（宵戎《よひえびす》・残り福《のこりふく》・

初恵美須《はつえびす》・福笹《ふくざさ》・戎笹《えびすざさ》・吉兆《きつてう》)
宝恵籠《ほゑかご》《ほえかご》(戎籠《えびすかご》)
初場所《はつばしよ》(一月場所《いちぐわつばしよ》・正月場所《しやうぐわつばしよ》)
餅花《もちばな》(繭玉《まゆだま》)
土竜打《もぐらうち》
綱曳《つなひき》
松《まつ》の内《うち》(注連《しめ》の内《うち》)
松納《まつをさめ》《まつおさめ》(松取《まつと》る・門松取《かどまつと》る)
飾納《かざりをさめ》《かざりおさめ》(飾取《かざりと》る・注連取《しめと》る)
注連貰《しめもらひ》《しめもらい》
左義長《さぎちやう》《さぎちょう》(吉書揚《きつしよあげ》・飾焚《かざりた》く)
鳥総松《とぶさまつ》
松過《まつすぎ》
なまはげ
小正月《こしやうぐわつ》《こしょうがつ》(女正月《をんなしやうぐわつ》・女正《めしやう》月《ぐわつ》)
小豆粥《あづきがゆ》《あずきがゆ》(十五日粥《じふごにちがゆ》)
成人《せいじん》の日《ひ》
奈良《なら》の山焼《やまやき》(お山焼《やまやき》)
藪入《やぶいり》(養父入《やぶいり》・里下《さとさが》り・宿下《やどさが》り)

二十日正月《はつかしやうぐわつ》《はつかしょうがつ》
凍《こほ》《こお》る(冱《い》てる・凍土《いてつち》)
冴《さ》ゆる(風冴《かぜさ》ゆる・鐘冴《かねさ》ゆる・月冴《つきさ》ゆる)
三寒四温《さんかんしをん》《さんかんしおん》
悴《かじか》む
皸《あかぎれ》(あかがり・胼《ひび》・胼薬《ひびぐすり》)
霜焼《しもやけ》(霜腫《しもばれ》・凍傷《とうしやう》)
霰《あられ》(玉霰《たまあられ》)
風花《かざはな》
雪起《ゆきおこ》し
雪《ゆき》(六花《むつのはな》・牡丹雪《ぼたんゆき》・小米雪《こごめゆき》・粉雪《こなゆき》・綿雪《わたゆき》・雪空《ゆきぞら》・ちら〳〵雪《ゆき》・小雪《こゆき》・大雪《おほゆき》・深雪《みゆき》・吹雪《ふぶき》・雪明《ゆきあか》り・しづり雪《ゆき》・雪煙《ゆきげむり》・朝《あさ》の雪《ゆき》・夜《よる》の雪《ゆき》・暮雪《ぼせつ》)
雪見《ゆきみ》
雪搔《ゆきかき》(排雪車《はいせつしや》・除雪車《ぢよせつしや》・ラッセル車《しや》・除雪夫《ぢよせつふ》)
雪卸《ゆきおろし》

雪踏《ゆきふみ》
雪《ゆき》まろげ
雪合戦《ゆきがつせん》(雪遊《ゆきあそび》)
雪礫《ゆきつぶて》
雪達磨《ゆきだるま》(雪仏《ゆきぼとけ》・雪兎《ゆきうさぎ》)
竹馬《たけうま》
スキー
橇《そり》(犬橇《のそ》・手橇《てそり》・雪舟《そり》・雪車《そり》)
雪沓《ゆきぐつ》(藁沓《わらぐつ》・深沓《ふかぐつ》・爪籠《つまご》)
かんじき(樏《かんじき》)
しまき(雪《ゆき》しまき)
凍死《とうし》(吹雪倒《ふぶきたふ》れ)
雪眼《ゆきめ》(雪眼鏡《ゆきめがね》)
雪焼《ゆきやけ》
雪女郎《ゆきぢよらう》《ゆきじょろう》(雪女《ゆきをんな》)
雪折《ゆきをれ》《ゆきおれ》
雪晴《ゆきばれ》
雪祭《ゆきまつり》
氷《こほり》《こおり》(厚氷《あつごほり》・氷面鏡《ひもかがみ》)
氷柱《つらら》(垂氷《たるひ》)

採氷《さいひよう》
砕氷船《さいひようせん》
氷下魚《こまい》（氷下魚《こまい》釣《つ》る）
スケート（氷滑《こほりすべ》り）
ラグビー
避寒《ひかん》（避寒宿《ひかんやど》）
寒月《かんげつ》
寒《かん》の雨《あめ》
寒灯《かんとう》（寒燈《かんとう》・冬灯《ふゆともし》）
水餅《みづもち》《みずもち》
煮凝《にこごり》（凝鮒《こごりぶな》）
氷豆腐《こほりどうふ》《こおりどうふ》（寒豆腐《かんどうふ》・凍豆腐《しみどうふ》・高野豆腐《こうやどうふ》）
氷蒟蒻《こほりごんにやく》《こおりごんにゃく》
寒天造《かんてんつく》る
寒曝《かんざらし》（寒晒《かんざらし》）
索麺干《さうめんほ》す《そうめんほす》
葛晒《くずさら》す
凍鶴《いてづる》
寒鴉《かんがらす》

寒雀《かんすずめ》
凍蝶《いててふ》《いてちょう》
初観音《はつくわんおん》《はつかんのん》
千両《せんりやう》《せんりょう》
万両《まんりやう》《まんりょう》
藪柑子《やぶかうじ》《やぶこうじ》
青木の実《あをきのみ》《あおきのみ》
寒牡丹《かんぼたん》（冬牡丹《ふゆぼたん》）
葉牡丹《はぼたん》
寒菊《かんぎく》（冬菊《ふゆぎく》）
冬薔薇《ふゆさうび》《ふゆそうび》（寒薔薇《かんばら》・冬《ふゆ》ばら）
水仙《すゐせん》《すいせん》
冬《ふゆ》の草《くさ》（冬草《ふゆくさ》）
竜《りゆう》の玉《たま》（竜《りゆう》の髯《ひげ》の実《み》）
冬苺《ふゆいちご》
麦《むぎ》の芽《め》
寒肥《かんごえ》
石蓴《あをさ》《あおさ》（あをさ汁《じる》）
初大師《はつだいし》（初弘法《はつこうぼふ》）
大寒《だいかん》

厳寒《げんかん》（酷寒《こくかん》・厳冬《げんとう》）
初天神《はつてんじん》（天神花《てんじんばな》・天神旗《てんじんばた》）
初不動《はつふどう》
日脚伸《ひあしの》ぶ
早梅《さうばい》《そうばい》
臘梅《らふばい》《ろうばい》（唐梅《からうめ》）
寒梅《かんばい》（冬《ふゆ》の梅《うめ》・寒紅梅《かんこうばい》）
探梅《たんばい》（探梅行《たんばいかう》）
冬桜《ふゆざくら》（寒桜《かんざくら》）
寒椿《かんつばき》（冬椿《ふゆつばき》）
侘助《わびすけ》
寒木瓜《かんぼけ》
室咲《むろざき》（室《むろ》の花《はな》・室《むろ》の梅《うめ》）
春待《はるま》つ（待春《たいしゆん》）
春隣《はるとなり》（春近《はるちか》し）
碧梧桐忌《へきごとうき》
節分《せつぶん》
柊挿《ひひらぎさ》す《ひいらぎさす》
追儺《つゐな》《ついな》（なやらひ・鬼《おに》やらひ）
豆撒《まめまき》（年男《としをとこ》・年《とし》の豆《まめ》）

厄落《やくおとし》（ふぐりおとし）
厄払《やくはらひ》《やくはらい》
厄塚《やくづか》
和布刈神事《めかりしんじ》（和布刈禰宜《めかりねぎ》・和布刈桶《めかりをけ》）

春―二月

立春すなわち二月四・五日以後。

春《はる》（三春《さんしゆん》・九春《きうしゆん》・春《はる》の旅《たび》・春《はる》の町《まち》・春《はる》の宮《みや》・春《はる》の寺《てら》・春《はる》の人《ひと》・春の園《はるのその》・村《むら》の春《はる》・島《しま》の春《はる》・京《きやう》の春《はる》）
立春《りつしゆん》（春立《はるた》つ）
二月《にぐわつ》《にがつ》
寒明《かんあけ》
早春《さうしゆん》《そうしゅん》
春浅《はるあさ》し（浅《あさ》き春《はる》）

睦月《むつき》
旧正月《きうしやうぐわつ》《きゅうしょうがつ》
二月礼者《にぐわつれいじや》《にがつれいじや》
二の替《にのかはり》《にのかわり》（三《さん》の替《かはり》）
絵踏《ゑぶみ》《えぶみ》（踏絵《ふみゑ》）
初午《はつうま》（二《に》の午《うま》・三《さん》の午《うま》・一《いち》の午《うま》・午祭《うままつり》）
針供養《はりくやう》《はりくよう》（針祭《はりまつ》る・針納《はりをさめ》）
建国記念の日《けんこくきねんのひ》（建国記念日《けんこくきねんび》・紀元節《きげんせつ》）
国栖奏《くずさう》《くずそう》
バレンタインの日《ひ》
かまくら
梵天《ぼんてん》
雪解《ゆきどけ》（雪解《ゆきげ》・雪解雫《ゆきげしづく》・雪解風《ゆきげかぜ》・雪解水《ゆきげみづ》・雪解川《ゆきげがは》・雪汁《ゆきじる》）
雪《ゆき》しろ（雪濁《ゆきにごり》）
雪崩《なだれ》（雪《ゆき》なだれ）
残雪《ざんせつ》（残《のこ》る雪《ゆき》・雪残《ゆきのこ》る）
雪間《ゆきま》（雪《ゆき》のひま）

凍解《いてどけ》（凍《いて》ゆるむ・凍解《いてと》くる）
氷解《こほりどけ》《こおりどけ》（解氷《かいひよう》・氷解《こほりと》く・浮氷《うきごほり》）
薄氷《うすらひ》《うすらい》（残《のこ》る氷《こほり》・春《はる》の氷《こほり》）
冱返《いてかへ》《いてかえ》る（凍返《いてかへ》る）
冴返《さえかへ》《さえかえ》る
春寒《はるさむ》
余寒《よかん》（残《のこ》る寒《さむ》さ）
春《はる》の風邪《かぜ》
春時雨《はるしぐれ》
猫の恋《ねこのこひ》《ねこのこい》（恋猫《こひねこ》・うかれ猫《ねこ》・春《はる》の猫《ねこ》・猫《ねこ》の妻《つま》・孕猫《はらみねこ》）
白魚《しらうを》《しらうお》（白魚網《しらをあみ》・白魚舟《しらをぶね》）
公魚《わかさぎ》（鮇《わかさぎ》・鰙《わかさぎ》）
鱵《さより》
魞挿《えりさ》す
獺名残《れふなごり》《りょうなごり》
野焼《のや》く（野火《のび》・草焼《くさや》く・畦焼《あぜや》く・芝焼《しばや》く）
焼野《やけの》（末黒野《すぐろの》）

山焼《やまや》く（山火《やまび》）
焼山《やけやま》
末黒《すぐろ》の芒《すすき》（焼野《やけの》の芒《すすき》）
麦踏《むぎふみ》（麦《むぎ》を踏《ふ》む）
木《こ》の実《み》植《う》う
猫柳《ねこやなぎ》
クロッカス（泊夫藍《さふらん》の花《はな》）
片栗《かたくり》の花《はな》（かたかごの花《はな》）
雛菊《ひなぎく》（デージー）
春菊《しゆんぎく》（菊菜《きくな》・茼蒿《しゆんぎく》・しんぎく）
菠薐草《はうれんさう》《ほうれんそう》
洲浜草《すきはまさう》《すはまそう》（雪割草《ゆきわりさう》・三角草《みすみさう》）
蕗《ふき》の薹《たう》《ふきのとう》
水菜《みづな》《みずな》（京菜《きやうな》）
海苔《のり》（海苔粗朶《のりそだ》・海苔舟《のりぶね》・海苔簀《のりす》・海苔掻《のりかき》・海苔採《のりとり》・海苔桶《のりをけ》・海苔干《のりほ》す・海苔干場《のりほしば》）
青海苔《あをのり》《あおのり》
会陽《ゑやう》《えよう》（裸押《はだかおし》）
獺の祭《をそまつり》《おそのまつり》（獺《かはをそ》 魚《うを》を祭《まつ》る）

鳴雪忌《めいせつき》（老梅忌《らうばいき》）
義仲忌《よしなかき》
梅《うめ》（野梅《やばい》・梅林《ばいりん》・梅《うめ》の花《はな》・白梅《はくばい》・臥竜梅《ぐわりゆうばい》・梅園《ばいゑん》）
梅見《うめみ》
盆梅《ぼんばい》
紅梅《こうばい》
黄梅《わうばい》《おうばい》（迎春花《げいしゆんくわ》）
鶯《うぐひす》《うぐいす》（春告鳥《はるつげどり》・初音《はつね》・鶯《うぐひす》の谷《たに》・渡《わたり》・鶯 笛《うぐひすぶえ》・黄鳥《うぐひす》）
山茱萸《さんしゆゆ》の花《はな》
下萌《したもえ》（草萌《くさもえ》・草青《くさあを》む）
いぬふぐり
君子蘭《くんしらん》
菜種御供《なたねごく》（梅花御供《ばいくわごく》・梅花祭《ばいくわさい》）
磯竈《いそかまど》
若布《わかめ》（若布刈竿《めかりざを》・若布刈舟《めかりぶね》・若布拾《わかめひろひ》・若布干《わかめほ》す・干若布《ほしわかめ》・若布売《わかめうり》）
実朝忌《さねともき》

春——三月

三月《さんぐわつ》《さんがつ》
如月《きさらぎ》
二日灸《ふつかきう》《ふつかきゅう》（ふつかやいと）
雛市《ひないち》（雛店《ひなみせ》）
桃《もも》の節句《せつく》（上巳《じやうし》・上巳《じやうみ》・桃《もも》の日《ひ》）
雛《ひな》（雛祭《ひなまつり》・初雛《はつびな》・紙雛《かみびな》・土雛《つちびな》・雛壇《ひなだん》・内裏雛《だいりびな》・古雛《ふるびな》・雛流《ひななが》し・ひな・雛遊《ひなあそび》・雛飾《ひなかざ》る・雛箱《ひなばこ》・雛《ひな》の宴《えん》・雛《ひな》の客《きやく》・雛《ひな》の宿《やど》・雛納《ひなをさめ》）
白酒《しろざけ》（桃《もも》の酒《さけ》）
菱餅《ひしもち》
曲水《きよくすゐ》《きょくすい》（曲水《きよくすゐ》の宴《えん》・流觴《りうしやう》・盃《さかづき》流《なが》し・巴字盞《はじさん》）
立子忌《たつこき》
鶏合《とりあはせ》《とりあわせ》（勝鶏《かちどり》・負鶏《まけどり》・闘鶏《とりけい》）
闘牛《とうぎう》《とうぎゅう》
春《はる》の雪《ゆき》（淡雪《あはゆき》・春雪《しゆんせつ》）

初雷《はつらい》（虫出《むしだし》）
春雷《しゅんらい》（春《はる》の雷《らい》）
啓蟄《けいちつ》（地虫穴《ちむしあな》を出《い》づ・地虫出《ちむしい》づ・蟻穴《ありあな》を出《い》づ・地虫《ぢむし》）
蛇穴《へびあな》を出《い》づ《へびあなをいず》
東風《こち》（強東風《つよごち》・朝東風《あさごち》・夕東風《ゆふごち》）
春《はる》めく
伊勢参《いせまゐり》《いせまいり》（おかげまゐり・脱参《ぬけまゐり》）
春《はる》の山《やま》
山笑《やまわら》ふ《やまわらう》
水温《みづぬる》む《みずぬるむ》（温《ぬる》む水《みづ》）
春《はる》の水《みづ》《はるのみず》（春水《しゅんすゐ》・水《みづ》の春《はる》）
鵜《う》馴《な》らし
春椎茸《はるしひたけ》《はるしいたけ》（春子《はるこ》）
蜷《にな》（蜷《にな》の道《みち》・みな）
田螺《たにし》（田螺取《たにしとり》・田螺和《たにしあへ》・田螺汁《たにしじる》・田螺鳴《たにしな》く）
蜆《しじみ》（蜆採《しじみとり》・蜆搔《しじみかき》・蜆舟《しじみぶね》・蜆売《しじみうり》・蜆汁《しじみじる》）

烏貝《からすがひ》《からすがい》
大試験《だいしけん》（入学試験《にふがくしけん》・受験《じゆけん》）
蓴生《ぬなはお》ふ《ぬなわおう》
水草生《みづくさお》ふ《みずくさおう》（みくさ生《お》ふ・萍生《うきくさお》ふ）
春田《はるた》
春《はる》の川《かは》《はるのかわ》（春江《しゅんかう》）
諸子《もろこ》（初諸子《はつもろこ》）
柳鮠《やなぎはえ》
子持鯊《こもちはぜ》
若鮎《わかあゆ》（小鮎《こあゆ》・鮎《あゆ》の子《こ》）
鮎汲《あゆくみ》
上《のぼ》り簗《やな》
お水送《みづおく》り《おみずおくり》
春日祭《かすがまつり》
御水取《おみづとり》《おみずとり》（水取《みづとり》）
御松明《おたいまつ》
西行忌《さいぎやうき》《さいぎょうき》
涅槃《ねはん》（涅槃図《ねはんづ》・涅槃会《ねはんゑ》・寝釈迦《ねじやか》・涅槃《ねはん》の日《ひ》・常楽会《じやうらくゑ》）

涅槃西風《ねはんにし》
春塵《しゅんぢん》《しゅんじん》（春埃《はるぼこり》）
霾《つちふる》（霾《ばい》・黄沙《くわうさ》・黄塵《くわうぢん》）
雪《ゆき》の果《はて》（名残《なごり》の雪《ゆき》・雪《ゆき》の別《わか》れ・忘《わす》れ雪《ゆき》）
鳥帰《とりかへ》る《とりかえる》（小鳥引《ことりひ》く・鳥雲《とりくも》に入《い》る・鳥曇《とりぐもり》・帰《かへ》る鳥《とり》）
引鶴《ひきづる》（帰《かへ》る鶴《つる》・鶴帰《つるかへ》る・残《のこ》る鶴《つる》）
引鴨《ひきがも》（残《のこ》る鴨《かも》・鴨帰《かもかへ》る・帰《かへ》る鴨《かも》・行《ゆ》く鴨《かも》）
帰《かへ》る雁《かり》《かえるかり》（帰雁《きがん》・雁帰《かりかへ》る・行《ゆ》く雁《かり》・雁《かり》の別《わか》れ・春《はる》の雁《かり》）
雁風呂《がんぶろ》（雁供養《がんくやう》）
治聾酒《ぢろうしゅ》《じろうしゅ》
彼岸《ひがん》
春分《しゅんぶん》の日《ひ》
彼岸詣《ひがんまゐり》《ひがんまいり》（彼岸会《ひがんゑ》・彼岸団子《ひがんだんご》）
彼岸桜《ひがんざくら》（枝垂桜《しだれざくら》・糸桜《いとざくら》）
開帳《かいちやう》《かいちょう》（出開帳《でがいちやう》）
大石忌《おほいしき》《おおいしき》

貝寄風《かひよせ》《かいよせ》（貝寄《かひよせ》）
暖《あたた》か（ぬくし）
目貼剥《めばりは》ぐ
北窓開《きたまどひら》く
炉塞《ろふさぎ》（炉《ろ》の名残《なごり》・春《はる》の炉《ろ》）
炬燵塞《こたつふさ》ぐ
春煖炉《はるだんろ》
春炬燵《はるごたつ》
春火桶《はるひをけ》《はるひおけ》（春火鉢《はるひばち》）
捨頭巾《すてづきん》《すてずきん》
雉《きじ》（雉笛《きじぶえ》・雉子《きじ》・きぎす・雉打《きじうち》）
鷽《うそ》
雲雀《ひばり》（揚雲雀《あげひばり》・落雲雀《おちひばり》・夕雲雀《ゆふひばり》・
雲雀野《ひばりの》・雲雀籠《ひばりかご》・雲雀笛《ひばりぶえ》）
燕《つばめ》（乙鳥《つばめ》・つばくろ・つばくら・
つばくらめ・燕来《つばめきた》る）
春雨《はるさめ》（春霖《しゅんりん》・春《はる》の雨《あめ》）
春泥《しゅんでい》（春《はる》の泥《どろ》）
ものの芽《め》
草《くさ》の芽《め》（名草《なぐさ》の芽《め》）

牡丹《ぼたん》の芽《め》
芍薬《しゃくやく》の芽《め》（芽芍薬《めしゃくやく》）
桔梗《ききやう》の芽《め》《ききょうのめ》
菖蒲《しやうぶ》の芽《め》《しょうぶのめ》
蘆《あし》の角《つの》（蘆《あし》の芽《め》・角組《つのぐ》む蘆《あし》）
荻《をぎ》の角《つの》《おぎのつの》（角組《つのぐ》む荻《をぎ》・荻《をぎ》の芽《め》）
菰《こも》の芽《め》（芽張《めば》るかつみ）
春《はる》の土《つち》
耕《たがやし》（耕人《かうじん》・耕馬《かうば》・耕牛《かうぎう》）
田打《たうち》（田《た》を鋤《す》く）
畑打《はたうち》
種物《たねもの》（種袋《たねぶくろ》・種物屋《たねものや》・種売《たねうり》・花種《はなだね》
・物種《ものだね》）
苗床《なへどこ》《なえどこ》（種床《たねどこ》）
花種蒔《はなだねま》く（鶏頭蒔《けいとうま》く）
夕顔蒔《ゆふがほま》く《ゆうがおまく》
糸瓜蒔《へちまま》く
胡瓜蒔《きうりま》く《きゅうりまく》
南瓜蒔《かぼちやま》く
茄子蒔《なすま》く（なすび蒔《ま》く・茄子床《なすどこ》）

牛蒡蒔《ごばうま》く《ごぼうまく》
麻蒔《あさま》く
芋植《いもう》う
種芋《たねいも》（芋《いも》の芽《め》）
菊根分《きくねわけ》（菊植《きくう》う・菊分《きくわか》つ）
菊《きく》の苗《なへ》《きくのなえ》
萩根分《はぎねわけ》
菖蒲根分《しやうぶねわけ》《しょうぶねわけ》
苗札《なへふだ》《なえふだ》
木《こ》の芽《め》（きのめ・芽立《めだ》ち・木《こ》の
芽時《めどき》・木《こ》の芽吹《めふ》く・木《こ》の芽風《めかぜ》）
芽柳《めやなぎ》（芽《め》ばり柳《やなぎ》・柳《やなぎ》の芽《め》）
接骨木《にはとこ》の芽《め》《にわとこのめ》
楓《かへで》の芽《め》《かえでのめ》
桑《くは》の芽《め》《くわのめ》（桑《くは》解く）
薔薇《ばら》の芽《め》（茨《いばら》の芽《め》）
蔦《つた》の芽《め》
楤《たら》の芽《め》（多羅《たら》の芽《め》）
山椒《さんせう》の芽《め》《さんしょうのめ》（さんしよのめ・
木《き》の芽和《めあへ》）

田楽《でんがく》（木《き》の芽田楽《めでんがく》）
青饅《あをぬた》《あおぬた》
枸杞《くこ》（枸杞飯《くこめし》・枸杞摘《くこつ》む）
五加木《うこぎ》（五加木摘《うこぎつ》む・五加木飯《うこぎめし》）
菜飯《なめし》
目刺《めざし》
白子干《しらすぼし》
干鱈《ひだら》（棒鱈《ぼうだら》・ほしだら）
鰆《さはら》《さわら》
鰊《にしん》（鰊群来《にしんくき》・鰊曇《にしんぐもり》・鯡《にしん》）
𩸽《ほつけ》
鱒《ます》
鮊子《いかなご》（かますご）
飯蛸《いひだこ》《いいだこ》
椿《つばき》（山椿《やまつばき》・藪椿《やぶつばき》・白椿《しろつばき》・乙女椿《をとめつばき》・八重椿《やへつばき》・落椿《おちつばき》・玉椿《たまつばき》・つら〱椿《つばき》）
茎立《くくたち》
独活《うど》（芽独活《めうど》・山独活《やまうど》）
アスパラガス（松葉独活《まつばうど》）

慈姑《くわゐ》《くわい》（壬生慈姑《みぶくわゐ》・慈姑掘《くわゐほ》る）
胡葱《あさつき》（糸葱《いとねぎ》・千本分葱《せんぼんわけぎ》）
野蒜《のびる》
韮《にら》（ふたもじ）
蒜《にんにく》（葫《にんにく》・忍辱《にんにく》・大蒜《おほびる》）
剪定《せんてい》
椄木《つぎき》（砧木《だいぎ》・椄穂《つぎほ》）
取木《とりき》
挿木《さしき》（挿穂《さしほ》）
苗木植《なへぎう》う《なえぎうう》（植林《しょくりん》）
苗木市《なへぎいち》《なえぎいち》
桑植《くはう》う《くわうう》
流氷《りうひよう》《りゅうひょう》
木流《きなが》し
廏出《うまやだ》し（まやだし）
垣繕《かきつくろ》ふ《かきつくろう》
屋根替《やねがへ》《やねがえ》（葺替《ふきかへ》）
大掃除《おほさうぢ》《おおそうじ》
卒業《そつげふ》《そつぎょう》（卒業式《そつげふしき》・卒業生《そつげふせい》・落第《らくだい》）

蓮如忌《れんによき》
比良八講《ひらはつかう》《ひらはっこう》（比良八荒《ひらはつかう》・八荒《はつかう》）
春《はる》の野《の》（春郊《しゅんかう》）
霞《かすみ》（朝霞《あさがすみ》・昼霞《ひるがすみ》・夕霞《ゆふがすみ》・遠霞《とほがすみ》・薄霞《うすがすみ》・棚霞《たながすみ》・鐘霞《かねかす》む・草霞《くさかす》む）
陽炎《かげろふ》《かげろう》（糸遊《いとゆふ》）
踏青《たふせい》《とうせい》（青《あを》きを踏《ふ》む・あをきふむ）
野遊《のあそび》
摘草《つみくさ》（草摘《くさつ》む）
嫁菜摘《よめなつ》む
蓬《よもぎ》（餅草《もちぐさ》・蓬摘《よもぎつみ》・蓬摘《よもぎつ》む・艾草《もぐさ》）
母子草《ははこぐさ》（はうこぐさ）
土筆《つくし》（つくづくし・つくし摘《つ》む）
蕨《わらび》（蕨狩《わらびがり》・早蕨《さわらび》・干蕨《ほしわらび》）
薇《ぜんまい》
芹《せり》（芹摘《せりつみ》）
三葉芹《みつばぜり》（みつば）
防風《ばうふう》《ぼうふう》（防風採《ばうふうとり》・防風掘《ばうふうほ》る）
菫《すみれ》（菫草《すみれぐさ》・花菫《はなすみれ》・菫野《すみれの》）

蒲公英《たんぽぽ》（鼓草《つづみぐさ》）
紫雲英《げんげ》（五形花《げげばな》・げんげん・蓮華草《れんげさう》）
苜蓿《うまごやし》（クローバ）
蘩蔞《はこべ》（はこべら）
薺《なづな》の花《はな》《なずなのはな》（三味線草《さみせんぐさ》・ぺんぺん草《ぐさ》）
酸葉《すいば》（すかんぽ・酸模《すいば》・あかぎしぎし）
虎杖《いたどり》
茅花《つばな》
春蘭《しゅんらん》
黄水仙《きずゐせん》《きずいせん》
ミモザの花《はな》（花《はな》ミモザ・ミモザ）
磯開《いそびらき》
利休忌《りきうき》《りきゅうき》
其角忌《きかくき》

春―四月

立夏の前日すなわち五月五日ごろまでを収む。

四月《しぐわつ》《しがつ》
弥生《やよひ》《やよい》
春《はる》の日《ひ》（春日《はるひ》・春　日《しゅんじつ》・春日影《はるひかげ》・春《はる》の朝日《あさひ》・春《はる》の夕日《ゆふひ》・春《はる》の入日《いりひ》）
日永《ひなが》（永《なが》き日《ひ》・遅日《ちじつ》・暮遅《くれおそ》し・暮《くれ》かぬる）
春《はる》の空《そら》
春《はる》の雲《くも》
麗《うらら》か（うらら）
長閑《のどか》（のどけし）
四月馬鹿《しぐわつばか》《しがつばか》（万愚節《ばんぐせつ》・エープリルフール）
初桜《はつざくら》（初花《はつはな》）
入学《にふがく》《にゅうがく》（入学式《にふがくしき》・新入生《しんにふせい》）

出代《でがはり》《でがわり》（御目見得《おめみえ》・新参《しんざん》）
山葵《わさび》（山葵漬《わさびづけ》）
芥菜《からしな》
三月菜《さんぐわつな》《さんがつな》
春大根《はるだいこん》（三月大根《さんぐわつだいこん》・野大根《のだいこん》）
草餅《くさもち》（蓬餅《よもぎもち》・母子餅《ははこもち》）
蕨餅《わらびもち》
鶯餅《うぐひすもち》《うぐいすもち》
桜餅《さくらもち》
椿餅《つばきもち》
都踊《みやこをどり》《みやこおどり》
蘆辺踊《あしべをどり》《あしべおどり》
浪花踊《なにはをどり》《なにわおどり》
東踊《あづまをどり》《あずまおどり》
義士祭《ぎしさい》
種痘《しゅとう》（植疱瘡《うゑばうさう》）
湯治舟《たうぢぶね》《とうじぶね》
桃《もも》の花《はな》（白桃《しろもも》・緋桃《ひもも》・源平桃《げんぺいもも》・桃畑《ももばたけ》・桃林《たうりん》・桃園《たうゑん》・桃《もも》の村《むら》）
梨《なし》の花《はな》

杏《あんず》の花《はな》
李《すもも》の花《はな》
林檎《りんご》の花《はな》
郁李《にはうめ》の花《はな》《にわうめのはな》（庭梅《にはうめ》の花《はな》）
山桜桃《ゆすら》の花《はな》（梅桃《ゆすらうめ》の花《はな》）
赤楊《はんのき》の花《はな》（榛《はん》の花《はな》・はりの木《き》の花《はな》）
三椏《みつまた》の花《はな》
沈丁花《ちんちやうげ》《じんちょうげ》（丁字《ちやうじ》・沈丁《ちんちやう》）
辛夷《こぶし》
木蓮《もくれん》（紫木蓮《しもくれん》・白木蓮《はくもくれん》・木蘭《もくれん》）
連翹《れんげう》《れんぎょう》
樝子《しどみ》の花《はな》（草木瓜《くさぼけ》）
木瓜《ぼけ》の花《はな》（更紗木瓜《さらさぼけ》・蜀木瓜《しょくぼけ》・広東木瓜《かんとんぼけ》・緋木瓜《ひぼけ》・白木瓜《しろぼけ》）
紫荊《はなずはう》《はなずおう》
黄楊《つげ》の花《はな》
枸橘《からたち》の花《はな》
山椒《さんせう》の花《はな》《さんしょうのはな》（花山椒《はなざんせう》）
接骨木《にはとこ》の花《はな》《にわとこのはな》

杉《すぎ》の花《はな》
春暁《しゅんげう》《しゅんぎょう》（春《はる》の曙《あけぼの》・春《はる》あかつき・春《はる》の暁《あかつき》・春《はる》の朝《あさ》）
春昼《しゅんちう》《しゅんちゅう》
春《はる》の暮《くれ》（春《はる》の夕《ゆふべ》・春夕《はるゆふべ》）
春《はる》の宵《よひ》《はるのよい》（宵《よひ》の春《はる》・春宵《しゅんせう》）
春《はる》の夜《よ》（夜半《よは》の春《はる》・春夜《しゅんや》）
春灯《しゅんとう》（春《はる》の灯《ひ》・春燈《しゅんとう》）
春《はる》の星《ほし》
春《はる》の月《つき》（春月《しゅんげつ》）
朧月《おぼろづき》（月朧《つきおぼろ》）
朧《おぼろ》（朧夜《おぼろよ》・朧月夜《おぼろづきよ》・草朧《くさおぼろ》・鐘朧《かねおぼろ》・朧影《おぼろかげ》）
亀鳴《かめな》く
蝌蚪《くわと》《かと》（お玉杓子《たまじやくし》・蛙《かへる》の子《こ》）
柳《やなぎ》（糸柳《いとやなぎ》・青柳《あをやぎ》・遠柳《とほやなぎ》・門柳《かどやなぎ》・川柳《かはやなぎ》）
花《はな》（花《はな》の雲《くも》・花吹雪《はなふぶき》・落花《らくくわ》・花屑《はなくづ》・花埃《はなぼこり》・花《はな》の塵《ちり》・花《はな》の雨《あめ》・花冷《はなびえ》・花《はな》の山《やま》・花便《はなだより》・花守《はなもり》）

桜《さくら》（朝桜《あさざくら》・夕桜《ゆふざくら》・夜桜《よざくら》・山桜《やまざくら》・八重桜《やへざくら》・遅桜《おそざくら》）
花見《はなみ》（観桜《くわんあう》・花巡《はなめぐ》り・花《はな》の宴《えん》・花《はな》の茶屋《ちやや》・花《はな》の宿《やど》・花《はな》の幕《まく》・花筵《はなむしろ》・花人《はなびと》・花衣《はなごろも》・花疲《はなづかれ》・桜狩《さくらがり》・桜人《さくらびと》）
花篝《はなかがり》（花雪洞《はなぼんぼり》）
花曇《はなぐもり》
桜漬《さくらづけ》（花漬《はなづけ》・桜湯《さくらゆ》）
花見虱《はなみじらみ》
桜鯎《さくらうぐひ》《さくらうぐい》
桜鯛《さくらだひ》《さくらだい》（花見鯛《はなみだひ》）
花烏賊《はないか》（桜烏賊《さくらいか》）
蛍烏賊《ほたるいか》（まついか）
春《はる》の海《うみ》
春潮《しゅんてう》《しゅんちょう》（春《はる》の潮《しほ》）
観潮《くわんてう》《かんちょう》
磯遊《いそあそび》（磯菜摘《いそなつみ》）
汐干《しほひ》《しおひ》（干潟《ひがた》・汐干狩《しほひがり》・汐干潟《しほひがた》）
蛤《はまぐり》（焼蛤《やきはまぐり》・はまなべ）

浅蜊《あさり》
馬刀《まて》（馬刀突《まてつき》・馬刀掘《まてほり》）
桜貝《さくらがひ》《さくらがい》
栄螺《さざえ》
壺焼《つぼやき》（焼栄螺《やきさざえ》）
鮑《あはび》《あわび》（鮑取《あはびとり》）
常節《とこぶし》
細螺《きさご》（きしやご）
寄居虫《やどかり》（がうな）
汐《しほ》まねき《しおまねき》
いそぎんちやく
海胆《うに》（雲丹《うに》）
搗布《かぢめ》《かじめ》（搗布刈《かぢめかり》・搗布焚《かぢめた》く）
角叉《つのまた》
鹿尾菜《ひじき》
海雲《もづく》《もずく》（水雲《もづく》・海蘊《もづく》）
海髪《うご》（おご）
松露《しようろ》（松露掻《しようろかき》）
一人静《ひとりしづか》《ひとりしずか》
金鳳華《きんぽうげ》（うまのあしがた）

桜草《さくらさう》《さくらそう》
芝桜《しばざくら》
チューリップ（鬱金香《うつこんかう》）
ヒヤシンス（風信子《ふうしんし》）
シクラメン
スイートピー
シネラリヤ（サイネリア）
パンジー（三色菫《さんしきすみれ》・胡蝶花《こてふくわ》）
アネモネ
ストック（あらせいとう）
フリージア
灌仏《くわんぶつ》《かんぶつ》（仏生会《ぶつしやうゑ》）
花御堂《はなみだう》《はなみどう》
甘茶《あまちや》
花祭《はなまつり》
虚子忌《きよしき》（椿寿忌《ちんじゆき》）
復活祭《ふくくわつさい》《ふつかつさい》（イースター）
釈奠《せきてん》（おきまつり）
安良居祭《やすらゐまつり》《やすらいまつり》
百千鳥《ももちどり》

囀《さへづり》《さえずり》
鳥交る《とりさかる》
鳥《とり》の巣《す》（巣籠《すごもり》・巣鳥《すどり》）
古巣《ふるす》
鷲《わし》の巣《す》
鷹《たか》の巣《す》
鶴《つる》の巣《す》（鶴《つる》の巣籠《すごもり》）
鷺《さぎ》の巣《す》
雉《きじ》の巣《す》
烏《からす》の巣《す》
鵲《かささぎ》の巣《す》
鳩《はと》の巣《す》
燕《つばめ》の巣《す》（巣燕《すつばめ》）
千鳥《ちどり》の巣《す》
雲雀《ひばり》の巣《す》
雀《すずめ》の巣《す》
孕雀《はらみすずめ》（子持雀《こもちすずめ》）
孕鹿《はらみじか》
仔馬《こうま》（孕馬《はらみうま》）
春《はる》の草《くさ》（春草《しゆんさう》・芳草《はうさう》・草芳《くさかぐは》し）

若草《わかくさ》（嫩草《わかくさ》・新草《にひくさ》）
古草《ふるくさ》
若芝《わかしば》
蘖《ひこばえ》
竹《たけ》の秋《あき》
嵯峨念仏《さがねんぶつ》
十三詣《じふさんまゐり》《じゅうさんまいり》（智恵貰《ちゑもらひ》・智恵詣《ちゑまうで》）
山王祭《さんわうまつり》《さんのうまつり》
梅若忌《うめわかき》（木母寺大念仏《もくぼじだいねんぶつ》）
羊《ひつじ》の毛《け》剪《き》る
春光《しゆんくわう》《しゅんこう》（春《はる》の色《いろ》・春　色《しゅんしょく》）
風光《かぜひか》る
青麦《あをむぎ》《あおむぎ》（麦青《むぎあを》む）
麦鶉《むぎうづら》《むぎうずら》
菜《な》の花《はな》（菜種《なたね》の花《はな》・花菜《はなな》）
花菜漬《はななづけ》
菜種河豚《なたねふぐ》
大根《だいこん》の花《はな》（花大根《はなだいこん》・種大根《たねだいこん》）
諸葛菜《しよかつさい》
豆《まめ》の花《はな》（蚕豆《そらまめ》の花《はな》・豌豆《ゑんどう》の花《はな》）

蝶《てふ》《ちょう》（紋白蝶《もんしろてふ》・紋黄蝶《もんきてふ》・胡蝶《こてふ》・蝶々《てふてふ》・初蝶《はつてふ》・揚羽蝶《あげはてふ》）
春風《はるかぜ》（春《はる》の風《かぜ》）
凧《たこ》（長崎《ながさき》の凧揚《はたあげ》・紙鳶《たこ》・鳳巾《たこ》・いかのぼり・いか・はた・奴凧《やっこだこ》）
風車《かざぐるま》（風車売《かざぐるまうり》）
風船《ふうせん》（風船売《ふうせんうり》）
石鹸玉《しやぼんだま》
鞦韆《しうせん》《しゅうせん》（ぶらんこ・秋千《しうせん》・ふらここ・半仙戯《はんせんぎ》）
ボートレース（競漕《きやうさう》）
遠足《ゑんそく》《えんそく》
遍路《へんろ》（遍路宿《へんろやど》）
春日傘《はるひがさ》（春《はる》の日傘《ひがさ》）
朝寝《あさね》
春眠《しゅんみん》
春愁《しゅんしう》《しゅんしゅう》
蠅生《はへうま》る《はえうまる》
春《はる》の蠅《はへ》《はるのはえ》
春《はる》の蚊《か》（春蚊《はるか》）

虻《あぶ》
蜂《はち》（蜜蜂《みつばち》・熊蜂《くまばち》・足長蜂《あしながばち》・穴蜂《あなばち》・土蜂《つちばち》）
蜂《はち》の巣《す》
巣立《すだち》（巣立鳥《すだちどり》）
雀《すずめ》の子《こ》（親《おや》雀《すずめ》・子雀《こすずめ》）
子猫《こねこ》（親猫《おやねこ》・猫《ねこ》の子《こ》）
落《おと》し角《づの》
人丸忌《ひとまるき》（人麻呂忌《ひとまろき》）
花供養《はなくやう》《はなくよう》
御身拭《おみぬぐひ》《おみぬぐい》
御忌《ぎよき》（法然忌《ほふねんき》・御忌詣《ぎよきまうで》・御忌《ぎよき》の鐘《かね》）
御影供《みえいく》（御影供《みえく》・空海忌《くうかいき》）
壬生念仏《みぶねんぶつ》（壬生狂言《みぶきやうげん》・壬生踊《みぶをどり》）
島原太夫道中《しまばらたいふのだうちゆう》《しまばらたゆうのどうちゅう》
靖国祭《やすくにまつり》（招魂祭《せうこんさい》）
先帝祭《せんていさい》
蜃気楼《しんきろう》（海市《かいし》・喜見城《きけんじやう》）
鮒膾《ふななます》（山吹膾《やまぶきなます》）

山吹《やまぶき》（葉山吹《はやまぶき》・濃山吹《こやまぶき》）
海棠《かいだう》《かいどう》
山楂子《さんざし》の花《はな》
馬酔木《あせび》の花《はな》（あしびの花《はな》・あせぼの花《はな》）
ライラック（リラの花《はな》）
雪柳《ゆきやなぎ》（小米花《こごめばな》・小米桜《こごめざくら》）
小粉団《こでまり》の花《はな》（こでまり）
楓の花《かへでのはな》《かえでのはな》
松《まつ》の花《はな》
珈琲《コーヒー》の花《はな》
柃《ひさかき》の花《はな》
樒《しきみ》の花《はな》
木苺《きいちご》の花《はな》
苺《いちご》の花《はな》
通草《あけび》の花《はな》
郁子《むべ》の花《はな》
宗因忌《そういんき》
みどりの日《ひ》
葱坊主《ねぎばうず》《ねぎぼうず》（葱《ねぎ》の花《はな》・葱《ねぎ》の擬宝《ぎぼ》）

萵苣《ちさ》（ちさ欠《か》く）
みづ菜《な》《みずな》（うはばみさう）
鶯菜《うぐひすな》《うぐいすな》
茗荷竹《めうがたけ》《みょうがたけ》
熊谷草《くまがいさう》《くまがいそう》
杉菜《すぎな》
東菊《あづまぎく》《あずまぎく》（吾妻菊《あづまぎく》）
花韮《はなにら》
華鬘草《けまんさう》《けまんそう》
都忘《みやこわす》れ
金盞花《きんせんくわ》《きんせんか》
二人静《ふたりしづか》《ふたりしずか》
十二単《じふにひとへ》《じゅうにひとえ》
勿忘草《わすれなぐさ》
種俵《たねだはら》《たねだわら》（種籾《たねもみ》）
種井《たねゐ》《たねい》（種池《たねいけ》・種浸《たねひた》し）
種選《たねえらみ》（種選《たねよ》る）
種蒔《たねまき》（籾蒔《もみま》く・種《たね》おろし・物種蒔《ものだねま》く）
苗代《なはしろ》《なわしろ》（苗田《なへた》・苗代田《なはしろだ》・苗代時《なはしろどき》）

水口祭《みなくちまつり》
種案山子《たねかがし》
苗代茱萸《なはしろぐみ》《なわしろぐみ》（俵《たはら》ぐみ・はるぐみ）
朝顔蒔《あさがほま》《あさがおま》く
藍植《あゐう》《あいう》う
蒟蒻植《こんにやくう》う
蓮植《はすう》う
八十八夜《はちじふはちや》《はちじゅうはちや》
別《わか》れ霜《じも》（霜《しも》の名残《なごり》・忘《わす》れ霜《じも》）
霜《しも》くすべ（霜害《さうがい》）
茶摘《ちやつみ》（茶摘女《ちやつみめ》・茶摘唄《ちやつみうた》・茶摘笠《ちやつみがさ》・茶山《ちややま》・茶園《ちやゑん》）
製茶《せいちや》（焙炉《ほいろ》）
鯛網《たひあみ》《たいあみ》
魚島《うをじま》《うおじま》
鯥五郎《むつごらう》《むつごろう》（むつ）
蚕《かひこ》《かいこ》（春蚕《はるご》・蚕卵紙《さんらんし》・蚕飼《こがひ》・蚕飼《かひこか》ふ・たねがみ・掃立《はきたて》・飼屋《かひや》・蚕棚《こだな》・蚕室《こしつ》・捨蚕《すてご》・蚕時《かひこどき》）

山繭《やままゆ》
桑摘《くはつみ》《くわつみ》（桑籠《くはかご》・桑車《くはぐるま》）
桑《くは》《くわ》
桑《くは》の花《はな》《くわのはな》
畦塗《あぜぬり》（塗畦《ぬりあぜ》）
蔦若葉《つたわかば》
萩若葉《はぎわかば》
草若葉《くさわかば》
葎若葉《むぐらわかば》
罌粟若葉《けしわかば》（芥子若葉《けしわかば》）
菊若葉《きくわかば》
若蘆《わかあし》（蘆若葉《あしわかば》）
荻若葉《をぎわかば》《おぎわかば》
若菰《わかごも》
髢草《かもじぐさ》
水芭蕉《みづばせう》《みずばしょう》
残花《ざんくわ》《ざんか》
春深《はるふか》し（春闌《はるたけなは》・春闌《はるた》く）
夏近《なつちか》し（夏隣《なつとな》る）
蛙《かはづ》《かわず》（初蛙《はつかはづ》・かへる・鳴蛙《なくかはづ》・
遠蛙《とほかはづ》・昼蛙《ひるかはづ》）
躑躅《つつじ》（やまつつじ・きりしま）
満天星《どうだん》の花《はな》（どうだんつつじ）
石南花《しやくなげ》（石楠花《しやくなげ》）
柳絮《りうじよ》《りゅうじょ》
若緑《わかみどり》（松《まつ》の緑《みどり》・緑立《みどりた》つ・若松《わかまつ》・
松《まつ》の蕊《ずい》・松《まつ》の芯《しん》・緑摘《みどりつ》む）
松毟鳥《まつむしり》
ねぢあやめ《ねじあやめ》
苧環《をだまき》《おだまき》（糸繰草《いとくりさう》）
薊《あざみ》の花《はな》（花薊《はなあざみ》・薊《あざみ》）
山帰来《さんきらい》の花《はな》（菝葜《さるとりいばら》の花《はな》・さる
とりの花《はな》）
藤《ふぢ》《ふじ》（藤《ふぢ》の花《はな》・山藤《やまふぢ》・白藤《しらふぢ》・藤浪《ふぢなみ》・
藤棚《ふぢだな》）
行春《ゆくはる》（春行《はるゆ》く）
暮《くれ》の春《はる》（暮春《ぼしゆん》）
春惜《はるをし》む《はるおしむ》（惜春《せきしゆん》）
メーデー
どんたく

憲法記念日《けんぱふきねんび》《けんぽうきねんび》
鐘供養《かねくやう》《かねくよう》

夏 五月

立夏すなはち五月五・六日以後。

夏《なつ》（三夏《さんか》・九夏《きうか》・島《しま》の夏《なつ》・夏《なつ》の寺《てら》・
夏《なつ》の宮《みや》）
立夏《りつか》（夏《なつ》に入《い》る・夏来《なつきた》る）
五月《ごぐわつ》《ごがつ》
初夏《しよか》（初夏《はつなつ》）
卯月《うづき》
卯浪《うなみ》
牡丹《ぼたん》（ぼうたん・白牡丹《はくぼたん》・緋牡丹《ひぼたん》
・牡丹園《ぼたんゑん》）
更衣《ころもがへ》《ころもがえ》
袷《あはせ》《あわせ》（素袷《すあはせ》・初袷《はつあはせ》・古袷《ふるあはせ》・絹《きぬ》
袷《あはせ》・袷時《あはせどき》）

白重《しらがさね》
鴨川踊《かもがはをどり》《かもがわおどり》
筑摩祭《つくままつり》（鍋被《なべかぶり》・鍋祭《なべまつり》・鍋乙女《なべをとめ》）
舟芝居《ふなしばゐ》《ふなしばい》
余花《よくわ》《よか》
富士桜《ふじざくら》
葉桜《はざくら》
菖蒲葺く《しやうぶふく》《しょうぶふく》（あやめ葺《ふ》く・菖蒲引く《しやうぶひ》・菖蒲刈る《しやうぶか》・軒菖蒲《のきしやうぶ》・蓬葺く《よもぎふ》・楝葺く《あふちふ》・かつみ葺《ふ》く）
端午《たんご》（重五《ちようご》・菖蒲《しやうぶ》の節句《せつく》・菖蒲《しやうぶ》の日《ひ》・初節句《はつぜつく》）
子供《こども》の日《ひ》
菖蒲《しやうぶ》《しょうぶ》（あやめぐさ）
武者人形《むしやにんぎやう》《むしゃにんぎょう》（五月人形《ごぐわつにんぎやう》・冑《かぶと》人形《にんぎやう》・飾《かざりかぶと》冑・武具飾《ぶぐかざ》る・馬具飾《ぐかざ》る）
幟《のぼり》（外幟《そとのぼり》・内幟《うちのぼり》・座敷幟《ざしきのぼり》・初幟《はつのぼり》・五月幟《ごぐわつのぼり》・紙幟《かみのぼり》・幟竿《のぼりざを》・幟《のぼり》杭《のぼりぐひ》）

吹流し《ふきなが》
鯉幟《こひのぼり》《こいのぼり》（五月鯉《さつきごひ》）
矢車《やぐるま》
粽《ちまき》（茅巻《ちまき》・笹粽《ささちまき》・菰粽《こもちまき》・葦粽《よしちまき》・菅粽《すげちまき》・飴粽《あめちまき》・飾粽《かざりちまき》・粽結《ちまきゆ》ふ）
柏餅《かしはもち》《かしわもち》
菖蒲湯《しやうぶゆ》《しょうぶゆ》（菖蒲風呂《しやうぶぶろ》）
薬の日《くすりひ》（薬草摘《やくさうつみ》・百草摘《ひやくさうつみ》・薬狩《くすりがり》・薬採《くすりとり》）
薬玉《くすだま》（長命縷《ちやうめいる》）
新茶《しんちや》（走り茶《はしちや》）
古茶《こちや》
風炉《ふろ》（風炉手前《ふろてまへ》）
上蔟《じやうぞく》《じょうぞく》（上蔟《あがり》・上蔟団子《あがりだんご》）
繭《まゆ》（繭掻く《まゆか》・新繭《しんまゆ》・白繭《しろまゆ》・黄繭《きまゆ》・屑繭《くづまゆ》・玉繭《たままゆ》・繭籠《まゆかご》・繭買《まゆかひ》・繭売《まゆう》る・繭干《まゆほ》す）
糸取《いととり》（糸引《いとひき》・糸取女《いととりめ》・糸引女《いとひきめ》・糸取鍋《いととりなべ》・繭煮《まゆに》る・糸取歌《いととりうた》）
蚕蛾《さんが》（蚕の蝶《かひこてふ》）

袋角《ふくろづの》
松蟬《まつぜみ》（春蟬《はるぜみ》）
夏めく《なつ》
薄暑《はくしよ》（軽暖《けいだん》）
夏霞《なつがすみ》
セル
ネル
カーネーション
母の日《ははひ》
夏場所《なつばしよ》（五月場所《ごぐわつばしよ》）
芭蕉巻葉《ばせうまきば》《ばしょうまきば》（玉巻く芭蕉《たままくばせう》）
玉巻く葛《たままくず》
苗売《なへうり》《なえうり》
瓜苗《うりなへ》《うりなえ》
胡瓜苗《きうりなへ》《きゅうりなえ》
瓢苗《ひさごなへ》《ひさごなえ》
糸瓜苗《へちまなへ》《へちまなえ》
茄子苗《なすなへ》《なすなえ》
茄子植《なすう》う
根切虫《ねきりむし》

薪能《たきぎのう》
練供養《ねりくやう》《ねりくよう》（来迎会《らいがうゑ》・迎接会《げいせつゑ》）
葵祭《あふひまつり》《あおいまつり》（賀茂祭《かもまつり》・北祭《きたまつり》・葵《あふひ》
鬘《かづら》・諸鬘《もろかづら》）
祭《まつり》（陰祭《かげまつり》・夜宮《よみや》・宵宮《よひみや》・宵祭《よひまつり》・
神輿《みこし》・山車《だし》・地車《だんじり》・樽神輿《たるみこし》・祭礼《さいれい》
・渡御《とぎよ》・御旅所《おたびしよ》・御輿舁《みこしかき》・舟渡御《ふなとぎよ》
・祭舟《まつりぶね》・祭前《まつりまへ》・祭《まつり》あと・祭笛《まつりぶえ》・
祭太鼓《まつりだいこ》・祭獅子《まつりじし》・祭囃子《まつりばやし》・祭《まつり》
提灯《ちやうちん》・祭笠《まつりがさ》・祭客《まつりきやく》・祭見《まつりみ》・
祭髪《まつりがみ》・祭衣《まつりごろも》・祭宿《まつりやど》・祭町《まつりまち》）
神田祭《かんだまつり》
三社祭《さんじやまつり》（浅草祭《あさくさまつり》）
安居《あんご》（一夏《いちげ》・夏籠《げごもり》・夏行《げぎやう》・前安居《ぜんあんご》・
中安居《ちゆうあんご》・後安居《ごあんご》・結夏《けつげ》・結制《けつせい》・
夏断《げだち》・夏勤《げづとめ》・夏入《げいり》・雨安居《うあんご》）
夏花《げばな》（夏花摘《げばなつみ》）
夏書《げがき》（夏経《げぎやう》）
西祭《にしまつり》（三船祭《みふねまつり》）
蟬丸忌《せみまるき》（蟬丸祭《せみまるまつり》）

若楓《わかかへで》《わかかえで》
新樹《しんじゆ》
新緑《しんりよく》
若葉《わかば》（谷若葉《たにわかば》・里若葉《さとわかば》・若葉風《わかばかぜ》・
若葉雨《わかばあめ》）
柿若葉《かきわかば》
樫若葉《かしわかば》
椎若葉《しひわかば》《しいわかば》
樟若葉《くすわかば》
常磐木落葉《ときはぎおちば》《ときわぎおちば》
樫落葉《かしおちば》
椎落葉《しひおちば》《しいおちば》
樟落葉《くすおちば》
松落葉《まつおちば》（散松葉《ちりまつば》）
杉落葉《すぎおちば》
夏蕨《なつわらび》
筍《たけのこ》（たかうな・たかんな・笋《たけのこ》・
竹《たけ》の子《こ》）
篠《すず》の子《こ》（笹《ささ》の子《こ》）
筍飯《たけのこめし》

蕗《ふき》（蕗《ふき》の葉《は》）
藜《あかざ》（藜《あかざ》の杖《つゑ》）
蚕豆《そらまめ》（蚕豆引《そらまめひき》）
豌豆《ゑんどう》《えんどう》（豌豆引《ゑんどうひき》・莢豌豆《さやゑんどう》）
豆飯《まめめし》
浜豌豆《はまゑんどう》《はまえんどう》
芍薬《しやくやく》
都草《みやこぐさ》
踊子草《をどりこさう》《おどりこそう》（踊草《をどりさう》・踊花《をどりばな》）
海芋《かいう》（カラー）
文字摺草《もじずりさう》《もじずりそう》（捩花《ねぢばな》・もじずり）
羊蹄《ぎしぎし》の花《はな》
擬宝珠《ぎばうし》《ぎぼうし》（花擬宝珠《はなぎばうし》・ぎぼし）
げんのしようこ（みこしぐさ）
車前草《おほばこ》の花《はな》《おおばこのはな》
姫女菀《ひめぢよをん》《ひめじよおん》
マーガレット
罌粟《けし》の花《はな》（芥子《けし》の花《はな》・白罌粟《しろげし》・罌《け》
粟畑《しばたけ》）
雛罌粟《ひなげし》（虞美人草《ぐびじんさう》・ポピー）

罌粟坊主《けしばうず》《けしぼうず》
鉄線花《てつせんくわ》《てっせんか》
忍冬《すひかづら》《すいかずら》の花《はな》（にんどうの花《はな》）
野蒜《のびる》の花《はな》
棕櫚《しゅろ》の花《はな》
桐《きり》の花《はな》（花桐《はなぎり》）
朴《ほほ》の花《はな》《ほおのはな》（厚朴《ほほ》の花《はな》）
泰山木《たいさんぼく》の花《はな》
橡《とち》の花《はな》（栃《とち》の花《はな》）
花水木《はなみづき》《はなみずき》
山法師《やまぼふし》の花《はな》《やまぼうしのはな》（山法師《やまぼふし》・山帽子《やまばうし》）
大山蓮華《おほやまれんげ》《おおやまれんげ》（天女花《おほやまれんげ》）
繡毬花《てまりばな》
アカシヤの花《はな》（はりゑんじゆ）
金雀枝《えにしだ》
薔薇《ばら》（さうび）
茨《いばら》の花《はな》（野茨《のいばら》の花《はな》・茨《ばら》の花《はな》・花茨《はないばら》）

卯《う》の花《はな》（花卯木《はなうつぎ》・山《やま》うつぎ・卯《う》の花垣《はながき》）
卯《う》の花腐《はなくだ》し
袋掛《ふくろかけ》
海酸漿《うみほほづき》《うみほおずき》
初鰹《はつがつを》《はつがつお》（初松魚《はつがつを》）
蝦蛄《しやこ》
穴子《あなご》（海鰻《あなご》）
鱚《きす》（鱚釣《きすつり》）
鯖《さば》（鯖釣《さばつり》）
飛魚《とびうを》《とびうお》（とびを・つばめ魚《うを》）
烏賊《いか》（烏賊釣《いかつり》）
海亀《うみがめ》
山女《やまめ》（やまべ）
虹鱒《にじます》
棉蒔《わたまき》（棉蒔《わたま》く）
菜種刈《なたねがり》（菜種刈《なたねか》る・菜種干《なたねほ》す・菜種打《なたねう》つ・菜種殼《なたねがら》・菜殼焼《ながらやき》・菜殼火《ながらび》・菜種《なたね》）
麦《むぎ》（大麦《おほむぎ》・小麦《こむぎ》・麦《むぎ》の穂《ほ》・穂麦《ほむぎ》）

黒穂《くろほ》（黒《くろ》ん坊《ばう》・麦《むぎ》の黒《くろ》んぼ）
麦笛《むぎぶえ》
草笛《くさぶえ》
麦《むぎ》の秋《あき》（麦秋《むぎあき》・麦秋《ばくしう》）
麦刈《むぎかり》
麦扱《むぎこき》（麦扱機《むぎこきき》）
麦打《むぎうち》（麦埃《むぎぼこり》）
麦藁《むぎわら》
麦藁籠《むぎわらかご》
麦飯《むぎめし》
穀象《こくざう》《こくぞう》
業平忌《なりひらき》

夏—六月

六月《ろくぐわつ》《ろくがつ》
皐月《さつき》
杜鵑花《さつき》
花菖蒲《はなしやうぶ》《はなしょうぶ》（菖蒲園《しやうぶゑん》・菖蒲池《しやうぶいけ》）

アイリス
グラジオラス（唐菖蒲《たうしやうぶ》）
渓蓀《あやめ》（花《はな》あやめ）
杜若《かきつばた》（燕子花《かきつばた》）
著莪《しやが》
一八《いちはつ》（鳶尾草《いちはつ》）
短夜《みじかよ》（明易《あけやす》し・夏《なつ》の朝《あさ》）
競馬《けいば》（賀茂競馬《かもけいば》・競《くら》べ馬《うま》・足揃《あしぞろ》へ・ダービー・勝馬《かちうま》・負馬《まけうま》）
競渡《けいと》（ペーロン）
花橘《はなたちばな》（橘《たちばな》の花《はな》・柑子《かうじ》の花《はな》）
蜜柑《みかん》の花《はな》
朱欒《ざぼん》の花《はな》
橙《だいだい》の花《はな》（オレンジの花《はな》）
オリーブの花《はな》
柚《ゆ》の花《はな》（柚子《ゆず》の花《はな》）
柿《かき》の花《はな》
石榴《ざくろ》の花《はな》（花石榴《はなざくろ》）
栗《くり》の花《はな》
椎《しひ》の花《はな》《しいのはな》

楝《あふち》の花《はな》《おうちのはな》（樗《あふち》の花《はな》・栴檀《せんだん》の花《はな》）
えごの花《はな》（山苣《やまぢさ》の花《はな》）
山梔子《くちなし》の花《はな》
南天《なんてん》の花《はな》
繡線菊《しもつけ》
榊《さかき》の花《はな》（花榊《はなさかき》）
未央柳《びやうやなぎ》《びようやなぎ》（美容柳《びようやなぎ》）
紫陽花《あぢさゐ》《あじさい》（七変化《しちへんげ》・四葩《よひら》）
額《がく》の花《はな》
甘茶《あまちや》の花《はな》
蔓手毬《つるでまり》
葵《あふひ》《あおい》（立葵《たちあふひ》・はなあふひ・ぜにあふひ）
ゼラニューム（天竺葵《てんぢくあふひ》）
岩菲《がんぴ》（かにひ）
鋸草《のこぎりさう》《のこぎりそう》（はごろもさう）
蠅捕草《はへとりぐさ》《はえとりぐさ》
矢車菊《やぐるまぎく》（矢車草《やぐるまさう》）
茴香《うゐきやう》の花《はな》《ういきょうのはな》
紅《べに》の花《はな》（末摘花《すゑつむはな》・紅藍《べに》の花《はな》・紅粉《べに》の花《はな》）

十薬《じふやく》《じゅうやく》（どくだみ）
鬼灯《ほほづき》の花《はな》《ほおずきのはな》（酸漿《ほほづき》の花《はな》）
萱草《くわんざう》の花《はな》《かんぞうのはな》（忘草《わすれぐさ》・忘憂《わすれ》草《ぐさ》）
紫蘭《しらん》
鈴蘭《すずらん》
蚊帳吊草《かやつりぐさ》
瓜《うり》の花《はな》
南瓜《かぼちや》の花《はな》（花南瓜《はなかぼちや》）
西瓜《すゐくわ》の花《はな》《すいかのはな》
胡瓜《きうり》の花《はな》《きゅうりのはな》
溝浚《みぞさら》へ《みぞさらえ》
螻蛄《けら》
入梅《にふばい》《にゅうばい》（梅雨《つゆ》に入《い》る・ついり）
梅雨《つゆ》（梅雨《ばいう》・黴雨《ばいう》・梅天《ばいてん》・梅雨曇《つゆぐもり》・梅雨空《つゆぞら》・梅雨寒《つゆさむ》）
五月雨《さみだれ》（五月雨《さつきあめ》・さみだるる）
出水《でみづ》《でみず》
水見舞《みづみまひ》《みずみまい》

空梅雨《からつゆ》
五月闇《さつきやみ》
黒南風《くろはえ》（白南風《しらはえ》）
梅雨茸《つゆだけ》
木耳《きくらげ》
黴《かび》（黴《かび》の香《か》・黴《かび》の宿《やど》・黴《かび》げむり）
蒼朮《さうじゆつ》を焼《や》く《そうじゅつをやく》（をけらやく）
優曇華《うどんげ》
苔《こけ》の花《はな》（花苔《はなごけ》）
魚簗《やな》（簗打《やなうち》・簗番《やなばん》・簗守《やなもり》）
鰻《うなぎ》
鯰《なまず》《なまづ》（梅雨鯰《つゆなまづ》・ごみ鯰《なまづ》）
鮴《ごり》（鮴汁《ごりじる》・鮖《ごり》）
濁《にご》り鮒《ぶな》
亀《かめ》の子《こ》（銭亀《ぜにがめ》）
蠑螈《ゐもり》《いもり》（赤腹《あかはら》）
蟹《かに》（山蟹《やまがに》・川蟹《かはがに》・沢蟹《さはがに》）
蝸牛《かたつぶり》（でんでんむし・かたつむり・ででむし）
蛞蝓《なめくぢ》《なめくじ》（なめくぢり・なめくぢら）

蚯蚓《みみず》
蟇《ひきがへる》《ひきがえる》（蝦蟇《がま》・蟾《ひき》）
雨蛙《あまがへる》《あまがえる》（枝蛙《えだかはづ》・青蛙《あをがへる》）
河鹿《かじか》（河鹿笛《かじかぶえ》）
竹植《たけう》う
豆植《まめう》う（菽植《まめう》う・豆蒔《まめま》く）
甘藷植《かんしよう》う（甘藷植《いもう》う・藷挿《いもさ》す）
粟蒔《あはまき》《あわまき》（粟蒔《あはま》く）
桑《くは》の実《み》《くわのみ》
さくらんぼ（桜《さくら》の実《み》・チェリー・桜桃《あうたう》）
ゆすらうめ（山桜桃《ゆすらうめ》・梅桃《ゆすらうめ》）
李《すもも》（酸桃《すもも》・巴旦杏《はたんきやう》・牡丹杏《ぼたんきやう》）
杏子《あんず》（杏《あんず》・からもも）
実梅《みうめ》（青梅《あをうめ》・小梅《こうめ》・豊後梅《ぶんごうめ》）
紫蘇《しそ》（青紫蘇《あをじそ》・紫蘇《しそ》の葉《は》）
辣韮《らつきやう》《らっきょう》（薤・薤《らつきやう》掘《らつきよほ》る・薤《らつきよ》漬《つけ》る）
玉葱《たまねぎ》

夏葱《なつねぎ》（刈葱《かりぎ》・わけ葱《ぎ》）
夏大根《なつだいこん》（なつだいこ）
枇杷《びは》《びわ》
楊梅《やまもも》
青柚《あをゆ》《あおゆ》
夏茱萸《なつぐみ》（たうぐみ）
木天蓼《またたび》（天蓼《またたび》の花《はな》）
黐《もち》の花《はな》
錦木《にしきぎ》の花《はな》
燕《つばめ》の子《こ》（子燕《こつばめ》・親燕《おやつばめ》）
烏《からす》の子《こ》（子烏《こがらす》）
御田植《おたうゑ》《おたうえ》（伊勢《いせ》の御田植《おたうゑ》・御田《おた》扇《あふぎ》・山田《やまだ》の御田植《おたうゑ》・お御田祭《みたまつり》）（住吉《すみよし》の御田植《おたうゑ》・御田《おんだ》・神植《かみうゑ》・八《や》乙女《をとめ》の田舞《たまひ》・棒打合戦《ぼうちがつせん》）
早苗《さなへ》《さなえ》（早苗籠《さなへかご》・早苗束《さなへたば》・早苗《さなへ》舟《ぶね》・玉苗《たまなへ》・早苗取《さなへとり》・余《あま》り苗《なへ》・捨苗《すてなへ》・苗運《なへはこび》・苗配《なへくばり》・苗籠《なへかご》）
代掻《しろか》く（田掻《たか》く・田《た》の代掻《しろか》く・田《た》掻牛《がきうし》・田掻馬《たがきうま》）

代田《しろた》
田植《たうゑ》（早苗開《さなへびらき》・田植始《たうゑはじめ》・田植歌《たうゑうた》・田歌《たうた》・田植笠《たうゑがさ》）
早乙女《さをとめ》《さおとめ》
植田《うゑた》《うえた》
早苗饗《さなぶり》
誘蛾灯《いうがとう》《ゆうがとう》
虫篝《むしかがり》
火取虫《ひとりむし》（灯蛾《とうが》・火蛾《くわが》・燭蛾《しよくが》・灯虫《ひむし》・夏虫《なつむし》）
藍刈《あゐかり》《あいかり》（藍玉《あゐだま》・藍搗《あゐつき》）
除虫菊《ぢよちゆうぎく》《じょちゅうぎく》
金魚草《きんぎよさう》《きんぎょそう》
アマリリス
ジギタリス
ベゴニア
蛍《ほたる》（源氏蛍《げんじぼたる》・平家蛍《へいけぼたる》・初蛍《はつぼたる》・蛍火《ほたるび》・飛ぶ蛍《とぶほたる》・蛍合戦《ほたるがつせん》・蛍売《ほたるうり》）
蛍狩《ほたるがり》（蛍見《ほたるみ》・蛍舟《ほたるぶね》）
蛍籠《ほたるかご》

水鳥《みづとり》の巣《す》《みずとりのす》（鴨《かも》の巣《す》・鷭《ばん》の巣《す》・水鶏《くひな》の巣《す》）
浮巣《うきす》（鳰《にほ》の浮巣《うきす》・鳰《にほ》の巣《す》）
鳰《にほ》の子《こ》《におのこ》
通し鴨《とほしがも》《とおしがも》（夏鴨《なつがも》・軽《か》鴨《る》）
軽鳧《かる》の子《こ》（鴨《かも》の子《こ》）
田亀《たがめ》（高野聖《かうやひじり》・どんがめ・河童《かつぱ》虫《むし》）
蛭《ひる》（馬蛭《うまびる》・山蛭《やまびる》）
源五郎《げんごらう》《げんごろう》
まひ〱《まいまい》（水澄《みづすまし》・豉虫《まひまひ》）
あめんぼう（水馬《みづすまし》・水黽《かはぐも》）
目高《めだか》（緋目高《ひめだか》）
蓮《はす》の浮葉《うきは》（銭荷《せんか》）
萍《うきくさ》（あをうきくさ・ひんじも・浮草《うきくさ》・根無草《ねなしぐさ》・萍《うきくさ》の花《はな》）
蓴《ぬなは》《ぬなわ》（蓴舟《ぬなはぶね》・蓴菜《じゆんさい》・蓴採《ぬなはと》る）
蛭蓆《ひるむしろ》（蛭藻《ひるも》）
水草《みづくさ》の花《はな》《みずくさのはな》
河骨《かうほね》《こうほね》（かはほね）

沢瀉《おもだか》（花慈姑《はなくわゐ》）
莕菜《あさざ》（浅沙《あさざ》の花《はな》・花蓴菜《はなじゆんさい》）
菱《ひし》の花《はな》
藻《も》の花《はな》（花藻《はなも》）
藻刈《もかり》（藻《も》を刈《か》る・藻刈棹《もかりざを》・藻刈舟《もかりぶね》・刈藻《かりも》・刈藻屑《かりもくづ》）
手長蝦《てながえび》（川蝦《かはえび》）
田草取《たぐさとり》（一番草《いちばんぐさ》・二番草《にばんぐさ》・三番草《さんばんぐさ》・田《た》の草取《くさとり》）
草取《くさとり》（草取女《くさとりめ》・草引《くさひき》）
火串《ほぐし》（照射《ともし》）
夏《なつ》の川《かは》《なつのかわ》（夏川《なつかは》・夏河原《なつかはら》・五月《さつき》川《がは》）
鮎《あゆ》（鮎釣《あゆつり》・鮎狩《あゆがり》・鮎掛《あゆかけ》・鮎《あゆ》の宿《やど》）
鵜飼《うかひ》《うかい》（鵜舟《うぶね》・鵜飼火《うかひび》・鵜篝《うかがり》・鵜《う》匠《しやう》・荒鵜《あらう》・疲鵜《つかれう》・鵜遣《うづかひ》・鵜籠《うかご》・鵜《う》縄《なは》・鵜松明《うたいまつ》・鵜川《うがは》）
川狩《かはがり》《かわがり》（川干《かはほ》し・毒流《どくなが》し・網打《あみうち》）
夜振《よぶり》（夜振火《よぶりび》）
夜釣《よづり》

夜焚《よたき》
釣堀《つりぼり》
夕河岸《ゆふがし》《ゆうがし》（昼網《ひるあみ》）
鱊《えつ》
鰺《あぢ》《あじ》（夕鰺《ゆふあぢ》・鰺売《あぢうり》）
いさき（いさき釣《つり》）
べら（べら釣《つり》）
虎魚《をこぜ》《おこぜ》
鯒《こち》
黒鯛《くろだひ》《くろだい》（茅海《ちぬ》・黒鯛《ちぬ》・ちぬ釣《つり》）
鰹《かつを》《かつお》（鰹《かつを》船《ぶね》・鰹《かつを》釣《つり》）
生節《なまりぶし》（なまり・生節《なまぶし》）
赤鱏《あかえひ》《あかえい》（鱏《えひ》）
城下鰈《しろしたがれひ》《しろしたがれい》
藺《ゐ》《い》（藺草《ゐぐさ》・灯心草《とうしんぐさ》）
太藺《ふとゐ》《ふとい》
藺《ゐ》《い》の花《はな》《はな》
青蘆《あをあし》《あおあし》（蘆茂《あししげ》る・青葭《あをよし》）
青芒《あをすすき》《あおすすき》（芒《すすき》茂《しげ》る・青萱《あをがや》・萱茂《かやしげ》る）

真菰《まこも》（真菰刈《まこもがり》）
葭切《よしきり》（行々子《ぎやう〳〵し》・葭《よし》雀《すずめ》・葭原雀《よしはらすずめ》）
翡翠《かはせみ》《かわせみ》（ひすゐ）
雪加《せっか》
糸蜻蛉《いととんぼ》（灯心蜻蛉《とうしんとんぼ》）
川蜻蛉《かはとんぼ》《かわとんぼ》（鉄漿蜻蛉《おはぐろとんぼ》）
蜻蛉生《とんぼうま》る
蟷螂生《たうらううま》《とうろううまる》る（蟷螂《かまきり》の子《こ》・蟷螂《たうらう》の子《こ》・子蟷螂《こかまきり》）
蠅《はへ》《はえ》（蠅《はへ》を打《う》つ）
蠅除《はへよけ》《はえよけ》（蠅帳《はへちやう》）
蠅叩《はへたたき》《はえたたき》（蠅打《はへうち》）
蠅捕器《はへとりき》《はえとりき》（蠅捕紙《はへとりし》・蠅捕《はへとり》リボン）
蠅虎《はへとりぐも》《はえとりぐも》（蠅捕蜘蛛《はへとりぐも》）
蜘蛛《くも》
蜘蛛《くも》の囲《ゐ》《くものい》（蜘蛛《くも》の巣《す》）
袋蜘蛛《ふくろぐも》（蜘蛛《くも》の太鼓《たいこ》）
蜘蛛《くも》の子《こ》
蚰蜒《げぢげぢ》《げじげじ》

油虫《あぶらむし》（ごきぶり）
守宮《やもり》
蟻《あり》（蟻《あり》の道《みち》・蟻《あり》の塔《たふ》）
羽蟻《はあり》（飛蟻《はあり》）
蟻地獄《ありぢごく》《ありじごく》（あとすざり）
蠛蠓《まくなぎ》（蠓《まくなぎ》・めまとひ・糠蚊《ぬかか》）
蚋《ぶと》（ぶゆ・ぶよ・蟆子《ぶと》）
蛆《うじ》
孑孑《ぼうふら》（ぼうふり）
蚊《か》（蚊《か》の声《こゑ》・蚊柱《かばしら》・鳴《な》く蚊《か》・蚊《か》を焼《や》く）
蚤《のみ》（蚤取粉《のみとりこ》・蚤《のみ》の跡《あと》）
蚊帳《かや》（古蚊帳《ふるがや》・幮《かや》・枕蚊帳《まくらがや》・母衣《ほろ》蚊帳《がや》）
蚊遣火《かやりび》（蚊遣《かやり》・蚊火《かび》・蚊取線香《かとりせんかう》・蚊遣香《かやりかう》・蚊火《かび》の宿《やど》・蚊遣木《かやりぎ》・蚊遣草《かやりぐさ》）
ががんぼ（蚊蜻蛉《かとんぼ》・蚊姥《かのうば》）
蝙蝠《かうもり》《こうもり》（蚊食鳥《かくひどり》・かはほり）
青桐《あをぎり》《あおぎり》（梧桐《あをぎり》）

葉柳《はやなぎ》（夏柳《なつやなぎ》）
南風《みなみ》（南風《なんぷう》・大南風《おほみなみ》・南吹《みなみふ》く・はえ）
青嵐《あをあらし》《あおあらし》
風薫る《かぜかをる》《かぜかおる》（薫風《くんぷう》）
鞍馬の竹伐《くらまのたけきり》（竹伐《たけきり》・鞍馬蓮華会《くらまのれんげゑ》）
白夜《はくや》
夏至《げし》
鮎鷹《あゆたか》（鮎刺《あゆさし》）
岩燕《いはつばめ》《いわつばめ》
老鶯《おいうぐひす》《おいうぐいす》（老鶯《らうあう》・夏鶯《なつうぐひす》・乱鶯《らんあう》・残鶯《ざんあう》・鶯《うぐひす》老《おい》を鳴《な》く）
時鳥《ほととぎす》（子規《ほととぎす》・杜鵑《ほととぎす》・蜀魂《ほととぎす》・杜宇《ほととぎす》・不如帰《ほととぎす》・山時鳥《やまほととぎす》）
閑古鳥《かんこどり》（郭公《くわくこう》・かつこどり）
仏法僧《ぶつぽふそう》《ぶっぽうそう》（慈悲心鳥《じひしんてう》）
筒鳥《つつどり》
駒鳥《こまどり》（こま・知更鳥《こまどり》）
瑠璃鳥《るり》
青葉木菟《あをばづく》《あおばずく》

夏木《なつき》
夏木立《なつこだち》（夏木蔭《なつきかげ》）
茂《しげり》
万緑《ばんりよく》（緑《みどり》）
緑蔭《りよくいん》
木下闇《こしたやみ》（下闇《したやみ》）
青葉《あをば》《あおば》
鹿の子《かのこ》（子鹿《こじか》・親鹿《おやじか》）
夏蚕《なつご》（二番蚕《にばんご》）
夏桑《なつぐは》《なつぐわ》
尺蠖《しやくとり》
夏の蝶《なつのてふ》《なつのちょう》
夏野《なつの》
夏草《なつくさ》
草矢《くさや》
草茂る《くさしげ》
夏蓬《なつよもぎ》
夏薊《なつあざみ》
草刈《くさかり》（朝草刈《あさくさがり》・草刈《くさか》る・草刈女《くさかりめ》・草刈籠《くさかりかご》）

干草《ほしくさ》（草干《くさほ》す）
昼顔《ひるがほ》《ひるがお》
浜昼顔《はまひるがほ》《はまひるがお》
酢漿草《かたばみ》（酢漿《かたばみ》の花《はな》）
小判草《こばんさう》《こばんそう》
山牛蒡の花《やまごばうのはな》《やまごぼうのはな》
人参の花《にんじんのはな》（胡蘿蔔《にんじん》の花《はな》）
蕃椒の花《たうがらしのはな》《とうがらしのはな》
茄子の花《なすのはな》（なすびの花《はな》・花茄子《はななすび》）
馬鈴薯の花《じやがいものはな》（じやがたらの花《はな》・馬鈴薯《ばれいしよ》の花《はな》）
木苺《きいちご》
苺《いちご》（覆盆子《いちご》・草苺《くさいちご》・苗代苺《なはしろいちご》）
蛇苺《へびいちご》
蛇《へび》（ながむし・くちなは）
蛇の衣《へびのきぬ》（蛇の脱殻《へびのぬけがら》・蛇衣《へびきぬ》を脱《ぬ》ぐ・蛇の殻《へびのから》）
蝮蛇《まむし》（蝮酒《まむしざけ》）
飯匙倩《はぶ》
蜥蜴《とかげ》

百足虫《むかで》（蜈蚣《むかで》）
朝顔苗《あさがほなへ》《あさがおなえ》
青芝《あをしば》《あおしば》（芝刈《しばかり》）
青蔦《あをつた》《あおつた》（蔦茂《つたしげ》る）
木斛《もくこく》《もっこく》の花《はな》
ガーベラ
サルビア
虎尾草《とらのを》《とらのお》（虎《とら》の尾《を》）
孔雀草《くじやくさう》《くじゃくそう》
釣鐘草《つりがねさう》《つりがねそう》（蛍袋《ほたるぶくろ》・カンパニュラ）
石竹《せきちく》（からなでしこ）
常夏《とこなつ》
雪《ゆき》の下《した》（鴨足草《ゆきのした》・きじんさう）
蓼《たで》（蓼《たで》の葉《は》・ほそばたで）
莧《ひゆ》
若竹《わかたけ》（今年竹《ことしだけ》）
竹《たけ》の皮脱《かはぬ》ぐ《たけのかわぬぐ》（竹《たけ》の皮《かは》散《ち》る）
竹落葉《たけおちば》
雹《へう》《ひょう》（氷雨《ひさめ》）

羽脱鳥《はぬけどり》（羽抜鶏《はぬけどり》）
水鶏《くひな》《くいな》（緋水鶏《ひくひな》・水鶏笛《くひなぶえ》）
鷭《ばん》（大鷭《おほばん》）
青鷺《あをさぎ》《あおさぎ》
五月晴《さつきばれ》（梅雨晴《つゆばれ》）
暑《あつ》さ
夏衣《なつごろも》（夏衣《なつぎぬ》・夏著《なつぎ》）
単衣《ひとへ》《ひとえ》（単物《ひとへもの》）
夏服《なつふく》（白服《しろふく》）
夏羽織《なつばおり》（麻羽織《あさばおり》・絽羽織《ろばおり》・紗羽織《しやばおり》）
夏帽子《なつばうし》《なつぼうし》（夏帽《なつばう》・パナマ帽《ばう》・麦稈帽《むぎわらばう》・経木帽子《きやうぎばうし》）
夏襟《なつえり》
夏帯《なつおび》（単帯《ひとへおび》・一重帯《ひとへおび》）
夏袴《なつばかま》（絽袴《ろばかま》・麻袴《あさばかま》・単袴《ひとへばかま》）
夏手袋《なつてぶくろ》
夏足袋《なつたび》（単足袋《ひとへたび》）
夏座布団《なつざぶとん》（麻座布団《あさざぶとん》・藺座布団《ゐざぶとん》）
革布団《かはぶとん》《かわぶとん》（革座布団《かはざぶとん》）

夏蒲団《なつぶとん》（夏衾《なつぶすま》・麻蒲団《あさぶとん》・夏掛《なつがけ》）
青簾《あをすだれ》《あおすだれ》（葭簾《よしすだれ》・伊予簾《いよすだれ》・絵簾《ゑすだれ》・玉簾《たますだれ》・簾売《すだれうり》・簾《すだれ》・古簾《ふるすだれ》）
葭簀《よしず》（葭簀茶屋《よしずぢやや》）
葭戸《よしど》（簀戸《すど》・葭屏風《よしびやうぶ》・葭障子《よししやうじ》）
網戸《あみど》
籐椅子《とういす》（籐寝椅子《とうねいす》）
襖《ふすま》はづす《ふすまはずす》（障子《しやうじ》はづす）
夏暖簾《なつのれん》（麻暖簾《あさのれん》）
虎ケ雨《とらがあめ》
富士《ふじ》の雪解《ゆきげ》
皐月富士《さつきふじ》
御祓《みそぎ》（名越《なごし》の祓《はらへ》・夏越《なごし》の祓《はらへ》・六月《みなづき》の祓《はらへ》・荒和《あらにこ》の祓《はらへ》・夏祓《なつばらへ》・夕祓《ゆふばらへ》・川祓《かはばらへ》・御祓川《みそぎがは》・七瀬《ななせ》の御祓《みそぎ》）
形代《かたしろ》（贖物《あがもの》）
茅《ち》の輪《わ》（菅貫《すがぬき》・菅抜《すがぬき》）

夏—七月

立秋の前日すなわち八月七日ごろまでを収む。

七月《しちぐわつ》《しちがつ》
水無月《みなづき》
山開《やまびらき》（富士《ふじ》の山開《やまびらき》）
海開《うみびらき》
半夏生《はんげしやう》《はんげしょう》（半夏生《はんげしやう》・形代草《かたしろぐさ》）
夏菊《なつぎく》
蝦夷菊《えぞぎく》（翠菊《えぞぎく》）
百合《ゆり》（山百合《やまゆり》・姫百合《ひめゆり》・鬼百合《おにゆり》・白百合《しらゆり》・鹿の子百合《かのこゆり》・鉄砲百合《てつぱうゆり》・黒百合《くろゆり》・車百合《くるまゆり》・早百合《さゆり》・百合《ゆり》の花《はな》）
月見草《つきみさう》《つきみそう》（待宵草《まつよひぐさ》）
含羞草《おじぎさう》《おじぎそう》
合歓《ねむ》の花《はな》（ねぶの花《はな》）

海桐《とべら》の花《はな》
夾竹桃《けふちくたう》《きょうちくとう》
漆掻《うるしかき》
梅雨明《つゆあけ》
青田《あをた》《あおた》
雲の峰《くものみね》（入道雲《にふだうぐも》）
雷《かみなり》（雷《らい》・神鳴《かみなり》・いかづち・はたたがみ・雷鳴《らいめい》・雷神《らいじん》・遠雷《ゑんらい》・落雷《らくらい》・雷雨《らいう》・日雷《ひがみなり》）
夕立《ゆふだち》《ゆうだち》（ゆだち・白雨《ゆふだち》・夕立雲《ゆふだちぐも》・夕立風《ゆふだちかぜ》・夕立晴《ゆふだちばれ》）
スコール
虹《にじ》（朝虹《あさにじ》・夕虹《ゆふにじ》）
夏霧《なつぎり》（夏《なつ》の霧《きり》）
夏館《なつやかた》
夏座敷《なつざしき》
夏炉《なつろ》
扇《あふぎ》《おうぎ》（扇子《せんす》・白扇《はくせん》・絵扇《ゑあふぎ》・古扇《ふるあふぎ》）
団扇《うちは》《うちわ》（絵団扇《ゑうちは》・絹団扇《きぬうちは》・水団扇《みづうちは》・渋団扇《しぶうちは》・古団扇《ふるうちは》・団扇掛《うちはかけ》）

蒲筵《がまむしろ》
花茣蓙《はなござ》（絵筵《ゑむしろ》）
著茣蓙《きござ》
寝茣蓙《ねござ》（寝筵《ねむしろ》）
ハンモック（吊床《つりどこ》）
日除《ひよけ》（日覆《ひおほひ》）
日傘《ひがさ》（ひからかさ・パラソル・絵日傘《ゑひがさ》・砂日傘《すなひがさ》）
サングラス
編笠《あみがさ》（台笠《だいがさ》・藺笠《ゐがさ》・籜笠《たけのかはがさ》・檜笠《ひのきがさ》・市女笠《いちめがさ》・熊谷笠《くまがやがさ》・饅頭笠《まんぢゆうがさ》・網代笠《あじろがさ》）
道をしへ《みちおしえ》（斑猫《はんめう》）
天道虫《てんたうむし》《てんとうむし》（てんとむし）
玉虫《たまむし》
金亀子《こがねむし》（金亀虫《こがねむし》・かなぶん・ぶんぶん・ぶん・ぶん虫《むし》）
髪切虫《かみきりむし》（天牛《かみきりむし》）
兜虫《かぶとむし》（さいかちむし）
毛虫《けむし》（毛虫焼《けむしや》く）

青山椒《あをざんせう》《あおざんしょう》
青葡萄《あをぶだう》《あおぶどう》
青唐辛《あをたうがらし》《あおとうがらし》（青蕃椒《あをたうがらし》）
青鬼灯《あをほほづき》《あおほおずき》（青酸漿《あをほほづき》）
朝顔市《あさがほいち》《あさがおいち》
鬼灯市《ほほづきいち》《ほおずきいち》（四万六千日《しまんろくせんにち》）
夏《なつ》の山《やま》（夏山家《なつやまが》）
富士詣《ふじまうで》《ふじもうで》（富士講《ふじかう》・富士道者《ふじだうじや》・富士行者《ふじぎやうじや》・篠小屋《しのごや》・富士禅定《ふじぜんちやう》・お頂上《ちやうじやう》・お鉢廻《はちまは》り・富士《ふじ》の御《ご》判《はん》・影富士《かげふじ》）
峰入《みねいり》
登山《とざん》（山登《やまのぼり》・登山宿《とざんやど》・登山小屋《とざんごや》・登山杖《とざんづゑ》・登山笠《とざんがさ》・登山口《とざんぐち》）
キャンプ（キャンピング・天幕村《てんとむら》）
バンガロー
岩魚《いはな》《いわな》
雷鳥《らいてう》《らいちょう》
お花畠《おはなばたけ》

雪渓《せつけい》
雲海《うんかい》
円虹《まるにじ》
御来迎《ごらいがう》《ごらいごう》
赤富士《あかふじ》
滝《たき》（瀑布《ばくふ》）
泉《いづみ》《いずみ》
清水《しみづ》《しみず》（山清水《やましみづ》・岩清水《いわしみづ》・苔《こけ》清水《しみづ》・草清水《くさしみづ》）
滴《したた》り
巌松《いはまつ》《いわまつ》（巌檜葉《いはひば》・巌苔《いはごけ》）
一ツ葉《ひとつば》
涼《すず》し（朝涼《あさすず》・夕涼《ゆふすず》・晩涼《ばんりやう》・夜涼《やりやう》・涼風《りやうふう》）
露涼《つゆすず》し（夏《なつ》の露《つゆ》）
帷子《かたびら》（白帷子《しろかたびら》・黄帷子《きびら》・染帷子《そめかたびら》）
上布《じやうふ》《じょうふ》（越後上布《ゑちごじやうふ》・薩摩上布《さつまじやうふ》）
芭蕉布《ばせうふ》《ばしょうふ》
羅《うすもの》
浴衣《ゆかた》（染浴衣《そめゆかた》・貸浴衣《かしゆかた》・古浴衣《ふるゆかた》）

白絣《しろがすり》（白地《しろぢ》）
晒布《さらし》（晒《さらし》・晒時《さらしどき》・晒川《さらしがは》・奈良《なら》晒《ざらし》）
甚平《じんべい》（じんべ・甚兵衛《じんべゑ》）
汗《あせ》（汗《あせ》の玉《たま》・玉《たま》の汗《あせ》・汗《あせ》みどろ・汗《あせ》の香《か》・汗水《あせみづ》・汗《あせ》ばむ）
汗衫《あせとり》（網襦袢《あみじゆばん》・紙捻襦袢《こよりじゆばん》）
汗手貫《あせてぬき》
ハンカチーフ（ハンカチ・汗巾《あせふき》・汗拭《あせぬぐひ》）
白靴《しろぐつ》
腹当《はらあて》（寝冷《ねびえ》知《し》らず）
衣紋竹《えもんだけ》（衣紋竿《えもんざを》）
簟《たかむしろ》（籐筵《とうむしろ》）
油団《ゆとん》
円座《ゑんざ》《えんざ》
籠枕《かごまくら》（籐枕《とうまくら》）
竹夫人《ちくふじん》（竹奴《ちくど》・添寝籠《そひねかご》）
竹牀几《たけしやうぎ》《たけしょうぎ》
造《つく》り滝《だき》（庭滝《にはだき》・作《つく》り滝《だき》）

噴水《ふんすゐ》《ふんすい》（吹上《ふきあ》げ）
噴井《ふけゐ》《ふけい》（噴井《ふきゐ》）
滝殿《たきどの》
泉殿《いづみどの》《いずみどの》
露台《ろだい》（バルコニー・ベランダ）
川床《ゆか》（床涼《ゆかすず》み・川床《かはどこ》）
納涼《すずみ》（涼《すず》む・橋涼《はしすず》み・土手涼《どてすず》み・磯涼《いそすず》み・縁涼《えんすず》み・門涼《かどすず》み・夕涼《ゆふすず》み・宵涼《よひすず》み・夜涼《よすず》み・涼《すず》み台《だい》・納涼舟《すずみぶね》）
端居《はしゐ》《はしい》
打水《うちみづ》《うちみず》（水《みづ》を打《う》つ・水撒《みづま》き）
撒水車《さつすゐしや》《さっすいしゃ》
行水《ぎやうずゐ》《ぎょうずい》
髪洗《かみあら》ふ《かみあらう》（洗《あら》ひ髪《がみ》）
牛冷《うしひや》す（牛洗《うしあら》ふ）
馬冷《うまひや》す（馬洗《うまあら》ふ）
夏《なつ》の夕《ゆふ》《なつのゆう》（夏夕《なつゆふべ》）
夏《なつ》の夜《よ》（夜半《よは》の夏《なつ》）
夜店《よみせ》

箱釣《はこづり》
起し絵《おこしゑ》《おこしえ》（組上《くみあげ》・立版古《たてばんこ》）
夏芝居《なつしばゐ》《なつしばい》（土用芝居《どようしばゐ》）
水狂言《みづきやうげん》《みずきょうげん》
袴能《はかまのう》
涼み浄瑠璃《すずみじやうるり》《すずみじょうるり》
ながし（新内《しんない》ながし）
灯涼《ひすず》し（夏《なつ》の灯《ひ》）
夜濯《よすすぎ》
夏《なつ》の月《つき》（月涼《つきすず》し）
外寝《そとね》
夏蜜柑《なつみかん》（夏橙《なつだいだい》）
早桃《さもも》（水蜜桃《すゐみつたう》）
パイナップル（鳳梨《あななす》）
バナナ
マンゴー
メロン
瓜《うり》（越瓜《しろうり》・白瓜《しろうり》・浅瓜《あさうり》・瓜畑《うりばたけ》）
瓜番《うりばん》（瓜小屋《うりごや》）
甜瓜《まくはうり》《まくわうり》（真瓜《まくは》・冷《ひや》し瓜《うり》）

胡瓜《きうり》《きゅうり》
胡瓜《きうり》もみ《きゅうりもみ》（瓜《うり》もみ・揉瓜《もみうり》）
瓜漬《うりづけ》（胡瓜漬《きうりづけ》）
乾瓜《ほしうり》
冷索麺《ひやさうめん》《ひやそうめん》
冷麦《ひやむぎ》
冷《ひや》し珈琲《コーヒー》（アイスコーヒー・冷《ひや》し紅茶《こうちや》・アイスティー）
振舞水《ふるまひみづ》《ふるまいみず》（水振舞《みづふるまひ》・水接待《みづせつたい》）
麦茶《むぎちや》（麦湯《むぎゆ》）
葛水《くずみづ》《くずみず》
砂糖水《さたうみづ》《さとうみず》
飴湯《あめゆ》（飴湯売《あめゆうり》）
氷水《こほりみづ》《こおりみず》（かき氷《ごほり》・夏氷《なつごほり》・氷《こほり》苺《いちご》・氷《こほり》レモン・氷小豆《こほりあづき》・氷店《こほりみせ》・氷売《こほりうり》）
アイスクリーム（氷菓子《こほりぐわし》・氷菓《ひようくわ》）
ラムネ（冷《ひや》しラムネ）
ソーダ水《すゐ》《そーだすい》

サイダー（冷《ひや》しサイダー）
麦酒《ビール》（生《なま》ビール・ビヤガーデン）
甘酒《あまざけ》（一夜酒《ひとよざけ》・醴《あまざけ》・甘酒売《あまざけうり》）
焼酎《せうちう》《しょうちゅう》（甘藷焼酎《いもせいちう》・黍焼酎《きびせいちう》・泡盛《あわもり》）
冷酒《ひやざけ》（冷酒《れいしゅ》）
水羊羹《みづやうかん》《みずようかん》
心太《ところてん》
葛餅《くずもち》
葛饅頭《くずまんぢゆう》《くずまんじゅう》（葛桜《くずざくら》）
白玉《しらたま》
蜜豆《みつまめ》
茹小豆《ゆであづき》《ゆでぁずき》（煮小豆《にぁづき》）
麨《はつたい》（むぎこがし・麦炒粉《むぎいりこ》・麦香煎《むぎかうせん》）
冷奴《ひややつこ》（冷豆腐《ひやどうふ》）
冷汁《ひやじる》（冷《ひや》し汁《じる》・煮冷《にびや》し）
氷餅《こほりもち》《こおりもち》
干飯《ほしいひ》《ほしいい》
水飯《すゐはん》《すいはん》（洗飯《あらひめし》・水漬《みづづけ》）

飯饐《めしすえ》る
飯笊《めしざる》
鮓《すし》（圧鮓《おしずし》・握鮓《にぎりずし》・早圧鮓《はやおしずし》・早鮓《はやずし》・一夜鮓《ひとよずし》・鮓《すし》圧《お》す・鮓漬《すしつく》る・鮓《すし》熟《な》る・鮓《すし》の石《いし》・鮓桶《すしをけ》・鮨《すし》・鮎鮓《あゆずし》・鯖《さば》鮓《ずし》・鮒鮓《ふなずし》・五目鮓《ごもくずし》・ちらしずし・鮓《すし》の宿《やど》）
鱧《はも》（水鱧《みづはも》・鱧《はも》の皮《かは》・干鱧《ひはも》・五寸切《ごんぎり》・小鱧《こはも》）
あらひ《あらい》（洗鯉《あらひごひ》・洗鯛《あらひだひ》・洗鱸《あらひすずき》・洗膾《あらひ》）
夏料理《なつれうり》《なつりょうり》
船料理《ふなれうり》《ふなりょうり》（船生洲《ふないけす》・生簀船《いけすぶね》）
水貝《みづがひ》《みずがい》
背越《せごし》
沖膾《おきなます》
泥鰌鍋《どぢやうなべ》《どじょうなべ》（柳川鍋《やながはなべ》・泥鰌汁《どぢやうじる》）
醤油造《しやうゆつく》る《しょうゆつくる》
醤造《ひしほつく》る《ひしおつくる》
扇風機《せんぷうき》

冷房《れいばう》《れいぼう》（クーラー）
風鈴《ふうりん》（風鈴売《ふうりんうり》）
釣葱《つりしのぶ》（簷葱《のきしのぶ》）
金魚《きんぎよ》
金魚売《きんぎようり》
金魚玉《きんぎよだま》（金魚鉢《きんぎよばち》）
金魚藻《きんぎよも》（松藻《まつも》）
水盤《すゐばん》《すいばん》
絹糸草《きぬいとさう》《きぬいとそう》
風知草《ふうちさう》《ふうちそう》
稗蒔《ひえまき》（稗《ひえ》蒔《ま》く）
石菖《せきしやう》《せきしょう》
箱庭《はこには》《はこにわ》
松葉牡丹《まつばぼたん》
松葉菊《まつばぎく》
水遊《みづあそび》《みずあそび》（水試合《みづしあひ》・水戦《みづいくさ》・水掛合《みづかけあひ》）
水鉄砲《みづでつぱう》《みずでっぽう》
水《みづ》からくり《みずからくり》
浮人形《うきにんぎやう》《うきにんぎょう》（浮《う》いて来《こ》い）

水中花《すゐちゆうくわ》《すいちゅうか》
花氷《はなごほり》《はなごおり》（氷柱《こほりばしら》）
冷蔵庫《れいざうこ》《れいぞうこ》
氷室《ひむろ》（氷室守《ひむろもり》）
晒井《さらしゐ》《さらしい》（井戸替《ゐどがへ》・井戸浚《ゐどさらへ》）
閻魔詣《えんままゐり》《えんままいり》（閻王《えんわう》）
祇園祭《ぎをんまつり》《ぎおんまつり》（祇園会《ぎをんゑ》・二階囃《にかいばやし》・祇園囃《ぎをんばやし》・山鬮《やまくじ》・神輿洗《みこしあらひ》・鉾立《ほこたて》・山鉾《やまほこ》・宵山《よひやま》・宵飾《よひかざり》・鉾町《ほこまち》・宵宮《よひみや》・宮詣《みやまうで》・鉾《ほこ》の稚児《ちご》・弦召《つるめそ》・無言詣《むごんまうで》）
博多山笠《はかたやまがさ》（山笠《やまがさ》・飾山笠《かざりやま》・舁山笠《かきやま》・追山笠《おひやま》）
盛夏《せいか》（炎帝《えんてい》）
朝曇《あさぐもり》
日盛《ひざかり》（日《ひ》の盛《さか》り）
炎天《えんてん》（油照《あぶらでり》）
昼寝《ひるね》（午睡《ごすい》・昼寝起《ひるねおき》・昼寝覚《ひるねざめ》・昼寝人《ひるねびと》・三尺寝《さんじやくね》）
日向水《ひなたみづ》《ひなたみず》

片陰《かたかげ》
西日《にしび》
夕焼《ゆふやけ》《ゆうやけ》
夕凪《ゆふなぎ》《ゆうなぎ》（朝凪《あさなぎ》）
極暑《ごくしよ》（大暑《たいしよ》・三伏《さんぷく》）
旱《ひでり》（旱天《かんてん》・旱魃《かんばつ》）
草《くさ》いきれ
田水沸《たみづわ》く《たみずわく》
水番《みづばん》《みずばん》（夜水番《よみづばん》・水番小屋《みづばんごや》・水守《みづも》る・水盗《みづぬす》む）
水喧嘩《みづげんくわ》《みずげんか》（水論《すゐろん》・水争《みづあらそひ》）
日焼田《ひやけだ》（旱田《ひでりだ》）
雨乞《あまごひ》《あまごい》（雨《あめ》の祈《いのり》・祈雨経《きうきやう》）
喜雨《きう》
夏《なつ》の雨《あめ》
蟬《せみ》（蟬時雨《せみしぐれ》・油蟬《あぶらぜみ》・みんみん・唖蟬《おしぜみ》・初蟬《はつぜみ》）
空蟬《うつせみ》（蟬《せみ》の脱殻《ぬけがら》・蟬《せみ》の殻《から》）
跣足《はだし》（跣《はだし》・徒跣《はだし》・素跣《すあし》）
裸《はだか》（赤裸《あかはだか》・素裸《すはだか》・丸裸《まるはだか》・真裸《まつぱだか》・裸人《はだかびと》・裸子《はだかご》）

肌脱《はだぬぎ》（片肌脱《かたはだぬぎ》）
日焼《ひやけ》
赤潮《あかしほ》《あかしお》（苦潮《にがしほ》）
夏《なつ》の海《うみ》
夏潮《なつしほ》《なつしお》（夏《なつ》の潮《しほ》）
船遊《ふなあそび》（遊船《いうせん》）
ボート
ヨット
プール
泳《およ》ぎ（水練《すゐれん》・競泳《きやうえい》・遠泳《ゑんえい》・泳《およ》ぎ船《ぶね》・水泳《すゐえい》・遊泳《いうえい》・浮袋《うきぶくろ》・浮輪《うきわ》）
海水浴《かいすゐよく》《かいすいよく》（潮浴《しほあび》）
海水著《かいすゐぎ》《かいすいぎ》（水著《みづぎ》・海水帽《かいすゐばう》）
海月《くらげ》（水母《くらげ》）
夜光虫《やくわうちゆう》《やこうちゅう》
船虫《ふなむし》
海女《あま》
天草取《てんぐさとり》（石花菜取《てんぐさと》る）
荒布《あらめ》（黒菜《くろめ》・荒布舟《あらめぶね》・荒布刈《あらめか》る・

黒菜刈《くろめか》る・荒布干《あらめほ》す）
昆布《こんぶ》（昆布刈《こんぶかり》・昆布干《こんぶほ》す）
海蘿《ふのり》（布海苔《ふのり》・海蘿掻《ふのりかき》・海蘿干《ふのりほ》す）
海松《みる》（水松《みる》・みるふさ）
浜木綿《はまゆふ》《はまゆう》（はまおもと）
避暑《ひしよ》（避暑《ひしよ》の旅《たび》・避暑客《ひしよきやく》・避暑地《ひしよち》・避暑《ひしよ》の宿《やど》・銷夏《せうか》）
夏休《なつやすみ》（暑中休暇《しよちゆうきうか》・暑中休《しよちゆうやすみ》）
帰省《きせい》（帰省子《きせいし》）
林間学校《りんかんがくかう》《りんかんがっこう》
土用《どよう》（土用入《どよういり》・土用明《どようあけ》）
暑中見舞《しよちゆうみまひ》《しょちゅうみまい》（土用見舞《どようみまひ》）
虫干《むしぼし》（曝書《ばくしよ》・虫払《むしはらひ》・土用干《どようぼし》）
紙魚《しみ》（衣魚《しみ》・蠹《しみ》・雲母虫《きららむし》）
梅干《うめぼし》（梅漬《うめづけ》・梅 筵《うめむしろ》・梅干《うめほ》す・干《ほし》
梅《うめ》）
土用浪《どようなみ》
土用芽《どようめ》
土用鰻《どよううなぎ》（鰻《うなぎ》の日《ひ》）

土用蜆《どようしじみ》
土用灸《どようきう》《どようきゅう》（炮烙灸《はうろくきう》）
定斎売《ぢやうさいうり》《じょうさいうり》（定斎屋《ぢやうさいや》）
毒消売《どくけしうり》
暑気払《しよきはら》ひ《しょきはらい》（暑気下《しよきくだ》し）
梅酒《うめしゆ》（梅焼酎《うめせうちう》・梅酒《ばいしゆ》）
香薷散《かうじゆさん》《こうじゅさん》
枇杷葉湯《びはえふたう》《びわようとう》
香水《かうすゐ》《こうすい》
掛香《かけかう》《かけこう》（匂《にほ》ひ袋《ぶくろ》）
天瓜粉《てんくわふん》《てんかふん》
桃葉湯《たうえふたう》《とうようとう》
汗疹《あせも》（あせぼ・汗疣《あせも》）
水虫《みづむし》《みずむし》
脚気《かくけ》《かっけ》
暑気中《しよきあた》り（暑《あつ》さあたり・中 暑《ちゆうしよ》）
水中《みづあた》り《みずあたり》
夏痩《なつやせ》（夏負《なつまけ》）
寝冷《ねびえ》（寝冷子《ねびえご》）
夏風邪《なつかぜ》

コレラ（コレラ船《ぶね》）
赤痢《せきり》
瘧《ぎやく》（マラリア・おこり・わらはやみ）
霍乱《くわくらん》《かくらん》
日射病《につしやびやう》《にっしゃびょう》
川開《かはびらき》《かわびらき》（両国《りやうごく》の花火《はなび》）
野馬追祭《のまおひまつり》《のまおいまつり》（野馬追《のまおひ》）
天神祭《てんじんまつり》（天満祭《てんままつり》・船 祭《ふなまつり》・鉾流《ほこなが》し の神事《しんじ》）
堺《さかひ》の夜市《よいち》《さかいのよいち》
青柿《あをがき》《あおがき》
青林檎《あをりんご》《あおりんご》
青胡桃《あをくるみ》《あおくるみ》
胡麻《ごま》の花《はな》
棉《わた》の花《はな》
苧《からむし》（真苧《まを》）
滑 莧《すべりひゆ》（馬歯莧《すべりひゆ》）
瓢《ひさご》の花《はな》
夕顔《ゆふがほ》《ゆうがお》

糸瓜《へちま》の花《はな》
烏瓜《からすうり》の花《はな》
蒲《がま》
蒲《がま》の穂《ほ》
布袋草《ほていさう》《ほていそう》（布袋葵《ほていあふひ》）
水葵《みづあふひ》《みずあおい》（なぎ）
睡蓮《すゐれん》《すいれん》（未草《ひつじぐさ》）
蓮《はす》（蓮華《れんげ》・はちす・蓮《はす》の花《はな》・白蓮《びやくれん》・紅蓮《べにはす》・蓮見《はすみ》・蓮見舟《はすみぶね》・蓮池《はすいけ》）
茗荷《めうが》の子《こ》《みょうがのこ》（茗荷汁《めうがじる》）
新藷《しんいも》（走《はし》り藷《いも》）
若牛蒡《わかごばう》《わかごぼう》（新牛蒡《しんごばう》）
干瓢乾す《かんぺうほす》《かんぴょうほす》（夕顔剥く《ゆふがほむく》・新《しん》干瓢《かんぺう》）
トマト（蕃茄《あかなす》）
茄子《なすび》（なす・初茄子《はつなすび》）
鴫焼《しぎやき》（茄子《なす》の鴫焼《しぎやき》）
茄子漬《なすづけ》
蘇鉄《そてつ》の花《はな》
仙人掌《さぼてん》（覇王樹《さぼてん》）

月下美人《げつかびじん》（女王花《ぢよわうくわ》）
ユッカ
ダリア（ダアリア・天竺牡丹《てんぢくぼたん》）
向日葵《ひまはり》《ひまわり》（日車草《ひぐるまさう》・日輪草《にちりんさう》）
紅蜀葵《こうしよくき》《こうしょっき》（もみぢあふひ）
黄蜀葵《わうしよくき》《おうしょっき》（とろろあふひ）
こてふ蘭《らん》《こちょうらん》
風蘭《ふうらん》
石斛《せきこく》の花《はな》《せっこくのはな》
縷紅草《るこうさう》《るこうそう》（るこう）
凌霄花《のうぜんくわ》《のうぜんか》（のうぜんかづら）
日日草《にちにちさう》《にちにちそう》
百日草《ひやくにちさう》《ひゃくにちそう》
千日紅《せんにちこう》（千日草《せんにちさう》）
玫瑰《はまなす》
破れ傘《やぶれがさ》
野牡丹《のぼたん》
竹煮草《たけにぐさ》
麒麟草《きりんさう》《きりんそう》
虎杖《いたどり》の花《はな》

花魁草《おいらんさう》《おいらんそう》
鷺草《さぎさう》《さぎそう》
えぞにう《えぞにゅう》
岩煙草《いはたばこ》《いわたばこ》（岩菜《いはな》・岩萵苣《いはぢしや》）
岩鏡《いはかがみ》《いわかがみ》
駒草《こまくさ》
梅鉢草《うめばちさう》《うめばちそう》（うめばち）
独活《うど》の花《はな》
灸花《やいとばな》（へくそ葛《かづら》）
射干《ひあふぎ》《ひおうぎ》
芭蕉《ばせう》の花《はな》《ばしょうのはな》（花芭蕉《はなばせう》）
玉蜀黍《たうもろこし》の花《はな》《とうもろこしのはな》（なんばんの花《はな》）
菅刈《すげかり》（菅刈《すげか》る・菅干《すげほ》す）
藺刈《ゐかり》《いかり》（藺刈《ゐか》る・藺干《ゐほ》す）
麻《あさ》（大麻《おほあさ》・麻《あさ》の葉《は》・麻《あさ》の花《はな》・麻畑《あさばたけ》・麻刈《あさかり》）
帚木《ははきぎ》（ははきぐさ・帚草《はうきぐさ》）
夏萩《なつはぎ》
駒繋《こまつなぎ》

沙羅《しゃら》の花《はな》（夏椿《なつつばき》の花《はな》）
百日紅《さるすべり》（百日紅《ひゃくじつこう》）
さびたの花《はな》（糊《のり》うつぎの花《はな》）
海紅豆《かいこうづ》《かいこうず》（デイゴの花《はな》）
茉莉花《まつりくわ》《まつりか》（素馨《そけい》・ジャスミン）
ハイビスカス（仏桑花《ぶっさうげ》）
ブーゲンビレア（筏《いかだ》かづら）
病葉《わくらば》
落《おと》し文《ぶみ》
秋近《あきちか》し（秋《あき》を待《ま》つ）
夜《よる》の秋《あき》
晩夏《ばんか》（夏深《なつふか》し）
佃祭《つくだまつり》
原爆忌《げんばくき》

秋―八月

立秋すなわち八月七・八日以後。

秋《あき》（三秋《さんしう》・九秋《きうしう》・ホ句《ほく》の秋《あき》・島《しま》の秋《あき》・野路《のぢ》の秋《あき》・窓《まど》の秋《あき》・秋《あき》の宿《やど》・秋《あき》の人《ひと》）
立秋《りつしう》《りっしゅう》（秋立《あきた》つ・秋来《あきく》る・今朝《けさ》の秋《あき》・今日《けふ》の秋《あき》）
八月《はちぐわつ》《はちがつ》
文月《ふみづき》
初秋《はつあき》（新秋《しんしう》）
桐一葉《きりひとは》（一葉《ひとは》・一葉《ひとは》の秋《あき》）
星月夜《ほしづきよ》（ほしづくよ）
ねぶた（佞武多《ねぶた》）
竿灯祭《かんとうまつり》
硯洗《すずりあらひ》《すずりあらい》
七夕《たなばた》（七夕祭《たなばたまつり》・七夕踊《たなばたをどり》・七夕竹《たなばたただけ》・七夕色紙《たなばたしきし》・七夕紙《たなばたがみ》・願《ねがひ》の糸《いと》・七夕流《たなばたなが》す）
星祭《ほしまつり》（牽牛《けんぎう》・織女《しよくぢよ》・星迎《ほしむかへ》・星合《ほしあひ》・二《ふた》つ星《ぼし》・夫婦星《めをとぼし》・彦星《ひこぼし》・織姫《おりひめ》・星《ほし》の契《ちぎり》・星《ほし》の別《わかれ》・星今宵《ほしこよひ》・星《ほし》の夜《よ》・星《ほし》の手向《たむけ》・鵲《かささぎ》の橋《はし》）

鵲《かささぎ》（かちがらす）
天《あま》の川《がは》《あまのがわ》（銀河《ぎんが》《ぎんか》・銀漢《ぎんかん》）
梶《かぢ》の葉《は》《かじのは》
梶鞠《かぢまり》《かじまり》（梶《かぢ》の鞠《まり》・七夕《たなばた》の鞠《まり》）
中元《ちゆうげん》（盆礼《ぼんれい》）
生身魂《いきみたま》（生盆《いきぼん》・蓮《はす》の飯《いひ》）
迎鐘《むかへがね》《むかえがね》（六道詣《ろくだうまゐり》）
草市《くさいち》（盆《ぼん》の市《いち》）
苧殻《をがら》《おがら》
真菰《まこも》の馬《うま》（瓜《うり》の馬《うま》）
溝萩《みぞはぎ》（千屈菜《みそはぎ》）
門火《かどび》
迎火《むかへび》《むかえび》（霊迎《たまむかへ》）
盂蘭盆《うらぼん》（盆《ぼん》・盂蘭盆会《うらぼんゑ》・盆会《ぼんゑ》・盆《ぼん》祭《まつり》・新盆《にひぼん》・初盆《はつぼん》）
魂祭《たままつり》（精霊祭《しやうりやうまつり》・霊祭《たままつり》）
霊棚《たまだな》（魂棚《たまだな》・菰筵《こもむしろ》）
棚経《たなぎやう》《たなぎょう》
施餓鬼《せがき》（施餓鬼棚《せがきだな》・施餓鬼幡《せがきばた》・施餓鬼寺《せがきでら》・川施餓鬼《かはせがき》・船施餓鬼《ふなせがき》）

・施餓鬼船《せがきぶね》）
墓参《はかまゐり》《はかまいり》（掃苔《さうたい》・墓掃除《はかさうぢ》・墓洗《はかあら》ふ・展墓《てんぼ》・墓参《ぼさん》）
灯籠《とうろう》（盆灯籠《ぼんどうろう》・盆提灯《ぼんぢやうちん》・高灯籠《たかどうろう》・揚提灯《あげぢやうちん》・切子灯籠《きりこどうろう》・切子《きりこ》・切籠《きりこ》・折掛灯籠《をりかけどうろう》・花灯籠《はなどうろう》・絵灯籠《ゑどうろう》・軒灯籠《のきどうろう》・墓灯籠《はかどうろう》・灯籠店《とうろうみせ》）
岐阜提灯《ぎふぢやうちん》《ぎふぢょうちん》
走馬灯《そうまとう》（廻《まは》り灯籠《どうろう》・走馬灯《そうばとう》）
盆《ぼん》の月《つき》
盆狂言《ぼんきやうげん》《ぼんきょうげん》
踊《をどり》《おどり》（盆踊《ぼんをどり》・踊場《をどりば》・踊《をどり》の輪《わ》・音頭取《おんどとり》・踊子《をどりこ》・踊手《をどりて》・踊笠《をどりがさ》・踊浴衣《をどりゆかた》・踊唄《をどりうた》・踊太鼓《をどりだいこ》・踊見《をどりみ》）
精霊舟《しやうりやうぶね》《しょうりょうぶね》（精霊流《しやうりやうなが》し）
流灯《りうとう》《りゅうとう》（灯籠流《とうろうなが》し）
送火《おくりび》（霊送《たまおくり》）
大文字《だいもんじ》（大文字《だいもじ》の火《ひ》）
解夏《げげ》（夏明《げあき》・夏書納《げがきをさめ》・送行《そうあん》）
摂待《せったい》（門茶《かどちや》）

相撲《すまふ》《すもう》（宮相撲《みやずまふ》・草相撲《くさずまふ》・角力《すまふ》・すまひ・相撲取《すまふとり》・辻相撲《つじずまふ》・江戸《えど》相撲《ずまふ》・上方相撲《かみがたずまふ》・相撲場《すまふば》）
花火《はなび》（揚花火《あげはなび》・仕掛花火《しかけはなび》・昼花火《ひるはなび》・煙火《はなび》・遠花火《とほはなび》・花火舟《はなびぶね》・花火見《はなびみ》・花火番附《はなびばんづけ》）
花火線香《はなびせんかう》《はなびせんこう》（線香花火《せんかうはなび》・手《て》花火《はなび》・鼠花火《ねずみはなび》）
蜩《ひぐらし》（日暮《ひぐら》し・かなかな）
法師蟬《つくつくぼふし》《つくつくぼうし》（つくづくぼふし・法師蟬《ほふしぜみ》）
秋《あき》の蟬《せみ》
残暑《ざんしよ》（秋暑《あきあつ》し）
秋《あき》めく
初嵐《はつあらし》
新涼《しんりやう》《しんりょう》（秋涼《あきすず》し・秋涼《しうりやう》）
稲妻《いなづま》《いなずま》（稲光《いなびかり》・稲《いね》の殿《との》）
流星《りうせい》《りゅうせい》（ながれぼし・夜這星《よばひぼし》・星飛《ほしと》ぶ）
芙蓉《ふよう》（花芙蓉《はなふよう》）

木槿《むくげ》（底紅《そこべに》・きはちす・花木槿《はなむくげ》・木槿垣《むくげがき》）
臭木《くさぎ》の花《はな》
鳳仙花《ほうせんくわ》《ほうせんか》（つまくれなゐ・つまべに）
白粉《おしろい》の花《はな》（おしろい）
朝顔《あさがほ》《あさがお》（牽牛花《けんぎうくわ》）
弁慶草《べんけいさう》《べんけいそう》（つきくさ・血止草《ちどめぐさ》）
大文字草《だいもんじさう》《だいもんじそう》
みせばや（たまのを）
めはじき（益母草《やくもさう》）
西瓜《すゐくわ》《すいか》（西瓜番《すゐくわばん》）
西瓜提灯《すゐくわぢやうちん》《すいかぢょうちん》（瓜提灯《うりぢやうちん》・茄子《なす》提灯《ぢやうちん》）
南瓜《かぼちや》（ぼうぶら・唐茄《たうなす》）
隠元豆《いんげんまめ》（莢隠元《さやいんげん》・いんげん）
藤豆《ふぢまめ》《ふじまめ》（千石豆《せんごくまめ》・八升豆《はちしようまめ》）
刀豆《なたまめ》
豇豆《ささげ》（十六豇豆《じふろくささげ》・十八豇豆《じふはちささげ》）
小豆《あづき》《あずき》

大豆《だいづ》《ずだい》（大豆引《だいづひ》く）
新豆腐《しんどうふ》
大根蒔《だいこんま》く
六斎念仏《ろくさいねんぶつ》
地蔵盆《ぢざうぼん》《じぞうぼん》（地蔵祭《ぢざうまつり》・地蔵会《ぢざうゑ》・地蔵参《ぢざうまゐり》・六地蔵詣《ろくぢざうまゐり》）
吉田《よしだ》の火祭《ひまつり》
渋取《しぶとり》（渋搗《しぶつき》・新渋《しんしぶ》・古渋《ふるしぶ》・しねしぶ）
韮《にら》の花《はな》
茗荷《めうが》の花《はな》《みょうがのはな》
鬱金《うこん》の花《はな》
赤《あか》のまんま（犬蓼《いぬたで》の花《はな》・赤《あか》のまま）
蓼《たで》の花《はな》（桜蓼《さくらたで》・蓼《たで》の穂《ほ》・穂蓼《ほたで》）
溝蕎麦《みぞそば》
水引《みづひき》の花《はな》《みずひきのはな》（金糸草《きんしさう》）
煙草《たばこ》の花《はな》（花煙草《はなたばこ》）
懸煙草《かけたばこ》（煙草刈《たばこか》る・若煙草《わかたばこ》・新《しん》煙草《たばこ》）

カンナ
芭蕉《ばせう》《ばしょう》（芭蕉葉《ばせうば》・芭蕉林《ばせうりん》）
稲《いね》の花《はな》
宗祇忌《そうぎき》
不知火《しらぬひ》《しらぬい》

秋―九月

九月《くぐわつ》《くがつ》
葉月《はづき》
仲秋《ちゆうしう》《ちゅうしゅう》
八朔《はつさく》（八朔《はつさく》の祝《いはひ》）
震災忌《しんさいき》
風《かぜ》の盆《ぼん》
二百十日《にひやくとをか》《にひゃくとおか》（二百二十日《にひやくはつか》・厄《やく》日《び》）
颱風《たいふう》
野分《のわき》（野《の》わけ・野分後《のわきあと》）
秋出水《あきでみづ》《あきでみず》

初月《はつづき》
二日月《ふつかづき》
三日月《みかづき》（新月《しんげつ》）
夕月夜《ゆふづきよ》《ゆうづきよ》（宵月《よひづき》・夕月《ゆふづき》）
秋《あき》の夜《よ》（秋《あき》の宵《よひ》）
夜長《よなが》（長《なが》き夜《よ》）
秋《あき》の灯《ひ》（秋灯《しうとう》・秋燈《しうとう》・灯火親《とうくわした》し・灯下親《とうかした》し）
夜学《やがく》（夜学子《やがくし》）
夜業《やげふ》《やぎょう》
夜《よ》なべ（夜仕事《よしごと》）
俵編《たはらあみ》《たわらあみ》
夜食《やしよく》
白露《はくろ》
守武忌《もりたけき》
太祇忌《たいぎき》
西鶴忌《さいかくき》
生姜市《しやうがいち》《しょうがいち》
花野《はなの》
秋草《あきくさ》（秋《あき》の草《くさ》・色草《いろくさ》・千草《ちぐさ》）

七草《ななくさ》（秋《あき》の七草《ななくさ》）
芒《すすき》（薄《すすき》・尾花《をばな》・糸芒《いとすすき》・一叢芒《ひとむらすすき》・花芒《はなすすき》・芒野《すすきの》・芒原《すすきはら》・鬼芒《おにすすき》・ますほの芒《すすき》・一本芒《ひともとすすき》・穂芒《ほすすき》・芒《すすき》散《ち》る・尾花《をばな》散《ち》る）
刈萱《かるかや》（めがるかや）
撫子《なでしこ》（河原撫子《かはらなでしこ》・やまとなでしこ）
桔梗《ききやう》《ききょう》（きちかう）
女郎花《をみなへし》《おみなえし》（をみなめし）
男郎花《をとこへし》《おとこえし》
藤袴《ふぢばかま》《ふじばかま》（蘭草《らんさう》）
葛《くず》（葛《くず》の葉《は》・真葛《まくず》・葛《くず》かづら・真《ま》葛原《くずはら》）
葛《くず》の花《はな》
萩《はぎ》（萩《はぎ》散《ち》る・こぼれ萩《はぎ》・萩《はぎ》の戸《と》・萩《はぎ》の宿《やど》・萩《はぎ》の主《あるじ》・萩見《はぎみ》・乱《みだ》れ萩《はぎ》・山萩《やまはぎ》・野萩《のはぎ》・萩原《はぎはら》・白萩《しらはぎ》・真萩《まはぎ》・小萩《こはぎ》）
露《つゆ》（露《つゆ》の袖《そで》・露《つゆ》の世《よ》・露《つゆ》の身《み》・白露《しらつゆ》・朝露《あさつゆ》・夕露《ゆふつゆ》・夜露《よつゆ》・初露《はつつゆ》・露《つゆ》の玉《たま》・露《つゆ》けし・露《つゆ》しぐれ・露葎《つゆむぐら》・露《つゆ》の秋《あき》）
虫《むし》（虫《むし》の声《こゑ》・虫《むし》の音《ね》・虫時雨《むししぐれ》・虫《むし》の秋《あき》・昼《ひる》の虫《むし》・虫籠《むしかご》・虫《むし》の宿《やど》・虫売《むしうり》・虫合《むしあは》せ）
松虫《まつむし》
鈴虫《すずむし》
馬追《うまおひ》《うまおい》（すいっちよ）
蟋蟀《こほろぎ》《こおろぎ》（ちちろ虫《むし》・つづれさせ）
竈馬《いとど》
草雲雀《くさひばり》
螽蟖《きりぎりす》（蛬《きりぎりす》・はたおり）
轡虫《くつわむし》（がちや〱）
鉦叩《かねたたき》
邯鄲《かんたん》
茶立虫《ちやたてむし》（あづきあらひ）
蚯蚓鳴《みみずな》く
螻蛄鳴《けらな》く
地虫鳴《ぢむしな》《じむしなく》く
蓑虫《みのむし》（蓑虫鳴《みのむしな》く）
蟷螂《たうらう》《とうろう》（かまきり・いぼむしり）
芋虫《いもむし》
放屁虫《へひりむし》
秋蚕《あきご》
秋繭《あきまゆ》
放生会《はうじやうゑ》《ほうじょうえ》（八幡放生会《やはたはうじやうゑ》・八幡《やはた》祭《まつり》・中秋祭《ちゆうしうさい》・男山祭《をとこやままつり》・南祭《みなみまつり》・石清水祭《いはしみずまつり》）
御遷宮《ごせんぐう》（伊勢御遷宮《いせごせんぐう》）
敬老《けいらう》の日《ひ》《けいろうのひ》
初潮《はつしほ》《はつしお》（葉月潮《はづきじほ》）
秋《あき》の潮《しほ》《あきのしお》
月《つき》（秋《あき》の月《つき》・月白《つきしろ》・月《つき》の秋《あき》・月夜《つきよ》・月《つき》の出《で》・月明《げつめい》・月《つき》の道《みち》・遅月《おそづき》・弓張月《ゆみはりづき》・宿《やど》の月《つき》・庵《いほ》の月《つき》・閨《ねや》の月《つき》・夜夜《よよ》の月《つき》）

待宵《まつよひ》《まつよい》（小望月《こもちづき》）
名月《めいげつ》（明月《めいげつ》・望月《もちづき》・満月《まんげつ》・十五夜《じふごや》・今日《けふ》の月《つき》・月今宵《つきこよひ》・芋名月《いもめいげつ》）
月見《つきみ》（月《つき》の友《とも》・観月《くわんげつ》・月見船《つきみぶね》・月《つき》の宴《えん》・月《つき》の客《きやく》）
良夜《りやうや》《りょうや》
無月《むげつ》
雨月《うげつ》
枝豆《えだまめ》（月見豆《つきみまめ》）
芋《いも》（里芋《さといも》・八頭《やつがしら》・親芋《おやいも》・子芋《こいも》・芋《いも》の秋《あき》・芋《いも》の露《つゆ》・芋畑《いもばたけ》・芋掘《いもほ》る）
芋水車《いもずゐしや》《いもずいしゃ》
衣被《きぬかつぎ》
芋茎《ずゐき》《ずいき》（芋幹《いもがら》・ずゐき汁《じる》）
十六夜《いさよひ》《いさよい》（十六夜《いざよひ》・既望《きばう》）
立待月《たちまちづき》
居待月《ゐまちづき》《いまちづき》
臥待月《ふしまちづき》（寝待月《ねまちづき》）
更待月《ふけまちづき》
二十三夜《にじふさんや》《にじゅうさんや》（二十三夜待《にじふさんやまち》）

宵闇《よひやみ》《よいやみ》
子規忌《しきき》（糸瓜忌《へちまき》・獺祭忌《だつさいき》）
霧《きり》（朝霧《あさぎり》・夕霧《ゆふぎり》・夜霧《よぎり》・川霧《かはぎり》・海霧《がす》・濃霧《のうむ》・さ霧《さぎり》・霧雨《きりさめ》・霧《きり》の海《うみ》）
蜉蝣《かげろふ》《かげろう》
うすばかげろふ《うすばかげろう》
草蜉蝣《くさかげろふ》《くさかげろう》
蜻蛉《とんぼ》（とんぼう・あきつ・赤蜻蛉《あかとんぼ》・精霊蜻蛉《しやうりやうとんぼ》・やんま・とんぼつり）
秋《あき》の蝶《てふ》《あきのちょう》
秋《あき》の蠅《はへ》《あきのはえ》
秋《あき》の蚊《か》
秋《あき》の蚊帳《かや》（秋《あき》の幮《かや》・九月蚊帳《くぐわつがや》）
蚊帳《かや》の別《わか》れ（蚊帳《かや》の果《はて》・蚊帳《かや》の名残《なごり》）
秋簾《あきすだれ》
秋扇《あきあふぎ》《あきおうぎ》（扇置《あふぎお》く・捨扇《すてあふぎ》・忘《わす》れ扇《あふぎ》）
秋団扇《あきうちは》《あきうちわ》（捨団扇《すてうちは》）

秋日傘《あきひがさ》
秋袷《あきあはせ》《あきあわせ》（秋《あき》の袷《あはせ》・後《のち》の袷《あはせ》）
富士《ふじ》の初雪《はつゆき》
秋彼岸《あきひがん》（後《のち》の彼岸《ひがん》・秋彼岸会《あきひがんゑ》）
秋分《しうぶん》の日《ひ》《しゅうぶんのひ》
秋遍路《あきへんろ》
蛇穴《へびあな》に入《い》る（秋《あき》の蛇《へび》）
穴《あな》まどひ《あなまどい》
雁《かり》（がん・かりがね・初雁《はつかり》・雁渡《かりわた》る・雁来《かりきた》る・来《く》る雁《かり》・落雁《らくがん》・雁鳴《かりな》く）
雁瘡《がんがさ》
燕帰《つばめかへ》る《つばめかえる》（帰《かへ》る燕《つばめ》・去《い》ぬ燕《つばめ》・帰燕《きえん》・秋燕《あきつばめ》）
牡丹《ぼたん》の根分《ねわけ》
曼珠沙華《まんじゆさげ》（彼岸花《ひがんばな》・曼珠沙華《まんじゆしやげ》）
鶏頭《けいとう》（鶏頭花《けいとうくわ》）
葉鶏頭《はげいとう》（雁来紅《がんらいこう》・かまつか）
早稲《わせ》（早稲田《わせだ》・早稲刈《わせか》る）
菜種蒔《なたねま》く

秋《あき》の海《うみ》（秋《あき》の浪《なみ》・秋《あき》の浜《はま》）
秋鯖《あきさば》
太刀魚《たちうを》《たちうお》
秋刀魚《さんま》
鰯《いわし》（裂鱠《さきなます》・鰮《いわし》・真鰯《まいわし》・秋鰯《あきいわし》・鰯売《いわしうり》）
鰯引《いわしひき》（鰯網《いわしあみ》・鰯船《いわしぶね》）
鰯雲《いわしぐも》
鮭《さけ》（鮞《はららご》・初鮭《はつざけ》・鮭小屋《さけごや》）
鱸《すずき》（すずき釣《つり》・すずき網《あみ》・すずき鱠《なます》）
鯊《はぜ》（鯊日和《はぜびより》・鯊《はぜ》の潮《しほ》・鯊《はぜ》の秋《あき》・ふるせ）
鯊釣《はぜつり》（鯊舟《はぜぶね》）
根釣《ねづり》（岸釣《きしづり》）
鰍《かじか》
菱《ひし》の実《み》（菱採《ひしと》る・茹菱《ゆでびし》）
竹《たけ》の実《み》
竹《たけ》の春《はる》
竹伐《たけき》る

草《くさ》の花《はな》（草花《くさばな》・千草《ちぐさ》の花《はな》・草花《くさばな》売《うり》）
秋海棠《しうかいだう》《しゅうかいどう》
紫苑《しをん》《しおん》
蘭《らん》（蘭《らん》の秋《あき》・秋蘭《しうらん》・蘭《らん》の花《はな》・蘭《らん》の香《か》）
釣舟草《つりふねさう》《つりふねそう》
松虫草《まつむしさう》《まつむしそう》
竜胆《りんだう》《りんどう》
鳥頭《とりかぶと》（鳥冠《とりかぶと》・鳥兜《とりかぶと》）
富士薊《ふじあざみ》
コスモス（秋桜《あきざくら》）
吾亦紅《われもかう》《われもこう》（吾木香《われもかう》）
真菰《まこも》の花《はな》
時鳥草《ほととぎすさう》《ほととぎすそう》（杜鵑草《ほととぎす》・油点草《ゆてんさう》）
狗尾草《ゑのころぐさ》《えのころぐさ》（ねこじやらし・ゑのこ草《ぐさ》）
露草《つゆくさ》（月草《つきぐさ》・ほたる草《ぐさ》・ばうし花《ばな》）
蕎麦《そば》の花《はな》

糸瓜《へちま》（糸瓜棚《へちまだな》）
瓢《ふくべ》（青瓢《あをふくべ》・ひさご・瓢簞《へうたん》）
鬼灯《ほほづき》《ほおずき》（酸漿《ほほづき》・虫鬼灯《むしほほづき》）
唐辛《たうがらし》《とうがらし》（蕃椒《たうがらし》・唐辛子《たうがらし》・天井守《てんじやうまもり》・天竺守《てんぢくまもり》）
秋茄子《あきなす》（秋茄子《あきなすび》）
紫蘇《しそ》の実《み》
生姜《しやうが》《しょうが》（新生姜《しんしやうが》・古生姜《ふるしやうが》・薑《はじかみ》）
貝割菜《かひわりな》《かいわりな》（二葉菜《ふたばな》）
間引菜《まびきな》（抜菜《ぬきな》・摘菜《つみな》・小菜《こな》・小菜汁《こなじる》）
菜虫《なむし》（菜虫《なむし》とる）
胡麻《ごま》（胡麻《ごま》刈《か》る・胡麻《ごま》干《ほ》す・胡麻《ごま》叩《たた》く）
玉蜀黍《たうもろこし》《とうもろこし》（唐黍《たうきび》・もろこし）
高黍《たかきび》（高粱《かうりやん》）
甘蔗《さたうきび》《さとうきび》（砂糖黍《さたうきび》）
黍《きび》（黍《きび》の穂《ほ》・黍畑《きびばたけ》・黍引《きびひ》く）
稗《ひえ》（稗引《ひえひ》く）
粟《あは》《あわ》（粟《あは》の穂《ほ》・粟畑《あはばたけ》・粟引《あはひ》く・

栗刈《あはか》る・栗飯《あはめし》）
桃《もも》（毛桃《けもも》）
梨《なし》（青梨《あをなし》・梨子《なし》・ありのみ・梨売《なしうり》）
葡萄《ぶだう》《ぶどう》（葡萄園《ぶだうゑん》・葡萄棚《ぶだうだな》）
木犀《もくせい》（金木犀《きんもくせい》・銀木犀《ぎんもくせい》）
爽《さわ》やか（さやけし）
冷《ひや》やか（秋冷《しうれい》）
秋《あき》の水《みづ》《あきのみず》（秋水《しうすゐ》）
水澄《みづす》む《みずすむ》

秋—十月

立冬の前日すなわち十一月六・七日までを収む。

十月《じふぐわつ》《じゅうがつ》
長月《ながつき》（菊月《きくづき》）
赤い羽根《あかいはね》
秋《あき》の日《ひ》（秋《あき》の入日《いりひ》）

秋晴《あきばれ》（秋日和《あきびより》）
秋高《あきたか》し（天高《てんたか》し）
馬肥《うまこ》ゆる
秋《あき》の空《そら》（秋空《あきぞら》・秋天《しうてん》）
秋《あき》の雲《くも》
秋《あき》の山《やま》（山粧《やまよそ》ふ・秋山《あきやま》・秋《あき》の峰《みね》）
秋《あき》の野《の》（秋郊《しうかう》）
秋風《あきかぜ》（秋《あき》の風《かぜ》・金風《きんぷう》）
秋《あき》の声《こゑ》《あきのこえ》（秋声《しうせい》）
秋《あき》の暮《くれ》（秋《あき》の夕《ゆふべ》）
秋《あき》の雨《あめ》（秋雨《あきさめ》・秋霖《しうりん》・秋黴雨《あきついり》）
初紅葉《はつもみぢ》《はつもみじ》
薄紅葉《うすもみぢ》《うすもみじ》
桜紅葉《さくらもみぢ》《さくらもみじ》
菌《きのこ》（茸《きのこ》・たけ・羊肚菜《いくち》・毒茸《どくだけ》・茸山《たけやま》・茸番《きのこばん》・茸飯《きのこめし》）
初茸《はつだけ》
湿地《しめぢ》《しめじ》
松茸《まつたけ》（松茸飯《まつたけめし》）
椎茸《しひたけ》《しいたけ》

茸狩《たけがり》（茸《たけ》とり・茸《きのこ》とり）
新米《しんまい》（今年米《ことしまい》）
焼米《やきごめ》
新酒《しんしゅ》（新走《あらばしり》・今年酒《ことしざけ》）
古酒《こしゅ》
濁酒《にごりざけ》（どびろく・醪酒《もろみ》）
酢造《すつく》る
きりたんぽ
秋《あき》の田《た》
稲《いね》（初穂《はつほ》・稲穂《いなほ》・稲《いね》の秋《あき》・稲田《いなだ》・稲筵《いなむしろ》）
陸稲《をかぼ》《おかぼ》
中稲《なかて》
浮塵子《うんか》（ぬかばへ）
蝗《いなご》（螽《いなご》・蝗捕《いなごと》り・蝗串《いなごぐし》）
ばつた（きちきちばつた・螇蚸《はたはた》）
稲雀《いなすずめ》
案山子《かがし》（案山子《かかし》）
鳴子《なるこ》（引板《ひた》・ひきいん）
鳥威《とりおどし》（威銃《おどしじゆう》・威銃《おどしづつ》）

添水《そふづ》《そうず》（僧都《そうづ》）
鹿垣《ししがき》（猪垣《ししがき》）
鹿火屋《かびや》
虫送《むしおくり》
豊年《ほうねん》（出来秋《できあき》・豊《とよ》の秋《あき》）
毛見《けみ》（検見《けんみ》・毛見《けみ》の衆《しゆう》）
落し水《おとしみづ》《おとしみず》
秋の川《あきのかは》《あきのかわ》
下り簗《くだりやな》
落鮎《おちあゆ》（下《くだ》り鮎《あゆ》・秋《あき》の鮎《あゆ》・錆鮎《さびあゆ》・渋鮎《しぶあゆ》）
落鰻《おちうなぎ》
渡り鳥《わたりどり》（鳥渡《とりわた》る）
色鳥《いろどり》
小鳥《ことり》（小鳥来《ことりく》る）
鵯《ひよどり》（ひよ）
鵙《もず》（百舌鳥《もず》・鵙《もず》の声《こゑ》・鵙《もず》の贄《にへ》）
鶉《うづら》《うずら》
鴫《しぎ》
懸巣《かけす》（かし鳥《どり》）

椋鳥《むくどり》（むく・白頭翁《はくとうをう》）
鶫《つぐみ》（鶫網《つぐみあみ》）
頬白《ほほじろ》《ほおじろ》
蒿雀《あをじ》《あおじ》（鵐《しとど》）
鶸《ひは》《ひわ》（金雀《きんじやく》・まひは）
眼白《めじろ》（眼白押《めじろおし》・眼白《めじろ》とり）
山雀《やまがら》（山雀芝居《やまがらしばゐ》）
四十雀《しじふがら》《しじゅうがら》
小雀《こがら》（こがらめ）
日雀《ひがら》
連雀《れんじやく》（緋連雀《ひれんじやく》・黄連雀《きれんじやく》）
菊戴《きくいただき》
鶺鴒《せきれい》（石《いし》たたき・庭《には》たたき）
啄木鳥《きつつき》
木の実《このみ》（木《き》の実《み》）
林檎《りんご》
石榴《ざくろ》（みざくろ）
榠樝《くわりん》《かりん》（唐梨《からなし》・海棠木瓜《かいだうぼけ》・きぼけ）
柿《かき》（柿《かき》の秋《あき》・渋柿《しぶがき》・甘柿《あまがき》・豆柿《まめがき》・熟柿《じゆくし》・柿店《かきみせ》）

吊し柿《つるしがき》（干柿《ほしがき》・串柿《くしがき》・甘干《あまぼし》・柿《かき》むき）
無花果《いちじく》
枸杞の実《くこのみ》
茱萸《ぐみ》（あきぐみ）
榎の実《えのみ》
椋の実《むくのみ》
山葡萄《やまぶだう》《やまぶどう》
蘡薁《えびづる》
通草《あけび》
郁子《むべ》（うべ）
茘枝《れいし》（蔓茘枝《つるれいし》・錦茘枝《きんれいし》・苦瓜《にがうり》）
冬瓜《とうぐわ》《とうが》（かもうり・とうぐわん）
桐の実《きりのみ》
椿の実《つばきのみ》
五倍子《ふし》（五倍子《ごばいし》・ふし干《ほ》す）
瓢の実《ひよんのみ》（柞《いす》の実《み》・蚊母樹《いすのき》の実《み》・猿瓢《さるへう》・瓢《ひよん》の笛《ふえ》）

山梔子《くちなし》
新松子《しんちぢり》（青松《あをまつ》かさ）
杉《すぎ》の実《み》
山椒《さんせう》の実《み》《さんしょうのみ》
紫式部《むらさきしきぶ》の実《み》（紫式部《むらさきしきぶ》・実《み》むらさき・式部《しきぶ》の実《み》・白式部《しろしきぶ》）
臭木《くさぎ》の実《み》
藤《ふぢ》の実《み》《ふじのみ》
皂角子《さいかち》
烏瓜《からすうり》
朝顔《あさがほ》の実《み》《あさがおのみ》
数珠玉《じゆずだま》（ずずだま）
松手入《まつていれ》
秋祭《あきまつり》（里祭《さとまつり》・浦祭《うらまつり》・村祭《むらまつり》・在祭《ざいまつり》）
重陽《ちようやう》《ちょうよう》（菊《きく》の節句《せつく》・重九《ちようく》・後《のち》の雛《ひな》・菊《きく》の宴《えん》・重陽《ちようやう》の宴《えん》・菊《きく》の酒《さけ》・今日《けふ》の菊《きく》・高《たか》きに登《のぼ》る）
菊《きく》（大菊《おほぎく》・小菊《こぎく》・百菊《ひやくぎく》・初菊《はつぎく》・白菊《しらぎく》・黄菊《きぎく》・一重菊《ひとへぎく》・八重菊《やへぎく》・菊日和《きくびより》・菊畑《きくばたけ》・菊《きく》の宿《やど》・作《つく》り菊《ぎく》・菊作《きくつく》り）
菊供養《きくくやう》《きくくよう》
菊人形《きくにんぎやう》《きくにんぎょう》
菊膾《きくなます》
野菊《のぎく》（紺菊《こんぎく》・油菊《あぶらぎく》・嫁菜《よめな》の花《はな》・野路菊《のぢぎく》）
菊枕《きくまくら》
温《あたた》め酒《ざけ》（温《ぬく》め酒《ざけ》）
海贏廻《ばいまは》し《わしばいま》（ばい独楽《ごま》・海贏《ばい》打《うち》）
体育《たいいく》の日《ひ》
運動会《うんどうくわい》《うんどうかい》
去来忌《きよらいき》
角切《つのきり》（鹿《しか》の角切《つのきり》・鹿寄《しかよせ》）
牛祭《うしまつり》（太秦牛祭《うづまさうしまつり》）
御命講《おめいかう》《おめいこう》（万灯《まんどう》・お会式《ゑしき》・日蓮忌《にちれんき》）
西《にし》の虚子忌《きよしき》
後《のち》の月《つき》（栗名月《くりめいげつ》・豆名月《まめめいげつ》・十三夜《じふさんや》）
砧《きぬた》（藁砧《わらぎぬた》・衣打《ころもう》つ・擣衣《たうい》・夕砧《ゆふぎぬた》・小夜砧《さよぎぬた》・遠砧《とほぎぬた》・砧盤《きぬたばん》・しで打《う》つ）
初猟《はつれふ》《はつりょう》
小鳥網《ことりあみ》（霞網《かすみあみ》・鳥屋師《とやし》・小鳥狩《ことりがり》）
高擌《たかはご》
囮《をとり》《おとり》（囮守《をとりもり》）
やや寒《さむ》（秋寒《あきさむ》）
うそ寒《さむ》
肌寒《はださむ》
朝寒《あささむ》
夜寒《よさむ》
冷《すさ》まじ
そぞろ寒《さむ》
身《み》に入《し》む
露寒《つゆさむ》
神嘗祭《かんなめさい》（じんじやうさい）
べったら市《いち》（浅漬市《あさづけいち》）
誓文払《せいもんばらひ》《せいもんばらい》（夷布《えびすぎれ》）

夷講《えびすかう》《えびすこう》
牛蒡引く《ごばうひく》《ごぼうひく》（牛蒡《ごばう》・牛蒡掘る《ごばうほる》）
落花生《らくくわせい》《らっかせい》（南京豆《なんきんまめ》）
馬鈴薯《じゃがいも》（ばれいしょ・じゃがたらいも）
甘藷《かんしょ》（さつまいも・りうきういも・からいも）
自然薯《やまのいも》（やまいも・じねんじょ・つくねいも）
薯蕷《ながいも》（長薯《ながいも》）
何首烏芋《かしゅういも》（黄独《けいいも》）
零余子《ぬかご》（むかご・むかご飯《めし》・零余子飯《ぬかごめし》）
薬掘る《くすりほる》（薬草採《やくさうとり》）
茜掘る《あかねほる》
千振引く《せんぶりひく》（当薬引く《たうやくひく》）
葛掘る《くずほる》
野老掘る《ところほる》
草棉《わた》（桃吹く《ももふく》・木綿《きわた》）
綿取《わたとり》（綿摘《わたつみ》・新綿《しんわた》・今年綿《ことしわた》・古綿《ふるわた》）

蕎麦《そば》（蕎麦の秋《そばのあき》）
新蕎麦《しんそば》（走り蕎麦《はしりそば》・よし）
秋耕《しうかう》《しゅうこう》
紫雲英蒔く《げんげまく》
蘆《あし》（蘆原《あしはら》・よし）
蘆の花《あしのはな》（葭の花《よしのはな》・蘆の穂《あしのほ》）
蘆の穂絮《あしのほわた》
蒲の穂絮《がまのほわた》
蘆刈《あしかり》（刈蘆《かりあし》）
蘆火《あしび》
荻《をぎ》《おぎ》（荻の風《をぎのかぜ》・荻の声《をぎのこゑ》・荻原《をぎはら》）
萱《かや》
萱刈る《かやかる》（萱塚《かやづか》）
木賊刈る《とくさかる》（砥草刈る《とくさかる》）
萩刈《はぎかり》
破芭蕉《やればせう》《やればしょう》
敗荷《やれはす》（破れ蓮《やればちす》・敗荷《はいか》）
蓮の実飛ぶ《はすのみとぶ》（蓮の実《はすのみ》）
火祭《ひまつり》（鞍馬火祭《くらまのひまつり》）
年尾忌《としをき》《としおき》

木の実落つ《このみおつ》（木の実降る《このみふる》・木の実雨《このみあめ》・木の実時雨《このみしぐれ》・木の実拾ふ《このみひろふ》）
猿酒《さるざけ》
樫の実《かしのみ》
椎の実《しひのみ》《しいのみ》（落椎《おちしひ》・椎の秋《しひのあき》・椎拾ふ《しひひろふ》）
まてばしひ《まてばしい》
栗《くり》（丹波栗《たんばぐり》・山栗《やまぐり》・柴栗《しばぐり》・ささ栗《ささぐり》・毬栗《いがぐり》・落栗《おちぐり》・栗拾《くりひろひ》・焼栗《やきぐり》・栗山《くりやま》・栗林《くりばやし》・栗飯《くりめし》）
団栗《どんぐり》（櫟の実《くぬぎのみ》）
橡の実《とちのみ》
胡桃《くるみ》
榧の実《かやのみ》
銀杏《ぎんなん》（銀杏の実《いてふのみ》）
棗《なつめ》（棗の実《なつめのみ》）
無患子《むくろじ》（むくろ）
菩提子《ぼだいし》（菩提樹の実《ぼだいじゅのみ》）
柾の実《まさきのみ》

檀《まゆみ》の実《み》（真弓《まゆみ》の実《み》）
衝羽根《つくばね》
一位《いちゐ》の実《み》《いちいのみ》
草《くさ》の実《み》
ゐのこづち《いのこずち》（駒《こま》の爪《つめ》）
藪虱《やぶじらみ》（草《くさ》じらみ）
稲刈《いねかり》（田刈《たかり》・収穫《とりいれ》・刈稲《かりいね》・稲車《いねぐるま》・稲舟《いなぶね》・稲馬《いねうま》）
刈田《かりた》（刈田道《かりたみち》）
落穂《おちぼ》（落穂拾《おちぼひろひ》）
稲架《はざ》（稲掛《いねかけ》・掛稲《かけいね》・稲塚《いねづか》）
稲扱《いねこき》
籾《もみ》（籾干《もみほし》・籾筵《もみむしろ》）
籾磨《もみすり》（籾摺《もみすり》・籾摺臼《もみすりうす》・磨臼《すりうす》・籾臼《もみうす》・籾摺唄《もみすりうた》・籾殻焼《もみがらやき》）
新藁《しんわら》（今年藁《ことしわら》）
藁塚《わらづか》（藁塚《にほ》）
晩稲《おくて》
秋時雨《あきしぐれ》
露霜《つゆじも》（水霜《みづしも》）

秋《あき》の霜《しも》
冬支度《ふゆじたく》
障子洗《しやうじあら》ふ《しょうじあらう》
障子貼《しやうじは》る《しょうじはる》
七竈《ななかまど》の実《み》（ななかまど）
梅檀《せんだん》の実《み》（あふちの実《み》・金鈴子《きんれいし》）
櫨《はぜ》の実《み》（はじの実《み》）
櫨《はぜ》ちぎり（櫨買《はぜかひ》）
南天《なんてん》の実《み》（実南天《みなんてん》）
梅擬《うめもどき》（梅嫌《うめもどき》・落霜紅《うめもどき》）
蔓梅擬《つるうめもどき》（つるもどき）
茨《いばら》の実《み》
玫瑰《はまなす》の実《み》
美男蔓《びなんかづら》《びなんかずら》（南五味子《さねかづら》・真葛《さねかづら》）
橘《たちばな》
柑子《かうじ》《こうじ》
蜜柑《みかん》（青蜜柑《あをみかん》・蜜柑山《みかんやま》）
橙《だいだい》
朱欒《ざぼん》（うちむらさき・文旦漬《ぶんたんづけ》）
仏手柑《ぶしゆかん》

九年母《くねんぼ》
金柑《きんかん》
酢橘《すだち》（酸橘《すだち》）
柚子《ゆず》
柚味噌《ゆみそ》（ゆずみそ・柚釜《ゆがま》）
万年青《おもと》の実《み》
種瓢《たねふくべ》
種茄子《たねなす》
種採《たねとり》
宗鑑忌《そうかんき》
秋深《あきふか》し（秋《あき》さぶ・深秋《しんしう》・秋闌《あきたけなは》）
冬近《ふゆちか》し
紅葉《もみぢ》《もみじ》（楓《かへで》・夕紅葉《ゆふもみぢ》・むら紅葉《もみぢ》・下紅葉《したもみぢ》・紅葉川《もみぢがは》・紅葉山《もみぢやま》）
紅葉狩《もみぢがり》《もみじがり》（紅葉見《もみぢみ》・観楓《くわんぷう》）
紅葉鮒《もみぢぶな》《もみじぶな》
黄葉《もみぢ》《もみじ》
照葉《てりは》（照紅葉《てりもみぢ》）
雑木紅葉《ざふきもみぢ》《ぞうきもみじ》
柿紅葉《かきもみぢ》《かきもみじ》

漆紅葉《うるしもみぢ》《うるしもみじ》
櫨紅葉《はぜもみぢ》《はぜもみじ》
銀杏黄葉《いてふもみぢ》《いちょうもみじ》
櫟黄葉《くぬぎもみぢ》《くぬぎもみじ》
白膠木紅葉《ぬるでもみぢ》《ぬるでもみじ》
錦木《にしきぎ》（錦木紅葉《にしきぎもみぢ》）
柞《ははそ》（柞紅葉《ははそもみぢ》）
蔦《つた》（錦蔦《にしきづた》・蔦蘿《つたかづら》）
蔦紅葉《つたもみぢ》《つたもみじ》
草紅葉《くさもみぢ》《くさもみじ》（草《くさ》の紅葉《もみぢ》・草《くさ》の錦《にしき》・蓼紅葉《たでもみぢ》）
萍紅葉《うきくさもみぢ》《うきくさもみじ》（水草紅葉《みづくさもみぢ》）
珊瑚草《さんごさう》《さんごそう》（厚岸草《あつけしさう》）
野山《のやま》の錦《にしき》
紅葉且散《もみぢかつち》る《もみじかつちる》
鹿《しか》（男鹿《をじか》・小鹿《こじか》・さ男鹿《をしか》・鹿《しか》の声《こゑ》・妻恋《つまこ》ふ鹿《しか》・鹿笛《しかぶえ》）
猪《ゐのしし》《いのしし》（野猪《やちよ》・猪《しし》）
崩《くつ》れ簗《やな》《くずれやな》
残菊《ざんぎく》（残《のこ》りの菊《きく》・十日《とをか》の菊《きく》）

末枯《うらがれ》
柳散《やなぎち》る（散《ち》る柳《やなぎ》）
穭《ひつぢ》《ひつじ》（穭田《ひつぢだ》）
鶴来《つるきた》る
行秋《ゆくあき》
暮《くれ》の秋《あき》（晩秋《ばんしう》）
秋惜《あきをし》む《あきおしむ》
文化《ぶんくわ》の日《ひ》《ぶんかのひ》

冬 — 十一月

立冬すなわち十一月七・八日以後。

冬《ふゆ》（三冬《さんとう》・九冬《きうとう》・冬《ふゆ》の宿《やど》・冬《ふゆ》の庭《には》・冬《ふゆ》の町《まち》・冬沼《ふゆぬま》・冬《ふゆ》の浜《はま》）
立冬《りつとう》（今朝《けさ》の冬《ふゆ》・冬立《ふゆた》つ・冬《ふゆ》に入《い》る・冬来《ふゆきた》る）
十一月《じふいちぐわつ》《じゅういちがつ》
初冬《はつふゆ》

神無月《かんなづき》（神有月《かみありづき》）
神《かみ》の旅《たび》（神送《かみおくり》）
神渡《かみわたし》
神《かみ》の留守《るす》
初時雨《はつしぐれ》
初霜《はつしも》
冬《ふゆ》めく
炉開《ろびらき》
口切《くちきり》
亥《ゐ》の子《こ》《いのこ》（亥《ゐ》の子餅《こもち》・猪《ゐ》の子《こ》・玄猪《げんちよ》）
御取越《おとりこし》
達磨忌《だるまき》
十夜《じふや》《じゅうや》（十夜粥《じふやがゆ》）
酉《とり》の市《いち》（一《いち》の酉《とり》・二《に》の酉《とり》・三《さん》の酉《とり》）
熊手《くまで》
箕祭《みまつり》（箕納《みをさめ》）
お火焚《ほたき》
鞴祭《ふいごまつり》（蜜柑撒《みかんまき》）

苗代茱萸《なはしろぐみ》の花《はな》《なわしろぐみのはな》（たはらぐみの花《はな》）
茶《ちや》の花《はな》
山茶花《さざんくわ》《さざんか》
柊《ひひらぎ》の花《はな》《ひいらぎのはな》
八手《やつで》の花《はな》
石蕗《つは》の花《はな》《つわのはな》（槖吾《つは》の花《はな》）
芭蕉忌《ばせうき》《ばしょうき》（時雨忌《しぐれき》・翁忌《おきなき》・桃青忌《たうせいき》）
嵐雪忌《らんせつき》
空也忌《くうやき》（空也念仏《くうやねんぶつ》）
鉢叩《はちたたき》
冬安居《ふゆあんご》（雪安居《せつあんご》）
七五三《しちごさん》（髪置《かみおき》・袴著《はかまぎ》・帯解《おびとき》・紐解《ひもとき》・千歳飴《ちとせあめ》）
新海苔《しんのり》
棕櫚《しゆろ》剥《は》ぐ
蕎麦刈《そばかり》
冬耕《とうかう》《とうこう》
麦蒔《むぎまき》

大根《だいこん》
大根引《だいこんひき》（だいこ引《ひき》）
大根洗《だいこんあら》ふ《だいこんあらう》
大根干《だいこんほ》す（干大根《ほしだいこ》・懸大根《かけだいこん》）
切干《きりぼし》
浅漬《あさづけ》
沢庵漬《たくあんつ》く（大根漬《だいこんつ》ける）
茎漬《くきづけ》（茎《くき》の桶《をけ》・茎《くき》の石《いし》・菜漬《なづけ》）
酢茎《すぐき》
寒竹《かんちく》の子《こ》
蒟蒻掘《こんにやくほ》る（蒟蒻干《こんにやくほ》す）
蓮根掘《はすねほ》る（蓮掘《はすほり》）
泥鰌掘《どぢやうほ》る《どじょうほる》
鷲《わし》
鷹《たか》（鷹渡《たかわた》る）
隼《はやぶさ》
鷹狩《たかがり》（放鷹《はうよう》・鷹野《たかの》）
鷹匠《たかじやう》《たかじょう》
大綿《おほわた》《おおわた》（綿虫《わたむし》）
小春《こはる》（小春日《こはるび》・小春日和《こはるびより》・小《こ》六月《ろくぐわつ》）

冬日和《ふゆびより》（冬晴《ふゆばれ》）
冬暖《ふゆあたたか》（冬《ふゆ》ぬくし）
青写真《あをじやしん》《あおじゃしん》
帰り花《かへりばな》《かえりばな》（帰《かへ》り咲《ざき》・忘《わす》れ咲《ざき》・狂《くる》ひ花《ばな》・狂《くる》ひ咲《ざき》）
冬紅葉《ふゆもみぢ》《ふゆもみじ》（残《のこ》る紅葉《もみぢ》）
紅葉散《もみぢち》る《もみじちる》（散紅葉《ちりもみぢ》）
落葉《おちば》（落葉掻《おちばかき》・落葉籠《おちばかご》・落葉焚《おちばたき》）
銀杏落葉《いてふおちば》《いちょうおちば》
柿落葉《かきおちば》
枯葉《かれは》
木の葉《このは》（木《こ》の葉雨《はあめ》・木《こ》の葉散《はち》る）
木の葉髪《このはがみ》
凩《こがらし》（木枯《こがらし》）
時雨《しぐれ》（朝時雨《あさしぐれ》・夕時雨《ゆふしぐれ》・小夜時雨《さよしぐれ》・片時雨《かたしぐれ》・村時雨《むらしぐれ》）
冬構《ふゆがまへ》《ふゆがまえ》
北窓塞《きたまどふさ》ぐ
目貼《めばり》（隙間張《すきまは》る）

風除《かざよけ》
一茶忌《いっさき》
勤労感謝の日《きんろうかんしゃのひ》《きんろうかんしゃのひ》（新嘗祭《にひなめさい》）
神農祭《しんのうさい》
几董忌《きとうき》
報恩講《はうおんかう》《ほうおんこう》（御正忌《ごしやうき》・親鸞忌《しんらんき》・御《お》七夜《しちや》・御講《おかう》・御講凪《おかうなぎ》）
網代《あじろ》（網代木《あじろぎ》・網代守《あじろもり》）
柴漬《ふしづけ》
竹瓮《たっぺ》
神迎《かみむかへ》《かみむかえ》（神還《かみかへり》）

冬　十二月

十二月《じふにぐわつ》《じゅうにがつ》
霜月《しもつき》
冬帝《とうてい》
短日《たんじつ》（日短《ひみじか》・暮早《くれはや》し）
冬《ふゆ》の日《ひ》（冬日《ふゆひ》・冬日向《ふゆひなた》）

冬《ふゆ》の朝《あさ》
冬《ふゆ》の雲《くも》（凍雲《いてぐも》）
冬霞《ふゆがすみ》
顔見世《かほみせ》《かおみせ》（歌舞伎顔見世《かぶきのかほみせ》）
冬《ふゆ》の空《そら》（寒空《さむぞら》・寒天《かんてん》）
冬《ふゆ》の鳥《とり》（寒禽《かんきん》）
冬《ふゆ》の雁《かり》（寒雁《かんがん》）
梟《ふくろふ》《ふくろう》
木兎《みみづく》《みみずく》（づく・木菟《みみづく》）
冬田《ふゆた》
水鳥《みづとり》《みずとり》
浮寝鳥《うきねどり》
鴨《かも》
鴛鴦《をしどり》《おしどり》（をし・思羽《おもひば》）
鳰《かいつぶり》（にほ・にほどり）
鶴《つる》（鍋鶴《なべづる》・真鶴《まなづる》・丹頂鶴《たんちやうづる》）
白鳥《はくてう》《はくちょう》
初雪《はつゆき》
初氷《はつごほり》《はつごおり》
寒《さむ》さ

冷《つめ》たし（底冷《そこびえ》）
息白《いきしろ》し
冬木《ふゆき》
冬木立《ふゆこだち》
枯木《かれき》（枯木宿《かれきやど》）
枯木立《かれこだち》（寒林《かんりん》）
枯柳《かれやなぎ》
枯山吹《かれやまぶき》
枯桑《かれくは》《かれくわ》（桑括《くはくく》る）
枯萩《かれはぎ》
枯芙蓉《かれふよう》
枯茨《かれいばら》
冬枯《ふゆがれ》
霜枯《しもがれ》
冬《ふゆ》ざれ
枯草《かれくさ》（草枯《くさがれ》）
枯蔓《かれづる》
枯蔦《かれつた》
枯葎《かれむぐら》
枯尾花《かれをばな》《かれおばな》（枯芒《かれすすき》・枯萱《かれかや》）

枯蘆《かれあし》
枯蓮《かれはす》
枯芝《かれしば》
枯菊《かれぎく》
枯芭蕉《かればせう》《かればしょう》
枇杷《びは》の花《はな》《びわのはな》
冬芽《ふゆめ》（冬木《ふゆき》の芽《め》）
臘八会《らふはちゑ》《ろうはちえ》（成道会《じやうどうゑ》）
大根焚《だいこたき》（鳴滝《なるたき》の大根焚《だいこたき》）
漱石忌《そうせきき》
風呂吹《ふろふき》
雑炊《ざふすゐ》《ぞうすい》
葱《ねぎ》（根深《ねぶか》・ひともじ）
根深汁《ねぶかじる》（葱汁《ねぎじる》）
冬菜《ふゆな》（冬菜畑《ふゆなばたけ》）
白菜《はくさい》
干菜《ほしな》（懸菜《かけな》・吊菜《つりな》・干菜汁《ほしなじる》・干菜《ほしな》風呂《ぶろ》・干菜湯《ほしなゆ》）
人参《にんじん》（胡蘿蔔《にんじん》）
蕪《かぶら》（かぶ・緋蕪《ひかぶ》）

蕪汁《かぶらじる》
納豆汁《なつとじる》
粕汁《かすじる》（酒《さけ》の粕《かす》）
闇汁《やみじる》
のつぺい汁《じる》（のつぺ）
三平汁《さんぺいじる》
巻繊汁《けんちんじる》
寄鍋《よせなべ》
石狩鍋《いしかりなべ》
桜鍋《さくらなべ》
鍋焼《なべやき》（芹焼《せりやき》・鍋焼饂飩《なべやきうどん》）
おでん（おでん屋《や》）
焼藷《やきいも》
湯豆腐《ゆどうふ》
夜鷹蕎麦《よたかそば》（夜鳴饂飩《よなきうどん》）
蕎麦掻《そばがき》
蕎麦湯《そばゆ》
葛湯《くずゆ》
熱燗《あつかん》
玉子酒《たまござけ》

生姜酒《しやうがざけ》《しょうがざけ》
事始《ことはじめ》
貞徳忌《ていとくき》
神楽《かぐら》（里神楽《さとかぐら》）
鵜祭《うまつり》（神《かみ》の鵜《う》・鵜捕部《つとりべ》）
冬《ふゆ》の山《やま》（冬山《ふゆやま》・冬山家《ふゆやまが》・枯山《かれやま》）
山眠《やまねむ》る（眠《ねむ》る山《やま》）
冬野《ふゆの》
枯野《かれの》
熊穴《くまあな》に入《い》る（熊《くま》・熊《くま》の子《こ》・熊突《くまつき》）
熊祭《くままつり》
狩《かり》（猟犬《れふけん》・猪狩《ししがり》・鹿狩《しかがり》）
猟人《かりうど》《かりゅうど》（猟夫《さつを》）
狩《かり》の宿《やど》
薬喰《くすりぐひ》《くすりぐい》（鹿売《ろくうり》）
猪鍋《ししなべ》（牡丹鍋《ぼたんなべ》・山鯨《やまくぢら》）
狼《おほかみ》《おおかみ》
狐《きつね》（狐罠《きつねわな》）
狸《たぬき》（狸罠《たぬきわな》・狸汁《たぬきじる》・貉《むじな》）
兎《うさぎ》（兎汁《うさぎじる》）

兎狩《うさぎがり》（兎罠《うさぎわな》）
鼬罠《いたちわな》
笹鳴《ささなき》（冬鶯《ふゆうぐひす》・鶯《うぐひす》の子《こ》・笹子《ささこ》）
鶲《ひたき》
鷦鷯《みそさざい》（三十三才《みそさざい》）
都鳥《みやこどり》
千鳥《ちどり》（鵆《ちどり》・磯千鳥《いそちどり》・浜千鳥《はまちどり》・川《かは》千鳥《ちどり》・夕千鳥《ゆふちどり》・小夜千鳥《さよちどり》・群《むら》千鳥《ちどり》・友千鳥《ともちどり》・遠千鳥《とほちどり》）
冬の海《ふゆのうみ》（冬の濤《ふゆのなみ》）
浪の花《なみのはな》
鯨《くぢら》《くじら》（鯨汁《くぢらじる》・鯨鍋《くぢらなべ》）
捕鯨《ほげい》（捕鯨船《ほげいせん》）
河豚《ふぐ》（ふぐと・河豚汁《ふぐじる》・ふぐと汁《じる》・河豚鍋《ふぐなべ》・河豚ちり・鰭酒《ひれざけ》・河豚《ふぐ》の宿《やど》）
ずわい蟹《がに》（越前蟹《ゑちぜんがに》・松葉蟹《まつばがに》・鱈場蟹《たらばがに》・毛蟹《けがに》・花咲蟹《はなさきがに》）
鮟鱇《あんかう》《あんこう》（鮟鱇鍋《あんかうなべ》）
鮪《まぐろ》（鮪船《まぐろぶね》）

鰰《はたはた》（鱩《はたはた》）
鱈《たら》
鰤《ぶり》（寒鰤《かんぶり》・鰤起し《ぶりおこし》）
鰤網《ぶりあみ》
魦《いさざ》
杜父魚《かくぶつ》（霰魚《あられうを》）
氷魚《ひを》《ひお》（氷魚《ひうを》）
潤目鰯《うるめいわし》（うるめ）
塩鮭《しほざけ》《しおざけ》（あらまき・しほびき）
乾鮭《からざけ》
海鼠《なまこ》（海鼠突《なまこつき》）
海鼠腸《このわた》
牡蠣《かき》（牡蠣打《かきうち》・牡蠣飯《かきめし》）
牡蠣《かき》むく
牡蠣船《かきぶね》
味噌搗《みそつき》（味噌作る《みそつくる》）
根木打《ねっきうち》
冬の蝶《ふゆのてふ》《ふゆのちょう》
冬の蜂《ふゆのはち》
冬の蠅《ふゆのはへ》《ふゆのはえ》

冬籠《ふゆごもり》
冬座敷《ふゆざしき》
屏風《びやうぶ》《びょうぶ》（金屏風《きんびやうぶ》・金屏《きんびやう》・銀屏風《ぎんびやうぶ》・銀屏《ぎんびやう》・絵屏風《ゑびやうぶ》）
障子《しやうじ》《しょうじ》
炭《すみ》（木炭《もくたん》・堅炭《かたずみ》）
消炭《けしずみ》
炭団《たどん》（煉炭《れんたん》）
炭火《すみび》（炭頭《すみがしら》・燻炭《いぶりずみ》・跳炭《はねずみ》）
埋火《うづみび》《うずみび》
炭斗《すみとり》（炭取《すみとり》・炭籠《すみかご》）
炭竈《すみがま》
炭焼《すみやき》
炭俵《すみだはら》《すみだわら》
炭売《すみうり》
焚火《たきび》
榾《ほだ》（榾取《ほだとり》・榾火《ほだび》・榾の宿《ほだのやど》・榾の主《ほだのぬし》）
炉《ろ》（囲炉裏《ゐろり》・炉明り《ろあかり》・炉話《ろばなし》）
煖房《だんばう》《だんぼう》
ストーブ（煖炉《だんろ》）

スチーム
ペーチカ
炬燵《こたつ》（切炬燵《きりごたつ》・炬燵蒲団《こたつぶとん》・置《おき》炬燵《ごたつ》）
助炭《じよたん》
火鉢《ひばち》
火桶《ひをけ》《ひおけ》
手焙《てあぶり》（手炉《しゆろ》）
行火《あんくわ》《あんか》
懐炉《くわいろ》《かいろ》（懐炉灰《くわいろばい》）
温石《をんじやく》《おんじやく》
湯婆《たんぽ》（ゆたんぽ）
足温《あしぬく》め（足焙《あしあぶり》・足炉《あしろ》）
湯気立《ゆげたて》
湯《ゆ》ざめ
風邪《かぜ》（風邪薬《かざぐすり》）
咳《せき》（咳《しはぶ》く）
嚔《くさめ》
水洟《みづばな》《みずばな》
吸入器《きふにふき》《きゆうにゆうき》

竈猫《かまどねこ》
綿《わた》（綿打《わたうち》）
蒲団《ふとん》（肩蒲団《かたぶとん》・干蒲団《ほしぶとん》・羽蒲団《はねぶとん》・絹蒲団《きぬぶとん》）
負真綿《おひまわた》《おいまわた》（背蒲団《せなぶとん》・腰蒲団《こしぶとん》）
衾《ふすま》（紙衾《かみぶすま》）
毛布《まうふ》《もうふ》（ケット）
夜著《よぎ》
縕袍《どてら》
綿入《わたいれ》（布子《ぬのこ》・綿子《わたこ》）
紙衣《かみこ》（紙子《かみこ》）
ちやんちやんこ《ちゃんちゃんこ》（袖無《そでなし》）
ねんねこ
厚司《あつし》
胴著《どうぎ》
毛衣《けごろも》（裘《かはごろも》）
毛皮《けがは》《けがわ》（毛皮売《けがはうり》）
重ね著《かさねぎ》
著《き》ぶくれ
セーター

冬服《ふゆふく》
冬帽《ふゆばう》《ふゆぼう》（防寒帽《ばうかんばう》・毛帽子《けばうし》）
頭巾《づきん》《ずきん》
綿帽子《わたばうし》《わたぼうし》
頬被《ほほかむり》《ほおかむり》
耳袋《みみぶくろ》（耳掛《みみかけ》）
マスク
襟巻《えりまき》（マフラー・首巻《くびまき》）
角巻《かくまき》
ショール（肩掛《かたかけ》）
手袋《てぶくろ》（皮手袋《かはてぶくろ》）
マフ
股引《ももひき》（もんぺ・ぱつち）
足袋《たび》
外套《ぐわいたう》《がいとう》（オーバー）
コート（東《あづま》コート）
被布《ひふ》
懐手《ふところで》
日向《ひなた》ぼこり（日向《ひなた》ぼつこ・日向《ひなた》ぼこ）

毛糸編《けいとあ》む
飯櫃入《おはちいれ》
藁仕事《わらしごと》
楮蒸《かうぞむ》す《こうぞむす》
藺《ゐ》植《う》う《いう》
紙漉《かみすき》
甘蔗刈《かんしよかり》
北風《きたかぜ》（北《き》風《た》・北吹《きたふ》く・朔風《さくふう》・寒風《かんぷう》）
空風《からかぜ》
隙間風《すきまかぜ》
虎落笛《もがりぶえ》
鎌鼬《かまいたち》（鎌風《かまかぜ》）
冬凪《ふゆなぎ》（寒凪《かんなぎ》）
霜《しも》（霜晴《しもばれ》・大霜《おほしも》・深霜《ふかしも》・朝霜《あさしも》・夜《よる》の霜《しも》・霜《しも》の声《こゑ》・霜凪《しもなぎ》・霜解《しもどけ》・霜雫《しもしづく》）
霜夜《しもよ》
霜柱《しもばしら》
霜除《しもよけ》（霜囲《しもがこひ》）
敷松葉《しきまつば》
雪囲《ゆきがこひ》《ゆきがこい》（雪垣《ゆきがき》・雪除《ゆきよけ》・雪構《ゆきがまへ》）

雪吊《ゆきつり》
藪巻《やぶまき》
雁木《がんぎ》
フレーム（温床《をんしやう》）
冬《ふゆ》の雨《あめ》
霙《みぞれ》
霧氷《むひよう》
樹氷《じゆひよう》
雨氷《うひよう》
冬《ふゆ》の水《みづ》《ふゆのみず》
水涸《みづか》る《みずかる》（川涸《かはか》る・沼涸《ぬまか》る・滝涸《たきか》る）
冬《ふゆ》の川《かは》《ふゆのかわ》（冬川原《ふゆかはら》）
池普請《いけぶしん》（川普請《かはぶしん》）
狐火《きつねび》
火事《くわじ》《かじ》（大火《たいくわ》・小火《ぼや》・半焼《はんせう》・類焼《るゐせう》・近火《きんくわ》・遠火事《とほくわじ》・火事見舞《くわじみまひ》・船火事《ふなくわじ》）
火《ひ》の番《ばん》（夜廻《よまは》り・夜番《よばん》・夜警《やけい》・夜番小屋《よばんごや》・火《ひ》の見櫓《みやぐら》）

冬《ふゆ》の夜《よ》（夜半《よは》の冬《ふゆ》・寒夜《かんや》）
冬《ふゆ》の星《ほし》（凍星《いてぼし》・星凍《ほしい》つ）
冬《ふゆ》の月《つき》
冬至《とうじ》（冬至粥《とうじがゆ》）
柚湯《ゆずゆ》（柚風呂《ゆぶろ》）
近松忌《ちかまつき》（巣林子忌《さうりんしき》）
天皇誕生日《てんわうたんじやうび》《てんのうたんじょうび》
大師講《だいしかう》《だいしこう》（大師粥《だいしがゆ》）
蕪村忌《ぶそんき》（春星忌《しゆんせいき》）
ポインセチア（猩々木《しやうじやうぼく》）
クリスマス（降誕祭《かうたんさい》・聖誕節《せいたんせつ》）
社会鍋《しやくわいなべ》《しゃかいなべ》（慈善鍋《じぜんなべ》）
師走《しはす》《しわす》
極月《ごくげつ》
暦売《こよみうり》
古暦《ふるごよみ》
日記買《につきか》ふ《につきかう》（日記出《につきい》づ）
日記果《につきは》つ（古日記《ふるにつき》）
ボーナス
年用意《としようい》

春支度《はるじたく》
春著縫《はるぎぬ》ふ《はるきぬう》
年木樵《としきこり》（年木《としき》・年木積《としきつ》む）
歯朶刈《しだかり》
注連作《しめつくり》
年《とし》の市《いち》
羽子板市《はごいたいち》
飾売《かざりうり》
門松立《かどまつた》つ
注連飾《しめかざ》る
煤払《すすはらひ》《すすはらい》（煤竹《すすだけ》・煤掃《すすはき》・煤湯《すすゆ》）
煤籠《すすごもり》
畳替《たたみがへ》《たたみがえ》

冬休《ふゆやすみ》
歳暮《せいぼ》
札納《ふだをさめ》《ふだおさめ》
御用納《ごようをさめ》《ごようおさめ》
年忘《としわすれ》（忘年会《ばうねんくわい》）
餅搗《もちつき》（餅米洗《もちごめあら》ふ・餅筵《もちむしろ》）
餅《もち》（切餅《きりもち》・熨斗餅《のしもち》・霰餅《あられもち》）
餅配《もちくばり》
年《とし》の暮《くれ》（歳末《さいまつ》・歳晩《さいばん》）
節季《せっき》
年《とし》の内《うち》（年内《ねんない》）
行年《ゆくとし》（年惜《としをし》む）
大年《おほどし》《おおどし》

大晦日《おほみそか》《おおみそか》
掛乞《かけごひ》《かけごい》
掃納《はきをさめ》《はきおさめ》
晦日蕎麦《みそかそば》（年越蕎麦《としこしそば》）
年《とし》の夜《よ》
年越《としこし》
年取《としとり》
年守《としまも》る（としもる）
年籠《としごもり》
除夜《ぢよや》《じょや》
除夜《ぢよや》の鐘《かね》《じょやのかね》

三省堂ホトトギス俳句季題便覧
1999年8月20日初版発行

ホトトギス俳句季題辞典
2008年6月20日初版発行

ホトトギス俳句季題辞典

二〇〇八年六月二〇日　第一刷発行

編者――稲畑汀子〈いなはた ていこ〉

発行者――株式会社三省堂〈代表者〉八幡統厚
印刷者――三省堂印刷株式会社
発行所――株式会社三省堂
〒一〇一-八三七一
東京都千代田区三崎町二丁目二十二番十四号
電話＝編集〔〇三〕三二三〇―九四一一
営業〔〇三〕三二三〇―九四一二
振替口座＝〇〇一六〇―五―五四三〇〇
http://www.sanseido.co.jp/

ISBN978-4-385-13842-8

〈俳句季題辞典・480pp.〉落丁本・乱丁本はお取替えいたします。

ホトトギス新歳時記【改訂版】

◎稲畑 汀子編

日本人の美意識に磨きぬかれ、連綿と受け継がれてきた季題を、詩情豊かな現代の季題も網羅して集大成した歳時記の最高峰！ 2千6百の季題（傍題を含め5千7百）を月別に配列し、例句1万5千8百を収録。

［並版］［革装］［大きな活字版］

ホトトギス季寄せ 改訂版

◎稲畑 汀子編

『ホトトギス新歳時記』の全季題を収め、句作の参考になる句5千を精選して収録。

［並版］［革装］